혼돈록
餛飩錄

김 언 종 金彦鍾

경북 안동에서 나서, 안동고등학교 졸업하고,
경희대 국문과를 졸업했다.
대만 국립사범대학교 국문연구소에서
중문학 석사, 중문학 박사학위를 받았다.
경희대 중문학과 교수를 거쳐
고려대학교 문과대학 한문학과 교수로 재직하였다.
한국경학연구회 회장, 고려대학교 부설 한자한문연구소 소장,
한국고전번역학회 회장, 국학진흥원 기획위원, 국제퇴계학회 부회장,
국제유학연합회 이사, 한국고전번역원 이사, 한국실학학회 회장을 역임하였다.
현재 고려대 한문학과 명예교수와 한국고전번역원 원장이다.

저서 역서, 공역서로는 ≪漢宋實用文學與朝鮮丁茶山文學論之硏究≫(1983, 저), ≪丁茶山論語古今注原義總括考徵≫(1987, 저), ≪漢字의 뿌리 상·하≫(1991, 저), ≪漢字의 역사≫ (1989, 공역), ≪다산의 경학세계≫(2002, 공역), ≪譯注 字學≫ (2008, 공역), ≪漢字語 意味 淵源辭典≫(2008, 공저), ≪譯註 詩經講義 1-5≫ (2009, 공역) 등이 있다.

혼돈록 餛飩錄

초판 1쇄 발행 2014년 11월 20일
초판 2쇄 발행 2023년 9월 20일

역 자 김언종
기 획 경기문화재단 실학박물관
472-871 경기도 남양주시 조안면 다산로 747길 16

펴낸곳 경인문화사(대표 한정희)
등 록 제10-18호(1973.11.8)
주 소 경기도 파주시 회동길 445-1 경인빌딩
전 화 (031) 955-9300 팩 스 (031) 955-9310
홈페이지 https://www.kyunginp.co.kr 이메일 kyunginp@kyunginp.co.kr

ISBN 978-89-499-1052-9 93810
정가 35,000원

혼돈록

餛飩錄

정약용 저
김언종 역주

실학박물관

〈실학자료총서〉를 내면서

2009년에 개관한 실학박물관은 18세기 전후의 실학사상을 현재화·생활화 하기 위해 전시·교육·연구 세가지 방향에서 힘써 왔습니다. 이를 통해 우리는 조선후기 실사구시(實事求是)의 신학풍의 출현과 그 내용 성격을 이해하고, 나아가 실학이 추구한 개혁과 문명지향의 정신을 오늘과 새로운 시대를 위한 가치모색의 동력으로 삼고자 합니다. 이러한 모색이 바로 신실학 운동의 일환이라고 생각해 봅니다.

그러나 실학의 대중화를 위해서는 아무래도 전시와 체험 교육이 주가 되고 연구는 이를 안받침하는데 우선하게 되었습니다. 그런 가운데에서도 자연히 실학자 인물, 주제 사상, 자료에 대한 연구가 확산되면서 그것을 정리해서 여러 가지 책자를 내게 되었습니다. 그리고 가능한 연구물은 몇 가지 성격으로 묶어 '총서(叢書)'라 이름하기로 하였습니다.

실학자를 연구하여 열전처럼 정리하는 사업을 〈실학인물총서〉로, 하나의 주제 사상을 개인이 연구하여 저술하거나 공동의 연구 결과를 심포지엄으로 발표하고 이를 정리하는 사업을 〈실학연구총서〉라 이름하게 되었습니다. 그래서 적지 않은 책자를 내 놓았습니다. 그러면서 몇 년 전부터 신자료의 발굴소개와 국역사업을 조금씩 진행하여 왔습니다. 앞으로 이 사업도 계속하고 그 결과물들을 〈실학자료(번역)총서〉로 간행하고자 합니다.

이 책 ≪혼돈록(餛飩錄)≫은 우리 박물관이 기획 진행하고 있는 자료의 발굴, 정본 정리, 역주사업 몇가지 가운데 그 첫 번째 결실입니다. 역주자 김언종 교수가 이미 오랜 기간 동안 동학들과 역주해 오고 있는 일을 마지막 정리하는데 우리 박물관이 돕고, 내처 〈실학자료(번역)총서〉 제1책으로 출간하게 된 것입니다.

역주자 김언종교수와 까다로운 책을 맵시있게 만들어준 경인문화사에 감사드립니다. 이 책이 다산선생과 실학의 연구에 시야를 넓혀주는 하나의 자료가 될 뿐 아니라, 즐거운 독서물이 될 것을 기대해봅니다.

2014년 11월
실학박물관장 김 시 업

책 머리에

이《혼돈록》은 다산 정약용 선생이 쓰시다가 만 것이 아니라 아예 '버리신' 원고이다. 원고에도 운수가 있다면 불운한 팔자였다. 선생은〈자찬묘지명〉등에서 자신의 저술을 하나하나 소개하면서도 이 원고에 관해서는 한마디도 하지 않으셨다. 쓰시다 만 원고는 모두 249개의 짧은 글이었는데, 이들에는 선생이 직접 표시 하신 것으로 보이는 삭제처가 여러 곳에 있다. 말년에 선생은 오래 전에 쓰다만 이《혼돈록》을 끄집어내어 다시 읽어 보았으나 일부 내용이 마음에 들지 않았던 것이 틀림없다.

1936년에 신조선사의《여유당전서》가 간행된 이후, 다시 선생을 추모하고 현창하는 관심이 크게 고조된 시기였던 1972년부터 다산학회가《여유당전서보유》다섯 책을 낼 때《혼돈록》도 수집되어 제2책에 실렸다. 뒤에 알고 보니 당대 혹은 후대의 누군가가《혼돈록》을 다시 정리, 필사 해 둔 것이 있었는데 이것이 현재 서울대학교 규장각에 보관되어 있는〈규장본〉이며 분량이 약간 줄어 있다. 두 대본의 출입 검토는 이 글에 이어지는 논고에 밝혀져 있다.

그런데 나는 왜 선생이 버린《혼돈록》을 우리말로 옮겨 세상에 알리는 것일까? 선생의 저술 가운데 태반이 아직 우리말로 번역되지 않은 상황에서 말이다. 솔직히 말해야겠다. 무척 재미있기 때문이다. 선생의 그 어떤 글보다 흥미진진하다. 나 혼자 즐기며 읽고 말기엔 아까워 대학원 수업에서 강독 자료로 썼다. 미안하게도 학생들의 손을 빌려 입력을 하고 우리말로 옮기게 하고는 교정을 해서 쌓아 두었다. 그런 후 세월이 한참 흘렀다.

2001년부터 다산학술문화재단이《정본 여유당전서》발간 사업을 시작하였다. 나는 그 중 〈보유편〉의 교감과 표점을 담당하게 되었는데, 이보다 어려운 일은 《여유당전서보유》다섯 책에 실린 이른바 다산의 저작들 가운데서 다산의 저작이 아닌 것을 가려내는 작업이었다. 여러 검토를 거쳐 상당량을 삭제하는 만용(?)을 저질렀다.

당연히 《혼돈록》도 다시 정밀히 읽게 되었는데 선생의 저작이 아니라고 의심할 만한 실오라기 같은 증거도 발견되지 않았다. 다행이었을 뿐 아니라 혼자 읽고 말기에는 아까운 마음이 여전하였다. 《혼돈록》에서 선생은 때로 당인(黨人)으로서의 색깔도 보여주기도 한다. 선생뿐만 아니라 조선 중기 이후 재조 재야를 막론하고 나라의 고사를 논의하거나 시무에 관여하는 자리에서 당인으로서의 시각을 배제하기 어려웠다는 것을 우리는 모두 안다. 당쟁은 선생 이전에 이미 뿌리가 깊을 대로 깊었고, 선생의 생애에서 알 수 있듯 선생만큼 당쟁의 폐단과 청산을 절감한 분도 드물 것이다. 이런 사정도 《혼돈록》저술의 한 동기가 되었을 것이며 역시 같은 사정에서 중단되었을 것이다. 또 역시 같은 사정에서 '버리신' 원고였을 것이다.

"칸트 저작의 정본사업을 하는데 칸트가 쓰다말고 구겨서 쓰레기통에 버린 것 까지도 수집하였지요. 칸트 생각의 흐름을 알 수 있기 때문입니다." 언젠가 들은, 칸트 정본사업에 밝은 한 교수의 말이다. 이 책의 국역 발간도 같은 취지이다. 다산은 미완성에다가 시비성 문자가 있기도 하여 이 원고를 저작 목록에는 넣지 않았지만 그 처리를 한참 고민하였을 것이다. 그 고민은 오늘 우리의 고민이기도 할 것이지만 쓰레기통에 구겨서 버린 것도 주워 펴서 정리하였다는 칸트 후학들의 추구를 상기하고 싶다. 다시 말해 이 책의 발간을 선생은 저어하실 것 같지만 독자들은 선생의 입장을 잘 이해할 수 있을 것을 믿는다.

한 동안 고려대 대학원생들과 이 책을 함께 읽으며 즐거웠었다. 강동석·강여진·곽은정·권진옥·공근식·김낙철·김봉남·김성애·김수경·김정은·김현정·노요한·박헌순·백진우·변구일·서현아·석진주·송호빈·신상현·안득용·안세현·양원석·윤선영·이국진·이기현·이남면·이승희·이희영·정소화·정해출·장미경·최향·한민섭·홍유빈 … 하나도 빠짐없이 출람(出藍)한 동학들이 생각난다. 그런데 안세현 군과 노요한 군은 마냥 즐겁지만은 않았을 것이, 해제와 교정 등의 일로 끝까지 괴롭혔기 때문이다.

우리 역주작업을 지원해주고 이 책을 〈실학자료(번역)총서〉에 넣어준 실학박물관 관계자들과 출판을 맡은 경인문화사에도 고마움을 느낀다. 국역 출간을 앞둔 《혼돈록》을 다시 마주하니 문득 천하에 가을이 깊었다는 걸 알겠다. 차가운 기운이 어린 엷은 노을에 조촐히 서 있는 단풍나무들의 사색도 깊다.

2014년 늦가을
고려대 연구실 도가재(道可齋)에서
김 언 종 씀

일러두기

1. 이 책의 번역 저본(底本)은 한국학중앙연구원 장서각 소장의 필사본 《여유당집(與猶堂集)》(청구기호: 귀 D3B 241) 19·20책에 수록되어 있는 《혼돈록(餛飩錄)》이다. 규장각 소장의 필사본 《여유당집》(청구기호: 규 11894) 18·19책에도 《혼돈록》이 수록되어 있는데, 이는 대교본(對校本)으로 활용하였다.
2. 원문은 교감하고 표점을 붙여 번역문 앞에 함께 수록하였다.
3. 내용이 간단한 역주는 간주(間注)로, 긴 역주는 각주(脚注)로 처리하였다.
4. 한자는 필요한 경우 이해를 돕기 위하여 괄호 병기하였으며, 운문은 원문을 병기하였다.
5. 맞춤법과 띄어쓰기는 한글 맞춤법과 표준어 규정을 따르는 것을 원칙으로 하였다.
6. 권3의 시화(詩話) 부분은 임형택 선생의 〈《혼돈록》 시화부 해설 및 역주〉(《민족문화》 40, 한국고전번역원, 2012)를 참고하였다.
7. 이 책에서 사용한 부호는 다음과 같다.
   ( ) : 번역문과 음이 같은 한자를 묶는다.
   [ ] : 번역문과 뜻은 같으나 음이 다른 한자를 묶는다.
   " " : 대화 등의 인용문을 묶는다.
   ' ' : " " 안의 재인용 또는 강조 부분을 묶는다.
   《 》 : 책명 및 각주의 전거(典據)를 묶는다.
   〈 〉 : 책의 편명 및 운문·산문의 제목을 묶는다.
   【 】 : 원주(原注)를 묶는다.

목 차

권2 사론史論 ······ 155

권3 사론史論 및 시화詩話 ······ 241

권4 언어 문자言語文字 …… 345

【해제】

《혼돈록餛飩錄》에 대하여

김언종·안세현*

1. 머리말

《혼돈록(餛飩錄)》은 다산(茶山) 정약용(丁若鏞, 1762-1836)이 지은 잡저류(雜著類) 저술이다. 이 저술은 이른바 신조본(新朝本)《여유당전서(與猶堂全書)》[1]에 들어 있지 않으며, 장서각과 규장각에 소장되어 있는 필사본《여유당집(與猶堂集)》에 각각 수록되어 전한다. 또 1974년에 영인된《여유당전서보유(與猶堂全書補遺)》 2집에도 들어 있

* 고려대 한문학과 교수, 강원대 한문교육과 조교수

1) 이른바 신조본《여유당전서》는 다산의 "자편고(自編稿)를 바탕으로 외현손 김성진(金誠鎭)이 편차한 것을 정인보(鄭寅普)·안재홍(安在鴻) 등이 교정하여 1934년에서 1938년까지 5년에 걸쳐 경성의 신조선사(新朝鮮社)에서 연활자로 인행한 초간본"을 말한다.《한국문집총간》 281,《여유당전서》 1, '범례' 참조.

다.《혼돈록》은 각 권마다 "與猶堂集卷之"와 "洌水 丁鏞 著"가 명기되어 있거니와, 본문 내용 중에 "내가 곡산 부사를 맡았을 때[余知谷山府時]", "내가 장기(長鬐)에 있을 때[余在長鬐]" 등의 몇 구절을 보아도 다산의 저작임이 틀림없다.[2)]

《혼돈록》은 그간 학계의 주목을 받지 못하였으며, 단편적으로 언급된 정도이다. 김영호는《여유당전서보유》 2집 해제에서 "〈아언지하〉·〈혼돈록〉·〈아언각비보유〉(安春根씨 소장)는 고사·학설·문학·생활주변·동식물·사물 등에 관한 관찰·개정(改正) 및 평가를 백과전서적(百科全書的)으로 기록한 잡평집(雜評集)으로《여유당전서》 속의 〈아언각비〉· 〈잡평〉 등과 연결 지어 보아야 할 문헌이다. 다산의 박학과 단상을 엿보게 하는 귀중한 자료이다."라고 하였다.[3)]

이후 조성을은 장서각과 규장각에 각각 소장되어 있는 필사본《여유당집》의 잡문(雜文)을 재구성하면서,《혼돈록》 전체 조목의 목록을 소개하고 두 본의 차이에 대해 고찰하였다.[4)] 또《여유당집》 잡문에 수록된 글들의 연대를 고증하면서《혼돈록》이 잡문(雜文) 전편(前編)에 속하므로 대개 유배 이전의 전기작으로 추정하였으며, 다만 제4권에는 유배기에 쓴 것이 몇 편 보인다고 하였다.[5)] 최근 김언종은《여유당전서보유》에 수록된 49종의 저작을 대상으로 다산의 저술 여

---

2) 다산은 1797년(정조 21)에 황해도 곡산 부사로 나갔으며, 1801년(순조 1) 신유옥사에 연루되어 경상도 장기로 유배되었다.

3) 김영호(1974), 〈《여유당전서보유》 2집 해제〉,《여유당전서보유》 2, 경인문화사, 2면. 〈아언각비〉는 신조본《여유당전서》 잡찬집(雜纂集) 권24에, 〈잡평〉은 시문집 권22에 수록되어 있다. 〈잡평〉에는 12개의 조목이 수록되어 있는데, 이 중에서 '한문공휘변평(韓文公諱辨評)'만이《혼돈록》과 관련이 있는 내용이다.

4) 조성을(1984), 〈정약용 저작의 체계와《여유당집(與猶堂集)》 잡문(雜文)의 재구성〉,《규장각》 8, 규장각한국학연구원, 38~41면.

5) 조성을(2004),《여유당집의 문헌학적 연구》, 혜안, 338~344면.

부를 고찰하면서 《혼돈록》이 다산의 저술임을 밝혔다.[6] 임형택은 《혼돈록》의 시화부(詩話部) 부분을 역주하여 학계에 내놓으면서, 《혼돈록》의 내용을 간략하게 소개하고 시화부의 특징을 살폈다.[7]

'혼돈록(餛飩錄)'이란 서명이 상당히 특이하다. '혼돈(餛飩)'의 사전적 의미는 면을 얇게 펴서 소를 싼 것이기도 하고 만두의 별명이기도 하며, 물을 건널 때 쓰는 부낭(浮囊)을 이르기도 한다. 또 '혼돈(餛飩)'은 연면어(連綿語)로 '혼돈(混沌)', '혼둔(渾屯)', '운둔(餫屯)' 등은 같은 의미로 사용된다. 《혼돈록》에서의 의미는 '혼돈록(混沌錄)', 즉 '두서없이 적은 글'이란 의미를 가진 겸사로 쓰인 듯하다.[8]

《혼돈록》은 모두 4권이며, 내용은 크게 사론(史論), 시화(詩話), 언어문자(言語文字) 세 부분으로 나누어진다. 언어문자에서 많은 부분이 《아언각비(雅言覺非)》로 수용되었고, 시화 부분에서 다산이 지은 시 약간 편이 신조본 《여유당전서》 시문집에 수록되어 있다. 그러나 《혼돈록》의 절반 이상을 차지하는 사론 부분을 비롯하여 대부분의 내용은 신조본 《여유당전서》에 전혀 수록되어 있지 않다. 《혼돈록》은 다산의 학문과 문학 세계를 엿볼 수 있는 귀중한 자료가 아닐 수 없다. 이런 이유로 최근 《정본(定本) 여유당전서(與猶堂全書)》를 편찬하면서 《혼돈록》 또한 표점·교감하여 함께 수록하였던 것이다.[9]

---

6) 김언종(2006), 〈《여유당전서보유》의 저작별 진위문제에 대하여(上)〉, 《다산학》 통권9호, 다산학술문화재단, 143~144면.

7) 임형택(2012), 〈《혼돈록》 시화부 해설〉, 《민족문화》 40, 한국고전번역원, 331~336면. 《혼돈록》 〈시화부〉의 역주는 규장각 소장본을 저본으로 하고, 여기에 《여유당전서보유》 수록본을 보충한 것이다.

8) 김언종(2006), 앞의 글, 143면. 임형택은 "'혼돈'이라고 붙인 까닭은 아마도 온갖 가지 사안들을 담아서 미분화의 혼돈이란 뜻이 아닐까 싶다."라고 하였다. 임형택(2012), 앞의 글, 332면.

9) 《혼돈록》은 다산학술재단에서 2013년에 완간한 《정본 여유당전서》 제37책 '여유당전서보유3'에 수록되어 있다.

2. 현전본의 종류와 저작 시기

《혼돈록》은 현재 장서각 소장 《여유당집》 19·20책(필사본 28책, 귀 D3B 241)과 규장각 소장 《여유당집》 18·19책(필사본 73책, 규11894)에 각각 수록되어 전하며, 1974년에 영인 출간된 《여유당전서보유》 2집에도 들어 있다. (이하 '장서각본', '규장각본', '보유본'으로 칭함)

《혼돈록》은 모두 4권이다. 장서각본 《여유당집》 19책에 〈군경쇄언(群經瑣言)〉·〈유곡산향교권효문(諭谷山鄕校勸孝文)〉 등과 함께 제1권이 들어 있고, 20책에 나머지 3권이 수록되어 있다. 규장각본은 18책에 〈아언지하(雅言指瑕)〉·〈군경쇄언(群經瑣 言)〉·〈권효문(勸孝文)〉 등과 함께 제1권이 있고, 19책에 나머지 전체가 수록되어 있다. 보유본은 《여유당전서보유》 2집의 잡저편(雜著編)에 〈다산만필(茶山漫筆)〉·〈아언지하(雅言指瑕)〉·〈아언각비보유(雅言覺非補遺)〉 등과 함께 영인되어 있다.

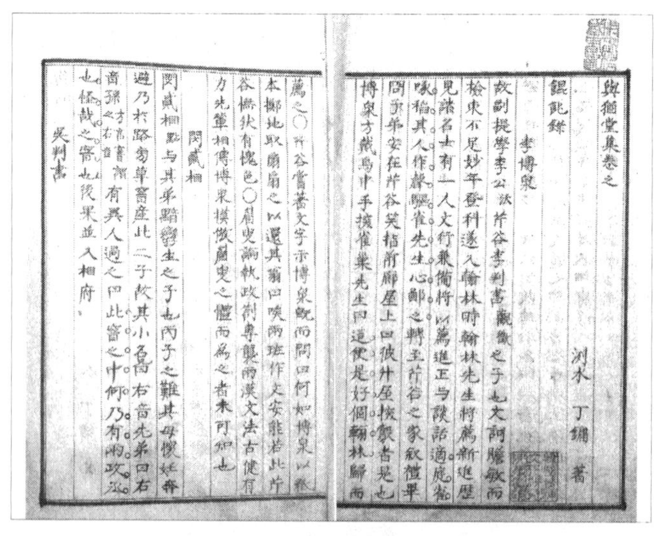
與猶堂集卷之
洌水 丁鏞 著
餛飩錄
李博泉
故副提學李公[illegible] 芹谷李判書觀徵之子也文詞膽敏而
檢束不足妙年登科遂入翰林時翰林先生將爲新進歷
見諸名士有一人文行兼備將以爲進[illegible]与談話適庭雀
啄稻其人作聲驅雀先生心鄙之轉至芹谷之家叙禮畢
問爾弟安在芹谷笑指前廊屋上曰彼升屋探鷇者是也
博泉方戴[illegible]巾手探雀巢先生曰這便是好個翰林歸而
薦之○芹谷嘗著文字示博泉試而問曰何如博泉以[illegible]
本鄉地取扇扇之以還其翁曰唉兩班作文安能若此芹
谷憮然有愧色○[illegible]吏論執政[illegible]而漢文法古健有
力先輩相傳博泉模倣[illegible]吏之體而爲之者未可知也
閔戴相
閔戴相與其弟[illegible]生之子也丙子之難其母懷妊奔
避乃於路旁草窩產此二子故其小名高右高先弟曰右
高孫之右首 有異人過之曰此窩之中何乃有兩政丞
也怪哉之[illegible]後果並入相府
吳判書

〈그림 1〉 장서각본 《혼돈록》 권2 첫 장

與猶堂集卷之

李博泉　　　　洌水 丁鏞 著

故副提學李公 沃 芹谷李判書 觀徵 之子也文詞贍敏而檢束不足妙年登科遂入翰林時翰林先生將薦新進歷見諸名士有一人文行兼備將以薦進正與談話適庭雀喙稻其人作聲驅雀先生心鄙之轉至芹谷之家叙禮畢問子弟安在芹谷笑指前廊屋上曰彼升屋捉鷇者是也博泉方戴烏巾手捉雀巢先生曰這便是好個翰林歸而薦之　芹谷嘗著文字示博泉旣而問曰何如博泉以紙本擲地取扇扇之以還其翁曰唉兩班作文安能若此芹谷憮然有愧色　眉叟論執政劉韋襲兩漢文法古健有力先輩相傳博泉摸倣眉叟之體而爲之者未可知也

閔政相

閔政相 熙 與其弟黯孿生之子也丙子之難其母懷妊奔避乃於路旁草間産此二子故其小名兄曰右音先弟曰右音孫 方言之右音 謂有異人過之曰此草之中何乃有兩政丞也怪哉之草也後果並入相府

吳判書

〈그림 2〉 규장각본 《혼돈록》 권2 첫 장

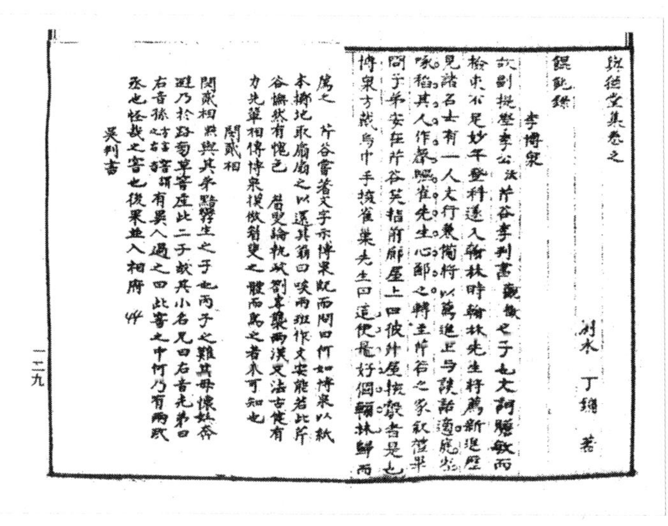

與猶堂集卷之

餛飩錄

李博泉　　　　洌水 丁鏞 著

故副提學李公 沃 芹谷李判書 觀徵 之子也文詞贍敏而檢束不足妙年登科遂入翰林時翰林先生將薦新進歷見諸名士有一人文行兼備將以薦進正與談話適庭雀喙稻其人作聲驅雀先生心鄙之轉至芹谷之家叙禮畢問子弟安在芹谷笑指前廊屋上曰彼升屋捉鷇者是也博泉方戴烏巾手捉雀巢先生曰這便是好個翰林歸而薦之　芹谷嘗著文字示博泉旣而問曰何如博泉以紙本擲地取扇扇之以還其翁曰唉兩班作文安能若此芹谷憮然有愧色　眉叟論執政劉韋襲兩漢文法古健有力先輩相傳博泉摸倣眉叟之體而爲之者未可知也

閔政相

閔政相 熙 與其弟黯孿生之子也丙子之難其母懷妊奔避乃於路旁草間産此二子故其小名兄曰右音先弟曰右音孫 方言之右音 謂有異人過之曰此草之中何乃有兩政丞也怪哉之草也後果並入相府

吳判書

一二九

〈그림 3〉 보유본 《혼돈록》 권2 첫 장

위의 그림은 장서각본·규장각본·보유본 각각 권2의 첫 장 부분이다. 〈그림 1〉에서 보는 바와 같이, 장서각본은 괘선과 비점이 있으며 상단에 '안춘근장서기(安春根藏書記)'라는 장서인이 찍혀 있다. 안춘근 씨는 1979년 자신이 수집한 고서 7,000권을 한국정신문화연구원(현 한국학중앙연구원)에 기증하였는데, 필사본 28책 《여유당집》 역시 이때 장서각에 들어간 것이다. 〈그림 2〉 규장각본의 경우 장서각본과 내용에는 차이가 없으나, 괘선과 비점 등이 없다. 그리고 상단에는 '조선총독부도서지인(朝鮮總督府圖書之印)'과 '경성제국대학도서장(京城帝國大學圖書章)' 등의 장서인이 찍혀 있다. 〈그림 3〉은 보유본인데, 장서각본과 규장각본을 1면씩 따다 붙여 놓은 것이다. 김영호는 보유본 해제에서 '안춘근(安春根) 씨가 소장'이라 하였는데, 실제로 영인하면서 규장각본을 섞어 넣었던 것이다.

조목은 장서각본이 249개, 규장각본이 225개로 장서각본이 24개 더 많다.[10] 장서각본과 규장각본의 경우 조목의 개수에서는 차이가 있으나, 동일한 조목에서 내용에는 차이가 거의 없다. 다만 장서각본에는 〈섬(苫)〉과 〈은광옥박(銀鑛玉璞)〉이 권4 장1a-2 및 권4 장17b 상단 여백에 각각 적혀 있으며, 〈중문상서(中文尙書)〉는 말미에 별지로 덧붙여져 있다. 보유본은 기본적으로 장서각본을 저본으로 하였는데, 조목은 총244개로 장서각본보다 5개가 적다. 권2의 〈이백주(李白洲)〉와 권3의 〈인묘피참(仁廟被讒)〉이 누락되었고, 상단 여백에 적

---

10) 장서각본에만 있는 조목은 다음과 같이 24개이다. 권2(5개): 〈오약산(吳藥山)〉, 〈채유세혐(蔡柳世嫌)〉, 〈이참판만회(李參判萬恢)〉, 〈이백주(李白洲)〉, 〈몽촌경륜(夢村經綸)〉. 권3(14개): 〈인묘피참(仁廟被讒)〉, 〈상모적(象毛赤)〉, 〈흘어체(吃語體)〉, 〈구자체(口字體)〉, 〈오잡조체(五雜組體)〉, 〈양두섬섬체(兩頭纖纖體)〉, 〈건제체(建除體)〉, 〈약명체(藥名體)〉, 〈인명체(人名體)〉, 〈군명체(郡名體)〉, 〈이합체(離合體)〉, 〈회문(回文)〉, 〈동요(童謠)〉, 〈옥련환(玉連環)〉. 권4(5개): 〈오라(烏喇)〉, 〈거사(居士)〉, 〈함(銜)〉, 〈배(背)〉, 〈사(篩)〉.

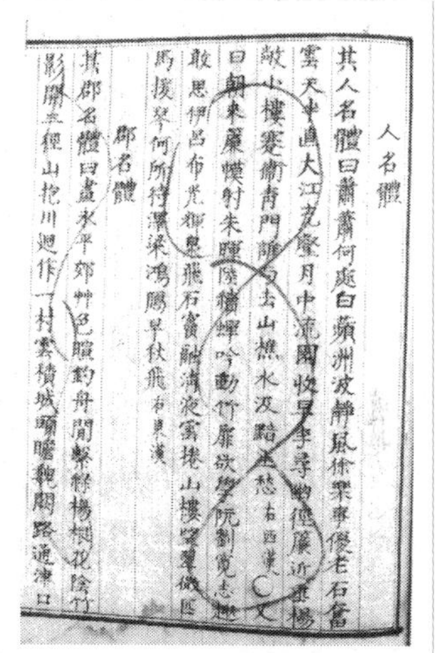

〈그림 4〉 장서각본 《혼돈록》 권3 〈인묘피참(仁廟被讒)〉 및 〈인명체(人名體)〉 부분

혀 있는 〈섬(苫)〉·〈은광옥박(銀鑛玉璞)〉 및 별지로 덧붙여져 있는 〈중문상서(中文尙書)〉 역시 빠져 있다. 이는 장서각본에 규장각본을 섞고 상단 여백을 삭제하는 등, 영인하는 과정에서 발생한 오류이다.

한편 〈그림 4〉에서 보는 바와 같이, 장서각본에는 권3의 〈인묘피참(仁廟被讒)〉에 붉은 글씨로 '산(刪)'이라 되어 있고, 〈인명체(人名體)〉·〈군명체(郡名體)〉 등에는 삭제하라는 표시를 해 두었다. 이처럼 장서각본에서 삭제를 표시해 둔 부분은 모두 17군데인데, 규장각본에는 이들이 모두 빠져 있다.[11] 다산이 직접 삭제를 표시한 것인지

---

11) 장서각본에서 삭제를 표시해 둔 부분은 다음과 같다. 권2: 〈오약산(吳藥山)〉, 〈채유세렴(蔡柳世嫌)〉, 〈이참판(李參判萬恢)〉, 〈이백주(李白洲)〉, 〈몽촌경륜(夢村經綸)〉. 권3: 〈인묘피참(仁廟被讒)〉, 〈양두섬섬체(兩頭纖纖體)〉, 〈건제체(建除體)〉, 〈인명체(人名體)〉, 〈군명체(郡名體)〉, 〈이합체(離合體)〉, 〈회문(回文)〉, 〈옥연환(玉連環)〉. 권4: 〈오라(烏喇)〉, 〈거사(居士)〉, 〈함(銜)〉, 〈사(篩)〉.

확정할 수는 없으나, 삭제된 조목의 내용을 보면 삭제할 이유가 충분히 있다. 그러나 오늘날의 수준에서 보면 삭제 부분 자체가 하나의 연구 대상이 될 수 있는 중요한 자료이다.[12] 요컨대 장서각본이 규장각본보다 앞선 초본(初本)일 가능성이 높다. 따라서 본고에서는 장서각본을 저본으로 하여 논의를 진행하며, 필요에 따라 규장각본을 참고하도록 한다.

《혼돈록》은 다산이 성호 이익(李瀷)의 《성호사설》이나 청나라 고증학자인 고염무(顧炎武)의 《일지록(日知錄)》을 의식하고 지은 것으로 보인다. 실제로 권4의 〈오라(烏喇)〉에서는 이익의 《성호사설》을 인용하기도 하였으며, 〈선마(先馬)〉는 고염무의 《일지록》에 나오는 내용을 근거로 삼아 논의를 전개하였다. 또 명나라 왕세정(王世貞)의 《완위여편(宛委餘編)》과 조선중기 지봉(芝峯) 이수광(李睟光)의 《지봉유설》에 있는 내용도 여러 곳에 보인다.

이들 잡저류 저술들이 그러하듯이, 《혼돈록》 역시 평소 글을 읽은 후의 소감이나 사안에 따라 자신의 생각을 그때그때 기록한 것이기 때문에, 어느 특정한 시기의 수록(隨錄)은 아니다. 다만 《혼돈록》의 내용을 통해 저작 시기를 어느 정도 추정해볼 수 있다. 다산은 〈자찬묘지명(自撰墓誌銘)〉에서 "잡문 전편 36권, 후편 24권이 있다."라고 하였는데, 조성을은 《혼돈록》이 다산이 말한 잡문 전편 제11책 제3권 및 제12책 제1~3권에 해당된다고 보았다. 이에 근거하여 《혼돈록》을 유배 이전의 전기작으로 추정하였으며, 다만 제4권에 유배기에 쓴 것들이 보이는 것은 잡문 전편의 편집이 끝난 뒤 추가된 것으로 보았다.[13] 그러나 《혼돈록》 권1~3 등에도 유배지에서의 경험을 기록한 것이 나오고, 특히 조정의 사건에 대해 서술할 때 정조를 '선왕

12) 김영호(1985), 〈《여유당전서》의 텍스트 검토〉, 《정다산 연구의 현황》, 민음사, 34면.

13) 조성을(2004), 앞의 책, 338~344면.

(先王)'·'건릉(健陵, 정조의 능호)' 등으로 지칭하는 것으로 보아, 《혼돈록》의 전체적인 서술은 유배지에서 완성되었을 가능성이 높다.

《혼돈록》은 사론(史論)으로 시작되는데, 권1에 항우(項羽)가 서적을 불태운 사건이나 《사기(史記)》에 나오는 껄끄러운 구절에 대한 풀이가 보인다. 또한 권4의 〈범저(范雎)〉에서는 "나는 병진년(1796) 겨울 《사기영선(史記英選)》을 교수(校讎)하라는 명을 받았을 때에 특별히 '저(雎)'자로 바로잡았다."[14]라고 하였다. 다산은 1796년(정조 20) 12월 초계문신으로서 이만수(李晩秀)·박제가(朴齊家) 등과 《사기영선》[15]의 교정에 참여하였고, 1798년(정조 22) 곡산부사로 있으면서 《사기찬주(史記纂註)》를 저술하였다.

권2 및 권3 전반부의 사론 부분에는 정조 연간에 조정에서 벌어졌던 사건이나 인물이 많이 기록되어 있다. 또 채제공(蔡濟恭, 1720-1799)이나 정범조(丁範祖, 1723~1801) 등에게서 직접 전해들은 이야기를 기록한 것도 있다. 권3 후반부의 시화 부분에는 1791년과 1796년에 서울 명례방(明禮坊, 지금의 명동)에 있을 때 지은 시들을 수록해 두었다. 이로 볼 때 《혼돈록》은 다산이 1789년 문과에 급제하고 초계문신으로 뽑힌 이후로 시작되었으며, 특히 《사기영선》을 교정한 것이 계기가 되어 본격적으로 기록이 이루어졌던 것이다.

다만 권1의 〈취소급상(吹簫給喪)〉에 "경상도 장기에 있을 때"라는

---

14) 丁若鏞, 《餛飩錄》 卷4, 〈范雎〉, 《與猶堂集》 20책(장서각 소장본). "故余於丙辰冬承命校《史記英選》, 特釐爲雎字." 이하 《혼돈록》에서 인용할 경우 권수와 조목만을 명기함.

15) 《사기영선》은 1796년(정조 20) 정조가 《사기》와 《한서》에서 중요한 글을 뽑아 정유자(丁酉字)로 간행한 것이다.(6권) 이후 1797년에 목판본으로 번각하였는데, 이때 8권으로 늘어나게 된 것으로 보인다. 권1~6은 《사기》에서 뽑은 26편을 싣고 있는데 대부분이 열전이다. 권7·8에 있는 9편은 〈흉노전(匈奴傳)〉을 제외하고는 《한서》에서 뽑은 것인데 모두 열전이다. 《한국민족문화대백과》, '사기영선(史記英選)'조.

언급이 보이고, 권3의 〈오잡조체(五雜組體)〉에 "강진에 도착하여 5수를 지어 아내에게 보냈다."라고 하였다. 권3의 〈칠고운격(七古韻格)〉은 1808년(순조 8) 유배지인 강진에서 두 아들에게 보낸 편지인 〈우시이자가계(又示二子家誡)〉(신조본 《여유당전서》 시문집 권18에 수록)에도 비슷한 내용이 보인다. 《혼돈록》 저술은 강진 유배 시기에도 계속 이어졌던 것이다. 《혼돈록》 권4는 거의 언어문자를 다룬 것으로, 내용이 《아언각비》와 많이 겹친다. 따라서 《혼돈록》 저술은 적어도 《아언각비》가 완성된 1819년(순조 19) 이전에 마친 것임에 분명하다.[16)]

3. 구성과 주요 내용

《혼돈록》은 총4권인데 권차 표시가 되어 있지 않다. 편의상 권1·2·3·4로 칭하기로 하고, 장서각본을 기준으로 《혼돈록》의 전체적인 구성과 각 권의 내용을 정리해 보고자 한다. 장서각본 총249개 조목의 제목과 내용에 대해서는 【부록】으로 첨부한 〈《혼돈록》 249개 조목 내용 일람표〉를 참고하기 바란다. 이 표의 비고에는 각 조목의 내용과 관련된 다산의 여타 저작이나 다른 문인들의 저술을 적시해 두었다.

권1·2는 모두 사론(史論)이며, 권3의 전반부는 사론이고 후반부는 시화(詩話)이다. 권4는 언어문자에 대한 내용이 대부분을 차지한다. 장서각본 249개 조목 중에 136개가 사론으로 절반 이상을 차지한다. 각 권별 주요 내용은 다음과 같다.

---

16) 한 해 전인 1818년에 다산은 비로소 유배가 풀려 고향으로 돌아왔다.

○ 권1: 사론

1조 〈자하귀문후(子夏歸文侯)〉부터 64조 〈동파불식아자(東坡不識砑字)〉까지 64개 조목이다. 1조 〈자하귀문후(子夏歸文侯)〉의 원주에 "이하 사론(以下史論)"이라 되어 있듯이, 역사적 사실에 대한 논설이 주를 이룬다. 중국 춘추시대의 자하(子夏)로부터 명말청초의 김성탄(金聖嘆)에 이르기까지 중국 고대에서 청나라까지의 인물이나 역사적 사건, 제도 등에 대한 논평이 실려 있다. 중국 역사 중에서도 한나라 때까지의 인물과 사건에 집중되어 있는데, 이는 다산이 《사기영선》의 편찬 작업에 참여한 때문으로 보인다. 5조 〈항우분서(項羽焚書)〉, 6조 〈소하(蕭何)〉, 15조 〈설광덕비직신(薛廣德非直臣)〉, 19조 〈복영(福嬰)〉을 비롯하여 49조 〈제도공즉양생비유이인(齊悼公卽陽生非有二人)〉, 55조 〈화식전(貨殖傳)〉, 56조 〈신릉군(信陵君)〉, 57조 〈이장군전(李將軍傳)〉 등이 모두 《사기영선》과 관련이 있다. 특히 55~57조에서는 《사기》의 본문에 나오는 단어나 문장에 대해 구체적으로 해설을 하였는데, 다산이 인용한 글들은 모두 《사기영선》에 수록되어 있다.

이들 사론을 통해 다산의 역사인식을 엿볼 수 있다. 다산은 비판적인 시각으로 역사를 냉정하게 평가하였다. 7조 〈사미육비선왕양로지정(賜米肉非先王養老之政)〉에서 한나라 문제(文帝)가 쌀과 고기, 비단과 솜을 노인들에게 특별히 하사한 일은 결코 노인들을 제대로 봉양하는 정치가 아니라 일종의 정치적 쇼에 불과하다고 혹평하였다. 또 다산은 정확한 사실에 근거하여 역사적 사건이나 인물을 공정하게 평가하려고 하였다. 36조 〈진지제업(秦之帝業)〉을 인용해 본다.

> 예나 지금이나 진(秦)나라를 언급하는 자는 오직 배척할 줄만 알지 진나라가 결국 제업(帝業)을 이룬 데에는 까닭이 있다는 사실을 알지 못한다. 삼대(三代) 이래로 어진 이를 등용하는데 정해진 틀을 두지 않고 오직 재능

> 이 있는 이를 찾기에 급급했던 나라는 진나라뿐이었다. …(중략)… 그러하니 진나라가 마침내 제업을 이룬 것이 참으로 마땅하지 않은가? 진나라의 멸망은 조(趙)나라 출신 객경 여불위(呂不韋)와 초(楚)나라 출신 객경 이사(李斯)가 한 짓이다. 좋다고 생각하는 데에서 폐해가 생겨나는 것은 늘 있는 이치이다. 그러나 진나라가 멸망한 것은 임금이 현명하지 못했기 때문이다.[17]

진나라에 대한 것이라면 대부분 비난을 일삼는다. 그러나 다산은 진나라가 정해진 틀을 두지 않고 오직 재능을 보아 인재를 등용함으로써 제업(帝業)을 이룬 것은 인정해야 한다고 하였다. 물론 진나라가 제업을 오랫동안 유지하지 못한 이유에 대해서도 지적하였다. 사실에 근거하여 균형 있게 역사를 바라보려고 한 다산의 역사인식을 엿볼 수 있다.

다산은 중국의 역사를 주로 다루면서도 우리나라의 사례를 곁들이기도 하였다. 2조 〈전단철롱(田單鐵籠)〉에서 중국 전국시대 전단의 철롱과 함께 우리나라 이순신의 거북선을 언급하였고, 31조 〈지교(地窖)〉에서는 중국 수나라 양제가 만든 지하창고인 낙구창(洛口倉)을 논하면서, 우리나라의 어떤 벼슬아치가 포천에 움을 파고 곡식을 저장해 두었다가 썩혀버린 일을 소개해 두었다. 33조 〈관중미귀(關中米貴)〉에서는 당나라 태종 때 과거 응시생 7천여 명이 한꺼번에 관중(關中)에 몰려 쌀값이 폭등한 일을 언급하면서, 우리나라에서 경과(慶科) 때 3만 명이 한성에 몰려 생필품 값이 폭등한 일을 아울러 거론하였다. 40조 〈유내유외(流內流外)〉에서는 중국의 관제인 유내(流

17) 丁若鏞, 《餛飩錄》 卷1, 36조 〈秦之帝業〉. "古今言秦者, 唯知擯斥, 而不知其卒成帝業, 厥有所以也. 三代以降, 立賢無方, 唯才是急者, 秦而已. …(中略)… 其卒成帝業, 不亦宜乎? 其亡也, 趙客呂不韋·楚客李斯之所爲也. 敝生於所善, 亦常理. 然由人主之不明耳."

內)·유외(流外)를 우리나라의 참내(參內)·참외(參外)와 비교하기도 하였다. 39조 〈현령시책(縣令試策)〉을 인용해 본다.

> 우리나라에서는 매양 수령이 임금께 하직하고 지방으로 부임할 때, 칠사(七事)〔농상(農桑)을 성하게 하고, 호구(戶口)를 늘리고, 학교를 잘 운영하고, 군정(軍政)을 정비하고, 부역을 균등하게 하고, 송사를 간소하게 하고, 토호들의 못된 짓을 막는 것〕 21자를 외우게 하였다. 이를 잘 외는 자는 허물을 묻지 않고, 외지 못한 자는 파직시킨다. 이 21자는 세 살배기 어린 아이도 외울 수 있으니, 어떻게 이것으로 현명함과 어리석음을 판별할 수 있겠는가? 또한 만일 지나치게 조심하는 성격으로 임금과 함께 있는 자리에 익숙하지 못한 자 중에는 혹 한 두 구절을 틀리는 자가 있다. 그러나 이는 그의 능력이 백성들을 다스리는데 부족해서가 아니다. 책문으로 시험하는 방법이 매우 타당하다.[18](〔 〕은 원주임)

위 인용문의 앞에는 당나라 현종이 새로 임명한 현령들을 대상으로 책문(策問)으로 시험을 본 일을 언급하였다. 다산은 우리나라에서 수령이 부임할 때 형식적으로 칠사(七事)를 암기하게 할 것이 아니라, 당나라 현종처럼 책문으로 시험할 것을 주장하였다. 이처럼 다산은 중국의 역사를 재검토하여 우리나라의 현실에 비판적으로 적용하고자 하였다.

한편 다산의 생생한 목소리를 들을 수 있다. 26조 〈장황후(張皇后)〉에서 촉한 유선(劉禪)은 나약하였는데 배필은 장비(張飛)의 딸이었고, 고려 충렬왕은 유약하였는데 배필은 홀필열(忽必烈, 쿠빌라이)

---

18) 丁若鏞, 《餛飩錄》 卷1, 39조 〈縣令試策〉. "我朝每守令陛辭, 令講七事〔農桑盛·戶口增·學校興·軍政修·賦役均·詞訟簡·奸猾息〕二十一字. 通者無過, 不通者罷官. 唯此二十一字, 雖三歲孩兒, 尙當記誦, 何以別其賢愚乎? 又如謹愼嚴畏, 不嫺筵席者, 或錯一二句者有之, 非其才術短於治民也. 試策之法極妥."

의 딸이었음을 생각할 때마다 다산은 배를 잡고 웃었다라고 하였다.

○ 권2: 사론

65조 〈이박천(李博泉)〉부터 114조 〈조병사(曹兵使)〉까지 50개 조목이다. 권1이 중국에 대한 것이라면, 권2는 우리나라의 역사와 인물에 대한 논평이다. 율곡 이이, 우계 성혼, 한음 이덕형 등 조선중기 인물이 있기는 하나, 숙종 연간부터 다산 당대까지의 인물에 대한 고사가 주류를 이룬다. 당색으로 보면 허목(許穆), 오광운(吳光運), 채제공(蔡濟恭), 정범조(丁範祖), 신광하(申光河) 등 남인이 많다. 시기적으로는 남인이 노론과 치열한 당쟁을 벌였던 숙종 연간과 다산이 조정에 있었던 정조 연간의 인물을 비중 있게 다루었다.

특히 남인이 청남(淸南)과 탁남(濁南)으로 분열되고 남인이 몰락한 경신옥사(1680, 숙종 6)·갑술옥사(1694, 숙종 20)와 관련된 사건과 인물이 많다. 102조 〈경신옥(庚申獄)〉에서 경신옥사를 정면으로 다루었으며, 95조 〈한림사(翰林史)〉에서는 갑술옥사 이후 남인이 사관이 되지 못한 사정과 서인에 의해 역사적 사실이 왜곡되는 현실을 언급하였다. 경신옥사와 관련하여 허적(許積)·유명천(柳命天)·강석빈(姜碩賓) 등의 남인은 물론 노론의 김석주(金錫胄)에 대해서도 논의하였다. 102조 〈경신옥〉을 인용해 본다.

> 경신옥사는 숙종이 아직 어린 나이였을 때 일어났다. 그러므로 화를 꾸민 여러 신하들은 오직 놀라게 하고 겁주는 것으로 계책을 삼았다. 밤중에 호각을 불어 마치 금방이라도 화가 닥친 것 같이하여 혼란한 가운데 거의 다 몰아 죽였으니 이것은 그들의 음모였다.
>
> 그러므로 훈련대장 류혁연(柳赫然)·수어사 민점(閔點)·광주부윤 정창도(丁昌燾)·경주부윤 박정설(朴廷薛)·이천현감 이동익(李東檍)·전라감사 류명

> 현(柳命賢)·경기수사 강석빈(姜碩賓)·장단부사(長湍府使) 이후(李煦)·수원부사 권수(權脩)·충청병사 윤천뢰(尹天賚)·전라수사 황휘(黃徽)·강화유수 정유악(鄭維岳)·평안감사 유하익(兪夏益) 등에 대해서, 혹은 은밀히 상주를 하고 혹은 사헌부의 탄핵 계사를 발동하여 며칠 내에 그들의 지위를 박탈하고 자기편 사람을 앉히려고 하였다. 대개 그 의도는 임금으로 하여금 그들이 군대를 연합하여 곧 화를 일으키고 팔도에 있는 세력들이 호응하려고 하니, 하루 빨리 도모하지 않으면 반드시 진격해 와서 대궐을 범할 것이라고 의심하게 하는 것이었다. 내직에 있는 정적의 경우 청망(淸望)이 여전한 사람은 원우(元佑) 때의 옛 사람처럼 자리에 앉혀두고 경력에 따라 벼슬을 추천해서 임금이 공평하고 다급하지 않은 뜻을 보이니 그 계책이 교묘하였다.
>
> 그런데 남인(南人)은 매양 다시 정권을 잡을 때마다 먼저 자리 바꾸는 것을 신경 써서 자기편 사람을 앉히는 일을 먼저 하였다. 청망(淸望)이 고만고만하면서 자중지란을 먼저 일으키니, 어쩌면 그렇게도 우활하고 속이 깊지 못하단 말인가![19]

다산은 먼저 경신옥사 때 노론들이 남인 세력을 제거한 교묘한 계략에 주목하였다. 당시 숙종은 19세였는데, 노론은 마치 큰 일이 벌어질 것같이 상황을 조장하여, 군권을 가진 무관이나 근기 지역에 수령으로 있는 주요 정적들을 전격적으로 제거했다. 그리고 내직의

---

19) 丁若鏞,《餛飩錄》卷2, 102조〈庚申獄〉. "庚申之獄, 肅廟尙在冲年. 故構禍諸臣, 唯以恐動嚇怯爲計 半夜吹角, 有若禍廹呼吸, 擾攘中驅殺殆盡, 是其陰計. 故訓鍊大將柳赫然·守禦使閔黯·廣州府尹丁昌燾·慶州府尹朴廷薛·伊川縣監李東檢·全羅監司柳命賢·京圻水使姜碩賓·長湍府使李煦·水原府使權脩·忠淸兵使尹天賚·全羅水使黃徽·江華留守鄭維岳·平安監司兪夏益, 或用密奏, 或發臺啓, 數日之內, 一並易置. 蓋其意欲令君上疑兵連禍伏, 八路響應, 一日不圖, 必長驅上犯也. 至如內賊, 淸望依舊, 以元佑舊人, 逐窠注擬, 以視其公平不迫之意, 其計巧矣. 午人每當換局, 先欲易置. 淸望差先差後, 自中之亂先起, 何其迂且澹也!"

정적 중에 청망(淸望)이 있는 이는 내버려둠으로써 자신들의 조치가 대단히 공정한 것처럼 꾸몄다는 것이다. 이에 반해 남인의 경우 정권이 바뀌면 자기 사람 앉히기에 급급하여 자중지란을 일으켰다고 안타까워하였다.

이처럼 다산은 남인이라 할지라도 잘못된 점에 대해서는 통렬하게 비판을 하였다. 106조 〈영남(嶺南)〉에서 허적이 경상감사로 있을 때 상소를 올려 영남을 두고 문명(文明)했던 고장이 사납게 되었고, 시례(詩禮)를 강론했던 유생들이 송사나 일삼는다고 욕했던 일을 언급하며, 다산은 이로 인해 허적이 결국 인심을 잃은 것으로 파악하였다. 또 103조 〈강석빈(姜碩賓)〉에서는 강석빈의 후손 강세정(姜世靖)이 청남(淸南)의 후예라 자칭하면서도 허적의 복권에 대해서는 전혀 신경도 쓰지 않은 일을 비판하였다. 다산이 자기 나름대로 남인이 분열되고 정치적으로 몰락한 과정을 탐색해 본 것으로 생각된다.

다산은 《승정원일기》·《국조보감》 등의 문헌을 참고하였지만, 이만수·채제공 등에게서 전해들은 이야기나 자신이 직접 목격한 사실들을 기록하였다. 단적으로 100조 〈허상공(許相公)〉에서 허적이 병이 들었을 때 김석주가 그의 변을 맛본 것으로 인해 허적이 김석주를 믿게 된 일화를 특기해 두었다. 다산은 이 이야기를 채제공에게 들었는데, 채제공은 이를 오광운에게, 오광운은 아버지 오상순에게 들었으니 틀림없는 사실이라 하였다.

권2에는 정조 때 조정에서 벌어졌던 일화가 많이 기록되어 있다. 신광하(申光河), 유한녕(兪漢寧), 정범조(丁範祖) 등이 세상 물정에 어두워 조정에서 발생했던 우스운 일화나 판서 이문원(李文源)이 정조를 모시고 세심대에서 꽃구경할 때 술에 만취하여 벌어졌던 일 등이 그러하다.[20] 또 정조가 홀쭉한 수찬 홍낙정(洪樂貞)과 뚱뚱한 직각

20) 이문원이 술마시기로 조관(朝官) 중에 으뜸이었다는 기록이 이규상(李奎象)의 《병세재언록(幷世才彥錄)》, 〈기절록(氣節錄)〉에도 보인다. 이규상

정대용(鄭大容)을 나란히 세워놓고 놀린 이야기나 채제공이 떡을 심할 정도로 좋아한 일화 등은 흥미롭다.(78조 〈홍수정비(洪瘦鄭肥)〉·79조 〈문숙담병(文肅啗餠)〉)

한편 여타 문헌에는 확인되지 않는 정조 연간의 인물들에 대한 기록이 보인다. 헌납을 지낸 이만응(李萬應, 1724-?)의 독실한 행실과 과거 급제한 날에 있었던 일화, 독행(篤行)으로 교관(敎官)에 천거되었던 박손경(朴孫慶, 1713-1782)과 그의 시 1편, 정조가 병이 낫기 바라며 특별히 교관(敎官)에 임명했으나 끝내 고쳐지지 않았던 광객(狂客) 이재함(李在咸) 등이 이런 사례들이다.

○ 권3: 사론 및 시화

115조 〈대의각미록(大義覺迷錄)〉부터 171조의 〈악무목시(岳武穆詩)〉까지 57개 조목이다. 이 중에서 전반부의 138조 〈본생부칭백부숙부(本生父稱伯父叔父)〉까지는 사론이고, 139조 〈번옹시파(樊翁詩派)〉에서 끝까지는 시화(詩話)이다.

사론 부분은 115조의 〈대의각미록(大義覺迷錄)〉이나 116조의 〈아계(阿桂)〉처럼 중국 청나라 때의 사건을 다룬 것도 있으나, 정조 연간의 인물과 사건이 대부분이다. 신궁(神弓)이라 불릴 만한 정조의 활솜씨, 번암 채제공의 인재 등용 일화 등이 그러하다.(120조 〈어사(御射)〉·125조 〈번옹음시(樊翁陰施)〉) 119조 〈서향각(書香閣)〉에서는 정동준(鄭東浚, 1753-1795)이 화를 당할 조짐에 대해 언급하였는데, 이는 다산이 직접 목격한 사실을 기록한 것이다.

임자년(1792, 정조 16) 봄에 임금의 연세가 41세가 되어 새로 어진(御眞)

지음, 민족문학사연구소 한문학분과 옮김, 《18세기 조선 인물지》, 창작과비평사, 1997, 167~168면.

을 그려서 서향각에 봉안을 하였다. 임금께서 서향각의 동쪽 방으로 납시었고 어진은 중당(中堂)에 꺼내어 걸어두었으며, 아울러 의장대를 중당에 배치하였다. 또한 각신(閣臣)과 각과문신(閣課文臣)들이 중당의 마당에서 사배례(四拜禮, 네 번 절하는 예)를 거행하였는데, 섬돌로 나와서 어진을 우러러 사배례를 행하고, 마치면 물러나 자기 자리로 돌아갔다. 그때 어진을 모시고 있던 여러 신하들은 모두 마치 임금의 앞에 있는 것처럼 머리를 숙이고 옷깃을 여몄으며, 어진에 나아가고 물러날 때는 몸을 구부리고 두 손을 맞잡아 읍(揖)하며 경의를 표했다.

그런데 유독 각신 정동준(鄭東浚)은 손을 아래로 늘어뜨리고 고개를 뻣뻣이 들고서 배는 앞으로 쑥 내밀고는 어진을 둘러보며 손가락질하는 등 경의를 표하는 예가 전혀 없었다. 내가 퇴청한 후에 혜보(徯父, 한치응(韓致應, 1760-1824)의 字)에게 말하기를, "정동준은 오래지 않아 화를 당할 것이네. 그 조짐이 이미 드러났다네."라고 하였다. 과연 3년 뒤에 정동준은 일이 잘못되어 죽었다.[21]

정조의 어진이 서향각 중당에 봉안되었을 때의 일을 기록한 것이다. 다산은 임자년, 곧 1792년(정조 16)이라 하였는데, 《정조실록》에는 신해년(1791, 정조 15)의 일로 되어 있다. 다산의 착오인 듯하다.[22] 당시 각신(閣臣)과 각과문신(閣課文臣)들이 모두 어진에 예를 표했는데, 정동준만 홀로 손을 아래로 늘어뜨리고 고개를 뻣뻣이 들고서

21) 丁若鏞, 《餛飩錄》 卷3, 119조 〈書香閣〉. "壬子春, 寶算望五, 新摹御眞, 于書香閣奉安. 上御東室, 御眞御中堂, 儀仗侍衛, 並於中堂陳設. 閣臣與閣課文臣, 並於中堂之庭行四拜禮, 進階仰瞻, 訖退復本位. 時諸臣侍衛立者, 皆俛首扱袪, 如在上前, 過之則鞠躬. 獨閣臣鄭東浚, 垂手軒頟, 其腹盎然, 顧眄指點, 了無敬禮. 余退謂徯父曰: '浚其不久矣, 其兆已見.' 後三年, 而浚果敗死."

22) 《정조실록》 15년(1791) 9월 28일(경자)조에 정조가 서향각에 나아가 어진을 그린 기사가 보이며, 동년 10월 7일(무신)조에는 어진이 완성되어 서향각에 봉안하는 내용이 보인다.

배는 앞으로 쑥 내밀고는 어진을 보고 손가락질 하는 등 전혀 경의를 표하는 예가 없었다. 당시 정조는 서향각의 동쪽 방에 있었다. 이에 다산은 정동준이 오래지 않아 화를 당할 것으로 예상했다. 실제로 정동준은 1795년에 권유(權裕)에 의해 탄핵되었으며 이후 음독자살하였다. 다산은 〈사교리겸진소회소(辭校理兼陳所懷疏)〉나 〈자찬묘지명(自撰墓誌銘)〉 등의 글에서도 정동준의 권력남용과 만행에 대해 비판하였다.

사론 부분에서 주목되는 것은 장헌세자의 죽음과 관련된 기록이다. 127조 〈장영진문(張英眞刎)〉에서 명나라 무종 때 장영(張英, ?-1579)이 칼로 자신의 목을 찌르며 간하다가 옥사한 일과, 영조 임오년(1762) 이정(李瀞)이 칼로 목을 찌르며 간한 사건을 비교하였다. 임오년은 영조가 장헌세자를 뒤주 속에 가두어 굶어 죽게 한 사건이 발생한 해이다. 이정은 이때 용안현감으로 있었는데, 상소를 올리려고 승정원에 왔다가 거부당하자 가지고 있던 칼을 뽑아 자신의 목을 찔렀다. 영조는 이정을 첨지중추부사에 특별히 제수하였다.[23] 다산이 보기에 이정은 거짓으로 찌른 척한 것에 불과하며, 결국 이정의 상소가 장헌세자의 죽음을 재촉시킨 것으로 보았다.[24]

시화 부분에서는 채유후(蔡裕後)-이민구(李敏求)-이서우(李瑞雨)-채팽윤(蔡彭胤)-강박(姜樸)-오광운(吳光運)-채제공(蔡濟恭)으로 이어지는 남인 시맥을 언급하였으며, 채제공·정범조·이용휴 등 남인 문인들의

---

23) 관련 내용이 《영조실록》 38년(1762) 6월 6일, 40년(1764) 11월 24일 등에 보인다.

24) 丁若鏞, 《餛飩錄》 卷3, 127조 〈張英眞刎〉. "武宗正德十四年, 帝欲南巡, 金吾指揮張英, 當蹕道哭諫. 不允, 卽拔刀自刎, 血流滿地. 縛送詔獄, 遂殞獄中. 其視李瀞, 何如哉? 壬午之前, 桂坊官李瀞上書, 陳闕失, 書末曰 '謹自斃以聞', 遂自刎于銅龍門外. 五月之事, 未必非此擧促之也. 至東宮不豫之日, 大朝臨月臺上, 特除瀞敦寧府都正, 瀞朝服趨命. 盖其自刎之時, 只割外皮, 喉官不斷, 安如也. 我刎不死, 君以諫厄, 諫也歟哉?"

시를 인용해 두었다. 남인 시맥에 대해서는 신조본《여유당전서》시문집 권14, 〈화앵첩발(畫櫻帖跋)〉에 채제공의 말로 인용되어 있기도 하다.[25] 특히 144조 〈흘어체(吃語體)〉부터 156조 〈옥련환(玉連環)〉까지에는 다산 자신이 지은 시를 인용해 두었는데, 모두 정통 한시가 아닌 희작 성향이 농후한 잡체시(雜體詩)이다. 144조 〈흘어체(吃語體)〉에서 "가경 병진년(1791, 정조 15) 여름에 내가 명례방(明禮坊, 지금의 명동)에 있을 때 채홍원(蔡弘遠, 1762~?)이 잡체시 몇 편을 지어 달라고 요구하여 내가 흘어체를 지었다."[26]라고 하였다. 채제공의 양자인 채홍원은 일찍이 다산과 죽란시사(竹蘭詩社)를 결성하여 함께 시회를 열었던 인물이다. 147조 〈양두섬섬체(兩頭纖纖體)〉와 148조 〈건제체(建除體)〉에는 병진년(1796, 정조 20) 여름에 지었다는 기록이 보인다. 146조에 있는 오잡조체(五雜組體) 5편은 다산이 강진에 도착해서 지은 것이다. 이들 시는 주로 젊은 시절 벗들과 시회를 열었을 때 지은 것이며, 강진 유배지에서도 틈틈이 지은 것으로 보인다. 〈오잡조체〉 5편 중 2·3·5수와 〈양두섬섬체〉 중 1·4·6수는 신조본《여유당전서》시문집 권4에도 들어 있으나, 그 외의 시들은 수록되어 있지 않다. 여기서는 151조 〈군명체(郡名體)〉에 있는 시 한 수를 인용해 본다.

날이 길어지니 너른 교외에는 풀빛이 따사롭고　　　晝永平郊艸色暄

25) 丁若鏞,《與猶堂全書》(新朝本) 詩文集 卷14, 〈畵櫻帖跋〉, 한국문집총간281, 307~308면. "樊翁還余以帖而語之曰: '吾黨詩脈, 自湖洲[蔡裕後]·東州[李敏求]以來, 唯松谷[李瑞雨]得其宗, 而松谷之詩工緻少遠致. 燕超齋[吳尙濂], 松門之顔子; 希菴[蔡彭胤], 松門之曾子. 嗣此唯藥山[吳光運]·菊圃[姜樸]得其傳. 若吾[吾, 樊翁自道.]有不及夢瑞[李艮翁獻慶]·法正[丁海左], 然後進無所託. 子其勉之!'"

26) 丁若鏞,《餛飩錄》卷3, 144조 〈吃語體〉. "嘉慶丙辰夏, 余在明禮坊, 蔡邇叔要作雜體諸詩, 余作吃語體."

낚싯배는 일없이 초록 버드나무 뿌리에 매어있네	釣舟閒繫綠楊根
꽃그늘 대 그림자 사이로 세 갈래 길을 따라가니	花陰竹影開三徑
산이 두르고 내가 휘감는 곳에 마을 하나가 있네	山抱川廻作一村
구름은 쌓인 성 머리에서 대궐을 바라보고	雲積城頭瞻魏闕
길은 나누터와 통하여 선원(仙源)과 닿아있네	路通津口接仙源
뽕밭 삼밭에는 도무지 할 일이 없으니	桑麻田裏都無事
하삭(河朔)에서 술 실컷 마시는 것을 어찌 마다하랴	河朔寧辭倒十樽[27]

원주(原注)에서 경기의 지명이라 하였듯이, 경기도에 있는 고을들의 이름을 넣어 지은 시이다. 1구 영평(永平), 2구 양근(楊根, 지금의 남양주군), 3구 음죽(陰竹, 지금의 이천시), 4구 포천(抱川), 5구 적성(積城, 지금의 파주시), 6구 통진(通津, 지금의 김포시), 7구 마전(麻田), 8구 삭녕(朔寧)이다. 이처럼 희작성향이 농후한 시들이《혼돈록》에 많이 수록되어 있다. 한편 155조〈동요(童謠)〉에는 당시 민간에 떠도는 동요〈계수나무 노래[桂樹謠]〉,〈참새를 쫓는 노래[驅雀謠]〉,〈밤까는 노래[剝栗謠]〉3편이 수록되어 있는데, 이는 다산이 한문으로 번역한 것이다.

165조에서는 원말명초의 문인 장우(張羽, 1333~1385)의〈답수차요(踏水車謠)〉를 인용하였다.

모가 물 위로 나와 푸르름 아득히 펼쳐졌는데	苗頭出水靑悠悠
뿌리가 떨어져 나와 물결에 휩쓸릴까 걱정스럽네	只恐飄零隨水流
아침저녁으로 수차 밟는 것 마다하지 않노니	不辭踏車朝復暮
원하는 것은 하늘에서 비가 곧 멈추는 것뿐	但願皇天雨卽休
그대들은 힘쓰며 수차에서 내려오지 마오	共君努力莫下車

27) 丁若鏞,《餛飩錄》卷3, 151조〈郡名體〉.

빗소리 그치면 수차 소리도 멎으리라 雨聲若止車聲息[28]

본래는 7언 장편고시인데, 다산이 일부 구절만을 인용한 것이다. 다산은 "이 시를 보면 중국에서는 수차를 가뭄에 물을 댈 때뿐 아니라, 홍수에 물을 뺄 때도 사용하고 있음을 알 수 있다. 이처럼 힘을 다해 농사를 지으니, 어찌 부유하지 않을 수 있겠는가?"[29]라고 하였다. 또 166조에서는 청나라 문인 왕광양(汪廣洋)의 〈반지화곡(班枝花曲)〉을 인용하면서 각기 지역에 맞게 재배할 수 있는 목화가 있음을 특기하였다. 그러면서 우리나라에 맞는 목화를 들여와서 민생을 넉넉하게 하지 못함을 안타까워하였다. 여기서는 다산의 실학자적 면모를 엿볼 수 있다.

162조 〈칠고운격(七古韻格)〉은 청나라 문인 어양(漁洋) 왕사정(王士禛, 1634~1711)의 이론을 언급하면서, 칠언고시 율격에 대해 치밀하게 논의한 것이다. 이와 관련된 내용이 1808년(순조 8) 유배지인 강진에서 두 아들에게 보낸 편지인 〈우시이자가계(又示二子家誡)〉에도 보인다. 편지글의 내용은 그간 다산의 칠언고시 형식론을 논하는 데에 주요한 자료로 인용되었는데,[30] 《혼돈록》에 수록된 내용이 편지글에 비해서 논의가 훨씬 풍부하고 자세하다.

한편 《혼돈록》 권3에는 이수광의 《지봉유설》을 참고한 조목이 눈에 띈다. 사론 부분 135조 〈지봉역우노비(芝峯亦憂奴婢)〉에서는 노비의 문제를 심각하게 걱정한 지봉의 견해를 인용하면서, 영조 연간에 시행한 종모역법(從母役法)에 대하여 논하였다. 또 136조 〈지봉군설

---

28) 丁若鏞, 《餛飩錄》 卷3, 165조 〈踏水車謠〉.

29) 丁若鏞, 《餛飩錄》 卷3, 165조 〈踏水車謠〉. "可見中國水車之用, 不唯灌焦, 抑以洩澇也. 力農如此, 安得不殷富也?"

30) 심경호(2000), 〈정약용의 칠언고시 형식론〉, 《한국한시의 이해》, 태학사, 132~150면.

(芝峯軍說)〉에서는 임진왜란 직후 국방력 증진을 주장한 지봉의 견해를 들고, 다산 자신이 황해도 곡산부사로 있을 때 겪었던 군역의 문제점을 지적하였다. 시화 부분 167조〈기순시(祈順詩)〉에서는 남송 이전에는 중국 상선이 해로를 이용하여 왕래하였으나 명나라에 이르러 왜구의 폐해로 해로가 통금되었다는 지봉의 견해를 들고, 다산 자신이 곡산 부사로 있을 때 중국 상선과 어선들이 왕래한 사실을 언급하였다. 171조〈악무목시(岳武穆詩)〉에서는《지봉유설》에 실려 있는 송나라 장수 악비(岳飛, 1103-1141)의 시를 인용하고, 글자의 평측(平仄)을 따져 후인의 위작임을 증명하였다. 그러면서 지봉과 같이 노숙한 안목으로도 위작을 판별해 내지 못함을 안타까워하였다. 이처럼 다산은《지봉유설》을 참고하면서도 지봉의 견해를 비판적으로 검토하였던 것이다.

○ 권4: 언어문자

172조〈동풍(東風)〉부터 249조〈중문상서(中文尙書)〉까지 78개의 조목이다. 주로 다산이 평소에 세간에서 잘못 쓰이는 자의(字意)나 성어(成語)를 수집해서 견해를 달아 둔 것이다. 이 중에서 아래의 22개 조목이 신조본《여유당전서》에 수록된《아언각비》에 수용되었다.

174조〈계(禊)〉, 175조〈작설(綽楔)〉, 176조〈섬(苫)〉, 177조〈범저(范雎)〉, 179조〈여률(儷律)〉, 180조〈파일(破日)〉, 182조〈풍월(風月)〉, 183조〈화옹(化翁)〉, 186조〈퉁소(洞簫)〉, 188조〈천금(千金)〉, 189조〈거사(居士)〉, 190조〈정사(精舍)〉, 191조〈선마(先馬)〉, 193조〈장획(臧獲)〉, 203조〈함(銜)〉, 205조〈선(鐥)〉, 208조〈독우(督郵)〉, 209조〈욕(辱)〉, 215조〈숙견(宿趼)〉, 217조〈경(磬)〉, 218조〈부슬(缶瑟)〉, 237조〈재숙(齋宿)〉.

다음은 《아언각비》 외에 다산의 다른 저작들에서 관련 내용이 확인되는 9개 조목이다.

- 184조 〈오라(烏喇)〉: 〈문헌비고간오(文獻備考刊誤)〉, '여지고(輿地考)'[31]
- 185조 〈계구(雞口)〉: 《이담속찬(耳談續纂)》, 〈중언(中諺)〉.
- 195조 〈성치(城雉)〉: 〈성설(城說)〉 및 《상례사전(喪禮四箋)》 권7, 〈상구정(喪具訂)〉6의 '분봉(墳封)'에 대한 주석.
- 200조 〈개천맥(開阡陌)〉: 《경세유표》 권6, 〈지관수제(地官修制)·전제(田制)4〉의 '사기진본기(史記秦本紀)'.
- 207조 〈도리(桃李)〉: 《이담속찬》, 〈중언(中諺)〉.
- 211조 〈세실(世室)〉: 《춘추고징(春秋考徵)》 2, 〈묘제(廟制)〉2, '태실옥괴(太室屋壞)'.
- 214조 〈양갑일출(羊胛日出)〉: 〈온성론(穩城論)〉.
- 227조 〈빈파(頻婆)〉: 《목민심서》 권7, 〈호전육조(戶典六條)〉, '권농(勸農)'.
- 247조 〈전부수조(佃夫輸租)〉: 〈의엄금호남제읍전부수조지속차자(擬嚴禁湖南諸邑佃夫輸租之俗箚子)〉.

《아언각비》를 비롯한 다산의 여타 저작에는 보이지 않고, 장서각본 《혼돈록》 권4에만 수록된 내용이 47개로서 전체 78개의 반 이상을 차지한다. 물론 《혼돈록》 권4에는 192조 〈마상봉한식(馬上逢寒食)〉, 196조 〈감찰(監察)〉, 198조 〈정과(丁科)〉 등과 같이 언어문자와 무관하고 시화나 사론에 넣어야 할 내용도 있다. 그러나 아래와 같

---

31) 다산은 《여유당전서》 잡찬집(雜纂集) 제20, 〈문헌비고간오(文獻備考刊誤)〉, '여지고(輿地考)', 총간281, 500면에서 "오국성은 지금의 오라성이다. 자세한 것은 나의 《한야지언(寒夜枝言)》에 보인다.[案五國城, 今烏喇城也. 詳見余寒夜枝言.]"라 하였다. 《한야지언》은 현재 전하지 않으나 다산이 쓴 필기류의 저작이었을 것으로 추정된다.

이 언어문자와 관련하여 다산의 여타 저작에서 확인되지 않는 내용이 대단히 많다.

172조 〈동풍(東風)〉, 173조 〈전답(畠畓)〉, 178조 〈점제(黏蟬)〉, 181조 〈수시(朱提)〉, 187조 〈부시(罘罳)〉, 194조 〈노부(鹵簿)〉, 197조 〈사음(舍音)〉, 202조 〈노포(露布)〉, 206조 〈사(篩)〉, 210조 〈접(鰈)〉, 212조 〈즉진(卽眞)〉, 213조 〈방약무인(傍若無人)〉, 216조 〈유(牖)〉, 219조 〈두찬(杜撰)〉, 220조 〈낭당(郎當)〉, 225조 〈공형(公兄)〉, 226조 〈오라(烏囉)〉, 229조 〈혜패(彗孛)〉, 230조 〈와(窩)〉, 231조 〈애내(欸乃)〉, 232조 〈시정(市井)〉, 236조 〈측실자(側室子)〉, 241조 〈추석(秋夕)〉

이 중에는 우리나라 말과 관련된 내용이 있어 주목된다. 세속에서 소작인을 사음(舍音), 밭이랑을 야미(夜味)라 하는데, 다산은 마땅히 말음(末音)과 배미(裵味)라고 해야 한다고 하였다. 그런데 숙종 경신년(1680)에 우암(尤庵) 송시열(宋時烈)이 입시하여 '사음'이라 언급한 것이 《국조보감》에 실려 있어 고칠 수 없는 것이 되어 버렸다는 것이다.(197조 〈사음(舍音)〉) 아래의 226조 〈오라(烏囉)〉 역시 우리나라 말과 관련된 것이다.

《계림유사(鷄林類事)》에 우리나라의 말을 다음과 같이 기록한 것이 있다. "'오다[來]'를 '오라[烏囉]'라고 하고, '가다[去]'를 '니거지라[匿家入囉]'라고 하며, '손님이 오다[客至]'를 '손오라[孫烏囉]'라고 하고, '무릇 물건을 가져오라 부르는 것[凡呼取物]'을 모두 '도라[都囉]'라고 하였다."

이 몇 개의 말은 지금의 속언과 딱 들어맞으니 매우 신기하다. 지금도 호남과 영남에서 무릇 물건을 가져오라 부를 때에는 모두 '도라[都囉]'라고 한다.[32]

《계림유사》는 고려에 사신으로 왔던 송나라 손목(孫穆)이 지은 것인데, 여기에 실려 있는 우리말에 대해 논한 것이다. 다산은 고려 시대의 말이 지금의 속언과 딱 들어맞는 것을 신기해하면서, 영호남 지방에서 쓰는 '도라'라는 방언을 그 증거로 제시하였다.

그런데 위에서 제시한 조목은 결국 《아언각비》를 비롯하여 다산의 여타 저작에 수용되지 않았다. 현재로서는 그 이유를 상고하기 어려운데, 다만 206조 〈사(篩)〉처럼 자신의 생각이 나중에 잘못된 것임을 알고 넣지 않았을 수 있다.(이 조목은 규장각본에도 없음) 다산은 사(篩)가 배를 만들 수 있을 정도로 큰 대나무의 이름인데, 세속에서 굵은 것을 걸러내는 기구로 사용하는 것은 잘못이라 하였다.[33] 그러나 사(篩)라는 글자에는 '체'라는 의미가 있다.

한편, 다음과 같이 다른 사람들의 저작에서 확인되는 경우도 있다.

- 173조 〈전답(畠畓)〉: 이익, 《성호사설》 권12, 〈인사문(人事門)〉, '전지산장탕(田地山場蕩)' 및 이덕무, 《앙엽기(盎葉記)》 4, '답진(畓畠)'.
- 194조 〈노부(鹵簿)〉: 고염무, 《일지록》.
- 231조 〈애내(欸乃)〉 및 232조 〈시정(市井)〉: 왕세정, 《완위여편(宛委餘編)》(《엄주사부고(弇州四部考)》 권159).

이 중에서 231조와 232조는 각각 왕세정이 지은 《완위여편(宛委餘編)》의 '애내(欸乃)' 및 '시(市)'와 내용이 같다. 178조 〈점제(黏蟬)〉, 213조 〈방약무인(傍若無人)〉 등도 《아언각비》에 수록되어 있지 않은데,

---

32) 丁若鏞, 《餛飩錄》 卷4, 226조, 〈烏囉〉. "《鷄林類事》記我國方言云: '來曰烏囉, 去曰匿家入囉, 客至曰孫烏囉, 凡呼取物, 皆曰都囉.' 此數語, 與今俗翕翕符合, 甚可奇也. 湖南·嶺南, 凡呼取物, 皆云都囉."

33) 丁若鏞, 《餛飩錄》 卷4, 206조 〈篩〉. "篩, 竹名, 大可爲船. 簁所以除麤取細, 亦作籭. 今俗以篩爲除麤之器, 誤矣."

이들 조목에는 관련 문헌을 인용해 두었을 뿐이며 다산의 견해가 전혀 없다. 이로 볼 때 다산은《아언각비》를 저술하면서 객관성이 확보되면서도 자기만의 독창적인 견해가 들어간 조목만을 선발한 것으로 생각된다.

한편 229조〈혜패(彗孛)〉에서 중국에서 혜패(彗孛, 살별의 하나)가 땅속으로 떨어졌는데, 땅에서 파냈을 때도 여전히 뜨거워 만질 수 없었던 사건을 기록하였다. 다산은 "토기(土氣)가 불에 들어가 달구어져 돌이 되는데 온통 붉으며 빛을 뿜는다. 이것이 혜패(彗孛)이다."라고 하는 서양 사람들의 말을 인용하며, 그들의 말에 일리가 있다고 논평하였다.[34] 권1 62조〈지수화풍(地水火風)〉에서 만물을 구성하는 요소에 대한 마테오리치의 주장을 제시하였고, 권3의 170조에서 서양의 천문과 지리를 읊은 최석정(崔錫鼎)의 시 2편을 인용해 둔 바 있다. 여기에서 서양의 학문에 대한 다산의 관심을 엿볼 수 있다.

4. 자료적 가치

《혼돈록》은 신조본《여유당전서》에 들어 있지 않기 때문에, 그간 학계의 주목을 받지 못하였다. 다산이〈자찬묘지명(自撰墓誌銘)〉에서 "잡문 전편 36권, 후편 24권이 있다."라고 하였는데,《혼돈록》은 잡문에 해당된다고 볼 수 있다.《혼돈록》이 신조본에 수록되지 않은 이유는 명확하지 않다. 다만 장서각본에 삭제 표시가 되어 있는 부분을 볼 때, 한두 가지 예상해 볼 수 있다. 먼저《혼돈록》권4의 많은

34) 丁若鏞,《餛飩錄》卷4, 229조〈彗孛〉. "宋犖《筠廊偶筆》曰: '寧陵白日隕星, 形類硯磚而粗, 彷彿太學石鼓. 隕時聲如雷, 入地數尺, 掘出猶熱甚, 不能取也.' 西人言: '土氣入火, 帶煉而成石, 通紅放光, 是爲彗孛.' 今云隕地猶熱, 則西言有理."

부분이 《아언각비》로 수용되었듯이, 《혼돈록》을 독립된 저술로 생각하기보다는 여타 저작을 위한 연구노트정도로 간주한 것이 아닌가 한다. 왕세정의 《완위여편》을 그대로 전재해두거나 자신의 의견개진 없이 관련 자료를 인용해 둔 조목들을 보면 그러하다. 또 《혼돈록》의 내용이 외부에 공개하기에는 부적절하다고 판단하였을 수도 있다. 사론에서 당쟁과 관련된 언급이나 정조 연간 조정에서 있었던 소소한 일화들, 시화에서 희작성이 농후한 시편들이 이에 해당될 수 있겠다. 그렇다고 해서 《혼돈록》의 자료적 가치가 떨어지는 것은 결코 아니다. 본고에서는 《혼돈록》의 가치를 다음과 같이 제시해 본다.

첫째, 《혼돈록》은 절반 이상이 사론으로 채워져 있는데, 이를 통해 다산의 역사인식을 엿볼 수 있다. 다산은 경학에 뛰어나 여러 저술을 남겼으나, 《혼돈록》만큼 본격적인 사론을 다룬 저작은 많지 않다. 특히 숙종과 정조 연간의 사건과 인물에 대한 논의에 주목할 필요가 있다. 다산은 역사적 사실에 근거하여 당파에 얽매이지 않고 냉정하게 역사를 평가하였다. 다산이 자기 나름대로 남인이 분열되고 정치적으로 몰락한 과정을 탐색해 본 것으로 생각된다. 또한 중국 역사에 대한 단순한 기록에 그치는 것이 아니라, 중국과 우리나라를 비교하면서 우리의 현실에 입각하여 비판적으로 역사를 검토하였다.

둘째, 신조본 《여유당전서》에는 수록되지 않은 다산의 시론과 시편을 확인할 수 있다. 이미 임형택은 《혼돈록》 시화부의 특징으로 세 가지를 제시한 바 있다. 첫째 남인 시파의 실상에 관한 정보를 담고 있고, 둘째 시화로서 다산의 실학적 면모를 보여주며, 셋째 다산의 시 창작 현장을 엿볼 수 있는 바 희작시들이 보고된 사실이 특이하다는 것이다.[35] 이와 더불어 칠언고시의 율격에 관한 논의는 신조본 《여유당전서》의 편지글에도 실려 있으나, 《혼돈록》의 논의가 훨씬 풍부하고 자세하여 다산의 시론 연구에 참고할 만하다.

셋째,《혼돈록》이 다산의 여러 저작의 원천 자료 역할을 하였다는 점이다.《혼돈록》은《아언각비》 저술의 밑바탕이 되었음은 물론이거니와 여타 문장을 짓는 데에도 크게 기여하였다. 단적으로 신조본《여유당전서》 시문집 권10의〈원사(原赦)〉에는 "원래《혼돈록》 속에 들어있던 것을 빼내어〈원사(原赦)〉로 만들었기 때문에 문체가 같지 않다."[36]라는 원주가 부기되어 있다. 다산이 말한 글은《혼돈록》 권1에 수록된 32조〈왕가종수칠십(王伽縱囚七十)〉을 말한다. 곧〈원사〉는《혼돈록》 권1의 32조가 바탕이 되어 완성된 셈이다. 이외에도〈한전(限田)〉·〈현령시책(縣令試策)〉·〈개천맥(開阡陌)〉 등은《경세유표》에,〈본생부칭백부숙부(本生父稱伯父叔父)〉·〈성치(城雉)〉 등은《상례사전(喪禮四箋)》에,〈세실(世室)〉은《춘추고징(春秋考徵)》에 수용되었다.

넷째, 다산의 저술 편찬 경위를 엿볼 수 있다. 권1의 7조에서 "서백(西伯)이 노인을 잘 봉양하는 사람이라고 들었으니, 어찌 그에게 가지 않을 수 있겠는가?"라는《맹자》에 나오는 백이(伯夷)와 강태공(姜太公)의 말을 인용하고, 이 구절에 담긴 의미에 대해 풀이를 하였다. 그리고 주석에서 "자세한 내용은 내가 지은《맹자차록(孟子箚錄)》에 있다."라고 하였다.[37]《맹자차록》이란 저술은 현재 전하지 않는다. 그런데 이와 관련된 내용은《맹자요의(孟子要義)》에서 확인할 수 있다.[38] 이를 통해《맹자차록》은《맹자요의》에 앞서 지었고, 이

35) 임형택(2012), 앞의 글, 334~335면.

36) 丁若鏞,《與猶堂全書》(新朝本), 詩文集 卷10,〈原赦〉, 한국문집총간281, 212면. "本入《餛飩錄》中, 升之爲〈原赦〉, 故文體不類."

37) 丁若鏞,《餛飩錄》 卷1, 7조〈賜米肉非先王養老之政〉. "伯夷·太公曰'吾聞西伯善養老者, 盍往歸焉', 非西伯特賜米帛以惠養之也. 不過制民之產, 使民勤於耕織畜牧, 以自養其老耳.〔詳見余《孟子箚錄》〕"

38) 丁若鏞,《與猶堂全書》(新朝本), 經集 卷5,《孟子要義》, 離婁, 한국문집총간282, 122면. "鏞案古者養老有二法, 一是養庶老, 一是養國老.《禮》曰: '春饗孤

를 바탕으로 《맹자요의》를 저술한 것임을 알 수 있다.

이상으로 《혼돈록》 현전본의 종류와 저작 시기, 주요 내용과 자료적 가치를 살펴보았다. 본고가 다산학의 지평을 넓히는 데에 조금이나마 기여하기를 기대한다.

子, 秋食耆老.'〔〈郊特牲〉〕〈月令〉曰: '仲春養幼少, 存諸孤; 仲秋養衰老, 授几杖.' 此通士庶而養之也. 《禮》曰: '食三老五更於大學, 天子袒而割牲, 執醬而饋, 執爵而酳, 冕而總干, 以教諸侯之弟.'〔見〈祭義〉〕此惟國老是養也. 若所謂'西伯之善養老', 非是之謂也. 文王行王政, 斑白者不負戴於道路, 五十者衣帛, 七十者食肉, 皆所以養老也."

참고문헌

정약용, 《혼돈록》, 《여유당집》 19·20책, 장서각 소장본(귀 D3B 241).
정약용, 《혼돈록》, 《여유당집》 18·19책, 규장각 소장본(규11894).
정약용, 《혼돈록》, 《여유당전서보유》 2집, 경인문화사, 1974.
정약용, 《여유당전서》, 한국문집총간 281~286, 민족문화추진회(현 한국고전번역원).
정약용 저, 다산학술재단 편, 《정본 여유당전서》 37, 사암, 2013.
이규상 지음, 민족문학사연구소 한문학분과 옮김, 《18세기 조선 인물지》, 창작과비평사, 1997

김언종(2006), 〈《여유당전서보유》의 저작별 진위문제에 대하여(上)〉, 《다산학》 통권9호, 다산학술문화재단.
김영호(1974), 〈《여유당전서보유》 2집 해제〉, 《여유당전서보유》 2, 경인문화사.
김영호(1985), 〈《여유당전서》의 텍스트 검토〉, 《정다산 연구의 현황》, 민음사.
심경호(2000), 〈정약용의 칠언고시 형식론〉, 《한국한시의 이해》, 태학사.
임형택(2012), 〈《혼돈록》 시화부 해설〉, 《민족문화》 40, 한국고전번역원.
조성을(1984), 〈정약용 저작의 체계와 〈여유당집(與猶堂集)〉잡문(雜文)의 재구성〉, 《규장각》 8, 규장각한국학연구원.
조성을(2004), 《여유당집의 문헌학적 연구》, 혜안.

【부록】《혼돈록》 249개 조목 내용 일람표

❍ 권1: 1조 〈자하귀문후(子夏歸文侯)〉~64조 〈동파불식아자(東坡不識砑字)〉(총64개)

번호	제목	내용	비고
1	子夏歸文侯	공자의 제자 자하(子夏)가 위(魏) 문후(文侯)에게 간 일. 다산은 고인의 출처(出處) 의리가 지금과 달랐다고 봄.	
2	田單鐵籠	전국시대 전단(田單)이 철롱(鐵籠)을 만들어 적을 막은 일. 아울러 한신(韓信)의 목부(木罌), 제갈량의 목우(木牛), 이순신의 거북선, 류성룡의 목성(木城)도 언급.	
3	期年而生子政	진시황이 임신 12달 만에 태어난 일. 이것이 사실이면 진시황은 여불위(呂不韋)의 자식일 수 없다고 봄.	
4	東周君謀伐秦	동주(東周)의 임금이 진(秦)나라 토벌을 꾀한 일. 다산은 나라를 망하게 하는 무모한 일로 봄.	
5	項羽焚書	항우(項羽)가 서적을 불태운 일. 다산은 경전이 불타 없어진 것은 진시황 때가 아니라, 항우가 아방궁을 불태울 때라고 봄.	《史記英選》 卷1, 〈項羽本紀〉
6	蕭何	위기와 의심에 대처하는 소하(蕭何)의 뛰어난 면모를 언급하고 한신(韓信)·조참(曹參)과의 일화를 제시.	《史記英選》 卷1, 〈蕭相國世家〉 및 卷4, 〈淮陰侯傳〉
7	賜米肉非先王養老之政	한나라 문제(文帝)가 쌀과 고기, 비단과 솜을 노인들에게 특별히 하사한 일. 다산은 이를 선왕이 노인들을 봉양하는 정치가 아니라고 봄.	《孟子要義》
8	入粟拜爵	한나라 문제 때 조착(晁錯)이 곡식을 바치면 작위를 주도록 청한 일. 이로 인해 관가에서는 곡식을 귀하게 작위를 천하게 여기고, 백성들은 곡식을 천하게 작위를 귀하게 여기는 폐단이 발생함.	
9	後元詔酒醪糜穀	한나라 무제(武帝)가 후원(後元) 1년 조칙에서 술을 빚는 것 때문에 곡식을 낭비함을 말한 일. 아울러 우리나라에서 곡식을 낭비하는 사례를 언급.	
10	改正朔	한나라 문제 때 가의(賈誼)가 정삭(正朔)을 고치고 복색(服色)을 바꾸자는 논의를 건의하였고, 이것이 무제 때 시행된 일.	李瀷, 《星湖僿說》 卷17, 人事門, '賈誼聖人之徒'
11	通西域	진시황이 만리장성을 쌓았고, 한 무제가 대하(大夏)와 통교하였으며, 당 태종이 호(胡)·월(越)을 아울렀고 원 세조가 일본을 정벌한 일.	
12	缿筩	한나라 때 조광한(趙廣漢)이 항통법(缿筩法)을 시행하였는데, 다산은 이를 가혹한 관리의 악독한 수단으로 봄. 예전 우리나라 성균관 정록청(正錄廳)에서 항통을 걸어둔 일도 언급.	
13	齊居決事	한나라 선제(宣帝)가 선실전(宣室殿)에서 재계하고 머물면서 옥사를 공평하게 처리한 일. 아울러 정조가 매년 5월 재실에서 경향의 형옥을 처리한 일 언급.	
14	楊惲死於日食	한나라 선제 때의 대신 양운(楊惲)이 일식 때문에 죽은 일.	

번호	제목	내 용	비고
15	辥廣德非直臣	한나라 설광덕(辥廣德)이 누선(樓船)을 타선 안 된다며 간한 일과 원앙(袁盎)이 수레로 산비탈을 내려가는 것을 말리며 간한 일. 다산은 둘 모두 직신(直臣)의 가면을 쓴 것으로 봄.	《史記英選》 卷4, 〈袁盎傳〉
16	匡衡劉向	한나라 광형(匡衡)이 상소를 올리고, 유향(劉向)이 《홍범오행전론(洪範五行傳論)》을 지어서 당대 정치를 비판한 일.	
17	朱雲	한나라 성제 때의 직신(直臣) 주운(朱雲)이 태자사부를 지낸 장우(張禹)에게 분개한 일.	
18	限田	하나라 무제 때 동중서(董仲舒)가 한전(限田, 소유할 수 있는 토지 제한)을 건의한 일.	《經世遺表》 卷6, 〈地官修制〉, 田制4
19	福嬰	한나라 때의 권신(權臣) 곽광(霍光)이 성할 것을 서복(徐福)이 말했고, 왕망(王莽) 성할 것을 매복(梅福)이 말한 일.	《史記英選》 卷7, 〈霍光傳〉 및 卷8, 〈梅福傳〉
20	一夫百畝	왕망이 정전법을 시행하고 항우가 봉건제를 시행하며, 오대(五代) 후주(後周)의 곽위(郭威)가 다른 성씨에게 양위한 일. 그러나 다산은 이들은 결국 시의(時宜)를 알지 못해 나라를 어지럽게 했다고 봄.	
21	客星	한나라 광무제가 객성(客星)을 가지고 엄광(嚴光)을 속인 일.	
22	馬援	후한 광무제 때 장군 마원(馬援)의 출처가 제갈량보다 못한 점.	
23	讖緯	후한 광무제가 참위설을 좋아한 일. 다산은 이 때문에 참위서가 후한 때 많이 나타났다고 봄.	
24	張儉非善人	후한 영제 때의 명사 장검(張儉)이 비록 당고(黨錮)의 무리이긴 하지만, 그로 인해 여러 사람이 화를 당했기 때문에 다산은 그를 선인이 아니라고 봄.	
25	九品中正	위나라 진군(陳羣)이 제정한 구품관인법(九品官人法)의 폐단 지적.	
26	張皇后	촉한 유선(劉禪)은 나약하였는데 배필은 장비(張飛)의 딸이었고, 고려 충렬왕은 유약하였는데 배필은 홀필열(忽必烈, 쿠빌라이)의 딸이었음. 다산은 이를 떠올릴 때마다 포복절도했다고 함.	
27	竹林七賢	죽림칠현의 기이한 행동은 당시의 상황을 고려하여 이해해야 함.	
28	郭欽	진(晋)나라 무제 때 곽흠(郭欽)은 오호(五胡)가 난을 일으킬 것을 먼저 알았음. 큰 난이 일어날 징조를 아는 사람이 있어도 임금이 그들의 의견을 받아들이지 않아 결국 패망함.	
29	魏顯祖	위(魏)나라 현조(顯祖) 헌문제(獻文帝)가 12세에 천자가 되었고, 14세에 태자를 낳았으며, 18세에 태상황이 되었던 일.	
30	瓜滿遷轉	남조 양(梁)나라 최량(崔亮)의 격제지법(格制之法), 당나라 배광정(裵光庭)의 자격지법(資格之法) 등 중국의 관리 인사이동 제도. 아울러 우리나라의 경우도 언급함.	

번호	제목	내 용	비고
31	地窖	수나라 양제가 낙구창(洛口倉)·회락창(回洛倉) 등 지하 창고[地窖]를 만들었던 일. 아울러 우리나라 포천 지방에 어느 벼슬아치가 지하창고를 만들었다가 곡식을 썩힌 일.	
32	王伽縱囚七十	수나라 왕가(王伽)가 죄수 70명을 인솔하고 가다가 형틀을 풀어주고 정해진 날짜에 목적지에서 만나기로 하여 죄수가 모두 모인 일. 이에 비해 당나라 태종이 죄수 4백 명을 풀어준 것은 대단한 사적이 아니라고 함.	丁若鏞, 〈原赦〉
33	關中米貴	당나라 태종 때 과거 응시생 7천여 명이 한꺼번에 관중(關中)에 몰려 쌀값이 폭등한 일. 아울러 우리나라에서 경과(慶科) 때 3만 명이 한성에 몰려 생필품 값이 폭등한 일.	
34	六百四十三員	당나라 태종이 방현령(房玄齡) 등에게 명하여 쓸데없는 관직을 줄이고 문무 관원 643명만을 남겨두도록 한 일.	《雅言覺非》 卷1, '員外郞'
35	李勣齧指	당나라 태종이 어린 황태자를 부탁한다는 유명을 내리자, 이적(李勣)이 손가락을 깨물어 피를 흘려 믿음을 보인 일. 이는 한나라 때 곽광(霍光)이 무제의 유명을 듣고 단지 머리를 조아리며 김일제(金日磾)에게 양보한 것보다 못하다고 함.	
36	秦之帝業	대개 진나라에 대해서는 욕만 하는데, 진나라는 정해진 틀을 두지 않고 오직 재능을 보아 인재를 등용하여 제업을 이룩한 것은 인정해야 함.	
37	汎舟積翠池	당나라 태종이 아버지 고조의 상중에 낙양궁 서원(西苑)에서 연회를 베풀고 적취지(積翠池)에서 배를 띄워놓고 논 일.	
38	陳情表	진나라 이밀(李密)(〈진정표(陳情表)〉)과 우리나라 길재(〈사징서(辭徵書)〉)를 충신이라 일컬어지긴 하나, 진정한 충신들과 비교해 보면 부끄러운 것이 있음.	
39	縣令試策	당나라 현종이 새로 임명한 현령들을 두고 책문(策問)으로 시험을 본 일. 다산은 우리나라에서 수령이 부임할 때 형식적으로 칠사(七事)를 암기하게 할 것이 아니라, 책문을 시험할 것을 주장함.	《經世遺表》 卷4, 〈考績之法〉
40	流內流外	중국의 관제인 유내(流內)·유외(流外)를 우리나라의 참내(參內)·참외(參外)와 비교.	
41	張巡	당나라 현종 때의 장수 장순(張巡)이 충의는 뛰어났지만 잔인하고 혹독한 짓을 했기 때문에 다산은 악인으로 봄.	
42	諸王將兵	당나라에서 제후의 왕이 군대를 통솔한 일.	
43	李正己·李懷光	고구려 유민 이정기(李正己)와 발해 출신 이회광(李懷光)이 당나라에서 절도사에까지 올랐으나 반란을 일으켰다가 죽임을 당한 일.	
44	甘露之變	당나라 문종이 환관 세력을 제거하려다가 실패로 돌아간 감로지변(甘露之變) 때 재상 이훈(李訓)등이 배도(裵度)와 이덕유(李德裕) 같은 훌륭한 사람을 등용하지 않은 문종의 잘못을 지적함.	
45	用亡朝紀元	중국에서 이무정(李茂貞)·양행밀(楊行密)·왕건(王建) 등이 망한 왕조의 연호를 그대로 쓴 일.	

번호	제목	내 용	비고
46	四凶非朋	구양수가 〈붕당론〉에서 공공(共工) 등 사흉(四凶)을 같은 무리로 본 것은 역사적 사실을 제대로 몰라 발생한 오류임을 지적.	
47	金麟瑞	명말청초의 문장가 김성탄(金聖嘆)이 《맹자》·《좌전》 등 경서의 본의를 제대로 모르면서 제멋대로 평한 것 비판함.	《春秋考徵》4, 〈雜禮〉
48	蔡澤論商君	《사기》 〈채택전(蔡澤傳)〉에 수록되어 있는 채택의 책서(策書)에 역사적 사실을 혼동한 곳을 지적함.	
49	齊悼公卽陽生非有二人	《사기》 〈오자서전(伍子胥傳)〉에 "제나라 포씨(鮑氏)가 임금인 도공(悼公)을 죽이고 양생(陽生)을 세웠다."라는 기록이 오류임을 밝힘. 도공이 곧 양생임.	《史記英選》 卷2, 〈伍子胥傳〉
50	嚴嵩	명나라는 엄숭(嚴崇) 같은 사람도 거질의 문집을 남겼는데, 현재 청나라는 전겸익의 《목재집》을 없앤다며 은근히 청나라를 비판.	
51	皇明科期	명나라는 과거시험의 종류와 일정이 일정한데 반해, 우리나라는 식년시 외에 시험의 종류가 너무 많고 시험 일정도 일정하지 못함.	
52	米直	자연 재해에 따른 쌀값의 변동을 신라 태종, 고려 공민왕, 조선 선조 때를 예로 들어 지적. 아울러 국정을 맡은 자들이 이에 대비해야 함을 언급.	李睟光, 《芝峯類說》 卷1, 〈災異部〉, '饑荒'
53	吹簫給喪	《사기》 〈강후주발세가(絳侯周勃世家)〉에서 주발이 퉁소를 불어 상을 당한 사람을 애도한 일. 다산이 장기에 유배가 있을 때 삼년상을 치르는 자가 퉁소를 분 것을 목격함.	
54	史記險句	《사기》의 〈예서(禮書)〉·〈장의열전(張儀列傳)〉·〈월왕구천세가(越王句踐世家)〉에 나오는 껄끄러운 구절 풀이.	
55	貨殖傳	《사기》 〈화식열전(貨殖列傳)〉에 나오는 잘못된 글자의 교감 및 단어의 의미 풀이.	《史記英選》 卷6, 〈貨殖傳〉
56	信陵君	《사기》 〈위공자열전(魏公子列傳)〉에 나오는 문장을 인용하여 예법에 대해 논의함.	《史記英選》 卷3, 〈信陵君傳〉
57	李將軍傳	《사기》 〈이장군열전(李將軍列傳)〉의 단락 구성 방식을 해설하며 사마천의 뛰어난 필력을 논의함.	《史記英選》 卷5, 〈李將軍傳〉
58	九世同居	중국 역사에서 장공예(張公藝)을 비롯하여 9대가 한 집에 산 사례를 나열.	
59	王丹麓文章九命	청나라 문장가 단록(丹麓) 왕탁(王晫)이 말한 문장가의 아홉 가지 운명.	
60	吳晴巖五行問	청나라 학자 청암(晴巖) 오숙공(吳肅公)의 〈오행문(五行問)〉을 인용하고, 오행상생설(五行相生說)의 허위성을 비판.	
61	韓久菴井田說	조선중기 학자인 구암(久菴) 한백겸(韓百謙, 1552-1615)의 〈기전유제설(箕田遺制說)〉의 내용을 제시. 다산은 평양에 기자(箕子)가 만들었다는 정전설을 믿지 않으며, 당나라 때 이적(李勣)이 평양에 주둔했을 때 경영하였던 둔전의 흔적으로 봄.	

번호	제목	내 용	비고
62	地水火風	만물을 구성하는 요소에 대한 오숙공의 학설, 불교, 마테오리치의 주장 등을 각각 제시하고 이에 대해 논평.	
63	諱辯誤用治字	한유가 〈휘변(諱辨)〉에서 피휘하지 않는 사례로 '치(治)'자를 잘못 든 것을 지적함.	丁若鏞, 〈雜評〉, '韓文公諱辨評'
64	東坡不識�字	소식이 혜주에 유배가 있을 때 참고할 책이 없어서 '아(砑)'자의 의미를 몰랐던 일.	

○ 권2: 65조 〈이박천(李博泉)〉~114조 〈조병사(曹兵使)〉(총50개)

번호	제목	내 용	비고
65	李博泉	숙종 때 부제학을 지낸 박천(博泉) 이옥(李沃, 1641-1698)이 한림에 추천된 일화. 선배들은 이옥이 미수(眉叟) 허목(許穆, 1595-1682)의 문체를 모방하였다고 함.	
66	閔貳相	숙종 때 재상을 지낸 민점(閔點)·민암(閔黯) 형제가 태어날 때의 일화.	
67	吳判書	숙종 때 판서를 지낸 오시복(吳始復, 1637-1716)의 해배 문제로 남인과 서인이 대립한 일화. 다산은 이를 이만수(李晩秀, 1752-1820)에게 전해들었다고 함.	
68	柳判書	경신옥사(1680, 숙종 6) 때 유명천(柳命天, 1633-1705)이 밤에 허적(許積, 1610-1680)을 찾아가 죽임을 면할 수 있는 방법을 알려준 일.	
69	吳藥山	약산(藥山) 오광운(吳光運, 1689-1745)이 준소(峻少) 이종백(李宗白, 1699-1759)과 대립했던 일.	규장각본에 없음/李奎象, 《幷世才彥錄》, 文苑錄
70	蔡柳世嫌	숙종 때 채성윤(蔡成胤, 1659-1733)이 유성삼(柳星三, 1631-1700)을 탄핵한 이래, 채제공 때까지 두 집안이 대대로 불화를 겪은 일.	규장각본에 없음
71	洪判書	영조 때 판서를 지낸 홍명한(洪名漢, 1724-1774)의 인품과 채제공과의 인연.	
72	洪監司使酒	숙종 때 감사(監司)를 지낸 홍만종(洪萬鍾)의 주사(酒邪)에 얽힌 일화.	
73	韓公孝行	예안현감(禮安縣監)을 지낸 한광전(韓光傳)의 효행.	
74	申承旨光河	정조 때 승지를 지낸 신광하(申光河, 1729-1796)가 세상 물정에 어두워서 조정에서 발생했던 우스운 일화.	
75	兪承旨漢寧	정조 때 승지를 지낸 유한녕(兪漢寧, 1743-1805)이 민첩하지 못하여 조정에서 발생했던 우스운 일화.	
76	沈徐事	정조 때 심염조(沈念祖, 1734-1783)와 서유방(徐有防, 1741-1798)이 각신(閣臣)이 되었을 때 성묘를 청하였다가 정조가 허락하지 않은 일.	
77	尼助岳	정조 때 조정에서 한 대신이 '니조악(尼助岳)'이란 방언을 써서 벌어졌던 우스운 일화.	
78	洪瘦鄭肥	정조가 홀쭉한 수찬 홍낙정(洪樂貞)과 뚱뚱한 직각 정대용(鄭大容)을 나란히 세워놓고 놀린 일화.	
79	文肅啗餠	채제공이 떡을 매우 좋아하여 조정에서 벌어졌던 일화.	

번호	제목	내 용	비고
80	李判書文源	정조 때 판서 이문원(李文源, 1740-1794)이 정조를 모시고 세심대에서 꽃구경 할 때 술에 크게 취한 일화.	李奎象,《幷世才彦錄》, 氣節錄
81	丁判書	정조 때 판서 정범조(丁範祖, 1723-1801)가 세상 물정에 어두워 벌어졌던 여러 가지 일화.	
82	洪節度	다산의 장인인 홍화보(洪和輔, 1726-1791)가 채제공이 어려움에 처했을 때 의리를 지킨 일.	
83	李獻納	정조 때 헌납을 지낸 이만응(李萬應, 1724-?)의 독실한 행실과 과거 급제한 날에 있었던 일화.	
84	朴教官	정조 때 독행(篤行)으로 교관(敎官)에 천거되었던 박손경(朴孫慶, 1713-1782)과 그의 시 1편.	
85	金司書	다산의 중형(仲兄) 정약전(丁若銓, 1758-1816)의 장인인 김서구(金敍九, 1725-?)가 채제공이 실각하였을 때 의리를 지킨 일.	
86	兪承旨	정조 때 승지를 지낸 유항주(兪恒柱, 1730-?)의 강직한 성품과 그에 얽힌 일화.	
87	金承旨	정조 때 승지를 지낸 김상묵(金尚默, 1726-?)이 안동부사가 되었을 때, 남인이었다가 노론에 가담한 안씨와 남인 이씨 사이의 송사를 해결한 일. 김상묵은 만년에 다산의 고향인 소내[苕川]에 살았음.	
88	李在咸	정조 때의 광객(狂客) 이재함(李在咸)에 얽힌 일화. 정조는 병이 낫기 바라며 특별히 교관(敎官)에 임명했으나 병이 끝내 고쳐지지 않았음.	
89	丑隱	정조 때 전의현감을 지낸 홍휘한(洪徽漢, 1723-?)이 '축은(丑隱, 소처럼 우직한 은자)'이란 호를 얻게 된 일화.	
90	沈汝漸	정조 때 용담(龍潭) 현령을 지낸 심규(沈逵)는 시에 지나치게 자부하였는데, 채제공이 이를 놀린 일화.	
91	崔北	영·정조 때 산수화로 명성이 높았던 최북의 일화.	李奎象,《幷世才彦錄》, 畫廚錄
92	李道甫	영·정조 때 서예가인 이광사(李匡師, 1705-1777)를 비판하였던 조윤형(曺允亨, 1725-1799)과 강세황(姜世晃, 1713-1791).	李奎象,《幷世才彦錄》, 書家錄
93	姜達天	다산이 본 신동 강달천(姜達天)과 최효갑(崔孝甲)에 얽힌 일화.	
94	柳孟養	정조 때 학사(學士) 유맹양(柳孟養, 1740-?)이, 윤선도의 5대손이자 윤휴의 증손이라는 이유를 들어 윤지범(尹持範, 1752-1846)이 승문원에 들어가는 것을 막았다가 창피를 당한 일. 윤선도는 본관이 해남, 윤휴는 남원임.	
95	翰林史	갑술옥사(1694, 숙종 20) 이후 남인이 사관이 되지 못한 사정과 서인에 의해 역사적 사실이 왜곡되는 일. 다산은 채제공에게 직접 들었음.	
96	鄭守夢	광해군 때 정엽(鄭曄, 1563-1625)이 도승지가 되었을 때, 인목대비를 서궁(西宮)에 유폐시킨 일을 꼬집은 일. 다산은 이를《월사집》에서 봄.	
97	英宗帝	한 번 잃었던 위광(威光)을 회복한 사례로 명나라 영종황제(英宗皇帝)와 우리나라의 인현왕후(仁顯王后)를 들며, 폐위 교지를 작성한 민암(閔黯, 1636-1694)의 몰락과 폐위를 반대한 정시한(丁時	

번호	제목	내 용	비고
		翰, 1625-1707)의 절의를 대비시킴.	
98	栗谷疏	인조 때 채진후(蔡振後, 1602-?, 채제공의 고조)가 성혼(成渾)과 이이(李珥)의 문묘 배향을 논척하는 상소에서 성혼과 이이 본인들이 올렸던 상소와 이에 대한 선조의 비답을 논거로 삼은 일.	
99	成牛溪	선조 때 성혼의 삭탈관작을 둘러싸고 있었던 조정의 논쟁. 관작을 삭탈하라 명한 선조의 비답과 신원을 주장한 생원 한효상(韓孝祥)의 상소 및 이에 대한 선조의 비답을 인용.	
100	許相公	숙종 때 영의정을 지낸 허적(許積)과 김석주(金錫胄) 사이에 있었던 일화 및 정조 연간 허적의 신원을 둘러싸고 벌어졌던 조정에서의 논의. 허적이 병이 들었을 때 김석주가 그의 변을 맛본 것으로 인해 허적이 김석주를 믿게 된 일화를 특기함. 다산은 이 이야기를 채제공에게 들었으며, 채제공은 오광운에게, 오광운은 아버지 오상순에게 들었다고 함.	
101	金錫胄	숙종 때 허견(許堅)의 역모를 무고하여 경신옥사(1680)를 일으켰던 김석주에 대해, 기사년(1689)에 숙종이 죄를 주며 내렸던 말. 다산은 이를 《승정원일기》에서 봄.	
102	庚申獄	숙종 경신옥사 때 노론들이 남인 세력을 제거한 교묘한 계략. 내직의 정적 중에 청망(淸望)이 있는 이는 내버려두고, 무관과 근기 지역의 수령들을 전격적으로 탄핵하였음. 다산은 남인의 경우 정권이 바뀌면 자기 사람 앉히기에 급급하여 자중지란을 일으켰다고 비판함.	
103	姜碩賓	숙종 경신옥사 때 탄핵을 당했던 강석빈(姜碩賓, 1631-1691)의 후손 강세정(姜世靖)이 청남(淸南)의 후예라 자칭하면서도, 허적의 복권에 대해서는 전혀 신경도 쓰지 않은 것 비판.	
104	李參判萬恢	정조 때 박하원(朴夏源)이 올린 상소 중에 이만회(李萬恢, 1708-?)를 언급한 일에 오류가 있는 것 지적. 이만회는 장헌세자의 스승을 지낸 바가 있음.	규장각본에 없음
105	金三淵詩	삼연(三淵) 김창흡(金昌翕, 1653-1722)이 지은 〈갈역잡영(葛驛雜詠)〉 중 1수를 인용.	
106	嶺南	효종 때 경상감사 허적(許積)이 상소하여 영남을 두고 문명(文明)했던 고장이 사납게 되었고, 시례(詩禮)를 강론했던 유생들이 모여 송사나 일삼는다고 욕했던 일. 다산은 이를 실언으로 간주하고, 이로 인해 허적이 인심을 잃은 것으로 봄.	
107	李白洲	광해군 때 이이첨(李爾瞻, 1560-1623)이 황해도 관찰사에 임명되고 그의 아들이 문과에 급제하여 따라가자, 이명한(李明漢, 1595-1645)이 송별하는 시에서 이이첨 부자를 칭송한 일.	규장각본에 없음 / 보유본에 없음
108	漢陰札	광해군 때 한음 이덕형(李德馨, 1561-1613)의 친족이 산송(山訟) 문제로 이덕형에게 부탁하였는데, 결국 권신(權臣) 이이첨(이덕형의 친척)의 편지 한통으로 해결된 일.	
109	眉叟筆法	미수 허목(許穆)이 구묘문(丘墓文)을 지을 때, 기축옥사를 서술하면서 "여립(汝立)이 모반하였다."라고 쓰지 않았던 일. 다산은 당론에 가려서 그런 것이 아닌가 하고 생각함. 다른 이들은 《한서》의 필법이라 평함.	
110	夢村經綸	정조 때 정승을 지낸 김종수(金鍾秀, 1728-1799)가 조정에서 경륜을 펼치며 한 말. 다산은 이를 채제공에게 들었음.	규장각본에 없음
111	夢村奏	정조 병진년(1796)에 봉조하 김종수가 경연에서 상주한 말과 김종	

번호	제목	내 용	비고
		수가 채제공과 의리를 함께 한 일. 김종수가 서학을 명목으로 노론이 다른 편의 벼슬을 막으려고 하는데, 이를 잘 분별해야 한다고 말한 것 특기함.	
112	靈城君	정조가 무신년(1788)에 지은 영성군(靈城君) 박문수(朴文秀, 1691-1756)의 제문. 다산은 이 제문에 장헌세자가 처음 세자가 되었을 때 박문수가 힘써 보호한 공을 담은 것으로 봄.	
113	宋德相	채제공은 송덕상(宋德相, ?-1783)이 올린 흉악한 상소에 대해 집에서 혼잣말로 비판하였는데, 이것이 후에 조정에까지 알려져 곤액을 당할 뻔한 일.	
114	曺兵使	정조 때 병마절도사 조윤정(曺允精)이 정조의 〈지지대(遲遲臺)〉에 화운하면서, 장헌세자의 어진(御眞)이 없음을 한스러워한 일.	

❍ 권3: 115조 〈대의각미록(大義覺迷錄)〉~171조 〈악무목시(岳武穆詩)〉(총57개)

번호	제목	내 용	비고
115	大義覺迷錄	청나라 옹정제가 청나라 조정의 정통성을 강조하기 위해 편찬한 《대의각미록(大義覺迷錄)》.	
116	阿桂	청나라 가경제(嘉慶帝) 때 '정책국로(定策國老)'가 되어 위세와 명망이 대단했던 아계(阿桂).	
117	金粒瓫	다산이 곡산부사로 있을 때, 금 캐는 이들이 병금(餠金)을 만들지 않고 금싸라기[金粒瓫] 상태로 몰래 중국에 팔아 큰 이익을 본 일. 건륭제 때의 권신 화신(和珅)이 정원의 화분에 흙 대신 금싸라기를 가득 담아서 금싸라기 값이 올랐던 것임.	
118	仁廟被讒	명나라 등래 순무(登萊巡撫) 표가립(表可立)과 독량 시랑(督粮侍郞) 필자엄(畢自嚴) 등이 올린 소(疏)에서, 인조가 왜서(倭壻, 왜인의 사위)라는 참소를 당했던 일.	규장각본에 없음 / 보유본에 없음
119	書香閣	정조 때 서향각(書香閣)에 어진을 봉안하여 각신(閣臣)과 각과문신(閣課文臣)들이 예를 표할 때, 정동준(鄭東浚, 1753-1795)만이 전혀 경의를 표하지 않았던 일. 다산은 당시 이를 정동준이 화를 당할 조짐으로 봄.	
120	御射	신궁(神弓)의 솜씨를 지닌 정조의 활솜씨.	
121	開運	정조 을묘년(1795)에 장헌세자의 휘호를 추상하였는데, 개운(開運, 중국 후진(後晋)의 연호)이란 글자가 있어서 이를 고치고, 금등(金縢)의 일을 넣어 옥책문(玉册文)을 다시 지은 일.	
122	柳慶裕	정조 병진년(1796)에 현중조(玄重祚, 1753-?)는 유원명(柳遠鳴, 1760-?)을 주서(注書)에 임명하는 것을 반대하며, 선대 유경유(柳慶裕)를 이유로 들었음. 다산은 이 일이 강준흠(姜浚欽, 1768-1833)이 남인 선대의 사적을 날조한 책에서 기인한 것으로 봄.	
123	李大將	영조 만년 금주령이 내려졌을 때 대장 이주국(李柱國, 1721-1798)이 영조에게 술 마신 일을 자수한 일.	成大中, 《靑城雜記》

번호	제목	내 용	비고
124	沈校理大孚	한나라 선제 때 하후승(夏侯勝)은 무제(武帝)가 사치무도하였으므로 그를 위한 묘악(廟樂)의 설치를 반대함. 우리나라 효종 때 교리를 지낸 심대부(沈大孚, 1586-1657)가 인묘(仁廟)의 시호를 '인(仁)'이라 하고 칭호를 '조(祖)'로 하는 것에 반대한 일. 다산은 하우승과 비교하며 심대부의 주장이 이치에 맞지 않음을 지적.	《史記英選》 卷7, 〈夏侯勝傳〉
125	樊翁陰施	채제공이 사사로이 은혜를 쌓지 않고 남모르게 인재를 뽑아 쓴 일.	
126	堤川處女	장헌세자의 구명을 위해 헌신하였던 윤숙(尹塾, 1734-1797)이 이후 관직에 있으면서 가혹한 정사를 많이 행하자, 판서 엄숙(嚴璹, 1716-1786)이 그를 제천 처녀에 비유한 일. 제천 처녀는 맨 손으로 호랑이를 몰아내 아버지를 구했으나, 시집가서 시부모에게 악행을 일삼았음.	
127	張英眞刎	명나라 무종 때 장영(張英, ?-1579)이 칼로 자신의 목을 찌르며 간하다가 옥사한 일과, 영조 임오년(1762) 이정(李瀞)이 칼로 목을 찌르며 간한 사건을 비교함. 다산이 보기에 이정은 거짓으로 찌른 척한 것에 불과하며, 결국 이정의 상소가 장헌세자의 죽음을 재촉시킨 것으로 봄.	
128	李叔達	영조 때 장령(掌令)을 지낸 이제현(李齊顯, 1723-?)이 옥구현감으로 나가면서 죽음을 예감하고 채제공에게 이별을 고한 일. 이제현은 옥구 관노의 흉서 사건으로 체포되어 죽음.	
129	李柱溟·李周奭事	정조 때 여주목사 유숙(1733-?)이 영릉령 이주명(李柱溟)과 영릉별검 이주석(李周奭)의 잘못을 아뢰면서 벌어졌던 조정에서의 논란. 이때 채제공은 이주석에 대한 계사를 그치게 하였다 하여 파직됨.	
130	丙辰請錢事	정조 때 연경에 사신으로 갔던 박종악(朴宗岳, 1735-1795)이 돈으로 무역할 것을 청나라에 청했다가 거부당한 일.	
131	金鄭報應	연흥부원군 김제남(金悌男, 1562-1613)의 손자 김천석(金天錫, 1604-1673)과 팔계군(八溪君) 정종영(鄭宗榮, 1513-1589)의 손녀 정씨 사이의 인연이, 정조 때 팔계군의 후손 정무중(鄭武重)과 연흥부원군의 후손 김재찬(金載瓚)까지 이어진 일.	
132	翰林薦	선조 임진년(1592) 기자헌(1567-1624)이 사관을 잘못 추천한 일. 다산이 사관으로 있을 때 역대 사관의 명부인 《한림선생록(翰林先生錄)》을 본 일.	
133	門蔭宰相	중국과 우리나라에서 문음(門蔭) 출신으로 재상에 올랐던 훌륭한 인물과 반대로 과거에서 부정한 방법을 통해 자식을 급제시켰던 사례들.	
134	栗谷請許通	율곡 이이가 선조 때 서얼의 허통(許通, 벼슬길을 터주는 조치)을 청했던 일.	李睟光, 《芝峯類說》 卷3, 〈君道部〉, '法禁'
135	芝峯亦憂奴婢	노비의 문제를 심각하게 걱정한 지봉 이수광의 견해를 인용하고, 영조 연간에 시행한 종모역법(從母役法)에 대하여 논함.	李睟光, 《芝峯類說》 卷3, 〈君道部〉, '法禁'
136	芝峯軍說	임진왜란 직후 국방력 증진을 주장한 지봉 이수광의 견해를 인용하고, 다산이 황해도 곡산부사로 있을 때 겪었던 군역의 문제점 지적.	李睟光, 《芝峯類說》 卷3, 〈兵政部〉, '兵制'

번호	제목	내 용	비고
137	李策本於范疏	영조 때 만경 현령을 지낸 이맹휴(李孟休, 1713-1751)가 대책에서 "15세로 장정을 삼는 것은 천리를 손상시키는 것이다."라 하였는데, 이 구절이 진(晉)나라 범영(范甯)의 상소에서 나온 말임을 밝힘.	
138	本生父稱伯父叔父	본가의 친아버지를 백부나 숙부라고 부르는 관례가 송나라 이방(李昉)에게서 비롯된 것임을 밝힘.	《喪禮四箋》 卷12, 〈喪期別〉8, '出後二十七'
139	樊翁詩派	채유후(蔡裕後)-이민구(李敏求)-이서우(李瑞雨)-채팽윤(蔡彭胤)-강박(姜樸)-오광운(吳光運)-채제공(蔡濟恭)으로 이어지는 남인 시맥. 채제공은 특히 이서우를 추앙함.	丁若鏞, 〈書櫻帖跋〉
140	樊翁詩	번옹 채제공이 어릴 때 노송(老松)을 주제로 시를 썼는데, 약산 오광운에게 크게 칭찬 받았던 일. 번옹은 시에서 전적으로 기상을 중시했는데, 다산은 이와 관련된 번옹의 여러 시구를 인용.	
141	海左詩	번옹 채제공은 시에서 기상을 중시하였는데, 해좌(海左) 정범조(丁範祖)의 시 중에서 번옹이 뽑은 구절을 인용. 다산은 이를 정범조에게 들었음.	
142	象毛赤	정조 때 판서 서유녕(徐有寧, 1733-1789)이 황해도 관찰사로 있을 때 객사에 붙인 시구를 인용. 진사 여춘영(呂春永, 1734-1812)이 지은 시구를 인용하고 좋지 않다고 평함.	규장각본에 없음
143	宋體	석북 신광수(申光洙, 1712-1775)가 성당의 시를 추종하고 송시체(宋詩體)를 배격했는데, 이봉환(李鳳煥, ?-1770)이 시를 지어 석북을 조롱함.	李奎象, 《并世才彦錄》, 科文錄
144	吃語體	1791년(정조 15) 다산이 명례방(明禮坊, 지금의 명동)에 있을 때, 채홍원(蔡弘遠, 1762-?)이 잡체시 몇 편을 지어 달라 요구하여 지은 흘어체(吃語體)의 시.	규장각본에 없음
145	口字體	다산이 지은 구자체(口字體)의 시.	규장각본에 없음
146	五雜組體	채홍원이 지은 오잡조체(五雜組體) 시와 다산이 강진에 도착하여 지은 같은 형식의 시 5수.	규장각본에 없음 / 2·3·5수: 詩文集, 卷4
147	兩頭纖纖體	1796년(정조 20) 여름에 지은 양두섬섬체(兩頭纖纖體)의 시 8수.	규장각본에 없음 / 1·4·6수: 詩文集, 卷4
148	建除體	1796년(정조 20) 여름에 지은 건제체(建除體)의 시.	규장각본에 없음
149	藥名體	다산이 지은 약명체(藥名體)의 시 3수.	규장각본에 없음
150	人名體	다산이 지은 인명체(人名體)의 시 2수.	규장각본에 없음
151	郡名體	다산이 지은 군명체(郡名體)의 시 2수.	규장각본에 없음
152	離合體	다산이 강진에 막 도착했을 때 지은 이합체(離合體)의 시.	규장각본에 없음
153	回文	다산이 지은 회문체(回文體)의 시 2수.	규장각본에 없음
154	金井詩讖	1794년(정조 18) 다산이 윤지범과 함께 죽란(竹欄)에서 지은 시가 이듬해 금정 찰방으로 좌천되어 가는 것을 예견하는 조짐이었다고 여김.	
155	童謠	당시 민간에 떠도는 동요 〈계수나무 노래[桂樹謠]〉, 〈참새를 쫓는 노래[驅雀謠]〉, 〈밤 까는 노래[剝栗謠]〉 3편을 다산이 한문으로 번역.	규장각본에 없음

번호	제목	내 용	비고
156	玉連環	다산이 지은 옥련환체(玉連環體)의 시.	규장각본에 없음
157	池閣詩	1797년(정조 21) 다산이 곡산부사로 있을 때, 주희의 〈관서유감(觀書有感)〉에 차운하여 못가의 누각에 붙인 시. 황해도 감사 이의준(李義駿, 1738-1798)의 지적에 따라 '근(勤)'자를 '수(須)'자로 바꾸었음.	
158	澀體	하계(霞溪) 권유(權愈, 1633-1704)의 시문을 삽체(澁體)라 하였는데, 채제공의 말로는 권유가 주머니에 《한서》의 고문벽자(古文僻字)를 베껴두고 이를 써먹었다고 함.	
159	贈李詩	다산이 이학관(李學官) 및 채제공에게 준 시의 일부. 전편은 잃어버려 일부만 남아 있음을 안타까워함.	
160	惠寰輓詩	혜환 이용휴(李用休, 1708-1782)가 쓴 만시 1수.	李奎象, 《幷世才彥錄》, 文苑錄
161	春蓮	두보 시에서 '연꽃 붉게 피려하네[蓮欲紅]'는 봄을 가리킴. 왕안석의 시에서 '매미 울고[鳴蟬]'는 가을을 가리키는데, 다음 구절을 '서른 여섯 봄 물이로다.[三十六陂春水]'로 연결시킨 것에 의문을 제기함.	
162	七古韻格	칠언고시의 율격에 대한 자세하고도 치밀한 논의. 청나라 어양(漁洋) 왕사정(王士禎, 1634-1711)의 이론이 언급되어 있음.	丁若鏞, 〈又示二子家誡〉
163	圃隱泣僧詩	어떤 중이 포은 정몽주에게 시를 주었는데, 포은은 이 시를 보고 이미 늦어버렸다고 슬퍼했다 함.(《동인시화》에 보임) 오광운이 숭양서원에 붙인 시에 이 고사가 사용됨.	
164	唐太宗傷目	당 태종이 고구려 원정에서 눈 하나를 잃은 사건은 이색의 〈정관행(貞觀行)〉에만 보임. 이에 대한 지봉 이수광의 견해를 인용함.	李睟光, 《芝峯類說》 卷16, 語言部.
165	踏水車謠	원말명초의 장우(張羽, 1333-1385)가 지은 〈답수차요(踏水車謠)〉를 인용하고, 중국에서는 수차를 홍수에 물을 뺄 때도 사용했음을 특기함.	
166	班枝花曲	청나라 문인 왕광양(汪廣洋)이 지은 〈반지화곡(班枝花曲)〉의 구절을 인용하고, 각기 지역에 맞게 재배할 수 있는 목화가 있음을 특기함. 우리나라에 맞는 목화를 들여와서 민생을 넉넉하게 하지 못함을 한스러워함.	
167	祈順詩	성종 때 사신으로 온 명나라 기순(祈順)이 지은 시를 인용하여 중국과 우리나라가 해로로 가까운 거리임을 언급. 아울러 이수광의 견해를 인용해두었고, 다산 자신이 황해도 곡산 부사로 있을 때 중국 상선과 어선들의 왕래 사실도 언급.	李睟光, 《芝峯類說》 卷2, 〈諸國部〉, '道路'
168	重試詩	당나라 저재(褚載)가 지은 시구를 인용하고, 중시 무과가 측천무후 때부터 유래하였음을 밝힘.	李睟光, 《芝峯類說》 卷4, 〈官職部〉, '科目'
169	三日五匹	장편서사시인 〈공작동남비(孔雀東南飛)〉에서 "사흘에 다섯 필을 짰다.[三日斷五匹]"는 것이 과정된 말이 아니라, 당시의 자가 지금과 달랐기 때문이라는 이유를 밝힘.	
170	崔明谷詩	최석정(崔錫鼎)이 숙종 임진년(1712, 숙종 38)에 서양의 천문과 지리에 대해 지은 시 2편.	
171	岳武穆詩	《지봉유설》에 실려 있는 송나라 장수 악비(岳飛, 1103-1141)가 지은 시를 인용하고, 글자의 평측을 따져 후인의 위작임	李睟光, 《芝峯類說》 卷12, 〈文章

번호	제목	내 용	비고
		을 밝힘. 지봉과 같은 노숙한 안목으로도 위작을 판별해 내지 못함을 안타까워함.	部〉5, '宋詩'

○ 권4: 172조 〈동풍(東風)〉~249조 〈중문상서(中文尙書)〉(총78개)

번호	제목	내 용	비고
172	東風	우리나라는 지역별로 동풍·서풍·북풍 등 바람의 습성이 다름을 설명하고, 다산이 경북 장기에 있을 때 바람의 기운도 언급.	
173	畠沓	일본은 무논이 많고 마른 밭이 적기 때문에 무논을 전(田)이라 하고, 마른 밭을 전(畠)이라 함. 우리나라는 반대임.	李瀷, 《星湖僿說》 卷12, 〈人事門〉, '田地山場蕩' 및 李德懋, 《盎葉記》4, '畓畠'
174	禊	'계(禊)'는 '깨끗하게 하다'는 뜻으로 제사의 명칭임. 따라서 돈을 갹출하는 모임을 뜻하는 글자는 '계(禊)'가 아닌 '계(契)'를 써야 함.	《雅言覺非》 卷3, '禊'.
175	綽楔	'작설(綽楔)'은 효자나 열녀를 기리를 위해 세운 정문(旌門)을 일컫는데, 우리나라에서는 '도설(棹楔)'로 잘못 사용함.	《雅言覺非》 卷3, '綽楔'.
176	苫	우리나라에서 쌀가마니를 '섬(苫)'이라고 하고, 도서(島嶼) 역시 '섬(苫)'이라고 함. 그러나 쌀가마니의 뜻일 때는 음이 '섬(蟾)'으로 평성이고, 도서라고 할 때는 음이 '섬(閃)'이고 거성임.	《雅言覺非》 卷3, '苫'
177	范雎	'범저(范雎)'의 '저(雎)'를 우리나라에서 '수(雎)'로 잘못 사용함. 다산은 1796년 《사기영선》을 교정할 때 특별히 '저(雎)'로 바로잡았음.	《雅言覺非》 卷3, '范雎' 및 《史記英選》 卷3, 〈范雎傳〉
178	黏蟬	박제가(朴齊家)의 〈한림 선산 장문도가 사천으로 돌아가는 것을 이별하며[別船山張翰林問陶歸四川]〉란 시와 자주(自注)에서 '점제(黏蟬)'의 '제(蟬)'는 음이 '제(提)'라고 한 것을 인용.	
179	儷律	변려문의 율격에 대한 세밀한 논의. 〈등왕각서(滕王閣序)〉, 주자가 올린 표문 등을 인용하였고, 우리나라에서는 이서우(李瑞雨)만이 변려문의 율격에 밝았다고 특기함.	《雅言覺非》 卷2, '儷律' 및 《牧民心書》 卷8, 〈課藝禮典〉
180	破日	우리나라에서 '월기(月忌)'를 '파일(破日)'로 잘못 알고 있음을 지적.	《雅言覺非》 卷3, '破日'.
181	朱提	'朱提'는 '수시'로 읽어야 하며 여기서 '提'는 지운(支韻)에 속하는데, 우리나라에서 이를 제운(齊韻)에 압운하는 것은 잘못임.	
182	風月	시를 '풍월(風月)'이라 부른 전거를 나열하면서, 송나라 육유(陸游)의 "좋은 시는 바로 아름다운 풍월[好詩正似佳風月]"이란 시구에 의문을 제기함.	《雅言覺非》 卷2, '風月'.
183	化翁	우리나라에서 천공(天公)·화공(化工)의 의미로 '화옹(化翁)'이란 말을 쓰는 것은 잘못임. 화옹은 없는 말임.	《雅言覺非》 卷2, '化翁'.
184	烏喇	성호 이익의 주장을 인용하여 '오라(烏喇)'가 '오국(五國)'임	규장각본에 없음 /

번호	제목	내 용	비고
		을 언어학적으로 설명.	丁若鏞, 〈文獻備考刊誤〉, '輿地考' 및 李瀷, 《星湖僿說》 卷2, 〈天門部〉, '五國城'.
185	雞口	고어는 모두 운이 맞는다는 점을 근거로, 계시우후(雞尸牛後)에서 '시(尸)'는 '구(口)'로 써야함을 밝힘.	《耳談續纂》, '中諺'
186	洞簫	퉁소(洞簫)는 대롱 여러 개를 줄지어 길이가 들쭉날쭉한 악기인데, 세속에서 구멍이 다섯 개 있는 피리를 퉁소라 하는 것은 잘못임.	《雅言覺非》 卷2, '洞簫'
187	罘罳	부시(罘罳)는 병풍을 가리키는 것인데, 세속에서 전각의 서까래에 쳐놓은 참새그물을 부시라 하는 것은 잘못임.	
188	千金	한나라 때의 천금(千金)은 금 1천근을 말하는 것이며, 지금처럼 전(錢) 1천 냥을 말하는 것이 아님.	《雅言覺非》 卷1, '千金'
189	居士	우리나라에서 비구를 거사(居士)라 부르는데, 다산은 왕세정의 《완위여편(宛委餘編)》에 실려 있는 불서(佛書)의 번역어를 보고 거사는 '걸사(乞士)'가 와전된 것임을 알게 됨.	규장각본에 없음 / 《雅言覺非》 卷3, '乞士'
190	精舍	정사(精舍)는 본래 부처가 살던 죽림(竹林)을 가리키는 말인데, 이후 유가·도가·석가 모두에 정사가 있음. 다만 저자 거리의 시끄러운 곳에 있는 집에 '정사'라 편액하는 것은 잘못임. 다산은 왕세정의 《완위여편》을 인용하여 논거로 삼음.	《雅言覺非》 卷3, '精舍'
191	先馬	선마(先馬)는 말을 앞에서 끌고 길을 인도한다는 뜻이므로, 이를 '세마'라 읽는 것은 잘못임. '洗馬' 역시 '선마'로 읽어야 함. 다산은 고염무의 《일지록》을 인용하여 논거로 삼음.	《雅言覺非》 卷3, '洗馬'
192	馬上逢寒食	"말 위에서 한식을 맞이하네[馬上逢寒食]"라는 시구를 사람들은 송지문(宋之問)이 지은 절구에만 나오는 것으로 아는데, 심전기(沈佺期)의 시에도 보임.	
193	臧獲	장획(臧獲)은 노비라는 뜻인데, 세속에서 농소(農所)를 장획이라 하고 또 장확(庄穫)이라 쓰는 것은 잘못임.	《雅言覺非》 卷3, '臧獲'
194	鹵簿	노부(鹵簿)는 임금이 행차할 때 길에 먼지가 나지 않게 노수(鹵水, 소금물)를 뿌리고 의장을 갖춘 행렬을 말함.	顧炎武, 《日知錄》
195	城雉	치(雉)라는 단위는 꿩이 날아다닐 때 위로는 1장(丈)을 넘지 않기에 성의 높이를 재는 단위로 삼은 것임.	丁若鏞, 〈城說〉 및 《喪禮四箋》 卷7, 〈喪具訂〉 6, '墳封' 注.
196	監察	중국에는 13개의 성(省)이 있기에 13명의 감찰을 두나, 우리나라는 8도이므로 13명을 두는 것은 옳지 않음. 또 중국에서는 3천리 밖 귀양이 있으나, 우리나라는 서울을 기준으로 3천리가 되는 곳이 없음.	
197	舍音	소작인을 사음(舍音), 밭이랑을 야미(夜味)라 하는데, 마땅히 말음(末音)과 배미(背味)라고 해야 함. 숙종 경신년(1680)에 우암 송시열이 입시하여 '사음'이라 언급한 것이 《국조보감》에 실려 있어 고칠 수 없는 것이 되어 버렸음.	
198	丁科	고려에는 갑과(甲科)가 없고 정과(丁科)가 있었는데, 이는 인재 선발을 엄격하게 시행한 당나라의 제도를 따른 것으로 봄.	

번호	제목	내　　용	비고
199	模稜	모릉(模稜)은 일을 처리할 때 태도를 명확하게 않는 것을 말함.	
200	開阡陌	《사기》 〈진본기(秦本紀)〉에 상앙이 개천맥(開阡陌)했다는 말이 있는데, 이 말은 상앙이 정전을 헐어 없애버렸다는 의미임을 밝힘. 천맥이 곧 정전법이며, '개(開)'는 '개창(開創)'의 의미가 아님.	《經世遺表》 卷6, 〈地官修制·田制4〉, '史記秦本紀'
201	冬至寒食	절기는 삭망(朔望)을 기준으로 하지 않으나 동지는 그렇게 하였고, 기일(忌日)은 절기를 기준으로 하지 않으나 한식은 그렇게 하였음.	
202	露布	노포(露布)란 전쟁의 승리를 보고하는 문서[捷書]로, 판자를 노출시켜 봉하지 않아서 누구나 볼 수 있도록 한 것임.	
203	銜	함(銜)은 관리의 등급인데, 세속에서 '함(銜)'이나 '함(啣)'·'함(啣)'·'함(啣)'으로 쓰는 것은 근거가 없음. 다산이 옥당에서 숙직할 때 어떤 학사가 '함(銜)'을 '함(啣)'으로 잘못 썼다 창피당한 일화.	규장각본에 없음 / 《雅言覺非》 卷2, '銜'
204	背	다산이 사선각(四仙閣, 승정원의 주서실)에서 동료들과 영매시(詠梅詩)로 운자 맞추기를 하였는데, 시문에 서투른 한 동료가 '면(面)'자의 대를 '배(背)'자로 잘못 맞춘 일화.	규장각본에 없음
205	鐥	세속에서 세수하는 그릇[盥器]과 술을 담는 그릇[酒器]을 겸칭하는 말로 '선(鐥)'을 사용하는데, 이 글자는 《자휘(字彙)》에 없음. 다산은 '선(鐥)'자를 '이(匜)'자로 바꿔 사용할 것을 제안.	《雅言覺非》 卷3, '鐥'
206	篩	사(篩)는 배를 만들 수 있을 정도로 큰 대나무의 이름인데, 세속에서 굵은 것을 걸러내는 기구로 사용하는 것은 잘못임.	규장각본에 없음
207	桃李	도리(桃李)가 남이 천거한 좋은 인재를 비유하는 말로 쓰이게 된 유래.	《耳談續纂》, '中諺'
208	督郵	독우(督郵)는 남의 잘못을 들추어내는 벼슬인데, 여기서 '우(郵)'는 '우(尤)'와 서로 통하여 '우죄(郵罰, 죄를 물어 벌을 줌)'의 의미임. 역승(驛丞)을 독우라고 하고, 우(郵)를 '치우(置郵, 편지를 전하는 역참)'의 의미로 보는 것은 잘못임.	《雅言覺非》 卷1, '督郵'
209	辱	욕(辱)은 상대방의 신상에 해당하는 것이지, 자신의 신변에 해당하는 것이 아님. 우리나라에서 남을 꾸짖는 것을 욕이라고 하는데, 이런 뜻으로 문장을 해석해서는 안 됨.	《雅言覺非》 卷2, '辱'
210	鰈	우리나라를 '접역(鰈域)'이라 하는데, 이를 비목어(比目魚)라 하는 것은 잘못임.	
211	世室	세실(世室)은 명당(明堂)의 다른 이름으로 종사(宗祀)하는 곳인데, 세속에서 대대로 조천(祧遷)하지 않는 사당을 세실이라고 하는 것은 잘못임.	《春秋考徵》 2, 〈廟制2〉, '太室屋壞'
212	卽眞	즉진(卽眞)은 임시로 직책을 맡아 일을 보다가 정식으로 임명되는 것을 말하는데, 이를 제왕이 왕위에 오르는 뜻으로 보는 것은 잘못임.	
213	傍若無人	방약무인(傍若無人)의 출처 세 가지를 제시.	
214	羊胛日出	양갑일출(羊胛日出)은 양의 어깨뼈를 삶아 적당하게 익을 무렵이면 해는 이미 다시 떠오른다는 의미임.	丁若鏞, 〈穩城論〉
215	宿趼	견(趼)은 발 살갗에 돋아난 돌기, 곧 굳은살의 의미임. 우리나라에서 관작에 두 번 부임하는 것이나 지나온 관작의 행적	《雅言覺非》 卷3, '趼'

번호	제목	내용	비고
		을 일러 '숙견(宿趼)'이라 하는 것은 '견(趼)'자를 잘못 사용한 것임.	
216	牖	유(牖)는 담벽에 있는 창을 말하는 것인데, 아이들을 가르칠 때 이 글자를 문역(門閾, 문지방)으로 풀이하는 것은 잘못임.	
217	磬	경(磬)은 악기로 쓰이는 돌을 의미하는데, 절에서 작은 종을 경이라 하는 것은 근거가 없음.	《雅言覺非》 卷2, '磬'
218	缶瑟	아이들을 가르칠 때 부(缶)를 장고(杖鼓)로, 슬(瑟)을 비파(琵琶)로 풀이하는 것은 잘못임.	《雅言覺非》 卷2, '缶'·'瑟'
219	杜撰	두찬(杜撰)은 전거나 출처가 확실하지 못한 저술을 말하는데, 한나라 때 두릉(杜陵)에 살았던 전하(田何)를 두전생(杜田生)이라 불렀고, 그의 역학(易學)이 사승이 없음을 기롱한 데서 유래함.	
220	郎當	낭당(郎當)은 일반적으로 군색하다, 흐리멍덩하다 등의 뜻으로 사용되는데, 다산은 자세한 의미를 알 수 없다고 하였음.	
221	毛施布	《원사》〈탐라열전〉에 제주에서 공물로 모시포를 바쳤다는 기록이 있는데, 여기서 모시포는 바로 저포(苧布)를 말함.	
222	睦氏	우리나라에서 목씨는 명망을 날리지만 중국에서는 멸시받는 성씨임.	
223	潮汐泉	다산이 1797년 곡산 부사로 있을 때 총령원(蔥嶺院) 서쪽에 있는 조석천(潮汐泉)을 본 일. 조석천은 밀물과 썰물의 작용에 의해 만들어지는 샘.	
224	砲丸鳴沸	이덕무(李德懋)가 지은 〈홍의장군전(紅衣將軍傳)〉에 "포탄이 한동안 소리를 내며 끓어올랐다."라는 말이 있는데, 다산은 이치상 온당하지 않다고 봄.	
225	公兄	아전의 우두머리를 공형(公兄)이라 하는데, 다산은 이를 고구려 관직 중 소형(小兄)·대형(大兄) 등의 유풍으로 봄.	
226	烏囉	《계림유사》에서 '오다'를 '오라', '가다'를 '니거지라'라 하고, 물건을 가져오라 부르는 것을 '도라'라 하는데, 다산은 이들이 지금의 영호남 방언과 딱 들어맞아 신기해함.	
227	頻婆	빈파(頻婆)는 속칭 사과이니, 곧 능금을 말함.	《牧民心書》 卷7, 〈戶典六條〉, '勸農'
228	服喪三十六月	다산의 손위 처남 홍원호(洪元浩)가 부친상을 당하여 대상(大祥)을 마친 후 심상(心喪) 1년을 더해 36개월 동안 복상한 일.	
229	彗孛	중국에서 혜패(彗孛, 살별의 하나)가 땅속에 떨어졌는데, 땅에서 파내도 여전히 뜨거웠던 사건과 이에 대한 서양 사람들의 설명. 다산은 서양 사람들의 설명에 일리가 있다고 봄.	
230	窩	와(窩)는 움집인데, 우리나라 사람들의 별호 가운데 '와'자를 쓴 것이 절반을 차지함.	
231	欸乃	애내(欸乃)는 배에서 노를 저으면서 부르는 노래를 말함. 본문이 왕세정의 《완위여편》과 완전히 같음.	王世貞, 《宛委餘編》, '欸乃'.
232	市井	시정(市井)이란 말은 공동 우물에 가까이 거처하면서 그 물을 마시기 때문에 붙여진 이름임. 본문이 왕세정의 《완위여편》과 완전히 같음.	王世貞, 《宛委餘編》, '市'.
233	沔川烏玉	충남 면천군에서 나는 오옥(烏玉)은 기묘한데, 다산의 벗 이주신(李周臣)이 한 알을 얻어 망건의 옥고리를 만든 일. 경북	

번호	제목	내 용	비고
		장기현에 녹옥(綠玉)이 나는데 이 역시 기묘함.	
234	銀鑛玉璞	《고려사》에 강원도 정선현에서 은광이 나왔다는 기록과 경북 문경에서 수정과 옥박(玉璞)이 나왔다는 기록을 전재함.	
235	奉安黃丹	경기도 광주 봉안(奉安)에서 황단(黃丹)이 남. 이덕무(李德懋)의 〈협주기(峽舟記)〉를 인용함.	
236	側室子	한나라 문제가 자신을 '고조 황제의 측실자(側室子)'라 하였는데, 이는 《예기》에서 말한 바 해산날이 가까워 오면 측실에 거처하여 자식을 낳는다는 의미임. 지금 풍습에 첩(妾)의 자식을 측실이라 하는 것은 근거가 없음.	
237	齋宿	재숙(齋宿)은 보통 재계하고 재소(齋所)에서 밤을 지냄을 말하는데, 다산은 '숙(宿)'이 지킴의 뜻이며 '야숙(夜宿)'의 뜻이 아니라고 봄.	《雅言覺非》 卷3, '齋宿〉
238	同姓不婚	주나라 이래 동성 간 혼인은 없었는데, 다산은 우리나라에서 김씨나 이씨 등이 본관만 다르면 동성 간에 혼인하는 것을 예에 맞지 않다고 봄.	
239	以帛裏布	우리나라에서 조복(朝服)은 여름에 저포를 사용하되, 항상 비단으로 안감을 대어 겹옷을 만들었음. 정조가 만년에 비단을 쓰지 말라 명한 일. 다산은 정조가 검소할 뿐 아니라 예에 밝았기 때문에 내린 조치로 봄.	
240	位版書行	중국에서 학궁(學宮)에 배향(配享)되는 인물은 신주(神主)의 목판 뒤에 그 행실을 적는데 이것은 좋은 제도임.	
241	秋夕	추석이란 추분(秋分)의 저녁을 말하니, 제왕이 저녁에 달을 맞이하는 의식을 행하기 때문에 추석이라고 부른 것임.	
242	六部尙書	옛날 육부 상서(六部尙書)는 지금의 육방 승지(六房承旨)를 말하는 것이므로, 지금 판서(判書)를 상서라 부르는 것은 잘못임.	
243	濟州無佛寺	제주도에는 사찰이 없는데, 《태종실록》의 기록을 볼 때 원래 없었던 것이 아니라 나중에 없어진 것임.	
244	歸之天子	소식의 〈희우정기(喜雨亭記)〉에 태수가 공을 "천자에게 돌렸다.[歸之天子]"라는 구절이 《예기》 〈제의〉에 전거(典據)가 있음을 밝힘.	
245	墨卿司戒	주자(朱子)의 〈경재잠(敬齋箴)〉에 나오는 "묵경(墨卿)이 경계함을 맡았기에 감히 영대(靈臺)에 고한다. [墨卿司戒, 敢告靈臺.]"라는 구절이, 주(周)나라 때 우인(虞人)의 잠(箴)에서 유래한 것임을 밝힘.	
246	浮名	부명(浮名)은 명성이 행실보다 과장된 것을 말하니, 부언(浮言)·부세(浮世)의 '부(浮)'와는 뜻이 다름.	
247	佃夫輸租	송나라 소순(蘇洵)이 지은 〈형론(衡論)〉을 근거로 들어, 송나라는 땅주인이 세금을 냈지, 소작농에게 세금을 내게 하지는 않았음을 밝힘.	丁若鏞, 〈擬嚴禁湖南諸邑佃夫輸租之俗箚子〉
248	左史右史	장온고(張蘊古)는 〈대보잠(大寶箴)〉에서 "왼쪽에는 말을 기록하는 사관이 있고, 오른쪽에는 일을 기록하는 사관이 있다."라 하였는데, 《예기》 등을 볼 때 좌사(左史)가 행동을 기록하고 우사(右史)가 말을 기록하는 것이 맞음.	
249	中文尙書	청나라의 경학가 모기령(毛奇齡, 1623-1716)이 《후한서》에 '중문상서(中文尙書)'가 나온다고 한 언급을 전재함.	

권1 사론史論

1. 子夏歸文侯【已下史論】

魏斯, 簒竊之臣也. 曾謂孔氏之徒而爲之師乎? 蓋子夏本非晉人, 於晉無所爲義, 且爲之師, 非爲臣也. 大抵出處之義, 亦殊古今. 孔子見南子, 門人多爲季氏宰. 後世徒飾外廉, 其論出處之義, 嚴刻無比.

1. 자하(子夏)가 위문후(魏文侯)에게 간 일【이하는 사론(史論)】

위사(魏斯)[1]는 왕위를 찬탈한 신하이다. 자하(子夏)[2]가 공자의 문도이면서 위사의 스승이 되었겠는가? 라는 의문을 가질 수 있다. 그러나 자하는 본래 진(晉)나라 사람이 아니어서 진나라에 의리를 지킬 필요가 없었으며, 또 사부가 된 것이지 신하가 된 것이 아니다.

대체로 현실 정치에 참여하고 참여하지 않은 의리[出處之義]도 예와 지금이 달랐던 것이다. 공자는 남자(南子)[3]를 만났고, 공자의 제자 가운데에는 계씨(季氏)[4]의 신하가 된 사람이 적지 않았다. 그런데

---

1) 위사(魏斯) : 중국 춘추시대 진(晉) 나라 대부(大夫)였는데, 조적(趙籍)·한건(韓虔) 등과 함께 진나라를 멸하고 나라를 셋으로 쪼개 각각 하나씩 차지하였다. 문후(文侯)는 그의 봉호.

2) 자하(子夏) : 공문십철(孔門十哲) 중의 한 사람으로, 위(衛)나라 출신이다. 공자로부터 문헌에 밝고 박학하다는 평을 들었다. 《사기(史記)·중니제자열전(仲尼弟子列傳)》에 자하는 공자가 돌아가신 후 위문후의 스승이 되었다는 구절이 보인다.

3) 남자(南子) : 중국 춘추시대 위 영공(衛靈公)의 부인으로 음행(淫行)이 있었다. 공자를 만나보고 싶어 하였는데 공자가 사양하다가 마지못해 그를 만난 적이 있다. 《論語·雍也》

후세 사람들은 다만 겉으로는 염치 있는 체하여 출처의 의리에 대해 논할 때면 엄격하고 각박하기가 비길 데가 없다.

2. 田單鐵籠

將帥之德, 大端在於謀畫, 而製器其次也. 或製衝陷之器以殲敵, 或製防遮之器以自衛. 田單鐵籠·韓信木罌·武侯之木牛·我國李忠武之龜船·柳文忠之木城, 皆將帥之德也. 故余於武備, 每以工匠爲要, 以之立論者此也. 近世唯以肉厚者爲將材, 肉何補於兵哉?

2. 전단(田單)의 철롱(鐵籠)

장수의 덕목 중에 가장 중요한 것은 작전을 세우는 데에 있는데, 신무기를 만드는 것도 이에 못지않다. 더러는 공격용 신무기를 만들어서 적을 섬멸하고, 혹은 방어용 신무기를 만들어서 스스로를 지켜내기도 하였다. 전단(田單)의 철롱(鐵籠)[5], 한신(韓信)의 목앵(木罌)[6], 무후(武侯)의 목우(木牛)[7], 우리나라 충무공(忠武公) 이순신(李舜臣)의

---

4) 계씨(季氏) : 중국 춘추시대 노(魯) 나라 대부였는데, 대부로서 제후의 권위를 침범하였다. 공자의 제자 중에 염유(冉有)나 자로(子路) 등이 계씨 밑에서 벼슬을 한 적이 있었다.

5) 전단(田單)의 철롱(鐵籠) : 전단은 중국 전국시대 제(齊)나라 사람으로 연(燕)나라가 쳐들어오자 적군의 수레 축을 끊고 철롱(鐵籠)을 붙여 항거했다.《史記·田單列傳》 철롱은 수레바퀴 위에 씌우는 철로 만든 둥근 테를 말한다.

6) 한신(韓信)의 목앵(木罌) : 한신은 중국 한고조 휘하의 명장으로 한나라를 세우는 데 큰 공을 세운 인물이다. 한신은 관영(灌嬰)·조참(曹參)과 함께 위(魏)나라를 칠 때 하양이란 곳에 복병을 두었다가 목앵을 타고 강을 건너 안읍(安邑)을 습격해서 마침내 위나라를 평정하였다.《史記·淮陰侯列傳》 목앵(木罌)은 나무로 항아리를 엮어서 배를 만든 것이란 설도 있고, 나무로 만든 항아리를 엮어서 만든 배라는 설도 있다.

거북선, 문충공(文忠公) 류성룡(柳成龍)의 목성(木城)[8]은 모두 장수의 능력을 발휘한 것이었다.

그러므로 내가 군비에 있어서 매양 무기 제작을 중요하게 생각하였으며, 이것을 바탕으로 논의를 전개한 것은 이 때문이다.[9] 근래에는 체격이 큰 것을 장수의 재목으로 여기는데, 덩치가 싸우는 데에 무슨 도움이 된단 말인가?

3. 期年而生子政

嬴呂之訟, 不可詳也. 知其有娠可也, 知其必期年而生, 不韋之所不能也. 譙周云: "人十月生, 此過二月也." 余則曰: "衆惡之則毁言生, 始皇之爲衆所惡, 亦已甚矣, 則何言不有? 史氏之著'期年'二字, 其亦忠厚之意歟?"

3. 임신 12달이 되어 아들 정(政)을 낳다

진시황이 영(嬴)씨이니 여(呂)씨이니 하는 문제[10]는 상세히 알 수

---

7) 무후(武侯)의 목우(木牛) : 무후는 중국 촉한(蜀漢)의 제갈량(諸葛亮)을 가리킨다. 무후는 그의 시호. 제갈량은 후주(後主) 유선(劉禪)에게 〈출사표(出師表)〉를 올리고 위(魏)나라 조비(曹丕)를 공격하였는데, 이때 군량을 운반하기 위하여 목우(木牛, 나무로 만든 소)를 만들어 이용하였다. 《三國志·蜀志·諸葛亮傳》

8) 류성룡(柳成龍)의 목성(木城) : 목성은 목책(木柵)을 말한다. 류성룡은 임진왜란 때 도체찰사로서 군무(軍務)를 총괄하였는데, 〈전수기의십조(戰守機宜十條)〉(《서애집》 권14)의 '설책(設柵)'조에서 흙이나 돌이 아니라 나무를 이용하여 간편하고 빠르게 성을 만드는 방법을 구체적으로 제시하였다. 한편 유성룡은 〈산성설(山城說)〉(《서애집》 권15)이란 글에서 산성을 다시 수리하면 외적을 침입을 방어하는 데에 효과적이라는 주장을 하기도 하였다.

9) 내가……때문이다 : 정약용은 〈군기론(軍器論)1〉 (《여유당전서》 시문집 권11)에서 장수가 좋은 신무기를 제작하는 것의 중요성을 논의하였다.

는 없다. 첩이 임신한 사실을 여불위가 알고 자초(子楚)에게 바쳤을 수는 있으나 반드시 기년(期年) 만에 태어날 것을 아는 일은 여불위呂不韋)[11]가 할 수 없는 일이다. 초주(譙周)[12]가 말하기를 "사람은 열 달이면 태어나는데, 진시황은 두 달이 더 지났다."라고 하였다.

나는 다음과 같이 말한다.

"사람들이 모두 미워하면 헐뜯는 말이 생기기 마련이다. 진시황이 사람들로부터 미움을 받은 것이 심하였으니 무슨 말인들 못하겠는가? 역사가가 '기년(期年)' 두 글자를 부각시켰으니[13], 참으로 충후(忠厚)한 뜻이 아니겠는가?"

4. 東周君謀伐秦

當始皇之旣生而莊襄王之初立也, 東周君謀伐秦, 天下之奇事也. 身敗國滅, 不足恤也, 東周君, 賢君也哉? 周之方興, 大王事獯鬻, 文王事昆

---

10) 진시황이……문제 : 중국 진(秦)나라의 성은 영(嬴)씨였다. 그런데 여불위(呂不違)가 자신의 애첩을 임신시킨 다음 진나라 장양왕(莊襄王)에게 바쳤는데, 훗날 그 아들이 천하를 통일한 시황(始皇)이 되었다는 설이 있다.《史記·呂不韋列傳》

11) 여불위(呂不韋) : 중국 조(趙)나라 양적(陽翟)사람, 혹은 위(衛)나라 복양(濮陽)사람이라고 한다. 장양왕(莊讓王)이 조(趙)나라에 인질로 있을 때 여불위의 계책으로 귀국하여 왕위에 오를 수 있었다. 이에 여불위를 재상으로 삼고 문신후(文信侯)에 봉했다. 진시황은 즉위 후 여불위를 높여 중부(仲父)라 불렀다.

12) 초주(譙周) : 중국 촉한(蜀漢)의 대신이자 학자로 자가 윤남(允南)이며 육경(六經)에 밝았다.《법훈(法訓)》·《오경론(五經論)》·《고사고(古史考)》 등을 저술하였다. 초주의 말이《사기(史記)·여불위전(呂不韋傳)》의《색은(索隱)》에 보인다.

13) 역사가가……부각시켰으니 : 사마천은《사기·여불위전》에서 "무희는 자신이 임신한 것을 숨기고 있다가 이윽고 12달 만에 아들 정(政)을 낳았다.[姬自匿有身, 至大期時, 生子政.]"라 하였다.

夷. 周之方亡, 東周君謀伐秦, 亦一奇也.

4. 동주(東周)의 임금이 진(秦)나라 토벌을 꾀하다

진시황이 태어나고 그 아버지 장양왕(莊襄王)[14]이 진나라 왕이 되었을 때, 동주(東周)의 임금이 진나라 토벌을 꾀한 것은 천하의 기괴한 일이다.[15] 자신이 죽고 나라가 망하는 것도 걱정하지 않았으니, 동주의 임금을 현군(賢君)이라 할 수 있겠는가?

주나라가 바야흐로 흥성할 적에도 태왕(太王)은 훈육(獯鬻)을 섬겼고[16], 문왕(文王)은 곤이(昆夷)를 섬겼다.[17] 주나라가 망할 지경에 동주의 임금이 진나라 토벌을 꾀하였으니 참으로 기괴한 일이다.

5. 項羽焚書

李斯之令曰: "非博士官所職, 天下有藏《詩》·《書》百家語者, 皆詣守尉

---

14) 장양왕(莊襄王) : 중국 전국시대 진(秦)나라의 왕으로, 진시황의 아버지. 성은 영(嬴), 이름은 이인(異人), 자초(子楚)라고도 한다. 어려서 조(趙)나라에 인질로 가 있었으나 여불위(呂不韋)의 도움으로 진(秦) 나라로 돌아왔다. 즉위 후 여불위의 공로를 인정하여 그를 상국(相國, 수상)으로 임명하였다.

15) 진시황……일이다 : 《사기·진본기》에 관련기사가 나온다. 진은 여불위를 보내서 동주를 토벌하고 그 영토를 모두 합병하였다.

16) 태왕(太王)은……심겼고 : 태왕은 중국 주(周)나라 문왕(文王)의 할아버지이며, 훈육은 북적(北狄)의 이름이다. 《맹자·양혜왕 하(梁惠王下)》에 "오직 지혜로운 자라야 작은 나라로 큰 나라를 섬길 수 있다. 이러므로 태왕은 훈육(獯鬻)을 섬겼다."라 하였다.

17) 문왕(文王)은……섬겼다 : 문왕은 중국 주나라의 기틀을 닦은 왕이며, 곤이는 서융(西戎)의 이름이다. 《맹자·양혜왕 하(梁惠王下)》에 "오직 어진 사람만이 소국(小國)으로서 대국을 섬길 수 있다. 그러므로 탕 임금이 갈(葛)을 섬기고 문왕이 곤이(昆夷)를 섬겼다."라 하였다.

雜燒之." 然則博士官固無書不藏也. 故《詩》·《書》之焚, 終於項羽, 而始皇猶不忍絶種也.

5. 항우(項羽)[18]가 서적을 불태우다

이사(李斯)[19]가 명령을 내리기를 "박사관(博士官)[20]들이 관리하는 서적을 제외하고 세상에 《시(詩)》·《서(書)》나 제자백가의 저술을 가지고 있는 자는 모두 군수나 현위에게 바쳐서 한꺼번에 태워버리도록 하라."고 하였다. 이렇게 하였으니 박사들은 본디 모든 책을 소장하고 있었다. 그러므로 《시》·《서》가 완전히 불타 없어진 것은 항우(項羽)가 아방궁을 불태울 때였으며, 진시황은 그래도 차마 씨를 말리지는 못했다.

6. 蕭何

韓信之逃, 蕭何敎之也. 敎之使逃, 身自追之, 所以重信於王也. 及爲相, 與曹參有隙, 是亦與參約也. 外爲有隙以絶呂后之猜疑, 然後何得推賢而不懼, 參得一遵約束而不疑也. 英俊之處危疑如此.

---

18) 항우(項羽) : 중국 진(秦)나라 말기에 한고조(漢高祖) 유방(劉邦)과 천하를 놓고 다툰 장수이다. 이름은 적(籍)이며, 우(羽)는 자(字)이다. 진나라가 혼란에 빠지자 봉기하였으며, 진을 멸망시킨 뒤 서초(西楚)의 패왕(霸王)이라 칭하였다. 항우는 진나라의 수도 함양(咸陽)을 함락하고 아방궁을 불태웠는데, 그 불길이 3개월 동안 계속되었다고 한다. 결국 해하(垓下)에서 한고조 유방에게 포위되어 자살하였다.

19) 이사(李斯) : 중국 진(秦)나라 법가류(法家流)의 정치가. 시황제(始皇帝)를 보좌하여 분서(焚書)와 갱유(坑儒)를 단행하였다.

20) 박사관(博士官) : 중국의 진(秦)나라 때 처음 설치된 관직으로 학문을 담당하였다. 한(漢)나라에서는 오경박사(五經博士)가 교육을 담당하였다.

6. 소하(蕭何)

한신(韓信)이 탈영한 것은 소하(蕭何)[21]가 사주한 것이다. 한신을 사주하여 탈영하게 해 놓고는 소하 자신이 쫓아간 것은 왕(한고조 유방)이 한신을 중용하게 하기 위함이었다. 소하가 재상이 된 뒤에 조참(曹參)[22]과 틈이 생긴 것 또한 조참과 사전에 계획한 것이었다. 겉으로 틈이 벌어진 것처럼 해서 여후(呂后)[23]의 의심을 없앴기 때문에, 그 뒤에 소하가 어진 인재들을 추천하면서도 겁내지 않았고, 조참은 한결같이 약속을 지키면서 의심하지 않을 수 있었다. 영웅 준걸이 위기와 의심에 대처하는 것이 이와 같았다.

7. 賜米肉非先王養老之政

伯夷·太公曰"吾聞西伯善養老者, 盍往歸焉", 非西伯特賜米帛以惠養之也. 不過制民之產, 使民勤於耕織畜牧, 以自養其老耳. 【詳見余《孟子

---

21) 소하(蕭何) : 중국 전한 때 고조 유방의 재상. 한나라 유방을 도와 초나라 항우를 물리치고 천하를 통일하는 데에 큰 공을 세워 찬후(酇侯)에 봉해졌다. 소하는 도망친 한신(韓信)을 데려와 한 고조에게 천거하면서, "왕께서 한중(漢中)에서 영원히 왕으로 지내고 싶으시면 한신을 쓸 일이 없겠으나, 반드시 천하를 다투고자 하신다면 한신이 아니고서는 그 누구와도 일을 도모할 수가 없습니다."라고 한 일화가 있다. 《史記·淮陰侯列傳》

22) 조참(曹參) : 중국 전한 때 고조 유방의 재상. 조참은 소하와 함께 한 고조를 도와 천하를 평정하는 데 공이 커서 평양후(平陽侯)에 봉해졌다. 고조가 죽은 뒤에는 공을 다투던 소하의 추천으로 그 대신 상국(相國)이 되어 혜제(惠帝)를 보필하였다.

23) 여후(呂后) : 중국 전한의 시조 유방의 황후. 유방의 평정 사업을 도왔으며, 유방이 죽은 뒤 아들 혜제(惠帝)를 즉위시키고 실권을 자신이 잡았다. 이후 동생 여산(呂產)·여록(呂祿)을 후왕으로 책봉하였는데, 이것이 유씨 옹호파의 반발을 불러일으켰다.

箚錄》】文帝特賜米肉帛絮, 此子產乘輿之類耳. 烏足爲王政哉? 文帝承丕業, 際洪運正, 宜興禮樂制民產, 以復三代之舊. 而顧索然不以爲意, 唯以區區小惠, 粉飾以沽譽, 不足與有爲也.

7. 쌀과 고기를 내려주는 것은 선왕이 노인들을 봉양하는 정치가 아니다

백이(伯夷)[24]와 강태공(姜太公)[25]이 말하기를 "서백(西伯)[26]이 노인을 잘 봉양하는 사람이라고 들었으니, 어찌 그에게 가지 않을 수 있겠는가?[27]"라고 하였다. 이는 서백이 쌀과 비단을 특별히 노인들에게 하사하는 것으로 은혜를 베풀고 봉양한 것이 아니다. 다만 백성들의 산업을 부흥시켜서 그들로 하여금 부지런히 농사를 짓고 길쌈을 하고 가축을 길러서 각자 늙은 부모를 봉양하도록 한 것일 뿐이었다. 【자세한 내용은 내가 지은 《맹자차록(孟子箚錄)》[28]에 있다.】

한 문제(文帝)[29]가 쌀과 고기, 비단과 솜을 노인들에게 특별히 하

24) 백이(伯夷) : 중국 은(殷)나라 고죽국(孤竹國)의 왕자였는데, 동생 숙제(叔齊)와 함께 왕위를 사양하였다. 주나라 무왕(武王)이 은나라의 주왕(紂王)을 치려 하자, 신하로서 임금을 치는 것은 옳지 않다고 반대를 하였으며 끝내 수양산으로 들어가 고사리를 캐어먹고 지내다가 굶어죽었다.
25) 강태공(姜太公) : 주나라 무왕을 도와 은나라 주왕을 평정하였으며 후에 제(齊)나라의 시조가 되었다. 여상(呂尙)·태공망(太公望)이라도 불린다. 젊은 시절 위수(渭水) 가에서 낚시를 하며 지냈는데, 주나라 문왕에게 발탁되어 재상이 되었다.
26) 서백(西伯) : 주나라 문왕을 가리킨다.
27) 서백이(西伯)……있겠는가 : 백이와 강태공의 말은 《맹자(孟子)·이루 상(離婁上)》에 보인다.
28) 맹자차록 : 현전하는 정약용의 저술 중에는 《맹자차록》이 보이지 않는다. 다만, 본문의 내용이 정약용이 지은 《맹자요의(孟子要義)》에 보인다. 이로 볼 때, 《맹자차록》은 《맹자요의》에 앞서 지었고 이를 바탕으로 《맹자요의》를 저술한 것으로 추정된다.
29) 문제(文帝) : 중국 전한의 5대 황제. 한 고조의 넷째 아들로 태평성대를

사하였는데, 이것은 정나라 자산(子產)[30]이 자신의 수레에 백성을 태워 강을 건너 준 따위일 뿐이다. 어찌 이를 왕도정치라 하겠는가? 문제(文帝)는 대업을 계승하여 큰일을 펼칠 수 있는 좋은 상황이었으니, 마땅히 예약(禮樂)을 일으키고 백성들의 산업을 부흥시켜서 삼대(三代)[31]의 성세(盛世)를 회복시켜야 했었다. 그런데 여기에는 조금도 관심을 두고 않고, 오직 별것도 아닌 자잘한 은혜를 베풀어 겉치레를 해서 칭송을 바랐으니, 문제는 큰일을 할 수 있는 군주가 못 되었던 것이다.

8. 入粟拜爵

晁錯請"令民入粟拜爵, 俾知貴粟", 此奸言也. 夫擇民之致粟多者, 卽授以爵, 則是令民貴粟也. 今使之入粟以得爵, 是官家貴粟而賤爵, 百姓賤粟而貴爵, 惡在其使民貴粟也? 爵命德之器, 而錯賤用之, 使名器濫褻. 錯之非正人, 此亦可見. 至唐祿山之亂, 諸將出征, 皆給空名告身, 大將軍告身一通, 纔易一醉. 流弊至今, 中國有榜示國門, 懸其價直而極矣.

8. 곡식을 바치면 작위를 주도록 청하다

조착(晁錯)[32]이 청하기를 "백성들로 하여금 곡식을 바치고 작위를

이룬 성군으로 평가된다. 노인들에게 솜과 비단과 고기를 달마다 내려 주도록 조칙을 반포한 고사가 있다. 《漢書·文帝紀》

30) 자산(子產) : 중국 춘추시대 정(鄭)나라의 정치가. 《맹자·이루 하(離婁下)》에 "자산이 정나라의 정사를 다스릴 적에 자기가 타는 수레를 가지고 진수(溱水)와 유수(洧水)에서 사람들을 건네주었다."라는 기록이 보인다.

31) 삼대(三代) : 중국 고대 왕조인 하(夏)·은(殷)·주(周) 삼대를 말하는데, 정치가 잘 이루어진 이상적인 세상을 가리키는 말로 주로 쓰인다.

32) 조착(晁錯) : 전한 문제(文帝) 때의 정치가. 중앙집권정책을 추진하다가

배수하게 하여 곡식을 귀하게 여기도록 하소서."라고 하였는데 이는 간사한 말이다. 백성 중에 곡식을 많이 바친 사람을 골라 작위를 준다면 이는 백성으로 하여금 곡식을 귀하게 여기게 하는 것이다.

그런데 이제 백성들로 하여금 곡식을 바치고 작위를 얻게 한다면, 이는 거꾸로 관가는 곡식을 귀하게 여기고 벼슬을 천하게 여기는 것이요, 백성은 곡식을 천하게 여기고 작위를 귀하게 여기는 것이니, 백성으로 하여금 곡식을 귀하게 여기게 함이 어디에 있겠는가? 작위는 덕에 걸맞게 내려주는 것인데 조착은 이것을 천하게 써서 고귀한 작위를 함부로 포상하였다. 조착이 올바른 사람이 아님은 이를 통해서도 알 수 있다.

당나라 안녹산(安祿山)[33]이 난을 일으켰을 때 여러 장수들이 출정함에 모두 이름뿐인 임명장을 받았는데, 대장군의 임명장 한 통을 겨우 술 한 잔과 바꿀 뿐이었다. 그 폐단이 지금까지 계속되어 중국에서는 도성의 성문에 방을 걸어서 작위 값을 매달아 두니 그 폐단이 극도에 이른 것이다.

9. 後元詔酒醪糜穀

酒醴糜穀, 可勝言哉? 余嘗謂: "國中之穀十石【猶言天下之才十斗, 曹子建得八斗】, 酒之費三石, 烟田之費一石, 日本下納之費一石, 漕運破船之費一石, 以四石供國人之飯." 此言實非過情.

지방 제후들의 반발에 의하여 죽임을 당하였다.

33) 안녹산(安祿山) : 중국 당(唐)나라 현종(玄宗) 때 반란을 일으킨 무장(武將). 현종의 신임을 얻어 당의 국경방비군 전체의 3분의 1정도의 병력을 장악했다. 천보(天寶) 14년(755년) 11월에 안녹산은 "간신을 제거한다."는 명목으로 대군을 일으켜 낙양(洛陽)을 점령한 후 이듬해 정월에 대연황제(大燕皇帝)라 자칭하고 연호를 신무(神武)라 하였다. 9년 후인 763년에 정부군에 의하여 진압되었다.

9. 한무제(漢武帝)가 후원(後元) 1년 조칙에서 술을 빚느라 곡식을 낭비함을 말하다[34]

술을 빚어 곡식을 낭비하는 것을 이루다 말할 수 있겠는가? 나는 일찍이 다음과 같이 말했다.

"나라에 열 섬의 곡식이 있다고 하면【천하에 재능이 열 말 있다면, 조자건(曹子建)이 그 중 여덟 말을 차지했다는 말과 같다.[35]】, 술을 빚는데 세 섬, 곡식을 기를 땅에 담배를 재배하느라 없어진 한 섬, 일본에 하납(下納)[36]하는데 한 섬, 조운선이 난파된 탓에 한 섬을 소비하고, 남은 네 섬을 나라 사람들을 먹이는 데에 이바지한다."

이 말은 실로 실상을 벗어난 과장된 말이 아니다.

10. 改正朔

改正朔, 易服色, 賈誼之苦心, 文帝不能用, 而武帝竟用之. 故忠臣·志士, 苟有可言則言之. 雖不見用於當時, 後世必有用之者矣. ○人知夏正之爲正, 而不知周正之亦不必不正也. 一年之有冬至, 猶一月之有朔日也. 月至晦而極微, 始生於朔日; 日至冬而極短, 始長於冬至. 冬至爲一年之首, 則其於陰陽消長之義, 允爲合當. 且四時之氣, 唯寒熱溫涼耳. 十一·十二·正月大抵寒, 二·三·四月大抵溫, 五·六·七月大抵熱, 八

---

34) 한무제가……낭비함을 말하다 : 후원(後元)은 한무제(漢武帝)의 연호(기원전 87~86). 한무제는 후원 1년 3월에 내린 조칙에서 술을 빚느라 곡식을 낭비하는 것이 심함을 지적하였다. 《漢書·武帝紀》

35) 천하에……말과 같다 : 조자건(曹子建)은 위무제(魏武帝) 조조(曹操)의 둘째 아들 조식(曹植). 자건은 그의 자. 사영운(謝靈運)은 천하에 재능이 열 말 있다면 조식이 그 가운데 여덟 말을 차지한다고 하였는데, 이는 조식의 문학적 재능이 뛰어남을 비유한 것이다. 《蒙求》'仲宣獨步, 子建八斗'.

36) 일본에 하납(下納) : 조선시대 때 부산에 있던 왜관(倭館)에 주던 하납미(下納米)를 말한다.

九十月大抵凉. 夏正雖便於人事, 若論天時之定數, 則周正未必不正也. 孔子曰"行夏之時", 言其便於人事也. 若文王·周公, 亦聖人也. 周正, 豈可少之哉?

10. 정삭(正朔)을 고치는 문제

정삭(正朔)을 고치고 복색(服色)을 바꾸자는 논의는[37] 가의(賈誼)[38]가 고심한 것으로 문제(文帝)는 시행하지 못했으나 무제(武帝)가 마침내 시행하였다.[39] 그러므로 충신과 지사는 만약 해야 할 말이 있으면 해야 한다. 비록 당시에는 시행되지 않을지라도 후세에는 반드시 시행하는 사람이 있기 때문이다.

○ 사람들은 하력(夏曆)이 정확하다는 것은 알고 있지만, 주력(周曆) 또한 반드시 부정확한 것이 아니라는 사실은 알지 못한다. 한 해에 동지가 있는 것은 한 달에 초하루가 있는 것과 같다. 달은 그믐이 되면 가장 희미해졌다가 초하루가 되면 다시 차오르기 시작한다. 해는 겨울이 되면 가장 짧아졌다가 동지부터 길어지기 시작한다. 동지를 한 해의 머리로 삼으면, 음양이 소멸하고 생장하는 이치에 진실로 합당하게 된다.

또 사시의 기운이란 차고 덥고 따뜻하고 서늘한 것이 있을 뿐이다. 11·12·1월은 대체로 차고 2·3·4월은 대체로 따뜻하며, 5·6·7월

---

37) 정삭(正朔)을……논의는 : 제왕이 새로 나라를 세우면 전대와는 구별하기 위해 새로 정월을 정하고 복색을 바꿨다. 하(夏)는 정삭이 음력 정월, 은(殷)은 12월, 주(周)는 11월, 진(秦)과 한(漢)은 음력 10월이었다.

38) 가의(賈誼) : 중국 전한 문제 때의 문신 겸 학자. 시문에 뛰어나고 제자백가에 정통하여 문제의 총애를 받아 약관으로 최연소 박사가 되었다. 문제에게 상주하여 진(秦)나라 때부터 내려온 율령·관제·예악 등의 제도를 개정하고 전한의 관제를 정비할 것을 청하였으나 이루지는 못했다.

39) 정삭을……시행하였다 : 이와 관련된 내용이 이익(李瀷), 《성호사설》 권17, 인사문(人事門), '가의성인지도(賈誼聖人之徒)'조에도 보인다.

은 대체로 덥고 8·9·10월은 대체로 서늘하다. 하력이 비록 인사(人事)에는 편리하지만, 만약 천시(天時)의 정수(定數, 정해진 이치)를 논함에 있어서는 주력이 반드시 부정확한 것만은 아니다. 공자께서 "하(夏)나라의 시력(時曆)을 써야 한다."[40]고 말씀하신 것은 그것이 인사에 편리했기 때문이다. 문왕과 주공 같은 분 또한 성인이시니, 주력을 어찌 가벼이 여기겠는가?

11. 通西域

秦始皇築長城, 漢武帝通大夏, 唐太宗一胡越, 元世祖征日本, 足見吾人力量大處. 彼區區弱男子, 處深房密室之中, 畏風避雨者, 不足以語氷也.

11. 서역(西域)과의 통교

진시황은 장성을 쌓았고 한 무제(武帝)는 대하(大夏)[41]와 통교하였으며, 당 태종(太宗)은 호(胡)·월(越)[42]을 중국과 하나로 아울렀고 원 세조(世祖)는 일본을 정벌하였다. 이로 보면 우리 인간의 역량이

40) 하나라의……한다 : 공자의 제자 안연(顔淵)이 나라를 다스리는 방도를 묻자, 공자가 말하기를 "하나라의 시력을 쓰고, 은나라의 수레를 타고, 주나라의 면복을 착용하고, 음악은 소무를 써야 한다.[行夏之時, 乘殷之輅, 服周之冕, 樂則韶舞.]"라 하였다. 《論語·衛靈公》

41) 대하(大夏) : 중국의 서남쪽에 있던 이민족의 하나. 한 무제는 흉노를 협공하기 위해 장건(張騫)을 대하로 보내어 동맹을 맺었다. 《史記·西南夷列傳》

42) 호(胡)·월(越) : 호는 중국 북쪽의 이민족을, 월은 남쪽의 이민족을 가리킨다. 태종은 돌궐의 힐리가한(頡利可汗)에게 춤을 추게 하고, 남만의 추장 풍지대(馮智戴)에게 시를 읊게 하고는 흡족해 하면서 "호와 월이 한 집안이 된 것은 자고로 처음 있는 일이다.[胡越一家, 自古未有也.]"라 하였다. 《資治通鑑·唐太宗貞觀七年》

얼마나 큰 것인가를 충분히 알 수 있으니 저 깊고 은밀한 방구석에서 세상의 풍파를 두려워 피하는 보잘것없는 저 사내들과는 얼음에 대해서 말할 수 없는 것이다.[43)]

12. 缿筩

趙廣漢缿筩之法, 是酷吏之毒手. 近世守令, 間有行之者, 民無所措手足, 宜嚴禁之也. ○聞昔太學有缿筩, 懸之於正錄廳【今館官直房】, 令儒生任論時政得失, 或有過愆, 盡言不諱, 五日一備御覽, 此古誹謗木之遺意, 洵盛德也. 然世降俗末, 亦恐有敝.

12. 항통(缿筩)

조광한(趙廣漢)[44)]의 항통법(缿筩法)은 나쁜 관리의 악독한 수단이다. 요즘 수령들 중에 간혹 이를 시행하는 자가 있어 백성들이 편히 손발을 둘 데가 없으니 마땅히 엄하게 금지해야 한다.

○ 듣건대 옛날 성균관의 정록청(正錄廳)[45)]【오늘날 관관(館官)의 직방(直房)】에 항통을 걸어두고 유생들에게 마음대로 시정(時政)의 득실을 논하고, 혹 임금에게 잘못이 있으면 조금도 꺼리지 말고 있는 대로

---

43) 얼음에……것이다 : 여름 한 철만 사는 곤충이 겨울의 얼음에 대하여 알 수 없다는 뜻으로, 견문·식견이나 지혜가 모자란 것을 비유하는 말이다. 《莊子·秋水》

44) 조광한(趙廣漢) : 중국 전한 선제(宣帝)때의 관리. 영천 태수가 되었을 때, 영천의 호걸들이 인척 관계를 맺어 붕당을 이루자 이들을 제어하기 위해서 관아에 항통(缿筩)을 설치해 두고는 서로 투서를 하게 하여 이간질을 시켰다. 항통은 일종의 투서함으로 목이 좁아서 쪽지를 넣을 수는 있지만 꺼낼 수는 없게 만든 대나무 통을 말한다.

45) 정록청(正錄廳) : 성균관의 관원이 시정(時政)을 초록하여 보관하여 두는 곳으로, 뒤에 성균관의 직소(直所, 입직하는 곳)의 이름이 되었다.

다 얘기해서 이를 항통에 넣어두라고 하고는 닷새에 한 번씩 임금이 이를 살펴보았으니, 이는 옛날 비방목(誹謗木)[46]의 유훈(遺訓)으로서 참으로 성대한 덕이다. 그러나 오늘날과 같은 말세에 이를 시행하면 아마도 폐단이 많을 것이다.

13. 齊居決事

漢宣帝常幸宣室, 齊居決事, 獄刑稱平. ○先朝每五月齊居時, 取京外獄案疏決, 亦此意歟? 因五月每多天旱, 疏通幽鬱, 以導和氣也.

13. 재계하면서 옥사를 처리한 일

한나라 선제(宣帝)[47]는 늘 선실전(宣室殿)[48]에서 재계하고 머물면서 옥사를 처리하였으므로 옥사가 공평하였다. ○선조(先朝, 정조를 가리킴)께서는 매년 5월에 재실에 계실 때에 경향(京鄕)의 형옥에 관한 안건들을 가져오게 하여 처리하였는데 또한 이와 같은 뜻이 아니겠는가? 5월에는 해마다 가뭄이 많이 들었기 때문에 억울하고 답답한 심정을 소통시켜 온화한 기운을 인도한 것이다.

---

46) 비방목(誹謗木) : 중국 전설상의 성군인 요임금이 자신의 그릇된 정치를 지적받기 위해 궁궐 다릿목에 세운 나무이다. 백성들이 정사의 잘못됨을 이 나무에 쓰게 하여 정사에 반영하였다고 한다.

47) 선제(宣帝) : 중국 전한의 제10번째 황제(재위: B.C.73-B.C.49). 18세에 황위에 올랐는데, 처음에는 곽광이 섭정(攝政)하였으나 곽광이 병들어 죽은 뒤에 곽씨 일족을 멸하고 친히 정사를 맡았다. 지방 행정 제도를 정비하고 상평창을 설치하여 빈민 구제를 도모했으며 대외적으로는 서역 36국과 남 흉노를 복속시켰다. 전한의 황제 중에 어진 황제로 꼽히며, 소제(昭帝)의 통치 시기와 합하여 '소선중흥(昭宣中興)'이라고 한다.

48) 선실전(宣室殿) : 중국 전한 때 미앙궁(未央宮)의 정전(正殿).

14. 楊惲死於日食

日食本非災變, 豈有災變可豫定時刻而布告中外者? 言者謂 "日食之變, 咎在楊惲", 眞寃獄也. 《漢書·王商傳》云: "張匡上書, 言'王商執左道以亂政, 誣罔誖大臣節, 故應是而日蝕.'" 使王商而正人也, 則日將當食而不食乎?

14. 양운(楊惲)[49]이 일식 때문에 죽다

일식은 본래 재변이 아니다. 재변 중에서 시각을 미리 정해 경향(京鄕)의 사람들에게 포고할 수 있는 것이 어찌 있겠는가? 누군가 말하기를 "일식의 재변(災變)이 일어난 것은 그 허물이 양운(楊惲)에게 있다."라고 하였으니 참으로 억울한 옥사였다.《한서(漢書)·왕상전(王商傳)》에 이르기를 "장광(張匡)이 상소문을 올려, '왕상(王商)[50]이 이단에 빠져 정치를 어지럽게 하고, 해괴한 짓을 하여 대신의 체통에 어긋났으므로, 이에 응하여 일식이 일어난 것입니다.'"라 하였다.

---

49) 양운(楊惲) : 중국 전한 선제(宣帝) 때의 대신. 재능이 있고 강직한 성품으로 황제 가까이에서 정사를 살폈다. 그러나 자신의 치적을 자랑하고 남의 잘못을 용납하지 않아 원망하는 자가 많았다. 원한을 품은 자에게 고발을 당해 서인(庶人)이 되었고, 다시 원대죄(怨懟罪)에 걸렸는데 때마침 발생했던 일식의 변고까지 뒤집어 쓴 채 대역무도의 죄에 걸려 요참형(腰斬刑, 허리가 잘리는 참형)을 당했다. 양창(楊敞)의 아들이자 사마천의 외손자이다.

50) 왕상(王商) : 중국 전한 성제(成帝) 때 승상을 지냈으며 낙창후(洛昌侯)에 봉해졌다. 성품이 지나치게 강직하였기 때문에 사람들의 미움을 샀다. 성제 때 홍수가 나서 장안으로 밀려온다는 소문에 사람들 모두가 경악하며 큰 혼란에 휩싸였다. 성제의 장인인 왕봉(王鳳)은 조사도 해보지 않고 피할 것을 주장하였으나, 좌장군으로 있던 왕상은 이것이 헛소문인 것을 알고 끝까지 반대하였다. 결국 왕상의 말이 사실임이 밝혀져 왕상은 성제로부터 신임을 얻게 되었고, 왕봉은 왕상을 눈엣가시처럼 여기게 되었다.《漢書·王商傳》

만약 왕상이 올바른 사람이라면, 장차 일어날 일식이 안 일어나겠는가?

15. 薛廣德非直臣

元帝御樓船, 本非乘危, 廣德之諫, 何至是也? 若使元帝竟不從橋, 廣德果引刀自刎, 血汗車輪乎? 豈不成浪死人乎? 袁盎之諫馳峻坂, 廣德之諫乘樓船, 外若峭直, 內實諂媚. 旣非關國家存亡, 何處殺身以殉之哉? 此蒙直臣之皮而已. 若袁盎, 只平平說, 亦可也.

15. 설광덕(薛廣德)[51]은 직신(直臣)이 아니다

원제(元帝)가 누선(樓船)을 타는 것도 본래 위험한 일은 아니었는데, 설광덕(薛廣德)의 간언이 어찌 그리도 심했을까? 만일 원제가 끝내 다리로 건너지 않았다면, 광덕은 정말 자결해서 수레바퀴에 피를 칠했을까? 그랬다면 이 어찌 헛된 죽음이 아니겠는가?

수레를 몰고 산비탈을 내려가는 효문제에게 위험하다며 말렸던 원앙(袁盎)[52]의 간언과, 배로는 위험하니 다리로 건너라는 광덕의 간언은, 겉으로는 강직한 체 하면서 속으로는 아첨한 것이다. 이미 국

---

51) 설광덕(薛光德) : 중국 전한 원제(元帝) 때의 문신. 삼공(三公)의 자리에 있으면서 직언(直言)을 잘했다. 한번은 원제가 종묘에 제사지내러 가는데 누선(樓船)을 타고 가려고 하였다. 이에 광덕은 수레 앞을 막고서 다리로 건너가야 한다고 아뢰었으나 원제가 듣지 않자, 다시 아뢰기를 "폐하께서 신의 말을 듣지 않으시면 신이 목의 피를 수레바퀴에 뿌려 종묘에 가시지 못하게 하겠습니다."라고 하였다.《漢書·薛廣德傳》

52) 원앙(袁盎) : 중국 전한 문제(文帝) 때의 명신(名臣). 문제(文帝)가 파릉(灞陵)에 거둥할 때, 가파른 언덕 아래로 여섯 말이 이끄는 마차를 타고 빨리 내려오려고 하자, 원앙이 만약 말이 놀라 수레가 엎어지기라도 한다면 안 될 일이라고 하면서 말고삐를 잡고 간언한 일이 있다.《史記·袁盎傳》

가의 존망과는 아무 관계가 없거늘, 어느 곳에서 자신을 희생하여 순국한다는 것인가? 이는 직신(直臣)의 가면을 쓴 것일 뿐이다. 원앙의 경우 그냥 순순히 말했어도 괜찮았을 것이다.

16. 匡衡劉向

匡衡上疏云"道德之行, 由內及外, 自近而始", 此指許·史之與恭·顯朋比也. 劉向傳洪範五行, 以明禍福, 此指王氏之顓柄也. 杜詩'匡衡抗疏, 劉向傳經'之句, 意指李輔國輩挾張氏用事也.

16. 광형(匡衡)[53]과 유향(劉向)[54]

광형(匡衡)이 상소하여 "도덕을 행하는 것은 안으로부터 밖으로 미치고 가까운데서 비롯되는 것이다."라고 하였는데, 이는 허장(許章)과 사고(史高)[55]가 홍공(弘恭)·석현(石顯)[56]과 한패가 된 것을 가

53) 광형(匡衡) : 중국 전한 말기 문신이자 경학자. 원제(元帝) 때 태자소부(太子少傅)·승상(承相)을 역임하고 낙안후(樂安侯)로 봉해졌다. 특히 성제(成帝) 때 왕망(王莽)에게 참소를 당하여 관직에서 쫓겨났다. 광형의 상소는 《한서·광형전》에 보인다.

54) 유향(劉向) : 중국 전한 말기의 대학자로, 한나라 고조(高祖)의 배다른 동생 유교(劉交, 楚元王)의 4세손이다. 성제 때 유씨의 족장으로서 외척인 왕봉(王鳳) 형제의 횡포를 견제하고 황제를 깨우치기 위해 상고로부터 진·한에 이르는 부서재이(符瑞災異)의 기록을 집성하여 《홍범오행전론》을 저술하였다.

55) 허장(許章)과 사고(史高) : 둘 모두 중국 전한 원제(元帝)의 외척으로, 홍공(弘恭)·석현(石顯)과 함께 원제의 스승인 소망지(蕭望之)를 모해하는 음모를 꾸몄다.

56) 홍공(弘恭)과 석현(石顯) : 중국 전한 선제(宣帝)·원제(元帝) 시기의 환관으로서 막강한 권력을 휘둘렀다. 당시 원제가 스승인 소망지(蕭望之)를 중용하자, 허장(許章)·사고(史高)와 함께 그를 제거하는 음모를 꾸몄다.

리킨 것이다. 유향(劉向)이 《홍범오행전론(洪範五行傳論)》을 지어 화복(禍福)을 밝혔는데, 이는 왕봉(王鳳)[57]이 권력을 전횡한 것을 가리킨 것이다. 두보(杜甫)가 지은 시에 "광형은 항거하는 소를 올렸고, 유향은 경전을 정리하였다네.[匡衡抗疏, 劉向傳經.][58]"라는 구절이 있는데, 이는 이보국(李輔國)[59]의 무리가 장황후(張皇后)[60]를 끼고 권력을 부렸던 것을 가리킨 듯하다.

17. 朱雲

谷永顯頌王氏, 比之申伯, 而雲不言; 王商·王根, 代都司馬, 而雲不言. 獨於張禹, 奮氣請斬, 何也? 蓋貪權樂勢, 人之常情, 王氏可憂而無可惡; 諂附之徒, 頌言公行, 谷永可惡而無可憤. 張禹則帝方懼天灾, 以問師傅, 此正陰陽消長之大機, 正宜引經據義以動上心, 而乃反文之以經術, 陰售附勢之謀, 而使帝釋然忘其憂畏之心, 此老賊也. 情狀絶憤, 此雲之所以沸其熱血也.

---

57) 왕봉(王鳳) : 중국 전한 원제(元帝)의 왕황후(王皇后)의 오빠로서, 원제의 아들 성제(成帝)가 즉위하자 대사마(大司馬)·대장군(大將軍)·영상서(領尙書)를 역임하며 권세를 휘둘렀다. 그의 형제 5인이 같은 날에 후(侯)의 봉작을 받게 하였는데, 세상에서 그들을 오후(五侯)로 불렀다.

58) 광형은……정리하였네 : 중국 당나라 때의 시인 두보(杜甫)가 지은 〈추흥(秋興)〉 8수 중 제2수에 있는 구절이다.

59) 이보국(李輔國) : 중국 당나라 현종·숙종 때의 환관. 숙종의 황후인 장황후(張皇后)와 결탁하여 정권을 휘둘렀다. 나중에 권력을 독차지하기 위해 장황후를 시해하고 태자 예(豫)를 옹립하지만, 예가 황제에 오르자 살해당했다.

60) 장황후(張皇后) : 중국 당나라 숙종의 황후로서 처음에는 환관 이보국과 결탁하여 정권을 좌우지하다가, 나중에는 이보국과 권력다툼을 하게 되어 그에게 시해 당했다.

17. 주운(朱雲)[61]

곡영(谷永)[62]이 왕씨를 칭송하여 신백(申伯)[63]에 견주었으나 주운(朱雲)은 아무 말도 하지 않았다. 왕상(王商)과 왕근(王根)이 도사마(都司馬)를 대행하였으나 주운은 아무 말도 하지 않았다. 그런데 유독 장우(張禹)[64]에게 불끈 화를 내며 참하기를 청하였으니 어째서인가?

대개 권력을 탐하고 권세를 즐기는 것은 인지상정인데, 왕씨가 한 일은 걱정거리이기는 하나 미워할 것은 없었다. 아첨하고 부세하는 무리들은 칭송하는 말을 공공연하게 하는데, 곡영이 한 일은 밉긴 하지만 분개할 정도는 아니다.

그러나 장우의 경우를 보자. 황제가 천재(天災)를 두려워하여 사부에게 물었으니, 이는 음기를 소멸키고 양기를 성장시킬 수 있는 좋은 기회였다. 장우는 이때 마땅히 경문을 인용하고 의리에 의거하여 황제의 마음을 감동시켜야 했다. 그런데 도리어 경술로 거짓을 꾸며대며 은근히 세력에 아부하는 술책을 써서 황제로 하여금 걱정

---

61) 주운(朱雲) : 중국 전한 성제(成帝) 때의 직신(直臣). 주운은 성제에게 간신 장우(張禹)를 참할 것을 간하였는데, 성제가 크게 노하여 주운을 끌어내 죽이려 하였다. 이에 주운은 궁중의 난간을 붙잡고 끌려 나가지 않으며 끝까지 간하다가 난간을 부러뜨렸다. 뒤에 성제는 주운의 충직을 깨닫고 부러진 난간을 수리하지 못하게 하여 충직한 신하를 표창하였다고 한다.《漢書·朱雲傳》

62) 곡영(谷永) : 중국 전한 성제 때의 사람으로 성제의 외척인 왕봉(王鳳) 5형제에게 아첨하여, 그들에 의해 중용되어 벼슬이 북지 태수(北地太守)·대사농(大司農)에 이르렀다.《漢書·谷永傳》

63) 신백(申伯) : 중국 주(周)나라 선왕(宣王)의 외숙으로 명신(名臣) 칭송되었다. 그를 기리는 노래가《시경(詩經)·숭고(崧高)》에 나온다.

64) 장우(張禹) : 중국 전한 때의 문신. 원제(元帝) 때에 태자사부(太子師傅)가 되었고, 성제(成帝) 때에 정승에 이르렀으며 안창후(安昌侯)에 봉해졌다. 성제 때 당시 외척인 왕씨(王氏)가 전횡을 저지르는데도 장우는 감히 바른 말을 못하고 아첨하는 말을 하였다. 이에 주운이 장우를 참할 것을 성제에게 극간하였다.

하고 두려하는 마음을 다 잊게 하였으니 이는 늙은 도적놈이다. 그 정상이 매우 분개할 만하니, 이것이 바로 주운의 뜨거운 피를 부글부글 끓어오르게 한 까닭이다.

18. 限田

限田之議, 本來苟且. 董仲舒得君如武帝, 而尙不能行, 師丹於成·哀之際而欲行此法, 亦難矣哉! 周世宗見元稹〈均田圖〉, 知其爲致治之本, 使世宗而享國有日, 均田其行矣.

18. 한전(限田)[65]

한전(限田)의 논의는 본래 구차한 것이다. 동중서(董仲舒)[66]가 한 무제 같은 임금을 만나고도 오히려 이를 시행할 수 없었는데, 사단(師丹)[67]이 성제(成帝)·애제(哀帝) 연간에 이 법을 시행하고자 하였으니 참으로 어려웠던 것이다. 주 세종(周世宗)[68]이 원진(元稹)[69]의 〈균

---

65) 한전(限田) : 소유할 수 있는 전지(田地)의 크기를 제한하는 것을 말한다. 중국 한나라 때의 동중서와 사단이 한전을 건의한 일은《한서(漢書)·식화지(食貨志)》에 보인다. 한편 이와 관련된 내용이《경세유표(經世遺表)》 권6, 〈지관수제(地官修制)·전제(田制)4〉에도 보인다.

66) 동중서(董仲舒) : 중국 전한 무제(武帝) 때의 학자. 무제가 즉위하여 널리 인재를 구하자, 현량대책(賢良對策)을 올려 인정을 받았다. 오경박사(五經博士)를 설치하는 등, 유교를 한나라의 국교로 정하는 데에 공이 컸다. 저서에《동자문집(董子文集)》·《춘추번로(春秋繁露)》 등이 있다.

67) 사단(師丹) : 중국 전한의 학자. 동무(東武) 사람으로 자(字)는 중공(仲公). 원제(元帝) 말년에 박사(博士), 성제(成帝) 말년에 태자태부(太子太傅), 애제(哀帝) 때에는 좌장군(左將軍)을 역임하였다. 애제 즉위년에 빈부 격차를 해소하기 위하여 제후왕(諸侯王) 이하의 토지 소유와 노비 소유를 제한하는 한전법(限田法)을 건의하였으나 끝내 시행되지 못했다.《漢書·師丹傳》

전도(均田圖)〉를 보고 그것이 지치(致治)의 근본이 됨을 알았으니, 주 세종이 왕위에 좀 더 오래 있었더라면 균전법이 시행되었을 것이다.

19. 福嬰

霍氏之盛, 徐福言之; 王氏之盛, 梅福言之, 此必梅生之慕其人而自名也. 秦之亡, 子嬰爲帝; 漢之亡, 子嬰爲帝, 此必王莽取其名而擁立也.

19. 복(福)과 영(嬰)

곽씨(霍氏)[70]가 성할 것을 서복(徐福)이 말했고, 왕씨(王氏)가 성할 것을 매복(梅福)[71]이 말했다.[72] 이는 필시 매생이 서복을 사모하여

---

68) 주 세종(周世宗) : 중국 오대(五代)시대 후주(後周)의 시조인 시영(柴榮)을 말한다. 유학자와 문장에 뛰어난 자들을 불러들이고 각종 제도를 정비하였으며 재정 확충을 위해 많은 절을 폐쇄하였다. 주 세종이 〈균전도〉에 대해 언급한 내용은 《구오대사(舊五代史)·식화지(食貨志)》 및 《신오대사(新五代史) · 주본기(周本紀)》에 보인다.

69) 원진(元稹) : 중국 당나라의 문학가. 자(字)는 미지(微之). 백거이(白居易)와 함께 신악부운동(新樂府運動)을 주도하였으며 사회 비판적인 시를 남겼다. 칠언고시 〈연창궁사(連昌宮詞)〉와 소설 〈앵앵전(鶯鶯傳)〉의 작가로도 유명하다.

70) 곽씨(霍氏) : 중국 전한 선제(宣帝) 때의 권신(權臣) 곽광(霍光)을 말한다. 한 무제가 죽자 8세로 즉위한 소제(昭帝)를 보필하여 정사(政事)를 집행하였으며, 소제의 형 연왕(燕王) 단(旦)이 일으킨 반란을 기회 삼아 정적(政敵)을 물리치고 실권을 장악하였다. 소제가 죽은 후에는 그를 계승한 창읍왕(昌邑王)의 제위를 박탈하고, 선제(宣帝)로 즉위하게 하였다. 황후 허씨(許氏)를 독살하고 자신의 딸을 황후로 만들어 권세를 강화하였다. 이런 일이 있을 것을 미리 예감한 서복(徐福)은 상소문을 여러 번 올렸으나 선제는 이를 듣지 않았다. 그러나 곽광이 죽은 후 선제는 곽광 일족을 반역죄로 몰아 모두 죽여 버렸다. 《漢書·霍光傳》

71) 매복(梅福) : 중국 전한의 명사. 경학에 밝아 군(郡)의 문학(文學)이 되고 남창위(南昌尉)가 되었으나, 한나라 말기 왕망이 정권을 독단하자 하루

자신의 이름을 '복(福)'이라 지은 것이다. 진나라가 망했을 때 자영(子嬰)[73]이 황제였고, 한나라가 망했을 때 역시 자영(子嬰)[74] 황제였다. 이는 분명 왕망(王莽)이 '영(嬰)'이라는 이름을 취하여 황제로 옹립한 것이다.

20. 一夫百畝

三代之後, 封建唯項羽行之, 井田唯王莽行之, 異姓禪受, 唯郭威行之. 不識古今之宜, 其亂亡宜哉!

20. 일부백무(一夫百畝)[75]

삼대(三代) 이후에 봉건(封建)[76]은 오직 항우(項羽)만이 시행하였

아침에 처자를 버리고 구강(九江)으로 가서 은둔하였다.《前漢書·梅福傳》

72) 왕씨(王氏) : 중국 전한 말기의 정치가이자 신(新) 왕조의 건국자인 왕망(王莽)을 가리킨다. 정전제(井田制)와 같은 주나라 시대의 제도를 본 떠 일련의 개혁 정치를 단행하였으나 현실에 맞지 않아 실패하였다.

73) 자영(子嬰) : 여기서는 중국 진(秦)나라의 3대 왕이자 마지막 왕을 말한다. 이세황제(二世皇帝) 호해(胡亥)의 뒤를 이었는데 왕위(王位)에 오른 지 46일만에 유방(劉邦)에게 투항하였다. 뒤에 함양(咸陽)에 입성한 항우(項羽)에게 살해되었다. 신분에 관해서는 여러 설이 있는데 진시황의 장자 부소(扶蘇)의 아들이란 설이 널리 알려졌다.

74) 자영(子嬰) : 여기서는 전한의 유영(劉嬰)을 말한다. 왕망은 평제(平帝)를 독살한 뒤에 2세의 유영(劉嬰, 선제의 현손)을 황태자를 삼고 자기를 스스로 가황제(假皇帝)라 하고, 신하들에게는 섭황제(攝皇帝)라 부르게 하였다.

75) 일부백무(一夫百畝) : 농부 1인당 농지 100무를 할당한 주(周)나라의 토지 제도인 정전법(井田法)을 말한다.

76) 봉건(封建) : 봉건은 천자(天子)가 도성의 사방 1천 리의 땅은 직할지로 하고, 나머지 땅을 나누어 제후(諸侯)를 세우던 제도이다. 중국 주(周)나

고, 정전제(井田制)는 오직 왕망(王莽)만이 시행하였으며, 다른 성에게 왕위를 물려준 것은 오직 곽위(郭威)[77]만이 시행하였다. 그러나 그들은 고금의 시의(時宜)를 알지 못하였으니, 그들이 나라를 어지럽히고 망하게 한 것은 당연하도다.

21. 客星

《漢·天文志》, 諸星之名皆著, 而客星無所紀. 況御座是何星乎? 如云北極, 北極本無星; 如云紫微, 紫微非一星也, 何得徧犯諸星? 如云慧孛卽爲客星, 子陵本非惡人, 何至上招彗孛? 此光武之欺子陵耳. 方其以足而加腹也, 雖爲之優容, 而其傲慢無禮之態, 終不能遣諸胸中. 密令左右做得太史之奏, 以示其眞人起居上應天象, 要使山人識天子之尊耳. 子陵如覺之, 得無莞爾而一笑乎? 英雄欺人, 類多如此.

21. 객성(客星)[78]

《후한서·천문지》에는 여러 별들의 이름이 모두 기록되어 있지만, 객성(客星)에 대해서는 기록된 것이 없다. 하물며 어좌(御座)[79]는 어

라에서 실시하였다.

77) 곽위(郭威) : 중국 오대(五代) 후주(後周)의 제1대 황제(재위 951~954). 오대의 후한(後漢)이 멸망하자 951년에 후주(後周)를 건국했다. 차역·잡세 등의 균형을 꾀하였고 자작농 육성에 힘썼다. 왕위를 세습하지 않고 선양한 것은 요순 때에 있었던 일인데, 곽위는 아들이 없었기 때문에 그의 처남 시수례(柴守禮)의 아들 시영(柴榮, 954~960)을 양자로 들여 후계자로 삼았다.

78) 객성(客星) : 항성(恒星)이 아니고 일시적으로 보이는 별을 말한다.

79) 어좌(御座) : 천자(天子)의 별자리를 말한다. 한대(漢代)의 유학자들은 북극이 천자의 별자리이며 움직이지 않고 다른 별들의 받듦을 받는다고 하였다. 그러나 정약용은 북극은 원래 성점(星點)이 없다고 보았다. 丁若鏞, 《論語古今註·爲政篇》

떤 별인가? 만약 어좌가 북극(北極)이라고 한다면 북극에는 본래 별이 없으며, 자미(紫微)라고 한다면 자미는 별이 하나가 아니니[80], 어찌 여러 별을 침범할 수 있겠는가? 만약 혜패(彗孛)[81]가 바로 객성이라고 한다면, 자릉(子陵)[82]은 본래 악한 사람이 아닌데, 어찌 혜성과 패성같은 살별이 나타나게 했겠는가? 이것은 광무제(光武帝)[83]가 자릉을 속인 것일 뿐이다.

자릉이 발을 광무제의 배에 걸쳤을 때 비록 광무제가 그를 너그럽게 대했다 하더라도, 그의 오만무례한 태도를 끝내 마음속에서 잊어버릴 수 없었을 것이다. 그래서 측근들에게 은밀히 명하여 태사(太史)의 상주(上奏)를 조작해서 진인(眞人)[84]의 기거(起居)는 위로 천문과 상응함을 드러냄으로써, 엄자릉 같은 산인(山人)들로 하여금 천자가 얼마나 존귀한 존재인지를 알리게 한 것이다. 자릉이 이것을 알았더라면 아마 빙그레 웃지 않았을까? 영웅이 사람을 속이는 것이

---

80) 자미(紫微) : 북두성(北斗星) 북쪽에 있는 성좌(星座)를 가리킨다.

81) 혜패(彗孛) : 혜성(彗星)과 패성(孛星). 살별의 종류인데 옛사람들은 이 별들이 나타나면 재앙이나 전쟁이 발생할 것으로 생각하였다.

82) 자릉(子陵) : 중국 후한(後漢)의 고사(高士)였던 엄광(嚴光)을 가리킨다. 자릉은 그의 자. 엄광은 광무제(光武帝)와 함께 공부하였는데, 광무가 황제가 되자 이름을 바꾸고 숨어버렸다. 광무는 그를 찾아내 궁중으로 데려가 잘 대우하였다. 한번은 궁중에서 함께 잠을 자는데 엄광이 광무의 배에 다리를 올려놓았다. 아침에 태사(太史)가 "어젯밤 천상(天象)을 관찰해보니 객성(客星)이 어좌(御座)를 범했습니다." 하니, 광무는 웃으며 "내가 옛 친구 엄자릉과 함께 잤다." 하였다. 엄광은 끝내 벼슬을 사양하고 부춘산(富春山)에 은둔하였다. 《後漢書·嚴光傳》

83) 광무제(光武帝) : 후한의 초대 황제(재위 25~57)인 유수(劉秀). 한 고조 유방의 9세손이다. 왕망(王莽)의 군대를 격파하고 즉위해 한 왕조를 재건하였다.

84) 진인(眞人) : 여기서는 천하를 통일한 천자를 뜻한다. 진인은 본래 도가나 불교에서 도를 깨달은 사람을 말하는데, 진시황이 자신을 '진인'이라 부른 이래 황제를 가리키는 말로도 쓰이게 되었다.

대개 이러하였다.

22. 馬援

馬援始爲隗囂之使, 得見光武. 當時只欲佐囂定天下作天子, 豈念漢室哉? 此其不如諸葛武侯出處之正. 及囂再擧, 援詣行在, 極陳滅囂之術, 聚米爲山, 指畫形勢, 援於是乎爲鄕導軍耳. 棄僞投眞, 援之善變者, 此固然矣. 亦當告于光武曰: "臣雖歸身陛下, 而囂臣之舊主, 臣願守樂毅辭伐燕之義." 如是則可以不渝其終始矣. 如欲爲光武立功, 討公孫述, 討竇融, 何患乎功名之不立乎? 援於是不能見重於君父, 身後薏苡之謗, 得以眩惑天聽矣. 班彪著〈王命論〉, 勸囂歸漢, 其始也與援略同, 亦未嘗以羿道而傷羿, 賢哉!

22. 마원(馬援)[85]

마원(馬援)은 애초에 외효(隗囂)[86]의 사자가 되어 광무제를 알현하게 되었다. 당시 마원은 외효를 보좌하여 천하를 평정하고 황제를 만들려고만 했지, 어찌 한실의 부흥을 생각했겠는가? 이것이 출처가 올발랐던 제갈무후보다 마원이 못한 점이다.

---

85) 마원(馬援) : 중국 후한(後漢) 광무제 때의 장군. 왕망(王莽)의 부름을 받고 한중랑태수(漢中郎太守)가 되었고, 이어서 외효(隗浯) 밑에서 벼슬하다가 다시 광무제(光武帝)의 신하로서 태중대부(太中大夫)가 되었다. 후에 복파장군(伏波將軍)에 임명되어 교지(交趾, 북베트남) 지방의 반란을 평정하였으며 신식후(新息侯)가 되었다. 《後漢書·馬援傳》

86) 외효(隗囂) : 중국 한(漢)나라 성기(成紀) 출신으로, 왕망(王莽) 말기에 농서(隴西)에서 웅거해 있으면서 서주 상장군(西州上將軍)이라 자칭하였다. 처음에는 갱시제(更始帝) 유현(劉玄)을 떠받들다가 뒤에 광무제(光武帝)를 섬겼다. 그 뒤에 다시 반란을 일으켜 공손술(公孫述)에게 붙었다가 광무제의 정벌로 인해 서역(西域)으로 도망쳤으며, 그곳에서 죽었다. 《後漢書·隗囂傳》

외효가 다시 거병을 하였을 때 마원은 광무제의 행재소(行在所)[87]에 가서 외효를 멸망시킬 술책을 남김없이 진술하며 쌀로 산 모양을 만들고 손가락으로 형세를 그렸으니 마원은 이로부터 광무제 군대의 길잡이가 된 것이다. 가짜 주인을 버리고 진짜 주인을 찾아갔으니 마원이 정세 판단을 잘 했다는 것은 이것으로 증명이 된다. 또 마원은 광무제에게 마땅히 "신이 비록 폐하에게 귀의했지만 외효는 신의 옛 주인입니다. 저는 악의(樂毅)[88]가 연나라 정벌을 사양했던 의리를 지키고 싶습니다."라고 말했어야 옳았다. 이와 같이 했다면 시종(始終)을 달리했다는 소리는 듣지 않았을 것이다.

만약 광무제를 위하여 공을 세우려고 했다면 공손술(公孫述)[89]과 두융(竇融)[90]을 토벌하면 되었을 것인데, 어찌 공명을 세우지 못할까 걱정할 필요가 있었겠는가? 마원은 이 때문에 군부(君父)로부터 큰 신임을 받지 못하였고 그가 죽은 후에 율무 때문에 생긴 비방[91]은

---

87) 행재소(行在所) : 임금이 멀리 거둥할 때 임시로 머무르는 별궁(別宮). 행궁(行宮)·이궁(離宮)이라고도 한다.

88) 악의(樂毅) : 중국 전국시대 연(燕)나라의 무장. 연 소왕(燕昭王)에게 대장군(大將軍)으로 등용되어 제(齊)나라의 70여 개 성을 함락하는 전공을 세웠다. 소왕이 죽고 혜왕(惠王)이 즉위하자, 악의를 의심하여 직위를 박탈하였다. 악의는 조(趙)나라로 망명하였는데, 조나라에서는 악의를 등용하여 연나라를 공격하려 하였으나 악의는 끝까지 따르지 않았다. 《史記·樂毅列傳》

89) 공손술(公孫述) : 중국 후한 때의 군웅 중 한 사람. 처음에는 왕망(王莽)을 섬겼으나, 전한(前漢) 말 경시제(更始帝)가 반란을 일으키자 성도(成都)에서 군사를 일으켰다. 촉 지방에 나라를 세우고 황제라 칭하였으나 후한 광무제에게 멸망당하였다.

90) 두융(竇融) : 중국 후한 시대의 무인. 처음에는 왕망을 섬겼으나 신(新)이 망하자 경시제(更始帝)의 대사마(大司馬) 조맹(趙萌)에게 항복하여 중용되었다. 경시제가 망하자 후한의 광무제에 귀속하여 기주(冀州)의 목사(牧使)가 되고, 36년에는 대사공(大司空)에 이르렀다.

91) 율무……비방 : 마원이 지금의 월남 북부인 교지를 정벌할 때 율무를 식

광무제의 총명까지도 흐리게 했다.

반표(班彪)[92]는 〈왕명론(王命論)〉을 지어서 외효에게 한나라에 귀의하라고 권하였는데, 처음에 했던 행동은 마원과 거의 같았다. 그러나 반표는 예(羿)의 방법을 가지고 예의 현명함을 상하게 한 것은 아니었던 것이리라.[93] 현명하도다!

23. 讖緯

讖緯之學, 起於鄒衍, 盛行於秦皇·漢武之世, 而若其酷信而不疑者, 光武是已. 始辭卽眞, 得〈赤伏符〉而卽眞; 始辭封禪, 得〈會昌符〉而封禪. 鄭興辭以未學, 而威怒遽發. 桓譚上疏極言, 而淫刑將及. 此所以緯書之多出於東京也. 噫, 其惜哉!

23. 참위(讖緯)[94]

량으로 써서 장기(瘴氣)를 이기게 되었다. 그래서 돌아올 때 씨앗으로 쓰려고 율무를 수레에 싣고 왔는데, 사람들은 옥(玉)이라고 그를 모함하였다.

92) 반표(班彪) : 중국 후한 반고(班固)의 아버지. 처음에는 외효(隗囂)를 따랐는데, 〈왕명론〉을 지어 한나라에 귀의할 것을 주장하였으나 외효는 이를 받아들이지 않았다. 그래서 반표는 두융(竇融)을 따랐다. 역사 찬술에 뜻을 두어 《한서(漢書)》를 저술하였으나 이루지 못하고 죽었는데, 그의 아들인 반고(班固)가 이를 완성하였다. 《後漢書·班彪傳》

93) 예의 방법을……않았으니 : 예(羿)는 중국 고대 신화속의 인물로 활을 잘 쏘았다. 《맹자·이루하(離婁下)》에 봉몽(逢蒙)이 예에게 활 쏘기를 배워 예가 활쏘는 방법〔羿之道〕을 터득하였는데, 세상 사람들이 예가 자기보다 낫다고 여기는 것으로 생각하고 예를 죽였다는 얘기가 전한다. 여기서는 반표가 처음에 외효를 섬긴 것은 마원과 같지만, 나중에 마원처럼 그를 해친 것은 아니라는 의미로 사용하였다.

94) 참위(讖緯) : 참서와 위서. 참서는 민간에 유행하던 예언서이며, 위서는 유가경전의 내용을 부회한 책으로 역시 예언적 내용을 담았다. 미래의

참위(讖緯)의 학설은 전국시대 추연(鄒衍)[95]에서 시작되어 진시황과 한무제 때에 성행하였는데, 한 치의 의심도 없이 절대적으로 믿은 자가 바로 광무제였다. 그는 처음에는 황제 등극을 사양하였으나 〈적복부(赤伏符)〉[96]에서 근거를 얻자 등극하였으며, 처음에는 봉선(封禪)[97]을 사양하였으나 〈회창부(會昌符)〉[98]에서 근거를 얻자 봉선하였다. 정흥(鄭興)[99]이 아직 참위를 배우지 못했다고 핑계를 대자

일을 예언하는 도참(圖讖)으로 특히 중국 후한 때에 크게 유행하였다.

95) 추연(鄒衍) : 중국 전국시대의 사상가. 맹자보다 약간 늦게 등장하여 음양오행설(陰陽五行說)을 제창하였다. 세상의 모든 사상(事象)은 토(土)·목(木)·금(金)·화(火)·수(水)의 오행상승(五行相勝) 원리에 의하여 일어나는 것이라 하였고, 이에 의하여 역사의 추이(推移)나 미래에 대한 예견을 하였다.

96) 적복부(赤伏符) : 비결서(秘訣書)의 하나. 한나라는 불(火)을 숭상했고 적색(赤色)은 불의 색깔이며 복(伏)이라는 말은 감추고 있다는 뜻이므로, 적복부는 화덕(火德)으로 일어난 유씨(劉氏)의 한나라가 다시 부흥한다는 의미를 담고 있는 것이다. 광무제가 하북 지방을 거의 평정하자 모든 장수들이 천자에 등극하기를 여러 번 요청하였다. 그러나 광무제는 그때마다 허락하지 않았는데, 마침 유수와 동문수학했던 유생(儒生) 강화(彊華)라는 사람이 관중(關中)으로부터 〈적복부〉를 가져와 보여주자 황제에 등극하였다.

97) 봉선(封禪) : 중국의 황제가 태산(泰山)에 가서 천지에 제사를 지내는 의식. 진시황 때 시작되었으며 한나라 무제 때부터 대규모 정치적인 행사가 되었다.

98) 회창부(會昌符) : 《하도회창부(河圖會昌符)》를 말한다. 광무제가 동쪽으로 순행을 나가기로 하자, 한 대신이 태산(泰山)에서 봉선(封禪)할 것을 권하였다. 광무제는 전란을 겪어 백성들이 어려운 상황인데, 봉선을 권한다면 그 즉시 파직하여 변병으로 보내버리겠다고 엄한 영을 내렸다. 그러던 어느 날 광무제가 《하도회창부》란 책을 읽고 감명을 받아 생각을 바꾸어 봉선대례를 치르게 되었다.

99) 정흥(鄭興) : 중국 후한 광무제 때의 유학자. 광무제가 정흥에게 교사(郊祀)를 참위서에 따라 결정하는 것이 어떻겠냐고 물었는데, 정흥은 자신은 참위서를 쓰지 않는다고 대답하여 광무제의 노여움을 샀다. 그러자

광무제는 갑자기 노여워하였다. 환담(桓譚)[100]은 상소문을 올려 정사에 참위를 쓰지 말 것을 극언하였다가 중형을 당할 뻔했다. 이것이 참위서(讖緯書)가 동한 시대에 많이 나타나게 된 까닭이다. 아, 안타깝도다!

24. 張儉非善人

張儉者, 八及之首也. 因儉亡命所經歷, 誅死者以千數. 孔褒之死, 亦以融匿儉也. 而儉獨全年八十四而卒, 儉果何如人也? 因一己之惜死, 使萬家罹禍, 忍爲是乎? 儉蓋兇惡殘毒者也. 黨人之未必皆善, 此亦可見.

24. 장검(張儉)[101]은 선인이 아니다

장검(張儉)은 팔급(八及)[102]의 우두머리였다. 장검이 망명하여거

정흥은 참위서를 나쁘다고 여겨서 그런 것이 아니라, 참위서에 대해 배운 적이 없기 때문에 자신은 참위서를 쓰지 않는다고 해명하였다.《後漢書·鄭興傳》

100) 환담(桓譚) : 중국 후한 광무제 때의 유학자. 오경(五經)에 밝았으며, 고학(古學)을 좋아하여 유흠(劉歆)·양웅(揚雄)에게서 배웠다. 왕망(王莽)이 천하를 찬탈하였을 때 장악대부(掌樂大夫)·중대부(中大夫)가 되었으며, 광무제 때 의랑급사중(議郎給事中)에 발탁되었다. 그러나 광무제가 참(讖)을 이용하여 정사를 펴자 이것을 유학의 입장에서 저지하려다 노여움을 사, 육안군(六安郡)의 승(丞)으로 좌천되어 부임 중에 죽었다.《後漢書·桓譚傳》

101) 장검(張儉) : 중국 후한 영제(靈帝) 때의 명사. 장검은 환제(桓帝) 연희(延熹) 8년(165)에 중상시(中常侍) 후람(侯覽)과 그 모친의 죄악을 탄핵한 일로 후람과 원수가 되었다. 뒤에 후람의 무고로 영제가 장검을 체포하라는 명령을 내리자 망명길에 올랐는데, 그를 숨겨준 수많은 친척들이 처형을 당하고 그가 거처간 군현(郡縣)이 폐허로 변했다. 헌제(獻帝) 중평(中平) 연간에 당금(黨禁)이 해제되자 집으로 돌아왔다.《後漢書·黨錮列傳·張儉》

쳐간 곳이라는 이유로 죽은 자가 천여 명이나 되었다. 공포(孔褒)[103]가 죽은 것 역시 동생인 공융(孔融)이 장검을 숨겨주었기 때문이었다. 그런데 장검만은 여든 네 살이나 살다가 죽었으니, 장검은 과연 어떤 사람이란 말인가? 제 한 목숨을 지키기 위해 수많은 집안이 화를 당하게 하였으니 차마 그렇게 할 수 있단 말인가? 장검은 흉악하고 잔혹한 자라 할 것이다. 당인(黨人)이라고 해서 모두 반드시 선한 것은 아님을 여기서 또한 알 수 있다.

25. 九品中正

品人以九之法, 始於班固〈古今人表〉. 彼品人於旣沒之後, 尙不能一一中正, 況陳羣之法? 【魏文帝初年】 品人於方薦之初, 安能定其權衡? 州郡擇有識鑒者爲中正, 爲中正者非上上, 則又無以第人之上上矣, 此法非矣. 古者官職有秩而無品, 今制別爲九品, 蓋權輿於陳羣也. 【晉劉毅上疏曰"職名中正而爲奸府, 事名九品而有八損", 眞格言也.】

25. 구품중정제(九品中正制)

사람을 아홉 등급으로 구분하여 품평하는 방법은 반고(班固)의

---

102) 팔급(八及) : 중국 후한(後漢) 영제 때 팔고(八顧)·팔주(八廚)·팔준(八俊)과 함께 천하의 명사(名士)들을 이르는 말. 팔급은 장검(張儉)을 비롯하여 잠질(岑晊)·유표(劉表)·진상(陳翔)·공욱(孔昱)·범강(范康)·단부(檀敷)·책초(翟超) 등이다. 《後漢書·黨錮列傳》

103) 공포(孔褒) : 중국 후한 말 건안칠자(建安七子)의 한 사람인 공융(孔融)의 형이다. 장검이 친구인 공포의 집으로 도망을 쳤는데, 마침 집에 공포는 없고 그의 동생인 공융만 있었다. 공융은 당시 16세의 어린아이로 저간의 사정을 알지 못하는 상황에서 장검을 숨겨 주었다. 나중에 이 사실이 발각되어 공포와 공융이 잡혀갔고 결국 공포가 벌을 받아 죽게 되었다.

〈고금인표(古今人表)〉[104]에서 시작되었다. 반고는 사람이 죽은 뒤에 품평을 하였는데도 하나하나 치우침 없이 공정하게 하지 못했는데, 하물며 진군(陳羣)[105]의 구품관인법(九品官人法)은 더 말할 필요가 있으랴? 【위문제(魏文帝) 초년의 일】 막 사람을 추천할 때 평가를 하였으니, 어떻게 평가를 정확하게 할 수 있었겠는가? 주(州)와 군(郡)에서 감식력을 갖춘 자를 선발하여 중정(中正)으로 임명하였는데, 중정이 된 자가 상상(上上)의 인물이 아니면 상상에 해당되는 인물을 뽑을 수가 없으니 이 제도야말로 잘못된 것이다.

옛날에 관직에는 관질(官秩)만 있을 뿐 품등(品等)은 없었는데, 지금의 제도는 별도로 9품을 두었으니, 아마도 진군의 구품관인법에서 시작된 것이리라.【서진(西晉)의 유의(劉毅)[106]가 상소를 올려 말하기를 "직함은 중정이면서 간악한 관리노릇이나 하고, 하는 일은 구품이라고 하면서 여덟 가지

---

104) 반고(班固)의 고금인표(古今人表) : 반고는 중국 후한 초기의 역사가. 반표(班彪)의 아들로 아버지를 이어 《한서》를 완성하였다. 《한서》의 〈고금인표〉에는 고금의 인물을 상상(上上)부터 하하(下下)까지 아홉 등급으로 분류하였다.

105) 진군(陣羣) : 중국 위(魏)나라 때 이부상서(吏部尙書)로 있으면서 구품관인법(九品官人法, 구품중정법이라고도 함)을 제정하였다. 구품관인법은 임금이 각 지방의 문벌과 인망이 있는 사람으로 중정(中正)을 선발하여 군·현에 대·소의 중정을 임명하고, 중정이 그 군·현 내의 인재를 조사하여 9품(品)으로 등급하여 임금에게 보고하면, 그 내용을 살펴 관리로 임용했던 제도이다. 중정 자신이 문벌 출신이어서 대체로 재능 여하보다는 문벌에 따라 상품(上品)에 오르는 폐단이 있어서 수(隋) 나라에 이르러 폐지되었다.

106) 유의(劉毅) : 처음에는 위나라의 공신이었으나 사직하였으며 그 후 진왕(晉王) 사마소(司馬昭)의 요청에 응해 상국(相國)이 되었다. 이어 사마염(司馬炎)이 진나라를 건립한 후 상서랑(尙書郞)·산기상시(散騎常侍) 등의 관직을 역임하였다. 유의는 진(晋) 세조(世祖) 태강(太康) 5년에 상서를 올려 구품중정제의 폐단으로 중정의 품등이 가문의 지위나 권세에 따라 이루어지는 점 등의 여덟 가지를 들었다. 《晋書·劉毅傳》

폐단이 있습니다."라고 하였으니, 이는 참으로 맞는 말이다.】

26. 張皇后

後主禪之闇弱, 而配張飛之女; 忠烈[107]王之柔懦, 而配忽必烈之女. 每念此事, 爲之絶倒.

26. 장황후(張皇后)

촉한(蜀漢)의 후주 유선(劉禪)[108]은 어리석고 나약하였는데 배필은 장비(張飛)[109]의 딸이었으며, 고려 충렬왕(忠烈王)[110]은 우유부단하고 유약하였는데 배필은 홀필열(忽必烈, 쿠빌라이)[111]의 딸이었다.

---

107) 烈 : 底本에는 "宣"으로 되어 있으나 《高麗史》에 근거하여 수정하였다.

108) 유선(劉禪) : 촉한(蜀漢)의 후주(後主)로 유비(劉備)의 아들.(재위: 223~263) 17세에 유비의 뒤를 이어 황제가 되어 승상 제갈량에게 전권을 맡겼다. 제갈량이 죽은 후에는 장완(蔣琬)·비의(費禕) 등에게 국정을 맡기고 정치에 거의 관여하지 않았으며, 위나라에 항복한 뒤 안락공으로 봉해졌다.

109) 장비(張飛) : 중국 삼국시대의 맹장으로 촉한의 건국 공신. 자(字)는 익덕(益德). 유비·관우와 함께 황건적 토벌에 나서며 이름을 떨치기 시작했다. 장판교에서 조조의 대군을 막았으며 서촉을 정벌할 때 엄안(嚴顔)을 회유하여 파촉 정벌에 큰 공을 세웠다. 관우의 복수를 위해 출정하던 도중 범강(范疆)과 장달(張達)에게 암살되었다. 딸은 후주 유선과 혼인하여 황후가 되었다.

110) 충렬왕(忠烈王) : 고려 제25대 왕. 이름은 거(昛). 원종(元宗)의 맏아들. 1260년(원종 1) 태자에 책봉되었고 1271년 원(元)나라에 가서 1274년(원종 15) 홀필렬(忽必烈, 구빌라이), 곧 원 세조의 딸 제국대장공주(齊國大長公主)와 결혼하였으며, 나중에 고려로 돌아와 원종이 죽자 왕위에 올랐다.

111) 홀필렬(忽必烈, 쿠빌라이) : 중국 원 세조(世祖). 징기즈칸의 손자이자 4대 헌종(憲宗)의 둘째 동생. 즉위 후 연경(燕京)으로 도읍을 옮기고 나라 이름을 원(元)이라 하였으며, 버마, 베트남, 캄보디아 등을 정복하는 등 유사 이래 세계 최대의 대제국(大帝國)을 건설하였다. 그의 딸 제국

매양 이 일을 생각할 때마다 배를 잡고 웃었다.

27. 竹林七賢

嵇·阮諸人, 所爲狂悖, 當時士大夫, 皆以爲賢, 豈是非之心, 古今爾殊耶? 盖當時曹爽被誅, 高貴鄕公【魏主髦】見廢, 司馬氏簒竊在卽. 而諸公力不能討除奸兇, 所以放[112]達自汙, 以寓其悲憤激昻之志. 士大夫知其心, 賢而恕之爾. 故不論其時世, 無以論古人.

27. 죽림칠현(竹林七賢)[113]

혜강(嵇康)과 완적(阮籍) 등 죽림칠현이 광패(狂悖)한 짓을 한 것에 대해 당시 사대부들이 모두 어질다고 여겼으니, 어찌 시비를 가리는 마음이 예나 지금이 달라서 그랬겠는가? 대개 당시에 조상(曹爽)[114]이 주살 당하였고, 고귀향공(高貴鄕公)[115]【위나라 임금 조모(曹髦)】이

대장공주는 고려의 충렬왕과 혼인을 하였으며, 이후 고려는 원의 부마국이 되어 공민왕에 이르기까지 역대 고려 왕실에 몽고족의 피가 섞이게 되었다.

112) 放 : 底本에는 "於"로 되어 있다. 문맥을 살펴 수정하였다.

113) 죽림칠현(竹林七賢) : 중국 위(魏)·진(晉)의 정권교체기에 현실에 불만을 품고 산수에 은거하여 청담을 나누었던 7인. 완적(阮籍)·혜강(嵇康)·산도(山濤)·상수(向秀)·유령(劉伶)·완함(阮咸)·왕융(王戎)을 가리킨다.

114) 조상(曹爽) : 삼국시대 위나라의 승상. 자는 소백(昭伯). 사마의(司馬懿)와 함께 명제(明帝)의 유조를 받들어 고귀향공을 보좌하였다. 249년 정월 천자가 고평릉(高平陵)에 행차하였는데, 사마의는 먼저 군대를 동원하여 무기고를 점거하고는 조상이 모반할 마음을 가지고 있다고 상주하였다. 이에 조상의 삼족이 주살을 당하였다.《三國志·魏書·曹爽傳》

115) 고귀향공(高貴鄕公): 위나라 조모(曹髦)를 가리킨다.(재위: 254~260) 자는 언사(彦士)로 위 문제(文帝)의 손자이다. 정시(正始) 5년에 고귀향공에 봉해졌으며 제왕(齊王) 방(芳)이 폐해지자 임금으로 추대되었다. 재위 기간 동안 사마사(司馬師)와 사마소(司馬昭) 형제가 국정을 전횡하였으

폐위 당하였으며, 사마씨(司馬氏)[116]의 제위 찬탈이 눈앞에 있었다.

그러나 죽림칠현은 간흉한 무리들을 토벌하여 제거할 힘이 없었으므로, 이 때문에 제멋대로 행동하고 스스로를 더럽힘으로써 비분하고 격앙된 뜻을 가탁한 것이다. 그래서 사대부들이 그 마음을 알고 그들을 어질다 여기며 너그럽게 보아준 것뿐이다. 그러므로 시대 상황을 논하지 않고는 옛사람을 논할 수 없다.

28. 郭欽

七國之亂, 賈誼先知之; 霍氏之亂, 徐福先知之; 王莽之亂, 梅福先知之; 司馬氏之簒, 曹冏先知之【上書請封曹氏】; 五胡之亂, 郭欽先知之【上疏請徙降胡出邊地】; 祿山之亂, 張九齡先知之. 每有大亂, 非無知者, 時君不能用, 此殆天運, 非人力所能爲也.【江統〈徙戎疏〉, 亦後於郭欽】

28. 곽흠(郭欽)

칠국(七國)의 난은 가의(賈誼)가 먼저 알았고[117], 곽씨(霍氏)의 난은 서복(徐福)이 먼저 알았으며[118], 왕망(王莽)의 난은 매복(梅福)이

며, 이에 직접 군사를 이끌고 사마소를 치러 갔다가 살해되었다.《三國志·魏書·高貴鄕公傳》

116) 사마씨(司馬氏) : 위나라를 찬탈하여 진나라를 세운 사마염(司馬炎)을 가리킨다. 사마염은 사마의의 손자로 위나라 원제(元帝)에게 선양(禪讓)을 강요하여 진(晉)의 황제가 되었다.

117) 칠국(七國)의……알았고 : 칠국은 오(吳)·초(楚)를 비롯한 한 고조(漢高祖)의 집안이 분봉(分封) 받은 각지의 제후국을 말한다. 가의(賈誼)는 중국 전한 문제 때의 문인 겸 학자로 칠국이 강성해짐을 보고 이로 인해 큰 화가 생길 것이라 상서를 올렸다.《漢書·賈誼傳》

118) 곽씨(霍氏)의……알았으며 : 곽씨는 중국 전한 선제(宣帝) 때의 권신(權臣) 곽광(霍光)을 말한다. 서복은 여러 차례 상서를 올려 곽광을 비롯한 곽씨들이 변란을 일으킬 것이라 경고하였다.《漢書·霍光傳》권1, 주 70)

먼저 알았고[119], 사마씨(司馬氏)의 찬탈은 조경(曹冏)이 먼저 알았으며[120]【상서하여 조씨를 봉할 것을 청했다.】, 오호(五胡)의 난은 곽흠(郭欽)이 먼저 알았고【상소하여 항복한 오호(五胡)를 변방으로 이주시킬 것을 건의하였다.[121]】, 안녹산(安祿山)의 난은 장구령(張九齡)이 먼저 알았다.[122] 매양 큰 난이 있을 때마다 그 징조를 알고 있는 사람이 없지 않았거늘 당시의 임금들이 그들의 말을 듣지 않았으니, 이것은 아마도 천운(天運)이지 인간의 힘으로 어떻게 할 수 있는 것이 아니었다.【강통(江統)의 〈사융소(徙戎疏)〉는 또한 곽흠(郭欽)의 상소문보다 뒤에 지어진 것이다.[123]】

참조.

119) 왕망(王莽)의……알았고 : 왕망은 중국 전한(前漢) 말에 황위를 찬탈하여 신(新)나라를 세웠다. 매복은 왕망이 정권을 독단하자 하루아침에 처자를 버리고 구강(九江)으로 가서 은둔하였다.

120) 사마씨(司馬氏)의……알았으며 : 사마씨는 조위(曹魏)의 황위를 찬탈한 사마소(司馬昭)·사마염(司馬炎) 등을 말한다. 조경은 사마씨를 견제하기 위해 조씨들을 많이 등용하여 황실을 보위할 것을 건의하였다.《資治通鑑·魏紀》

121) 오호(五胡)의……알았으며 : 오호는 중국의 후한(後漢)에서 남북조 시대에 이르기까지 중국의 서북방으로부터 본토에 이주한 다섯 민족. 흉노(匈奴)·갈(羯)·선비(鮮卑)·저(氐)·강(羌)을 이른다. 곽흠은 진(晉)나라 무제(武帝)에게 상소를 올려 태평성대를 이루기 위해서는 사이(四夷)를 잘 다스려야 함을 건의하였다.《晉書·郭欽傳》

122) 안녹산(安祿山)의……알았다 : 장구령은 중국 당(唐)나라 현종(玄宗) 때의 재상. 안녹산이 위험한 인물임을 간파하여 현종에게 몇 번이나 그를 군령 위반죄로 목을 베기를 간청하였으나 현종이 듣지 않았다.

123) 강통(江統)의 사융소(徙戎疏) : 강통은 중국 진(晉)나라 혜제(惠帝) 때의 인물로, 태자세마(太子洗馬)로 있던 시절 호인(胡人)들이 중국을 혼란시키니 마땅히 그 뿌리를 뽑아야 한다며 〈사융론〉을 지어 올렸다.《晉書·江統傳》

29. 魏顯祖〖獻文帝〗

拓拔弘十二歲爲天子, 十四歲生太子, 十八歲爲太上皇. 自古早達之盛, 無出此右.

29. 위(魏)나라 현조(顯祖)〖헌문제(獻文帝)〗

탁발홍(拓拔弘)[124]은 열두 살에 천자가 되었고 열네 살에 태자를 낳았으며 열여덟 살에 태상황이 되었다. 예로부터 일찍 높은 지위에 올라 융성하기가 이보다 더한 자가 없다.

30. 瓜滿遷轉

治民之官, 劉宋以六朞爲滿, 蕭齊以三年爲滿. 我國堂上官用齊滿, 堂下官用宋滿. 然漢制爲善. ○今吏曹遷轉之法, 剏於梁武帝時. 時崔亮爲吏部尙書, 奏行格制之法, 卽今之計仕遷轉也. 薛琡曰: "執簿呼名, 一吏足矣." 今吏曹書吏, 果主遷轉. ○資格之法, 始於崔亮. 後復不用, 至唐玄宗時, 裵光庭爲吏部尙書, 又行此法, 遂爲不易之典.

30. 관리의 인사이동

백성을 다스리는 지방관의 경우 유송(劉宋)[125]에서는 6년을, 소제

---

124) 탁발홍(拓拔弘) : 중국 북위(北魏)의 현조(顯祖) 헌문제(獻文帝)를 가리킨다. 현조 헌문제는 그의 묘호이다. 탁발(拓拔)은 북위(北魏) 황족의 성인데 나중에 성을 원(元)으로 바꾸었다. 북위는 선비족이 세운 나라이며 헌문제는 6대 황제로 재위기간이 465년에서 471년까지의 7년에 불과하다. 헌문제는 열두 살의 나이에 황제의 자리에 올라 국정을 담당할 능력이 부족했으므로 실권은 문성제(文成帝)의 황후였던 풍태후(馮太后)에게 있었다. 헌문제는 열여덟의 어린 나이에 다섯 살 난 아들에게 양위하였으며, 결국 풍태후에 의해 독살되었다.

125) 유송(劉宋) : 중국 남조(南朝) 때 송(宋) 나라 별칭으로 유유(劉裕)가 세운 나라.(420~479년)

(蕭齊)[126]에서는 3년을 임기로 하였다. 우리나라는 당상관(堂上官)[127]은 소제의 제도를 따르고 당하관(堂下官)은 유송의 제도를 따른다. 그러나 한(漢)나라의 제도가 좋다.

○ 지금 이조에서 관직을 옮기는 법은 중국 남조 양(梁)나라 무제(武帝) 때 비롯된 것이다. 그때 최량(崔亮)[128]이 이부상서가 되어 격제지법(格制之法)을 건의하여 시행하였는데, 바로 지금의 계사천전(計仕遷轉)[129]이다. 설숙(薛琡)이 말하기를 "명부를 들고 호명하는 것은 관리 한 사람이면 충분하다."라고 하였다.[130] 지금 이조 서리들은 과연 복무 일수를 세어 관직을 옮기는 일을 주로 한다.

---

126) 소제(蕭齊) : 중국 남조(南朝) 때 소도성(蕭道成)이 세운 나라 479~502년).

127) 당상관(堂上官) : 조선시대 관리 중에서 문신은 정3품 통정대부(通政大夫), 무신은 정3품 절충장군(折衝將軍) 이상의 품계를 가진 자를 말한다. 조정에서 정사를 볼 때 대청[堂]에 올라가 의자에 앉을 수 있는 자격을 갖춘 자를 가리키는 데서 나온 용어로, 왕과 같은 자리에서 정치의 중대사를 논의하고 정치적 책임이 있는 관서의 장관을 맡을 자격을 지닌 품계에 오른 사람들을 가리킨다. 당하관은 문신은 정3품 통훈대부(通訓大夫), 무신은 정3품 어모장군(禦侮將軍) 이하의 품계를 가진 자를 말한다.

128) 최량(崔亮) : 중국 남북조시대 북위(北魏) 때의 인물. 최량은 이부상서가 되었을 당시 관직은 적고 사람이 많아 적체가 심하자, 인재의 현우(賢愚)를 따지지 않고 오로지 출사한 날수를 헤아려 승진시키는 정년제를 시행하였다. 이것이 곧 격제지법(格制之法)인데, 정년격(停年格)이라고도 한다. 《魏書·崔亮列傳》

129) 계사천전(計仕遷轉) : 관리의 복무 일수를 계산하여 관직을 옮기는 것.

130) 설숙(薛琡)이……하였다 : 설숙은 중국 남북조시대 북위 때의 인물로, 최량이 격제지법(格制之法)을 만들어 시행하자, 이를 반대하면서 "능력을 살피지 않은 채 줄지어 날아가는 기러기 떼와 똑같이 취급하면서 물고기 꿰듯 순서를 정해 놓고서 장부를 들고 이름을 부르기만 한다면, 아전 한 사람만 있으면 족할 것이니 관원의 근무한 햇수만 따져서 임용하는 것을 어떻게 인사 행정이라고 할 수 있겠습니까?"라 하였다. 《北齊書·薛琡列傳》

○ 자격지법(資格之法)[131]은 최량에서부터 시작되었다. 그 후로 사용되지 않다가 당나라 현종(玄宗) 때 배광정(裵光庭)이 이부상서가 되어서 또한 이 법을 시행하니, 마침내 바꿀 수 없는 법이 되었다.

31. 地窖

隋煬帝二年, 置洛口倉, 城周二十里, 穿三千窖. 又置回洛倉, 城周十里, 穿三百窖, 可見中國藏穀皆以地窖. 窖有三善, 不腐, 不燒, 不鼠也. 然南方卑濕, 灰砌未堅, 似未能窖藏. 故高熲之言曰【隋文帝時】"江南儲積, 皆非地窖", 可見行人因風縱火. 我邦洌水以北, 宜用地窖之法. 近有一宦家, 於抱川作窖, 穀腐而止. 蓋因灰砌之不得其法, 非因地氣之卑濕也.

31. 지하창고[地窖]

수(隋)나라 양제(煬帝) 2년 낙구창(洛口倉)[132]을 만들었는데, 성의 둘레가 20리이고 움 3천 개를 팠다. 그리고 또 회락창(回洛倉)[133]을 만들었는데, 성의 둘레가 10리이고 움 3백 개를 팠다. 이를 통해 중국에서는 움을 파서 곡식을 저장하였음을 알 수 있다. 움의 장점은

131) 자격지법(資格之法) : 순자개월법(循資個月法)·순자격(循資格)을 말한다. 이 제도는 당 현종 때 시중(侍中) 배광정(裵光庭)이 이부상서(吏部尙書)를 겸하면서 만든 것으로, 인재의 현불초(賢不肖)에 관계없이 일정한 격식에 맞아야만 전형을 하는 법이다. 자급마다 일정한 기한을 정해서 기한을 채운 뒤에야 승진할 수 있도록 하였는데, 적체되어 있던 관리들의 문제는 해소하였다.《新唐書·選擧志》

132) 낙구창(洛口倉) : 중국 수나라 때 낙수(洛水) 가에 지은 창고 겸 성곽. 둘레가 30여 리이고 3천 개의 움을 파서 하나의 움에 8천 석(石)을 저장하였다고 한다.

133) 회락창(回洛倉) : 수나라 양제가 낙양 근처 운하 변에 쌀을 저장하기 위해 만든 대형 창고.

3가지가 있는데, 썩지 않고 불이 나지 않고 쥐가 없는 것이다.

그러나 남부지방은 지세가 낮고 습기가 많아 석회가 잘 마르지 않기 때문에 움을 파서 곡식을 저장하지 못했던 것 같다. 그래서 고경(高熲)[134]【수나라 문제 때의 사람】의 말에 이르기를 "강남에서는 곡식들을 움에다 묻지 않습니다."라고 하였으니, 이 때문에 비밀히 간첩들을 보내어 바람이 불 때 불을 질러 태웠던 것을 알 수 있다.

우리나라에는 열수(洌水)[135] 이북 지역의 경우 땅을 파서 움을 만들어 곡식을 저장하기에 적당하다. 근래 어느 벼슬아치 집에서 포천에다 움을 만들었는데 곡식이 썩어버려서 그만 두었다. 회벽을 제대로 바르지 않아서 그렇게 된 것이지, 지대가 낮고 습하기 때문이 아니다.

32. 王伽縱囚七十

唐太宗縱囚四百, 本非奇蹟. 王伽【隋齊州參軍】領流囚七十人, 行至滎陽, 哀其辛苦, 悉脫其枷鎖而縱之, 約日期會於京師. 流人感悅, 一無離叛. 隋文帝聞之, 以若苛酷, 賜宴殿庭而赦之. 唐之去隋未久, 民間皆知此事, 其有不如期來歸者哉? 王伽, 匹夫也. 生殺之權, 不在其手而能縱之. 流囚知必死而赴期, 斯爲奇矣.【又唐文宗出宮女三千餘人, 人無知者.】

32. 왕가(王伽)가 70명의 죄수를 놓아준 일

당 태종이 죄수 약 4백 명을 풀어 준 일[136]은 본디 대단한 사적이

---

134) 고경(高熲) : 수나라 문제·양제 때의 명신(名臣). 문제 때 고경은 강남의 진(陳)나라를 치기 위한 계책을 올렸는데, 수확기에 진나라를 반복해 괴롭힘으로써 수확을 하지 못하도록 하고 첩자를 보내어 진나라의 창고에 반복해 불을 놓아 진나라의 재력이 소진되도록 하였다. 《隋書·高熲傳》

135) 열수(洌水) : 후세 학자들의 고증에 의하면 열수는 대동강이라고 한다. 그러나 정약용은 오늘날의 한강을 열수라고 생각하였다.

아니다. 왕가(王伽)[137]는【수나라 제주(齊州)의 참군(參軍)】 유배형을 받은 죄수 70명을 인솔하고 가다가 형양(滎陽)에 이르렀는데, 죄수들이 받는 고통을 불쌍히 여겨서 형틀과 족쇄를 모두 풀고 놓아 주며 정해진 날짜에 서울에서 모이기로 약속하였다. 죄수들은 감동하여 한 명도 이 약속을 어기지 않았다. 수 문제가 이 소식을 듣고 가혹했다고 생각하여 궁전 뜰에서 성대하게 잔치를 베풀어주고는 죄수들을 사면하였다.

당나라와 수나라는 시간상 멀지 않으니 민간에서는 모두 이 일을 알고 있었을 것이다. 그러하니 어찌 기일내로 오지 않는 자가 있었겠는가? 왕가는 필부(벼슬이 낮은 사람)이다. 죄수들을 죽이고 살리는 권한이 그의 손에 있지 않았는데도 죄수들을 풀어주었다. 죄수들이 돌아가면 반드시 죽을 것을 알면서도 갔다면, 이는 정말로 기이한 일이라 할 것이다.【또 당나라 문종(文宗)은 궁녀 3천여 명을 풀어주었는데[138], 이를 아는 사람이 없다.】

136) 당 태종이……준 일 : 당나라 태종이 옥에 갇혀 있는 죄수의 목록에 사형수가 있는 것을 보고는 불쌍히 여겨 모두 석방해 집으로 돌려보내며 오는 가을에 와서 사형을 받도록 하였다. 그런데 약속한 시기가 되자 놓아준 사형수가 한 사람도 빠짐없이 왔기에 태종이 이들을 모두 사면하였다. 《自治通鑑·唐紀》

137) 왕가(王伽) : 수나라 때 제주(齊州)의 하급 관리로 70여 명의 죄수들을 경성으로 호송하다가 그들의 고통스러움을 보다 못해 족쇄를 풀어주고 정해진 날짜까지 경성으로 오게 하였는데, 죄수들이 감복하여 모두 제 날짜에 도착하였다. 《隋書·王伽傳》

138) 문종(文宗)은……풀어주었는데 : 중당나라 문종은 가뭄이 오래되어 덕음(德音)을 내리고자 하였다. 이강(李絳)과 백거이(白居易)가 조세를 감면하고 궁녀의 수를 줄이는 일 등을 건의하였는데, 문종이 이를 따르자 곧 비가 내렸다고 한다. 《自治通鑑·唐紀》

33. 關中米貴

太宗時, 選士七千餘人, 都集關中, 關中米貴, 令分人洛州而選之. 我邦每值慶科, 文武生徒數三萬人, 咸聚漢城, 粟米魚鹽, 百用之物, 無不刁踊. 夫以貞觀之盛, 長安之富, 而尙爲七千而分之, 況以漢城之小而供數萬乎? 慶科之法, 不可不改.

33. 관중(關中)에 쌀값이 폭등한 일

당 태종 때 선사(選士)[139] 7천여 명이 모두 관중(關中)[140]에 모이는 바람에 관중에서 쌀이 귀해지게 되자, 선사들을 낙주(洛州)[141]로 분산시켜 선발하도록 명령하였다. 우리나라는 매양 경과(慶科)[142]를 실시할 때면 문과·무과의 생도 3만 명이 한꺼번에 한성에 모이게 되어, 조·쌀·생선·소금 등등 생활용품의 가격이 폭등하지 않은 적이 없었다. 저 융성했던 정관(貞觀)[143] 시대의 부유한 장안 같은 곳에서도 오히려 7천여 명의 선사들을 다 수용할 수 없어 분산시켰거늘, 하물며 한성처럼 자그마한 곳에서 수만 명에게 먹을 것을 제공할 수 있겠는가? 경과법을 고치지 않으면 안 된다.

---

139) 선사(選士) : 지방의 자제 중에 향장(鄕長)의 추천을 받은 자로, 과거시험을 볼 수 있는 자격이 있었음.

140) 관중(關中) : 중국 북부의 섬서성(陝西省) 위수(渭水) 분지 일대를 이르는 말이다. 사방으로 함곡관(函谷關)·무관(武關)·산관(散關)·소관(蕭關)의 네 관 안에 있다는 데서 유래한 이름이다. 주나라의 호경(鎬京), 진(秦)나라의 함양(咸陽), 한나라·수나라·당나라의 장안(長安)이 이곳에 있었다.

141) 낙주(洛州) : 지금의 하남성(河南省) 낙양시(洛陽市) 지역을 가리킨다.

142) 경과(慶科) : 조선시대 왕실이나 국가에 경사가 있을 때 실시한 과거시험으로 갑오개혁 때 폐지되었다.

143) 정관(貞觀) : 당나라 태종의 연호(627~649). 중국 역사상 황금시대로 꼽히며 '정관지치(貞觀之治)'라 불렸다.

34. 六百四十三員

貞觀元年, 命房玄齡等省汰冗官, 唯留文武總六百四十三員. 此不足以待天下賢才, 太宗失之太簡矣. 《禮》稱周官三百, 然周時封建諸侯, 天子所治, 唯邦畿千里, 故三百足以當之. 唐之時, 胡越一家, 烟火萬里, 豈可以六百待之乎? 故員外·同正·檢校之名, 紛然日起. 至開元之末, 京官之數, 至一萬七千六百八十六員, 而官方亂矣. 我朝小邦, 而官員太濫, 正須省汰之爾 ○員外者, 定額之外也. 六部之有員外郞, 如今軍門之有額外哨官也. 今之加設部將·假監役等官, 皆員外也. 東人好襲華文, 以六曹正郞·佐郞謂之員外. 此定額之內也, 何謂員外哉?

34. 관원 643명[144]

정관(貞觀) 원년(627년) 태종은 방현령(房玄齡)[145] 등에게 명하여 쓸데없는 관직을 줄이고 오직 문무 관원 총643명만을 남겨두었다. 그러나 이것으로는 천하의 현재(賢才)를 대우하기에 부족하였으니, 지나치게 간소하게 한 데에 태종의 실수가 있었다. 《예기(禮記)》에서 "주나라 관직은 3백 개이다."라고 하였다.[146] 그러나 주나라 때에는 제후들을 각지에 분봉하는 봉건제도를 시행했기 때문에, 천자가 통치하는 범위는 고작 경기(京畿) 지역 1천리에 불과하였으므로 3백 개로도 충분히 다스릴 수 있었다.

---

144) 관원 643명 : 관련 내용이 《아언각비(雅言覺非)》 권1, '원외랑(員外郞)'조에 보인다.

145) 방현령(房玄齡) : 579~648. 당나라 초기 이름난 재상이며 중국 십대 명재상의 한사람이다. 후세에 두여회(杜如晦)와 함께 청렴한 재상의 전범으로 칭송되었는데, 방현령은 계획하는데 능하고 두여회는 결단을 잘 내리기에 '방모두단(房謀杜斷)'이라 일컬었다.

146) 예기(禮記)에서……하였다 : 《예기·명당(明堂)》에 순임금의 관직은 50개, 하나라의 관직은 1백 개, 은나라의 관직은 2백 개, 주나라의 관직은 3백 개라고 하였다.

당나라 때에는 북쪽의 호(胡)와 남쪽의 월(越)까지도 한 집안처럼 되어 민가가 만 리까지 펼쳐져 있었으니, 어찌 6백 개의 관직으로 감당할 수 있었겠는가? 그러므로 원외(員外)·동정(同正)·검교(檢校)와 같은 관직 등이 날마다 어지럽게 생겨났다. 개원(開元)[147] 말년에 이르러서는 중앙관직을 맡은 자가 17,686명에 이르렀으니 관직이 바야흐로 어지러워진 것이다. 우리나라는 작은 나라인데도 관원이 지나치게 많으니, 반드시 시급하게 줄여야 할 것이다.

○ 원외(員外)라는 것은 정원 이외를 말한다. 육부(六部)에 원외랑(員外郎)이 있는 것은 지금 마치 군문(軍門)에 정원 이외의 초관(哨官)을 두는 것과 같다. 지금 부장(部將)이나 가감역(假監役) 등의 관직을 더 마련해 두고 있는데, 이는 모두 정원 외의 직책이다. 우리나라 사람들은 중국의 문화를 모방하는 것을 좋아하기 때문에, 육조의 정랑(正郎)과 좌랑(佐郎)을 원외라 부른다. 이들 직책은 모두 정원 내의 관직인데, 어째서 원외라 하는 것인가?

35. 李勣齧指

人之誠僞易見. 霍光受武帝託孤, 只頓首讓金日磾; 李勣受太宗託孤, 乃齧指出血. 夫齧指出血者, 欲其信之也. 欲其信之者, 固不如推讓者之爲可信也. 雖不出血, 獨不得云陛下家事邪? 太宗浪費龍鬚矣.

35. 이적(李勣)이 손가락을 깨물어 피를 흘림

사람이 진실하고 거짓됨은 쉽게 드러난다. 곽광(霍光)은 어린 황태자를 부탁한다는 무제의 유명(遺命)을 듣고 단지 머리를 조아리며 김일제(金日磾)에게 양보하였다.[148] 그런데 이적(李勣)은 어린 황태

147) 개원(開元) : 당나라 현종(玄宗)의 연호(713~741년).

148) 곽광(霍光)은……양보하였다 : 곽광은 한나라 무제 때 대사마(大司馬)·대

자를 부탁한다는 태종의 유명을 듣고는 손가락을 깨물어 피를 흘렸다.[149] 손가락을 깨물어 피를 흘리는 것은 자신을 믿게끔 하려는 것이다. 자신을 믿게끔 하려면 본시 남에게 양보하는 것보다 믿음직한 것이 없다. 비록 피를 흘리지 않더라도, 어찌 다만 폐하의 집안일[150]이라고 말하지 못하였던가? 태종은 자신의 수염을 헛되이 써버리고 만 것이다.[151]

36. 秦之帝業

古今言秦者, 唯知擯斥, 而不知其卒成帝業, 厥有所以也. 三代以降, 立賢無方, 唯才是急者, 秦而已. 李斯〈逐客書〉中, 所列諸客倬矣. 雖其下

장군(大將軍) 등을 지낸 인물. 권1 주 70) 참조. 김일제는 본래 흉노의 번왕인 휴도왕(休屠王)의 장남으로 태어났는데 14세에 부왕이 무제와의 전투에서 죽은 후 한나라에 포로로 끌려왔다. 그 뒤 무제의 신임을 받아 한나라 관료로 일하면서 김씨(金氏) 성을 하사 받았다. 무제는 죽으면서 곽광·김일제 등에게 어린 아들 소제(昭帝)를 부탁하였다.《漢書·昭帝本紀》

149) 이적(李勣)은……피를 내었다 : 이적은 당나라의 개국 공신으로 영국공(英國公)에 봉해진 명장이다. 태종이 주연(酒宴) 자리에서 이적에게 어린 황태자를 부탁하자, 이적이 눈물을 흘리며 손가락을 깨물어 피를 내어 이를 마셔서 충성을 보였다. 이적이 술에 취해 쓰러져 잠들자 태종은 자신의 옷을 덮어 주었다.《資治通鑑·唐紀》

150) 폐하의 집안일 : 당나라 고종(高宗)이 왕후를 폐위시키고자 하여 이적에게 상의하였는데, 이적은 "폐하의 집안일이니, 남에게 묻지 마소서.[此陛下家事, 無須問外人]"라고 하였다.《新唐書·李勣傳》

151) 태종이……것이다 : 이적이 급병을 앓자 태종이 자신의 수염을 잘라 불에 태워서 약에 섞어 먹게 하였다. 이적은 병이 낫자 당 태종에게 머리를 조아리고 사례하면서 눈물을 흘렸다고 한다. 백거이(白居易)의 〈칠덕무(七德舞)〉에 "수염 잘라 태워 약에 섞어서 공신에게 내리자, 이적은 오열하며 몸 바칠 것을 생각했네.[剪鬚燒藥賜功臣, 李勣嗚咽思殺身.]"라는 구절이 나온다.

者, 如孟嘗齊族也, 范雎魏人也, 蔡澤燕人也, 而以爲賢也, 則一朝擧以爲相, 而不疑其規模之弘大·智慮之深遠, 非列國之所能及, 其卒成帝業, 不亦宜乎? 其亡也, 趙客呂不韋·楚客李斯之所爲也. 敝生於所善, 亦常理. 然由人主之不明耳.

36. 진(秦)나라의 제업(帝業)

예나 지금이나 진(秦)나라를 언급하는 자는 오직 배척할 줄만 알지 진나라가 마침내 제업(帝業)을 이룬 데에는 까닭이 있다는 사실을 알지 못한다. 삼대(三代) 이래로 어진 이를 등용하는데 정해진 틀을 두지 않고 오직 재능이 있는 이를 찾기에 급급했던 나라는 진나라뿐이었다.

이사(李斯)의 〈축객서(逐客書)〉[152]에 열거된 여러 객경(客卿)들은 뛰어난 사람들이었다. 비록 그 가운데 대단치 않은 사람들까지도, 예를 들어 맹상군(孟嘗君)[153]은 제(齊)나라의 공족(公族)이고 범저(范雎)[154]는 위(魏)나라 사람이며 채택(蔡澤)[155]은 연(燕)나라 사람이었

---

152) 이사(李斯)의 축객서(逐客書): 이사는 법가 계열의 사상가이자 정치가로, 진시황을 도와 천하를 통일하고 승상이 된 인물이다. 〈축객서〉는 《사기·이사전》에 나오는 이른바 〈간진왕축객서(諫秦王逐客書)〉를 말한다. 정국(鄭國)이 한(韓)나라의 첩자로 밝혀져 진왕이 다른 나라 출신의 관리들을 추방하라는 명을 내리자, 초나라 출신인 이사가 그 명을 거둘 것을 간한 글이다. 그는 이 글의 서두에서 전왕(前王)들이 다른 나라 출신의 신하를 등용하여 성공한 예를 열거하였다.

153) 맹상군(孟嘗君) : 중국 전국시대 제(齊)나라 사람. 이름은 전문(田文). 전영(田嬰)의 아들로 제나라 재상이 되어 맹상군이라 불렸다. 천하의 호걸을 모아 식객이 천여 명이나 되었다. 여러 제후들의 초빙을 받아 주유하다 진(秦)나라 소양왕(昭襄王)의 초빙으로 재상이 되었다.

154) 범저(范雎) : 중국 전국시대 위(魏)나라 사람. 처음에는 위나라와 제나라에서 일했다. 진나라에 들어와서 이름을 장록(張祿)이라 고치고 소왕(昭王)에게 원교근공(遠交近攻)의 책략을 올려 객경에 임명되었다. 이어

는데, 현명하다고 생각하면 하루아침에 발탁하여 재상으로 삼으면서 그 사람의 규모가 큰지, 지려(智慮)가 심원한지 의심하지 않았으니, 이 점은 열국(列國)이 미칠 수 없었다. 그러하니 진나라가 마침내 제업을 이룬 것이 참으로 마땅하지 않은가?

진나라의 멸망은 조(趙)나라 출신 객경 여불위(呂不韋)[156]와 초(楚)나라 출신 객경 이사(李斯)가 한 짓이다. 좋다고 생각하는 데에서 폐해가 생겨나는 것은 늘 있는 이치이다. 그러나 진나라가 멸망한 것은 결국 임금이 현명하지 못했기 때문이다.

37. 汎舟積翠池

唐高祖之崩, 在貞觀九年之四月, 而十一年三月, 太宗宴于洛陽宮西苑, 汎舟積翠池, 顧以煬帝戒其群臣. 嗟乎! 三霜未畢, 祥事奄屆, 宴夫宮, 汎夫池, 於心安乎? 其禔躬秉禮如此, 而方且以隋爲戒? 古人曰: "爲善如耳鳴, 人所不聞, 而己獨知之; 爲惡如鼻鼾, 己所不知, 而人獨聞之." 誠哉言也! ○魏鄭公昭陵·獻陵之對, 亦以高祖與長孫皇后之喪, 出於同年, 太宗於諒闇之日, 獨望昭陵, 故諷切如是. 若在常時, 鄭公過矣.

37. 적취지(積翠池)에 배를 띄우다

당나라 고조(高祖)는 정관(貞觀) 9년(635년) 4월에 붕어(崩御)하였

재상이 되었으며 응후(應侯)에 봉해졌다. 후에 채택(蔡澤)을 천거하고 물러났다.

155) 채택(蔡澤) : 중국 전국시대 연(燕)나라 사람. 언변에 뛰어나고 지식이 풍부했다. 조(趙)·한(韓)·위(魏)나라에서 유세하였지만 등용되지 못했다. 후에 범저를 설득해서 진나라의 객경이 되었다가, 이어 범저를 대신하여 재상이 되었다. 이후 물러나 10여 년 간 강성군(綱成君)이란 이름으로 진나라에 머물러 살다 진시황 때 사망하였다.

156) 여불위(呂不韋) : 진나라 장양왕(莊讓王)의 재상이었으며, 진시황은 즉위 후 여불위를 높여 중부(仲父)라 불렀다. 권1 주석 11) 참조.

는데, 11년 3월에 태종(太宗)은 낙양궁 서원(西苑)에서 연회를 베풀고 적취지(積翠池)[157]에 배를 띄워놓고는, 수나라 양제(煬帝)의 일을 회고하면서 여러 신하들을 훈계하였다.[158]

아! 부모가 돌아가신지 3년도 되지 않았고 곧 대상(大祥) 날이 다가오는데, 궁에서 잔치를 베풀고 못에다 배를 띄웠으니 그러고도 마음이 편안했을까? 부모의 상중에 몸가짐을 이렇게 하면서 수나라를 들어 신하들을 훈계하였단 말인가? 옛 사람들이 말하기를 "선행은 귀울림과 같아서 남들의 귀에는 들리지 않지만 자기만 홀로 알며, 악행은 코골이와 같아 자기만 모르지 남들은 다 듣는다."라고 하였다. 참으로 옳은 말이로다!

○ 위정공(魏鄭公)[159]이 태종에게 소릉(昭陵)과 헌릉(獻陵)[160]에 대해 대답한 것은, 또한 고조와 장손황후의 상이 같은 해에 있었는데도 태종은 부모의 상을 당한 기간 동안 오직 소릉만을 바라보고 있었기 때문에 이처럼 절실하게 풍자한 것이다.[161] 만약 평상시였다면

---

157) 적취지(積翠池) : 중국 한나라·당나라의 궁지(宮池) 이름이다. '적초지(積草池)'라고도 불렸다.

158) 11년 3월……훈계하였다 : 《자치통감·당기(唐紀)》에 태종이 적취지에서 놀면서 수나라 양제가 방탕해서 놀이를 일삼다가 백성의 원망을 사고 나라를 망쳤다고 계칙한 내용이 보인다.

159) 위정공(魏鄭公) : 당나라 초기의 공신 위징(魏徵, 580-643)을 말한다. 위징은 본래 당 고조의 장자 이건성(李建成)의 측근이었는데, 후에 황태자 건성은 아우 세민(世民, 후의 태종)과의 경쟁에서 패하였다. 위징의 인격과 지략을 간파한 태종은 그를 간의대부(諫議大夫)로 임명하고 늘 조언을 들었다. 643년 위징이 병으로 죽자 태종은 몹시 슬퍼하면서 친히 그의 비문을 썼다.

160) 소릉(昭陵)과 헌릉(獻陵) : 소릉은 태종의 후비인 문덕황후(文德皇后)의 능이며, 헌릉은 태종의 아버지인 고조의 능이다.

161) 태종은……것이다 : 태종은 문덕황후가 죽자 궁중에 높은 다락을 만들어 놓고 매일 문덕황후의 능인 소릉을 바라보았다. 한번은 위징과 함께 다락에 올랐는데, 위징은 황제는 다락에서 내려와 고조의 능인 헌

정공이 지나친 것이다.

38. 陳情表

李密〈陳情表〉曰: "臣少事僞朝." 吉注書〈辭徵書〉亦曰: "臣少事僞辛." 此皆後世之所謂忠臣, 揆之於古, 有愧焉.

38. 진정표(陳情表)

이밀(李密)의 〈진정표(陳情表)〉[162]에 이르기를 "신이 젊었을 때 위조(僞朝)[163]를 섬겼습니다."라고 하였다. 길주서(吉注書)의 〈사징서(辭徵書)〉[164]에 또한 이르기를 "신이 젊었을 때 위신(僞辛)[165]을 섬겼

릉을 바라봐야 하며, 소릉은 신이 돌보겠다고 간언을 올렸다. 그러자 태종은 눈물을 흘리며 다락을 부숴버렸다 한다. 《新唐書·魏徵傳》

162) 이밀(李密)의 진정표(陳情表) : 이밀(224~287)은 중국 삼국시대 촉(蜀)나라 사람인데, 후에 촉나라가 망하자 진(晉)나라에서도 벼슬을 하였다. 어려서 아버지를 잃고 어머니 하(何)씨가 개가하자 조모 유씨(劉氏)의 손에서 자랐는데 효심이 매우 두터웠다고 한다. 〈진정표〉는 진(晉)나라 무제(武帝)가 이밀을 태자세마(太子洗馬)로 임명하자, 자신이 아니면 나이 아흔인 조모 유씨를 봉양할 사람이 없다는 내용의 사직 상소이다. 《晉書·李密傳》

163) 위조(僞朝) : 정통성을 이어받지 않은 나라. 여기에서는 촉한(蜀漢)을 가리킨다.

164) 길주서(吉注書)의 사징서(辭徵書) : 길주서는 여말선초의 학자 길재(吉再, 1353-1419)를 가리킨다. 주서는 그의 관직명. 본관 해평(海平), 호 야은(冶隱)·금오산인(金烏山人). 시호 충절(忠節). 길재는 1389년(창왕 1) 문하주서(門下注書)에 임명되었으나, 이듬해 고려의 쇠망을 짐작하여 늙은 어머니에 대한 봉양을 구실로 사직하고 고향으로 돌아갔다. 조선이 건국된 뒤 1400년(정종 2)에 이방원이 태상박사(太常博士)에 임명하였으나, 두 임금을 섬기지 않겠다는 뜻을 말하며 거절하였다. 길재가 올린 사직 상소는 《정종실록(定宗實錄)》 2년(1400) 7월 2일조에 보인다.

165) 위신(僞辛) : 고려 우왕(禑王, 1365-1389)을 가리킨다. 공민왕을 이어 왕위

습니다."라고 하였다. 이들은 모두 후세사람들이 충신이라 일컫는 사람들인데, 충절이 뛰어났던 고인들에 비추어보면 부끄러워할 바가 있을 것이다.

39. 縣令試策

玄宗悉召新除縣令, 庭試策問. 詞理尤者擢用, 其餘二百餘人不入第, 且令之官, 四十五人, 罷官放歸, 使之學問.【時鄄城令韋濟爲第一】此天下之美法也. 我朝每守令陛辭, 令講七事【農桑盛·戶口增·學校興·軍政修·賦役均·詞訟簡·奸猾息】二十一字. 通者無過, 不通者罷官. 唯此二十一字, 雖三歲孩兒, 尙當記誦, 何以別其賢愚乎? 又如謹愼嚴畏, 不嫺筵席者, 或錯一二句者有之, 非其才術短於治民也. 試策之法極妥. 其云'理人策'者, 卽治民策也. 高宗諱治, 太宗諱世民, 故以治民爲理人.

39. 현령에게 책문(策問)을 시험보임

당나라 현종(玄宗)은 새로 임명한 현령들을 모두 불러 조정에서 책문(策問)[166]을 시험하였다. 문장과 내용이 우수한 자를 발탁하여 쓰고, 나머지 2백여 명은 합격시키진 않았지만 관직에 부임하게 하고, 45명은 파직하여 고향으로 돌려보내어 공부하게 하였다.【당시 견성령(鄄城令)인 위제(韋濟)가 1등을 하였다.】 이것은 천하의 아름다운 법이다.

에 올랐으나, 우왕이 공민왕의 자식이 아니고 신돈(辛旽)의 자식이라는 이성계의 주장에 따라, 1388년 6월 왕위에서 쫓겨나 강화에 유배되었다. 이듬해 강릉으로 이배되었다가 1389년 12월 그의 아들 창왕(昌王)과 함께 이성계에 의해 살해되었다. 정약용은 '위신(僞辛)'이라 하였으나, 《정종실록》에는 '신씨지조(辛氏之朝)'로 되어 있다.

166) 책문(策問) : 과거(科擧) 과목의 하나로 정치에 관한 계책을 물어서 적게 하였다. 책문은 경사(經史)에 대한 지식, 행정실무에 대한 식견, 문장 작성 능력을 종합적으로 검증하기에 좋은 과목이었다.

우리나라에서는 매양 수령이 임금께 하직하고 지방으로 부임할 때, 칠사(七事)【농상(農桑)을 성하게 하고, 호구(戶口)를 늘리고, 학교를 잘 운영하고, 군정(軍政)을 정비하고, 부역을 균등하게 하고, 송사를 간소하게 하고, 토호들의 못된 짓을 막는 것】 21자를 외우게 하였다. 이를 잘 외는 자는 허물을 묻지 않고, 외지 못한 자는 파직시킨다. 이 21자는 세 살배기 어린 아이도 외울 수 있으니, 어떻게 이것으로 현명함과 어리석음을 판별할 수 있겠는가?[167)]

또한 만일 지나치게 조심하는 성격으로 임금과 함께 있는 자리에 익숙하지 못한 자 중에는 혹 한 두 구절을 틀리는 자가 있다. 그러나 이는 그의 능력이 백성들을 다스리는데 부족해서가 아니다. 책문으로 시험하는 방법이 매우 타당하다. '이인책(理人策)'이라 한 것은 곧 치민책(治民策)이다. 고종(高宗)의 휘(諱)가 '치(治)'이고 태종(太宗)의 휘는 '세민(世民)'이기 때문에 '치민(治民)'을 '이인(理人)'이라 한 것이다.

40. 流內流外

隋制自四品以下謂之流內, 唐制自九品錄事·令吏之屬謂之流外, 各有判銓. 宋歐陽修判流內銓, 亦此制也. 如我朝四品已下爲參內, 七品以下爲參外, 但我邦不另有銓官.

40. 유내(流內)와 유외(流外)

수나라 관제에서 4품 이하의 관리를 유내(流內)[168)]라고 하고, 당

167) 우리나라에서는……있겠는가 : 관련 내용이 《경세유표(經世遺表)》 권4, 〈고적지법(考績之法)〉에도 보인다.

168) 유내(流內) : 일반적으로 9품의 품계 안에 드는 관리를 통칭하는 말이다. 중국 수나라 때부터 4품 이하의 관리를 '유내'라 하였으며, 유내 이외의 관리를 '유외'라 하였다.

나라 관제에서 9품의 녹사(錄事)·영리(令吏) 등을 유외(流外)라고 하였는데 각각 판전(判銓)[169]이 있었다. 송나라 구양수(歐陽修)가 유내의 판전으로 일했던 것도 이 제도에 따른 것이었다. 우리나라에서는 4품 이하의 관리를 참내(參內)[170]라 하고, 7품 이하의 관리를 참외(參外)라고 하는 것과 같다. 다만 우리나라에서는 별도로 전관(銓官)을 두지 않았다.

41. 張巡

張巡忠義雖卓然, 其人則殘忍酷毒者. 其不能成功享福, 有以哉! 殺妾殺奴, 食婦人, 食老弱, 此豈人類之所忍爲哉? 天厭之, 天厭之矣. 如是者, 終是惡人.

41. 장순(張巡)

장순(張巡)[171]은 비록 충의가 뛰어나지만, 그 사람됨이 잔인하고 혹독하였다. 그가 공을 이루어 복을 누리지 못한 데에는 이유가 다 있으리라! 첩과 노비를 죽이고 부녀자와 노약자를 먹으니, 이것이 어찌 사람으로서 차마 할 수 있는 일이란 말인가? 하늘이 미워하고, 또 미워할 일이다. 이런 사람은 결국 악인이다.

---

169) 판전(判銓) : 주로 관리의 인사 행정을 맡아보던 직책.

170) 참내(參內) : 참상(參上)과 같다. 조선시대에는 정1품에서 종6품까지를 '참상', 정7품에서 종9품까지를 참하(參下, 곧 參外)로 구분하였다.

171) 장순(張巡) : 708~757. 당나라 현종(玄宗) 때의 인물. 안녹산(安祿山)의 난이 일어나자 장순은 허원(許遠) 등과 함께 수양성(睢陽城)을 지켰는데, 식량이 바닥난 상태에서 성 안의 부녀자들이나 노약자들을 잡아먹으면서까지 버티었다. 끝내 성이 함락되어 안녹산의 장수 윤자기(尹子琦)에게 사로잡히자 말하기를 "나는 임금을 위해 의롭게 죽거니와 너는 역적에게 붙은 개돼지이니, 어찌 오래 가랴?"라고 꾸짖었으며 끝내 죽임을 당하였다.《舊唐書·忠義列傳》

42. 諸王將兵

太宗初起, 佐命者極少, 兼之太宗神武無敵, 故每有征討, 秦王爲上將. 祿山之亂, 廣平王俶爲天下兵馬元帥, 郭子儀等, 只一節度使. 鄴城之役, 九節度合力而無統帥, 竟至債軍. 其後又以雍王适爲天下兵馬元帥, 以子儀爲副使, 此蓋其家法也.

42. 제후 왕이 군대를 통솔하다

당태종이 창업을 할 때 태종을 도운 자들이 매우 적었고, 게다가 태종의 뛰어난 무용(武勇)은 대적할 자가 없었기 때문에, 매양 정벌할 일이 있을 때면 진왕(秦王)을 상장군(上將軍)으로 삼았다.[172] 안녹산(安祿山)의 난이 일어나자 광평왕(廣平王) 숙(俶)[173]이 천하병마원수(天下兵馬元帥)가 되었고 곽자의(郭子儀)[174] 등은 다만 일개 절도사였다. 업성(鄴城)의 전투[175]에서는 아홉 절도사가 힘을 합쳤으나 이를 통솔할 원수가 없어서 끝내 군대가 패하고 말았다. 그래서 이

---

172) 태종의……삼았다 : 당 태종은 본래 당 고조(唐高祖)의 아들 22명 가운데 둘째인 진왕(秦王)이었는데, 각처에서 봉기하는 비적을 토벌하여 큰 공을 세우자 고조가 그를 총애하였다.

173) 광평왕(廣平王) 숙(俶) : 중국 당나라 숙종(肅宗)의 장자로 뒤에 대종(代宗)이 되었다. 안사(安史)의 난이 일어났을 때 천하병마원수로서 757년 곽자의(郭子儀) 등과 함께 장안과 낙양을 차례로 수복하였다.

174) 곽자의(郭子儀) : 중국 당나라의 명장(名將). 현종(玄宗) 때 삭방절도 우병마사(朔方節度右兵馬使)가 되고 안사(安史)의 난을 평정하는 데에 큰 공을 세웠으며 이 공으로 분양군왕(汾陽郡王)에 봉해졌다.

175) 업성(鄴城)의 전투 : 업성은 지금의 하남성(河南省) 임장현(臨漳縣)의 서쪽에 있었다. 759년 당나라 토벌군이 장안과 낙양을 수복함으로써 안녹산의 반란이 다소 진정 국면에 접어들었다. 그런데 같은 해 곽자의와 아홉 절도사가 거느린 60만 대군이 업성에서 안녹산의 반란군을 포위했으나 숙종의 불신과 지휘체계의 혼란으로 사사명의 원군에 의해 참패를 당하고 말았다.

후에는 다시 옹왕(雍王) 괄(适)[176]을 천하병마원수로 삼고 곽자의를 부사로 삼았으니, 이는 대개 그 가법(家法)인 것이다.

43. 李正己·李懷光

李正己【本名懷玉】, 高麗人, 以平盧將逐其節度使侯希逸, 詔以正己爲留後, 盡有淄·青·登·萊之地, 謀叛, 疽發而死. 李懷光, 渤海靺鞨人【今咸鏡道也】, 父茹以功賜姓李, 爲朔方節度使. 後謀叛, 縊而死. 朝鮮人侵凌中國者, 皆狼狽無成.

43. 이정기(李正己)와 이회광(李懷光)

이정기(李正己)[177]【본명은 회옥(懷玉)】는 고구려 사람인데 평로장(平盧將)으로서 절도사 후희일(侯希逸)[178]을 몰아내니, 당나라 황제가

---

176) 옹왕(雍王) 괄(适) : 중국 당나라 대종(代宗)의 장자로 뒤에 덕종(德宗)이 되었다. 안사의 난이 일어나자 천하병마원수로서 사조의(史朝義)를 토벌하고 764년에 황태자가 되었으며, 779년 대종이 죽자 황제로 즉위하였다.

177) 이정기(李正己) : 732~781. 본명은 회옥(懷玉)이며, 고구려 유민의 후손으로 추정된다. 안사(安史)의 난 때 평로치청절도사(平盧淄靑節度使) 후희일(侯希逸)의 부장이 되어 난을 평정하는 데에 공을 세웠으나, 후에 후희일의 견제를 받게 되자 765년 자신을 따르던 군사들과 함께 후희일을 쫓아내고 스스로 절도사가 되었다. 776년 이영요(李靈曜)를 토벌하는 데에 참가하였고 토벌과정에서 서주(徐州)·조주(曹州)·복주(濮州) 등 5개 주를 차지하였다. 이후 이정기는 당나라 조정과 대립하며 군사적 충돌 직전까지 갔다가 781년 8월 갑자기 악성 종양으로 사망하였다. 《新唐書·宰相世系表·兵志》

178) 후희일(侯希逸) : 720~781. 당나라 영주(營州) 사람. 천보(天寶) 말년에 평로비장(平盧裨將)이 되어 안동도호(安東都護) 왕현지(王玄志)와 함께 안녹산이 파견한 절도사를 죽이고 반란에 참가하기를 거절한다. 그러다가 762년에 평로치청절도사(平盧淄靑節度使)에 임명되지만 765년 이정

조서를 내려 이정기를 유후(留後)[179]로 삼았다. 그런데 이정기는 치주(淄州)·청주(青州)·등주(登州)·내주(萊州) 등지를 모두 차지하고는 당나라에 모반했다가 등창이 발병하여 죽었다.

이회광(李懷光)[180]은 발해(渤海) 말갈사람인데【지금의 함경도】, 아버지 여상(茹常)[181]이 공을 세워 조정으로부터 이씨 성을 하사받고 삭방절도사(朔方節度使)에 임명되었다. 후에 이회광이 당나라에 모반하였다가 교수형을 당했다. 우리나라 사람 중에서 중국을 침략하여 능멸한 자들은 모두 일이 잘못되어 성공하지 못하였다.

44. 甘露之變

唐文宗旣知其受制宦奴, 自比於周赧·漢獻, 則何不引用賢人以自助乎? 此時裵度以元老大臣, 尙在閒散; 李德裕名重朝廷, 而出在外州. 何不進用而竊自忉怛乎? 庸主也奈何?

44 감로지변(甘露之變)[182]

기에 의해 축출되었다.

179) 유후(留後) : 절도사가 임지를 떠났을 때 그 대리를 보는 벼슬.

180) 이회광(李懷光) : 발해의 유민으로 당나라 덕종 때의 절도사. 당나라에서 개부의동삼사(開府儀同三司), 삭방군도우후(朔方郡道虞侯) 등을 역임하는 등 무공이 컸고, 덕종 때는 태위의 벼슬과 석방절도사 등 직위를 맡았다. 그러나 785년 57세 때 반역의 죄명으로 처형당했다.《舊唐書·李懷光傳》

181) 여상(茹常) : 당나라에서 삭방열장(朔方列將)을 역임하였다. 본래의 성은 여씨(茹氏)지만 당나라 조정으로부터 이씨(李氏) 성을 하사받고 이름도 가경(嘉慶)으로 고쳤다.

182) 감로지변(甘露之變) : 중국 당나라 문종(文宗) 때 환관이 전횡하자 재상인 이훈(李訓)·정주(鄭注) 등이 금오(金吾) 청사 위 석류나무에 감로가 내렸다고 꾸며 환관들이 진위를 살피러 올 때에 이들을 없애려 하였는

당나라 문종(文宗)은 자신이 관노(官奴)들에게 속박을 받고 있음을 이미 알고 스스로를 주(周)나라의 난왕(赧王)[183]이나 한나라의 헌제(獻帝)[184]와 견주었다. 그런데 어찌 어진 사람을 등용하여 자신을 돕게하지 않았단 말인가? 이때 배도(裵度)[185]는 원로대신으로서 여전히 한직(閒職)에 있었고, 이덕유(李德裕)[186]는 조정에서 중망(重望)을 받는 명신이었으나 지방에 외직으로 나가 있었다. 그런데 어찌 이들을 등용하지 않고 가만히 앉아서 스스로 근심하고 두려워하기만 했단 말인가? 용렬한 임금이니 어쩌겠는가?

데, 때마침 바람이 일어 장막이 뒤집혀 복병이 드러나는 바람에 환관 구사량(仇士良) 등의 반격을 받아 이훈·정주가 피살된 일을 말한다. 《舊唐書·文宗本紀下》

183) 난왕(赧王) : 주나라의 마지막 임금. 기원전 256년 진(秦)나라에 항복함으로써 주나라는 멸망하였다.

184) 헌제(獻帝) : 후한(後漢)의 마지막 황제(재위 189~220). 당시는 황건의 난을 비롯하여 여러 농민반란이 잇달았으며, 환관·관료·외척·지방호족의 세력다툼이 끊이지 않았다. 뒤에 조조의 옹립을 받았지만 이미 실권은 없었고, 220년 조조의 아들 조비(曹丕)에게 양위함으로써 후한은 멸망하였다.

185) 배도(裵度) : 765~839. 중국 당나라 때의 재상. 자는 중립(中立), 시호 문충(文忠). 815년 살해된 재상 무원형(武元衡)을 대신하여 중서시랑(中書侍郞)·동중서문하평장사(同中書門下平章事, 재상)가 된 뒤 절도사를 억압하고, 환관에 대해서도 강경책을 취하여 헌종(憲宗)·목종(穆宗)·경종(敬宗)·문종(文宗)의 4조에 걸쳐 활약하였다.

186) 이덕유(李德裕) : 787~849. 중국 당나라 때의 재상. 자는 문요(文饒). 헌종(憲宗) 때의 재상 이길보(李吉甫)의 아들로, 문필에 뛰어났기 때문에 한림학사(翰林學士)·중서사인(中書舍人) 등을 역임하였다. 840~846년 무종(武宗)의 회창(會昌) 연간에 권세를 누려 이종민(李宗閔)·우승유(牛僧孺) 등의 반대파를 제압하였고 폐불(廢佛)을 단행하였다. 선종(宣宗) 즉위와 함께 실각, 우승유 등에 의하여 해남도(海南島)로 추방되었다.

45. 用亡朝紀元

唐之初亡, 李茂貞·楊行密等, 猶用唐昭宗天祐[187]年號, 蜀王建用昭宗天復年號, 以天祐已爲朱全忠所亂也. 石晉之亡, 劉知遠又用晉天福年號, 此謬也.

45. 망한 왕조의 연호를 쓰다

당나라가 망한 후에도 이무정(李茂貞)[188]·양행밀(楊行密)[189] 등은 여전히 당나라 소종(昭宗)의 연호인 천우(天祐)를 사용하였고[190], 전촉(前蜀)의 왕건(王建)[191]은 소종 천복(天復) 연호를 사용하였다. 왜냐하면 천우 연간에 이미 주전충(朱全忠)[192]에게 반란을 당했기 때문

---

187) 祐 : 底本에는 "佑"로 되어 있다. 당 소종(昭宗)의 연호에 근거하여 수정하였다.

188) 이무정(李茂貞) : 중국 박야(博野) 사람. 본명은 송문통(宋文通). 소종(昭宗) 때에 농서군왕(隴西君王)에 봉해졌다. 소종이 주전충(朱全忠)의 위협으로 동천한 뒤 많은 제후들이 참칭하였는데, 이무정은 참칭하지 않고 다만 기왕(岐王)이라 하였다.

189) 양행밀(楊行密) : 중국 여주(廬州) 합비(合淝) 사람. 자는 화원(化源). 스무 살에 도적이 되려고 하였다가 당시 자사(刺史) 정계(鄭綮)의 교화로 그를 따랐다. 지역의 도적을 물리친 공으로 벼슬을 얻었다가 고병(高駢)에 의해 여주자사로 발탁되었다. 나중에 주전충과 대립하였으며, 천복(天復) 2년 오왕(吳王)에 봉해졌다. 소왕(昭宗)의 명으로 주전충을 공격하려 하였으나 군량이 떨어져 환군한 뒤 주전충이 소종을 협박하여 동천한 사실에 분격하여 병사하였다.

190) 당나라가……사용하였고 : 당나라는 서기 907년에 멸망하였다. 이때의 마지막 황제는 애제(哀帝, 재위 904~907)였다. 직전 황제인 소종(昭宗)은 사망하기 4개월 전인 904년 4월에 연호를 천복(天復)에서 천우(天祐)로 고쳤다. 애제는 이 연호를 그대로 사용하였다.

191) 왕건(王建) : 자는 광도(光圖). 황소(黃巢)의 난 때 희종(僖宗)이 촉땅으로 피신할 때 공을 세웠다. 당나라가 멸망할 때 자립하여 전촉(前蜀)의 황제가 되었다.

192) 주전충(朱全忠) : 중국 오대(五代) 후량(後梁)을 건국한 태조(太祖)를 말

이다. 석진(石晉)[193]이 망하자 유지원(劉知遠)[194]은 또 진(晉)의 천복(天福)이라는 연호를 사용하였는데[195] 이는 간사한 꾀다.

46. 四凶非朋

歐陽公〈朋黨論〉, 以共工等四人爲一朋, 此後世之文也. 共工與鯀, 咸被四岳之薦進, 未嘗非君子之朋也. 當時元·凱諸人, 莫知其不才, 唯堯知之. 及舜之踐位, 其罪狀始著, 故罪之. 三苗本是蠻酋之梗化者, 尤非中朝之人所能朋比. 今以四凶爲一朋可乎? 文章家引用故事, 不覈情實, 多此類.

46. 사흉(四凶)은 같은 무리가 아니다

구양수(歐陽修)는 〈붕당론(朋黨論)〉에서 공공(共工) 등 네 사람[196]

한다. 본명은 주온(朱溫), 시호는 신무제(神武帝). 처음에는 황소의 장수였다가 곧 당나라에 항복한 뒤 종권(宗權)·이극용(李克用)을 격퇴하는 공을 세움으로써 사진절도사(四鎭節度使)에 제수되고 양왕(梁王)에 봉해졌다. 천우 말년에 찬위하여 소종과 애제를 죽이고 국명을 양(梁)이라 고치고 자신의 이름을 황(晃)이라 하였다. 변주(汴洲)에 도읍하였다가 후에 낙양(洛陽)으로 천도하였다. 912년 그의 아들 우규(友珪)에게 살해 당했다.

193) 석진(石晉) : 중국 오대 때 후당(後唐)을 멸하고 석경당(石敬塘)이 세운 후진(後晉)을 말한다.

194) 유지원(劉知遠) : 중국 오대 후한(後漢)을 세운 고조(高祖)를 말한다. 후진의 석경당을 좇아 군사를 일으켜 중서령(中書令)에 제수되었으며 태원왕(太原王)에 봉해졌다. 출제(出帝) 때 그는 늘 후진을 무시하였는데, 거란이 후진을 공격하여 후진의 상황이 어렵게 되자 스스로 제위에 올랐다. 후에 이름을 고(暠)라 고치고 국명을 한(漢)이라 하였다. 재위 1년 만에 사망하였다.

195) 유지원은……썼는데 : 후진은 천복(天福) 연호를 사용하다 994년 연호를 개운(開運)으로 고쳤다. 그런데 유지원은 즉위 후 국명을 그대로 따르면서도 연호는 천복(天福)으로 되돌렸다.

을 같은 무리라 하였는데 이는 후세에 지은 글이다. 공공과 곤(鯀)은 모두 사악(四岳)[197]에 의해 추천을 받은 자들로서 군자의 무리들이었다. 당시 팔원(八元)·팔개(八凱)[198] 등 여러 사람은 그들이 재주가 없음을 알지 못했으나, 오직 요임금만이 그것을 알았다. 순임금이 즉위하자 그 죄상이 비로소 드러났으므로 그들은 벌을 받게 되었다. 삼묘(三苗)는 본래 남만(南蠻)의 우두머리로 교화시키기 어려운 자였고, 더욱이 중국 조정의 사람들이 함께 할 수 있는 무리가 아니었다. 그런데 지금 사흉(四凶)을 하나의 무리라고 한다면 옳겠는가? 문장가들이 고사를 인용할 때 사실을 정확하게 조사하지 않는 경우는 대부분 이와 같은 부류이다.

47. 金麟瑞

金聖歎以稗家餘力, 又欲汨亂聖經. 其說《孟子》, 譏切聖賢, 無所顧忌. 評其首章曰: "是孟子自見梁王, 不是梁王要見孟子." 卽此而其餘可知

196) 공공(共工) 등 네 사람 : 공공을 비롯하여 환두(驩兜)·삼묘(三苗)·곤(鯀)을 말하는데, 이들을 사흉(四凶)이라 하였다. 순임금이 이들 사흉에게 벌을 내리자 천하가 다 복종하였다고 한다.《尙書·堯典》

197) 사악(四岳) : 정현은 요임금의 신하인 희중(羲仲)·희숙(羲叔)·화중(和仲)·화숙(和叔)을 가리킨다고 보았으나, 주희는《상서 · 요전》의 "아! 사악아!……짐의 지위를 선양하겠다."〔咨四岳!……朕巽位.〕라는 구절을 근거로 들어, 요임금이 4명에게 천하를 선양할 수는 없으므로 사악은 한 사람이 분명하다고 하였다. 정약용은 주희의 설이 명백하고 통쾌하다고 하였다.《여유당전서》 제2집 경집(經集) 권22〈상서고전(尙書古訓)·요전(堯典)〉

198) 팔원(八元)·팔개(八凱) : 여덟 사람의 온화한 사람과 여덟 사람의 착한 사람이라는 뜻으로, 고신씨(高辛氏)의 재자(才子) 8인과 고양씨(高陽氏)의 재자 8인을 가리킨다. 순임금이 정사를 맡았을 적에 이들을 요임금에게 천거하여, 팔원에게는 교화를 맡기고 팔개에게는 토지를 주관하게 하였다고 한다.《史記·五帝本紀》

也. 其論《左傳》莊公克段之文, 以蔓爲一句, 以草爲一句, 以猶不可除爲一句, 謂"如是有想見當時眉毛皆動", 此才人之說也. 大抵不可使少年觀聖歎之筆.

47. 김인서(金麟瑞)[199]

김성탄(金聖歎)은 패설가의 잔당으로 또 성인들의 경서를 어지럽히려고 하였다. 그가 《맹자》에 대해 논하면서 성현을 비난함에 거리낌이 없었다. 《맹자》의 첫 장에 평을 달기를, "이는 맹자가 스스로 양혜왕을 알현한 것이지, 양혜왕이 맹자를 보고자 했던 것이 아니다."[200]라고 하였다. 이것 하나만 보고서도 그 나머지는 미루어 알 수가 있다.

그가 《좌전》을 논한 것을 보면 장공(莊公)이 단(段)을 이긴 부분에서 '만(蔓)'자를 한 구로 끊고, '초(草)'자를 한 구로 끊었으며, '유불가제(猶不可除)'를 한 구로 끊었다.[201] 그리고는 이렇게 해야 당시 눈썹

---

199) 김인서(金麟瑞) : 중국 명말청초(明末淸初)의 문장가이자 문학 비평가인 김성탄(金聖歎, 1608~1661)을 가리킨다. 본래 성은 장(張), 이름은 채(采)이며, 자(字)는 약채(若采)였다. 후에는 김인서(金人瑞)로 개명하였으며, 최후에는 위(喟)라 개명하고 자(혹은 호)를 성탄이라 하였다. 조선에서는 '人瑞'와 '麟瑞'를 혼용하였다. 주요 저서에는 《장자(莊子)》·《초사(楚辭)》·《사기(史記)》·《수호지(水滸誌)》 등에 대해 각각 비평을 한 《성탄재자서(聖嘆才子書)》 등이 있다.

200) 이는……아니다 : 관련 내용이 김성탄이 찬한 《재자휘서(才子彙書)》 권6, 〈맹자석(孟子釋)〉에 보인다.

201) 장공이……끊었다 : 《좌전》 은공(隱公) 1년 조에 정 장공(鄭莊公)이 자신의 아우인 단(段)과 언(鄢)이라는 곳에서 싸워 이긴 것을 말한다. 관련 부분은 다음과 같다. "姜氏何厭之有? 不如早爲之所, 無使滋蔓! 蔓, 難圖也. 蔓草猶不可除, 況君之寵弟乎?" 이 구절에 대해 김성탄은 《재자휘서(才子彙書)·좌전석(左傳釋)》에서 '蔓草猶不可除'를 분석하며 '만(蔓)'자를 한 구로, '초(草)'자를 한 구로, '유불가제(猶不可除)'를 한 구로 끊었다. [蔓句 草句猶不可除] 일반적으로 이 구절은 "뻗어나간 풀도 제거할 수 없

이 모두 흔들리는 장면을 상상해 볼 수 있다고 하였는데, 이는 재인(才人)의 논설이다. 대개 젊은이들로 하여금 성탄의 글을 보게 해서는 안 된다.

48. 蔡澤論商君

商君之死, 在惠文王之時; 吳起之死, 在楚悼王旣薨之後. 而蔡澤之言曰: "君之惇厚舊故, 不倍功臣, 孰與秦孝公·楚悼王·越王乎?" 有若鞅·起之禍作於孝·悼之時, 與長頸烏喙之殺文鍾, 比而同之, 此未可曉. 蔡澤當時所談, 宜不如此. 此策書之誤, 而司馬遷因之耳.

48. 채택(蔡澤)이 상군(商君)을 논한 일

상군(商君)[202]이 죽은 것은 혜문왕(惠文王)[203] 때의 일이고, 오기(吳

다."로 번역하는데, 김성탄의 견해를 따른다면 "덩굴은 풀에 불과하나 오히려 제거할 수 없다."로 번역이 된다.("來一句若曰: '蔓, 不過草, 猶憂其難圖.'") 그런데 정약용은 《춘추고징(春秋考徵)》에서 옛사람에게 들은 말이라 하면서, 김성탄과 마찬가지로 '만(蔓)'과 '초(草)'에 구를 떼고, 그 의미를 "이미 뻗어나가면 비록 풀이라 하더라도 제거할 수 없다."로 풀었다.("蔓句草句謂旣蔓, 雖草亦不可除也, 此余舊所聞.")

202) 상군(商君) : 중국 전국시대 진(秦)나라의 정치가 상앙(商鞅)을 가리킨다. 상(商)에 봉해졌기에 상군이라 불리었다. 진 효공(秦孝公)에게 등용되어 여러가지 부국강병책을 실행하였으며 진시황이 천하를 통일하는 데에 도대를 세웠나. 10년간 진나라의 재상을 지내며 엄격한 법치주의 정치를 폈는데, 이로 인해 많은 사람들의 원한을 사서 효공이 죽고 혜문왕이 즉위하자 반대파들에 의해 죽임을 당하였다.

203) 혜문왕(惠文王) : 중국 전국시대 진 효공의 다음 왕이다. 태자 시절 상앙이 만든 법을 어긴 적이 있었는데, 상앙은 법에 따라 태자를 처벌하려고 했다. 그러나 태자에게 형벌을 줄 수 없었으므로 그의 태부(太傅)이자 효공의 형인 공자(公子) 건(虔)을 의형(劓刑)에, 태사(太師) 공손가(公孫賈)를 경형(黥刑)에 처하였다. 그 다음부터 진나라의 백성들은 모

起)[204]가 죽은 것은 초 도왕(楚悼王)이 죽은 다음의 일이다. 그런데 《사기》에서는 채택(蔡澤)[205]이 "그대 〔응후(應侯)〕의 군주가 옛 친지들을 후하게 대접하고 공신을 배반하지 않음이 진 효공(秦孝公)·초 도왕(楚悼王)·월 구천(越句踐)과 비교하여 누가 낫습니까?"[206]라 말하며 마치 상앙과 오기의 화가 각각 그들이 주군으로 섬기던 진효공과 초도왕 때 일어났던 것처럼 하여 장경오훼(長頸烏喙)[207]가 문종(文鍾)[208]을 죽인 일과 나란히 하여 동일시하였다. 이것은 이해할 수 없는 일이다. 채택이 당시에 이야기한 것은 반드시 이렇지 않았을 것

두 법령을 준수하였다. 혜문왕이 즉위하자 공자 건의 추종 세력들은 상앙이 모반하려 한다고 밀고하였고, 가혹한 법령으로 따르는 이가 없던 상앙은 혜문왕에게 잡혀서 거열형이 처해졌고 일족이 멸해졌다.

204) 오기(吳起) : 중국 전국시대 병법가. 위(衛)나라 출신인데 처음에는 노(魯)·위(魏)나라 등에서 벼슬을 하였으나, 후에 초(楚)나라에 가서 도왕(悼王)의 재상이 되었다. 법치에 의한 개혁을 단행하여 초나라를 강대하게 만들었으나, 초나라 귀족들의 견제를 받아 도왕이 죽은 뒤에 대신들에 의해 피살되었다.

205) 채택(蔡澤) : 중국 전국시대 연(燕)나라 사람. 언변에 뛰어나고 지식이 풍부했다.

206) 군왕 중에……누구이겠는가 : 채택이 한 말은 《사기 · 범저채택열전(范雎蔡澤列傳)》에 보인다. 다만 《사기》 원문에는 '君之' 다음에 '主' 한 글자가 더 있다. 번역은 《사기》 원문을 따랐다. 채택은 진나라의 재상 범저에게 최고의 자리를 지키고 있다가 비참한 최후를 맞이한 상군(商君)·오기(吳起)와, 최고의 자리에 있을 때 자신의 자리에서 물러나 칭송받는 범려(范蠡)의 예를 들어, 최고의 자리에 있을 때 어진 사람을 후계자를 삼아 자신의 자리를 물려주고 편안한 여생을 보낼 것을 권했다.

207) 장경오훼(長頸烏喙) : 중국 전국시대의 월왕 구천을 가리킴. '장경오훼'는 '긴 목에 까마귀 부리'라는 뜻으로 범려가 구천의 관상을 표현한 말이다. 《史記·越世家》

208) 문종(文鍾) : 중국 전국시대 월나라의 대부. 범려와 함께 월왕 구천을 도와 오나라를 멸망시키는 데에 큰 공을 세웠다. 그러나 구천은 오나라가 멸망하자 얼마 지나지 않아 문종을 죽였다.

이다. 이는 책서(策書)에 잘못 기록되어 있어서 사마천(司馬遷)이 그대로 따라 기록한 것일 뿐이다.

49. 齊悼公卽陽生非有二人

〈伍子胥傳〉曰: "齊鮑氏殺其君悼公而立陽生." ○〈齊太公世家〉曰"景公卒, 太子荼立, 是爲晏孺子", "元年鮑牧立景公子陽生, 是爲悼公", "悼公四年, 鮑氏弑悼公, 立悼公之子壬, 是爲簡公". ○按〈伍子胥傳〉誤.

49. 제 도공(齊悼公)이 곧 양생(陽生)이니 둘은 다른 사람이 아니다

《사기(史記)·오자서전(伍子胥傳)》에 이르기를 "제나라 포씨(鮑氏)가 임금인 도공(悼公)을 죽이고 양생(陽生)을 세웠다."라 하였다.

○〈제태공세가(齊太公世家)〉에 이르기를 "경공(景公)이 죽고 태자인 도(荼)가 즉위하였는데 이가 바로 안유자(晏孺子)이다."라 하였고, "원년에 포목(鮑牧)이 경공의 아들 양생을 왕위에 오르게 하였는데 이가 바로 도공이다."라고 하였으며, "도공 4년에 포씨(鮑氏)가 도공을 죽이고 도공의 아들 임(壬)을 세웠는데 이가 바로 간공(簡公)이다."라 하였다. ○ 내가 보기에 〈오자서전〉의 기록이 잘못되었다.

50. 嚴嵩

《明史·藝文志》載嚴嵩《鈐山堂集》二十六卷. 噫! 嵩而有集, 眞大國也. 今燕京毁滅錢謙益《牧齋集》.

50. 엄숭(嚴嵩)

《명사(明史)》〈예문지(藝文志)〉에 엄숭(嚴嵩)[209]의 《검산당집(鈐山堂集)》 26권이 기록되어 있다. 아! 엄숭 같은 사람도 문집이 남아있으니 참으로 대국이로다. 지금 연경에서는 전겸익(錢謙益)[210]의 《목재집(牧齋集)》을 없애고 있다.[211]

51. 皇明科期

皇明科擧, 鄕試八月, 會試二月, 並以初九日爲初場, 十二日爲第二場, 十五日爲第三場. 雖國有大故, 科期不退, 庭試三月十五日. 我朝用二月·八月似也, 而每臨年擇日, 人進退無常. 且歷代科制, 唯有大比, 而我朝式年之外, 有增廣試·別試·庭試·謁聖試·登俊試, 又有卽日製·黃柑製·到記製, 科名頻數, 僥倖多門矣.

---

209) 엄숭(嚴嵩) : 1480~1567. 중국 명나라 때의 문신. 자는 유중(惟中), 호는 개계(介溪). 1505년 진사로 급제하였으며, 예부상서·내각대학사 등을 역임하고 1544년 수석대학사에 올랐다. 하언(夏言)이 죽은 뒤에는 정치를 전담하여 뇌물을 거둬들이고 아들 세번(世蕃)의 불법행위를 방치하였다. 만년에는 임금의 신뢰를 잃어 삭직되고, 가산까지 몰수되어 빈곤 속에서 죽었다. 중국 역사상 대표적 간신(奸臣)가운데 하나이다. 저서에 《검산당집(鈐山堂集)》이 있다.

210) 전겸익(錢謙益) : 1582~1664. 명말청초의 대표적인 문인. 자는 수지(受之), 호는 목재(牧齋)·몽수(蒙叟). 명나라 만력 38년(1610) 진사에 급제하고 관직이 이부시랑에 이르렀다. 복왕(福王) 시절에는 예부상서를 지냈고, 청조에 굴종하여 예부우시랑을 5개월 지내다가 관직을 버리고 귀향하여 학문에 몰두하였다. 저서로 《초학집(初學集)》·《유학집(有學集)》 등이 있다.

211) 지금……없애고 있다 : 청나라는 북경으로 천도한 직후 만주족의 통치를 위협하는 모든 서적을 금지하고 소각하였는데, 특히 흉노족·거란족·동호족·여진족·몽고족 등 여러 이민족들을 비난하는 《사이고(四夷考)》와 같은 역사 관계 서적을 불태워 버렸다. 또한 건륭 중엽에 《사고전서(四庫全書)》를 편찬할 때에도 서적에 대한 대규모 조사를 진행하여 그 가운데 통치에 불리한 내용이 담겨있는 역사서·지방지·전기소설·희곡 등을 금서로 조치하거나 소각 또는 첨삭하였다.

51. 명나라의 과거시험 일정

명나라의 과거제도에서 향시(鄕試)는 8월, 회시(會試)는 2월에 치르는데, 모두 9일에 첫 시험, 12일에 두 번째 시험, 15일에 세 번째 시험을 보았다. 비록 나라에 큰 변고(變故)가 있다하더라도 과거시험 보는 일정을 연기하지 않았으며 정시(庭試)는 3월 15일에 보았다.[212)]

우리나라도 2월과 8월에 치르는 것은 비슷하나 매번 당해 연도에 임박해서야 구체적인 날짜를 택하니 사람들이 진퇴함에 일정함이 없다. 게다가 중국 역대의 과거제도에는 오직 대비(大比, 식년시)만 있었을 뿐인데, 우리나라는 식년시 외에도 증광시(增廣試)[213)]·별시(別試)[214)]·정시(廷試)[215)]·알성시(謁聖試)[216)]·등준시(登俊試)[217)]가 있고,

---

212) 명나라의……3월 15일 보았다 : 관련 내용이 《명사(明史)·선거지(選擧志)》에 보인다.

213) 증광시(增廣試) : 즉위경(卽位慶)이나 30년 등극경(登極慶)과 같이 나라에 큰 경사가 있거나 작은 경사가 여러 번 겹쳤을 때 연 과거 시험으로 소과·문과·무과·잡과가 있었다. 고시방법은 식년시와 같았다.

214) 별시(別試) : 국가에 경사가 있을 때 또는 10년에 한번 당하관을 고시하는 중시(重試)가 있을 때 실시한 과거 시험으로 문·무 두 과만 열었다. 처음에는 일정한 시행규칙이 없어서 그때마다 품정하여 실시하였으나, 영조 때는 초시·전시 두 단계의 일정한 규칙이 생겼다.

215) 정시(庭試) : 처음에는 매년 춘추에 성균관 유생을 시어소(時御所)의 전정(殿庭)에서 고시하여 전시(殿試)에 바로 응시할 수 있는 특전을 준 것이었으나, 1583년(선조 16)에 정식 과거로 승격되었다. 정시도 국가에 경사 또는 중대사가 있을 때 실시된 것으로서 문·무 두 과만이 열렸다.

216) 알성시(謁聖試) : 국왕이 문묘(文廟)에서 작헌례(酌獻禮)를 올린 뒤 명륜당에서 유생들을 고시하여 성적우수자에게 급제를 준 것으로서 문·무 두 과만 열렸다. 국왕의 친림(親臨) 아래 거행되었기에 친림과라고도 하였다. 이 시험은 다른 시험과 달리 단 한번의 시험으로 급락이 결정되는 단일시였고, 고시시간이 짧은 촉각시였다. 또한 당일에 급제자를 발표하는 즉일방방(卽日放榜)이었다.

217) 등준시(登俊試) : 조선 세조 때 현직관리·종실(宗室)·부마(駙馬) 등을 대상으로 실시하였던 임시 과거시험. 영조 때도 시행된 바 있다.

또한 즉일제(卽日製)·황감제(黃柑製)[218]·도기제(到記製)[219]가 있다. 이처럼 과거의 명칭이 많았던 만큼, 요행히 합격하는 방법도 그만큼 많았던 것이다.

52. 米直

新羅太宗時, 年豐, 布一匹直租三十石或五十石. 高麗恭愍王時, 京城飢, 大布一匹直米五升. 我朝宣廟癸巳甲午間, 新經倭寇, 棉布一匹直米二升, 一馬之價不過三四斗. 骨肉相食, 疫癘又作, 水口門外, 積尸如山, 高於城數丈. 募僧徒瘞之. 至丙申歲大登, 棉布一匹易米三四十斗, 而豆至五十斗. 天災天休之變, 有如是矣, 國可以無備乎? 謀國者不可不慮.

52. 쌀값

신라 태종(太宗) 무열왕(武烈王) 때 풍년이 들어 포 한 필로 쌀 30섬이나 50섬을 살 수 있었다. 고려 공민왕(恭愍王) 때에는 개경에 흉년이 들어 대포(大布) 한 필로 쌀 5되밖에 못 샀다. 본조 선조 계사·갑오(1593~1594, 선조 26~27) 연간에는 막 왜구들의 침략을 당한 때여

---

218) 황감제(黃柑製) : 조선시대 성균관 유생들의 사기를 높이고 학문을 권장하기 위하여 그들만을 응시대상으로 하여 실시한 과거시험의 하나이다. 1564년(명종 19) 처음 시행된 것으로 매년 제주도의 특산물인 감귤이 진상되어올 때, 성균관의 명륜당(明倫堂)에 관학유생들을 모아놓고 감귤을 나누어준 뒤 시제(試題)를 내려 유생들을 시험하였다.

219) 도기제(到記製) : 성균관 유생들을 대상으로 하여 실시한 식년문과(式年文科) 초시(初試)에 해당하는 과거시험. 성균관과 사학(四學)에서 수학하는 유생의 출결·근태를 파악하기 위하여 식당에 들어갈 때 점을 찍는 장부를 도기라 하는데, 도기의 일정한 점수에 도달한 자만을 관시(館試)에 응시하게 하였으므로 도기과라 하였다. 이는 성균관과 사학의 유생으로서 교내에 거주하지 않는 자가 많아 학교가 피폐해지고 문풍(文風)이 떨어지므로 이를 장려하기 위하여 실시되었다.

서 면포 한 필로 쌀 2되를 샀고 말 한 마리 값은 쌀 3~4말에 불과하였다. 혈육끼리 서로 잡아먹고 역병이 유행하여 수구문(水口門)[220] 밖에 시체가 산처럼 쌓였는데, 그 높이는 성보다도 몇 길이나 더 높았다. 중들을 모아서 그 시체들을 묻었다. 병신년(1599, 선조 29)에 큰 풍년이 들어 면포 한 필로 쌀 30·40말을 살 수 있었고 콩은 50말까지 살 수 있었다.[221]

자연재해와 하늘의 도움은 그 변화가 이와 같으니, 나라에 대비가 없어서야 되겠는가? 국정을 책임진 자들은 반드시 이 점을 걱정하지 않으면 안 된다.

53. 吹簫給喪

《史記·絳侯世家》云: "勃嘗爲人吹簫給喪事." 如淳曰: "以樂喪家, 若俳優." 《索隱》曰: "《左傳》'歌虞殯', 猶今挽歌類也. 歌者或有簫管." ○余在長鬐, 隣人之子執親喪, 三年不食肉. 余以爲鄒魯之俗. 一夜月色正明, 有簫聲起. 詢之, 乃不食肉者也. 其言曰: "簫聲哀, 於禮無禁."

53. 퉁소를 불어 스스로 애도하다

《사기·강후세가(絳侯世家)》에 이르기를 "주발(周勃)은 일찍이 상을 당한 사람들을 위해서 퉁소를 불었다."[222]라고 하였다. 여순(如

---

220) 수구문(水口門) : 조선시대 서울에 네 개의 소문(小門)이 있었는데 남소문을 수구문이라 하였다. 서소문인 소의문(昭義門)과 함께 성안의 시신을 내보내던 문으로 시구문(屍軀門)이라고도 한다.

221) 신라 태종……살 수 있었다 : 관련 내용이 이수광이 지은 《지봉유설(芝峯類說)》 권1, 〈재이부(災異部)〉, '기황(饑荒)'조에도 보인다.

222) 주발은……불었다 : 주발은 중국 한나라 고조(高祖) 때 사람으로 한고조 유방(劉邦)의 공신(功臣)이다. 고조를 도와 천하를 평정하였고 여씨(呂氏) 일가를 죽이고 한나라 황실을 편안하게 하여 벼슬이 승상(承相)에

淳)[223]은 이에 대해 말하기를 "상갓집에서 음악을 연주한 것이니 마치 배우와 같다."[224]라고 하였다. 《사기색은(史記索隱)》에 이르기를 "《좌전(左傳)》에 '우빈(虞殯)[225]을 부른다.'라 하였으니 오늘날의 만가(挽歌)와 같은 것이다. 노래를 할 때 혹 퉁소를 부는 경우도 있었다."라 하였다.

○ 내가 장기(長鬐)[226]에 유배 가 있을 때 이웃집에 사는 사람이 부모상을 치르면서 3년 동안 고기를 먹지 않았다. 나는 과연 추로(鄒魯)의 풍습[227]이라고 생각하였다. 그러던 어느 날 밤 달빛이 마침 밝은데 어디선가 퉁소 소리가 들려왔다. 출처를 물어보니 곧 삼년상을 치르며 고기를 먹지 않는 자였다. 그가 말하기를 "퉁소 소리는 애처로우니 예에서 금하는 것이 아닙니다."라고 하였다.

54. 史記險句

〈禮書〉○"楚分而爲四參", 爲一句.【謂楚分而爲三四段】

〈犀首傳〉○"中國無事", 謂六國不用兵也. "秦得燒掇焚杅君之國", 爲一

까지 이르렀다.

223) 여순(如淳) : 중국 삼국시대 위(魏)나라의 풍익(馮翊) 사람으로 진군승(陳郡丞)을 지냈으며, 《한서(漢書)》에 주석을 달았다.

224) 상갓집에서……같다 : 여순의 말은 《사기집해》에 보인다.

225) 우빈(虞殯) : 장사를 치를 때에 상여를 떠나보내면서 부르는 노래를 말한다. 《좌전(左傳)》 애공(哀公) 11년조에 공손하(公孫夏)가 자신의 무리에게 명하여 우빈을 부르게 했다는 내용이 보인다.

226) 장기(長鬐) : 경상북도 장기현을 가리킨다. 지금의 포항 지역이다. 정약용은 40세이던 1801년 신유옥사 때 천주교도의 책롱에서 자기 집안의 서찰이 나온 일로 인하여 장기현으로 유배되었다.

227) 추로(鄒魯)의 풍습 : 추(鄒)는 맹자가 태어난 곳이고, 노(魯)는 공자가 태어난 곳이다. 조선시대에 유학(儒學)이 성행하였던 영남 지방을 가리키는 말로 사용되었다.

句, 謂秦凌蔑義渠也. "有事", 謂六國用兵也.

〈越世家〉○齊威王使人說越王曰: "二晉欲與越好, 則非伐楚, 不效也. 欲伐楚, 則非覆軍殺將汗馬之勞, 不可伐也." 由是觀之, 二晉萬無爲越伐楚之理. 今越王以不得晉人之夾助而重難於伐楚者, 不亦無義乎? 越王乃答曰: "誠如子言矣. 孰謂我必望二晉之爲我出死力如是哉? 我之所望, 不過張虛聲以嚇楚, 令楚四面備敵, 其力自不能給, 則越與齊·晉, 皆大利矣."

54. 《사기(史記)》에 나오는 껄끄러운 구절

〈예서(禮書)〉○"楚分而爲四參[228]"이 한 구이다.【초(楚)가 나뉘어져 서너 조각이 되었다는 말이다.】

〈서수전(犀首傳)〉[229]○"中國無事"는 여섯 나라가 거병하지 않는다는 말이다. "秦得燒掇焚杅君之國"이 한 구이다.[230] 진(秦)이 의거군(義渠

---

228) 楚分而爲四參 : 《사기》 권23, 〈예서(禮書)〉에 나온다. 전후 어구를 들어 보면 다음과 같다. "莊蹻起, 楚分而爲四參. 是豈無堅革利兵哉? 其所以統之者, 非其道故也." 이에 대해 당(唐) 사마정(司馬貞)과 장수절(張守節)은 "楚分而爲四"를 한 구절로 보았다. 사마정은 《색은(索隱)》에서 "參者, 驗也. 言驗是, 楚豈無利兵哉?"라 하였고 장수절은 《정의(正義)》에서 "參, 七含反. 言蹻·楚國豈無堅甲利兵哉? 爲其不由禮義, 故衆分也."라고 하였다.

229) 여섯 나라 : 중국 전국시대의 제(齊)·초(楚)·연(燕)·한(韓)·위(魏)·조(趙) 나라를 가리킨다.

230) 서수전(犀首傳) : 서수(犀首)는 중국 전국시대 위(魏)나라 출신의 공손연(公孫衍)을 가리킨다. 서수의 행적은 《사기·장의열전(張儀列傳)》에 나온다. 해당 부분의 전후 어구를 들어 보면 다음과 같다. "義渠君朝於魏. 犀首聞張儀複相秦, 害之. 犀首乃謂義渠君曰: '道遠不得複過, 請謁事情.' 曰: '中國無事, 秦得燒掇焚杅君之國, 有事, 秦將輕使重幣事君之國.' 其後五國伐秦. "中國無事"에 대해 《색은》에서는 "謂山東諸侯齊·魏之大國等."이라 하였다. 《정의》에서는 "中國, 謂關東六國. 無事, 不共攻秦."이라 하였다. "秦得燒掇焚杅君之國"에 대해 《색은》에서는 "掇音都活反. 謂焚燒而侵掠. 焚杅音煩烏二音. 按, 焚揉而牽制也. 《戰國策》云: '秦且燒焫君之國', 是說其

君)을 능멸하리라는 말이다. "有事"는 여섯 나라가 거병함을 말한다.

〈월세가(越世家)〉[231] ○제 위왕(齊威王)이 사람을 시켜 월왕(越王)을 설득하여 말하기를, "이진(二晉, 한(韓)과 위(魏))이 월과 화친하고자 하니, 초를 공격하지 않으면 한·위와 화친해주는 보람이 없습니다. 초를 공격하려면 한·위의 군대가 전멸당하고 장수가 죽어나가야 하는 한마지로(汗馬之勞)[232]가 아니면 칠 수 없습니다."라고 하였다.

이로써 보면 이진이 월을 위하여 초를 공격할 리 만무하다. 지금 월왕은 이에 진인의 협조를 얻지 않고서 초나라 정벌하는 일을 거듭 물리쳤으니 참으로 의롭지 않은가? 월왕이 이에 다음과 같이 대답하였다.

"참으로 그대의 말과 같다. 이진이 우리 월을 위하여 이처럼 죽을 힘을 내길 내가 반드시 바란다고 누가 말하던가? 내가 바라는 것은 허장성세로 초를 위협하여 초가 사방에서 적을 대비하느라 군사력을 분산시켜서 월(越)·제(齊)·진(晉, 한과 위)이 모두 크게 이롭게 되는 것에 불과하다."

55. 貨殖傳

子贛節 ○"廢著", 《漢書》作"發貯". 〔顏師古曰: "多有積貯, 趣時而發賣之."〕 "著"與"貯"相通, "廢"與"發"形相近. 當依《漢書》作發貯.

素封節 ○"戶二百"者, 每戶錢二緡也. "二十萬"者, 錢二千緡也. "萬息"者, 以錢萬緡, 取殖也. "百萬之家"者, 有本錢萬緡之家也. "二十萬"者,

---

事也."라 하였다. "有事"에 대해 《색은》에서는 "謂山東諸國, 共伐秦也."이라 하였다.

231) 월세가 : 《사기》 권41, 〈월왕구천세가(越王句踐世家)〉를 말한다.

232) 한마지로(汗馬之勞) : 전쟁에서 세운 큰 공로나 탁월한 업적을 비유하는 말로, 나라를 위해 전장에서 땀을 흘리며 충성을 다한다는 뜻이다.

歲入二千緡, 與封君同也. 租稅非錢, 此以錢計之者, 假令也.
知盡能索 ○智竭才竭也
刁間節 ○"寧爲官爵乎, 無寧爲刁奴乎", 言刁奴之利多於官爵也. 又爵當去聲, 讀如醮, 嚼·爝·潐之爲去聲也. 然後方與刁叶韻.
洛陽街居 ○謂洛陽四方道里均適, 如街居之達四方也.

55. 화식전(貨殖傳)[233]

자공절(子贛節)[234] ○"廢著"은 《한서(漢書)》에 "發貯"로 되어 있다. 【안사고(顔師古)[235]가 말하기를 "쌓아둔 것이 많으면 적정한 시기에 내 놓아 팔아야 한다."고 하였다.】 "著"과 "貯"는 뜻이 서로 통하고, "廢"와 "發"은 모양이 비슷하다. 《한서》에 의거하여 마땅히 "發貯"로 해야 한다.

소봉절(素封節)[236] ○"戶二百"은 집집마다 돈 두 꿰미이다. "二十萬"은 돈 2천 꿰미이다. "萬息"이라는 것은 돈 만 꿰미로, 재산을 불리는 것을 말한다. "百萬之家"는 본래 돈 만 꿰미를 소유한 집이다. "二十萬"은 해마다 2천 꿰미의 소득을 올리는 것으로 봉군(封君)의 소득과 같다. 세금은 쌀로 내며 돈으로 내는 것이 아니니, 여기에서 돈으로 계산하는 것은 가정해서 한 것이다.

"지진능삭(知盡能索)"[237] ○지식을 다하고 재능을 다한다는 말이다.

---

233) 화식전(貨殖傳) : 《사기》 권129, 〈화식열전(貨殖列傳)〉을 말한다.
234) 자공절(子贛節) : 관련 부분은 아래와 같다. "子貢旣學于仲尼, 退而仕于衛, 廢著鬻財于曹魯之閒." 《한서》 권91, 〈화식전〉에는 "子贛旣學於仲尼, 退而仕衛, 發貯鬻財曹魯之間."으로 되어 있다.
235) 안사고(顔師古) : 중국 당나라 말기의 학자로 안지추(顔之推)의 손자. 황제의 조서를 받들어서 비서성(祕書省)에 있으면서 오경(五經)의 문자를 고정(考定)하여 바로잡았고 오례(五禮)를 찬정(撰定)하였으며, 《한서(漢書)》의 주석을 달았다. 저서로는 《광류정속(匡謬正俗)》이 있다.
236) 소봉절(素封節) : 관련 부분은 아래와 같다. "封者, 食租稅. 歲率戶二百, 千戶之君則二十萬, 朝覲聘享出其中. 庶民, 農工商賈, 率亦歲萬息二千戶, 百萬之家則二十萬, 而更傜租賦出其中."

조간절(刁間節)[238] ○"寧爲官爵乎, 無寧爲刁奴乎"(벼슬을 하느니, 조간(刁間)의 노예가 되지.)라는 말은 조간의 노예가 되어 얻는 소득이 벼슬을 하여 얻는 녹봉보다 많음을 말한다. 또한 "爵"는 거성으로 읽어야 한다. 釂·皭·爝·灂가 거성인 것과 같다.[239], 그래야 뒤에 있는 '조(刁)'와 협운(叶韻)이 된다.

"낙양가거(洛陽街居)"[240] ○낙양의 모든 도로가 균형 있게 뻗쳐 있는 것은 마치 요충지가 사방으로 길이 뻗쳐 있는 것과 흡사하다는 말이다.

56. 信陵君

公子從車騎, 虛左. ○〈曲禮〉云: "祥車曠左." 古者御君之車, 則君在左, 僕在右. 今虛左, 所以禮侯生也.

引公子就西階. ○〈曲禮〉曰: "主人就東階, 客就西階. 客若降等, 則就主人之階. 主人固辭, 然後客復就西階." ○戰國之世, 去古未遠, 其揖讓辭辟之節, 猶有存者. 雖以四貴奸雄之流, 而其習於禮如此. 學者於此知所以感憤矣.

---

237) 지진능삭(知盡能索) : 관련 부분은 아래와 같다. "農工商賈畜長, 固求富益貨也. 此有**知盡能索**耳, 終不餘力而讓財矣."

238) 조간절(刁間節) : 관련 부분은 아래와 같다. "齊俗賤奴虜, 而刁間獨愛貴之. 桀黠奴, 人之所患也, 唯刁間收取, 使之逐漁鹽商賈之利, 或連車騎, 交守相, 然愈益任之. 終得其力, 起富數千萬. 故曰: '寧爵毋刁.' 言其能使豪奴自饒而盡其力."

239) 皭·爝·灂도 거성이니 : 네 글자는 모두 입성일 때는 '작'이며, 거성일 때는 '조'가 된다.

240) 낙양가거(洛陽街居) : 관련 부분은 아래와 같다. "周人既纖, 而師史尤甚, 轉轂以百數, 賈郡國, 無所不至. 洛陽街居在齊秦楚趙之中, 貧人學事富家, 相矜以久賈, 數過邑不入門, 設任此等, 故師史能致七千萬."

56. 신릉군(信陵君)[241]

공자(公子, 곧 신릉군)가 거기(車騎, 전차)를 뒤따르게 하고 왼쪽 자리를 비워두었다. ○〈곡례(曲禮)〉에 이르기를 "상거(祥車)[242]는 왼쪽을 비워둔다."라 하였다. 옛날 임금을 모시는 수레에는 임금이 왼쪽에 앉고 마부는 오른쪽에 앉았다. 지금 왼쪽을 비워둔 것은 후생(侯生)[243]을 예우하기 위한 것이다.

공자(公子)를 이끌어 서쪽 계단을 오르게 하였다. ○〈곡례〉에 이르기를 "주인은 동쪽 계단으로 나아가고 손님은 서쪽 계단으로 나아간다. 손님이 만일 내려갈 때면 주인의 계단으로 내려간다. 주인이 간곡하게 사양한 뒤라야 손님은 다시 서쪽 계단으로 나아간다."라 하였다. ○ 전국시대는 예가 행해졌던 상고 시대와 멀지 않았기 때문에, 읍양(揖讓)하고 사양하는 예절 중 그런대로 남은 것이 있었다. 비록 사귀(四貴)[244]같은 간웅(奸雄)의 무리라도 예절에 익숙하기가 이와 같았다. 공부하는 자들은 여기에서 후영이 왜 감격하여 분발하였는지를 알 수 있을 것이다.

---

241) 신릉군(信陵君) : 중국 전국시대 위(魏)나라의 공자(公子) 무기(無忌)를 가리킨다. 위 소왕(昭王)의 막내아들이며, 위 안리왕(安釐王)의 이복동생이다. 본문은 《사기》 권77, 〈위공자열전(魏公子列傳)〉에 관한 것이다.

242) 상거(祥車) : 죽은 사람이 생전에 타던 수레를 말하는데, 장사지낼 때 죽은 사람의 옷을 실은 수레로 이용하였다.

243) 후생(侯生) : 중국 전국시대 위나라의 은사(隱士)인 후영(侯嬴)이다. 신릉군의 상객(上客)이 되어, 조(趙)나라가 진(秦)나라의 공격을 받게 되었을 때 신릉군에게 계책을 알려주었다. 《史記·魏公子列傳》

244) 사귀(四貴) : 중국 전국시대에 이름난 네 명의 공자(公子)를 일컫는 것이다. 제나라의 맹상군(孟嘗君), 조(趙)나라의 평원군(平原君), 초나라의 춘신군(春申君), 위(魏)나라의 신릉군(信陵君)이 이에 해당한다.

57. 李將軍傳

當下馬解鞍時, 無"白馬將"一段, 筆力死呆了無味. 太史公得意處, 正在李將軍得意處. ○ 敍事未畢, 忽取程不識來, 鬥合一場, 不扶不抑, 兩是雙譽, 而兩人優劣, 自如黃鵠壤蟲. 此是太史公妙處, 亦是太史公險處. ○"置廣兩馬間"一段, 令人且讀且訝, 如神如鬼, 筆力癢甚.
○ 仁者而有不仁之事, 未嘗不往來心中, "悔殺降"一段, 描寫李將軍藹然肝肺. ○ "數奇", 非人主所宜言. 人主不用, 故數奇; 人主不公, 故數奇; 人主被近習壅蔽, 故數奇. 人主却自說數奇, 忠臣志士, 安得不雪涕?

57. 이장군전(李將軍傳)[245]

이 장군이 "말에서 내려 안장을 풀어라[下馬解鞍]."라고 한 때에 "백마장(白馬將)" 단락이 없다면, 필력이 맹탕이어서 맛이 없다. 태사공(太史公)의 득의처가 바로 이장군(李將軍)의 득의처이다.

○ 이장군에 대한 서술이 아직 끝나지 않았는데 갑자기 정불식(程不識)[246]을 끌어다가 한 자리에서 상대하게 만들어 놓고, 한쪽을 치켜 올리지도 한쪽을 끌어내리지도 않으며 둘 다 대단한 것처럼 기렸

245) 이장군전(李將軍傳) : 《사기》 권109, 〈이장군열전〉을 말한다. 이장군(李將軍)은 중국 전한의 무장 이광(李廣)을 가리킨다. 이광은 40여년 동안 흉노와 70여 차례 전쟁하였다. 흉노들은 그의 용맹함을 두려워하여 이광을 '비장군(飛將軍)'이라 불렀다. 군대를 지휘할 때에는 병사들을 자유롭게 풀어 주었고, 물자가 부족할 때에는 병사들을 먼저 사용하게 했기 때문에, 병사들은 이광을 위해 목숨을 바쳐 싸웠다고 한다.

246) 정불식(程不識) : 이광과 동시기에 활동한 명장으로, 군대를 다스리는 방법이 이광과는 반대였다. 이광은 병사들을 자유로이 행동하게 하여 병사들이 이광을 위해 목숨을 바치고자 하였으므로 누구도 침범할 수 없었다. 이에 반해 정불식은 법령을 준수하여 대오의 편성과 진형을 정연하게 하고, 밤에는 조두(刁斗)를 치며 경계하여 적이 감히 침범할 수 없었다 한다. 조두(刁斗)는 구리로 만든 솥인데, 낮에는 음식을 만들고 밤에는 이것을 두드려 경계하는데 사용하였다.

으나,[247] 두 사람의 우열은 마치 누런 고니와 애벌레처럼 절로 차이가 났다. 이것이 태사공 필력의 묘처이기도 하지만, 또한 태사공의 기괴한 점이기도 하다.

○ "치광양마간(置廣兩馬間)[248]" 단락은 읽을 때마다 사람들의 머리를 갸우뚱하게 하고 신묘하고도 기이한 것이 필력이 심히 근질근질 거리는 듯하다.

○ 어진 사람이 어질지 않은 일을 하게 되면 일찍이 마음속에 오락가락하지 않을 수 없었다. "항복한 이들을 죽인 것을 후회했다.[悔殺降][249]"는 단락은 이장군의 온화한 마음을 잘 묘사하고 있다.

---

247) 이장군에……기렸다 : 사마천은 '백마장' 이야기 이후 2년의 세월을 뛰어넘어 갑자기 정불식에 대해 서술한다. 이는 정불식과 이광은 직접 관련된 사건이 없지만, 군대를 통솔하는 방법이 상반되어서 함께 거론한 것이다. 사마천은 정불식은 사람됨이 청렴하고 법령을 엄수한 명장이나, 흉노는 이광을 두려워하였고 병사들도 이광을 따르고자 했으며 정불식을 따르기를 싫어하였다고 서술하였다.

248) 치광양마간(置廣兩馬間) : 이광이 흉노에게 잡혔을 때의 이야기이다. 선우가 평소에 이광이 현명하다는 이야기를 들었기에 이광을 잡으면 반드시 산 채로 데려 오라고 하였다. 흉노의 기병이 이광을 붙잡았을 때 이광은 부상을 입고 있었으므로, 두 필의 말 사이에 그물을 짜 그 위에 이광을 눕혔다. 이광은 죽은 척하고 누워 있다가 곁눈으로 살피니 옆에 한 흉노 소년이 좋은 말을 타고 있어서, 갑자기 일어나서 소년을 밀어뜨리고 활을 빼앗았다. 남쪽으로 수십 리를 달려 잔여부대를 만나 그들을 인솔하여 요새로 돌아왔다.

249) 어진 사람이지만……후회했다 : 이광보다 군공이 낮은 이들도 높은 지위에 올랐는데, 이광은 작위나 봉읍도 얻지 못하였다. 이광이 점술가 왕삭에게 그 이유를 물어보자, 왕삭이 이광에게 일찍이 후회한 일이 있냐고 되물었다. 이광은 강족(羌族)이 반란을 일으켰을 때 그들에게 투항을 권유하여 800여 명이 항복하였는데, 이들을 모조리 죽여 버린 일을 크게 후회하고 있다고 대답하였다. 왕삭은 항복한 자를 죽이는 것보다 더 큰 죄는 없으며, 이것이 이광이 작위를 얻지 못하는 이유라고 답하였다.

○"운수가 기구하다는 것[數奇][250]"은 임금이 할 말이 아니다. 임금이 등용하지 않았기 때문에 운수가 기구했고, 임금이 공정하지 않았기 때문에 운수가 기구했고, 임금이 근신(近臣)에게 총명함이 가려졌기 때문에 운수가 기구했던 것이다. 그런데 임금이 도리어 운이 기구하다고 스스로 말하니, 충신지사들이 어찌 눈물을 흘리지 않을 수 있겠는가?

58. 九世同居

孝義著名, 亦殆有數. 累世同居者甚衆, 唯張公藝九世特著. 餘如向遜【元】·同山周氏【元】·吳起孫【元】, 皆九世同居; 黃美【唐】·田祚【宋】·孫浦【宋】·常元紹【宋】·董孝章【宋】·陳伯宣【元】·張崙【明】·石瑗【明】·武陵仲旻【明】, 皆十世同居; 阮鍾僑【宋】·方時發【元】, 皆十一世同居; 李庭芝【宋】十二世同居; 陳芳【宋】十四世同居; 桃宗明【宋】十六世同居; 王美【宋】十七世同居; 皆比張氏遠甚, 而世或不聞, 甚可歎也.【越州裘氏十九世同居見《說郛》】

58. 아홉 대가 한 집에서 산다

효와 의로 이름이 나는 것 또한 아마도 운수가 있는 듯하다. 여러 대가 한 집에서 사는 경우가 매우 많았는데, 그 중에서 유독 장공예(張公藝)[251] 9대가 한 집에서 산 것이 특히 알려져 있다.

---

250) 운수가 기구하다는 것[數奇] : 이광이 위청을 따라 흉노를 공격할 때 포로를 잡아 선우(單于)가 있는 곳을 알아내었다. 이 때 이광은 위청에게 자신이 선봉에 서게 해달라고 요청하였다. 그러나 위청은 청원을 들어주지 않는데, 무제가 위청에게 이광은 연로하고 운수가 좋지 않으니 선우와 대적하게 해서는 안 된다고 은밀히 말했기 때문이었다.

251) 장공예(張公藝) : 578~676. 북제·북주·수·당나라 4대 왕조를 거쳐서 99살까지 살았다. 장공예 9대가 한 집에서 살았다는 것은 《구당서·효우전(孝友傳)》에 보인다.

그 외에 예를 들어 상손(向遜)[252]〔원나라〕·동산의 주씨(周氏)〔원나라〕·오기손(吳起孫)[253]〔원나라〕은 모두 9대가 한 집안에서 살았다. 황미(黃美)[254]〔당나라〕·전조(田祚)[255]〔송나라〕·손보(孫浦)〔송나라〕·상원소(常元紹)〔송나라〕·동효장(董孝章)〔송나라〕·진백선(陳伯宣)〔원나라〕·장륜(張崙)〔명나라〕·석원(石瑗)〔명나라〕·무릉의 중민(仲旻)〔명나라〕은 모두 10대가 한 집안에서 살았다. 완종준(阮鍾儁)[256]〔송나라〕·방시발(方時發)[257]〔원나라〕은 모두 11대가 한 집안에서 살았다. 이정지(李庭芝)[258]〔송나라〕는 12대가 한 집안에서 살았고, 진방(陳芳)〔송나라〕은 14대가 한 집안에서 살았고, 도종명(桃宗明)〔송나라〕은 16대가 한 집안에서 살았고, 왕미(王美)〔송나라〕는 17대가 한 집안에서 살았다. 모두 장씨보다 훨씬 더 많은 세대가 한 집에서 살았는데도 세상에 알려지지 않았으니 매우 안타까운 일이다.〔월주(越州) 구씨(裘氏)의 19대가 함께 살았다는 것은 《설부(說郛)》에 보인다.[259]〕

---

252) 상손(向遜) : 중국 원나라 의도(宜都) 사람. 송나라 말까지 9대가 같은 집안에서 살아서 칭송을 많이 받았다. 이 집안은 '의문(義門)'으로 불렸다.

253) 오기손(吳起孫) : 오기(吳起)의 후손으로 자는 성보(誠甫), 고안인(高安人). 9대가 한 집에 살았으며 '의문(義門)'으로 표창되었다.

254) 황미(黃美) : 중국 당나라 채주(蔡州) 사람으로, 10대가 한 집에 살았으며 황제로부터 표창을 받았고 조세를 감면받았다고 한다.

255) 전조(田祚) : 중국 송나라 해주(解州) 사람으로 10대가 한 집에 살아 황제로부터 표창을 받았다.

256) 완종준(阮鍾儁) : 중국 송나라 동릉(銅陵) 사람으로, 11대가 한 집에 살아서 조정에서 표창을 받았다. 관직은 비서랑(秘書郎)에 이르렀다.

257) 방시발(方時發) : 중국 원나라 사람으로 11대가 동거해서 효의가 있다고 표창을 받았다. 조주(潮州)·휘주(徽州)의 교수를 역임하였다.

258) 이정지(李庭芝) : 중국 송나라 사람으로 자는 상보(祥甫)이며 12대가 한 집에서 살았다고 한다.

259) 월주(越州)……보인다 : 《설부》 권44하, 〈월주구씨의문정표(越州裘氏義門旌表)〉에 관련 내용이 보인다.

59. 王丹麓文章九命

王弇州文章九命, 一曰貧困, 二曰嫌忌, 三曰玷玦, 四曰偃蹇, 五曰流貶, 六曰刑辱, 七曰夭折, 八曰無終, 九曰無後. 王丹麓〔淸儒也. 名晫.〕更定九命, 一通顯, 二薦引, 三純全, 四寵遇, 五安樂, 六榮名, 七壽考, 八神仙, 九昌後. 其慰藉文人勤矣. ○其論榮名曰: "新羅國齎厚幣, 請馮泊爲記. 暹羅國上書, 願得蕭穎士爲師. 日本·安南俱上章以金帛, 乞宋濂碑文. 朝鮮上言, 願頒示呂柟·馬理文爲式." 其論壽考曰: "孫思邈百餘歲, 劉健一百七歲, 尤時泰百二十餘歲, 錢朗百七十餘歲, 孔安國二百歲."

59. 왕단록(王丹麓)[260]이 말한 문장가의 아홉 가지 운명

왕엄주(王弇州)[261]는 문장가의 아홉 가지 운명[262]을 말한 적이 있는데 첫째는 빈곤, 둘째는 남들로부터 혐의와 기피를 당하는 것, 셋째는 과실을 저지르는 것, 넷째는 아무도 도와주지 않는 것, 다섯째는 귀양 가는 것, 여섯째는 형벌을 당해서 욕을 보는 것, 일곱째는 일찍 죽는 것, 여덟째는 비명횡사하는 것, 아홉째는 자식이 없는 것이다.

왕단록(王丹麓)〔청(淸)나라 유자로 이름은 탁(晫)이다.〕이 아홉 가지 운명을 다시 지었는데, 첫째는 출세하는 것, 둘째는 남의 추천을 받는 것, 셋째는 결점이 없는 것, 넷째는 권력자의 총애를 받는 것, 다섯째는

---

260) 왕단록(王丹麓) : 중국 명말청초의 문장가 왕탁(王晫)을 가리킨다. 단록은 그의 자. 호는 목암(木庵) 또는 송계자(松溪子). 명나라 순치 4년 수재(秀才)가 되었지만 관로를 포기하고 문인들과 교유하며 시문으로 여생을 보냈다. 저서에는 《수생집(遂生集)》 12권, 《하거당집(霞擧堂集)》 32권, 《장동초당사(牆東草堂詞)》 35권 등이 있다.

261) 왕엄주(王弇州) : 중국 명나라 때의 문장가인 왕세정(王世貞, 1526~1590)을 가리킨다. 엄주는 그의 호. 자는 원미(元美). 명나라의 문장가로 가정칠재자(嘉靖七才子)의 한 사람이며 학식과 문장이 뛰어났다. 저서로는 《엄주산인사부고(弇州山人四部考)》 174권, 《속고(續稿)》 207권 등이 전한다.

262) 문장가의 아홉 가지 운명 : 관련 내용이 《예원치언(藝苑巵言)》에 보인다.

편안하고 즐거운 것, 여섯째는 빛나는 명예, 일곱째는 오래 사는 것, 여덟째는 신선처럼 사는 것, 아홉째는 자식이 번성한 것이다. 그가 문인들의 마음을 위로해 주는 것이 상당하였다.

○ 왕단록은 여섯 째 빛나는 명예[榮名]에 대해 다음과 같이 논하였다.

"신라에서 많은 패물을 가지고 와서 풍박(馮泊)을 문서 기록자로 쓰고자 하였으며, 섬라국(곧 태국)에서 상서하여 소영사(蕭穎士)를 잘 모셔서 국사로 삼고자 하였다. 일본과 안남(곧 베트남)에서 금과 비단을 올리며 송렴(宋濂)[263]으로 하여금 비문을 짓게 해줄 것을 간청하였다. 조선에서는 글을 올려 여남(呂枏)과 마리(馬理)의 글을 하사해 주시면 법식으로 삼기를 원한다고 하였다."

왕단록은 일곱째 오래 사는 것[壽考]에 대해서는 논하기를 "손사막(孫思邈)[264]은 100여 세, 유건(劉健)은 107세, 우시태(尤時泰)는 120여 세, 전랑(錢朗)은 170여 세, 공안국(孔安國)[265]은 200세를 살았다."라 하였다.

---

263) 송렴(宋濂) : 1310~1381. 중국 명나라 초기의 문장가. 자는 경렴(景濂), 호는 잠계(潛溪). 고문가로서 유학에 기반한 시문을 많이 지었다. 특히 산문의 대가로 인정받았는데, 당시 조정의 의식에 사용한 문장은 대부분 송렴이 쓴 것이라 한다. 저서로는 《송학사전집(宋學士全集)》이 있다.

264) 손사막(孫思邈) : 581~682. 중국 초당(初唐)의 명의이자 신선가로 노장의 설에 조예가 깊었다. 수(隋)나라의 문제(文帝), 당나라 태종(太宗)·고종(高宗) 등에게 자주 부름을 받았으나, 모두 사양하고 벼슬을 받지 않았다. 당나라 시대의 대표적 의서인 《비급천금요방(備急千金要方)》 30권과 《천금익방(千金翼方)》 30권이 그의 저작이라 전한다.

265) 공안국(孔安國) : 중국 전한 무제 때의 경학자. 자는 자국(子國). 산동성(山東省) 곡부(曲阜) 사람으로 공자의 11대손이다. 공자의 옛 집을 헐었을 때 나온 과두문자(蝌蚪文字)로 된 《고문상서(古文尙書)》·《예기(禮記)》·《논어(論語)》·《효경(孝經)》 등을 당시에 쓰이던 금문(今文)과 대조·고증하고 주석을 붙였다.

60. 吳晴巖五行問

吳晴巖曰: "岱山掘地, 得焦石, 如炭出火. 漢水西山有九井, 井出五色烟. 西極有火山, 蜀地有火井. 是土生火也. 海中遇陰晦, 波如燃火, 以物擊之, 迸散如星. 洱海水面, 火高十餘丈. 是水亦生火也." 此猶傳記·傳聞之說. 迸石戛金, 金·石皆生火也. 麥蘭自燔, 腐艸爲螢, 積油亦自焚, 醲酒亦自焚, 蝦蚌常夜光, 萬物皆生火也. 蓋火, 陽氣也. 萬物之有火, 非萬物生火, 乃火生萬物, 無物不藉陰陽以成耳. 金之生水, 何居? 謂自西以東流邪? 河源崑崙, 西南坤位, 是生於坤, 不生於兌也. 謂坎位次於乾, 乾金也. 乾之屬, 不止於金, 水生於天, 豈生於金? 謂水所發必有金, 大地之水, 豈金所生乎? 方諸取水, 月爲水母, 月亦生於金乎? 水生木, 未有木生於江河波濤者. 水輔土以生木, 而專歸之水可乎? 是相生之說非也.

60. 오청암(吳晴巖)[266]의 〈오행문(五行問)〉

오청암(吳晴巖)은 다음과 같이 말했다.

"대산(岱山)의 땅을 파면 초석(焦石)이 나오는데 숯처럼 불이 난다. 한수(漢水)의 서산(西山)에 아홉 개의 우물이 있는데, 거기에서 오색의 연기가 난다. 서극(西極)에는 화산이 있고 촉 땅에는 화정(火井)이 있다. 이는 땅[土]에서 불[火]이 나오는 경우이다. 바다 속에서 아주 어두운 곳을 만나면 물결이 타오르는 불과 같이 빛나는데, 어떤 것으로 이를 치면 별처럼 사방으로 흩어진다. 이해(洱海)[267]의 수면에는 불길이 10여 길 높이로 솟구친다. 이는 물[水]에서 또한 불[火]이 발생하는 경우이다."

---

266) 오청암(吳晴巖) : 중국 청나라 초기 학자인 오숙공(吳肅公)을 가리킨다. 청암은 그의 호. 자는 우약(雨若). 〈오행문〉을 지은 바 있으며, 저서에는 《가남집(街南集)》이 있다.

267) 이해(洱海) : 지금의 중국 운남성(雲南省)에 있는 호수 이름.

이는 전기(傳記)나 전문(傳聞)의 설과 같다. 돌과 금속이 부딪치면 금속과 돌 모두에서 불이 난다. 보리혹란[麥蘭, 난의 일종]은 스스로 타고 썩은 풀은 반딧불이가 되며, 적유(積油, 기름의 한 종류) 역시 스스로 타고 농주(醲酒, 술의 한 종류)도 스스로 타며, 하방(蝦蚌, 새우와 대합조개)도 밤에 항상 빛나니 만물이 모두 불을 발생시킨다. 대개 불은 양기(陽氣)이다. 만물이 불을 가진 것은 만물이 불을 발생시킨 것이 아니라 불이 만물을 발생시키는 것이다. 그러하니 사물 중에서 음양(陰陽)에 의지하지 않고서 이루어진 것은 없다.

금[金]이 물[水]을 낳는다는 것은 어디에 근거한 것인가? 강물이 금의 방향인 서쪽으로부터 동쪽으로 흐르는 것을 말하는가? 황하의 수원은 곤륜(崑崙)이고 서남쪽은 곤(坤)의 방위이니 이는 곤에서 생기는 것이지 태(兌, 서방)에서 생기는 것이 아니다. 감(坎)은 건(乾) 다음에 위치하거나 건은 금(金)임을 말하는 것이라면 건에 속하는 것은 금에 그치지 않는다. 물은 하늘에서 생겨나지 어찌 금에서 생겨나겠는가? 물이 나오는 곳에는 반드시 금이 있음을 말하는 것이라면 대지의 물이 어찌 금에서 생겨나겠는가? 방제(方諸)[268]로 달밤에 이슬을 받는데 달이 물의 모태가 되니 달 또한 금에서 생긴다는 말인가?

물이 나무[木]를 낳는다 하는데 강물의 파도에서 생겨난 나무는 없다. 물이 땅을 도와서 나무를 낳는 것이니, 나무가 오로지 물에서만 생긴다고 할 수 있겠는가? 이로 보면 오행상생설(五行相生說)[269]은 잘못된 것이다.

---

268) 방제(方諸) : 달밤에 이슬을 받는 그릇. 달빛이 비치는 밤에 이 그릇을 놓아 이슬을 받은 것을 방제수라 한다.

269) 오행상생설 : 오행상생설은 나무는 불을 낳고 불은 흙을 낳고 흙은 금을 낳고 금은 물을 낳고 물은 나무를 낳는 것을 말한다.(木生火, 火生土, 土生金, 金生水, 水生木.)

61. 韓久菴井田說

箕子井田, 在平壤南門外, 田中有井, 名曰箕子井. 韓久菴百謙, 欲究其制, 考殷周尺寸長短之差, 逐畝打籌, 計其步數, 辨其區畫. 每區七十畝, 各爲小界限, 而縱橫皆八通, 計六十四區爲大區. 延袤數里, 正陽門外, 畛域益分明. 乃作〈井田說〉, 以明殷周田制之不同, 其詳在《久菴集》. 英廟晩年, 洪趾海爲平安監司, 以溝洫之間陳廢可惜, 遂漫其經界. 近有一道臣, 按舊跡而修復之. 乾隆之末, 勅使求井田說, 盖皇旨也. 久菴說及柳磻溪諸說, 得進中國, 想有傳述也.【平壤有箕子杖, 乃三千年物.】雖然, 箕子都平壤之說, 余嘗不信. 昔在唐時, 李勣鎭平壤, 劉仁願鎭南原, 皆爲屯田. 故二府皆有井田, 其實屯田也. 屯田用陳法, 故溝洫有制, 恰似井田也.

61. 한구암(韓久菴)[270]의 정전설(井田說)

기자(箕子)의 정전(井田)[271]이라 하는 것이 평양 남문 밖에 있는데, 밭 가운데 기자정(箕子井)이라는 우물이 있다. 구암(久菴) 한백겸(韓百謙)은 그 제도를 조사하고자 하여 은나라와 주나라의 길이 단위의 차이를 상고해서 이랑마다 재고 그 보수(步數)를 계산하여 구획을 분별하였다. 매 구역마다 70묘를 각각 작은 한계로 삼았는데, 가로 세로로 모두 여덟 개의 통로를 만들고 합하여 64구역을 대구(大

---

270) 한구암(韓久菴) : 조선중기의 문신이자 학자인 한백겸(韓百謙, 1552~1615)을 가리킨다. 구암은 그의 호. 본관은 청주, 자는 명길(鳴吉). 1586년(선조 19) 천거로 관직 생활을 시작하여 호조좌랑·청주목사 등을 역임하였다. 1612년 60세 때에 파주목사에 발령되었으나 벼슬을 사퇴하고 낙향하여 학문연구에 몰두하였으며, 1615년 64세에 《동국지리지(東國地理志)》를 완성하였다. 문집으로 《구암유고》가 전한다.

271) 기자(箕子)의 정전(井田) : 중국 은나라 사람인 기자가 우리나라의 평양에 만들었다고 하는 토지 구획이다. 《동국여지승람(東國輿地勝覽)》에 "기자가 만들었던 정전은 평양부 남쪽 외성(外城) 안에 있다."라고 하였다.

區)로 하였다. 수리로 뻗어 있는데, 정양문(正陽門) 밖은 그 경계(經界)가 더욱 분명하였다. 이에 〈정전설〉을 지어서 은나라와 주나라의 정전제가 같지 않음을 밝혔는데, 그 상세한 내용은 《구암집》에 보인다.[272)]

영묘(英廟, 영조) 만년에 홍지해(洪趾海)[273)]가 평안 감사가 되었을 때, 수리시설이 오래되어 못쓰게 된 것을 아깝게 생각해서 손을 댔는데, 마침내 경계가 엉망이 되어 버렸다. 근래에 어느 평안도 관찰사가 예전의 흔적을 조사해서 다시 복구한 일이 있다. 건륭 말년에 명나라의 칙사가 조선에 와서 정전에 관한 설을 구했는데, 대개 황제의 뜻이었다. 이때 구암과 유반계(柳磻溪)[274)] 등의 설이 중국에 들어갔으니, 아마도 중국에서 이에 대한 논의가 있었을 것이다.【평양에 기자의 지팡이가 있는데, 삼천 년이나 된 것이라고 한다.】

비록 그러하나 기자가 평양에 도읍했다는 설을 나는 믿은 적이

---

272) 정전설……에 있다 : 한백겸은 1607년 평양에 갔다가 평양성 남쪽에 있는 기전유제(箕田遺制)를 보고 〈기전도(箕田圖)〉·〈기전유제설(箕田遺制說)〉을 지었는데 《구암유고》 상책에 수록되어 전한다.

273) 홍지해(洪趾海) : 1720~1777. 본관은 남양(南陽), 자는 백미(伯美). 1752년(영조 28) 정시문과에 병과로 급제하여 정언이 되었고 부응교·사간·승지를 거쳐 대사헌·대사성·이조참판·형조판서 등을 역임하였다. 당색이 노론벽파(老論僻派)였던 그는 1776년 홍인한(洪麟漢)·정후겸(鄭厚謙) 등과 정조의 즉위를 반대하였다가, 이듬해 정조가 즉위하자 파직당하고 북도(北道)에 유배되었고 다시 추자도로 이배되었다. 이때 아들 상간(相簡)과 두 아우 술해(述海)·찬해(纘海)가 대역죄로 처형됨에 그도 또한 주살되었다.

274) 유반계(柳磻溪) : 조선후기 실학자인 유형원(柳馨遠, 1622~1673)을 가리킨다. 반계는 그의 호. 본관은 문화(文化), 자는 덕부(德夫). 학행으로 천거되었으나 모두 사직하고 전북 부안의 우반동(愚磻洞)에 은거하여 학문 연구에 매진하였다. 특히 토지 개혁 정책을 깊이 연구하여 지주전호제(地主佃戶制)를 혁파하고 공전제(公田制)를 시행할 것을 주장하였다. 저서에 《반계수록》이 전한다.

없다. 옛날 당나라 때 이적(李勣)이 평양에 주둔하고 유인원(劉仁願)은 남원에 주둔하였는데[275] 모두 둔전(屯田)을 경영하였다. 그리하여 이 두 곳에 모두 정전이라고 하는 것이 있게 되었는데 실상은 둔전이다. 둔전은 진법(陳法)을 쓰기 때문에 도랑을 하는 데에 일정한 제도가 있었는데, 이것이 마치 정전과 흡사하였던 것이다.

62. 地水火風

吳晴巖云: "乾坤六子, 聖人之說賅矣." 佛氏言地水火風, 利西氏言水火土氣, 皆窺見. 水火土, 乃天地之大者, 猶差勝五行之說. 但佛之見未全, 利西氏不知水火卽是氣也.

62. 지(地)·수(水)·화(火)·풍(風)

오청암(吳晴巖)[276]이 말하기를 "건(乾)·곤(坤)과 육자(六子)[277]에는 성인의 설이 다 갖추어져 있다."라고 하였다. ○ 불교에서는 지(地)·수(水)·화(火)·풍(風)[278]을 말하고, 마테오리치[利西氏][279]는 수(水)·화

---

275) 당나라 때……주둔하였는데 : 이적과 유인원은 당 태종(唐太宗) 때의 장수. 이적은 평양을 안동도독부(安東都督府)로 만들고 둔전(屯田)을 만들어 주둔하였으며, 유인원은 남원을 대방군(帶方郡)으로 삼고 둔전을 만들어서 주둔하였다.

276) 오청암(吳晴巖) : 중국 청나라 초기 학자인 오숙공(吳肅公). 권1 주 266) 참조.

277) 건곤과 육자(六子) : 건은 하늘, 태는 못, 이는 불, 진은 우레, 손은 바람, 감은 물, 간은 산, 곤은 땅을 상징한다. 곤은 어머니이며, 진은 장남, 손은 장녀, 감은 중남, 리는 중녀, 간은 소남, 태는 소녀가 된다. 진 손 감 리 간 태괘는 건괘의 양효와 곤괘의 음효의 조합으로부터 생겨난 것이라고 하여 이를 육자(六子)라고 부른다.

278) 지수화풍(地水火風) : 불교에서 말하는 사대(四大)로, 불교에서는 만물이 이 네 가지 요소로 이루어져 있다고 보았다.

(火)·토(土)·기(氣)를 말하는데 모두 짧은 소견에 지나지 않는다. 수·화·토는 바로 천지 가운데 중요한 것이니 그래도 오행설[280]보다는 조금 나은 것이다. 그러나 불교의 설은 완전하지 못하며, 마테오리치는 수(水)·화(火)가 곧 기라는 사실을 몰랐다.

63. 〈諱辯〉誤用治字

〈諱辯〉滸·勢·秉·饑[281], 皆唐御諱之嫌音也. 唐高宗名治, 此非嫌名, 而辯文却用治字, 此乃韓公疎處.

63. 〈휘변(諱辯)〉에서 '치(治)'자를 잘못 들었다[282]

〈휘변(諱辯)〉[283]에서 말한 호(滸)·세(勢)·병(秉)·기(饑)는 모두 당나라 황제의 이름[諱]과 발음이 비슷하여 피하는 글자들이다.[284] 당 고

---

279) 마테오리치[利西氏] : 1552~1610. 중국명은 이마두(利瑪竇). 이탈리아의 예수회 선교사로 중국에 최초로 선교한 인물이다. 서양의 학술을 중국어로 번역하였으며, 특히 《천주실의(天主實義)》와 《교우론(交友論)》 등은 조선시대 지식인들에게도 많은 영향을 미쳤다.

280) 오행설(五行說) : 만물은 금(金)·목(木)·수(水)·화(火)·토(土) 다섯 가지로 이루어져 있으며, 이들의 상생(相生)·상극(相剋)에 의하여 만물이 소장(消長)한다고 보는 설이다.

281) 饑 : 底本에는 "機"로 되어 있다. 韓愈, 〈諱辯〉에 근거하여 수정하였다.

282) 이와 관련된 내용이 《여유당전서》 시문집 제22권, 〈잡평(雜評)〉의 '한문공휘변평(韓文公諱辨評)'조에 보인다. 이 글에서 정약용은 한유가 휘법(諱法)에 대해 대단히 어두웠음을 지적하였다.

283) 휘변(諱辯) : 중국 당나라 한유가 지은 글. 이하(李賀)의 아버지 이름이 진숙(晉肅)이기 때문에, 이하를 진사(進士)로 뽑아서는 안 된다는 주장을 비판하면서 피휘의 부정적 기능을 논한 글이다.

284) 휘변에서……글자이다 : 호(滸)는 당 태조의 이름 호(虎), 세(勢)는 당 태종의 이름 세민(世民)의 세(世), 병(秉)은 당 세조(世祖)의 이름 병(昺), 기(饑)는 당 현종의 이름 융기(隆基)의 기(基)와 발음이 같다.

종(高宗)의 이름이 '치(治)'이니, 이는 혐명(嫌名)[285]이 아닌데도 〈휘변〉에서는 도리어 '치(治)'를 사용하였으니[286], 이는 한유(韓愈)가 꼼꼼히 살피지 못한 부분이다.

64. 東坡不識硜字

東坡和正輔詩曰"細斸黃土栽三椏", 自注曰: "來詩本用硜字, 惠州無書, 不見此字所出. 故從木奉和." 今案郭璞〈江賦〉曰"玄蠣[287]磈磥而碨硜". 絶域無書, 則雖以坡公之富贍, 猶有此患. 噫!

64. 소동파(蘇東坡)는 아(硜)자를 제대로 알지 못했다

소동파(蘇東坡)가 정보(正輔)[288]에게 화답한 시에 "황토를 잘게 갈아 인삼을 심었네[細斸黃土栽三椏]"라는 구절이 있다. 여기에 스스로 주를 달아 이르기를 "정보가 보내준 시에는 본래 '아(硜, 자갈땅 아)' 자를 썼는데, 지금 내가 있는 혜주(惠州)[289]에는 책이 없어서 이 글자

285) 혐명(嫌名) : 사람의 인명과 발음이 비슷한 글자. 본래 임금이나 아버지의 이름과 발음이 비슷한 글자는 피휘하지 않았는데, 후세에 법이 점차 엄격해지면서 피휘하게 되었다.

286) 휘변에서는……들었으니 : 〈휘변〉에서 한유는 "여후의 이름인 '치(雉)'를 피휘하여 꿩을 '야계(野鷄)'라 하였으나, '치천하(治天下)'의 '치(治)'는 어떤 글자로 고쳤다는 소리는 듣지 못했다.[諱呂后名雉爲野鷄, 不聞又諱治天下之治, 爲某字也.]"라 하였다. 한유는 혐명을 피휘하지 않는 사례로 '치(治)'자를 든 것이다. 그러나 정약용이 보기에 당 고종의 휘가 '치(治)'이므로, 여후의 이름인 치(雉) 를 휘하여 꿩을 '야계(野鷄)'라고 하였듯이, 한유도 문장에서 치(治)자를 사용해서는 안되었다.

287) 蠣 : 底本에는 "礪"로 되어 있다. 郭璞 〈江賦〉에 근거하여 수정하였다.

288) 정보(正輔) : 중국 송나라의 정지재(程之才)를 가리킨다. 정보는 그의 자. 송나라 인종(仁宗) 가우(嘉祐) 연간(1056~1063)에 진사에 합격하여 광남동로제형(廣南東路提刑)을 역임하였다.

의 출처를 알지 못하겠다. 그러므로 돌석변(石)이 아닌 나무목변(木)이 들어간 '아(椏)'자를 써서 화답하였다."[290]라고 하였다.

그런데 지금 곽박(郭璞)[291]의 〈강부(江賦)〉를 살펴보니, "검은 말조개들 비죽배죽 고르지 않네[玄蠣磈磥而碨�
]"라는 구절이 있다. 동파가 있는 곳이 먼 지방이고 책이 없었으니, 비록 동파처럼 풍부한 학식으로도 이러한 실수가 있었다. 오호라!

289) 혜주(惠州) : 중국 광동성(廣東省) 중남부에 있는 지명으로 소동파는 이곳에서 2년간 귀양살이를 하였다.

290) 소동파가……하였다 : 동파가 정보에게 화답한 시의 원제는 〈차운정보동유백수산(次韻正輔同游白水山)〉이며, '細劚黃土栽三椏' 구절의 자주(自注)에서 다음과 같이 말했다. "정보가 인삼 한 뿌리를 나누어 주어서 소양으로 돌아와 심었다. 그가 보낸 시에는 본래 '
'(아)자를 썼는데 혜주에는 책이 없어서 이 글자의 출처를 찾지 못했다. 그래서 나무목변(木)이 들어가는 '아(椏)'자를 써서 화답하였다.[正輔分人參一苗, 歸種韶陽. 來詩本用
字, 惠州無書, 不見此字所出, 故且從木奉和.]"

291) 곽박(郭璞) : 276~324. 중국 진나라의 시인 겸 학자. 자는 경순(景純). 원제(元帝) 때 저작좌랑(著作佐郎)과 상서랑(尙書郎)을 역임하였으며, 나중에 정남대장군(征南大將軍) 왕돈(王敦)의 기실참군(記室參軍)이 되었는데, 왕돈이 무창(武昌)에서 반란을 일으켰을 때 반대하였다가 살해당하였다. 〈유선시(遊仙詩)〉 14수와 〈강부(江賦)〉가 널리 알려져 있다.

권2 사론史論

65. 李博泉

故副提學李公沃, 芹谷李判書觀徵之子也. 文詞贍敏, 而檢束不足. 妙年登科, 遂入翰林. 時翰林先生, 將薦新進, 歷見諸名士. 有一人文行兼備, 將以薦進, 正與談話, 適庭雀啄稻. 其人作聲驅雀, 先生心鄙之. 轉至芹谷之家, 敍禮畢, 問子弟安在. 芹谷笑指前廊屋上曰: "彼升屋探觳者, 是也." 博泉方戴烏巾, 手探雀巢. 先生曰: "這便是好個翰林." 歸而薦之. 芹谷嘗著文字示博泉, 旣而問曰: "何如?" 博泉以紙本擲地, 取扇扇之, 以還其翁曰: "唉! 兩班作文, 安能若此?" 芹谷憮然有愧色. 眉叟論執政箚, 專襲兩漢文法, 古健有力. 先輩相傳, 博泉模倣眉叟之體而爲之者, 未可知也.

65. 박천(博泉) 이옥(李沃)[1]

고 부제학 이옥(李沃) 공은 판서(判書)를 지낸 근곡(芹谷) 이관징(李觀徵)[2]의 아들이다. 그는 문장이 어휘가 풍부하고 구상이 민첩

---

1) 이옥(李沃) : 1641~1698. 조선 후기의 문신. 본관은 연안(延安), 자는 문약(文若), 호는 박천(博泉). 아버지는 관징(觀徵)이다. 1678년 남인이 강경파 청남(淸南)과 온건파 탁남(濁南)으로 분열되자, 아버지와 함께 허목(許穆)·윤휴(尹鑴)를 중심으로 한 청남에 속하여 송시열의 극형을 주장하다가 탁남의 영수 허적(許積) 등의 반대로 삭직되어 북청(北靑)에 유배되었다. 1689년 기사환국으로 풀려나 승지에 등용되고 경기도관찰사를 거쳐 1692년 예조참판이 되었다. 저서에는 《박천집》을 비롯하여 《역대수성편람(歷代修省便覽)》이 있다.

하였으나, 몸가짐을 단속함은 부족하였다. 젊은 나이에 과거에 급제하여 마침내 한림(翰林, 예문관 검열을 말함)에 들어가게 되었다. 당시에 한림선생(곧 예문관제학)이 신진을 천거하기 위해 명사들을 하나하나 만나고 있었다. 문장과 행실을 겸비한 자가 있어 그를 천거하려고 함께 이야기를 나누는 중이었는데, 마침 뜰에서 참새가 벼를 쪼아 먹고 있었다. 그 사람이 소리를 내어서 참새를 쫓자, 한림선생은 마음속으로 그를 비루하다고 여겼다.

다음 차례로 근곡의 집에 이르러서 인사를 마치고 나서는 아들이 어디 있는지를 물었다. 근곡은 웃으며 손가락으로 앞쪽 행랑채 지붕 위를 가리키며 말했다. "저기 지붕 위에 올라가 새 새끼를 더듬고 있는 놈이 제 아들입니다."

박천은 그 때 오건(烏巾)을 쓰고 참새 둥지를 손으로 더듬고 있었다. 한림선생이 말하기를 "이 사람이야말로 한림에 적격이구나."라 하고, 돌아가서는 박천을 천거하였다.

근곡이 한번은 글을 지어 박천에게 보여주고서는 잠시 후에 묻기를 "어떠하냐?"라고 하였다. 박천은 글이 적힌 종이를 땅에 던져놓고 부채질하여 옹(翁, 아버지)에게 종이를 날려 보내며 말하기를 "에이! 양반이 글 짓는 것이 어찌 이와 같단 말입니까?"라고 하였다. 근곡은 무안하여 부끄러워하였다.

미수(眉叟)[3]의 〈논집정차(論執政箚)〉[4]는 오로지 양한(兩漢)의 문

---

2) 이관징(李觀徵) : 1618~1695. 조선 후기의 문신. 본관은 연안(延安), 자는 국빈(國賓), 호는 근옹(芹翁)·근곡(芹谷). 1660년(현종 1) 효종의 계모인 조대비(趙大妃)의 복상문제가 제기되었을 때, 3년 설을 주장하다가 쫓겨난 남인 허목(許穆) 등을 구제하려다가 전라도 도사로 좌천되었다. 1674년 숙종이 즉위하여 남인이 집권하자 이듬해 대사성·대사헌 등을 지냈으나 1694년에 갑술옥사가 일어나 삭출(削黜)되었다. 해서(楷書)에 일가를 이루었고, 만년에는 김생(金生)의 필법을 연구하였다. 저서로는 《근곡집(芹谷集)》이 있다.

법만을 답습하여 고아하고 굳건하며 힘이 있다. 선배들이 전하는 말에 의하면 박천이 미수의 문체를 모방하여 이 글을 지은 것이라고 하는데 알 수 없는 일이다.

66. 閔貳相

閔貳相點與其弟黯, 孿生之子也. 丙子之難, 其母懷妊奔避, 乃於路旁草窨, 產此二子, 故其小名兄曰右音先, 弟曰右音孫.【方言窨謂之右音】有異人過之曰: "此窨之中, 何乃有兩政丞也. 怪哉之窨也!" 後果並入相府.

66. 이상(貳相) 민점(閔點)[5)]

---

3) 미수(眉叟) : 조선후기의 문신 허목(許穆, 1595~1682)을 가리킨다. 미수는 그의 호. 본관은 양천(陽川), 자는 문보(文甫)·화보(和甫). 정구(鄭逑)·장현광(張顯光)의 문인이다. 60세가 넘어서 지평(持平)으로 벼슬을 시작하였으며, 장령(掌令)이 되어 자의대비(慈懿大妃)의 복상 문제(服喪問題)로 삼척부사(三陟府使)로 좌천되었다가, 대사헌·이조 참판을 거쳐 우의정이 되었다. 글씨·그림·문장에 모두 능하였으며, 특히 전서(篆書)를 잘 썼다. 저서로는 문집인 《미수기언(眉叟記言)》을 비롯하여 《동사(東事)》·《경례유찬(經禮類纂)》 등이 있다.

4) 논집정차(論執政箚) : 《기언(記言)》 권51 속집에 실려 있는 차자(箚子). 나라가 어지러운 것은 신하를 잘못 택했기 때문이라는 내용으로, 영의정 허적(許積)을 비판하면서 임금이 인재등용을 바르게 할 것을 촉구한 글이다.

5) 이상(貳相) 민점(閔點) : 이상은 조선 시대에 좌·우찬성(左右贊成)을 달리 이르던 말로 삼정승(三政丞) 다음가는 벼슬이라는 뜻. 민점(1614~1680)은 조선후기의 문신으로 본관은 여흥, 자는 성여(聖與), 호는 쌍오(雙梧). 1651년(효종 2) 별시문과에, 1656년 문과중시에 급제한 뒤 정언(正言)·수찬(修撰) 등을 지냈다. 1666년(현종 7) 경기도 관찰사로서 동지사가 되어 청나라에 다녀왔다. 형조·이조·공조의 판서 등을 지내고, 1677년(숙종 3) 아들 주도(周道)의 과거부정으로 사직하였다. 그 뒤 복직하여 좌찬성(左贊成)에 올랐다.

이상(貳相) 민점(閔點)은 그 동생 암(黯)[6]과 쌍둥이이다.[7] 병자호란 때 그의 어머니가 임신한 몸으로 피난을 가다가, 길가 풀을 덮은 움막에서 이 두 아이를 낳았다. 그러므로 어렸을 때 이름이 형은 움선[右音先], 동생은 움손[右音孫]이었다. 【우리말에 음(窨)을 우움(右音, 움)이라 한다.】 이인(異人)이 지나가며 말하기를, "이 움막에 어찌 정승이 둘이나 있는가? 괴이한 움막이로구나!"라고 하였다. 후에 과연 모두 정승의 반열에 들었다.

67. 吳判書

肅廟晩年, 嘗引見儒臣, 賜之旨酒, 以觀其醉. 醉旣酕醄, 洪學士重鼎大聲告曰: "殿下何不放吳始復乎? 亟宜放之也." 蓋南人也. 吳學士道一大聲告曰: "殿下勿信彼言, 彼言蓋偏論也." 蓋西人也. 旣退, 上喟然歎曰: "醉至於此, 不忘偏論, 可奈何矣?" 一日下備忘記曰: "吳始復出陸", 政院繳還, 遂不更下. 時宰莫知其故. 有爲之謀者, 勸時宰請上尊號, 旣受尊號, 亦無處分.【李判書晩秀嘗言之】

---

6) 민암(閔黯) : 1636~1694. 조선후기의 문신. 본관은 여흥, 자는 장유(長孺), 호는 차호(叉湖). 1668년(현종 9) 별시문과에 급제, 지평·함경도 관찰사를 지냈다. 남인으로서 송시열 등 서인의 처형문제에 강경론자였다. 1691년 우의정이 되었고, 1694년 갑술환국 때 제주도 대정(大靜)에 유배되었다가 사사되었다.

7) 민점은……쌍둥이이다 : 여기에는 오류가 있는 듯하다. 민점은 1614년생이고, 민암은 1636년생이다. 민점은 민희(閔熙)와 쌍둥이이다. 민희(閔熙, 1614~1687)는 자는 고여(皥如), 호는 설루(雪樓)·석호(石湖). 1650년(효종 1) 증광문과에 급제, 지평·장령 등을 거쳐 한성부윤을 역임하였다. 1677년 우찬성·우의정, 1680년 좌의정에 이르렀다. 이 해 경신환국으로 관작이 삭탈되고 유배되었으나 후에 풀려났다. 1689년 기사환국 때 신원되었다.

67. 판서(判書) 오시복(吳始復)[8]

숙종이 만년에 한번은 유신(儒臣)[9]들을 불러서 맛있는 술을 주고는 취한 모습을 살펴보았다. 술이 곤드레만드레되었을 때 학사 홍중정(洪重鼎)[10]이 큰 소리로 말하길 "전하께서는 왜 오시복(吳始復)을 풀어주지 않으십니까? 빨리 방면하는 것이 마땅합니다."라고 하였다. 이는 남인(南人)이다. 학사 오도일(吳道一)[11]이 큰 소리로 말하길 "전하, 그의 말을 믿지 마십시오. 다 편파한 논의입니다."라고 하였다. 그는 서인이었다. 술자리를 파한 다음에 숙종은 한 숨을 내쉬고 탄식하며 말하길 "이렇게까지 취했는데도 편파한 논의를 잊지 않으니 어쩌면 좋단 말인가?"라고 하였다.

어느 날 비망기로 "오시복을 육지로 돌아오게 하라."라는 명을 내렸는데, 승정원에서 명령 수령을 거부하고 반납하자 마침내 다시 명

---

8) 오시복(吳始復) : 1637~? 조선후기의 문신. 본관은 동복(同福), 자는 중초(仲初), 호는 휴곡(休谷). 1662년(현종 3)에 증광문과에 급제하였으며, 수찬·교리·이조정랑 등을 거쳐 1675년(숙종 1) 이조참판을 역임하였다. 허적(許積)에게 아첨하였다 하여 1680년 경신환국 때 파직되었다가, 1689년 기사환국으로 이조참판에 이어 한성판윤·호조판서가 되었다. 1701년 무고(巫蠱)의 옥사에 연루되어 제주도 대정현(大靜縣)에 안치되었는데, 1712년 함평·강진 등지로 이배되었다가 이듬해에 경북 영해부(寧海府)에 이배되어 죽었다.

9) 유신(儒臣) : 홍문관(弘文館) 관원(官員)의 통칭.

10) 홍중정(洪重鼎) : 1649~? 숙종 16년(1690) 식년시 병과에 급제하였다는 것 외에 행적이 자세하지 않다

11) 오도일(吳道一) : 1645~1703. 조선후기의 문신. 본관은 해주(海州), 자는 관지(貫之), 호는 서파(西坡). 1673년(현종 14) 정시문과에 급제하였으며, 1680년(숙종 6) 지평·부수찬·지제교를 거쳐 1687년 승지가 되어 자파(自派)를 옹호하다가 파직되었다. 1696년 도승지·부제학·대사헌을 거쳐 1698년 이조참판·공조참판을 지내고 양양부사로 좌천, 삭출(削黜)되었다. 1700년 대제학·한성부판윤 등을 역임하고 병조판서에 이르렀다. 저서로는 《서파집》이 있다.

을 내리지 않았다. 당시 재신(宰臣)들은 아무도 이유를 알 수가 없었다. 누군가 그 까닭을 알고자 꾀를 내어 당시 재신들에게 임금께 존호를 올리기를 권하였다. 임금은 존호를 받고는 또한 아무 처분이 없었다. 【이는 판서 이만수(李晩秀)[12]가 한 이야기이다.】

68. 柳判書

庚申四月初六日, 逆堅自中道被逮. 許積方暗室, 當夕獨坐, 有叩門入室而拜者, 問之, 乃柳判書命天也. 遽驚云: "君何至此?" 柳曰: "願一言而去." 許曰: "云何?" 柳曰: "大監豈非今日之首相乎? 何國有大獄而首相安然在私次乎?" 許曰: "然則奈何?" 柳曰: "乘平轎子, 張芭蕉扇, 疾入闕, 詣閤門請對, 則主上不得不引見. 大監直上殿, 陳討逆之策, 伸滅親之義, 亟下殿, 叩頭出血, 泣陳老臣至寃狀, 乞貸其死, 則大監免. 大監免, 則親故亦不盡死矣. 迨相職之未解, 何不爲此?" 許默然良久, 曰: "君策誠善. 然吾今老白首矣. 安能乞憐而求生乎?" 柳遽起辭去, 曰: "大監之意如此, 無可奈何矣. 人盡死矣." 君子曰: "許之死宜矣. 愎而傲, 不滅親以從義."

68. 유명천(柳命天)[13]

---

12) 이만수(李晩秀) : 1752~1820. 조선후기의 문신. 본관 연안(延安), 자는 성중(成仲), 호는 극옹(屐翁)·극원(屐園). 1783년(정조 7) 사마시에 합격하고 1789년 식년문과에 병과로 급제하여 규장각제학·공조판서·호조판서 등을 역임하였다. 1811년(순조 11) 홍경래(洪景來)의 난이 일어나자 지방의 치안유지를 잘못했다는 죄로 이듬해 파직되고 경주에 유배되었다가 곧 수원유수로 나가 임지에서 죽었다. 저서에 《극옹집》이 있다.

13) 유명천(柳命天) : 1633~1705. 조선후기의 문신. 본관은 진주(晉州), 자는 사원(士元), 호는 퇴당(退堂). 1672년(현종 13) 별시문과에 급제하였으며, 정언·지평 등을 거쳐 이조좌랑·대사간·대사성 등을 역임하였다. 1680년

경신년(1680, 숙종 6) 4월 6일 역적 허견(許堅)[14]이 도망가다 길에서 붙잡혔다. 허적(許積)[15]이 그날 밤 어두운 방에 홀로 앉아 있었는데, 문을 두드리고 들어와 절하는 자가 있기에 물어보니 바로 판서 유명천(柳命天)이었다. 허적이 놀라 말하기를 "그대는 어인 일로 왔소?"라 하자, 유명천이 말하기를 "한 말씀만 드리고 가겠습니다."라 하였다. 허적이 "무엇이오?"라 하자, 유명천이 말하였다. "대감은 지금 영의정 아니시오? 나라에 큰 옥사가 있는데, 어찌하여 영의정이 편안히 사저에 머물러 있는 것이오?" 허적이 말하기를 "그러면 어찌하오리까?"라 하자, 유명천이 다음과 같이 말하였다.

"평교자를 타고 파초선을 펼치고 급히 대궐에 들어가 합문에 이르러 알현하기를 청한다면, 주상께서는 부득이하여 접견하지 않으실

이조참판으로 재직 중 경신환국으로 음성에 유배되었다가, 1689년 기사환국으로 정권이 바뀌자 공조판서에 중용되고 다시 예조판서로 옮겼다. 1701년 장희재(張希載)와 공모하여 인현왕후(仁顯王后)를 모해하려 하였다는 지평 이동언(李東彦)의 탄핵을 받고 나주 지도(智島)에 안치되었다가 1704년 고향으로 돌아왔다.

14) 허견(許堅) : ?~1680. 본관은 양천(陽川)이며 영의정 허적(許積)의 서자이다. 숙종 초년에 아버지의 권세를 믿고 황해도에서 수천 그루의 재목을 도벌하여 집을 짓는다든가, 남의 처를 약탈하는 행위를 하여 비난을 받았다. 인조의 손자이며 인평대군(麟坪大君)의 아들인 복선군(福善君)과 내왕이 있음을 빌미로 하여, 역모를 꾀한다고 김석주(金錫胄) 등으로부터 고변을 당하였다. 이에 따라 허견은 능지처참을 당하고 복선군(福善君)·복창군(福昌君)·복평군(福平君)과 허적을 비롯한 남인 실권자 등이 죽임을 당하였다.

15) 허적(許積) : 1610~1680. 조선후기의 문신. 본관은 양천, 자는 여거(汝車), 호는 묵재(默齋)·휴옹(休翁). 1637년 정시문과에 급제하였으며 1653년(효종 4) 호조참판을 거쳐 호조·형조 판서를 역임하였고, 1671년 영의정에 올랐다. 1680년 조부 잠(潛)이 시호를 받게 된 축하연에서 궁중의 유악(帷幄)을 사용한 사건과 아들 견의 역모사건에 연좌되어 사사되었다. 1689년 기사환국으로 신원되었다.

수 없을 것입니다. 대감이 대전에 올라 역적을 토벌하는 책략을 진술하고, 대의멸친(大義滅親)[16]의 뜻을 거듭 아뢰십시오. 그런 다음 곧장 대전을 내려와 피가 날 정도로 머리를 조아리고, 늙은 대신의 원통한 상황을 울면서 말하여 목숨을 구걸한다면 대감은 사형을 면할 것입니다. 대감이 사면된다면 즉 친지와 동료들 또한 다 죽지는 않을 것입니다. 직위가 아직 파면되기 전에 하여야 합니다. 어찌 이와 같이 하지 않으십니까?"

허적이 한동안 잠자코 있다가 말하였다. "그대의 책략이 참으로 좋소. 그러나 지금 나는 머리가 하얀 늙은이외다. 어찌 능히 동정을 구걸하여 살려고 하겠소?" 유명천이 급히 일어나 떠나며 말하기를 "대감의 생각이 이러하실진대, 어쩔 수 없게 되었습니다. 다 죽게 되었습니다."라고 하였다.

군자가 말한다. "허적의 죽음은 당연하다 할 것이다. 괴팍하고 오만하여 대의멸친의 의리를 따르지 않았으니 말이다."

69. 吳藥山

吳參判光運始附峻少, 唯李宗白不肯受. 吳有子婦之喪, 反虞至慕華館前, 停轝坐莎岸上. 時李以吏曹參議隨其叔父喪, 至西郊, 因有飭敎, 未及臨穴, 徑先馳還. 吳見其來, 意欲下馬敍語, 起前數步, 至路傍立候之. 李見其狀, 以扇遮面, 疾馳過之. 吳憮然, 至轝前, 爲之一哭. 遂還至家. 越二日, 上疏劾李曰: "以三銓行政之日多, 臨叔父入地之日少."

---

16) 대의멸친(大義滅親) : 대의를 위해서는 부모 형제를 돌보지 않는다는 말. 춘추시대 위(衛) 나라 대부 석후(石厚)가 공자(公子) 주우(州吁)와 함께 환공(桓公)을 죽이니, 그의 아버지 석작(石碏)이 그 아들을 죽였다. 주우는 환공의 이복동생이었다. 이에 대해 군자가 "석작은 순실한 신하이다. 주우를 미워하는데 석후가 거기에 참여하였으니, '대의를 위해 친속을 멸한다.'는 말은 이를 두고 한 말이다."라고 평하였다. 《左傳·隱公 4年》

於是宋相寅明等大奇之. 不數日, 擬松都留守, 又數月, 通弘文提學.

69. 약산(藥山) 오광운(吳光運)[17]

참판 오광운은 당초 준소(峻少)[18]를 따랐는데, 오직 이종백(李宗白)[19]만이 그를 기꺼이 받아주지 않았다. 오광운이 며느리 상을 당해 장사를 치른 후 신주를 모시고 집으로 돌아오는 길에 모화관(慕華館)[20] 앞에 이르러 수레를 세우고 잔디 언덕에 앉아 있었다. 그때 이종백은 이조참의로서 숙부상을 당해 운구를 따라 서교(西郊)에 도착해 있었다. 그런데 임금의 하교가 있어서 미처 장지에 도착하기도 전에 먼저 말을 몰아 돌아갔다.

---

17) 오광운(吳光運) : 1689~1745. 조선후기의 문신. 본관은 동복(同福), 자는 영백(永伯), 호는 약산(藥山). 1719년 증광문과에 급제하였으며, 1728년(영조 4) 홍문관의 수찬·교리 및 동부승지를 역임하였다. 이해 3월에 이인좌(李麟佐)의 난이 일어나자 변을 아뢰고 대비하도록 하였다. 영조의 탕평책(蕩平策) 하에서 청남(淸南) 세력의 정치적 지도자로서 활약하였다. 1737년 대사간이 되고 1743년 예조참판·홍문관제학 등을 지냈으며 1744년 사직(司直)을 거쳐 개성 유수에 이르렀다. 유형원(柳馨遠)의 《반계수록(磻溪隧錄)》에 서문을 썼다. 저서에 《약산만고》가 있다.

18) 준소(峻少) : 소론(少論) 강경파를 지칭한다. 준소는 경종(景宗) 연간에 훗날의 영조(英祖)인 세제 연잉군(延礽君)의 대리 청정을 반대하였다. 영조 즉위 후 무신년(1728, 영조 4)에 이인좌(李麟佐) 등이 경종 독살설을 명분으로 내걸고 소현세자(昭顯世子)의 3세손인 밀풍군(密豐君) 이탄(李坦)을 추대하여 반란을 일으켰다가 진압을 당했는데, 준소는 이에 가담하였다가 몰락하였다.

19) 이종백(李宗白) : 1699~1759. 조선후기의 문신. 본관은 경주, 자는 태소(太素), 호는 목천(牧川). 1723년 증광문과에 급제하였으며, 정언·수찬·이조정랑·응교·교리 등을 거쳐 1751년 이조참판이 되었다. 1754년 형조판서로 동지부사가 되어 청나라에 다녀왔으며, 이후 공조·호조·이조·형조의 판서 등을 두루 역임하였다.

20) 모화관(慕華館) : 지금의 서울시 서대문구 현저동에 있었던 객관(客館)으로, 조선시대 명나라와 청나라의 사신을 영접하던 곳이다.

오광운은 그가 오는 것을 보고 달리던 말에서 내려 나에게 인사를 하겠거니 생각하고는, 앉은 자리에서 일어나 몇 걸음 옮겨 길옆에 서서 그를 기다렸다. 이종백은 오광운을 보고는 부채로 얼굴을 가린 채 재빨리 말을 달려 지나쳐버렸다. 오광운은 아연하여 신주를 실은 수레 앞으로 가서 한번 곡을 하고는 마침내 집으로 돌아왔다.

이틀 후에 오광운은 상소를 올려 이종백을 탄핵하며 말하기를 "삼전(三銓, 이조참의)으로서 행정을 처리할 날은 많지만, 돌아가신 숙부를 무덤에 안장하는 날은 적습니다."라고 하였다.[21] 이에 재상 송인명(宋寅明)[22] 등은 오광운의 행동을 대단히 기특하게 생각하였다.[23] 그리하여 오광운은 며칠이 지나지 않아 송도 유수(松都留守, 개성 유수)에 제수되었고, 다시 몇 달이 지나 홍문관 제학에 임명되었다.[24]

---

21) 상소를……하였다 : 오광운이 올린 상소는 《영조실록》 17년(1741) 9월 5일(정묘)조에 보인다. 당시 오광운은 형조참판이었으며 이종백은 이조참의였다. 오광운은 신하를 기름에 절도가 있어야 함을 건의하면서 잘못된 사례로 이종백을 거론하였다. 《실록》에는 이종백이 숙부가 아닌 백부의 장례를 보러간 것으로 되어 있다.

22) 송인명(宋寅明) : 1689~1746. 조선후기의 문신. 본관은 여산, 자는 성빈(聖賓), 호는 장밀헌(藏密軒). 1719년(숙종 45) 증광문과에 급제하였으며, 예문관검열·세자시강원설서 등을 역임하였다. 1724년 영조가 즉위하자 영조의 탕평책에 적극 협조하였다. 1731년 이조판서가 되어 노론·소론을 막론하고 온건한 인물들을 두루 등용하여 당론을 조정·완화함으로써 영조의 신임을 두터이 받았다. 이후 우참찬·호조판서 등을 거쳐 1736년에 우의정에 이르렀다.

23) 송인명……생각하였다 : 관련 내용이 《영조실록》 17년(1741) 9월 10일(임신)조에 보인다. 당시 좌의정 송인명·영의정 김재로(金在魯) 등은 오광운이 대간이 아닌데도 관료를 탄핵하는 월권을 저질러 분란을 일으켰으며 아울러 당파를 짓는다고 지적하였다. 이에 대해 영조는 오광운이 월권을 행한 혐의가 없지 않지만, 임금에게 숨기는 것이 없다며 두둔하였다.

24) 그리하여……임명되었다 : 오광운이 개성 유수에 제수된 된 것은 1744년

70. 蔡柳世嫌

柳大將赫然, 死於庚申之獄, 而其從子星三, 參於會盟宴. 其後蔡左尹成胤, 劾其悖倫, 遂爲嫌家. 文肅之爲楓壇詩會也, 柳都正榮鎭令其子河源往學文肅, 欲弗受. 蔡知事【文肅之父】曰: "來者弗拒, 且可引在彼, 隱之可也." 遂許及門, 得爲門人.【都正, 星三之孫; 文肅, 左尹之孫.】

70. 채씨와 유씨의 대를 이은 불화

대장(大將) 유혁연(柳赫然)[25]은 경신환국(庚申換局)[26] 때 죽었지만, 그의 조카 성삼(星三)[27]은 회맹연에 참가하였다. 그 후 좌윤(左尹) 채성윤(蔡成胤)[28]이 그 패륜함을 탄핵하면서 마침내 서로 기피하

(영조 20)이며, 홍문관 제학이 된 것은 1745년(영조 21)의 일이다. 이는 1741년에 있었던 본문의 사건과는 직접적인 관련이 없다. 정약용의 착오인 듯하다.

25) 유혁연(柳赫然) : 1616~1680. 조선후기의 무신. 본관은 진주(晉州), 자는 회이(晦爾), 호는 야당(野堂). 대대로 무신집안에서 자랐으며, 1644년(인조 22) 무과에 급제하여 덕산현감·선천부사를 역임하였다. 1653년(효종 4) 황해도 병마절도사, 이어 삼도 수군통제사·포도대장·공조판서 등을 지냈다. 1678년 훈련대장 겸 총융사가 되었으나, 1680년(숙종 6)에 일어난 경신환국으로 남인이 숙청될 때 영해(寧海)로 유배되고, 다시 제주도의 대정(大靜)으로 안치되었다가 사사되었다.

26) 경신환국(庚申換局) : 1680년(숙종 6) 남인이 대거 실각하여 정권에서 물러난 사건. 이 사건은 영의정 허적이 조부 잠(潛)이 시호를 받게 된 축하연에서 궁중의 유악(帷幄)을 사용한 것과 허적의 아들 허견이 복선군(福善君)과 내왕하며 역모를 꾸미고 있다는 김석주(金錫胄) 등의 고변으로부터 발단이 되었다. 이로 인해 남인이 실각하고 서인이 다시 정권을 잡게 되었다.

27) 유성삼(柳星三) : 1631~1700. 조선후기의 문신. 본관 진주, 자는 태로(台老). 아버지는 인천부사를 지낸 호연(浩然). 1654년(효종 5) 사마시에 합격하고 1663년(현종 4) 식년문과에 급제하였으며, 그 뒤 1677년(숙종 3)부터는 주로 정언·장령 등의 언관의 직임을 수행하였다. 1680년 통정대부(通政大夫)에 올랐으나 이해 경신환국이 일어나자 정계에서 은퇴하였다.

는 집안이 되었다.

문숙공(文肅公)[29]이 풍단시회(楓壇詩會)[30]를 만들었을 때, 도정(都正) 유영진(柳榮鎭)[31]은 아들 하원(河源)[32]더러 문숙공에게 가서 시를 배우게 했지만 문숙공은 받아주지 않으려고 했다. 채지사(蔡知事)[33]〔문숙의 아버지〕가 말하기를, "오는 사람은 막지 않는 법이다. 잘못에 대한 책임은 저들에게 있으니 덮어두는 것이 좋겠다."라고 하

---

28) 채성윤(蔡成胤) : 1659~1733. 조선후기의 문신. 본관은 평강(平康), 자는 중미(仲美), 호는 구봉(九峰). 정조 때 재상을 지낸 번암(樊巖) 채제공(蔡濟恭)의 조부이다. 1684년(숙종 10) 식년문과에 병과로 급제하였으며 가주서·검열·대교·지평·정언을 거쳐 승지·한성부좌윤을 역임하였다.

29) 문숙공(文肅公) : 조선후기의 문신 채제공(蔡濟恭, 1720~1799)을 가리킨다. 문숙은 그의 시호. 본관은 평강, 자는 백규(伯規), 호는 번암(樊巖)·번옹(樊翁). 조부는 성윤(成胤), 아버지는 응일(膺一). 1758년에 도승지로 있을 때 영조가 사도세자를 폐위하려 하자 죽음을 무릅쓰고 막아 영조의 신임을 얻었다. 정조 즉위 후 중용되었으나 1780년 홍국영과의 친분과 사도세자의 신원에 대한 과격한 주장으로 공격을 받아, 이후 8년간 벼슬에서 물러나 있었다. 1788년 정조의 친필로 우의정에 특채되어 국정을 주도하였다. 저서로는 《번암집》이 있다.

30) 풍단시회 : 채제공이 만든 시회. 《여유당전서》 시문집 제4, 〈권판서댁배제공연집(權判書宅陪諸公宴集)〉이란 시의 주에 "번암(樊巖)이 옛날 풍단시회(楓壇詩會)를 만들었는데, 지금 번옹은 이미 돌아가셨다.[昔樊翁有楓壇詩會, 今樊翁已卒.]"라는 기록이 보인다.

31) 유영진(柳榮鎭) : 1723~? 조선후기의 문신. 본관은 진주, 자는 경회(慶懷). 유성삼(柳星三)의 증손. 영조 47년(1771) 식년시 병과로 급제한 뒤 정조 즉위년에 장령을 역임하였다.

32) 유하원(柳河源) : 1747~? 조선후기의 문신. 본관은 진주, 자는 백유(伯兪). 유위진(柳威鎭)의 아들인데 유영진(柳榮鎭)에게 입양되었다. 1774년(영조 50) 증광별시에 급제한 뒤 사헌부 장령에 올랐으며, 정조 연간에 헌납으로 이주석(李周奭)의 일을 논하다가 흑산도에 유배되었는데, 좌의정 채제공(蔡濟恭)도 이에 연루되어 면직되었다.

33) 채지사(蔡知事) : 조선후기의 문신 채응일(蔡膺一, 1752~1756)을 가리킨다. 채제공의 아버지로, 채제공의 관직이 높아져 지중추부사를 제수 받았다.

였다. 마침내 문숙공은 문하에 들어오는 것을 허락하여 유하원은 문인이 될 수 있었다.【도정은 성삼의 후손이고, 문숙공은 좌윤의 후손이다.】

71. 洪判書【號市林】

洪判書名漢, 恬雅不喜權勢, 與文肅同上卿列. 文肅履錯戶外, 洪公門可設羅. 然不以爲意, 交契深密. 文肅爲關西察使, 方夜獨坐, 有告于樑上曰: "洪判書大監亡矣." 如是者再. 厥明文肅謂幕裨曰: "君平【洪公字】死矣." 諸裨曰: "何也?" 曰: "夜有聲如是." 越三日訃書果至, 考其時刻, 卽鬼來告之時. 洪公甲辰生, 是年五十. 先朝御極後, 鄭公存謙首入相, 其後鄭公弘淳亦入相. 上嘗謂筵臣曰: "不識鄭厚謙之門者, 唯鄭存謙·洪名漢·鄭弘淳而已. 予欲盡以爲相, 惜洪蚤死矣."

71. 판서(判書) 홍명한(洪名漢)[34)]【호는 시림(市林)】

판서 홍명한(洪名漢)은 조용하고 단아하며 권세를 좋아하지 않았는데, 문숙공 채제공과 함께 재상 반열에 올랐다. 문숙공의 집에는 찾아오는 사람이 많아 신발이 문 밖에 어지럽게 널려 있었는데, 홍공의 집에는 새잡는 그물을 칠 정도였다. 그러나 서로는 개의치 않았으며 그들의 사귐은 매우 깊었다.

문숙공이 관서지방의 관찰사가 되었을 때 밤에 혼자 앉아 있었는데, 누군가가 들보 위에서 이르기를 "홍판서 대감은 죽었다."라고 하

---

34) 홍명한(洪名漢) : 1724~1774. 조선후기의 문신. 본관은 풍산(豊山), 자는 군평(君平), 호는 시림(市林). 1754년(영조 30) 증광문과에 급제하였으며 정언·수찬·교리 등을 거쳐 1758년에는 승지가 되었다. 1768년 승지·형조참판·도승지를 거쳐 이듬해 강원도관찰사를 역임하고, 1771년 형조판서를 역임한 뒤 개성유수가 되었다. 그는 영조의 문예진흥책의 하나인 편찬사업에 관여하여 1770년 《동국문헌비고》의 감인당상(監印堂上)이 되어 간행 책임을 맡았다.

였다. 이와 같이 하길 두 번이나 하였다. 이튿날 문숙공이 참모들에게 말하기를 "군평(君平)[홍명한의 자]이 죽었다."고 하자, 참모들이 "무슨 말씀이십니까?"라고 하였다. 문숙공이 말하기를 "밤에 홍판서가 죽었단 소리를 들었다."고 하였다. 삼일이 지나자 과연 부고가 이르렀는데, 시간을 계산해보니 곧 귀신이 와서 고할 때였다. 홍공은 갑진년 생으로 이때 나이가 쉰 살이었다.

선왕(곧 정조)께서 즉위한 후에 정존겸(鄭存謙)[35]이 먼저 재상에 올랐고 그 다음에 정홍순(鄭弘淳)[36]도 재상에 올랐다. 임금이 일찍이 경연의 신하들에게 말하기를, "정후겸(鄭厚謙)[37]의 집이 어디에 있는

---

35) 정존겸(鄭存謙) : 1722~1794. 조선후기의 문신. 본관은 동래, 자는 대수(大受), 호는 양암(陽菴)·양재(陽齋)·원촌(源村). 1751년(영조 27) 정시문과에 급제하였으며, 교리·승지 등을 지냈다. 1761년 승지로 있을 때 사도세자가 몰래 관서지방을 순행하고 돌아오자 영조는 이에 관여한 심벌(沈檏)·유한소(兪漢蕭)·이수득(李秀得) 등을 파면시켰는데 이때 그도 파면되었다. 1776년(정조 즉위년) 시파(時派)로서 우의정에 발탁되고 이듬해 좌의정이 되었다. 1791년 영의정에 이어 영중추부사로 치사하고, 봉조하(奉朝賀)로 기로소에 들어갔다.

36) 정홍순(鄭弘淳) : 1720~1784. 조선후기의 문신. 본관은 동래, 자는 의중(毅仲), 호는 호동(瓠東). 1745년(영조 21) 정시문과에 급제한 뒤 이조정랑·교리·이조참판 등을 거쳐 호조판서가 되었는데 호조판서로 10년간 재직하면서 재정문제에 특히 재능을 발휘하여 명성을 날렸다. 1762년 호조판서로 예조판서를 겸하여 사도세자의 장의(葬儀)를 주관하면서, 사도세자의 유품을 따로 모아 정성을 다해 보관하였다. 정조 즉위 후 1777년 정조의 명에 따라 사도세자의 유품을 제출하였는데, 정조는 이를 가상히 여겨 우의정에 제수하였다.

37) 정후겸(鄭厚謙) : 1749~1776. 조선후기의 문신. 본관은 연일(延日), 자는 백익(伯益). 본래 서인(庶人) 출신이었으나 영조의 서녀(庶女) 화완옹주(和緩翁主)의 양자가 되면서부터 궁중에 자유롭게 출입하였다. 영조의 총애를 받아 1768년 승지가 되었으며, 이듬해 개성부유수를 거쳐 호조참의·호조참판·공조참판을 지냈다. 1775년 세손(후의 정조)이 대리청정(代理聽政)하게 되자 화완옹주·홍인한 등과 이를 극력 반대하였다. 이듬해

지 모르는 사람은 정존겸·홍명한·정홍순뿐이었다. 내가 모두 재상으로 삼으려고 하였는데, 애석하게도 홍명한은 일찍 죽었다."고 하였다.

72. 洪監司使酒

洪監司萬鐘性使酒. 嘗以承旨申退, 至鐘閣前, 有儒生敝袍而來, 前導者呵喝. 公亟止之, 下軺軒, 詣儒生前長揖. 至家謂子重夏氏曰: "吾今日爲盛德事, 汝其識之, 他日錄之行狀也." 曰: "何事?" 公曰: "如此如此." 曰: "今日又過進酒矣." 公勃然怒曰: "聞其父之德行, 歸之酒失, 此賊子也." 將欲拷掠, 令奴綁縛. 擧家驚惶, 有幼女露脚曰: "願代死." 公泣而釋之. 近世李判書文源, 路見瞽者擿埴前過. 醉曰: "可憐." 令抱之, 使同乘軒. 瞽者跨軒一股, 輿還, 至家, 街童隨至者千餘人.

72. 감사(監司) 홍만종(洪萬鐘)[38]의 주사(酒邪)

감사 홍만종(洪萬鐘)은 주사가 있었다. 일찍이 승지로 있을 때 신시(申時, 오후 3~5시)에 퇴근하여 종각 앞에 이르렀다. 어느 유생이 해진 도포를 입고 가마 앞으로 다가오자, 가마를 끄는 이가 소리쳐서 물러나게 하였다. 공은 급히 그만두게 하고는 초헌(軺軒)[39]에서

정조가 즉위하자 군신들이 그를 주살할 것을 요청하여 드디어 경원에 유배되었다가 곧 사사되었다.

38) 홍만종(洪萬鐘) : 1637~? 조선후기의 문신. 본관은 풍산(豊山), 자는 여수(汝受). 1666년(현종 7) 시년문과에 급제하였으며 이후 사헌부 지평, 홍문관 부수찬, 사헌부 헌납 등을 역임하였다. 1674년 현종비의 승하로 예복에 대한 논의가 일자 판중추부사 김수항(金壽恒), 영의정 김수흥(金壽興) 등과 함께 대공설(大功說, 대공친의 상사에 9개월 동안 입는 상복제도)을 주도하였다. 숙종 즉위 후에는 호조참판·도승지 등을 역임하였다. 숙종 연간에 강원도 관찰사를 역임한 바 있다.

39) 초헌(軺軒) : 조선시대 종2품 이상의 벼슬아치가 탄 수레. 긴 줏대에 외바퀴가 밑에 달려 있고, 앉는 데는 의자와 비슷하다. 2개의 긴 채가 달

내려 유생 앞에 나아가 길게 읍(揖)을 하였다.

집에 와서 아들 중하(重夏)[40]에게 말하길 "내가 오늘 큰 덕이 있는 일을 하였으니, 너는 이 일을 기억해두었다가 훗날 행장에 쓰도록 해라."라고 하였다. 아들이 "무슨 일이셨습니까?"라고 하자, 공은 "이러저러하였다."고 답하였다. 그러자 아들은 "오늘도 약주를 과하게 하셨습니다."라고 하였다. 공이 벌컥 화를 내며 "아비의 덕행을 듣고 그걸 술주정으로 치부해버리다니, 불효막심한 놈이로다."라 하였다. 그리고는 매질하려고 종들에게 명하여 아들을 묶도록 하였다. 온 집안사람들이 놀라고 당황하는데, 어린 딸애가 종아리를 걷어 올리며 "대신 죽여주십시오."라 하자 공이 울며 아들을 풀어주었다.

근세에 판서(判書) 이문원(李文源)[41]이 길을 가다 소경이 지팡이로 더듬으며 앞을 지나가는 것을 보았다. 술에 취하여 "불쌍하구나."라고 하고는 그를 안아 오게 하여 가마에 함께 타도록 하였다. 소경이 가마에 한쪽 다리를 걸치고 함께 돌아왔는데, 집에 도착해 보니 좇아온 거리의 아이들이 천여 명이나 되었다.

려 있어 앞뒤에서 사람이 잡아끈다.

40) 홍중하(洪重夏) : 1658~? 조선후기의 문신. 자는 천서(天敍), 호는 두담(杜潭). 1686년(숙종 12) 정시문과에 급제하였으며 1688년 검열을 시작으로 정언·부교리·헌납 등을 지냈다. 이듬해 교리로 접위관(接慰官)이 되어, 일본 사신이 자기의 영토라고 주장하는 죽도(竹島)가 우리나라의 울릉도임을 밝혀 왜인의 울릉도 내왕을 엄금할 것을 상소하였다. 이후 전라도·강원도·충청도 관찰사, 형조참의, 승지 등을 역임하였다.

41) 이문원(李文源) : 1740~1794. 조선후기의 문신. 본관은 연안(延安), 자는 사질(士質). 이천보(李天輔)의 아들. 1771년 정시문과에 급제하였으며, 교리·승지·동래부사·성균관대사성 등을 역임하였다. 1786년 여주 목사로 부임하였으며 이후 지경연사(知經筵事) 등을 거쳐 11월에 이조판서에 임명되었다. 이후로는 함경도관찰사·예조판서·형조판서 등을 역임하였다.

73. 韓公孝行

韓禮安光傳, 先子管鮑之友也. 有至行, 嘗患氣痢垂危, 精神奄奄, 忽開睫語人曰: "老親〔時年八十, 兼之聾瞽.〕正思松餠, 亟買以進." 左右買之, 獻老人. 老人曰: "我正思此, 顧兒病甚, 不欲相煩. 孰知我心而此買來乎?" 左右對以實. 老人曰"吾兒孝感如此, 病必瘳", 果然. 老人聾甚, 雖雷霆不聞, 唯韓公婉聲徐達, 無微不徹. 人以爲孝感.

73. 한광전(韓光傳)[42]의 효행

예안현감(禮安縣監)을 지낸 한광전(韓光傳)은 선친과 절친한 벗이었다. 한공에게는 지극한 효행이 있었다. 한번은 호흡곤란과 설사로 위태로운 지경에 이르러 정신이 혼미해졌는데, 갑자기 눈을 번쩍 뜨고서 사람들에게 말했다. "우리 어머니가〔이때 나이가 팔십에다 귀와 눈이 멀었다.〕 지금 송편을 잡숫고 싶어 하시니 빨리 사서 드려라." 곁에 있던 사람들이 송편을 사서 노인에게 드렸다.

그러자 노인이 말하였다. "내가 마침 송편이 먹고 싶었지만 아들이 병이 심해서 귀찮게 하고 싶지 않았다. 누가 내 마음을 알고 이것을 사왔는가?" 곁에 있던 사람들이 사실대로 말해 주었다. 그러자 노인이 말하기를, "우리 아들의 지극한 효성이 이와 같으니 병이 반드시 나을 것이다."라 하니, 과연 그렇게 되었다. 노인은 귀가 거의 들리지 않아서 천둥과 우레가 쳐도 듣지 못하였으나, 오직 한공이 나긋한 소리로 천천히 말하면 아주 작은 소리도 알아듣지 못하는 것이

42) 한광전(韓光傳) : 자세한 행적은 상고할 수 없다. 다만 정약용이 지은 다음의 시에 그의 이름이 있는 것으로 보아 정약용과 일면식이 있는 동시대 사람으로 보인다. 〈중씨께서 사마시에 급제하여 장차 소내로 들어가기 위해 부친을 모시고 두모포로 나갔는데, 예안현감 한광전과 승지 오대익 두 어른들도 동행하였다. 배 안에서 지었다〔仲氏登司馬試, 將赴苕川, 陪家君出豆毛浦. 韓禮安光傳·吳承旨大益二丈亦偕, 舟中有作.〕〉(《여유당전서》 시문집 권1)

없었다. 사람들은 지극한 효성 때문이라고 생각하였다.

74. 申承旨光河

申承旨光河兄弟, 詩名滿世, 性復迂闊. 嘗爲刑曹郎有罪, 上將欲加罪, 問: "申某何人?" 或曰: "此申光洙之弟也." 上曰: "不見申光洙之弟. 雖李太白之弟, 亟令拿處." 旣而寬之, 後以詩擢第. 初爲承旨, 入侍于重熙堂, 牕前有豹茵一坐, 此上所御也. 申誤伏豹茵之上, 左右驚嚇之, 猶泯然俯伏. 旣退, 命他承旨入侍, 上正色曰: "李适復出, 卿等不沐浴請討乎?" 諸臣皆惶愕請知. 上良久曰: "俄申光河直升豹茵之上, 與李适直升御床, 何別?" 遂大笑. 諸臣亦俯首相笑而退.

74. 승지 신광하(申光河)[43]

승지 신광하(申光河) 형제는 시명(詩名)이 세상에 자자하였으나 세상 물정에는 어두웠다. 신광하가 형조좌랑으로 있을 때 죄를 지었는데, 임금(곧 정조)이 벌을 주고자 하였다. 임금이 그에 대해 묻기를 "신아무개는 어떤 사람인가?"라 하자, 혹자가 말하기를 "이 사람은 신광수(申光洙)[44]의 동생입니다."라고 하였다. 임금이 말하기를

---

43) 신광하(申光河) : 1729~1796. 조선후기의 문인. 본관은 고령(高靈), 자는 문초(文初), 호는 진택(震澤). 영정조 때의 유명한 시인 신광수(申光洙)의 동생. 1751년(영조 27) 사마시에 합격하였으나, 과거를 포기하고 전국을 유람하였다. 1786년 조경묘참봉(肇慶廟參奉)에 제수되고 이후 의금부도사·형조좌랑·인제현감·우승지·공조참의를 거쳐서 첨지중추부사·좌승지 등을 역임하였다. 목만갑(睦萬甲)·이헌경(李獻慶)·정범조(丁範祖) 등과 함께 당대 사문장(四文章)으로 꼽히었으며, 저서로는 《진택집》이 있다.

44) 신광수(申光洙) : 1712~1775. 조선후기의 문인. 본관은 고령, 자는 성연(聖淵), 호는 석북(石北)·오악산인(五嶽山人). 39세 때에 진사에 올라 벼슬을 시작하여 49세에 영릉참봉(寧陵參奉)이 되고, 53세에 금오랑(金吾郎)으로 제주도에 갔다가 표류하였다. 그 뒤에 선공봉사(繕工奉事)·돈녕주부(敦

"신광수의 동생이 아니라 이태백의 동생이라도 급히 영을 내려 잡아들여 조처하라."라고 하였다. 얼마 후에 그를 놓아주었다.

신광하는 후에 시를 지어 급제하였다. 당초 승지가 되었을 때 중희당(重熙堂)에 입시하였는데, 창 앞에 표범 자리 하나가 있었으니 이는 임금의 자리였다. 신광하가 잘 모르고 표범 자리 위에 엎드렸다. 좌우에서 깜짝 놀랐는데, 신광하는 오히려 눈치 없이 계속 엎드려 있었다.

자리가 파할 때 임금이 다른 승지에게 입시하게 명하고 정색하고 말하기를 "이괄(李适)[45]이 다시 나왔으니, 경들은 목욕재계를 하고 토벌하기를 청해야 하지 않겠는가?"[46]라고 하였다. 신하들이 모두 당황하고 놀라서 무슨 일인지 알려주기를 청하였다. 임금이 한참 후 말하기를 "조금 전 신광하가 표범 자리에 직접 오른 것과 이괄이 바로 용상(龍床)에 올라앉은 것이 무엇이 다른가?"라고 하였다. 그리고는 마침내 크게 웃었다. 여러 신하들 역시 머리를 숙인 채 웃으며 물러났다.

寧主簿)·연천현감(漣川縣監)을 지냈다. 신광수는 과시(科詩)에 능하여 시명이 세상에 떨쳤으며, 저서로 《석북집》이 있다.

45) 이괄(李适) : 1587~1624. 조선후기의 무신. 본관은 고성, 자는 백규(白圭). 선조 때 무과에 급제한 뒤 형조좌랑·태안군수를 지냈으며, 1623년 인조반정 때 큰 공을 세웠다. 1624년 한명련(韓明璉)·정충신(鄭忠信)·기자헌(奇自獻)·현집(玄楫)·이시언(李時言) 등과 함께 반역을 꾀한다는 무고를 받았다. 이에 반란을 일으키고 서울로 진군하여 기세를 떨쳤으나 관군에 패해 피신 중 부하 장수에게 살해되었다.

46) 목욕재계를……않겠는가 : 《논어·헌문(憲問)》에 나오는 고사와 관련된 구절. 제나라 대부 진항(陳恒)이 제나라 간공(簡公)을 죽이자, 공자가 목욕재계하고 노나라 애공(哀公)을 찾아가 토벌을 청하였다는 고사가 있다.

75. 兪承旨漢寧

兪承旨漢寧【兪相國拓基之孫】, 亦未綜敏. 上嘗御春塘臺, 將還宮, 輦輿未具. 上曰: "司僕擧行如此, 而承旨亦不請推乎?" 兪出, 問院吏曰: "輦輿誰所掌?" 吏曰: "司僕事知也." 兪入, 請司僕事知從重推考. 上曰: "事知請推, 五知【事與四, 音相侶, 故曰五知.】 何不請推乎?" 兪惶恐曰: "臣誤矣. 請五知推考." 上大笑,【政院請推, 宜在司僕·提擧與郞官, 而請罪下屬褻矣.】 顧左右曰: "此彼承旨長處也."

75. 승지 유한녕(兪漢寧)[47]

승지 유한녕(兪漢寧)【상국 유척기(兪拓基)[48]의 손자】은 치밀하지도 민첩하지도 못했다. 임금(곧 정조)께서 춘당대(春塘臺)[49]에 납시었다가 궁으로 돌아가려 하시는데 가마가 준비되지 않았다. 임금께서 말씀하시길 "사복시(司僕寺)[50]가 하는 일이 이 모양인데, 승지는 추고(推考)를 청하지 않는단 말인가?"라 하였다.

---

47) 유한녕(兪漢寧) : 1743~1805. 조선후기의 문신. 본관은 기계(杞溪), 자는 자안(子安). 영조 때에 영의정을 지낸 유척기(兪拓基)의 손자이며, 정조 연간에 문명이 있었던 유한준(兪漢雋, 1732-1811)의 사촌동생이다. 승지와 대사간을 지냈다.

48) 유척기(兪拓基) : 1691~1767. 조선후기의 문신. 본관은 기계, 자는 전보(展甫), 호는 지수재(知守齋). 1714년(숙종 40) 증광문과에 급제하였으며, 한원(翰苑)·삼사(三司)를 거쳐 경종 때 왕세제 책봉 주청사의 서장관으로 청나라에 다녀왔다. 신임사화(辛壬士禍) 때 소론들로부터 탄핵을 받고 홍원현(洪原縣)에 유배되었다가, 1725년(영조 1) 노론의 집권으로 대사간으로 등용되어 호조판서·우의정 등을 역임하였다. 저서에 《지수재집》이 있다.

49) 춘당대(春塘臺) : 서울 창경궁 안에 있는 대. 조선후기 이곳에서 과거를 실시하였다.

50) 사복시(司僕寺) : 조선시대에 궁중의 가마나 말에 관한 일을 맡아보던 관아. 내사복(內司僕)과 외사복(外司僕)이 있었으며, 최고 관원인 사복시정은 정삼품이었다.

유한녕이 나가서 승정원 아전에게 묻기를 “가마는 누가 담당하는가?”라 하니, 아전이 대답하기를 “사복시 사지(事知)입니다.”라고 하였다. 유한녕이 들어가서 사복시 사지에게 죄를 엄중하게 물을 것을 청하였다. 임금께서 말씀하시기를 “사지의 추고를 청하면서 오지(五知)【‘사(事)’와 ‘사(四)’는 발음이 같으므로 오지(五知)라 하였다.】에게는 어찌 추고를 청하지 않는가?”라 하였다.

유한녕이 황공해하며 말하기를 “제가 잘못하였습니다. 오지에게 엄하게 죄를 물으소서.”라고 하였다. 임금께서 크게 웃으시고,【승정원에서 추문을 청하는 대상은 마땅히 사복(司僕)·제거(提擧)[51]와 낭관(郎官)[52]인데, 아랫사람의 죄를 청하는 것은 비루한 행동이다.】 좌우를 돌아보며 말씀하시기를 “이것이 저 승지의 장점이다.”라고 하였다.

76. 沈徐事

沈參議念祖·徐判書有防, 俱以閣臣請告將掃墳, 時有閣務, 上不許之. 判其告狀曰: “情雖念祖, 禮亦有防, 不許之.”

76. 심염조(沈念祖)와 서유방(徐有防)

참의 심염조(沈念祖)[53]와 판서 서유방(徐有防)[54]은 모두 각신(閣

---

51) 제거(提擧) : 사옹원(司饔院)의 정·종삼품 벼슬. 사옹원은 조선 시대에 궁중의 음식을 맡아보던 관청.

52) 낭관(郎官) : 각 관아의 당하관의 총칭. 일명 낭청(郎廳)이라고 한다.

53) 심염조(沈念祖) : 1734~1783. 조선후기의 문신. 본관은 청송(靑松), 자는 백수(伯修), 호는 함재(涵齋). 1776년(영조 52) 별시문과에 급제하였으며, 관서암행어사·강화어사를 지냈다. 1778년 채제공(蔡濟恭)의 서장관(書狀官)이 되어 청나라에 다녀왔으며, 그 뒤에 홍문관교리·규장각직제학·이조참의·홍문관부제학 등을 역임하였다. 1783년 황해도관찰사로 있다가 임지에서 죽었다.

臣, 규장각의 벼슬아치)으로 있을 휴가를 청하여 성묘를 가려 하였는데, 이때 규장각에 급한 일이 있어서 임금이 이를 허락하지 않았다. 고장(告狀)에 대하여 회답하기를 "마음으로는 조상을 간절히 생각하나〔念祖〕 예에는 또한 넘지 않아야 할 것이 있으니〔有防〕 허락하지 않노라."라고 하였다.

77. 尼助岳

一臺臣啓事罪人罪狀, 不措語而拔之. 承旨請推, 臺臣避嫌曰: "啓事措語, 臣以生疎, 未免尼助岳." 筵臣皆俯伏相笑. 上曰: "尼助岳, 何謂也? 助岳豈非餠名乎?" 筵臣曰: "油糕, 俗稱助岳矣." 蔡文肅曰: "閭巷間卑幼, 向尊長敬謹致詞, 以忘却爲尼助岳矣." 上笑曰: "予亦知之矣. 彼臺爲人質實, 予嘗好之矣. 張旅軒奏事, 每用方言, 至今爲美談, 彼臺何咎焉?"

77. 니조악(尼助岳)[55]

한 대신(臺臣)[56]이 죄인의 죄상에 대해 계사(啓事)하였는데 말을 가려 쓰지 않았다. 승지가 추고를 청하자 대신이 피혐(避嫌)[57]하

54) 서유방(徐有防) : 1741~1798. 조선후기의 문신. 본관은 대구, 자는 원례(元禮), 호는 봉헌(奉軒). 1772년 별시탕평과(別試蕩平科)에 급제한 뒤에 부응교·대사간·이조참의·대사성·대사헌 등을 거쳐 1782년(정조 6) 규장각 직제학이 되었다. 그 후 이조참판·한성부판윤·이조판서 등을 역임하였고 1795년에는 진하사로 북경에 다녀왔다. 글씨에 능하여 규장각 상량문을 썼다.

55) 니조악(尼助岳) : 자세한 의미는 알 수 없으나 아래 채제공의 풀이를 보면 점잖지 못한 시쳇말을 이르는 듯하다.

56) 대신(臺臣) : 사헌부의 대사헌(大司憲) 이하 지평(持平)에 이르는 관헌의 총칭.

57) 피혐(避嫌) : 혐의가 풀릴 때까지 벼슬에 나가지 않음.

고 말하기를 "신이 장계에 쓰는 용어에 생소하여 니조악(尼助岳)을 면치 못했습니다."라고 하였다. 경연의 신하들이 모두 엎드린 채 서로 마주보며 웃었다.

임금이 말하기를 "니조악이 무슨 말인가? 조악[58]은 떡 이름이 아니던가?"라고 하니, 경연의 신하가 말하길 "기름에 지진 떡을 세속에서 조악이라 합니다."라고 하였다. 문숙공 채제공이 말하기를 "시정의 비천한 자나 어린아이들이 어른에게 공경하게 말하는데, 이를 잊어버리고 경어를 쓰지 않는 것을 니조악이라 합니다." 라고 하였다.

임금이 웃으며 말하였다. "나도 아네. 저 대신의 사람됨이 질박하여 내가 평소에 좋아했었네. 장여헌(張旅軒)[59]은 상주(上奏)할 때 매번 방언을 썼는데[60] 지금까지도 미담으로 전해지고 있으니 저 대신에게 무엇을 나무라겠는가?"

78. 洪瘦鄭肥

洪修撰樂貞·鄭直閣大容同榜及第. 洪瘦削骨立, 鄭肥胖肉厚. 上使之比面雙立, 示左右諸臣, 莫不大笑. 時號洪爲瘦學士, 號鄭爲胖學士.

---

58) 조악 : 주악을 말함. 주악은 웃기떡의 하나로, 찹쌀가루에 대추를 이겨 섞고 꿀에 반죽하여 깨소나 팥소를 넣어 송편처럼 만든 다음 기름에 지져서 만든다.

59) 장여현(張旅軒) : 조선중기의 학자이자 문신인 장현광(張顯光, 1554~1637)을 가리킨다. 여헌은 그의 호. 본관은 인동(仁同), 자는 덕회(德晦). 23세 때인 1576년(선조 9)에 재능과 행실이 드러나 조정에 천거되었으며 이후 여러 번 관직에 임명되었으나 사양하고 나가지 않았다. 일생을 학문과 교육에 힘썼으며 산림의 한 사람으로 존경을 받았다. 저서로는 문집인 《여헌집》을 비롯하여 《역학도설(易學圖說)》 등이 있다.

60) 상주(上奏)…방언을 썼는데 : 특히 《중용》에서 인용한 《시경》의 "鳶飛戾天, 魚躍于淵."을 왕에게 설명할 때의 경상도 방언이 구전되고 있다.

78. 마른 홍낙정(洪樂貞)과 살진 정대용(鄭大容)

수찬 홍낙정(洪樂貞)[61]과 직각 정대용(鄭大容)[62]은 과거급제 동기생이었다. 홍낙정은 삐쩍 말라 뼈만 앙상했으나 정대용은 통통하게 살이 쪘다. 임금께서 그들을 나란히 서게 하여 좌우의 여러 신하들에게 보이자 크게 웃지 않는 이가 없었다. 당시 홍낙정은 홀쭉이 학사[瘦學士]로, 정대용은 뚱뚱이 학사[胖學士]로 불렸다.

79. 文肅啗餠

蔡文肅濟恭性喜餠, 遇餠必莞爾而笑曰: "美哉餠也." 上嘗御熙政堂, 文肅以考官入侍. 上賜饌一桌, 故事大臣用別器除出, 以全桌與諸宰. 文肅不然, 自啗餠過半, 而後勸諸臣. 鄭判書昌順, 艴然起奏曰: "臣雖駑, 不食大臣之餘矣." 上大笑曰: "卿相一堂, 顧爭一器餠耶?" 文肅亦謝之. 俄而上入內, 文肅少退, 出司謁房. 旣還入, 上亦還出, 問曰: "卿無恙否?" 文肅曰: "聖教何謂也?" 上曰: "老人喫餠太多, 得無腹疾否?" 文肅曰: "臣少退司謁房, 臣家不知臣飽德, 又送一器餠, 故臣又啗之過半矣." 上曰: "欲吃茶否?" 文肅曰: "臣喫餠, 滯氣自降, 故素不吃茶矣." 上笑曰: "卿於餠, 當以別論矣."

79. 문숙공(文肅公) 채제공(蔡濟恭)이 떡을 먹다

문숙공 채제공(蔡濟恭)은 천성적으로 떡을 좋아하여 떡을 볼 때마

---

61) 홍낙정(洪樂貞) : 1752~? 조선후기의 문신. 본관은 풍산(豊山), 자는 복원(復元). 홍명한(洪名漢)의 아들. 1785년(정조 9) 정시 문과에 급제하였다.

62) 정대용(鄭大容) : 1749~1805. 조선후기의 문신. 본관은 동래, 자는 도이(道以). 정동윤(鄭東尹)의 아들. 문음(門蔭)으로 벼슬하여 형조정랑으로 재직 중이던 1785년(정조 9) 정시문과에 급제하고, 이듬해 규장각 직각이 되었다.

다 씩 웃으며 말하기를 "맛있겠다. 이 떡!"이라고 하였다. 한번은 임금이 희정당(熙政堂)[63]에 납시었을 때, 문숙공은 시험관으로서 입시하고 있었다. 임금이 음식 한 상을 내려 주었는데, 관례에 의하면 대신들은 다른 그릇에 일부를 덜어놓고 나머지 전부를 여러 재신들에게 나누게 되어 있었다. 하지만 문숙공은 그렇게 하지 않고 혼자서 떡을 절반 넘게 먹은 뒤에야 여러 신하들에게 먹으라고 권하였다.

판서 정창순(鄭昌順)[64]이 벌컥 화를 내며 일어나 임금께 상주하기를 "신이 비록 못났지만 대신이 먹고 난 찌꺼기는 먹지 않겠습니다." 라고 하였다. 임금이 크게 웃으며 말하기를 "대신들이 한자리에 앉아 기껏 떡 한 그릇을 다투는가?"라고 하였다. 문숙공 역시 사과를 하였다.

잠시 뒤에 임금이 내전으로 들어가자 문숙공도 잠시 물러나 사알방(司謁房)[65]에 나갔다가 다시 돌아왔다. 그때 임금도 다시 나와서 묻기를 "경은 탈이 나지 않았는가?"라고 하였다. 문숙공이 대답하기를 "마마, 어인 말씀이신지요?"라고 하였다. 이에 임금이 말하기를 "노인께서 떡을 그렇게 많이 드셨으니, 배탈이 나지 않을 수 있겠습니까?"라고 하였다. 문숙공이 대답하기를 "신이 사알방으로 잠시 물러나 있을 때 저희 집에서 제가 덕(德)[66]을 많이 먹은 지도 모르고 또

---

63) 희정당(熙政堂) : 창덕궁에 있는 건물로 본래 내전(內殿)에 속한 건물이었으나 조선후기에 들어 편전으로 사용되었다.

64) 정창순(鄭昌順) : 1727~? 조선후기의 문신. 본관은 온양, 자는 기천(祈天), 호는 사어(四於). 1757년(영조 33) 정시문과에 급제한 뒤 지평·정언·부교리·수찬·지제교 등을 역임하였다. 1776년(정조 즉위) 승지로 있을 때 부사(副使)가 되어 청나라에 가다가 공금을 분실한 죄로 파직되었다. 후에 재기용되어 대사헌·경상도관찰사·예조판서·중추부판사 등을 지냈다. 왕명으로 《동문휘고(同文彙考)》를 편찬하였다.

65) 사알방(司謁房) : 조선시대에 액정서(掖庭署) 소속의 관원이 근무하던 곳으로, 임금의 곁에 있으면서 왕명의 전달, 알현 안내 등을 관장하였다.

66) 덕(德) : 여기서는 쌍관어(雙關語)로 쓰였다. 곧 '덕(임금의 은덕)'과 '떡'

떡 한 그릇을 보내왔기에 다시 절반 넘게 먹었습니다."라고 하였다.

임금이 말하기를 "차를 마시고 싶지 않소?"라고 하니, 문숙공이 대답하기를 "신은 떡을 먹으면 체기가 절로 내려가기에 평소 차를 마시지 않습니다."라고 하였다. 임금이 웃으며 말하기를 "경이 떡을 잘 먹는 것은 참 남다르군요."라고 하였다.

80. 李判書文源

上嘗於洗心臺賞花, 召金氏家童穉見之. 有一兒貌如玉削, 年十歲, 進退周旋奏對之節, 閒熟中規. 諸臣觀者皆曰: "瑞物." 李判書文源方大醉, 起奏曰: "彼人妖也, 殿下勿近之. 童稚氣象當磊落愚騃, 彼十歲已如此, 將來必爲小人, 勿近焉." 其倔强如此.

80. 판서 이문원(李文源)[67]

한번은 임금(곧 정조)께서 세심대(洗心臺)에서 꽃구경을 하다가 김씨 댁의 아이들을 불러서 만나보셨다. 어떤 아이 하나가 옥을 깎아놓은 듯이 잘 생겼고 나이는 열 살이었는데, 나아가고 물러나고 읍양하고 주선하며 아뢰고 대답하는 예의범절에 익숙하여 법도에 맞지 않는 것이 없었다.

여러 신하들이 모두 말하기를 "상서로운 인물입니다."라고 하였다. 이때 판서 이문원(李文源)이 막 대취하여 일어나 상주하였다.

"저 아이는 인간 요물이니 전하께서는 가까이 하지 마십시오. 아이의 기상은 당연히 거칠고 활달하며 어리숙한 데가 있어야 합니다. 그런데 저 아이는 겨우 열 살인데 이와 같이 행동하니, 장래에 반드시 소인배가 될 겁입니다. 그를 가까이 하지 마십시오."

을 동시에 의미함.

67) 이문원(李文源) : 권2 주 41) 참조.

이문원은 꿋꿋하기가 이와 같았다.

81. 丁判書

丁判書範祖性迂疎. 舍前有小圃, 可種麥一斗. 嘗議種煙, 或問: "烟子幾許可以播之?" 丁云: "烟子只五升, 便可足用矣." 時人傳爲美談.【百艸之中, 烟子至瑣.】 嘗乘藍輿, 後者先擧, 公曰: "何前之庳也?" 言未已, 前者又起. 公曰: "今平矣." 世亦傳笑. 有陪隷, 或紿之曰: "春秋館使令, 料布甚厚. 大監方知春秋館事, 汝其圖之." 隷訴之. 公曰: "俟! 有窠當以汝補." 隷請: "故執過, 作窠." 公曰: "彼亦可矜也." 世亦傳笑.【春秋館, 本無使令.】 有職則入城, 解職卽還原州. 嘗以銓堂新遞, 上密諭承旨: "勿令卽還". 公聞之曰: "上敎出於朝報乎?" 承旨愕然曰: "是何言也? 此密旨也." 公曰: "不出朝報者, 吾斯未信." 翌日東還. 其恬澹如此.

81. 판서 정범조(丁範祖)[68]

판서(判書) 정범조(丁範祖)는 세상 물정에 어두웠다. 공의 집 앞에 보리 한 말을 심을 만한 작은 밭이 있었다. 한번은 담배를 심으려고 하였는데 어떤 이가 말하기를 "담배 씨앗을 얼마 뿌릴 수나 있겠습니까?"라고 묻자, 정공은 말하기를 "담배 씨앗이 다섯 되 정도면 넉넉할 것이오."라고 하였다. 당시 사람들이 이 이야기를 전하며 미담으로 삼았다.【온갖 식물 가운데 담배 씨앗이 가장 자잘하다.】

또 한번은 공이 남여(籃輿)[69]를 타는데 뒤 가마꾼이 먼저 가마를

---

68) 정범조(丁範祖) : 1723~1801. 조선후기의 문신. 본관은 압해(押海), 자는 법세(法世), 호는 해좌(海左). 강원도 원주에 살았다. 1763년 증광문과에 갑과로 급제하여 성균관전적·지평·이조좌랑·동부승지·대사헌·예조참판 등을 역임하였다. 정조말년까지 조정에 머물며 예문관·홍문관의 제학으로서 문사(文詞)의 임무를 맡았으며, 정조 사후에 《정조실록》 편찬에 참여하였다. 정약용이 존앙하던 방친(傍親)이다. 저서에 《해좌집》이 전한다.

들자 공이 "어째서 앞쪽이 낮은가?"라 하였다. 말이 끝나기도 전에 앞 가마꾼이 또 일어났다. 공이 말하길 "이제 평평하구나."라고 하였다. 세상 사람들이 또 웃을만한 일로 전하였다.

공을 모시는 종이 있었는데 어떤 이가 그 종을 속이며 말하기를 "춘추관 사령(使令)[70]은 급료로 베를 많이 받는다네. 대감께서 지금 춘추관(春秋館) 지사(知事)가 되셨으니 사령을 시켜달라고 해보게나." 라고 하였다. 그 종이 사령을 시켜달라고 호소하자, 공은 말하기를 "기다려라. 자리가 생기면 마땅히 너를 임명하겠노라."라고 하였다. 종이 청하기를 "고의로 과실을 잡아내서라도 벼슬자리를 만들어주십시오."라 하자, 공이 말하길 "당하는 그쪽도 불쌍하다"라고 하였다. 세상 사람들이 역시 웃을 만한 일로 전하였다.【춘추관에는 본래 사령이 없다.】

공은 관직에 임명되면 서울에 왔다가 해직되면 곧 원주로 돌아갔다. 일찍이 전당(銓堂)[71]으로 새롭게 임명될 일이 있었는데, 임금께서 은밀히 승지를 시켜 바로 돌아가지 말고 기다리라고 하였다. 공이 그것을 듣고 말하기를 "돌아가지 말고 기다리라는 주상의 하교가 조보(朝報)[72]에 나왔는가?"라고 물었다. 승지가 놀라 말하기를 "그게 무슨 말씀이십니까? 이는 주상의 밀지(密旨)입니다."라고 하였다. 공이 말하길 "조보에 나오지 않았으니 나는 믿을 수 없네."라고 하고는 다음날 원주로 되돌아갔다. 공은 욕심이 없고 깨끗하기가 이와 같았다.

---

69) 남여(藍輿) : 덮개가 없는 가마.
70) 사령(使令) : 조선시대 각 관아에서 심부름하는 사람을 가리키는 범칭.
71) 전당(銓堂) : 조선시대 이조의 당상관(堂上官).
72) 조보(朝報) : 승정원에서 처리한 일을 날마다 아침에 적어서 반포하는 일, 또는 그 적은 종이를 말한다.

82. 洪節度

余聘翁洪節度, 豪俠好義. 方蔡文肅之沈屈也, 門生切友, 無不畔棄. 公有詩曰: "末俗紛紛趨勢途, 乘機處處占榮枯. 何人不負楊臨賀? 然後方稱大丈夫." 公仲氏判書, 發啓論文肅, 公猶不棄. 嘗往文肅之室, 寒暄已, 文肅顧謂傔人曰: "客馬宜繫庭前, 勿令門前立也" 公曰: "何故?" 文肅曰: "恐爲賢累." 公嘻笑曰: "何大監之區區也? 欲人勿知, 莫如勿爲. 既恐爲累, 何必相及?" 卽座上招御者, 戒之曰: "爾其係馬于屛門【卽巷口】之外. 有問者, 爾可曰: '會賢坊洪兵使, 爲訪蔡判書來也.'" 文肅大笑. ○丙申秋, 謫去雲山. 判書公戒之曰: "君忤德老【洪國榮字】至此. 今雖遠謫, 不可不致書而去也." 公曰: "可笑. 彼亦冰山耳." 座客莫不吐舌.

82. 절도사 홍화보(洪和輔)[73]

나의 장인인 홍절도공은 호협하며 의로움을 좋아했다. 문숙공 채제공이 어려움에 처했을 때, 문숙공의 문생이나 절친했던 이들이 그를 버리고 모두 돌아섰다. 이때 홍공이 다음과 같은 시를 지었다.

말세에 어지러이 권세를 좇고	末俗紛紛趨勢途
기회만 있으면 곳곳에서 영욕을 살피네	乘機處處占榮枯
양임하(楊臨賀)[74]를 저버리지 않은 자 누구인가	何人不負楊臨賀

73) 홍화보(洪和輔) : 1726~1791. 조선후기의 문신. 본관은 풍산, 자는 경협(景協). 정약용의 장인. 1771년(영조 47) 훈련초관으로 국사시에 1등을 했으며 동부승지를 지냈다. 1791년(정조 15) 황해도 병마절도사로서 생을 마쳤다. 정약용은 1776년(영조 52, 15세)에 관례를 치르고 홍화보의 딸과 결혼했다.

74) 양임하(楊臨賀) : 중국 당나라 때 임하(臨賀)로 좇겨나간 양빙(楊憑)을 가리킨다. 양빙이 좇겨날 때에 친구들은 자기에게 피해가 생길까 두려워 아무도 위문하지 않았는데, 오직 서회(徐晦)만이 전별하러 나왔다. 재상 권덕여(權德輿)가 혹 누가 될 수도 있다고 하자, 서회는 "젊은 시절 임하

그런 뒤에야 마땅히 대장부라 하겠네[75] 然後方稱大丈夫

공의 둘째 형 판서공[76]이 장계를 올려 문숙공의 잘못을 논했음에도 공은 여전히 그를 저버리지 않았다.

한번은 홍공이 문숙공의 집에 찾아갔을 때 안부 인사를 마쳤는데, 문숙공이 청지기를 돌아보며 말하기를 "손님의 말은 마땅히 마당에 묶어 놓아야지, 문 앞에 세워 두어서는 안 된다."라고 하였다. 공이 묻기를 "왜 그렇습니까?"라고 하자, 문숙공이 말하기를 "그대에게 누가 될까 걱정이 돼서 그렇습니다."라고 하였다. 공은 웃으며 다음과 같이 말하였다.

"어찌 대감께서는 자잘한 데 신경을 씁니까? 남들이 모르게 하려면 애초에 안 하는 것 만한 것이 없습니다. 이미 누가 될까 두려워했다면, 어떻게 제가 이렇게 찾아왔겠습니까?"

그리고는 그 자리에서 말몰이꾼을 불러 경계시키며 말하였다. "너는 내 말을 병문(屛門)【골목 입구】에 묶어 두어라. 이 말이 누구의 말인지 묻는 사람이 있거든 너는 이렇게 말해라. '회현방의 홍병사가 채판서를 방문하러 왔습니다.'라고." 문숙공이 크게 웃었다.

○ 병신년(1788, 정조 12) 가을에 홍공이 운산(雲山)에 유배되었다.[77] 당시 공의 둘째 형 판서공이 경계하며 말하기를 "네가 덕로(德

가 나를 저버리지 않았는데, 이제 차마 그를 저버릴 수 있겠는가?"라고 하였다. 권덕여는 그의 올곧음을 칭찬하였다.《新唐書·徐晦傳》

75) 양임하를……하겠네 : 이 시의 3·4구는 정약용이 지은 홍화보의 묘갈명 〈함경북도병마절도사홍공묘갈(咸鏡北道兵馬節度使洪公墓碣)〉(《여유당전서》 시문집 권17)에도 전한다.

76) 판서공 : 홍내보(洪來輔). 홍씨 형제의 차순은 다음과 같다. 홍우보(洪友輔), 홍내보(洪來輔), 홍철보(洪哲輔), 홍수보(洪秀輔), 홍화보(洪和輔).《司馬榜目》

77) 병신년……유배되었다 : 이와 관련된 내용은 정약용이 지은 〈절도사홍공

老)〔홍국영(洪國榮)[78]의 자〕에게 미움을 사서 이 지경에 이르렀다. 비록 지금 변방으로 유배를 가지만 홍국영에게 편지를 쓰고 가지 않으면 안 될 것이다."라고 하였다. 공이 말하기를 "가소로운 일입니다. 홍국영은 여름이 되면 녹아버리고 말 빙산일 뿐입니다."라고 하였다. 좌객들이 모두 놀라지 않는 사람이 없었다.

83. 李獻納

李獻納萬應, 貌野而行篤, 平生不向人有所干求. 及擢第唱名之日, 尙無鞍馬. 或憂之, 公曰: "吾來時, 乘款段馬. 得一第, 背之, 馬且自悲. 自有屉鞍〔俗名吉馬〕, 勿慮也." 遂以款段屉鞍, 頭插御賜花, 行于街. 馬又有駒, 駒隨之. 京城士女, 爭相聚觀, 嘲笑萬狀, 公神色自若.

83. 헌납(獻納) 이만응(李萬應)[79]

헌납 이만응(李萬應)은 외모가 촌스러웠으나 행실이 독실하였으며, 평소에 남에게 부탁하는 것이 없었다. 과거에 급제하여 급제자

묘갈〉에 자세히 보인다.

78) 홍국영(洪國榮) : 1748~1781. 조선 정조 때의 권신(權臣). 본관은 풍산, 자는 덕로(德老). 1771년(영조 48) 정시문과에 급제하였으며, 영조 말년에 벽파의 횡포 속에서 세손(후의 정조)을 보호한 공로로 세손의 두터운 신임을 얻었다. 정조의 승명대리(承命代理)를 반대하던 정후겸(鄭厚謙)·홍인한(洪麟漢)·김귀주(金龜柱) 등을 탄핵하여 실각시키고, 홍상간(洪相簡)·홍인한(洪麟漢)·윤양로(尹養老) 등의 모역(謀逆)을 적발하여 처형시켰다. 1778년(정조 2) 누이동생을 후궁으로 바쳐 원빈(元嬪)으로 삼았으나 1년 만에 병들어 죽자, 정순왕후(純貞王后)가 원빈을 살해한 것으로 믿고 왕비 독살 계획을 실행하다가 발각되어 축출 당해 죽었다.

79) 이만응(李萬應) : 1724~? 본관은 연안(延安), 자는 계심(季心). 이왕(李瀇)의 아들이며, 이도징(李道徵)의 손자이다. 1774년(영조 50) 증광시에 급제.《文科榜目》

를 발표하는 날에도 여전히 안장을 갖춘 말이 없었다. 누군가가 이를 걱정하니 공이 다음과 같이 말했다. "나는 시험 보러 올 때에 조랑말을 타고 왔소이다. 과거에 한번 급제를 하였다고 조랑말을 버린다면 말도 슬퍼할 것이요. 본래 가지고 있는 체안(屜鞍)【속명은 길마[80]】이 있으니 걱정하지 마소."

드디어 조랑말에 안장 대신 길마를 얹은 채 머리에 어사화를 꼽고 거리 행진을 하였다. 조랑말에게 또 망아지가 있어 망아지도 그 뒤를 따랐다. 서울의 남녀들이 우르르 모여들어 그 광경을 보고는 온갖 조소를 퍼부었으나 공은 낯빛이 태연하였다.

84. 朴教官

朴徵士孫慶, 禮泉郡人也. 善爲詩文, 篇成隨卽毁之, 不令傳後. 余唯記其〈田家詞〉一首, 曰: "田家春稅焦, 田婦不梳頭. 紡車竟夜鳴, 兒啼殊不休. 兒啼豈不憐? 夫壻三日囚." 以篤行薦授教官, 學者稱南野先生. 有一弟益野, 嘗爲逆賊纘新繼子, 元陵知其賢, 破其養不坐. 乃入深山之中, 負炭匿跡, 歲修香火於纘塋, 終身不廢.

84. 교관(教官) 박손경(朴孫慶)[81]

징사(徵士)[82] 박손경(朴孫慶)은 예천군 사람이다. 시문에 뛰어났

80) 길마 : 소나 말에 걸쳐놓고 짐을 나르던 도구이다. 물건을 양쪽에 실어 말이나 소가 균형을 잃지 않도록 만들었다. 장터 등 먼 거리를 다녀올 때 길마는 매우 긴요한 도구로 사용되었다.

81) 박손경(朴孫慶) : 1713~1782. 조선후기의 학자. 본관은 함양, 자는 효유(孝有), 호는 남야(南野). 문명이 높아 이상정(李象靖)·최흥원(崔興遠)과 함께 영남삼로(嶺南三老)라고 칭송되었으며, 천거를 받아 벼슬에 제수되었으나 부임하지 않았다. 문집으로는 《남야집》이 전한다.

82) 징사(徵士) : 산림에 은거하는 선비 중에 학식과 덕행이 뛰어나 임금의

으나 글을 완성하면 바로 없애버려서 후세에 전해지지 않게 하였다. 내가 그의 〈전가사(田家詞)〉 한 수를 기억하는데 다음과 같다.

농가의 봄 세금내기에 급급하여	田家春稅焦
농가의 아낙네 머리빗을 틈도 없네	田婦不梳頭
물레소리 삐걱삐걱 밤새 울고	紡車竟夜鳴
아이 울음소리도 그치지 않는구나	兒啼殊不休
우는 아이 어찌 불쌍치 않으랴만	兒啼豈不憐
남편이 사흘이나 갇혀있다네	夫壻三日囚

독행(篤行)으로 천거되어 동몽교관을 제수 받았고, 학생들이 남야선생(南野先生)이라 불렀다. 동생 익야(益野)[83]는 일찍이 역적 박찬신(朴纘新)의 양자로 들어갔었는데, 원릉(元陵)[84]께서 그가 어진 사람임을 아시고 파양(破養)하여 연좌시키지 않으셨다. 익야는 곧 깊은 산 속에 들어가 숯을 구워 살면서 행적을 감췄으며, 해마다 박찬신의 묘에 제사 올리기를 평생토록 그치지 않았다.

부름을 받고 조정에 나온 선비.

83) 익야(益野) : 박민경(朴民慶)을 가리킨다. 익야는 그의 호. 박찬신(朴纘新)의 양자로 들어갔다. 박찬신은 1755년(영조 31) 윤지(尹志)가 주동이 되어 일으킨 을해옥사(이른바 나주괘서사건)에 연루되어 사형을 당했다. 이때 영조는 박민경을 풀어주고 연좌시키지 않았다. 박민경은 고향으로 돌아간 후에 아내와 함께 산으로 들어가 평생을 살았다고 한다. 관련 내용이 안정복(安鼎福), 〈상헌수필(橡軒隨筆)〉(《순암집(順菴集)》 권13)에 보인다.

84) 원릉(元陵) : 동구릉(東九陵)의 하나. 영조와 영조 계비(繼妃) 정순왕후(貞純王后)의 능. 여기서는 영조를 말한다.

85. 金司書

坡州金司書敍九, 余仲氏聘翁也. 少窮困, 績文爲及第, 力農至起家. 性綜明剛果, 而嘗於道袍上著羊皮小褂子, 其粗率又如此. 方文肅盛時, 不及其門, 唯洪判書名漢相善, 弘文之選, 再爲文肅所枳. 及文肅中屈, 公更繾綣, 而昔之親付者多畔之. 文肅爲安州節度時, 公沒, 文肅賻問特厚. 及爲相, 思念公不已.

85. 사서(司書) 김서구(金敍九)[85]

파주에 살았던 사서(司書) 김서구(金敍九)는 내 둘째 형님[86]의 장인어른이다. 어렸을 때 곤궁하였으나 글공부를 열심히 하여 급제를 하였으며 농사에도 힘을 써서 집안을 일으켰다. 성품이 분명하고 과단성이 있었는데, 늘 도포 위에 양가죽으로 만든 조끼를 입었으니 투박하기가 또 이와 같았다.

문숙공 채제공이 세력을 얻었을 때 그 집 대문 앞에도 안 갔고, 오직 판서 홍명한(洪名漢)[87]과 친하게 지내서 홍문록에 뽑혔을 때 문숙공에 의해 두 번이나 저지당했다. 문숙공이 잠시 실각하자 김공은 다시 문숙공과 곡진히 교유하였는데, 예전에 문숙공에게 아부하던 사람들은 대부분 배반하였다. 문숙공이 안주 절도사로 있을 때 공이 죽자, 문숙공은 부조하고 조문하기를 특히 후하게 하였다. 문숙

85) 김서구(金敍九) : 1725~? 본관은 풍양, 자는 맹주(孟疇). 영조 37년(1761) 문과에 급제. 《文科榜目》

86) 둘째 형님 : 정약전(丁若銓, 1758~1816)을 가리킨다. 정약전은 본관이 나주, 자는 천전(天全), 호는 일성루(一星樓)·매심재(每心齋)·손암(巽庵)·연경재(研經齋). 1790년(정조 14) 증광문과에 급제하였으며 부정자·초계문신에 이어 1797년 병조좌랑이 되었다. 일찍이 천주교 등 서학(西學)에 관심을 가졌으며, 천주교에 입교한 후 신유사옥 때 흑산도로 유배되었고 유배지에서 생을 마쳤다. 저서로 《자산어보(玆山魚譜)》가 있다.

87) 홍명한(洪名漢) : 권2 주 34) 참조.

공이 영상이 되었을 때 공을 그리워하여 마지않았다.

86. 俞承旨

兪承旨恒柱, 性剛褊耿介. 嘗入憲府, 發禁牌執私屠者, 卽扈衛軍官也. 韓政丞翼謨, 時爲大將, 飭禁吏放之. 公勃然曰: "大臣者固分付法司, 放私屠者乎! 法之不立由大臣." 覓紙草箚子, 將劾之. 韓相急遣客謝之, 深自引咎. 公曰: "大臣謝臺諫, 可貴也." 遂已之. ○嘗爲忠州牧使, 方初擇試士, 有悖儒揭榜官門曰: "某某十人, 官已相約, 榜已具矣." 公笑曰: "此儒十人, 必有才名, 故物望如此." 遂按次出榜如其所揭, 人莫敢誰何. 文肅之中屈也, 蔡判書弘履多謗言. 公上書文肅, 極論致謗之由, 語皆次骨.

86. 승지(承旨) 유항주(俞恒柱)[88]

승지 유항주(兪恒柱)는 성품이 강직하고 고집이 셌다. 한번은 사헌부에 있을 때, 금패(禁牌)[89]를 발부하여 밀도살한 자를 잡고 보니 바로 호위군관이었다. 정승 한익모(韓翼謨)[90]가 이때 호위대장이었는데, 금리(禁吏)[91]에게 명하여 놓아주게 하였다. 공이 발끈하여 말

---

88) 유항주(兪恒柱) : 1730~? 본관은 기계(杞溪), 자는 계오(季五). 1759년(영조 35) 문과 급제. 《文科榜目》

89) 금패(禁牌) : 금리(禁吏)가 지니던 패로 범법 행위를 단속할 때에 내보였다.

90) 한익모(韓翼謨) : 1703~? 조선후기의 문신. 본관은 청주, 자는 경보(敬甫), 호는 정견(靜見). 1733년(영조 9) 문과에 급제하였으며 정언·이조정랑·승지 등을 거쳐 예조판서에 올랐다. 1762년 판의금부사로 사도세자(思悼世子)에 대한 나경언(羅景彦)의 고변이 있자 이를 사주한 배후를 철저히 가릴 것을 적극 주청하였다. 이어 대제학으로서 사도세자가 죽은 경위를 밝히는 교서의 작성을 끝내 거절하여 삭탈관직 되었다. 그러나 그 기개가 높이 평가되어 1766년 좌의정에 올랐고 1772년 영의정이 되었다.

91) 금리(禁吏) : 조선 시대에 의금부와 사헌부에 소속되어 도성 안의 범법

하기를 "대신이란 자가 어찌 법사(法司)에게 밀도살한 자를 놓아주라는 분부를 내린단 말인가! 법이 제대로 서지 못하는 것은 대신 때문이오."라고 하였다. 그리고는 종이를 가져다 차자(箚子)의 초안을 잡고 장차 탄핵하려고 하였다. 재상 한익모가 급히 사람을 보내 사과하고 자신의 죄를 깊이 인정하였다. 이에 공은 "대신이 대간에게 사과하는 것은 높이 살만한 일이다."라고 말하고 마침내 그만두었다.

○ 일찍이 충주목사가 되어 향시에 응시한 자를 처음으로 선발하게 되었는데, 어느 못된 선비가 관아의 대문에 방을 붙이기를 "누구누구 열 사람은 관과 이미 약속하여 합격 방목이 이미 정해졌다."라고 하였다. 공이 웃으며 말하기를 "이 열 명의 선비들은 반드시 재명(才名)이 있을 것이오. 그러니 여론이 이러한 것 아니겠소."라고 하였다. 그리하여 마침내 써 있던 대로 방목을 붙이니, 사람들은 감히 이의를 제기하지 못했다.

문숙공 채제공이 잠시 실각하였을 때, 판서 채홍리(蔡弘履[92])가 비방하는 말을 많이 하였다. 공이 문숙공에게 편지를 올려 비방을 받는 이유를 여지없이 밝혔는데, 그 말 하나하나가 모두 뼈를 찌르는 것이었다.

행위를 단속하던 하급 관리.

92) 채홍리(蔡弘履) : 1737~1806. 조선후기의 문신. 본관은 평강, 자는 사술(士述), 호는 기천(岐川). 대제학 유후(裕後)의 5대손으로, 응조(應祖)의 손자이며, 의공(義恭)의 아들이다. 체제공의 조카. 1766년 문과에 급제하였으며 사간원정언, 홍문관수찬·응교, 사헌부집의를 거쳐 승지를 역임하였다. 정조 연간에는 목만중(睦萬中)·홍의호(洪義浩) 등과 가까이 지내면서 노론 세력과 연결되어 채제공(蔡濟恭)·이가환(李家煥) 중심의 남인 세력을 비판하였다. 관직은 예조·호조·형조의 참판 등을 거쳐 형조·공조의 판서에 이르렀다.

87. 金承旨

金承旨尙默, 晩居苕川, 性坦直峻整. 嘗爲安東府使, 有安氏與李氏訟墓地. 安本南人, 而二世投老者, 李尙南也. 安落訟忿然曰: "城主不知彼爲誰乎?" 公曰: "誰也?" 安曰: "彼乃戊申餘黨也." 公笑曰: "戊申餘黨, 顧可罪乎? 汝與汝父雖歸正, 汝祖將奈何? 汝亦戊申餘黨也." 笞其臀五十, 一境翕然. 及歸, 有以是誚之者. 公曰: "吾見嶺南, 牛與南人宜土, 馬與老論不宜土. 吾雖顧藉, 何益哉?"【安, 復駿之子寵】

87. 승지 김상묵(金尙默)[93]

승지 김상묵(金尙默)은 만년에 소내[苕川][94]에 살았는데 성품이 솔직하고 준엄하였다. 일찍이 안동부사가 되었을 때, 안씨와 이씨 사이에 묘지 송사가 있었다. 안씨는 원래 남인이었으나 아버지 대에 노론에 가담했고 이씨는 여전히 남인이었다. 안씨가 송사에서 지자 분해하며 말하기를, "사또께서는 그 자가 누구인지 모르십니까?"라 하였다. 공이 말하기를, "누구냐?"라고 하니, 안씨가 말하기를, "저자는 바로 무신여당(戊申餘黨)[95]입니다."라고 하였다. 공이 웃으며 말하기를, "무신여당이라면 벌을 받아 마땅하단 말이냐? 너와 네 아비는 비록 바르게 되었지만, 너의 조부는 어쩐단 말이냐? 너 역시 무신

93) 김상묵(金尙默) : 1726~? 조선후기의 문신. 본관은 청풍, 자는 백우(伯愚). 1766년(영조 42) 문과에 급제하였으며 교리·겸문학·수찬 등을 지냈다. 1771년 수원부사 재임 때 굶주린 백성들을 구제한 공으로 포상을 받았나. 1774년에 형조참의를 역임하였으며 뒤에는 대사간에 이르렀다. 본문과 관련된 내용이 정약용의 《목민심서·청송(聽訟)》에도 보인다.

94) 소내[苕川] : 소내는 지금의 경기 남양주시 조안면 능내리. 이곳은 정약용의 고향이기도 하다.

95) 무신여당(戊申餘黨) : 1728년(영조 4) 무신년에 일어났던 이인좌(李麟佐)의 난에 가담하거나 연루되었던 무리들을 가리킨다. 무신란은 소론 과격파들과 남인이 영조와 노론을 제거하고 밀풍군(密豊君) 탄(坦)을 왕으로 추대하기 위해 일으킨 사건이다. 일명 '이인좌의 난'이라고도 한다.

여당이 아니더냐."라고 하였다. 안씨에게 곤장 오십 대를 치니 고을 사람 모두가 흡족해하였다.

공이 서울에 돌아왔을 때 이 문제를 가지고 책망하는 자가 있었다. 공이 말하기를, "내가 영남을 보건대 소와 남인은[96] 살만한 땅이지만, 말과 노론은 살만한 땅이 아닙니다. 내가 봐주었다 한들 무슨 도움이 된단 말입니까?"라고 하였다.【안씨는 복준(復駿)[97]의 아들 총(寵)이다.】

88. 李在咸

李在咸, 狂客也. 嘗拔劒直入其從兄在協之室, 擬之於頸, 從兄凝然不動. 在咸曰: "政丞也. 汝終爲政丞矣." 後如其言. 嘗入泮庭, 斥呼宋尤菴·朴玄石諸姓名, 極口醜罵, 終亦以狂得無事. 一時在大臣列者, 無不突入詬詈. 先朝望其痊, 特授敎官, 亦不悛改.

88. 이재함(李在咸)[98]

이재함(李在咸)은 광객(狂客)이다. 한번은 칼을 뽑아 들고 종형인 재협(在協)[99]의 방에 곧장 들어가서 그의 목에 칼을 겨누었는데, 재

---

96) 소와 남인 : 영남은 산악지형이 많아 소는 살기 좋지만 말은 살기 어렵다는 말인 듯하다. 조선후기 영남 지방은 남인들이 많이 살았다.

97) 안복준(安復駿) : 1698~1777. 조선후기의 문신. 본관은 순흥, 자는 자초(子初), 호는 택헌(擇軒). 아버지는 예조판서에 추증된 연석(鍊石)이다. 1728년(영조 4) 문과에 급제하였는데 그 해에 이인좌의 난이 일어났다. 그 뒤 정릉령(貞陵令)·이조정랑을 거쳐 1737년 부안현감이 되었다. 이후 사헌부지평·울산부사 등을 역임하였다. 저서로는《택헌문집》이 있다.

98) 이재함(李在咸) : 조선 영·정조 때 광객(狂客)으로 이름이 났던 인물이며, 《임하필기(林下筆記)》 권26, 〈춘명일사(春明逸史)〉나《일성록(日省錄)》 정조 17년(1793) 10월 3일조 등에 관련 일화가 보인다.

99) 이재협(李在協) : 1731~1790. 조선후기의 문신. 본관은 용인(龍仁), 자는 여고(汝皐). 1757년(영조 33) 문과에 급제하였으며 사간원지평·홍문관교리

협은 꿈쩍도 하지 않았다. 재함이 말하기를, "정승감이다. 너는 언젠가는 정승이 될 것이다."라고 하였다. 후에 과연 그의 말대로 되었다.

또 한번은 성균관 뜰에 들어가 송우암(宋尤菴)[100]·박현석(朴玄石)[101]등의 이름을 부르면서 심한 욕설을 퍼부었는데도, 끝내는 미친놈이라는 이유로 무사할 수 있었다. 당시 대신반열에 있었던 사람들 중에 갑자기 그로부터 욕을 먹지 않은 이가 없었다. 선왕(곧 정조)께서 그의 병이 낫기를 바라면서 특별히 동몽교관 자리를 제수했지만 여전히 뉘우쳐 고치지 않았다.

등을 거쳐 승지를 역임하였다. 정조 연간에는 대사헌·병조판서·좌의정을 거쳐 영의정에 올랐다.

100) 송우암(宋尤菴) : 조선후기의 학자이자 문신인 송시열(宋時烈, 1607~1689)을 가리킨다. 우암은 그의 호. 본관은 은진(恩津), 자는 영보(英甫). 1635년 봉림대군(鳳林大君, 후의 효종)의 사부(師傅)가 되었으며, 효종 즉위 후 이조판서에 올라 북벌계획을 추진하였다. 효종이 별세하여 자의대비(慈懿大妃)의 복상 문제가 제기되자, 삼년설(三年說, 만2년)을 주장하는 남인에 대하여 기년설(朞年說, 만1년)을 건의하여 이를 채택케 함으로써 남인을 제거하고 정권을 장악하였다. 1689년 왕세자(王世子, 후의 경종)가 책봉되자 이를 반대하는 상소를 했다가 제주에 안치되고, 국문을 받기 위해 상경하던 중 정읍에서 사사(賜死)되었다. 저서에 《송자대전》이 있다.

101) 박현석(朴玄石) : 조선후기의 학자이자 문신인 박세채(朴世采, 1631~1695)를 가리킨다. 현석은 그의 호. 본관은 반남, 자는 화숙(和叔), 또 다른 호는 남계(南溪). 1659년 효종이 별세하여 자의대비의 복상문제가 제기되자 송시열과 함께 기년설을 주장하여 관철시켰다. 1674년(숙종 즉위) 남인들이 집권하고 서인들이 제거됨에 따라 삭관되었으나, 1680년 경신환국으로 서인이 다시 정권을 잡자 동부승지에 기용되었다. 1683년 서인이 노론과 소론으로 분열되자 소론의 영수가 되었다. 저서에는 문집인 《남계집》을 비롯하여 《동유사우록(東儒師友錄)》·《삼례의(三禮儀)》 등이 있다.

89. 丑隱

洪全義徽漢, 少游同輩, 以其面目深黑, 衆嘲之爲牛賊, 久而成號, 掉脫不得. 洪參判仁浩, 才士也, 謂之曰: "牛賊之號, 太不雅馴, 自今改以丑隱何如?" 世以爲才談, 爭相傳播. 洪公晩年, 遂以丑隱行世. 其言論志趣之高, 後輩莫及焉.

89. 축은(丑隱)[102]

전의현감을 지낸 홍휘한(洪徽漢)[103]은 어려서 동무들과 놀 적에 얼굴이 너무 시커멓다고 하여 동무들이 그를 소도둑이라고 놀렸는데, 오래되다 보니 별명이 되어 벗어날 수 없었다. 참판 홍인호(洪仁浩)[104]는 재주 있는 선비인데, 홍휘한에게 말하기를 "소도둑이란 이름은 우아하지 못하니, 오늘부터 '축은(丑隱)'으로 하는 것이 어떻소?"라고 하였다. 세상 사람들이 재담으로 여겨 너도나도 전파하였다. 홍공이 만년에 마침내 축은으로 행세하였다. 그 견해와 지향의 고상함은 후배들이 미칠 바가 아니었다.

90. 沈汝漸

沈龍潭逵, 少不勤苦績文, 然爲詩好大言. 嘗於樊翁詩席, 有約不赴, 諸

---

102) 축은(丑隱) : 소처럼 우직한 은자라는 뜻이다. 축(丑)은 지지(地支)에서 소를 가리킨다.

103) 홍휘한(洪徽漢) : 1723~? 조선후기의 문신. 본관은 풍산, 자는 덕수(德水). 1754년(영조 30) 생원. 《司馬榜目》

104) 홍인호(洪仁浩) : 1753~1799. 조선후기의 문신. 본관은 풍산, 자는 원백(元伯). 1777년(정조 1) 문과에 급제하였으며 홍문관교리를 거처 승지·대사헌을 지냈다. 1784년 왕명으로 각도의 형옥결안(刑獄決案)의 편집에 착수하여 1799년에 완성하였는데, 뒤에 동생 의호(義浩)가 증수하여 《심리록(審理錄)》으로 간행하였다.

公恨之. 翁曰: "是不難. 汝漸之詩, 吾代述之." 其一句曰"大雪長安滿, 疎鍾美洞來", 座客皆絶倒. 蓋此句酷似沈詩, 得其神髓.

90. 심규(沈逵)[105]

용담(龍潭) 현령을 지낸 심규(沈逵)는 젊어서 글짓기에 애쓰지 않았으나, 시를 지을 때는 큰 소리를 잘 쳤다. 한번은 번옹(樊翁) 채제공(蔡濟恭)이 연 시회(詩會)[106]에 약속을 해놓고 오지 않자 여러 공들이 유감스럽게 생각하였다. 번옹이 말하길 "이는 어렵지 않으니, 여점(汝漸, 심규의 자)의 시를 내가 대신 지어보리다."라 하고는 "한양성은 온통 눈으로 가득한데, 종소리 드문드문 미동(美洞)[107]까지 들려오네.[大雪長安滿, 疎鍾美洞來.]"라고 한 구절을 읊자 좌객들이 모두 포복절도하였다. 이 구가 심규의 시와 매우 비슷하였으니 그 진수를 얻었던 것이다.

---

105) 심규(沈逵) : 자는 여점(汝漸). 1776년(정조 즉위년)에 평창·진산 군수에 임명되었으며, 1787년(정조 11) 용담현령으로 있을 때 선정을 베풀었다고 한다. 채제공의 《번암집》에는 심규와 교유한 시가 3편 가량 수록되어 있다.

106) 번옹(樊翁)이 연 시회 : 채제공이 1773년(영조 49) 가을 판탁지 겸 약원제조(判度支兼藥院提調)로 있으면서 이끈 번리시사(樊里詩社)를 가리키는 듯하다. 그는 이듬해 정월에 관서관찰사로 나가기 전까지 이 시사의 맹주로 있었다. 정범조(丁範祖)·오대익(吳大益)·유항주(兪恒柱)·심규(沈逵) 등 많은 사람들이 참여하였다.

107) 미동(美洞) : 지금의 서울 을지로 1가 소공동 북쪽인데, 채제공이 살았던 곳이다. 《번암집(樊巖集)》 권38, 〈제망실정경부인권씨문(祭亡室貞敬夫人權氏文)〉에서 번암은 "어질구나! 미동의 부인이여.[賢哉! 美洞夫人也.]"라고 하면서 "미동은 내가 사는 곳이다.[美洞, 吾所居之洞也.]"라고 주를 붙여 두었다.

91. 崔北

崔北字七七, 近世名畫也. 晚年眇一目, 遂取舊所御靉靆, 亦去其一眼, 其性情可見. 嘗於宰相家, 貴游子弟, 展畵看閱, 必曰: "畫則吾不知." 崔便勃然曰: "畫則吾不知, 他物皆知之乎?" 人皆愧笑. 自號毫生館.

91. 최북(崔北)[108)]

최북(崔北)은 자(字)가 칠칠(七七)로 근세의 저명한 화가이다. 만년에 한쪽 눈을 잃자 자기가 쓰던 돋보기 알 한쪽도 빼 버렸으니 그 성정을 알 만하다. 한번은 재상의 집에서 그 집 자제들이 그림을 펼쳐놓고 보면서 한결같이 말하기를 "그림은 내가 잘 모르겠다."라고 하였다. 그러자 최북이 바로 발끈 성을 내며 말하기를 "그림은 내가 잘 모르겠다니, 그럼 다른 것들은 모두 안다는 말이오?"라고 하였다. 사람들은 모두 멋쩍게 웃었다. 최북은 자호(自號)를 '호생관(毫生館)'이라 하였다.

92. 李道甫

近世筆家, 大抵李匡師獨步. 然曹參判允亨, 深相詆斥, 戒後進勿學. 然曹之眞楷書法, 猶用李法. 姜豹菴世晃, 尤酷於斥李, 然世莫之信. 然北京人多貴姜而不貴李云, 未可知也.

92. 이광사(李匡師)[109)]

---

108) 최북(崔北) : 1712~? 조선후기의 화가. 본관은 무주, 자는 칠칠(七七)·성기(聖器)·유용(有用), 호는 삼기재(三奇齋)·호생관(毫生館). 산수화에 뛰어나 '최산수'로 불렸다. 한쪽 눈이 멀어 반안경을 쓰고 그림을 그렸다. 시에도 뛰어났으며 일설에는 49세로 서울에서 죽었다고도 전해진다.

109) 이광사(李匡師) : 1705~1777. 조선후기의 서예가이자 학자. 본관은 전주(全州), 자는 도보(道甫), 호는 원교(圓嶠)·수북(壽北). 1755년(영조 31) 나

근세의 서예가 중에는 대체로 이광사(李匡師)가 독보적인 존재이다. 그런데 참판 조윤형(曺允亨)[110]은 그를 심하게 비난하면서 후진들에게 배우지 말라고 권계하였다. 그러나 조윤형의 해서(楷書) 서법은 오히려 이광사의 필법을 따랐다. 표암(豹菴) 강세황(姜世晃)[111]은 이광사를 더욱 심하게 배척하였으나[112], 세상 사람들은 이를 믿지 않았다. 하지만 북경 사람들은 대부분 강세황을 높이 치고[113] 이광사를 대단히 여기지 않았다고 하는데, 정말 그런지는 알 수 없는 일이다.

주(羅州) 벽서사건(壁書事件)에 연좌되어 부령에 유배되었으며, 다시 신지도에 이배되어 그곳에서 일생을 마쳤다. 정제두(鄭齊斗)에게 양명학(陽明學)을 배웠고, 윤순(尹淳)의 문하에서 필법을 익혔다. 시·서·화에 모두 능하였으며, 특히 글씨에서 자기만의 독특한 서체인 원교체(圓嶠體)를 이룩하고 후대에 많은 영향을 끼쳤다. 저서로 《원교집선(圓嶠集選)》·《원교서결(圓嶠書訣)》 등이 있다.

110) 조윤형(曺允亨) : 1725~1799. 조선후기의 서예가이자 문신. 본관은 창녕(昌寧), 자는 치행(穉行), 호는 송하옹(松下翁). 문음(門蔭)과 학행(學行)으로 천거되어 1766년(영조 42) 처음 벼슬길에 나간 뒤 예조정랑·광주목사·호조참의 등을 역임하고 1797년에 지돈녕부사에 이르렀다. 그림과 글씨에 능하였으며 그림으로는 풀·대나무 등의 묵화를 잘 그렸다. 글씨는 초서·예서를 잘 써서 일찍이 서사관(書寫官)을 역임하였다.

111) 강세황(姜世晃) : 1713~1791. 조선후기의 서예가이자 문신. 본관은 진주, 자는 광지(光之), 호는 표암(豹菴)·첨재(添齋)·산향재(山響齋)·박암(樸菴)·의산자(宜山子)·노죽(露竹). 61세에 벼슬을 시작하여 한성판윤·병조참판을 역임하였고 천추부사(千秋副使)로 중국에 다녀온 뒤 정헌대부(正憲大夫)에 올랐다. 서화에 모두 뛰어났다. 저서에 《표암유고》가 있다.

112) 근세의……배척하였으나 : 관련 내용이 〈발야취첩(跋夜醉帖)〉(《여유당전서》 시문집 제14권)에도 보인다.

113) 북경……치고 : 강세황이 72세 되던 해(1784)에 천추부사로 중국에 다녀온 적이 있다. 그 때에 그가 글씨와 그림을 잘 한다는 소문을 익히 듣고 사람들이 그의 작품을 구하려고 많이 모여들었다고 한다. 《豹菴遺稿》 건륭제가 그의 글씨를 칭찬하여 '미하동상(米下董上)' 네 자의 편액을 써 주었다고 한다. 《槿域書畫徵》

93. 姜達天

余並世見神童者二. 溫陽姜達天, 三休堂世龜之孫也. 二歲, 一手執乳, 一手指乳字; 三歲屬文, 蒼健有智力; 四歲五歲, 遂稱該博, 此神童也. 淸州吏崔姓之子, 名曰孝甲, 九歲游京師, 艸書無敵. 身長二尺許, 取如椽筆, 身坐紙上, 如猫兒坐席上, 及其浸墨旣濃, 揮毫落地, 星流電掣, 神變莫測, 龍挐虎攫, 奇倔頓挫. 曹參判允亨, 亦讓一頭, 此神童也. 其理不可究.

93. 강달천(姜達天)

나는 평생 동안 신동 둘을 보았다. 온양(溫陽) 땅의 강달천(姜達天)은 삼휴당(三休堂) 강세구(姜世龜)[114]의 손자인데, 두 살 때 한 손으로는 어미젖을 잡고 한 손으로는 '유(乳)'자를 가리켰다. 세 살 때 글을 지었는데 시문이 예스러우면서도 굳세고 통찰력이 있었다. 그리하여 네다섯 살에는 마침내 해박하다고 칭해졌으니 이 사람은 신동이다.

청주(淸州) 아전 최씨의 아들은 이름이 효갑(孝甲)인데, 아홉 살에 서울에 왔을 때 초서를 대적할 자가 없었다. 키는 겨우 두 척 정도인데 서까래 같은 큰 붓을 잡고 새끼 고양이가 자리에 앉은 듯이 종이 위에 앉아서는 먹을 듬뿍 묻혀 붓을 휘둘러 글씨를 쓰면, 별이 쏟아지고 번개가 치는 듯 신묘한 변화를 예측할 수 없었으며, 용이 낚아채고 호랑이가 움켜쥐듯 기이하고 변화무쌍하였다. 참판 조윤형(曺允亨)[115]도 그에게 한 수 양보하였으니, 이 사람은 신동이다. 강달천

---

114) 강세구(姜世龜) : 1632~1703. 조선후기의 문신. 본관은 진주, 자는 중보(重寶), 호는 삼휴당(三休堂). 1678년 증광문과에 급제하였으며, 승문원 정자·정언·수찬을 역임하였다. 1689년 호조참의를 거쳐 충청도관찰사·예조참의·대사간·공조참판 등을 지냈다. 1701년 숙종이 장희빈을 사사하려 하자, 이를 극력 반대하다가 홍원에 유배되어 그곳에서 죽었다.

115) 조윤형(曺允亨) : 조선후기의 서예가. 권2 주석 110) 참조.

이나 최효갑이 어떻게 이렇게 할 수 있는지 그 이치는 알 수 없다.

94. 柳孟養

尹持平持範之及第也, 柳學士孟養塞槐院. 僚官曰: "何哉?" 柳曰: "此是尹善道之五代孫·尹鑴之曾孫, 安得爲槐院?" 僚官曰: "南原之尹, 安得爲孫於海南之尹? 何不先詳族系而後主通塞乎?" 柳大慚, 遂不果塞.

94. 유맹양(柳孟養)[116)]

지평 윤지범(尹持範)[117)]이 급제하였는데, 학사(學士) 유맹양(柳孟養)은 윤지범이 승문원[槐院]에 들어가는 것을 막았다. 동료 관원이 묻기를 "왜 그렇게 하십니까?"라고 하니, 유학사가 말하기를 "그는 윤선도(尹善道)[118)]의 5대손이자 윤휴(尹鑴)[119)]의 증손이니, 어떻게 승

---

116) 유맹양(柳孟養) : 1740~? 본관은 전주, 자는 계강(季剛). 1774년에 문과 급제. 《文科榜目》

117) 윤지범(尹持範) : 1752~1846. 조선후기의 문신. 본관은 해남, 자는 이서(彝敍), 호는 남고(南皐). 후에 이름을 규범(奎範)으로 고쳤다. 윤두서(尹斗緖)의 증손. 1777년(정조 1) 증광문과에 급제하였으나 윤선도의 후손이라는 이유로 벼슬에 오르지 못하다가 왕의 특명으로 서용되어 성균관전적·병조좌랑·정언을 지냈다.

118) 윤선도(尹善道) : 1587~1671. 조선중기의 문신. 본관은 해남, 자는 약이(約而), 호는 고산(孤山)·해옹(海翁). 1633년 증광문과에 급제하였으며 1636년 병자호란 때 왕을 호종하지 않았다 하여 영덕(盈德)에 유배되었다가 풀려나 해남에 은거하였다. 1652년(효종 3) 왕명으로 복직하여 예조참의·중추부첨지사 등을 역임하였다. 1659년 남인의 거두로서 효종의 장지문제와 자의대비(慈懿大妃)의 복상문제로 서인의 세력을 꺾으려다가 실패, 함경도 삼수(三水)에 유배되었다. 저서에 《고산유고(孤山遺稿)》가 있다.

119) 윤휴(尹鑴) : 1617~1680. 조선후기의 문신이자 학자. 본관은 남원, 자는 희중(希仲), 호는 백호(白湖)·하헌(夏軒). 재학(才學)으로 천거되어 1656

문원에 들일 수 있겠습니까?"라고 하였다.

동료 관원이 말하기를 "남원 윤씨가 어떻게 해남 윤씨의 후손이 될 수 있습니까? 먼저 족보를 잘 확인해 본 다음에 승문원에 들어가는 것을 막든 허용하든 해야 하지 않겠습니까?"라고 하였다. 유학사는 무척 부끄러워하였으며, 마침내 윤지범이 승문원에 들어가는 것을 막지 않았다.

95. 翰林史

甲戌以後, 南人不復秉史筆. 而雖西人黨習益痼, 翰林之修史者, 多不能秉公. 凡南人之事, 無一直筆. 樊翁嘗語余云: "吾嘗以實錄堂上, 考見秘史, 南人先輩一宰相, 書'以雷震死'. 宰相易簀之事, 分明知之, 安穩得正而斃, 人皆見之, 而其記若此, 他尙何說?" 余問之, 答云姓權而已.

95. 한림사(翰林史)

갑술년[120] 이후 남인은 다시 사관이 되지 못하였다. 바른 사필(史筆)을 잡았다는 서인이라 하더라도 당인의 습속이 더욱 고질이 되어 한림원(翰林院)의 사관들이 대부분 공정히 기록하지 못하였고, 남인의 일에 대해서는 똑바로 쓴 것이 하나도 없었다. 한번은 번옹(樊翁) 채제공(蔡濟恭)이 나에게 다음과 같이 말하였다.

년(효종 7) 종부시 주부(宗簿寺主簿)를 거쳐 지평·우참찬·이조판서·대사헌 등을 역임하였다. 1680년 경신환국으로 남인이 실각되자 함경도 갑산(甲山)에 유배, 사사되었다. 저서에 문집인 《백호집》을 비롯하여 《주례설(周禮說)》·《중용대학후설(中庸大學後說)》 등이 있다.

120) 갑술년: 1694년(숙종 20)에 있었던 갑술환국(甲戌換局)을 가리킨다. 이 해 폐비 민씨(廢妃閔氏) 복위운동을 반대하던 남인이 화를 입어 실각하고, 소론과 노론이 재집권하게 되었다. 갑술환국 이후 남인은 완전히 정권에서 밀려나 다시 대두할 기회를 얻지 못하였다.

"내가 전에 실록청의 당상관으로서 비사(秘史)를 본 적이 있는데, 남인 선배 가운데 한 재상에 대해 '벼락 맞아 죽었다.'라고 기록되어 있었다. 그분께서 돌아가실 때의 일을 내가 분명히 알고 있고, 편안히 계시다가 바른 명대로 떠나신 것을 사람들이 다 보았는데, 그 기록이 이와 같으니 다른 것은 말할 필요가 있겠는가?"

내가 누구를 말하는 것인지 여쭈었더니, 번옹은 권씨[121]라고만 하였다.

96. 鄭守夢

鄭曄號守夢. 光海朝爲都承旨, 筵臣有以內言出外爲啓. 曄曰: "臣則以外言入內爲憂也." 時慈聖慶運宮閉門已數年, 因大旱閉南門. 曄曰: "不須閉開門, 若開閉門, 則天必雨."【出《月沙集》】

96. 정엽(鄭曄)[122]

121) 권씨 : 권대운(權大運, 1612~1699)을 가리키는 것으로 보인다. 권대운은 본관은 안동, 자는 시회(時會), 호는 석담(石潭). 1649년에 문과에 급제하였으며 1674년에 숙종이 즉위하자 예조·병조 판서를 거쳐 우의정으로 승진하였다. 1680년(숙종 6) 경신환국으로 남인이 실각하고 서인이 득세하자, 파직당하고 영일에 위리안치 되었다. 1689년에 기사환국으로 남인이 재집권하자 영의정에 올랐으며, 유배 중인 서인의 영수 송시열을 사사하도록 하였다. 그러다가 1694년 갑술환국 때 관직을 삭탈당하고 절도(絶島)에 안치되었는데, 80세가 넘는 고령이라 하여 풀려나 귀향하였다.

122) 정엽(鄭曄) : 1563~1625. 조선중기의 문신. 본관은 초계(草溪), 자는 시회(時晦), 호는 수몽(守夢). 1587년 감찰·형조좌랑이 되었으며, 1593년 황주판관으로 왜군을 격퇴, 그 공으로 중화부사가 되었다. 1597년 예조정랑으로 있을 때 정유재란이 일어나 고급사(告急使)로 명나라에 파견되었고, 귀국 후 성균관사성을 거쳐 수원부사가 되었다. 1611년 대사간을 거쳐 1612년 도승지가 되었으며 계축옥사가 일어나자 도승지를 사임하

정엽(鄭曄)은 호가 수몽(守夢)이다. 광해조에 도승지가 되었는데 한 연신(筵臣)이 궁궐 안의 말이 밖으로 새어나간다고 장계를 올리자, 정엽은 "신은 궁궐 밖의 소리가 궁궐 안으로 들어오는 것이 걱정이 됩니다."라고 하였다. 이때 자성(慈聖)[123]께서 계신 경운궁(慶運宮)[124]의 문이 닫힌 지가 여러 해였는데, 큰 가뭄이 들었다고 하여 남대문까지도 폐쇄하였다.[125] 정엽이 말하기를 "열린 문을 닫을 것이 아니라, 닫힌 문을 열면 하늘이 반드시 비를 내려 주실 텐데."라고 하였다.〔《월사집(月沙集)》에 나온다.[126]〕

97. 英宗帝

大位一傾, 光復未易, 歷數千古, 不可多得. 在乾位, 唯皇明之英宗皇

였다. 인조반정 후에 관직이 우참찬에 이르렀다. 저서에 《근사록석의(近思錄釋疑)》와 《수몽집》이 있다.

123) 자성(慈聖) : 임금의 어머니를 뜻함. 여기서는 인목대비를 가리킨다.

124) 경운궁(慶運宮) : 지금의 덕수궁. 순종황제가 1907년 왕위를 물려 받고 고종황제를 이곳에 계속 머물게 하면서 고종황제의 장수를 빈다는 뜻의 덕수궁으로 고쳤다. 경운궁 자리에는 본래 성종의 형 월산대군(月山大君)의 집이 있었는데, 임진왜란 때 경복궁이 불타 없어져서 선조는 이곳을 임시 궁궐로 사용하기 시작하였다. 광해군은 이곳을 경운궁으로 고쳐 부르고 1615년 창경궁으로 옮길 때까지 왕궁으로 사용하였다. 그 후 선조의 계비인 인목대비가 경운궁으로 쫓겨나와 있게 되었는데, 광해군은 이곳을 서궁(西宮)으로 낮추어 불렀다.

125) 큰 가뭄이……폐쇄하였다 : 남대문을 닫은 것은 불의 기운을 꺾어 가뭄을 누그러 뜨리기 위함이다. 음양오행설에서 불〔火〕은 남쪽에 해당한다.

126) 월사집(月沙集)에 나온다 : 관련 내용이 《월사집》 권44, 〈좌참찬증우의정시문숙정공신도비명(左參贊贈右議政諡文肅鄭公神道碑銘)〉에 보인다. '궁궐 밖의 소리[外言]' 운운한 것은 1612년(광해군 4) 도승지로 있을 때의 일이며, 경운궁 문과 관련된 것은 1616년(광해군 8) 동지의금부사(同知義禁府事)로 있을 때의 일이다.

帝; 在坤位, 唯我仁顯王后閔氏而已. 如日月之復圓, 光明倍之, 猗歟盛矣! 英宗旣復, 于謙·王文等, 雖欲無死, 得乎? 閔黯之撰敎文, 雖欲不敗, 得乎? 惟夷險不貳者, 能免之, 愚潭有焉.

97. 영종황제(英宗皇帝)[127]

높은 자리에 있다가 그것을 한번 잃으면 위광(威光)을 회복하기가 어려우니, 천고의 세월을 하나하나 헤아려 보면 위광을 회복한 경우가 많지 않다. 임금의 경우에는 오직 명나라의 영종황제(英宗皇帝)가 있었고, 왕비의 경우에는 오직 우리나라의 인현왕후(仁顯王后) 민씨(閔氏)[128] 뿐이다. 해가 일식으로 가려졌다 다시 밝아지고 달이 이지러졌다가 둥글게 되듯이, 그 빛이 더욱 밝아졌으니 성대하고도 성대하도다! 영종이 복위한 후 우겸(于謙)·왕문(王文)[129] 등이 살아남고자

---

127) 영종황제(英宗皇帝) : 중국 명나라 제6대 황제.(재위: 1435~1449) 제8대 황제에 다시 즉위하였으므로 천순제(天順帝, 재위 1457~1464)라고도 한다. 본명은 주기진(朱祁鎭), 영종(英宗)은 그의 묘호. 선덕제(宣德帝)의 맏아들로 9세에 즉위하였으므로 태황태후가 섭정하였다. 동서 몽골 통일에 성공한 오이라트의 야선(也先)이 쳐들어왔는데 대패하여 포로가 되었다. 이듬해에 석방되었으나 이미 동생 경태제(景泰帝)가 즉위하고 있었으므로, 태상황제로서 남궁(南宮)에 유폐되었다. 그러나 1457년 경태제가 중병에 걸린 틈에 석형(石亨) 등의 노력으로 다시 황제로 복위하였다.

128) 인현왕후(仁顯王后) 민씨(閔氏) : 1667~1701. 숙종의 계비. 본관은 여흥(驪興). 아버지는 여양부원군(驪陽府院君) 민유중(閔維重)이며, 어머니는 은진 송씨(恩津宋氏)로 준길(浚吉)의 딸이다. 1681년(숙종 7) 숙종의 계비가 되었는데, 1689년에 숙종이 장소의(張昭儀) 소생인 왕자 균(昀, 후의 경종)을 원자로 봉하고 세자로 책봉하려 하였다. 이때 인현왕후는 희빈 장씨(禧嬪張氏)의 간계로 폐서인이 되어 안국동 본댁에서 지내게 되었다. 그 뒤 숙종이 1694년에 다시 복위시켰으나, 병에 걸려 1701년 35세의 젊은 나이로 생을 마감하였다.

129) 우겸(于謙)·왕문(王文) : 중국 명나라 영종 때의 문신으로, 1449년 영

했지만 되겠는가? 민암(閔黯)[130]이 폐비 교문(教文)을 작성하였으니 패망하지 않고자 한들 되겠는가? 곤경에 처했을 때 변하지 않는 사람만이 이를 면할 수 있으니 우담(愚潭)[131]이 그러하였다.

98. 栗谷疏

蔡和順振後, 樊翁高祖也. 其斥牛·栗從享之疏, 全以本人疏語及聖朝批旨取重. 栗谷辭校理疏曰: "髫年求道, 學未知方, 汎濫諸家, 罔有底定. 生丁不辰, 早喪慈母, 以妄塞悲, 遂耽釋教. 膏浸水潤, 反復沈迷, 因昧本心, 走入深山, 從事禪門. 抽臟擢腑, 未足洗汚, 累然歸家, 慚憤求死." 又曰: "自古中釋氏之毒, 未有如臣之特甚者也." ○蔡疏又曰: "初年上舍謁聖之時, 以其曾染異教, 不許通謁於聖廟之庭. 通謁猶不可, 矧茲從祀之擧乎?"

종이 오이라트의 야선에게 포로로 잡히자 영종의 동생 성왕(郕王)을 황제로 옹립하였다. 하지만 1457년 석형(石亨)·조길상(曹吉祥) 등이 영종을 복위시킨 뒤에 처형되었다.

130) 민암(閔黯) : 1636~1694. 조선후기의 문신. 남인으로서 1689년(숙종 15) 기사환국 때 대사헌에 기용되어서 서인의 김수항·송시열을 탄핵하였으며 그들의 처형을 강하게 주장하였다. 또한 대제학으로서 인현왕후를 폐위하는 교서를 작성하였다.

131) 우담(愚潭) : 조선후기의 문신 정시한(丁時翰, 1625~1707)을 가리킨다. 우담은 그의 호. 본관은 나주, 자는 군익(君翊). 남인으로서 1691년(숙종 17) 앞서 기사환국 때 인현왕후를 폐위시킨 일을 잘못이라고 상소하였다가 삭직되었다. 1696년 희빈 장씨의 강호(降號)를 반대하는 상소를 하는 등 당파를 초월하여 자기 소신을 밝혔다. 저서에 시문집인 《우담집》을 비롯하여 《임오록(壬午錄)》·《관규록(管窺錄)》등이 있다. 정약용은 〈방친유사(旁親遺事)〉(《여유당전서》 시문집 권17)에서 정시한의 행적을 높이 평가하였다.

98. 율곡(栗谷) 이이(李珥)[132]의 상소

화순현감을 지낸 채진후(蔡振後)[133]는 번옹(樊翁) 채제공(蔡濟恭)의 고조이다. 채진후는 우계(牛溪)[134]와 율곡(栗谷)이 문묘에 배향되는 것을 논척하는 상소[135]를 올렸는데, 전부 우계와 율곡 본인들이 올렸던 상소와 이에 대한 임금의 비답으로 핵심 논거로 삼았다. 율곡이 부교리를 사양하는 상소[辭副校理疏][136]에서 다음과 같이 말했다.

"어렸을 때 도학을 추구하였으나 학문은 방향을 알지 못하였고, 제자백가를 두루 보았으나 정체성을 확립하지 못하였습니다. 불행한 때에 태어나 어머니를 일찍 여의고 망령된 생각으로 슬픔을 메우

---

132) 이이(李珥) : 1536~1584. 조선중기의 학자이자 문신. 본관은 덕수, 자는 숙헌(叔獻), 호는 율곡(栗谷)·석담(石潭). 19세에 금강산에 들어가 불교를 공부하다가 이듬해 하산하여 성리학에 전념하였다. 아홉 차례의 과거에 모두 장원하여 '구도장원공(九度狀元公)'이라 일컬어졌다. 29세에 호조좌랑을 시작으로 사헌부지평·홍문관부제학·우부승지 등의 청요직을 거쳐 호조·이조·형조·병조 판서에 올랐다. 1681년(숙종 7) 문묘에 배향되었으며, 저서로 《율곡집》을 비롯하여 《격몽요결》·《성학집요》 등이 있다.

133) 채진후(蔡振後) : 1602~? 본관은 평강, 자는 계창(季昌). 채유후(蔡裕後)의 동생. 인조 11년(1633) 문과 급제. 《文科榜目》

134) 우계(牛溪) : 조선중기의 학자 성혼(成渾, 1535~1598)을 가리킨다. 우계는 그의 호. 본관은 창녕. 자는 호원(浩原), 또 다른 호는 묵암(默庵). 아버지는 성수침(成守琛)이다. 20세에 한 살 아래의 이이(李珥)를 도의의 벗으로 삼았다. 1573년 사헌부지평, 1583년 이조참판, 1585년 동지중추부사 등의 벼슬이 내려졌으나 사양하고 취임하지는 않았다. 1594년 일본과의 강화를 주장하던 유성룡을 옹호하다가 선조의 노여움을 샀으며, 이듬해 파주로 돌아와 여생을 보냈다. 1681년(숙종 7) 문묘에 배향되었으며, 저서로 《우계집》이 있다.

135) 논척하는 상소 : 채진후가 올린 상소는 《인조실록》 13년(1635) 5월11일(경신)조에 보인다. 이때 채진후는 성균관 생원이었다.

136) 부교리를 사양하는 상소 : 이 상소는 1568년(선조 1)에 쓴 것으로 《율곡전서》 권3에 수록되어 전한다.

기 위해 드디어 불교를 탐독하였습니다. 그리하여 기름이 배어들듯 물이 번지듯 반복하여 아득하게 젖어들어, 본심을 잃어서 깊은 산속으로 달려 들어가 선문(禪門)에 종사하였습니다. 오장육부를 꺼내어 더러움을 씻을 수 없으매, 더러워진 채 집으로 돌아와 부끄러움과 분노 때문에 죽으려고 하였습니다."

또 이르기를 "예로부터 불교에 빠지는 해독이 신처럼 심한 사람은 없었습니다."라고 하였다.

○ 채진후가 상소하여 다시 다음과 같이 말했다.

"초년에 진사에 뽑혀 알성(謁聖, 공자사당을 참배하는 것)할 때에 그가 일찍이 불교에 물들었다 하여 공자를 모신 사당에서 알현하는 것을 허락하지 않았다 합니다. 성묘에 참배하는 것도 허락할 수 없는데, 하물며 문묘에 배향되는 일이 가당키나 하겠습니까?"

99. 成牛溪

宣廟時, 兩司請成渾削奪, 答曰: "但以黨奸遺君之罪, 罪之." 其傳旨曰: "壬辰年, 賊逼京城, 則以宰列之臣, 在畿內一日程, 非徒聞變不赴, 當大駕經過其居之日, 亦不出覲. 厥後王世子駐伊川之時, 聞避亂於不遠之地, 宣召勤懇, 而託以無馬, 遣馬重召, 而竟不來赴. 及其移駐成川, 寂後始來. 旋聞北賊將踰獐峙, 王世子移龍岡, 則乃或先或後, 不爲陪行, 而龍岡近於箕城之賊, 徑向義州. 忘於報國, 自爲身計, 古今天下, 安有遺君父不赴國難, 而得免天討之理乎?" 旣削其職, 生員韓孝祥等, 疏陳伸冤之意. 答曰: "爾等雖因徒黨之救渾, 有此陳疏, 而其交結奸凶之狀, 爾等亦不掩焉. 然則爾等之說, 不攻自破, 欲盖而彌暢者也. 至以渾爲宏儒, 何其辱哉? 儒之爲名, 固亦非一. 設使渾粗習章句, 目之以儒, 旣合奸凶爲一體, 棄君父如敝屣, 是乃楊墨之類也. 能言拒揚墨者, 聖人徒也. 今朝廷之討其罪, 皆據已著之狀, 在人耳目而不可掩也. 所以定是非於萬世, 初非拘摘隱匿, 加以情外之律也."

99. 우계(牛溪) 성혼(成渾)[137)]

선조 때 양사(兩司, 사헌부와 사간원)가 성혼(成渾)의 관직을 삭탈하라고 청하자 선조께서 비답을 내리기를 "다만 간인(奸人)에게 편당(偏黨)하고 임금을 저버린 죄만큼은 죄를 물어야 한다."고 하셨다.[138)] 그 전교에서 다음과 같이 말하였다.

"임진년(1592, 선조 25)에 왜적이 서울에 닥쳐왔는데, 재상의 반열에 있는 신하로서 하루거리 이내의 경기 지역에 있으면서도 변고를 듣고 달려오지 않았을 뿐만 아니라 임금의 수레가 그의 거처를 지나가던 날에도 배알하지 않았다. 그 뒤 왕세자(광해군)가 이천현(伊川縣, 지금의 강원도 이천군)에 머무르고 있을 때 그가 멀지 않은 곳에 피란을 와 있다는 말을 듣고 간곡히 불렀으나, 말이 없다는 핑계를 대기에 말을 보내어 다시 불러도 끝내 나오지 않았다. 그러다가 성천현(成川鎭, 지금의 평안남도 성천군)으로 옮긴 뒤에야 맨 나중에 비로소 왔다. 얼마 있지 않아 북쪽의 왜적이 장치(獐峙)[139)]를 넘어오고 왕세자는 용강현(龍岡縣, 지금의 평안남도 용강군)으로 옮겨갈 것이라는 소식을 듣고는, 앞서기도 하고 뒤서기도 하며 모시고 가지 않았으며 용강이 기성(箕城, 평양)의 적과 가까우니 의주로 질러갔다. 나라에 보답하는 일을 망각하고 스스로 자신을 위한 계책을 세

---

137) 성혼(成渾) : 1535~1598. 조선중기의 학자. 권2 주 134) 참조.

138) 선조 때……답하셨다 : 선조의 비답은 《선조실록》 35년(1602) 2월 19일(임오)조에 보인다. 이때 사헌부 등 간원들은 2월 15일부터 2월 19일까지 여섯 차례에 걸쳐 성혼의 삭탈을 주장하였다. 끝내 2월 19일의 마지막 주청에서 위와 같은 윤허를 받았다.

139) 장치(獐峙) : 일명 노루재. 본문의 내용으로 볼 때 지금의 함경남도 장진군(長津郡)과 단천시(端川市), 평안남도 은산군(殷山郡) 중 한 곳인 듯하나 정확한 곳은 상고할 수 없다.

운 것이니, 고금 천하에 임금을 버리고 국난에 달려오지 않고서 하늘이 내리는 벌을 면하는 이치가 어디에 있겠는가?"[140]

이윽고 관직을 삭탈하시자 생원 한효상(韓孝祥) 등이 신원해야한다고 상소하였다. 선조께서는 다음과 같은 비답을 내렸다.

"너희는 비록 도당(徒黨, 서인을 지칭)들이 성혼을 구제함을 따라 이런 상소를 하였지만, 그가 간흉과 결탁한 진상은 너희 역시 숨기지 못한다. 그러므로 너희의 주장은 공격을 받지 않아도 스스로 무너지고 덮으려 할수록 더욱 드러나는 것이다. 심지어 성혼을 굉유(宏儒, 뛰어난 유학자)라고 하였으니, 어찌 그토록 욕을 보이는가? 유자(儒者)라는 이름은 진실로 한결같지 않다. 설사 성혼이 장구(章句)를 거칠게나마 익혔다하여 그를 유자로 여긴다한들, 이미 간흉과 합하여 일체가 되어 임금을 헌신짝처럼 버렸으니 이는 양주(楊朱)·묵적(墨翟)의 무리이다. 양주·묵적을 거부한다고 말할 수 있는 자가 성인의 무리이다.[141] 지금 조정에서 그의 죄를 성토하는 것은 모두 이미 드러난 진상에 의거한 것으로, 사람들의 이목에 남아 있어 숨길 수 없는 것이다. 이로써 만세에 옳고 그름을 판정하려는 것이지, 애초부터 숨겨진 것을 들추어내어 실정 밖의 죄율(罪律)을 가하려는 것이 아니다."[142]

---

140) 임진년에……있겠는가 : 이상 전교의 내용은 《선조실록》에 실려 있지 않다. 다만 양사의 주청 속에서 거의 유사한 내용이 담겨져 있다. 그런데 인조 13년 성균관 유행 송시영(宋時瑩) 등 270명이 성혼과 이이의 문묘 종사를 건의하자 생원 채진후(蔡振後) 등이 그 건의에 반대하는 소를 올렸다. 그 속에 정약용이 기록한 내용과 같은 전교가 인용되어 있다. 《인조실록》 13년(1635) 5월 11일(경신)조.

141) 양주·묵적을……성인의 무리이다 : 이 말은 《맹자·등문공하(滕文公下)》에 보인다. 양주와 묵적은 중국 전국시대의 학자이며, 양주는 위아설(爲我說)을, 묵적은 겸애설(兼愛說)을 주장하였다. 맹자는 이들을 모두 이단으로 배척하였다.

142) 너희는……아니다 : 한효상의 상소에 대한 선조의 비답은 《선조실록》

100. 許相公

金判書徽【荷潭子】嘗謁許相公積, 有金正郎者入謁, 金公避入夾房. 金正郎旣出, 金公出而問焉曰: "是爲誰? 異哉, 其言貌之怪也!" 相公曰: "噫! 不知耶? 是所謂金錫胄也. 且休矣. 殺我者, 此人也". 此說昭載金公家舊錄. 由是觀之, 相公豈不知金錫胄者耶?

樊翁曰: "許相公嘗寢疾, 金錫胄嘗糞而致其憂, 相公安得不信嘗糞之說? 昔吾聞之吳藥山【參判光運】, 藥山聞之吳都正【藥山父尙純】. 都正, 古之人也, 傳聞無錯, 不可誣也. 吾嘗以是語元判書景夏【號蒼霞】, 元判書亦大笑, 卒莫能辯."

樊翁曰: "庚戌十月, 許家之始上言也, 吾亦漠然不知. 忽於筵中, 上曰: '許某家上言, 卿聞之乎?' 對曰: '以堅爲子, 上言猥矣.' 上曰: '以堅爲子, 斯其所以爲寃也. 不然, 何寃之足云?' 於是, 奏曰: '許某功存社稷, 中世以來, 相業之隆, 無與倫比. 坐么麽孽子, 不免重辟, 誠足寃矣.' 自玆以來, 屢有提敎, 蓋天地大德致意於許家, 故有年矣."

金相在魯嘗言: "昔許相知某人家有怪將作, 勸之避, 弗信. 視其家, 唯一兒小吉, 抱之去. 後數日, 祟發盡室靡遺, 獨兒得保. 及庚申之禍, 兒已達, 肯一言, 則許相免, 而兒不言, 人不可信如此." 此言出於筵席云. 金相從姪致誠, 傳于許家, 使之鳴寃, 時無丁, 不果. 今年春, 金相鍾秀【在魯從孫】入謁, 上問 : "許某復官事, 何如?" 鍾秀曰: "臣嘗知其寃狀, 處分誠盛德事也."

東門外有崔生員者, 家甚窶. 日入都行丐, 醉飽而後歸其家, 語其妻曰: "吾今日往某相家得醉, 今日往某卿家得飽." 一日, 其妻詈之曰: "日從卿相家游, 何獨無發吾貧者耶?" 崔曰: "許參判某, 與我寂善, 約爲關西伯, 乃得濟." 於是妻日取子夜井華, 陳于槃祝天, 唯許參判之得關西伯也. 頃之, 果爲關西伯. 妻喜甚, 親爲資行李, 勸其夫行. 崔窘甚, 稱病

35년(1602) 윤2월 7일(경자)조에 보인다.

不行, 以其資雇人, 走關西. 崔乃致書于許公, 具言前日給妻事及其妻祝天之繇, 乞得彌縫. 公覽其書, 命館其使, 留數日招入謂之曰: "錢二十兩·油蜜果一器, 付汝使還. 錢猶可得, 唯是油蜜果, 吾友之所耆也. 汝其善傳之." 使方還, 崔度其有怍, 預以身避蹤于閭里. 問其家有言, 人自關西還, 頗不冷. 於是崔入其家, 索書, 書且款曲, 發油蜜果, 得銀三升, 闔家大悅. 崔亦爲感動, 具以前後狀, 告其妻, 遂終身鏤刻. 及庚申之禍, 相公沒于平丘. 時崔以其眥徙居渼陰, 夫妻同來, 爲之斂殯云.

100. 상공(相公) 허적(許積)[143]

판서 김휘(金徽)[144]【하담(荷潭)[145]의 아들】가 일찍이 상공 허적(許積)을 뵙고 있는 차에 김정랑(金正郞)이란 자가 허상공을 뵈러 들어왔기에, 김휘는 결방[夾房]으로 피해 들어갔다. 김정랑이 나간 뒤 김휘가 나와서 물었다. "그 사람은 누구입니까? 그 말이나 용모가 참으로 괴상합니다." 허상공이 말했다. "아! 모른단 말인가? 그 사람이 바로 김석주(金錫冑)[146]일세. 장차 끝이겠구나. 나를 죽일 자가 바로

---

143) 허적(許積) : 1610~1680. 조선후기의 문신. 숙종 때 탁남(濁南)의 영수. 1680년 서자인 허견으로 인해 역모죄에 연루되어 죽임을 당했다. 권2 주 15) 참조.

144) 김휘(金徽) : 1607~1677. 조선중기의 문신. 본관은 안동, 자는 돈미(敦美), 호는 사휴정(四休亭)·만은(晩隱). 아버지는 김시양(金時讓). 1642년(인조 20) 식년문과에 급제하여 봉교로 임명되고, 같은 해 홍문록에 올랐다. 1666년(현종 7) 남인의 탄핵으로 삭직되었으나, 그 뒤 복직되어 1668년 형조참판을 거쳐서 대사헌이 되었다. 숙종이 즉위한 뒤 1675년 이조판서에 올랐고, 이듬해에 예조판서·개경유수를 역임하였다.

145) 하담(荷潭) : 조선중기의 문신 김시양(金時讓, 1581~1643)을 가리킨다. 하담은 그의 호. 본관은 안동, 초명은 시언(時言), 자는 자중(子仲). 1605년(선조 38) 정시문과에 급제한 뒤 승문원정자가 되었다. 1623년 인조반정 이후에 예조정랑·병조정랑·수찬·교리를 역임하였으며 이듬해 이괄(李适)의 난 때는 도체찰사 이원익(李元翼)의 종사관으로 활약하였다.

이 사람이라네." 이러한 말은 김휘 집안에서 전해오는 기록에 분명히 실려 있다. 이로써 살펴보건대 허상공이 어찌 김석주에 대하여 몰랐겠는가?

번옹(樊翁) 채제공(蔡濟恭)이 말했다.

"허상공이 한번은 병이 깊이 들었는데 김석주가 변을 맛보고서 무척 걱정을 했으니, 허상공이 어찌 변을 맛본 자의 말을 믿지 않을 수 있었겠는가? 예전에 내가 이 얘기를 오약산(吳藥山)【참판 광운(光運)[147]】에게 들었고, 약산은 오도정(吳都正)【약산의 아버지 상순(尙純)[148]】에게 들었다. 도정은 그 당시 사람이므로 전해들은 것이 틀림이 없으니 거짓이 아니다. 내가 이 말을 판서 원경하(元景夏)[149]【호는 창하(蒼霞)】에게 했는데, 원판서 또한 크게 웃을 뿐 끝내 이에 대해서는 별다른 이의가 없었다."

---

146) 김석주(金錫胄) : 1634~1684. 조선중기의 문신. 본관은 청풍, 자는 사백(斯百), 호는 식암(息庵). 1680년 이조판서가 되어 허견(許堅)이 역모를 꾀한다고 고변하여 추방하고, 그 공으로 보사공신(保社功臣) 1등으로 청풍부원군(淸城府院君)에 봉해졌다. 1682년 우의정으로서 김익훈(金益勳)과 함께 남인 세력을 축출하기 위해 전익대(全翊戴)를 사주하여 허새(許璽) 등 남인들이 모역한다고 고변하게 하는 등 음모를 꾀하였다. 저서에 《식암집》이 있다.

147) 오광운(吳光運) : 1689~1745. 조선후기의 문신. 숙종 때 청남(淸南)의 영수. 권2 주 17) 참조.

148) 오상순(吳尙純) : 1661~? 본관은 동복, 자는 일경(一卿). 숙종 15년(1689) 증광 진사에 2등으로 합격하였으며, 벼슬은 도정을 지냈다.

149) 원경하(元景夏) : 1698~1761. 조선후기의 문신. 본관은 원주, 자는 화백(華伯), 호는 창하(蒼霞)·비와(肥窩). 효종의 딸 경숙공주(敬淑公主)의 손자이다. 1736년(영조 12)에 정시문과에 장원하였으며, 1743년 예문관제학·봉상시제조를 거쳐 이듬해 이조참판을 지냈다. 탕평책의 시행방법으로 각 당파의 인재를 등용한 뒤에 당론을 없애자고 주장하였는데, 영조의 신임이 두터워 그의 주장에 많은 관심을 보였다. 저서에 《창하집》이 있다.

번옹 채제공이 말했다.

"경술년(1790, 정조 14) 10월에 허씨 댁에서 허상공의 원통함을 하소연하는 상언(上言)을 처음 올렸는데, 나 또한 전혀 그 사실을 모르고 있었다. 그런데 갑자기 연중(筵中)에서 임금이 말하기를 '허씨의 집에서 상언을 했다고 하는데 경은 이런 얘기를 들었는가?'라고 하였다. 내가 대답하기를 '견(堅)을 아들로 삼았으니 상언은 외람된 것이 아닌가 합니다.'라 하였다. 임금이 말했다. '견을 아들로 삼았기 때문에 원통하게 되었다. 그렇지 않다면 무슨 이야기할 만한 원통함이 있다는 말인가?' 이에 아뢰었다. '허적의 공이 종묘사직에 있으니 중기 이래로 재상의 업적이 큼이 그와 비견할 만한 사람이 없었습니다. 별일 아닌 서자의 죄에 연루되어 사형을 당하고 말았으니 참으로 억울하다고 할 수 있습니다.' 이 일이 있은 이후로 계속해서 거론을 하셨으니, 아마도 임금께서 천지와 같은 큰 덕으로 허상공의 가문에 관심을 가진 것이 본래 한 두 해가 아니었던 것이다."

상공 김재로(金在魯)[150]가 다음과 같이 말한 적이 있었다.

"예전에 허상공이 아무개의 집에 괴변이 장차 일어날 것을 알고 피할 것을 권했으나 그들은 믿지 않았다. 허상공이 그 집을 보니 오직 한 아이가 길상(吉相)을 지니고 있어 그 아이를 안고서 갔다. 며칠 후에 재앙이 일어나 집안에 있는 사람들 모두가 화를 당하였는데, 오직 그 데리고 갔던 아이만은 살 수 있었다. 경신년(1680, 숙종 6)의 화[151]를 당할 때 그 아이가 이미 현달하였는데, 그가 한 마디

---

150) 김재로(金在魯) : 1682~1759. 조선후기의 문신. 본관은 청풍, 자는 중례(仲禮), 호는 청사(淸沙)·허주자(虛舟子). 1710년 춘당대 문과에 급제하였으며 설서·검열·지평·수찬 등을 지냈다. 1731년 병조판서로 있으면서 신임사화로 죽은 노론의 김창집(金昌集)·이이명(李頤命)의 복관을 상소하여 이를 관철시켰다. 1740년 영의정에 올라 1758년 관직을 떠나기까지 네 차례에 걸쳐 10여 년간 영의정을 지냈다.

151) 경신년(1680, 숙종 6)의 화 : 1680년(숙종 6) 남인이 대거 실각하여 정권

만 해주었더라면 허상공은 죄를 면할 수 있었다. 그러나 그 아이는 아무런 말도 없었으니, 사람이란 이처럼 믿을 수 없다."

이상의 말은 연석(筵席)에서 나왔다고 한다. 김상공의 종질 치성(致誠)이 이 얘기를 허상공의 댁에 전해주어 원통함을 하소연하게 하였으나, 이때 그렇게 할만한 장정이 없어서 끝내 하지 못했다.

올 해 봄에 상공 김종수(金鍾秀)[152]【김재로의 종손(從孫)】가 임금을 뵈었을 때, 임금이 묻기를 "허모의 관작을 회복시켜주는 것은 어떠한가?"라고 하니, 김종수는 다음과 같이 대답하였다. "신은 일찍이 허상공의 원통함을 알고 있었으니, 관작을 회복시키는 일은 참으로 후덕한 일입니다."

동대문 밖에 최생원이란 자가 있었는데 집이 매우 가난하였다. 매일 도성에 들어가 구걸하고 취하고 배가 부른 뒤에야 집에 돌아가서 아내에게 말하기를 "내 오늘은 모 재상 댁에 가서 취하도록 마셨고, 오늘은 모 판서 댁에 가서 배불리 먹었소."라고 하였다. 하루는 아내가 그에게 욕하며 말하기를 "매일 재상·판서집에서 노닐면서 어찌 우리의 가난을 구해줄 이는 하나도 없는가요?"라고 하자, 최생원이 말하기를 "허참판 모가 나와 가장 친한데, 관서의 관찰사가 되면 나를 구제해준다고 했소."라고 하였다. 이에 아내는 매일 자정에 정화수를 떠서 소반 위에 놓고 오직 허참판이 관서의 관찰사가 되기만을 빌었다.

오래지 않아 허참판이 과연 관서의 관찰사가 되었다. 아내가 매

에서 물러난 경신환국을 말함.

152) 김종수(金鍾秀) : 1728~1799. 조선후기의 문신. 본관은 청풍, 자는 정부(定夫), 호는 몽오(夢梧)·진솔(眞率). 1768년 식년문과에 급제하였으며 세자시강원·교리 등을 역임하였다. 1778년(정조 2) 승지를 거쳐 이듬해에는 우참찬(右參贊)·병조판서에 이르렀으며, 1780년 이조판서가 되어 홍국영(洪國榮)을 몰아냈고 이후 의금부판사·대제학·우의정·좌의정을 역임하였다. 저서에 《몽오집》이 있다.

우 기뻐하며 직접 경비를 마련하여 행장을 꾸려 남편에게 관서로 가기를 권하였다. 최생원은 매우 군색해져서 병이 났다 핑계를 대고는, 직접 가지 않고 그 돈으로 사람을 사서 관서로 보냈다. 최생원은 허공에게 편지를 써서 전에 아내를 속인 일과 아내가 하늘에 빌었던 것을 모두 말하고 미봉책으로 둘러달라고 부탁하였다. 허공이 그 편지를 보고는 심부름꾼을 객사에서 머물게 하고 며칠이 지나서 불러 말하였다.

"돈 이십 냥과 유밀과(油蜜果) 한 그릇을 너에게 줄테니 가지고 돌아가거라. 돈은 가져도 되지만 이 유밀과는 내 친구가 좋아하는 것이니 잘 전하도록 하라."

심부름꾼이 돌아왔을 때, 최생원은 부끄러워하며 미리 몸을 마을에 숨겼다. 다른 사람에게 자기 집안 사정에 대해 물어보니, 사람이 관서에서 돌아왔는데 분위기가 냉랭하진 않다고 하였다. 이에 최생원이 집에 돌아와서 편지를 찾아보니, 편지가 매우 정답고 친절했으며 유밀과와 은 석 돈을 보내와 온 집안이 매우 기뻐하였다. 최생원도 느낀 바가 있어 전후 상황을 모두 아내에게 말하고는 평생토록 마음에 새기고 살았다. 경신년(1680, 숙종 6)에 옥사가 일어나 허상공이 평구(平丘, 지금의 남양주시 와부면 덕소리)에서 죽었다. 마침 최생원은 허상공이 준 돈으로 미음(渼陰)[153]으로 옮겨와 살고 있었는데, 부부가 함께 가서 허상공의 시신을 수습하였다고 한다.

101. 金錫冑

己巳七月十八日引見時, 上曰: "庚申以後, 誣獄繼起, 壬辰之獄, 則旣

153) 미음(渼陰) : 지금의 서울시 강동구 암사동의 광나루 동쪽 한강이 꺾여 흐르는 곳으로, 노수포·독포라고도 하였다. 한강의 나루터 중 광나루에 버금가는 곳이었다.

已伸雪矣. 錫胄以近戚之臣, 自初至終, 肆行胸臆, 釀成大獄, 若彼之甚. 其爲痛心, 何可勝言? 權愭之疏語, 極其明白痛快矣. 胡服之說, 出於萬鐵招, 而盡歸虛罔, 至於伊川屯軍, 尤極孟浪. 洪有夏·康胤昔等, 不服而死於杖下. 堅·柟雖有不道將心之罪, 與稱兵犯闕者, 輕重有異. 只誅其身, 緣坐籍沒, 則除之似可矣." 又上曰: "折紙歃血, 非別有謀議凶逆之意. 而其所謂'出於三人之口, 入於三人之耳'云者, 恐洩其日後希冀之言, 以爲盟結之計也." 又上曰: "楨元無可疑之跡, 而只上疏借手於堅之說, 出於萬松之招而被罪. 見原情, 可知其冤矣." 【出《政院日記》】

101. 김석주(金錫胄)[154]

기사년(1689년, 숙종 15) 7월 18일에 인견할 때에 임금(곧 숙종)께서 다음과 같이 말씀하셨다.

"경신년(1680, 숙종 6) 이후에 무옥(誣獄)이 연이어 일어났는데, 임진년(1682)의 옥사는 이미 신원되었다. 김석주(金錫胄)는 척신(戚臣)으로 처음부터 끝까지 제 마음대로 하여 큰 옥사를 일으킨 것이 저처럼 심했다. 나의 괴로운 마음을 어찌 다 말할 수 있겠는가? 이에 대해서는 권기(權愭)[155]의 상소에서 명백하고 통쾌하게 다 말하였다. 호복(胡服)에 대한 말[156]은 강만철(姜萬鐵)[157]의 초사(招辭)에서 나왔

---

154) 김석주(金錫胄) : 1634~1684. 조선중기의 문신. 서인으로서 1680년 이조판서로서 허견(許堅)이 역모를 꾀한다고 고변하여 남인 세력을 축출하는 데 앞장섰다.

155) 권기(權愭) : 1633~? 본관은 안동, 사는 백인(伯仁). 권늑기(權得己)의 손자이며 권시(權諰)의 아들이다. 1665년(현종 6)에 문과에 급제하였으며 관직은 대사간에 이르렀다. 권기의 상소는 《숙종실록》 15년(1689) 7월 11일(을사)조에 보인다. 권기는 상소문에서 매사에 반드시 정의를 추구할 것, 충간(忠諫)을 장려하여 언로를 개방할 것, 경신옥사의 진실을 밝힐 것 등을 건의하였다.

156) 호복(胡服)에 대한 말 : 《숙종실록》 6년(1680) 윤8월 10일(병신)조에 강만철(姜萬鐵)이 허견(許堅)의 역모사실을 공초(供招)한 내용에 보인다. 허

으나 모두 근거가 없는 것으로 결론났고, 이천(伊川) 둔군(屯軍) 훈련에 관한 일[158]도 극히 터무니없는 것이었다. 홍유하(洪有夏)[159]와 강윤석(康胤昔)[160] 등은 끝내 죄를 인정하지 않고 곤장을 맞아 죽었다. 허견(許堅)과 이남(李柟)[161]은 비록 무도(無道)하고 모반(謀反)하려는 마음을 먹은 죄는 있지만, 군사를 일으켜 대궐을 침범한 자와는 경중의 차이가 있다. 다만 그 자만 죽이고 연좌하여 중죄인의 재산을 몰수하고 가족까지 처벌하던 일은 하지 않았더라면 좋았을 것이다."

또 말씀하셨다.

"각서를 써서 나눠 갖고 맹서했다는 것은 별달리 흉역(凶逆)을 모의하는 뜻이 있었던 것은 아니다. 이른바 '세 사람의 입에서 나와서 세 사람의 귀에만 들어갔다'[162]고 한 것은, 뒷날에 희망하는 것에

견은 역모를 아버지인 허적에게 말하면 반드시 고발할 것이기 때문에, 호복(胡服)을 입고 협박하면 따르지 않을 수 없을 것이라 하였다고 한다. 초사(招辭)와 공초(供招)는 모두 범죄 사건을 진술하는 말을 뜻한다.

157) 강만철(姜萬鐵) : ?~1682. 허견(許堅)의 처남. 경신년(1680)에 허견(許堅)과 정원로(鄭元老)의 역모죄에 연루되어 유배 후 처형되었다.

158) 이천(伊川) 둔군(屯軍) 훈련에 관한 일 : 병조 판서 김석주가 허견의 역모를 일으키려 한다는 근거 중의 하나로 제시한 것이다. 김석주는 허견이 이천 둔군을 훈련시킨 일은 훗날 역모에 쓰기 위한 계책이었다고 주장하였다. 관련 내용이《숙종실록》6년(1680) 4월 7일(병인)조에 보인다.

159) 홍유하(洪有夏) : 1631~1680. 자는 석이(錫而). 현종 4년(1663) 식년시(式年試)에 진사(進士) 급제. 허견(許堅)의 역모사건에 연루되어 고문을 받다 죽었다.

160) 강윤석(康胤昔) : 1640~1680. 숙종 4년(1678) 증광시(增廣試) 병과(丙科) 급제. 허견(許堅)의 역모사건에 연루되어 고문을 받다 죽었다.

161) 이남(李柟) : ?~1680. 조선중기의 종실. 본관은 전주(全州). 인조의 삼남 인평대군(麟坪大君)의 아들. 복선군(福善君)에 봉해졌다. 사은사·동지사·변무사 등으로 여러 번 청나라에 다녀왔다. 1680년(숙종 6) 경신옥사 때 김석주·김익훈 등이 허적의 서자인 허견이 종실인 복창군(福昌君)·복선군·복평군(福平君) 세 형제와 같이 역모한다고 무고하여 옥사가 일어났다. 이 일로 복창군·복평군과 함께 역모죄로 유배·사사되었다.

대한 말이 새어나갈까 염려해서 결맹을 다지는 계획으로 삼았던 것이다."

또 임금이 말하셨다.

"이정(李楨)[163]은 원래 의심할만한 자취가 없었다. 다만 그의 상소가 허견의 도움을 받은 것이라는 말이 강만송(姜萬松)[164]의 공초(供招)에 나와서 벌을 받았다. 원정(原情)[165]을 보면 그가 억울하다는 것을 알 수 있다."

【《승정원일기》에 보인다.[166]】

102. 庚申獄

庚申之獄, 肅廟尙在沖年. 故構禍諸臣, 唯以恐動嚇怯爲計. 半夜吹角, 有若禍廹呼吸, 擾攘中驅殺殆盡, 是其陰計. 故訓鍊大將柳赫然·守禦使閔點·廣州府尹丁昌燾·慶州府尹朴廷薛·伊川縣監李東益·全羅監司柳命賢·京圻水使姜碩賓·長湍府使李煦·水原府使權脩·忠淸兵使尹天

---

162) 세 사람의……들어갔다 : 허견이 복선군·정원로와 셋이서 은밀히 나눈 이야기를 가리키는 듯하다. 《숙종실록》 6년(1680) 4월 6일(을축)조에 정원로가 이와 관련된 사건을 폭로하는 내용이 보이며, 4월 9일(무진)조에 허견이 이 편지글의 내용을 해명하는 기록이 보인다.

163) 이정(李楨) : ?~1680. 조선후기의 종실. 본관은 전주. 인조의 삼남 인평대군(麟坪大君)의 아들. 복창군(福昌君)에 봉하여졌다. 진하겸사은사(進賀兼謝恩使)로 청나라에 나녀왔으며, 1680년 경신옥사 때 두 아우와 함께 역모죄로 유배·사사되었다.

164) 강만송(姜萬松) : ?~1680. 강만철(姜萬鐵)의 이복형. 허견(許堅)의 역모사건에 연루되어 처형되었다.

165) 원정(原情) : 사인(私人)이 원통한 일이나 억울한 일, 또는 딱한 사정을 국왕 혹은 관부에 호소하는 문서.

166) 승정원일기에 보인다 : 위 내용은 《승정원일기》 숙종 15년(1689) 7월 18일(임자)조에 보인다.

賚·全羅水使黃徽·江華留守鄭維岳·平安監司兪夏益, 或用密奏, 或發臺啓, 數日之內, 一並易置. 蓋其意欲令君上疑兵連禍伏, 八路響應, 一日不圖, 必長驅上犯也. 至如內賊, 淸望依舊, 以元佑舊人, 逐竄注擬, 以視其公平不迨之意, 其計巧矣. 午人每當換局, 先欲易置. 淸望差先差後, 自中之亂先起, 何其迂且澹也!

102. 경신옥사(庚申獄事)[167]

경신옥사(1680, 숙종 6)는 숙종이 아직 어린 나이였을 때 일어났다.[168] 그러므로 화를 꾸민 여러 신하들은 오직 놀라게 하고 겁주는 것으로 계책을 삼았다. 밤중에 호각을 불어 마치 금방이라도 화가 닥친 것 같이하여 혼란한 가운데 거의 다 몰아 죽였으니 이것은 그들의 음모였다.

그러므로 훈련대장 유혁연(柳赫然)[169]·수어사 민점(閔點)[170]·광주

---

167) 경신옥사(庚申獄事) : 1680년(숙종 6) 남인이 대거 실각하여 정권에서 물러난 경신환국을 말함.

168) 어린 나이 : 숙종은 1661(현종 2)에 태어났으므로, 이때 숙종의 나이는 20살이다.

169) 유혁연(柳赫然) : 1616~1680. 조선후기의 무신. 본관은 진주, 자는 회이(晦爾), 호는 야당(野堂). 1644년(인조 22) 무과에 급제하였으며 덕산현감·선천부사를 거쳐 1653년(효종 4) 황해도병마절도사·수원부사 등을 역임했다. 효종이 북벌계획을 추진하고 있을 때 신임을 얻어 승지에 발탁된 뒤 충청병사·삼도수군통제사·공조참판·어영대장 등을 두루 지냈고, 현종 때에는 훈련대장·한성판윤·포도대장 등을 역임했다. 숙종 때 한성판윤·공조판서 등을 지냈으나, 1680년(숙종 6) 남인이 대거 실각한 경신옥사에 연루되어 유배된 뒤 사사(賜死)되었다.

170) 민점(閔點) : 1614~1680. 조선후기의 문신. 본관은 여흥, 자는 성여(聖與), 호는 쌍오(雙梧). 이조참판 응협(應協)의 아들이며, 좌의정 희(熙)의 아우이다. 1651년(효종 2) 별시문과에, 1656년 문과중시에 급제하였으며, 세자시강원설서·사간원정언·홍문관수찬 등을 두루 역임하였다. 숙종 때는 형조판서·홍문관제학·이조판서·공조판서·좌찬성 등을 역임하였다.

부윤 정창도(丁昌燾)·경주부윤 박정설(朴廷薛)[171]·이천현감 이동익(李東益[172])·전라감사 유명현(柳命賢)·경기수사 강석빈(姜碩賓)·장단부사(長湍府使) 이후(李煦)·수원부사 권수(權脩)·충청병사 윤천뢰(尹天賚)·전라수사 황휘(黃徽)·강화유수 정유악(鄭維岳)[173]·평안감사 유하익(兪夏益)[174] 등에 대해서, 혹은 은밀히 상주를 하고 혹은 사헌부의 탄핵 계사를 발동하여 며칠 내에 그들의 지위를 박탈하고 자기편 사람을 앉히려고 하였다. 대개 그 의도는 임금으로 하여금 그들이 군대를 연합하여 곧 화를 일으키고 팔도에 있는 세력들이 호응하려고 하니, 하루 빨리 도모하지 않으면 반드시 진격해 와서 대궐을 범할 것이라고 의심하게 하는 것이었다. 내직에 있는 정적의 경우 청망(清望)이 여전한 사람은 원우구인(元佑舊人)같다고 하여[175] 자리에 앉혀두고 경력에 따라 벼슬을 추천해서 임금에게 공평하고 다급하지 않은 뜻을 보이니 그 계책이 교묘하였다.

그런데 남인(南人)은 매양 다시 정권을 잡을 때마다 먼저 자리 바

---

171) 박정설(朴廷薛) : 1612~? 본관은 함양, 자는 여필(汝弼), 호는 돈우당(遯愚堂). 1642년(인조 20) 진사가 되고, 1651년(효종 2) 식년문과에 급제하였다. 숙종 때 헌납·사간·공조참의·예조참의·승지 등을 역임하였다.

172) 益 : 유혁연의 〈경신전말대략(庚申顚末大略)〉(《야당유고(野堂遺稿)》 권3)에는 '榏'으로 되어 있다. 그러나 《승정원일기》 숙종 6년(1680)에 보면 '益'과 '榏'을 혼용해서 쓰고 있다.

173) 정유악(鄭維岳) : 1632~? 본관은 온양, 자는 길보(吉甫), 호는 동촌(東村)이다. 현종 7년에 문과에 급제하였으며, 도승지·경기도관찰사·형조판서를 역임하였다.

174) 유하익(兪夏益) : 1631~1699. 20살에 급제하여 지평·헌납 등을 역임하고 1676년(숙종 2)에는 황해도 암행어사가 되었다.

175) 원우구인(元祐舊人)……같다고 하여: 원우(元祐)는 송나라 철종(哲宗)의 연호(1086~1093). 송나라 때 왕안석의 신법(新法)에 반대한 사마광을 비롯하여 문언박·소식·정이 등이 정권을 잡았던 시기이다. 왕안석이 원우당적, 이른바 구법당을 몰아낼 때의 술책과 연관이 있는 듯하다.

꾸는 것을 신경 써서 자기편 사람을 앉히는 일을 먼저 하였다. 청망(淸望)이 고만고만하면서 자중지란을 먼저 일으키니, 어쩌면 그렇게도 우활하고 속이 깊지 못하단 말인가!

103. 姜碩賓

庚申四月初八日院啓: "全羅監司柳命賢·京圻水使姜碩賓, 俱以堅之狎客, 爲世所鄙唾久矣. 獄事旣發之後, 不可一日仍置於藩臬之任, 請並削版."〖大司諫金萬重, 正言李彥綱·朴泰遜也.〗今姜公之孫世靖, 自稱淸南後裔, 推詆柳氏, 不遺餘力, 而許相國復官畫像等事, 一不致問. 噫! 其淸耶?

103. 강석빈(姜碩賓)[176)]

경신년(1680, 숙종 6) 4월 초8일 사간원에서 아뢰었다.

"전라 감사(全羅監司) 유명현(柳命賢)과 경기 수사(京畿水使) 강석빈(姜碩賓)은 모두 허견(許堅)과 스스럼없이 가깝게 지내는 사이로, 세상에서 비루하게 여겨 침 뱉고 욕한 지 오래 되었습니다. 옥사(獄事)[177)]가 이미 발생한 뒤이니, 하루라도 번얼(藩臬)[178)]의 자리에 그대

---

176) 강석빈(姜碩賓) : 1631~1691. 조선후기의 문신. 본관은 진주, 자는 위사(渭師). 1662년 증광문과에 급제하였으며, 충청도 암행어사·이조좌랑·교리·응교·사간을 역임하였다. 경기도 수군절도사에 제수되었으나 1680년 경신환국으로 남인이 실각하고 서인이 집권하자 탄핵을 받아 중도부처(中途付處)되었다. 1689년 기사환국으로 서인이 실각하고 남인이 다시 정권을 잡아 동부승지가 되었으며, 1691년 대사간이 되어 사은부사로 청나라에 다녀온 뒤 여독으로 병사하였다.

177) 옥사(獄事) : 1680년(숙종 6) 남인이 대거 실각하여 정권에서 물러난 경신옥사 혹은 경신환국을 말한다.

178) 번얼(藩臬) : 감사(監司)·수사(水使)·병사(兵使)를 통틀어 이르는 말.

로 둘 수 없습니다. 둘 다 파직시키시기를 청합니다."[179]【대사간은 김만중(金萬重)이고 정언(正言)은 이언강(李彦綱)[180]과 박태손(朴泰遜)[181]이었다.】

지금 강공의 후손 세정(世靖)은 청남(淸南)의 후예라고 자칭하며, 온 힘을 다해 탁남(濁南)인 유씨를 비난하였다. 그러나 상국 허적(許積)의 관직을 복권하고 화상(畫像)을 그리는 일[182] 등에 대해서는 한 번도 문제를 제기하지 않았다. 아! 정말로 청남이라 할 수 있겠는가?

104. 李參判萬恢

朴夏源先生, 壬子夏南學疏頭也. 其疏討壬午誣逼諸人之罪【徐命膺之等】. 丙寅春, 因金達淳奏, 再謫金甲島而沒. 其言曰: "李參判萬恢【李承旨祉永之父】, 嘗爲莊獻之春坊, 莊獻信之. 每有密札於趙相載浩, 令李傳之. 李

---

179) 전라감사……청합니다 : 사간원에서 올린 계사(啓辭)는 《숙종실록》 및 《승정원일기》 숙종 6년(1680) 4월 8일(정묘)조에 보인다.

180) 이언강(李彦綱) : 1648~1716. 조선후기의 문신. 본관은 전주, 자는 계심(季心). 1678년(숙종 4) 증광문과에 급제하였으며, 1680년 경신환국 때 사간원 정언으로 남인들의 공격에 앞장서서 윤휴(尹鑴)·오정위(吳挺緯)·허견(許堅) 등의 처벌을 주장하였다. 1689년에 기사환국으로 남인이 집권하자 사간 김주(金澍)·정언 김몽양(金夢陽)의 탄핵을 받아 관작을 삭탈당하고 귀양을 갔다. 5년 후 갑술환국으로 서인이 재집권하면서 도승지로 기용되고 이후 병조참판·형조판서 등을 역임하였다.

181) 박태손(朴泰遜) : 1641~1692. 조선후기의 문신. 본관은 반남(潘南), 자는 여길(汝吉), 호는 천휴(天休). 1673년 식년문과에 급제하였으며, 1680년 경신환국 때 사간원 정언으로 남인을 공격하는데 앞장섰고, 1685년에는 승지에 특배(特拜)되었다. 이후 이조참의를 거쳐 1689년 하지사(賀至使)의 부사(副使)로서 청나라에 다녀왔으며, 승지로 있으면서 국왕을 보필하는 발언을 하였다가 숙종의 분노를 사 그 해에 유배되어 죽었다.

182) 화상(畫像)을 그리는 일 : 왕이 공신의 공적을 기념하는 것을 말한다. 중국 한나라 선제(宣帝)가 공신 곽광·장안세 등 14명의 화상을 기린각(麒麟閣)에 걸어둔 것에서 유래하였다.

陰爲開坼, 令其子祉承先示洪啓能, 然後傳于春川【趙時在春川】, 以故機密先洩于賊邊. 而李之子祉永疏, 稱引其先臣有若效忠於莊獻者, 甚可咍也." ○案朴公此言, 恐謬.

104. 참판 이만회(李萬恢)[183]

박하원(朴夏源)[184] 선생은 임자년(1792, 정조 16) 여름 남학(南學)[185]에서 올린 상소의 주동자[疏頭]였다. 그 상소에서 임오년(1762, 영조 38) 여러 사람들을 무고하게 핍박한 죄인들【서명응(徐命膺)[186] 등】을 징토(懲討)하였다.[187] 선생은 병인년(1806, 순조 6) 봄에 김달순(金達淳)[188]의 상주로 인하여 다시 금갑도(金甲島)[189]로 유배 가서 돌아가

---

183) 이만회(李萬恢) : 1708~? 본관은 연안(延安), 자는 자용(子容). 1744년(영조 20) 문과에 급제하였다. 행적이 자세하지는 않으나, 장헌세자(곧 사도세자) 사건에 연루되어 죽은 것으로 보인다.

184) 박하원(朴夏源) : 조선후기의 문신. 1801년(순조 1)에 금갑도로 유배 갔다가 1805년(순조 5)에 석방하라는 명이 떨어지지만 이듬해 우의정 김달순의 상주로 인해 다시 섬에 유배되었다.

185) 남학(南學) : 서울에 동(東)·서(西)·남(南)·중(中)의 사부학당(四部學堂)이 있었는데, 그중의 남부학당을 가리킨다.

186) 서명응(徐命膺) : 1716~1787. 조선후기의 문신. 본관은 달성(達成), 자는 군수(君受). 보만재(保晩齋)라는 호를 정조로부터 하사받았다. 1754년(영조 30) 증광문과에 급제하였으며, 정조가 동궁에 있을 때 빈객(賓客)으로 초치되어 학문 수련에 큰 도움을 주었다. 정조 즉위 직후 규장각이 세워졌을 때 제학(提學)에 첫 번째로 임명되었으며, 규장각의 운영 및 정조의 각종 편찬 사업에 중요한 역할을 하였다. 저서에 《보만재총서》가 있다.

187) 그 상소에서……징토하였다 : 박하원의 상소는 《정조실록》 16년(1792) 5월 12일(기유)조에 보인다. 임오년(1762, 영조 38)에 김상로와 홍계희가 장헌세자(곧 사도세자)의 처벌에 적극 참여하였는데, 박하원은 이를 자행하게 한 것이 바로 서명응이라고 주장하였다. 정조는 박하원의 상소를 없애버리게 하였다.

188) 김달순(金達淳) : 1760~1806. 조선후기의 문신. 본관은 안동, 자는 도이

셨다. 박하원은 다음과 같이 말했다.

"참판 이만회(李萬恢)〔승지 이지영(李祉永)[190]의 아버지〕는 장헌세자(莊獻世子)의 춘방(春坊, 세자시강원)이 된 적이 있었기 때문에 장헌세자가 그를 신임하였다. 매번 상국 조재호(趙載浩)[191]에게 밀지를 보낼 때면 이만회에게 전해주도록 하였다. 이만회는 몰래 밀지를 열어 보고는 그의 아들 지승(祉承)을 시켜 홍계능(洪啓能)[192]에게 밀지를 먼저 보여준 뒤에 춘천으로 보냈다.〔조재호는 당시 춘천에 있었다.〕 이 때

(道以), 호는 일청(一靑). 1790년(정조 14) 증광문과에 급제하였으며 초계문신(抄啓文臣)으로 뽑혔다. 1801년(순조 1) 전라도관찰사, 1803년 이조판서와 병조판서를 역임하였으며, 1805년 홍문관제학·호조판서를 거쳐 우의정에 올랐다. 1806년 시파(時派)로부터 공격을 받아 유배지인 강진에서 사사되었다.

189) 금갑도(金甲島) : 전라남도 해남에 있는 섬.

190) 이지영(李祉永) : 1730~? 조선후기의 문신. 본관은 연안(延安), 호는 임하(林下). 1775년(영조 51) 정시문과에 급제하였으며 삼사(三司)의 요직을 역임하였다. 1790년(정조 14) 서장관으로 청나라에 다녀온 후 참판으로 발탁되었다. 1810년(순조 10) 호군(護軍)으로 있으면서《오례통편(五禮通編)》을 저술하여 바친 공로로 호피를 하사받기도 하였다.

191) 조재호(趙載浩) : 1702~1762. 조선후기의 문신. 본관은 풍양, 자는 경대(景大), 호는 손재(損齋). 아버지는 좌의정 문명(文命)이며, 어머니는 김창업(金昌業)의 딸이다. 1739년 우의정 송인명(宋寅明)의 천거로 세자시강원에 등용된 뒤, 승지·경상도관찰사·이조판서 등을 거쳐 1752년 우의정에 올랐다. 1762년 장헌세자가 화를 입게 되자 그를 구하려고 서울로 올라왔으나, 오히려 역모로 몰려 종성으로 유배, 사사되었다. 저서에《손재집》이 있다.

192) 홍계능(洪啓能) : ?~1776. 조선후기의 문신. 본관은 남양, 호는 신계(莘溪). 1750년 우의정 정우량(鄭羽良)의 천거로 등용되어 1757년 왕손교부(王孫敎傅)가 되었으며, 이후 평안도도사·지평·집의를 거쳐 1763년 세자시강원 진선이 되었다. 또 다른 풍산 홍씨 일파가 시파(時派)를 이루어 세손(世孫, 뒤의 정조)을 보호하려 하자, 벽파(僻派) 홍인한(洪麟漢)과 함께 세손의 즉위를 반대하였다가 정조가 즉위하자 하옥되어 옥사하였다.

문에 기밀이 적당에게 먼저 누설된 것이다. 그런데 이지영은 상소[193]에서 제 아비가 장헌세자에게 충성을 바쳤다는 듯이 얘기하고 있으니 매우 가소롭다."

○ 내 생각에 박공의 이 말은 아마도 오류가 있는 듯하다.

105. 金三淵詩

金三淵昌翕〈葛驛雜詠〉第五十五曰: "吾聞昔者栗翁亡, 儒議詾同設院享【平聲】. 徐徐勿遽牛溪意, 追味其言氣味長."

105. 삼연(三淵) 김창흡(金昌翕)[194]의 시(詩)

삼연(三淵) 김창흡(金昌翕)의 〈갈역잡영(葛驛雜詠)〉[195] 제 55수는 다음과 같다.

들으니 옛날 율곡(栗谷) 선생 돌아가셨을 때　　吾聞昔者栗翁亡

---

193) 이지영은 상소 : 이지영이 올린 상소는 《정조실록》 16년(1792) 윤4월 19일(정해)조에 보인다. 이지영은 이 상소에서 임오년에 장헌세자(곧 사도세자)의 처벌을 적극적으로 주장한 김상로를 비판하였다.

194) 김창흡(金昌翕) : 1653~1722. 조선후기의 문인 겸 학자. 본관은 안동, 자는 자익(子益), 호는 삼연(三淵). 김상헌(金尙憲)의 증손자이자, 김수항(金壽恒)의 셋째아들이며, 김창집(金昌集)·김창협(金昌協)의 동생이다. 15세에 이단상(李端相)의 문하에서 수학하였으며, 1673년에 진사시에 합격한 뒤 과장에 발을 끊었다. 1689년 기사환국 때 아버지가 사사되자 영평(永平)에 은거하였다. 신임사화로 절도에 유배된 형 창집이 사사되자 지병이 악화되어 죽었다. 저서에 《삼연집》이 있다.

195) 갈역잡영(葛驛雜詠) : 김창흡이 66세이던 1718년 5월부터 두 달 가량을 인제(麟蹄) 갈역(葛驛)에 머물며 지은 시로 모두 392수이다. 주제는 자기반성과 회고, 평생 관계했던 당시 인사들에 대한 인물평에서 각종 사회제도의 모순과 운영상의 부조리, 공허한 학문풍토 등에 대한 비판에 이르기까지 다양하다.

유림 모두 서원 세워 제사지내자 했네	儒議詢同設院享
서두르지 말고 천천히 하자던 우계(牛溪) 선생의 뜻	徐徐勿遽牛溪意
이제 이 말씀 음미해 보건대 뜻이 깊구나	追味其言氣味長

106. 嶺南

孝廟丁亥三月, 慶尙監司許積疏略曰: "國綱一弛, 風俗日頹, 文明之鄕, 化爲頑悍之俗, 詩禮之儒, 變作聚訟之人. 以今視昔, 益以難理云云." 許公此疏, 謂之脫畧朋私則可也. 而擧一道縫掖之鄕, 而冒之以惡名, 能不失人? 比古人齊·魯待蜀之意, 一何相反? 十室必有忠信, 鄧林豈無惡木? 相公於是乎失言矣.

106. 영남(嶺南)

효묘(孝廟)[196] 정해년(1647, 인조 25) 3월 경상감사 허적(許積)이 상소하였다. 내용은 대략 다음과 같다.

"나라의 기강이 한 번 해이해져 풍속이 날로 쇠퇴해지니, 문명(文明)한 이 고장이 난폭하고 사납게 되었고, 시례(詩禮)를 강론하던 유생들은 모여서 송사나 일삼는 사람들이 되었습니다. 옛날과 비교해 보면 지금이 다스리기 더욱 어렵습니다."

허공의 이 상소가 붕당의식에서 벗어났다고 할 수는 있겠다. 그러나 유자(儒者)의 고장[197]인 경상도에 다스리기 어려운 곳이란 악명(惡名)을 뒤집어 씌웠으니 인심을 잃지 않을 수 있겠는가? 옛사람

196) 효묘(孝廟) : 조선 17대 왕 효종(孝宗)을 말함. 허적의 생애와 본문의 내용으로 볼 때, 이는 '인조'의 오류이다. 허적은 1645년(인조 23) 경상도 관찰사가 되었다가 1647년 일본 사신 다이라(平成辛)를 위법으로 접대한 죄목으로 파직되었다.

197) 유자(儒者)의 고장 : 원문의 '봉액(縫掖)'은 유학자가 입는 소매가 넓은 홑옷을 말한다.

이 촉(蜀)땅 사람들을 제(齊)·노(魯)나라 사람으로 대우하였던 뜻[198]에 견주어 보면, 어찌 이리 상반되는가? 열 가구가 사는 작은 마을에도 반드시 충신(忠信)한 자가 있는 법[199]이며, 등림(鄧林)[200]에도 어찌 재질이 나쁜 나무가 없겠는가? 허상공이 이에서 실언을 하였던 것이다.

107. 李白洲

陸放翁〈南園記〉與楊子雲〈美新〉, 同作千古之累. 然方權貴盛時, 不幸相親, 易有此等讚詞. 爾瞻爲關西伯時, 其子有科榮隨去. 白洲李明漢【月沙子, 亦文衡.】送別詩曰: "文星遠與德星俱, 千里湖山興不孤. 領[201]得關西新樂府[202], 一時爭唱鳳將雛." 尹孤山以此彈之.

107. 백주(白洲) 이명한(李明漢)[203]

198) 옛사람이……대우하였던 뜻 : 옛사람은 중국 송나라의 장방평(張方平)을 가리킨다. 송나라 인종(仁宗) 지화(至和) 원년(1054) 가을에 촉(蜀) 땅인 익주(益州)에서 난이 일어났는데, 장방평을 보내 안무(按撫)하게 하였다. 장방평은 다음해 정월 난을 수습하고 변경(卞京)으로 돌아갔으며, 익주 사람들은 그의 공덕을 추모하여 초상을 그려 정중사(淨衆寺)에 봉안하였다고 한다. 장방평이 한 말은 소순(蘇洵)이 〈장익주화상기(張益州畵像記)〉에 보인다.(吾以齊·魯待蜀人, 而蜀人亦自以齊·魯之人待其身.)

199) 열 가구가……있는 법 : 공자가 한 말로 《논어·공야장(公冶長)》에 보인다.(子曰: "十室之邑, 必有忠信, 如丘者焉, 不如丘之好學也.")

200) 등림(鄧林) : 중국 전설 속에 나오는 숲으로, 재목이 많이 나는 곳을 뜻한다. 《列子 湯問》

201) 領 : 《孤山遺稿·國是疏》에는 "想"으로 되어 있다.

202) 府 : 《孤山遺稿·國是疏》에는 "譜"로 되어 있다.

203) 이명한(李明漢) : 1595~1645. 조선중기의 문신. 본관은 연안(延安), 자는 천장(天章), 호는 백주(白洲). 아버지는 좌의정 정귀(廷龜). 1616년 증광문과에 급제하였으며 전적·공조좌랑 등을 역임하였는데, 인목대비(仁

육방옹(陸放翁)[204]의 〈남원기(南園記)〉와 양자운(楊子雲)[205]의 〈극진미신(劇秦美新)〉은 모두 천고에 누가 되는 글이다. 그런데 바야흐로 권귀(權貴)가 극성해질 때에 불행히도 서로 친하게 되면 이처럼 찬송하는 글이 있기 마련이다.

이이첨(李爾瞻)이 관서의 관찰사가 되었을 때, 그의 아들이 과거에 급제하여 아버지를 따라 임지로 함께 갔다. 백주(白洲) 이명한(李明漢)【월사(月沙)의 아들로 또한 문형(文衡)을 잡았다.】은 다음과 같은 송별시[206]를 지었다.

문성이 먼 길을 덕성과 함께 가니	文星遠與德星俱
천리 강산에 흥이 외롭지 않으리	千里湖山興不孤

穆大妃)의 폐모론에 참여하지 않았다 하여 파직되었다. 1623년 인조반정 후에 이조좌랑·대사간 등을 역임하고 도승지·대제학·이조판서 등을 거쳐 예조판서에 올랐다. 아버지 정귀, 아들 일상(一相)과 더불어 3대가 대제학을 지낸 것으로 유명하다. 저서에 《백주집》이 있다.

204) 육방옹(陸放翁) : 중국 남송의 대표적인 시인 육유(陸游, 1125~1210)를 가리킨다. 방옹은 그의 호. 육유는 금(金)나라에 저항하는 시인으로 칭송되었다. 그러나 육유는 한때 부귀에 뜻을 두고 있었기 때문에 간신 한탁주(韓侂胄)의 요청에 따라 〈남원기〉를 지었다.

205) 양자운(揚子雲) : 중국 전한 말기의 학자이자 문학가 양웅(揚雄)을 가리킨다. 자운은 그의 자. 양웅은 왕망이 한나라를 찬탈하고 신(新)나라를 세우자, 그의 대부가 되어 진나라를 비판하고 신나라를 찬미하는 내용의 〈극진미신(劇秦美新)〉을 지었다.

206) 송별시 : 이 시는 이명한의 문집인 《백주집》에는 수록되어 있지 않으며, 윤선도의 문집인 《고산유고》 권3의 〈국시소(國是疏)〉에 보인다. 이 상소는 윤선도가 1658년(효종 9)에 쓴 것으로, 이명한의 시에서 덕성과 문성, 봉황이 새끼를 거느린다고 한 것은 이이첨 부자를 가리켜 말한 것이라 하였다. 그렇지만 이 시를 문제 삼아 이명한을 비판해서는 안 된다고 하였다. 정약용은 윤선도가 이 시를 문제 삼아 이명한을 탄핵했다고 하였는데, 이는 정약용의 착오인 듯하다.

관서 지방의 신악부를 얻어서 領得關西新樂府
너도나도 봉황이 새끼 거느린 곡을 부르리라 一時爭唱鳳將雛

고산(孤山) 윤선도(尹善道)[207]는 이를 문제 삼아 그를 탄핵하였다.

108. 漢陰札

漢陰之族有居楊州者, 有山訟, 旣克而未掘. 受漢陰囑札, 傳楊牧, 了無變動. 再訴漢陰, 漢陰曰: "吾札無力, 須得亞銓札方效." 亞銓卽李爾瞻也.【漢陰之族】 其人往訴爾瞻, 瞻殊不應答, 取一條小紙片, 胡寫數行, 呼傔語之曰"傳某處", 遂與閒話. 日將夕, 其人辭而請所安. 爾瞻曰: "去矣! 及君去, 想當無憂也." 其人疑之, 歸告漢陰, 曰: "已掘矣. 君其去矣." 歸而視之, 楊牧中夜發官軍, 已掘去矣. 其權威之迅厲如此.

108. 한음(漢陰) 이덕형(李德馨)[208]의 서찰

한음 이덕형(李德馨)의 친족 가운데 양주에 사는 사람이 있었는데, 산송(山訟, 산소에 관한 송사)에서 벌써 이겼으나 진 사람이 여전히 묘를 파가지 않았다. 그는 한음에게서 부탁 편지를 받아 양주목사에게 전하였지만, 조금도 변동이 없었다. 다시 한음에게 하소연하

---

207) 윤선도(尹善道) : 1587~1671. 조선중기의 문신. 권2 주 118)번 참조.
208) 이덕형(李德馨) : 1561~1613. 조선중기의 문신. 본관은 광주(廣州), 자는 명보(明甫), 호는 한음(漢陰)·쌍송(雙松)·포옹산인(抱雍散人). 1580년(선조 13) 별시문과에 급제하였으며 정자·수찬·교리 등을 거쳐 1591년 예조참판에 올라 대제학을 겸임했다. 1592년 임진왜란이 일어나자 병조·이조판서를 거쳐 1598년 우의정·좌의정에 올랐다. 1613년(광해군 5) 영창대군(永昌大君)의 처형과 인목대비(仁穆大妃) 폐모론을 반대하다가 북인과 대립하였고 결국 모든 관직이 삭직되고 낙향하여 지내다 병사하였다. 저서에 《한음문고》가 있다.

니, 한음이 말하기를 "내 서찰은 힘이 없으니 반드시 이조참판의 서찰을 얻어야 효과가 있을 걸세."라고 하였다. 이조참판은 이이첨(李爾瞻)[209]이었다.【한음의 친족】

그 사람이 이이첨에게 가서 하소연하니, 이이첨은 달리 응답하지 않고 작은 종이 하나를 가져다 몇 줄 휘갈겨 썼다. 그리고는 청지기를 불러 "모처에 전하라" 하고는 그와 더불어 한담을 나누었다. 해가 저물려고 하자 그 사람은 물러나며 어찌하면 좋을지 물었다. 이이첨은 말하기를 "돌아가게! 자네가 도착할 때쯤이면 걱정거리가 없어졌을 것이네."라고 하였다.

그 사람은 의아하게 생각하여 돌아와 한음에게 이 얘기를 하니, 한음은 말하기를 "이미 파갔을 걸세. 자네는 돌아가 보게."라고 하였다. 그 사람이 돌아가서 보니 양주목사가 밤중에 관군을 동원하여 이미 묘를 파갔다. 이이첨의 권력과 위세가 빠르고 무섭기가 이와 같았다.

109. 眉叟筆法

眉叟《記言》, 作人丘墓文, 書己丑事, 輒云 '會汝立上變事起', 未或稱 '汝立謀反'. 蓋亦黨論之爲蔽也. 抑其文法歟? 於所貶者, 輒去姓書名, 人稱《漢書》法.

---

209) 이이첨(李爾瞻) : 1560~1623. 조선중기의 권신(權臣). 본관은 광주(廣州). 자는 득여(得輿), 호는 관송(觀松)·쌍리(雙里). 좌찬성 극돈(克墩)의 5대손. 광해군 때 대북(大北)의 영수로서 정인홍(鄭仁弘) 등과 광해군 대의 정국을 주도했다. 1618년 인목대비(仁穆大妃)를 폐위하고 서궁(西宮)에 유폐시킨 일 때문에 여론의 지탄을 받았으며, 이로 인해 인조반정의 빌미를 제공했다. 1623년 반정이 일어나자 도주 중 체포되어 아들과 함께 처형당했다.

109. 미수(眉叟)[210]의 필법

미수(眉叟)의 《기언(記言)》에 남들의 구묘문(丘墓文)을 지은 것을 보면, 기축옥사[211]를 서술할 때마다 "때마침 여립(汝立)[212]의 변고(變故)를 상주한 일이 일어났다."라고 하고, "여립이 모반하였다."라고 표현하지 않았다.[213]

---

210) 미수(眉叟) : 조선중기의 학자 겸 문신인 허목(許穆, 1595~1682)을 가리킨다. 권2 주 3) 참조.

211) 기축옥사 : 1589년 정여립(鄭汝立)의 모반을 계기로 일어난 옥사를 말한다. 선조 때 정여립은 현실 정치에 불만을 품고 낙향하여 자제들을 교육한다는 명분을 내걸고 대동계(大同契)를 조직하여 무술을 단련하였다. 1589년 황해도 관찰사 한준(韓準) 등이 정여립이 역모를 꾀한다고 고변하여, 정여립은 도망 중에 자살하였다. 옥사를 맡아 처리하였던 서인(西人) 정철(鄭澈)은 이를 계기로 동인의 이발(李潑)·이길(李洁)·유몽정(柳夢井) 등을 처형하였고, 노수신(盧守愼)을 파직시키는 등, 2년에 걸쳐 동인(東人) 천여 명이 화를 입었다.

212) 정여립(鄭汝立) : 1546~1589. 본관은 동래(東萊), 자는 인백(仁伯). 1570년 식년문과에 급제하였으며, 1583년 예조좌랑을 거쳐 이듬해 수찬이 되었다. 처음에는 이이와 성혼의 문하에 있으면서 당색이 서인(西人)에 속했다. 그러나 이이가 죽은 뒤 동인(東人)에 가담하여 이이를 비롯한 서인의 영수 박순·성혼을 비판하였으며, 왕의 미움을 사 관직에서 물러났다. 기축옥사 때 자살하였다.

213) 기축옥사를……않았다 : 허목이 지은 구묘문(丘墓文) 중에 정여립에 대해 언급한 것이 《기언별집》 권16에 보인다. 〈穌齋先生神道碑銘〉: "冬, 有鄭汝立上變事, 獄事大起." ; 〈右參贊淸川君韓公神道碑銘〉 ; "戊子, 賀聖節, 旣使還, 出按海西. 西邑有鄭汝立上變事, 公特加資憲, 以知中樞仍任之." ; 〈茂城府院君尹公神道碑銘〉, "庚寅, 拜司憲府持平. 先是, 有鄭汝立上變事, 遂爲己丑之禍. 方策功, 公論推官等濫受功爵忤時議, 當得罪. 賴成文簡公渾力言, 坐罷乃止, 而不復顯用也." 한편 서인의 영수인 송시열은 허목이 모종의 의도가 있었기 때문에 정여립이 모반했다고 직접적으로 쓰지 않았다고 보았다.("尤翁謂人言……至於鄭汝立, 則前後擧論處, 輒曰'鄭汝立上變事起', 一不稱'謀叛事覺'云云, 此則恐有意思也." 李喜朝, 《芝村集》 卷29, 〈雜記下〉)

아마도 당론에 가려서 이런 것이 아닌가 생각된다. 아니면 구묘문의 법식이 그런 것인가? 폄하할 대상에 대해서는 그 때마다 성은 빼고 이름만 쓰는데, 사람들은 이를 두고 《한서》의 필법이라고 한다.

110. 夢村經綸

夢邨金鍾秀嘗於廟堂作一經綸, 以爲"牛之觸者 · 馬之蹄者, 其傷人爲多. 宜行會八道, 令凡驅馬牽牛者, 若係觸者蹄者, 牛頭馬尾懸一牌, 大書謹避之意, 令人勿嬰以遠傷害, 誠爲仁民愛物之一事." 及入奏, 上不允, 亦不出擧條. 樊翁嘗語余此事.

110. 몽촌(夢村) 김종수(金鍾秀)[214]의 경륜(經綸)

몽촌 김종수(金鍾秀)는 일찍이 묘당(廟堂, 조정)에서 경륜을 펼치며 다음과 같이 말했다.

"소 가운데 잘 들이받는 놈과 말 중에 잘 걷어차는 놈은 사람을 해치는 경우가 많습니다. 마땅히 팔도에 공문을 내려서, 무릇 마소 몰이꾼들로 하여금 잘 들이받고 잘 걷어차는 놈이면 소의 머리와 말의 꼬리에 '조심하고 피하라!'는 내용을 크게 쓴 나뭇조각 하나를 매달게 하십시오. 이렇게 하여 사람들이 가까이하지 않음으로써 다치지 않도록 하는 것이야말로 진정 백성을 아끼고 만물을 사랑하는 일입니다."

내전에 들어가 임금께 아뢰었는데, 임금이 윤허하지 않으셨을 뿐 아니라 거조(擧條)[215]에 올리지도 않았다. 번옹 채제공께서 일찍이

---

214) 김종수(金鍾秀) : 1728~1799. 조선후기의 문신. 권2 주 152) 참조.

215) 거조(擧條) : 거행조건(擧行條件)의 준말. 신하들이 연석에서 진달한 말들 중에 조보(朝報)에 낼 만한 것을 승지가 뽑아서 조보에 반포하는 것을 말한다.

나에게 이 일을 말해 주었다.

111. 夢村奏

丙辰正月初四日, 奉朝賀金鍾秀登筵, 奏曰: "左相【樊翁也】誠可倚任勝於右相【尹蓍東】, 左相於極層義理, 與臣無異云, 臣亦無間於左相矣." 又奏曰: "西學固爲異端, 而近日習俗危險, 以此作爲大帽, 欲枳塞一邊云. 聖明所宜深察而明辯之也." 又奏曰: "洪秀輔無士大夫心事, 臣實賤惡之." 左相蔡奏曰: "右相前此, 未嘗語及魯·禧, 故臣亦疑之. 頃日初筵之奏, 頗說義理, 臣亦與前有異矣."

111. 몽촌(夢村) 김종수(金鍾秀)의 상주문(上奏文)

병진년(1796, 정조 20) 정월 초4일에 봉조하(奉朝賀) 김종수(金鍾秀)가 경연에 나아가 다음과 같이 상주하였다.

"좌상(左相)【번옹(樊翁) 체제공이다.】은 참으로 우상(右相)【윤시동(尹蓍東)[216]】보다 신임할 만합니다. 좌상은 최상의 의리에 있어서는 저와 다르지 않다고 하는데, 신 또한 좌상과 다름이 없습니다."

또 다음과 같이 상주하였다.

"서학(西學)이 진실로 이단이기는 하지만, 근일의 습속(習俗)이 위험하게도 이것을 명목으로 삼아서 다른 편의 벼슬길을 막고자 한다고 합니다. 성상께서는 명철함으로 깊이 살피셔서 밝게 분별하셔야

---

216) 윤시동(尹蓍東) : 1729~1797. 조선후기의 문신. 본관은 해평(海平), 자는 백상(伯常), 호는 방한(方閒). 1754년 증광문과에 급제하여 설서(說書)가 되었고, 뒤에 이조판서·우의정 등을 역임했다. 탕평책을 따르지 않는다는 이유로 여러 차례 유배되었다. 김종수(金鍾秀)·심환지(沈煥之) 등의 벽파와 함께 시파 공격에 앞장섰으며, 김한구(金漢耈)·홍인한(洪麟漢) 등 척신의 축재를 규탄하였다. 편저로《향례합편(鄕禮合編)》이 있다.

할 것입니다."

또 상주하기를, "홍수보(洪秀輔)[217]는 사대부로서의 심사(心事)가 없으니, 신은 참으로 그를 천시하고 미워합니다."라고 하였다.

좌상 체제공이 상주하였다.

"우상은 이전에 김상로(金相魯)와 홍계희(洪啓禧)[218]에 대해 언급한 적이 없었기 때문에 신 또한 이를 이상하게 여겼습니다. 우상이 지난 번 초연(初筵)에서 상주하면서 자못 의리(義理)에 대해 말하였는데, 신은 역시 전과는 다르게 봅니다."

112. 靈城君

英廟戊申, 逆賊李麟佐作亂, 朴判書文秀有從征之功. 至健陵戊申, 歲紀重回. 上致祭于朴公, 親製祭文曰: "藎[219]士生國, 以需危疑. 古社稷

---

217) 홍수보(洪秀輔) : 1723~1800. 조선후기의 문신. 본관은 풍산, 자는 군택(君擇), 호는 송간(松澗). 정약용의 처삼촌. 1756년 정시문과에 급제하였고, 관직은 형조판서·의정부좌참찬·판의금부사 등을 역임하였다. 1781년에는 동지부사로 중국에 다녀왔다. 1795년에 치사(致仕)한 뒤 봉조하(奉朝賀)가 되었다.

218) 김상로(金相魯)와 홍계희(洪啓禧) : 원문의 '노희(魯禧)'는 김상로(金相魯, 1702~?)와 홍계희(洪啓禧, 1703~1771)를 가리킨다. 《일성록(日省錄)》에서도 김상로와 홍계희를 '노희(魯禧)' 또는 '희로(禧魯)'로 표기하였다. 김상로와 홍계희는 모두 1762년 사도세자의 처벌에 적극 참여하였으며, 정조가 즉위한 뒤에 관작이 삭탈되었다. 김상로는 본관이 청풍, 자는 경일(景一), 호 하계(霞溪)·만하(晩霞). 1734년(영조 10) 춘당대문과에 급제하였으며, 병조·이조·호조 판서를 거쳐 1752년에 우의정, 1754년 좌의정, 1759년 영의정에 이르렀다. 홍계희는 본관이 남양, 자는 순보(純甫), 호는 담와(淡窩). 1737년(영조 13) 별시문과에 급제하였으며 정언·수찬 등을 거쳐 이조판서·한성부판윤 등을 역임하였다.

219) 藎 : 底本에는 "蓋"로 되어 있다. 《弘齋全書·靈城君朴文秀致祭文》에 근거하여 수정하였다.

臣, 卿於似之. 溢腔熱血, 格于神明. 迓續景命, 緊一介誠. 先王曰咨, 無睡則思. 矧予激感, 曷禁淚滋. 于酬于紀, 期以世世. 從征之勞, 而節之細. 星周舊躔, 侑以精禋. 匪直也勳, 視彼貞珉." 文旣頒, 人莫有知其義者. 蓋昔莊獻之始建爲儲也, 朴公有密勿扶護之力云.

112. 영성군(靈城君) 박문수(朴文秀)[220]

영조(英祖) 무신년(1728)에 역적 이인좌(李麟佐)[221]가 반란을 일으켰을 때, 판서 박문수는 정벌에 참여한 공로가 있었다. 건릉(健陵, 정조의 능호) 무신년(1788, 정조 12)이 되자, 갑자(甲子)가 다시 돌아왔다. 임금은 박공에게 제사지내고 친히 제문을 지었는데, 그 내용은 다음과 같다.

충성스런 선비가 태어나서	藎士生國
나라가 위태로울 때 쓰이나니	以需危疑
옛날 사직을 지킨 신하로	古社稷臣

220) 박문수(朴文秀) : 1691~1756. 조선후기의 문신. 본관은 고령(高靈), 자는 성보(成甫), 호는 기은(耆隱). 1723년 증광문과에 급제한 후, 병조정랑·호조판서·판의금부사·예조판서·우참찬 등을 역임했다. 1728년에 이인좌(李麟佐)의 난이 일어나자 종사관으로 출전해 공을 세워, 분무공신(奮武功臣) 2등에 책록되었고 영성군(靈城君)에 봉해졌다. 영조가 탕평책을 실시할 때 벌열 중심의 인사 정책에서 벗어날 것을 주장했으며, 인재를 고루 등용할 것을 강조하였다.

221) 이인좌(李麟佐) : ?~1728. 조선 후기의 역신(逆臣). 본명은 현좌(玄佐). 본관은 전주. 당색이 과격한 소론이었던 그는 영조의 즉위로 소론이 정계에서 배제되자, 1728년(영조 4) 정희량(鄭希亮)·이유익(李有翼) 등 소론 과격파와 갑술환국 이후 정계에서 물러난 남인들과 공모하여 밀풍군(密豊君) 탄(坦: 昭顯世子의 증손)을 추대하고 무력으로 정권쟁탈을 꾀하였다. 이를 무신란 또는 이인좌의 난이라 한다. 이 해 반란이 진압되어 처형되었다.

경이 이에 해당 한다네	卿於似之
가슴에 넘치는 뜨거운 피로	溢腔熱血
신명에 감통하여	格于神明
하늘의 큰 명을 맞아 이었으니	迓續景命
바로 한결같은 정성이로다	緊一介誠
선왕께서는 탄식하시며	先王曰咨
잘 때 외에는 경을 생각한다 하셨으니	無睡則思
하물며 나의 격한 감회에	矧予激感
어찌 흐르는 눈물을 금할 수 있으리오	曷禁淚滋
이에 보답하고 이에 기록하여	于酬于紀
대대로 이어지길 기약하네	期以世世
정벌에 따라 나선 노고는	從征之勞
경의 절의 가운데 작은 것이라네	而節之細
예전의 무신년이 다시 돌아와	星周舊躔
정성스런 제사로써 받드노라	侑以精禋
단지 공훈만 있는 것이 아니니	匪直也勳
저 비석을 읽어볼지어라	視彼貞珉

이 글이 이미 반포되었지만 그 뜻을 아는 사람이 없었다. 아마도 옛날에 장헌세자가 처음 세자가 되었을 때, 박공이 부지런히 힘써 보호한 공이 있음을 말한 것인 듯하다.

113. 宋德相

樊翁曰: "可畏者, 言也. 余於向來宋德相凶疏時, 適在家午眠. 傔人持小報示之, 乃德相疏. 而起頭曰: '元嬪薨逝, 宗社靡託.' 余愕爾曰: '起頭怪哉! 元嬪薨逝, 則宗社何爲靡託? 四百年宗社, 其果託賴於一後宮耶? 起頭怪哉!' 獨語獨歎, 其時座上, 只有親知一兩人. 其後狼狽流落, 中批除刑判. 入侍時, 上曰: '近日紛紜之外, 卿又間經危地, 幾乎不免. 賴予曲護得免, 卿知之乎?' 對曰: '臣何由知之?' 上曰: '德相凶疏時, 卿以厥疏頭辭, 有如是如是之事乎?' 其午眠初起以後光景, 說得如畫. 余怳然如昨日事, 具以實對. 上曰: '伊時日未沒, 洪國榮已聞此語, 入來忿忿, 百般構陷, 必欲甘心, 予僅僅調停矣.' 噫! 余至今思之, 未知孰如是飛傳也. 可畏者, 言也."

113. 송덕상(宋德相)[222]

번옹(樊翁) 채제공은 다음과 같이 말씀하였다.[223]

"두려운 것은 말이다. 내가 예전에 송덕상(宋德相)의 흉악한 상소가 올라왔을 때, 마침 집에서 낮잠을 자고 있었다. 집사가 소보(小報)[224]를 가지고 와서 보여주는데 곧 송덕상의 상소문이었다. 그 서두에는 '원빈(元嬪)[225]께서 홍서(薨逝)하셨으니, 종묘사직은 의탁할 곳이 없다.'라고 쓰여 있었다. 나는 놀라서 말하길 '상소의 서두가 참

222) 송덕상(宋德相) : ?~1783. 조선후기의 문신. 본관은 은진, 자는 숙함(叔咸), 호는 과암(果菴). 송시열(宋時烈)의 현손. 1753년 좌의정 이천보(李天輔)의 천거로 세자익위사세마(世子翊衛司洗馬)에 임명되었으며, 1767년 지평에 임명되었다. 정조가 즉위한 뒤 홍국영(洪國榮)의 후원으로 1776년 동부승지·이조참의·예조참의 등을 거쳐, 1779년 이조판서에 임명되었으나 그해 홍국영이 실각하자 함경도 삼수(三水)에 안치되었다. 그 뒤 왕위계승에 대하여 올린 상소에 흉역(凶逆)의 뜻이 있다 하여 옥에 갇히고 많은 유생의 공격을 받았다.

223) 번옹……말씀하였다 : 번옹의 말은 《여유당전서》 시문집 제17권, 〈번옹유사(樊翁遺事)〉에도 보인다.

224) 소보(小報) : 소식을 전하는 짧은 글을 가리킨다.

225) 원빈(元嬪) : 정조의 후궁인 원빈 홍씨(1766~1779)를 가리킨다. 홍씨는 홍국영의 누이로 효의왕후(孝懿王后)가 아이를 낳지 못하자, 1778년 정조의 후사를 위하여 원빈으로 간택되었다. 그러나 이듬해인 1779년 5월에 갑자기 졸하였다.

괴이하구나! 원빈이 홍서하면, 어째서 종묘사직이 의탁할 곳이 없단 말인가? 사백년 종묘사직을 어찌 과연 일개의 후궁에게 맡긴단 말인가? 그 참 서두가 이상하구나!'라고 하였다. 혼잣말을 하며 혼자 탄식하고 있었다. 그때 주위에 있는 사람이라고는 친지 한두 분뿐이었다.

그 후로 낭패를 당해 벼슬에서 물러나 유락하다가 중비(中批)[226]로 형조판서에 제수되었다. 입시하였을 때 임금(곧 정조)께서 다음과 같이 말씀하였다. '근래 시끌벅적한 일이 있은 뒤로 경은 또 한동안 위험한 상황을 거치며 거의 화를 면하지 못할 뻔했다. 그때 내가 곡진히 보호해주어 화를 면했음을 경은 알고 있는가?' 내 대답하기를 '신이 어찌 이것을 알 길이 있겠습니까?'라고 하였다. 임금께서 말씀하시길 '송덕상의 흉악한 상소가 올라왔을 때, 경이 그 상소문의 서두에 있는 말을 두고 이러쿵저러쿵한 일이 있었는가?'라고 하시며, 그 때 낮잠에서 갓 깨어나 그 이후의 상황을 그림을 보듯 말씀하시는 것이었다. 나는 마치 어제의 일처럼 생각이 나서 사실대로 대답을 하였다. 임금이 말씀하셨다. '그때 아직 해가 지기도 전에 홍국영이 벌써 그대가 한 말을 듣고는 입시하여 화를 내며 온갖 방법으로 죄를 뒤집어 씌워 분풀이를 하려고 하였는데, 내가 겨우 정지시켰다.' 아! 내 지금 생각해보아도 누가 이 말을 쏜살같이 전달했는지 모르겠다. 두려운 것은 말이다."

114. 曹兵使

曹兵[227]使允精賡進〈遲遲臺〉詩, 結句云: "天地無涯恨, 今無古貴生[228]."

226) 중비(中批) : 임금이 직접 특지(特旨)를 내려 벼슬에 임명함을 가리킨다. 번옹 채제공은 1780년 홍국영과의 친분과 사도세자의 신원에 대한 과격한 주장으로 공격을 받아, 이후 8년간 벼슬에서 물러나 있었다. 그러다가 1788년 정조의 특명으로 우의정에 제수되었다.

蓋昔成宗朝畫工崔貴生, 以畫德宗大王御容, 賞加一資, 朝臣有言之者. 成宗敎曰: "微貴生, 予不識先王典刑也." 今奉安閣, 只奉當宁御眞, 而恨無莊獻御眞故云. 然云: "成宗九年, 上行養老禮, 至成均官入御次, 持平李世匡·正言成聃年啓曰: '金守溫誠孔門之罪人, 不當與於斯禮. 請黜之.' 上以問于政院, 政院對曰: '守溫上書世祖朝, 自願出家成佛, 仍逃之山寺, 故臺言如此.' 乃命守溫勿與於禮."

114. 병마절도사 조윤정(曹允精)[229]

병마절도사 조윤정(曹允精)이 선왕(곧 정조)의 〈지지대(遲遲臺)〉 시[230]에 화운시를 올렸는데, 결구에 이르기를 "천지에 한없이 안타까워하노니, 지금은 옛날의 귀생(貴生) 같은 이가 없구나![天地無涯恨, 今無古貴生]"라 하였다.

옛날 성종조의 화가 최경(崔涇)과 안귀생(安貴生)[231]은 덕종대왕

---

227) 兵 : 底本에는 "水"로 되어 있다. 조목의 제목에 근거하여 수정하였다.

228) 生 : 底本에는 "成"으로 되어 있다. 《弘齋全書·遲遲臺》 및 본문 내용에 근거하여 수정하였다. 정조가 지은 〈지지대〉시의 7·8구는 "矯首遲遲路, 梧雲望裏生"으로 운자가 "生"이다. 또 여기서 "貴生"은 조선전기의 화가 "安貴生"을 가리킨다. 아래의 "貴成" 역시 "貴生"으로 수정하였다.

229) 조윤정(曹允精) : 자세한 행적은 알려진 바가 없으나, 《정조실록》에 의하면 정조 21~22년경에 함경도 병마절도사를 지냈다.

230) 지지대(遲遲臺) 시 : 《홍재전서》 권7 에 수록되어 전한다. 지지대는 경기도 화성(華城)의 초입인 미륵현(彌勒峴)에 있었는데, 정조는 현륭원(顯隆園, 사도세자의 능)을 참배하고 돌아올 때마다 이 고개 위에 멈춰서서 오래도록 현륭원을 바라보면서 선뜻 돌아가자는 말을 하지 못하였다. 그래서 고을의 백성들이 돌을 둘러 대를 쌓고 '지지대'라 하였다고 한다. 정조는 1796년 정월에 원침(園寢)을 참배하고 돌아오면서 이 대에 이르러 율시 한 수를 지어 감회를 적고, 수행한 신하들을 비롯한 총460명을 갱재시를 붙여 〈지지대갱재축(遲遲臺賡載軸)〉으로 엮었다. 《弘齋全書 182卷·羣書標記 4·賡載軸》

(德宗大王)[232]의 어용(御容)을 그렸다. 이 공로로 성종이 한 자급(資級)이 더하는 상을 내리자, 조정의 신하들 중 이를 논박하는 자들이 있었다. 성종이 하교하기를, "귀생이 없었더라면, 나는 선왕의 어용을 몰랐을 것이다."라 하였다. 지금 봉안각(奉安閣)[233]에 당대 임금(곧 정조)의 어진(御眞)이 모셔져 있지만, 장헌세자(莊獻世子)의 어진이 없음을 한스러워 하였기 때문에 조윤정은 이렇게 화운한 것이었다.

그러나 다음과 같은 기록이 보인다.

"성종 9년(1478)에 왕이 양로례(養老禮)를 행하였는데, 성균관에 이르러 임금께서 자리에 드시자 지평 이세광(李世匡)[234]과 정언 성담년

---

231) 최경(崔涇)과 안귀생(安貴生) : 원문에는 "崔貴成"으로 되어 있는데, "成"은 "生"의 오자이다. 성종 대의 화가로 최귀생(崔貴生)이란 인물은 확인되지 않는다. 이는 정약용이 최경(崔涇)과 안귀생(安貴生) 두 사람을 '최귀생'으로 오인한 것인 듯하다. 최경과 안귀생은 1456년(세조 2) 왕세자(德宗, 성종의 아버지)의 병세가 악화되자 함께 초상화를 그렸다. 후에 성종이 즉위하여 이 초상화를 통해 아버지의 모습을 보고 감격하여 종묘에 모시게 하였다. 그리고는 최경과 안귀생을 당상관에 제수하였다. 이에 조정 대신들은 미천한 신분의 화공(畫工) 최경과 안귀생이 당상관에 오르는 것은 옳지 않다고 반대하였지만, 성종은 이들의 주장을 받아들이지 않았다. 관련 기록이 《성종실록》 3년(1472) 5월 27·29일 및 6월 3·4일조에 보인다.

232) 덕종대왕(德宗大王) : 1438~1457. 세조의 아들이자 성종의 아버지로, 초명은 숭(崇), 이름은 장(暲), 자는 원명(原明), 시호는 의경(懿敬)이다. 1444년 도원군(桃源君)에 봉해지고, 1455년에 세자로 책봉되었다. 어려서부터 예절이 바르고 독서를 즐겼으며 해서(楷書)에도 능하였으나, 병약했다고 전해진다. 성종이 태어난 1457년에 병이 크게 들어 20세의 나이로 서거했다. 능은 경릉(敬陵)으로 고양에 있다. 1471년에 덕종(德宗)으로 추존되었다.

233) 봉안각(奉安閣) : 신주나 화상(畫像)을 모셔놓은 건물.

234) 이세광(李世匡) : ?~1504. 조선전기의 문신. 본관은 광주(廣州), 자는 정경(正卿). 1475년(성종 6) 오위사정(五衛司正)으로서 친시문과에 병과로 급제하였으며, 이후 정언·이조정랑·지평·장령 등을 거쳐 1788년 부제

(成聃年)[235]이 아뢰기를, '김수온(金守溫)[236]은 실로 공문(孔門)의 죄인이니, 이 예에 참석시키는 것은 마땅치 않습니다. 내쫓기를 청합니다.'라 하였다. 성종이 이를 승정원에 물으니, 승정원에서 대답하기를, '김수온이 세조 때 글을 올려 스스로 출가해서 성불(成佛)하기를 원하여 곧바로 산사로 도망간 적이 있기 때문에 대간이 이와 같이 말한 것입니다.'라 하자, 바로 김수온을 예에 참석시키지 말라고 명하였다."[237]

학·동부승지에 올랐다. 1504년(연산군 10) 갑자사화가 일어나자 폐비 윤씨에게 승지로서 사약을 받들고 간 일로 사사된 이세좌(李世佐)의 4촌인 것과 연산군 즉위 초 경연에서 역대의 치란을 논하고 불교의 폐해를 극간하여 연산군의 노여움을 산 일로 인해 사사되었다.

235) 성담년(成聃年) : 조선전기의 문신. 본관은 창녕(昌寧), 자는 인수(仁壽), 호는 정재(靜齋). 생육신 성담수(成聃壽)의 동생. 1470년 별시문과에 급제하였으며 관직은 수찬·정언을 거쳐 공조정랑·교리 등을 역임하였다. 저서에 《정재집》이 있다.

236) 김수온(金守溫) : 1410~1481. 조선전기의 문신. 본관은 영동(永同), 자는 문량(文良)이며, 호는 괴애(乖崖)·식우(拭疣). 1441년(세종 23) 식년문과에 급제하였으며 지중추부사·공조판서·영중추부사 등을 역임하였다. 《치평요람(治平要覽)》·《의방유취(醫方類聚)》 등의 편찬에 참여하였으며, 《석가보(釋迦譜)》의 증수, 《명황계감(明皇誡鑑)》·《금강경》 등의 번역에 참여하였다. 고승 신미(信眉)의 동생으로 불경에 통달하고 제자백가(諸子百家)·육경(六經)에 해박하여 세조의 총애를 받았다. 저서에 《식우집》이 있다.

237) 성종 9년에……명하였다 : 관련 내용이 《국조보감(國朝寶鑑)》 권16, 성종 9년(1478)에 보인다.

권3 사론史論 및 시화詩話

115. 大義覺迷錄

康熙皇帝在位六十年而崩, 其崩也, 猶有多口. 雍正之初, 誅戮大行, 爲撰《大義覺迷錄》, 布告天下, 而天下猶有疑焉. 愛信氏庭無間言, 天下共聞之, 惜哉!

115. 대의각미록(大義覺迷錄)[1]

강희황제(康熙皇帝)는 재위 60년 만에 죽었는데, 그의 죽음에 대하여 말이 많았다. 옹정(雍正)[2] 초에 주륙(誅戮)이 크게 행해졌고, 《대의각미록(大義覺迷錄)》을 지어 천하에 반포했는데도 천하 사람들은 여전히 의심하였다. 청나라[愛信氏][3] 조정은 비난들을 만한 일이 없었고, 천하 사람들이 모두 들어 알고 있었는데, 안타깝구나!

---

1) 대의각미록(大義覺迷錄) : 중국 청나라 옹정(雍正) 7년(1729)에 청에 대항하려다가 붙잡힌 증정(曾靜)이 국문을 받으면서 자복한 말을 근거로 만든 책. 옹정제는 청나라 조정의 정통성을 강조하기 위해 이 책을 간행하였으며, 관료나 독서인들의 필독서로 삼게 하였다.

2) 옹정(雍正) : 1678~1735. 재위 1722~1735. 중국 청나라 5대 황제. 본명은 윤진(胤禛), 시호는 헌제(憲帝), 묘호는 세종(世宗). 강희제의 넷째 아들. 집권 초기 별도로 황제 측근의 군기처대신(軍機處大臣)을 두고 군기처가 내각을 대신하여 6부를 지배하게 하였다. 대외적으로는 청해(靑海)를 귀속시키고 티베트를 평정하였으며, 러시아와 캬흐타조약을 맺고 지금의 러시아와 몽골간의 국경선을 정하였다.

3) 애신씨(愛信氏) : 청나라 왕족의 성씨인 애신각라(愛新覺羅)를 말함.

116. 阿桂

乾隆丙辰禪位于嘉慶帝, 而玉璽不肯傳, 尙置上皇臥內. 大學士阿桂入奏曰: "陛下旣已傳位, 而大寶尙在臥內, 新皇徒張虛號, 非所以篤天休而定人志也." 上皇不應. 桂半日力爭, 竟取璽, 付新皇. 及己未以後, 阿桂便作定策國老, 威望特重云.

116. 아계(阿桂)[4]

건륭제(乾隆帝)[5]는 병진년(1796)에 가경제(嘉慶帝)[6]에게 선위를 하였으나, 옥새는 전해주려 하지 않고 여전히 상황제 자신의 내실에 두었다. 대학사 아계가 다음과 같이 상주하였다.

"폐하께서는 이미 황위를 전하시고도 옥새는 여전히 내실에 두시

---

4) 아계(阿桂) : 1717~1797. 중국 청나라의 만주족 대신. 성은 장가(章佳), 자는 광정(廣廷). 대학사 아극돈(阿克敦)의 아들. 1738년(건륭 3) 과거에 합격하였고 1732년(옹정 10) 이리장군(伊犁將軍)이 되었으며, 이어 미얀마에 출정하고 1741년 금천을 평정하여 그 공으로 공작의 작위를 받았다. 내각 대학사, 군기대신(軍機大臣) 등의 요직을 거쳤다.

5) 건륭제(乾隆帝) : 1711~1799. 재위 1736~1795. 중국 청나라 6대 황제. 본명은 홍력(弘曆). 시호는 순황제(純皇帝), 묘호는 고종(高宗). 옹정제의 넷째 아들로, 옹정제가 제정한 태자밀건법(太子密建法)에 따라 1735년 황태자위를 거치지 않고 바로 즉위하였다. 조부 강희제의 재위기간(61년)을 넘기는 것을 꺼려, 재위 60년에 퇴위하고 태상황제가 되었다. 조부 강희제와 함께 '강희·건륭 시대'라는 청나라 최전성기를 구가했다. 고증학의 번영을 배경으로 《사고전서(四庫全書)》가 편찬되고 《명사(明史)》가 완성되었다.

6) 가경제(嘉慶帝) : 1760~1820. 재위 1796~1820. 중국 청나라 7대 황제. 이름이 영염(永琰)이었으나 후에 옹염(顒琰)으로 고쳤다. 묘호는 인종(仁宗). 건륭제의 열다섯째 아들이다. 그가 즉위한 뒤에도 실권은 태상황제로 물러나 있던 건륭제에게 있어, 건륭제 사망 후에야 친정을 펼 수 있었다. 재위 기간 동안 백련교의 난을 평정하였으나 천리교의 난, 회족(回族)·묘족(苗族) 등의 반란으로 나라가 쇠퇴기에 접어들었다.

니, 새 황제께서는 다만 실속 없이 호칭만 가지고 있을 뿐입니다. 이는 하늘의 복을 돈독히 하고 만백성의 뜻을 안정시키시는 바가 아닙니다."

그러나 상황은 응하지 않았다. 아계는 반나절을 힘써 간하여 마침내 옥새를 취해다 새 황제께 드렸다. 기미년(1799) 이후[7] 아계는 곧 '정책국로(定策國老)'[8]가 되어 그 위세와 명망이 더욱 중해졌다고 한다.

117. 金粒盆

余知谷山府時, 遂安笏谷之北, 採金如土, 而不鎔之爲鉼, 直以生金之粒, 售諸灣松大賈. 問之, 則曰: "潛齎入燕, 粒金之直, 倍于鉼金." 余殊疑之, 莫曉其故. 至己未春, 乾隆皇帝旣崩, 和珅[9]旣誅, 始聞彼人之說而知粒金之所以貴也. 和珅於花園中, 置玉盆百餘枚, 盆盛粒金以爲土, 乃插珊瑚, 樹於其中以供玩. 故百官衆庶, 求買粒金, 以實其盆, 所以刁踊. 今珅旣死, 卽粒金無所用. 嗚呼! 權臣之焰, 至使天下財寶以之翔賤, 人主苟察其然, 宜自愼惜.

117. 금싸라기[金粒盆]

내가 곡산부사(谷山府使)로 있을 때[10] 수안(遂安)의 홀곡(笏谷) 북

---

7) 기미년(1799) 이후 : 1799년 건륭제가 사망한 것을 말한다.

8) 정책국로(定策國老) : 황제의 옹립 등과 같이 조정의 중요한 정책을 결정하는 원로대신. 본래 중국 당나라 때 천자의 옹립을 꾀하는 정책을 꾀하는 환관을 말한다. 당나라 경종(敬宗)에서 선종(宣宗)에 이르기까지 황제의 폐위와 옹립을 환관이 자의로 행하고 국가의 원로로 자처한 데서 유래하였음.

9) 和珅 : 底本에는 "紳"으로 되어 있다. 《중국역대인명사전》에 근거하여 수정하였다. 이하 동일.

쪽에서 금을 캤는데 금이 흙처럼 쏟아져 나왔다. 그런데 녹여서 병금(餠金)[11]을 만들지 않고, 다만 생금(生金) 싸라기를 의주와 개성의 큰 장사치에게 파는 것이었다. 그 까닭을 물으니 말하기를, "몰래 가지고 중국에 들어가면 금싸라기 값이 병금(餠金)의 갑절이나 된다."고 하였다. 내 매우 의아하게 생각했으나 그 까닭을 알 수 없었다.

기미년(1799, 정조 23) 봄 건륭(乾隆) 황제가 죽고 화신(和珅)[12]도 주살된 뒤에야, 비로소 그 사람의 말을 듣고 금싸라기가 귀했던 이유를 알았다. 화신은 화원 안에 옥돌 화분 백여 개를 두고서, 화분에 흙 대신 금싸라기를 가득 담고 여기에 산호를 꽂아 그 가운데에 세워놓고 구경거리를 삼았다. 그러므로 백관(百官)과 뭇사람들이 금싸라기를 사들여서 그 화분에 채웠기 때문에 값이 뛰어올랐던 것이다. 그런데 이제 화신이 죽었으니, 금싸라기가 소용없게 되었다. 아! 권신(權臣)의 기세가 천하 재물의 값을 올렸다 내렸다 하였으니, 임금이 그러한 점을 잘 살폈다면 마땅히 스스로 삼갔을 것이다.

118. 仁廟被讒

大明之時, 讒言罔極, 至以二字不倫之目【卽'倭壻'二字】加之於我聖祖. 當

---

10) 내가……있을 때 : 정약용은 1797년 윤6월에 곡산 부사(谷山府使)가 되어 부임했고, 1799년 2월에 황주(黃州) 영위사(迎慰使)가 되었다. 곡산은 황해도의 동북단에 있는 군.

11) 병금(餠金) : 호떡 모양으로 둥글면서 납작한 모양으로 만든 금덩어리.

12) 화신(和珅) : 1750~1799. 중국 청나라 중기의 정치가로, 건륭제 시절의 유명한 탐관이다. 건륭제의 총애를 받아 숭문문 세무감독(崇文門稅務監督) 등의 지위를 이용하여 뇌물을 모으는 등 횡포가 극에 달하였다. 건륭제가 퇴위한 후 가경제(嘉慶帝)는 그를 체포하였고, 대죄 20조를 들어 스스로 목숨을 끊게 하였다. 가경제가 그의 재산을 몰수하니, 재산이 당시 청나라 정부의 15년간 세수(稅收)와 맞먹었다고 한다.

時頗費力, 誠可痛矣. 然此必象胥之輩, 以南人之壻言于彼人, 彼人以南人認作倭人, 而胥動此說也.

118. 인조(仁祖)가 참소를 당한 일

명나라 때에 우리나라를 참소하는 것이 극심하였다. 심지어 인륜에 어긋나는 두 글자【곧 '왜서(倭壻, 왜인의 사위)' 두 글자를 말한다.】를 우리 임금(곧 인조)에게 덧씌우기까지 하였다.[13] 당시 이를 해명하기 위해 제법 많은 힘을 낭비하였으니, 참으로 통탄할 일이다. 그러나 이 일은 반드시 역관들이 명나라 사람들에게 우리 임금이 남인(南人)의 사위[14]라 말했는데, 저들은 남인을 왜인(倭人)으로 간주하고 이런 얘기를 퍼뜨린 것이다.

119. 書香閣

壬子春, 寶算望五, 新摹御眞, 于書香閣奉安. 上御東室, 御眞御中堂, 儀仗侍衛, 並於中堂陳設. 閣臣與閣課文臣, 並於中堂之庭, 行四拜禮, 進階仰瞻, 訖退復本位. 時諸臣侍衛立者, 皆俛首扱袪, 如在上前, 過之則鞠躬. 獨閣臣鄭東浚, 垂手軒頟, 其腹盎然, 顧眄指點, 了無敬禮. 余

---

13) 심지어……하였다 : 인조반정 후 명나라 등래 순무(登萊巡撫) 표가립(表可立)과 독량 시랑(督粮侍郞) 필자엄(畢自嚴) 등이 명나라 황제에게 올린 상소에 인조가 '왜서(倭壻, 왜인의 사위)'라는 말이 있었다. 《영조실록》 2년(1726) 2월 8일(신미)조에 사은 겸 진주정사(謝恩兼陳奏正使) 서평군(西平君) 이요(李橈) 등이 청나라 황제에게 올린 주문(奏文)에 관련 내용이 보인다. 조선에서는 표가립과 필자엄 등이 모문룡(毛文龍)과 짜고 이러한 일을 벌인 것으로 파악하였다.

14) 남인(南人)의 사위 : 인조의 비(妃)는 영돈녕부사 한준겸(韓浚謙)의 딸인 인열왕후(仁烈王后)이며, 계비(繼妃)는 영돈녕부사 조창원(趙昌遠)의 딸인 장렬왕후(莊烈王后)이다.

退謂傒父曰: "浚其不久矣. 其兆已見." 後三年, 而浚果敗死.

119. 서향각(書香閣)[15]

임자년(1792, 정조 16) 봄에 임금의 연세가 41세가 되어 새로 어진(御眞)을 그려서 서향각에 봉안을 하였다.[16] 임금께서 서향각의 동쪽 방으로 납시었고 어진은 중당(中堂)에 봉안하였으며, 의장대와 시위대는 모두 중당에 배치하였다. 또한 각신(閣臣)과 각과문신(閣課文臣)[17]들이 모두 중당의 마당에서 사배례(四拜禮, 네 번 절하는 예)를 거행하였는데, 섬돌로 나와서 어진을 우러러 사배례를 행하고 마치면 물러나 자기 자리로 돌아갔다. 그때 어진을 모시고 있던 여러 신하들은 모두 마치 임금의 앞에 있는 것처럼 머리를 숙이고 옷깃을 여몄으며, 어진에 나아가고 물러날 때는 몸을 구부리고 두 손을 맞잡아 읍(揖)하며 경의를 표했다.

그런데 유독 각신 정동준(鄭東浚)[18]은 손을 아래로 늘어뜨리고 고

---

15) 서향각(書香閣) : 창덕궁에 있던 전각으로 규장각의 부속건물이었다. 조선시대 때 임금의 초상화인 어진(御眞), 임금이 지은 글인 어제(御製) 등을 봉안하였다.

16) 임자년……하였다 : 《정조실록》 1791년(정조 15) 9월 28일(경자)조에 정조가 서향각에 나아가 어진을 그린 기사가 보이며, 동년 10월 7일(무신)조에는 어진이 완성되어 서향각에 봉안하는 내용이 보인다. 정약용의 기록과는 연도에 차이가 있다.

17) 각과문신(閣課文臣) : 각과(閣課)는 규장각의 문신들이 의무적으로 하는 월과(月課)를 말한다. 각과문신은 월과를 보는 규장각 문신의 의미인 듯하다.

18) 정동준(鄭東浚) : 1753~1795. 조선후기의 문신. 본관은 동래. 자는 사심(士深). 1775년(영조 51) 정시문과에 급제하였으며, 규장각 대교·직각을 거쳐 이조좌랑·이조참의·대사간 등을 역임하였다. 1795년에는 권유(權裕)에 의해 탄핵되었으며 이후 음독자살하였다. 정약용의 〈사교리겸진소회소(辭校理兼陳所懷疏)〉·〈자찬묘지명(自撰墓誌銘)〉등에 정동준의 권력 남용과 만행에 대해 비판하는 내용이 보인다.

개를 뻣뻣이 들고서 배는 앞으로 쑥 내밀고는 어진을 둘러보며 손가락질하는 등 경의를 표하는 예의가 전혀 없었다. 내가 퇴청한 후에 혜보(徯父)[19]에게 말하기를, "정동준은 오래지 않아 화를 당할 것이야. 그 조짐이 이미 드러났네."라 하였다. 과연 3년 뒤에 정동준은 일이 잘못되어 죽었다.

120. 御射

健陵射藝神妙, 有太祖風. 內苑射鵠十巡, 每中四十九矣. 故遺一箭, 以寓謙抑之德. 嘗立棍杖於百步之外, 輒得五中, 復立摺疊小扇於百步之外, 亦無不中, 此神弓也. 諸臣, 唯尹判書行恁·李判書益運·嚴承旨耆, 號稱善射, 然莫敢望焉.

120. 정조의 활솜씨

건릉(健陵, 정조의 능호)의 활솜씨는 신묘하여 태조의 기풍이 있었다. 내원(內苑, 창덕궁 후원 춘당대 활 터)에서 정곡을 향해 10순 50발을 쏘면 매번 49발을 적중시켰다.[20] 고의로 화살 하나를 남겨둠으로써 겸손하여 자신을 억제한 덕을 붙였다.[21]

---

19) 혜보(徯父) : 조선후기의 문신인 한치응(韓致應, 1760~1824)을 가리킨다. 혜보는 그의 자. 본관은 청주, 호는 병산(甹山). 1784년(정조 8) 정시문과에 급제하였고, 교리·집의 등을 역임하였으며 1799년 서장관으로 청나라에 다녀왔다. 순조 연간에 개성부 유수·성균관 대사성 등을 거쳐 대사간·형조판서·병조판서 등을 역임하였으며, 1823년 함경도 관찰사가 되어 임지에서 죽었다. 정약용과는 죽란시사(竹欄詩社)라는 시회(詩會)에서 교유하였다.

20) 건릉의……적중시켰다 : 관련 기록이 《정조실록》 16년(1792) 10월 30일조에 보인다.

21) 고의로……붙인 것이다 : 《홍재전서》 권176, 《일득록(日得錄)》 16, 〈훈어(訓語)3〉에 정조의 활쏘기와 관련된 일화가 보인다. 정조가 화살 1발을

한번은 백 보 밖에 곤장을 세워두고 다섯 발을 모두 적중시켰고, 다시 백보 밖에 작은 부채를 겹겹이 세워 놓고서도 적중시키지 않은 것이 없었으니[22], 이는 신궁(神弓)이라 하겠다.

여러 신하들 가운데 오직 판서 윤행임(尹行恁)[23]·판서 이익운(李益運)[24]·승지 엄기(嚴耆)[25]가 활을 잘 쏜다는 소리를 들었으나, 건릉에게는 감히 비길 바가 아니었다.

남겨 두고 맞히지 않았는데, 신하가 이유를 묻자 정조는 다음과 같이 대답하였다. "진요자(陳堯咨)는 호가 소유기(小由基)인데, 사관(史官)이 그가 10발 중에 8·9발은 맞춘다고 칭송하였으니, 그 어려움이 이와 같다. 하필 다 맞추어야만 통쾌하겠는가?" 진요자는 중국 송나라 사람으로, 활을 잘 쏘아 자기의 실력이 춘추시대 초나라의 명사수 양유기(養由基)와 견줄 만하다 하여 스스로 소유기(小由基)라 칭하였다.

22) 한번은……없었으니 : 정조의 활쏘기와 관련된 일화는 정약용의《송파수작(松坡酬酢)》〈선조기사(先朝紀事)〉에도 보인다.

23) 윤행임(尹行恁) : 1762~1801. 조선후기의 문신. 본관은 남원, 초명은 행임(行任), 자는 성보(聖甫), 호는 석재(碩齋). 1782년(정조 6) 별시문과에 급제하였으며 초계문신(抄啓文臣)으로 선발되어 규장각대교에 임명되었다. 이후 규장각 직각·이조참의·대사간·도승지·이조참판 등을 역임하였다. 1800년(순조 즉위년) 신유옥사 때 전라도 강진 신지도(薪智島)에 유배되었다가 곧 풀려나왔다. 이후 전라도관찰사에 재직 중 옥당(玉堂)으로부터 서학을 신봉했다는 탄핵을 받아 신지도에 안치되었다가 곧 참형 당하였다.

24) 이익운(李益運) : 1748~1817. 조선후기의 문신. 본관은 연안(延安), 자는 계수(季受). 채제공(蔡濟恭)의 문인. 채제공의 관작이 추탈될 때에 이윤행(李允行)·박명섭(朴命燮) 등의 모함을 받아 파직되었다가, 1805년 직첩(職牒)을 돌려받고 판서에 임명되었으나 사양하였다. 1815년 대사헌 재직 때 성균관 유생들에 의해 당시 사학(邪學)을 비호한다는 탄핵을 받았고, 이듬해에도 유생 양규(梁珪)·심의영(沈宜永)의 척사소(斥邪疏)에 걸려 문제가 되기도 하였다. 벼슬은 예조판서에 이르렀다.

25) 엄기(嚴耆) : 본관은 영월, 자는 백영(伯英). 1790년에 문과에 급제하였으며 사간원헌납·정언·응교·승지 등을 거쳐 1819년에는 대사간에 이르렀다.

121. 開運

開運, 石晉出帝【石重貴】年號也. 乙卯春, 閟宮追上徽號, 有'開運'二字. 時少陵以五季年號不宜襲用有所奏. 遂有改議之命, 乃上'章倫隆範基命彰休'八字. 大提學徐有臣, 撰玉册文, 不言金縢事, 玉堂韓光植, 疏請改撰. 於是李相國秉模改撰, 而文肅參議焉.

121. 개운(開運)

개운(開運)은 석진(石晉)[26] 출제(出帝)【석중귀(石重貴)[27]를 말함】의 연호이다. 을묘년(1795, 정조 19) 봄 비궁(閟宮, 종묘)에 장헌세자의 휘호를 추상(追上)[28]하였는데, 거기에 '개운(開運)'이란 두 글자가 있었다. 당시 소릉(少陵)[29]은 중국 오대 시절의 연호를 따라 쓰는 것은 옳지 않다며 상주한 바가 있었다.

마침내 주상은 휘호를 고치라 명하였고, 이에 '장륜 융범 기명 창

---

26) 석진(石晉) : 석경당(石敬瑭)이 세운 중국 오대(五代)의 후진(後晉)을 말한다.

27) 석중귀(石重貴) : 중국 오대 후진(後晉)의 출제(出帝). 그의 아버지 경유(敬儒)는 고조(高祖)의 형이었는데, 일찍 죽자 고조는 중귀를 아들로 삼았다. 이때 고조에게는 여섯 아들이 있었으나 모두 일찍 죽고 오직 어린 중예(重睿)만이 있었다. 그런데 고조는 임종할 때에 중예를 안고 재상 풍도(馮道)의 품에 안겨주면서 잘 보살펴 줄 것을 당부하였으나 결국 중귀가 후계자로 즉위하였다.

28) 장헌세자의 휘호 추상 : 관련 내용이 정약용의 〈정헌묘지명(貞軒墓誌銘)〉·〈자찬묘지명(自撰墓誌銘)〉(集中本)·〈가계(家誡)〉 등에 보인다.

29) 소릉(少陵) : 조선후기의 문신이자 학자 이가환(李家煥, 1742~1801)을 가리킨다. 소릉은 그가 살았던 정릉을 말한다. 본관은 여흥, 자는 정조(廷藻), 호는 금대(錦帶)·정헌(貞軒). 이익(李瀷)의 종손(從孫)이자 용휴(用休)의 아들이며, 천주교인 이승훈(李承薰)의 외숙이다. 1777년(정조 1) 증광문과에 급제하였으며, 대사성·개성유수·형조판서 등을 역임하였다. 정조로부터 '정학사(貞學士)'라 호칭될 만큼 대학자였다. 1801년(순조 1) 신유옥사 때 이승훈·권철신 등과 함께 옥사하였다. 저서에 《금대유고》가 있다.

휴(章倫隆範基命彰休)' 여덟 자를 추상하게 되었다. 대제학 서유신(徐有臣)[30]이 장헌세자의 옥책문(玉册文)을 쓰면서 금등(金縢)의 일[31]에 대해 언급하지 않자, 옥당(玉堂, 홍문관의 이칭) 한광식(韓光植)[32]이 상소를 올려 다시 쓸 것을 청하였다. 이에 상국 이병모(李秉模)[33]가 다시 썼으며, 문숙공 채제공이 이 논의에 참여하였다.

30) 서유신(徐有臣) : 1735~1800. 조선후기의 문신. 본관은 달성, 자는 순오(舜五). 1772년(영조 48) 정시문과에 장원으로 급제하였으며, 정조 초년에 세도가 홍국영(洪國榮)의 중상(中傷)으로 축출당하여 10여 년간 죄인으로 있다가, 풀려나 1794년 홍문관·예문관의 대제학이 되고, 이듬해 대사간·대사헌을 거쳐 1796년 호군(護軍)을 역임하고 봉조하(奉朝賀)로 있다가 죽었다.

31) 금등의 일 : 금등은 본래 《서경》의 편명으로, 주(周)나라 무왕이 병이 나자 주공(周公)이 자기가 대신 죽고 무왕은 살려 달라고 세 왕(태왕·왕계·문왕)에게 축원한 것을 사관(史官)이 기록하여 금궤 속에 감추어 두었던 것을 말한다. 여기서는 영조가 사도세자를 죽인 것을 후회함을 적어 정조에게 물려준 것을 말한다. 영조는 "피 묻은 적삼이여, 피 묻은 적삼이여, 오동이여, 오동이여[血衫血衫, 桐兮桐兮]"로 시작되는 28자를 친히 써서 사도세자의 신판(神板) 밑에 넣어 두었다고 한다.

32) 한광식(韓光植) : 1729~? 조선후기 문신. 본관은 청주, 자는 일지(一之). 1777년(정조 1) 증광문과에 급제하였으며 홍문관 부수찬·의정부 검상(議政府檢詳) 등을 역임하였다. 그러나 1792년 은언군(恩彦君)을 법에 따라 처단할 것을 청하였던 상소가 임금의 진노를 사게 되어 향리로 퇴출당하였다가 이후 사면되어 홍문관 수찬 등을 역임하였다.

33) 이병모(李秉模) : 1742~1806. 조선후기의 문신. 본관은 덕수, 자는 이칙(彝則), 호는 정수재(靜修齋). 1773년(영조 49) 진사시를 거쳐 증광문과에 병과로 급제하였으며, 1776년 정조가 즉위하자 김상로(金尙魯)의 죄를 탄핵하였다. 이후 이조좌랑·대사간 등을 거쳐 예조·형조·호조·병조의 판서와 예문관·홍문관 제학을 역임하였다. 1794년 우의정을 거쳐 1799년 영의정이 되었으며, 순조가 즉위하자 실록총재관에 임명되고 1803년(순조 3) 다시 영의정에 임명되었다.

122. 柳慶裕

丙辰三月卄五日，白虹貫日，上下敎求言. 正言玄重祚，論柳遠鳴不合注書，誣其先故. 蓋柳所後祖父之本生祖父慶裕，故參判命堅之孫也. 在昔辛壬時，入於睦虎龍告變書中，與前直長吳瑞鍾，同被逮對辨，瑞鍾杖斃，慶裕竄羅州. 及英廟卽位，甲辰冬虎龍伏誅，敎曰: "柳某之心，予所洞悉，特放." 其事實如此，而有一午人，僞造一卷册子【柳云姜浚欽】，其中午人先故，無非誣揑，而投之申獻朝之家，玄重祚以爲文跡在手，而敢於發啓也. 其書中載柳事，以爲"甲辰年出於虎賊供招"云云. 柳疏陳本事，傳曰: "入於變書者忠也，出於供招者逆也." 又曰: "柳徠之事，李相天輔申救，而趙相載浩抗爭，以辨其是非分劈之界." 柳乃出仕.

122. 유경유(柳慶裕)[34]

병진년(1796, 정조 20) 3월 25일 흰 무지개가 해를 꿰뚫는 재변(災變)[35]이 일어나자, 임금이 하교하여 도움의 말을 구하셨다.[36] 정언(正言) 현중조(玄重祚)[37]는 유원명(柳遠鳴)[38]이 주서(注書[39])를 맡기에 적

---

34) 유경유(柳慶裕) : 1722년(경종 2) 목호룡(睦虎龍)이 고변할 때, 정인중(鄭麟重)·김용택(金龍澤)·이기지(李器之) 등과 함께 이름이 들어 있었다. 특히 유경유는 거사에 필요한 자금을 제공했다는 혐의를 받았고, 그 결과 무장현(茂長縣)에 유배되었다. 영조가 즉위한 뒤 고변한 목호룡에 대한 재판이 다시 이어졌고, 이때 유경유는 김일경(金一鏡)·목호룡과 내통하였다는 혐의를 받았으나 이를 인정하지 않았다. 유경유는 다시 유배지로 보내졌다가 나중에 해배되었다.

35) 흰 무지개가……재변 : 세상에 재앙이 나타날 징조로 여겨졌다.

36) 병진년……구하셨다 : 관련 내용이 《정조실록》 20년(1796) 3월 25일조에 보인다.

37) 현중조(玄重祚) : 1753~? 조선후기의 문신. 본관은 순천. 1783년(정조 7) 증광문과에 급제하였으며, 이후 장령·지평·정언 등을 역임하였다. 1804년(순조 4)에는 대사간 이문회(李文會)로부터 업무처리를 제대로 하지 못하고 흉모를 꾸민다는 탄핵을 받았다. 이 일이 계기가 되어 김해부로

당하지 않다고 하며, 그의 선대(先代)의 일을 무고(誣告)하였다.[40)]

대개 유원명 양조부(養祖父)의 친조부 유경유(柳慶裕)는, 옛 참판 명견(命堅)[41)]의 손자였다. 옛날 신임사화(辛壬士禍)[42)]때 목호룡(睦虎龍)[43)]이 고변한 글 속에 유경유의 이름이 있었다. 유경유는 전 직장

유배를 당하였다.

38) 유원명(柳遠鳴) : 1760~? 본관은 진주, 자는 진옥(振玉). 1794(정조 18) 정시문과에 급제.《文科榜目》

39) 주서(注書) : 승정원의 정7품 벼슬로, 사초(史草)를 쓰는 일을 맡았다.

40) 정언 현중조……무고하였다 : 관련 내용이《정조실록》20년(1796) 3월 26일조에 보인다.

41) 유명견(柳命堅) : 1628~1707. 조선후기의 문신. 본관은 진주, 자는 백고(伯固), 호는 모산(茅山). 1672년 별시문과에 급제하였으며, 1676년 수찬이 되었다. 숙종 초년에 남인의 논의가 갈라졌을 때는 윤휴(尹鑴)와 대립하였다. 1680년 경주부윤으로 재직하던 중 경신환국으로 남인이 몰락할 때 파직 당하였으며, 1689년 기사환국으로 남인이 다시 집권하게 되자 승지·부제학·대사간·이조참판 등을 역임하였다. 1701년 장희재(張希載) 등과 인현왕후를 살해하려 하였다는 죄로 위도(蝟島)에 안치되었다가 1704년 풀려나왔다.

42) 신임사화(辛壬士禍) : 신축(1721)·임인(1722) 두 해에 걸쳐 일어난 사화로, 왕통문제와 관련하여 소론이 노론을 숙청한 사건. '신임사화'라는 용어는 당대부터 쓰였으나, 화를 입은 노론 측의 입장이 반영된 용어이다. 숙종이 죽고 경종이 즉위하자 소론 세력이 정권을 잡았다. 노론은 경종이 병약하고 후사가 없음을 들어, 경종의 동생인 연잉군(延礽君, 뒤의 영조)을 왕세자로 책봉할 것을 건의하여 관철시켰다. 노론과 소론 사이의 대립이 격화된 와중에 1722년 3월 노론측이 세자 시절의 경종을 시해하려 했다는 목호룡(睦虎龍)의 고변이 있자, 소론측은 이를 기회로 노론 사대신, 영의정 김창집(金昌集)·좌의정 이건명(李健命)·영중추부사 이이명(李頤命)·판중추부사 조태채(趙泰采)를 사사(賜死)하게 하고 수백 명의 노론을 제거하였다.

43) 목호룡(睦虎龍) : 1684~1724. 조선후기의 문신. 본관은 사천(泗川). 처음에는 노론으로 영조를 옹호하였는데, 1722년 소론에 가담하여 과격파 김일경(金一鏡)의 사주로 노론이 경종의 시해 역모를 모의하였고 자기도 이에 가담하였다고 고변하여 노론 사대신을 비롯한 노론이 숙청되었다.

(直長) 오서종(吳瑞鍾)과 함께 체포되어 변론하였으나 오서종은 장살되고 유경유는 나주로 유배되었다. 영조께서 즉위하시고 갑진년(1724) 겨울 목호룡이 사형되니, 임금께서 하교하시기를, "유 아무개(유경유를 가리킴)의 진심은 내가 잘 알고 있으니 특별히 방면한다."라 하셨다.[44)]

그 일의 실상이 이와 같은데도 어떤 남인(南人) 한 명이 거짓으로 한 권의 책을 지었는데,【유씨는 책을 지은 자가 강준흠(姜浚欽)[45)]이라 하였다.】 그 속에 남인 선대(先代) 일이 그럴 듯하게 꾸며 날조되지 않은 것이 없었다. 그러나 이를 신헌조(申獻朝)[46)]의 집에 투서하니, 현중조는 문적(文迹)을 입수했다고 여기고는 발계(發啓)[47)]를 감행한 것이었다. 그 책 속에는 유씨의 사건이 실려 있는데, '갑진년 목호룡의 공초(供招)[48)]에 나온다.'라고 되어 있다. 유원명이 상소하여 그 일에 대해 사

이 공으로 동성군(東城君)에 봉해지고 동지중추부사에 올랐다. 1724년 영조가 즉위하자, 신임사화가 무고로 일어났음이 밝혀져 김일경과 함께 체포되어 옥중에서 급사하였다.

44) 영조께서……하셨다 : 관련 내용이 《영조실록》 1년(1725) 2월 14일(임오), 4월 20일(정해)·29일(병신), 7월 21일(병진) 등에 보인다. 이 때 유경유는 혐의를 계속 부인하였으며, 결국 유배지로 다시 보내지는 처분을 받았다. 정약용의 기록과는 차이가 있다.

45) 강준흠(姜浚欽) : 1768~1833. 조선후기의 문신. 본관은 진주, 자는 백원(百源), 호는 삼명(三溟). 1794년 정시문과에 급제하였고, 1805년 정순왕후가 죽자 고부사(告訃使)의 서장관으로 청나라에 다녀왔으며, 1807년 교리가 되었으며 이후 부사직을 거쳐 사간·승지를 역임하였다. 벽파(僻派)의 일원으로 1801년 윤행임(尹行恁)의 축출에 앞장섰으며, 1813년 정약용의 석방을 반대하였다. 또한 남인의 영수 채제공을 비난하였다.

46) 신헌조(申獻朝) : 1752~? 조선후기의 문신. 본관은 평산. 1789년(정조 13) 알성문과에 급제. 《文科榜目》

47) 발계(發啓) : 의금부에서 처결한 죄인에 관하여 미심한 점이 있을 때에 사간원이나 사헌부에서 이를 다시 조사하여 올리는 일.

48) 공초(供招) : 조선시대에 죄인이 범죄 사실을 진술하는 것.

실을 진술하자, 임금(정조)께서 전교하시기를, "고변한 글에 이름이 든 사람은 충신이요, 공초에 이름이 나온 사람은 역적이로다."라 하셨고, 또 "유래(柳徠)[49]의 일은 상신(相臣) 이천보(李天輔)[50]가 신원해 주고 상신 조재호(趙載浩)[51]가 이의를 제기하며 다투어 그 시비가 갈리는 경계를 변별해주었다."라 하셨다. 유원명은 이에 벼슬길에 나갈 수 있었다.[52]

123. 李大將

英廟晩年, 酒禁大嚴, 武臣尹九淵, 家藏酒甕, 竊飮之. 事發, 上御崇禮門, 斬九淵頭, 以示都人, 顧左右曰: "有飮者, 直告之. 將與彼同殺之." 時李大將柱國在侍衛, 進伏曰: "小臣日前, 果飮一杯, 不敢隱也." 上顧左右而言他. 羣臣在班者, 爲之股栗. 李又尹之姻家也.

123. 대장(大將) 이주국(李柱國)[53]

---

49) 유래(柳徠) : 1687~1728. 조선후기의 문신 본관은 진주, 자는 자산(子山). 1727년(영조 3)에 증광문과에 급제하였으며, 안동판관으로 있던 1728년 이인좌의 난에 연루되어 장살 당했다.

50) 이천보(李天輔) : 1698~1761. 조선후기의 문신. 본관은 연안, 자는 의숙(宜叔), 호는 진암(晉庵). 1739년 알성문과에 급제하였으며 이조정랑·교리·헌납·수찬 등을 지냈다. 1748년 부제학이 된 후 대사성·이조참판·병조판서·이조판서 등을 거쳐 1753년 좌의정·영의정에 올랐다. 1755년 세제의 대리청정 추진과 신임사화의 진위를 둘러싼 노론·소론 간의 시비에서 노론과 영조의 승리를 상징하는 대훈(大訓)의 역사적 기록을 맡는 천의리편감찬수청도제조(闡義理編鑑纂修廳都提調)가 되었다. 저서로《진암집》이 있다.

51) 조재호(趙載浩) : 1702~1762. 조선후기의 문신. 권2 주 191) 참조.

52) 유원명은……있었다 : 유원명이 올린 상소와 이에 대한 정조의 전교는 《정조실록》 20년(1796) 3월 27일조에 보인다.

영묘(英廟) 만년(晩年)에 금주령이 매우 엄했는데, 무신(武臣) 윤구연(尹九淵)[54]이 집에 술동이를 숨겨놓고 몰래 마셨다. 이 일이 발각되자 임금께서 숭례문(崇禮門)에 납시어 윤구연의 머리를 베어 도성 사람들에게 보이고 좌우를 돌아보며 말하기를, "술 마신 자가 있거든 바로 고하라. 저와 같이 죽일 것이다."라고 하였다.

당시 대장 이주국(李柱國)은 임금을 호위하고 있었는데 앞으로 나와 엎드려서 말하기를, "소신은 얼마 전에 술 한 잔을 마셨으니 감히 숨길 수가 없습니다."라고 하였다. 임금께서는 못 들은 척하고 좌우를 둘러보시며 다른 말씀을 하셨다. 그 자리에 있던 여러 신하들이 두려워 벌벌 떨었다.[55] 이주국은 윤구연과 사돈지간이었다.

124. 沈校理大孚

夏侯勝·黃覇於宣帝時, 論武帝奢泰無度, 不宜立廟樂, 丞相·御史, 劾

---

53) 이주국(李柱國) : 1721~1798. 조선후기의 무신. 본관은 전주, 자는 군언(君彦), 호는 오백(梧栢). 1740년(영조 16) 무과에 급제하였으며, 훈련원주부·판관 등을 역임하고 1748년 통신사를 따라 일본에 다녀왔다. 1762년 장헌세자 장례 때 여사대장(轝士大將)을 맡았고, 1773년 황해도·평안도 병마절도사가 되었으며 1776년 총융사에 올랐다. 정조 즉위 후 1780년 어영대장을 거쳐 이듬 해 좌·우포도대장을 역임하였다. 정조는 모습이 마치 겨울에도 잎이 푸른 소나무·측백나무 같다고 하여 정조가 '오백(梧栢)'이라는 당호를 하사하였다.

54) 윤구연(尹九淵) : ?~1762. 조선후기 무신. 본관은 함안. 1750년(영조 26) 도목정사(都目政事)의 결과, 전라우수사에 임명되었고, 이후에는 충청병사·남병사(南兵使) 등의 직책을 맡았다. 1762년(영조 38) 대사헌 남태회(南泰會)는 윤구연이 금주령을 어기고 매일 술을 마신다는 이유로 파직을 청하는 상소를 올렸고, 집에서 술 냄새가 나는 항아리를 발견되어 참수되었다. 관련 내용이 성대중(成大中)의 《청성잡기(靑城雜記)》와 조엄(趙曮)의 《운석유고(雲石遺稿)》등 에도 보인다.

55) 영묘……떨었다 : 관련 내용이 《영조실록》 38년(1762) 9월 17일조에 보인다.

奏下獄. 自是之後, 歷千百年, 未聞此事. 至我孝宗朝, 沈校理大孚, 論仁廟不宜謚仁而稱祖, 語多狂妄.【云以臣伐君, 可謂仁乎? 下城降虜, 可謂祖乎?】時名臣多救解之者, 此事比漢事, 益盛益難者有三. 宣帝曾孫也, 孝廟親子也, 其難一也. 漢武眞有過惡, 諱之不得, 仁廟撥亂反正, 功德俱隆, 沈言眞是狂妄, 其難二也. 彼時丞相·御史, 論以不道, 我朝廷臣, 多爲之救解, 其難三也. 聖朝之寬仁强恕, 度越西京, 洵乎有光於史册矣.

124. 교리(校理) 심대부(沈大孚)[56)]

한나라 선제(宣帝) 때 하후승(夏侯勝)[57)]과 황패(黃霸)[58)]는 무제(武帝)의 사치무도함을 논하며 묘악(廟樂)[59)]을 설치해서는 안 된다고 주장하였다. 그런데 승상과 어사대부[60)]가 이들의 탄핵을 상주하여 하

---

56) 심대부(沈大孚) : 1586~1657. 조선중기의 문신. 본관은 청송, 자는 신숙(信叔), 호는 가은(嘉隱)·범재(泛齋). 1613년(광해군 5) 사마시에 합격하였으며 인조반정 후 효행으로 천거되었으나 나가지 않았다. 1630년(인조 8) 봉림대군의 사부가 되었으며 1633년 증광문과에 급제하였다. 그 뒤 종부시정·성산현감을 거쳐 사간·교리 등을 지냈다.

57) 하후승(夏侯勝) : 중국 전한의 문신. 동평(東平) 출신으로 자는 장공(長公). 소제(昭帝) 때 박사(博士)를 거쳐 광록대부(光祿大夫)를 지냈으며, 선제(宣帝)가 즉위하자 장신소부(長信少府)로 옮겼다. 선제가 무제(武帝)를 높이는 것을 비난하였고, 황패와 함께 묘악(廟樂)을 설치하는 것을 반대하여 투옥되었다. 나중에 사면되어 간대부급사중(諫大夫給事中)·태자태부(太子太傅) 등을 역임하였다.

58) 황패(黃霸) : 중국 전한의 문신. 회양(淮陽) 양하(陽夏) 출신으로 자는 차공(次公). 선제(宣帝) 때 하후승(夏侯勝)과 함께 묘악의 설치를 반대하였다가 투옥되었다. 옥에서 하후승에게 《상서》를 배웠으며, 출옥한 뒤 하후승의 천거로 양주자사(揚州刺史)에 발탁되고 나중에 영천태수(潁川太守)로 옮겼다. 오봉(五鳳) 3년(기원전 55) 승상이 되고 건성후(建成侯)에 봉해졌다. 공수(龔遂)와 함께 순리(循吏)로 손꼽혀 '공황(龔黃)'이라 일컬어졌으며, 한나라의 목민관 가운데 으뜸으로 추앙받았다.

59) 묘악(廟樂) : 종묘(宗廟)나 문묘(文廟)의 제례(祭禮) 때 연주하는 아악(雅樂).

옥시켰다.[61] 이 일이 있은 뒤 오랜 세월이 흐르도록 이러한 사례를 들어보지 못하였다.

우리 효종조에 이르러 교리 심대부(沈大孚)가 인묘(仁廟)의 시호를 '인(仁)'이라 하고 칭호를 '조(祖)'라 하는 것이 합당치 않다고 주장하였는데[62], 그 말에 망령되어 이치에 맞지 않는 것이 많았다.【심대부가 이르기를 "신하로서 임금을 쳤으니, '인'이라 이를 수 있겠습니까? 성에서 내려와 청나라 놈들에게 항복하였으니[63] '조'라 이를 수 있겠습니까?"라 하였다.】

당시 이름난 신하들 중에 그를 구해주려는 이가 많았는데, 이 일은 한나라 때 일에 비해 더욱 중대하고 더욱 어려운 점이 세 가지 있었다. 선제는 무제의 증손이지만 효묘는 인묘의 친아들이니 이것이 첫 번째 어려움이다. 한 무제는 진실로 과오와 악행이 있어 그것을 숨길 수 없었지만, 인묘는 난국을 다스려서 바른 길로 되돌렸으니 공과 덕 모두가 융성하였거늘, 심대부의 말은 참으로 망령되어 이치에 맞지 않는 것이었으니, 이것이 두 번째 어려움이다. 한나라 당시의 승상과 어사대부는 하후승과 황패를 부도(不道)의 죄로 논하였는데, 우리 조정의 신하들은 대부분 심대부를 구해주기 위함이었으니, 이것이 세 번째 어려움이다. 효종의 관대함과 인자함, 힘써 용서하심이 한나라 때를 넘어섰으니, 참으로 사서(史書)에 빛날 만하다.

---

60) 승상과 어사대부 : 승상은 채의(蔡義)를 가리키고 어사대부는 전광명(田廣明)을 가리킨다.

61) 한나라……하옥시켰다 : 관련 내용이 《전한서》 권75, 〈하후승전(夏侯勝傳)〉에 보인다.

62) 교리 심대부가……주장하였는데 : 심대부가 올린 상소는 《효종실록》 즉위년(1649) 5월 23일(신사)조에 보인다.

63) 성에서……항복하였으니 : 병자호란(1636)이 발발하고 이듬해인 1637년 정축년 1월 인조가 남한산성에서 내려와 삼전도에 설치된 수항단(受降壇)에서 청 태종에게 항복했던 정축하성(丁丑下城)을 말한다.

125. 樊翁陰施

張安世不樹私恩, 陰施甄拔, 蔡文肅亦然. 人有求爲某官者, 必默然不答, 其人赧然愧恨. 不久果得所願, 其人意文肅有力, 往見氣色, 終日與語而無所言. 其人意文肅實無宣力, 後從他人聞之, 果文肅之所薦也, 其人始服其量.

125. 번옹(樊翁) 채제공(蔡濟恭)의 은밀한 조치

장안세(張安世)[64]는 사사로이 은혜를 쌓지 않고 남모르게 인재를 뽑아 썼는데, 문숙공 채제공 또한 그러했다. 어떤 사람이 관직을 구하면 반드시 아무런 대답 없이 잠자코 있어서, 그 사람은 얼굴을 붉히며 부끄럽고 한스러워하였다. 그러나 오래지 않아 과연 원하던 관직을 얻게 되자, 그 사람은 문숙공이 힘을 쓴 것으로 생각하고 찾아가 기색을 살피며 종일토록 함께 이야기했으나 그 일에 관해 아무 말도 없었다. 그리하여 그 사람은 문숙공이 실제로 아무 힘도 쓰지 않았다고 생각했다. 그러나 후에 다른 사람으로부터 과연 문숙공이 천거했다는 이야기를 듣고서야 그 사람은 비로소 문숙공의 도량에 탄복했다.

126. 堤川處女

嚴延年請正霍光之罪, 何其正直! 及守河南, 陰鷙酷烈, 殺人如痲, 竟爲府丞所中. 尹判書墊, 壬午忠節卓然, 其後居官多虐政. 嚴判書璹譏之

---

64) 장안세(張安世) : 중국 전한의 문신. 자는 자유(子孺). 상서령(尙書令)·우장군(右將軍) 등을 역임하였으며 곽광(霍光)과 함께 선제를 옹립한 공로로 대사마(大司馬)가 되었다. 장안세는 선제에게 신뢰를 받아 절대적인 권력을 장악했지만, 가능한 한 눈에 띄는 것을 피하려고 일부러 국정 대사에 참여하지 않거나 자신에 내려진 황제의 은총을 사퇴하였다.

曰: "堤川縣有一女子, 虎囕其父. 女子徒手捉虎尾, 號呼大喝, 虎乃捨之而去. 一鄕稱爲孝女, 求與爲婚者衆, 歸一富家子, 鄰里賀得孝婦. 不意此女狠毒虐酷, 遇舅姑無禮, 行惡難堪, 始知暴虎之孝, 亦出狠毒也." 於是時人號尹曰'堤川處女'.

126. 제천처녀

엄연년(嚴延年)[65]이 곽광(霍光)[66]의 죄를 바로잡기를 청하였으니, 얼마나 바르고 강직한 사람인가! 그런데 엄연년은 하남 태수가 되었을 때, 음험하고 사납고 혹독하여 삼대 베듯 사람을 죽였으며, 끝내는 부승(府丞, 태수의 보좌관)에게 중상(中傷)을 당하였다.

판서 윤숙(尹塾)[67]은 임오년[68]에 충절이 탁월하였는데, 그 후에

---

65) 엄연년(嚴延年) : 중국 전한의 문신. 자는 차경(次卿). 강직한 관리로 유명하였다. 곽광(霍光)이 창읍왕(昌邑王) 을 폐위시키고 새로 임금을 세우려 할 때, 엄연년은 "곽광이 제 마음대로 임금을 폐하고 세우니 신하의 예가 없다."라 하였다. 하남 태수가 되었을 때 가난한 사람들이 죄를 지으면 관대하게 처리하였으나, 부귀한 사람들이 백성들을 속이거나 괴롭히면 더욱 엄하게 처벌하였다. 그러나 엄연년은 많은 호족들을 죽여서 그들의 원한을 사게 되었으며, 호족들의 무고를 받아 결국 사형 당했다. 《漢書·嚴延年傳》

66) 곽광(霍光) : 중국 전한 말기의 권신(權臣). 권1 주 70) 참조.

67) 윤숙(尹塾) : 1734~1797. 조선후기의 문신. 1761년(영조 37) 정시문과에 급제하여 검열이 되었는데, 이듬해 임오년(1762)에 영조가 장헌세자(莊獻世子, 사도세자)를 친국하여 상황이 급박하게 되자, 임덕제(任德濟) 등과 함께 장헌세자를 구명하려고 필사적으로 노력하는 한편, 삼대신을 보고 힘써 간하지 않는다고 책망하다가 영조의 노여움을 사서 강진으로 유배당하였다. 1776년 정조가 즉위하자 다시 등용되어 병조정랑·교리·대사간·병조판서 등을 역임하였다.

68) 임오년 : 임오년은 1762년(영조 38)으로 이 해 5월에 대리청정 중이던 사도세자를 영조가 뒤주에 가두어 죽였다. 이 사건을 혜경궁 홍씨는 《한중록》에서 임오화변(壬午禍變)이라 칭하였다.

관직에 있으면서 가혹한 일을 많이 저질렀다. 판서 엄숙(嚴璹)[69]이 윤숙을 기롱하여 다음과 같이 말했다.

"제천현에 여자가 하나 있는데, 호랑이가 그의 애비를 물었다. 그 여자가 맨손으로 호랑이 꼬리를 잡고 크게 소리치며 꾸짖자, 호랑이는 애비를 놓고 달아났다. 온 마을 사람들이 그 여자를 효녀라고 칭찬하였다. 혼인하자고 요구하는 사람이 많아서 부유한 집 아들에게 시집갔다. 이웃 마을 사람들은 효부(孝婦)를 얻었다며 축하하였다. 그러나 뜻밖에도 이 여자는 사납고 독하고 잔인하고 모질어서 시부모에게 무례하게 굴고 악행을 감당할 수 없을 지경이었다. 이에 비로소 맨손으로 호랑이를 잡은 효성이 또한 사납고 독한 성품에서 나온 것임을 알게 되었다."

이에 당시 사람들이 윤숙을 '제천처녀'라고 불렀다.

127. 張英員刎

武宗正德十四年, 帝欲南巡, 金吾指揮張英, 當蹕道哭諫. 不允, 卽拔刀自刎, 血流滿地. 縛送詔獄, 遂殞獄中. 其視李瀞, 何如哉? 壬午之前, 桂坊官李瀞上書, 陳闕失, 書末曰"謹自斃以聞", 遂自刎于銅龍門外. 五月之事, 未必非此擧促之也. 至東宮不豫之日, 大朝臨月臺上, 特除瀞敦寧府都正, 瀞朝服趨命. 盖其自刎之時, 只割外皮, 喉官不斷, 安如也. 我刎不死, 君以諫厄, 諫也歟哉?

---

69) 엄숙(嚴璹) : 1716~1786. 조선후기의 문신. 본관은 영월(寧越), 초명은 인(璘), 자는 유문(孺文), 호는 오서(梧西). 1757년 정시문과에 급제하였으며 교리·승지·형조참판·대사간 등을 역임하였다. 1773년 동지부사로 청나라에 갔다가 이듬해 귀국하여 그 동안의 일기(日記)를 간행하였고, 말년에 대사헌에 이르러 기로소(耆老所)에 들어갔다. 저서에 《연행록(燕行錄)》이 있다.

127. 장영(張英)의 진짜 자결

명나라 무종(武宗) 정덕(正德) 14년(1519)에 황제가 남쪽으로 순행(巡行)을 가려고 할 때, 금오위(金吾衛) 지휘첨사(指揮僉事) 장영(張英)[70]이 황제의 행차 길을 막고 통곡하며 간하였다. 황제가 윤허하지 않자 장영은 즉시 칼을 뽑아 자신의 목을 찌르니, 그 피가 흘러 땅에 가득하였다. 장영은 포박되어 하옥되었고 마침내 옥중에서 죽었다. 이 사람을 이정(李瀞)[71]과 비교했을 때 어떠한가?

임오년 사건[72]이 일어나기 전에 계방관(桂坊官, 세자익위사(世子翊衛司)의 관원) 이정이 상소하여 임금의 잘못을[73] 늘어놓으면서 그 끝에 "삼가 목숨을 걸고 아뢰옵나이다."라고 하고는 마침내 동룡문(銅龍門)[74] 밖에서 자신의 목을 칼로 찔렀다. 5월의 사건은 반드

---

70) 장영(張英) : ?~1579. 중국 명나라 무종(武宗) 때의 무장. 정덕 14년(1519) 무종이 남쪽을 순행하려고 하자 여러 신하들이 모두들 그만둘 것을 간하였다. 이때 장영은 웃옷을 벗어 가슴에 창날을 대고 흙주머니 수 되를 주위에 놓고는 천자의 행차를 막고 간하였다. 위사(衛士)들이 흙주머니를 가져다 놓은 이유를 묻자, 자신의 피로 천자가 행차하는 길을 더럽힐까 걱정이 되어서라 하였다. 장영은 끝내 하옥되어 장살되었다. 《皇明世說新語》

71) 이정(李瀞) : 1701~? 조선후기의 문신. 본관은 덕수, 자는 지중(止仲). 1740년(영조 16) 진사. 용안현감으로 있을 때 상소를 올리려고 승정원에 왔다가 거부당하자, 가지고 있던 칼을 뽑아 자신의 목을 찔렀다. 영조는 이정을 한나라 선제(宣帝)때 바른말이 받아 들여 지지 않자 자결한 개관요(蓋寬饒)에 비기며 첨지중추부사(僉知中樞府事)에 특별히 제수하였다. 관련 내용이 《영조실록》 38년(1762) 6월 6일, 40년(1764) 11월 24일 등에 보인다.

72) 임오년 사건: 임오년은 1762년(영조 38)으로 5월에 영조가 장헌세자(곧 사도세자)를 뒤주 속에 가두어 굶어 죽게 한 사건을 말한다.

73) 임금의 잘못 : 원문은 '궐실(闕失)'인데, 이는 임금이 의당 해야 할 일을 아니한 허물을 말한다.

74) 동룡문(銅龍門) : 창경궁 안에 있던 문. 본래 구리로 만든 용으로 장식한 한(漢) 나라 태자의 궁문(宮門) 이름인데, 보통 제왕의 궁궐을 뜻하는 말

시 그의 이러한 행동이 재촉시킨 것이 아니라고 할 수 없을 것이다.

동궁(곧 장헌세자)이 절명하던 날에 영조가 월대(月臺)[75]에 임하여 크게 조회를 열고 이정에게 특별히 돈녕부도정(敦寧府都正)을 제수하였는데, 이정은 조복을 입고 달려 나와 명을 받들었다. 대개 스스로 목을 찌를 때 다만 살갗만 베고 목구멍은 끊지 않아서 생명에는 아무런 지장이 없었던 것이다. 자신의 목을 찔러도 죽지 않고 세자는 그의 간언으로 인해 재앙을 당했으니, 이것이 간언이라 할 수 있겠는가?

128. 李叔達

李掌令齊顯, 字叔達, 嘗與攀翁作僚翰林, 旣而除沃溝縣監. 來與蔡別, 忽泫然流涕曰: "此別永訣也." 蔡公驚謂曰: "何言之若是也?" 李公曰: "爲人臣而人主惡之如許, 安能免也?" 蔡公益大驚曰: "惡! 是何言也? 吾與子昵侍近列, 凡眉睫憂樂, 亦可仰揣. 其萬一, 何嘗見主上之惡子乎?" 李公曰: "噫! 子知而諱之是不仁, 不知是不智也. 子則他日必大用, 好做好做." 至沃溝, 果以官奴凶書事被逮, 栲掠而死.

128. 이제현(李齊顯)[76]

장령(掌令) 이제현(李齊顯)은 자(字)가 숙달(叔達)로, 일찍이 번옹

로 쓰이게 되었다. 여기서는 특별히 사도세도가 거처하는 동궁 밖 문을 말하는 듯하다.

75) 월대(月臺) : 궁전 앞에 있는 섬돌이나 궁궐 앞쪽에 넓게 만드는 석축 구조물로, 용·사자·꽃·구름 무늬 등을 새겨 넣었다.

76) 이제현(李齊顯) : 1723~? 본관은 전주. 자는 숙달(叔達). 서학(西學, 천주교)을 공격하였던 공서파(攻西派) 이기경(李基慶, 1756~1819)의 아버지. 1747년(영조 23) 식년시에 급제하였으며, 이듬해 춘추관의 권점에서 한림에 해당되는 8인에 속하였다.

채제공과 함께 한림(翰林)의 동료가 되었다가 오래지 않아 옥구현감에 제수되었다. 채공과 이별하러 와서는 갑자기 눈물을 줄줄 흘리며 말하기를, "이번에 떠나면 영원한 이별이 될 것이네."라 했다. 채공이 놀라 말하기를 "무슨 말을 이렇게 하는가?"라 하자, 이공이 말하기를 "신하가 되어 군주께서 이처럼 미워하시니, 이를 어찌 면할 수 있겠는가?"라 했다.

채공이 더욱 크게 놀라며 말하였다.

"아! 이 무슨 말인가? 나와 그대는 근신(近臣)의 행렬에서 전하를 모셨기 때문에, 용안(龍顏)의 근심과 즐거움도 우러러보며 헤아릴 수 있었네. 만에 하나라도 전하께서 그대를 미워하시는 기색을 보인 적이 있던가?"

이공이 말하였다. "아! 그대가 알면서도 숨기는 것이라면 어질지 못한 것이요, 모른다면 지혜롭지 못한 것이네. 그대는 훗날 분명 크게 쓰일 것이니, 부디 잘 하고 잘 하게."

옥구에 이르렀을 때 과연 관노(官奴)의 흉서(凶書) 사건으로 체포되어 곤장을 맞고 죽었다.

129. 李柱溟·李周爽事

丙辰正月, 驪州牧使柳戇 與英陵令李柱溟鬩, 謂陵屬屠牛於齋室, 村女拘囚於祀廳. 適宣傳官摘奸, 戇訐之, 並及寧陵別檢李周爽, 謂招道姑【卽舍堂】, 爲戲於戇庭. 上大驚, 逮周爽榜掠三十度, 流于巨濟, 柱溟流于濟州, 尋移薪智島. 戇嘗以柳星漢事, 被論於午人, 故如是云. 至二月十三日, 左相戇罷職不敍, 柳河源黑山島定配. 先是柳河源入臺, 欲停李周爽啓事, 僚臺議不合, 避嫌. 上以河源曾學書於左相, 問: "左相令汝停啓否?" 河源曰: "果有議及矣." 上遣承旨于左相, 問: "果有是否?" 左相曰: "周爽異於逆賊, 故書議, 而果不挽止矣." 承旨回奏, 上下嚴敎, 切責左相, 槩謂: "事係奉先, 無論情跡之可恕不可恕, 先朝處分, 皆極嚴重. 左相以逮事先朝之人, 豈可如是?" 遂罷職, 有私意橫流·國綱掃地之教. 大司諫李鼎德, 遂發三司合啓之論, 啓入, 批旨若云: "大臣指揮臺臣, 有霜冰豕突之漸." 遂命罷職不敍. 十九日, 三司復合啓, 請前左相削黜, 遣辭益深緊. 上特允其請, 俄已特命, 還收其前後罪名. 於是相職復如故. 時沁都入城, 上幸南小營見之, 故傳諭並及. 爲此事, 預爲之所之意. 蓋大臣在位, 則職當爭執, 故領相之長暇, 左相之罷職, 右相之掃墳, 皆湊合於此時云. ○肅廟庚寅間, 崔相國錫鼎, 以犯染·請診事, 被嚴教. 一時臺閣, 張皇伸救, 益致激惱, 崔相竟至削黜. 於是少黨盡斥, 朝著換面, 此李諫長之所鑑也.

129. 이주명(李柱溟)과 이주석(李周奭) 사건

병진년(1796, 정조 20) 정월에 여주목사 유숙(柳潚)[77]은 영릉령(英陵令) 이주명(李柱溟)[78]과 싸웠는데, 이주명이 능지기를 시켜 재실(齋室)에서 소를 잡고 촌녀(村女)를 사청(祀廳)에 구금하였다고 하였다. 마침 선전관(宣傳官)이 이 일을 들추어내자, 유숙은 이 일을 폭로하고 아울러 영릉별검(寧陵別檢) 이주석(李周奭)[79]의 일까지 언급하며 이주석이 여도사[道姑][곧 사당패]를 불러들여 뜰에서 놀았다고

77) 유숙(柳潚) : 1733~? 조선후기의 문신. 본관은 전주. 1783년(정조 7) 식년문과에 급제. 《문과방목》

78) 이주명(李柱溟) : 1742~? 본관은 한산. 자는 숙승(叔昇). 1774년(영조 50) 진사. 《사마방목》

79) 이주석(李周奭) : 1760~? 조선후기 문신. 본관은 전주. 1792년(정조 16) 희정당(熙政堂)에서 치른 전강(殿講)에서 수석을 차지하였고, 1794년(정조 18) 정시문과에 급제하였다. 1796년(정조 20) 영릉별검(寧陵別檢)을 역임하던 중 부정하게 소를 잡고, 여도사를 불러들인 일로 인해 거제도로 유배되었다. 이때 사간원 헌납 유하원(柳河源)이 죄인의 목록에서 이주석을 빼줄 것을 상소하였으나 왕이 허락하지 않았다.

하였다.

임금은 크게 놀라 이주석에게 곤장 서른 대를 내린 후 거제도로 유배 보내고, 이주명은 제주도로 유배 보냈다가 곧 신지도(薪智島)로 이배시켰다.[80] 유숙은 유성한(柳星漢)[81]의 일로 남인(南人)에게 논핵을 당한 적[82]이 있었기 때문에 이와 같이 하였다고 한다.

2월 13일이 되어 좌상 채제공은 파직되어 서용하지 말라는 처분을 받았고, 유하원(柳河源)[83]은 흑산도로 유배되었다. 이 일이 있기 전에 유하원은 대각(臺閣)에 들어가 이주석에 대한 계사(啓事)[84]를

---

80) 병진년……이배했다 : 관련 내용이 《정조실록》 20년 병진(1796) 1월 14일 조에 보인다.

81) 유성한(柳星漢) : 1750~1794. 조선후기의 문신. 본관은 진주, 자는 원명(原明). 1777(정조 1)년 증광문과에 급제하였으며 병조좌랑·사헌부집의·사간원정언 등을 역임하였다. 1792년(정조 16) 왕이 경연에는 참석치 않고 유흥만 즐긴다며, 도산서원 별시에 대한 노론의 불편한 심기를 우회적으로 드러내는 상소를 올려, 영남 선비들이 만인소(萬人疏)를 올리게 하는 원인을 제공하였다. 이 때문에 대간의 탄핵을 받았으나, 정조는 끝까지 벌을 주지 않았다.

82) 유숙은……당한 적 : 관련 내용이 《정조실록》 16년 (1792) 4월 18일·27일·29일 조에 보인다. 정언 유성한은 광대가 대가(大駕) 앞에 접근하고 여악(女樂)이 금원(禁苑)에 들어갔다는 항간의 소문을 가지고 왕에게 사치를 경계하였다. 이때 장령 유숙은 유성한을 파직시킬 것을 청하였으나 반려 당하였다. 그 뒤 대사간 홍인호(洪仁浩)가 상소하여 장령 유숙의 상소에 대하여 감률(勘律)이 너무 관대하다고 논하고 삭탈관직 시킬 것을 청하니, 임금이 결국 그를 체직시켰다.

83) 유하원(柳河源) : 1747~? 조선후기의 문신. 본관은 진주, 자는 백유(伯兪). 1774년(영조 50) 별시문과에 급제하였으며 문한관을 거쳐 장령에 올랐다. 1796년 헌납으로 있을 때 이주석의 일을 논하다가 흑산도에 유배되었는데, 좌의정 채제공도 이에 연루되어 면직되었다. 1812년(순조 12) 통정대부에 올랐고, 이어서 형조판서·한성부판윤 등을 역임하였다.

84) 계사(啓事) : 임금에게 공무를 아뢰던 일이나 이를 적은 글. 서면으로 그 사실을 적어 올리기도 하고 직접 아뢰기도 하였다.

그치게 하고자 하였으나, 동료 대신(臺臣)들은 논의가 합치되지 않자 피혐(避嫌)[85]하였다. 임금은 유하원이 좌상에게 글씨를 배운 적이 있었기 때문에 묻기를, "좌상이 너에게 정계(停啓)[86]하도록 했느냐?"라고 하였다. 유하원이 대답하기를, "과연 의논이 있었습니다."라고 하였다. 임금은 승지를 좌상에게 보내어 묻기를, "과연 이런 일이 있었는가?"라고 하였다. 좌상은 말하기를, "이주석은 역적과는 다르므로 편지로 유하원과 의론하였으나, 과연 유하원이 정계하는 것을 그만두게 하지는 못했습니다."라고 하였다. 승지가 돌아와 아뢰자, 임금은 엄교(嚴敎)를 내려 좌상을 매우 꾸짖었는데, 대략 다음과 같았다.

"조상을 모시는 일과 관련된 사안은 그 실상이 용납되고 말고의 여부를 떠나, 선조(先朝)들께서 모두 대단히 엄중하게 처분하셨다. 좌상은 전조(前朝)의 임금을 모셨던 사람으로서 어떻게 이와 같이 할 수 있는가?"

그리고는 마침내 파직하였으며 사사로운 정이 횡행하고 나라의 기강이 소진된 것에 대한 교지(敎旨)가 있었다.[87]

대사간 이정덕(李鼎德)[88]이 마침내 삼사(三司) 합계(合啓)의 논의를 아뢰니, 임금은 다음과 같은 비지(批旨)를 내렸다.

"대신(大臣) 채제공이 대신(臺臣) 유하원을 지휘하는 것은 장차 서리가 내려 얼음이 얼고 돼지가 날뛸 것과 같은 조짐이다."

마침내 파직된 벼슬아치를 다시 서용하지 말 것을 명하였다.[89]

---

85) 피혐(避嫌) : 혐의가 풀릴 때까지 벼슬에 나가지 않음.

86) 정계(停啓) : 사헌부·사간원에서 죄인의 성명과 죄명 등을 적어서 임금에게 올리는 서류 가운데서 죄인의 이름을 삭제하는 일.

87) 2월 13일이……교지가 있었다 : 관련 내용이 《정조실록》 20년(1796) 2월 12일조에 보인다.

88) 이정덕(李鼎德) : 1752~? 조선후기의 문신. 본관은 여주, 자는 상여(象汝). 1783년(정조 7) 식년문과에 급제하였으며, 세자시강원과 홍문관 등을 거쳐 사간원 대사간·예조참의·동지부사 등을 역임했다.

19일에 삼사에서 다시 합계하여 전 좌상 채제공의 관직을 삭탈하고 도성밖으로 내쫓을 것을 청하였는데, 계사의 말이 더욱 긴박했다. 임금은 그 청을 특별히 허락하였으나, 이내 특명을 내려 그 전후의 죄명을 거두어 들였다.[90] 이에 좌상 채제공의 직분이 다시 예전과 같게 되었다.

당시 정조의 서제 은원군(恩彦君)이 강화도에서 서울로 들어올 때, 임금이 남소영(南小營)[91]에 행차하여 만나 보았으므로 전교가 좌상 채제공에게 함께 이르렀다. 임금이 이러한 일을 한 것은 미리 방비하려는 뜻이다. 대개 대신이 자리에 있으면 대직(臺職)에서는 마땅히 간쟁하여 다투려하기 때문에, 영상을 오래도록 휴가 보내고 좌상은 파직하고 우상을 소분(掃墳)[92] 보낸 것이 모두 이 시기에 맞춘 것이라 한다.

○ 숙묘(肅廟) 경인년(1710, 숙종 36)에 상국 최석정(崔錫鼎)[93]은 초상집에 드나들고 임금의 문후를 소홀히 한 일로 엄한 교지를 받았다. 당시 대각(臺閣)에서 장황하게 변론하며 그를 구하려고 했으나,

---

89) 대사간……명하였다 : 관련 내용이 《정조실록》 20년(1796) 2월 13일조에 보인다.

90) 19일에……들였다 : 관련 내용이 《정조실록》 20년(1796) 2월 18일조에 보인다.

91) 남소영(南小營) : 어영청의 한 분영(分營). 장충단의 남소문 옆에 있었음.

92) 소분(掃墳) : 벼슬을 제수받거나 아들이 과거에 합격하는 등 경사로운 일이 있을 때, 선조의 무덤에 고하고 제사 지내는 일을 말한다.

93) 최석정(崔錫鼎) : 1646~1715. 조선후기의 문신. 본관 전주, 자는 여시(汝時)·여화(汝和), 호는 존와(存窩)·명곡(明谷). 최명길(崔鳴吉)의 손자. 1671년(현종 12) 정시문과에 급제하였으며 이조참판·한성부판윤·이조판서 등을 거쳐 1697년(숙종 23) 우의정에, 1699년 좌의정에 올랐으며 이후 8번이나 영의정을 지냈다. 1701년(숙종 27) 영의정으로 장희빈(張禧嬪)의 처형을 반대하다 유배되었으나 곧 풀려났다. 숙종 때 소론(少論)의 영수 역할을 하였다. 저서에 《명곡집》이 있다.

임금의 화를 더욱 부채질하여 결국 상국 최석정은 삭출되고 말았다.[94] 이에 소당(少黨, 소론)은 모두 배척을 당하고 조정이 바뀌었으니, 이 사건은 대사간 이정덕이 본보기로 삼을 만한 일이다.

130. 丙辰請錢事

丙辰二月, 赴燕冬至使朴宗岳狀啓曰: "錢幣請貿事, 臣於呈納表咨之後, 多歧探聽. 事關銅鐵禁條, 且無外國已例, 猜疑多端, 論說不一. 正月十八日, 再往圓明園之後, 又聞管理禮部事閣老王杰, 以咨辭提奏, 多被呵責, 至令[95]自禮部直送回咨云. 故臣等於當日, 別具呈文于王杰所住處, 又於翌日, 待王杰赴公, 呈于禮部. 又於二十四日, 禮部領宴時, 對面往復, 管理王杰及尙書常靑·紀昀[96], 侍郎鐵保·劉權之, 僧保住等, 前後所答, 顯有不平之意, 萬無挽回之勢. 及至二月初一日, 回咨始爲來到, 而句語之間, 極多未穩. 臣等與書狀官, 率諸正官, 進往禮部, 仍爲達宵, 以不敢循例領還之意, 再度呈文, 多般往復. 尙書以下, 次第來到, 而侍郎鐵保, 始若秘諱, 末乃以爲'此豈在下之人, 如是遣辭? 直由於萬不獲已之地, 有所受辭而然, 實非本部所敢擅改. 只此數句語, 陪臣豈不默會而有此相持?'" 奉旨一節, 和盤托出, 無隱直說, 細察頭勢末梢事端, 實有難言之慮.

130. 병진년 청나라에 돈으로 무역할 것을 청했던 일

병진년[97] 2월, 연경에 갔던 동지사 박종악(朴宗岳)[98]이 다음과 같

---

94) 숙묘……말았다 : 관련 내용이 《숙종실록》 36년(1710) 1월 6일조에 보인다.
95) 今 : 底本에는 "令"으로 되어 있다. 《정조실록》 17년(1793) 2월 22일에 근거하여 수정하였다.
96) 昀 : 底本에는 "均"으로 되어 있다. 《정조실록》 17년(1793) 2월 22일 및 《중국역대인명사전》에 근거하여 수정하였다.

은 장계를 올렸다.[99]

"돈으로 무역할 것을 청하는 일은 신이 표문(表文)과 자문(咨文)[100]을 올린 뒤에 여러 갈래로 탐문해 보았습니다. 그런데 이 일은 동과 철을 외국에 내보내지 않는다는 조항과 관련되어 있고, 또 외국에 이렇게 한 선례가 없다 하여 이러저러한 의심들이 많았으며 논하는 말들이 한둘이 아니었습니다. 이듬해 정월 18일 다시 원명원(圓明園)[101]에 간 뒤에, 또 들리는 말에 관리예부사(管理禮部事) 각로(閣老)인 왕걸(王杰)이 우리 자문의 말을 황제에게 아뢰었다가 많은 꾸지람을 들었고, 심지어 예부에서 직접 회답 자문을 보내도록 했다고 하였습니다. 그래서 신들은 그날로 왕걸이 머무는 곳에 별도

---

97) 병진년 : 병진년은 1796년 정조 20년이다. 그런데 《정조실록》에 근거해 볼 때, 계축년(1793, 정조 17)이 맞다. 박종악이 동지정사로 청나라에 갔던 것은 1792년(임자년)이며, 이듬해인 1793년(계축년) 연경에서 정조에게 장계를 올렸다. 병진년은 정약용의 착오인 듯하다.

98) 박종악(朴宗岳) : 1735~1795. 조선후기의 문신. 본관은 반남, 자는 여오(汝五), 호는 창암(蒼巖). 초명은 상악(相岳). 1766년(영조 42) 정시문과에 급제하였고 정언·승지·대사간 등을 역임하였다. 1777년(정조 1) 종형인 종덕(宗德)이 홍국영에 의해 파직되자, 연좌되어 기장현에 유배되었다. 1790년(정조 14) 도총관에 특임되었고, 1792년 동지사 겸 사은사로 청나라에 다녀왔다. 1794년 진하사로 청나라에 갔다가 이듬해 돌아오는 길에 정주에서 병사하였다.

99) 병진년……올렸다 : 박종악의 장계는 《정조실록》 17년(1793) 2월 22일에 실려 있다.

100) 표문(表文)과 자문(咨文) : 조선에서 중국에 보내는 외교 문서. 표문은 황제에게 보내는 것, 자문은 예부에 보내는 것을 말한다.

101) 원명원(圓明園) : 중국 북경에 있었던 청나라 때의 황실 정원. 1709년 강희제가 넷째 아들(훗날 옹정제)에게 하사한 별장이었으나 그가 옹정제로 즉위한 후 1725년 황궁 정원으로 조성하였다. 그 뒤 건륭제가 바로크 건축양식을 써서 원명원을 크게 넓혔고 창춘원(暢春園)과 기춘원(綺春園)을 새로 지었다. 창춘원 북쪽에는 로코코 양식의 영향을 받은 유럽식 건물인 서양루(西洋樓)를 세웠다.

로 정문(呈文)을 갖추어 올렸고, 다음날 다시 왕걸이 관아에 나오기를 기다렸다가 예부에 정문을 올렸습니다. 또 24일에 예부에서 연회를 열었을 적에 얼굴을 마주하고 말을 주고받았는데, 관리 왕걸 및 상서 상청(常靑)·기윤(紀昀), 시랑 철보(鐵保)·유권지(劉權之), 승려 보주(保住) 등이 앞뒤로 대답하는 말에 달갑지 않게 여기는 뜻이 현저하여, 우리 측에서 만회할 수 있는 형세가 조금도 없었습니다.

2월 1일이 되어 회답 자문이 비로소 도착했는데, 어구 사이에 듣기 거북한 내용이 상당히 많았습니다. 그래서 신들은 서장관과 함께 여러 정관(正官)들을 이끌고 예부에 나아가 밤을 새우며, 관례에 따라 회답 자문을 수령해서 돌아갈 수는 없다는 뜻으로 감히 재차 정문을 올리고 여러 방면으로 말을 주고받았습니다. 상서 이하 사람들이 차례로 와 이르렀는데, 시랑 철보가 처음에는 감추는 것이 있는 듯하더니 마침내 다음과 같이 말하였습니다.

'이 어찌 아랫사람들이 이러한 말을 한 것이겠습니까? 다만 전혀 어찌할 수 없는 입장에서 나온 것으로 하달 받은 말이 있어서 그러한 것이니, 참으로 예부에서 감히 멋대로 고칠 수 있는 것이 아닙니다. 배신들은 다만 이 몇 마디 말을 어찌 알아서 깨치지 못하고 이처럼 버티는 것입니까?'

봉지(奉旨, 황제의 명을 받듦) 한 마디가 음식을 죄다 쟁반에 담아내온 것처럼 숨김없이 그대로 하는 말이다. 처음부터 끝까지 일의 갈래를 세세히 살펴보니, 실로 말로 하기 어려운 근심이 있었던 것이다.

131. 金鄭報應

金麻田天錫, 延興金悌男之孫也. 農巖誌其墓曰: "公年十歲, 値癸丑之獄, 延興三子一壻皆死, 公母鄭夫人【八溪君宗榮孫女】, 獨與二孤免. 一日宣言公暴死發哀, 棺斂送葬先山, 公則羸服變形, 竄匿緇徒中. 癸亥靖難, 公始以士服, 歸見鄭夫人." 後乾隆丙午年間, 嶺東賊金東哲獄起, 八溪君之孫鄭氏多株連者.【居橫城】 時延興之孫金判書載瓚, 爲江原監司, 按其獄【李相國時秀爲按覈使】, 其中寃枉者, 多所伸理. 人以爲報應之理.

131. 김씨와 정씨 사이의 보응

마전 군수 김천석(金天錫)[102]은 연흥부원군(延興府院君) 김제남(金悌男)[103]의 손자이다. 농암(農巖) 김창협(金昌協)[104]이 그의 묘지명[105]

---

102) 김천석(金天錫) : 1604~1673. 본관은 연안, 자는 명휴(命休). 1613년(광해군 5) 정인홍(鄭仁弘) 등에 의하여 계축옥사가 일어나 조부 김제남(金悌男)을 비롯한 일족이 화를 당하고 자신도 생명의 위협을 느꼈으나 변장을 하고 달아났다. 그 뒤 중으로 가장하고 11년간 전국을 방랑하였다. 1623년 인조반정 이후 돈녕부참봉에 특채되어 김제남의 사당을 모시게 되었다. 그 뒤 홍산·홍천·마전 군수 등을 역임하였다.

103) 김제남(金悌男) : 1562~1613. 조선중기의 문신. 본관은 연안, 자는 공언(恭彦). 선조의 장인. 1597년 별시문과에 급제한 뒤 정언·헌납·지평·이조좌랑 등을 역임하였다. 1602년 둘째 딸이 선조의 계비인 인목왕후(仁穆王后)가 되자 연흥부원군(延興府院君)에 봉해졌다. 1613년 이이첨(李爾瞻) 등에 의해 인목왕후 소생인 영창대군(永昌大君)을 추대하려 했다는 공격을 받아 사사되었고, 1616년에 폐모론이 일어나면서 다시 부관참시 되었다.

104) 김창협(金昌協) : 1651~1708. 조선후기의 학자이자 문신. 본관은 안동, 자는 중화(仲和). 호는 농암(農巖). 영의정 수항(壽恒)의 아들. 1682년(숙종 8) 증광문과에 급제하였으며, 집의·헌납·대사간·동부승지·내사성 등을 역임하였다. 1689년 기사환국이 일어나 아버지 수항이 진도에 유배된 뒤 사사(賜死)되자 영평(永平)의 산중에 은거하였다. 1694년 갑술환국으로 아버지의 죄가 풀리고 호조참의·대제학·예조판서 등에 임명되었으나 나아가지 않았다. 저서에 《농암집》이 있다.

105) 농암이 지은 그의 묘지명 : 《농암집》 권27, 〈광홍창수김공묘지명(廣興倉守金公墓誌銘)〉을 말한다. 정약용은 이 묘지명의 내용을 요약하여 인용하였다.

에서 다음과 같이 말했다.

"공의 나이 10세에 계축화옥(癸丑禍獄)[106]을 당하여 연흥부원군의 아들 셋과 사위 한 명이 모두 죽었으며, 공의 어머니 정부인(鄭夫人)【팔계군(八溪君) 정종영(鄭宗榮)[107]의 손녀】은 홀로 두 아들과 함께 화를 면했다. 어느 날 정부인은 공이 갑작스러운 병으로 죽었다고 알리고 입관하고 염을 하고 선산에 묻었다고 하였는데, 공은 허름한 옷으로 변장하고서 중들의 무리 속에서 숨어서 지냈다. 계해정난(癸亥靖難)[108]에 공은 비로소 선비의 옷을 입고서 돌아와 정부인을 뵈었다."

그 후에 건륭(乾隆) 병오년(1786, 정조 10)에 영동에서 역적 김동철(金東哲)의 옥사[109]가 발생하였는데, 팔계군의 후손인 정무중(鄭武重)

---

106) 계축화옥(癸丑禍獄) : 1613년(광해군 5) 계축년에 대북파가 일으킨 옥사. 정인홍(鄭仁弘)·이이첨(李爾瞻) 등 대북파는, 선조의 적자(嫡子)이며 광해군의 이복동생인 영창대군(永昌大君)을 왕으로 옹립하고 반역을 도모하였다는 구실로 소북파(小北派)의 영수 유영경(柳永慶)을 사사하였다. 이어서 인목대비의 아버지인 김제남을 죽이고 영창대군을 서인(庶人)으로 만들어 강화도에 유배 보낸 다음 강화부사 정항(鄭沆)으로 하여금 영창대군의 거처에 불을 질러 죽게 하였다.

107) 정종영(鄭宗榮) : 1513~1589. 조선중기의 문신. 본관은 초계(草溪), 자는 인길(仁吉), 호는 항재(恒齋). 1543년 식년문과에 급제하였으며 1547년(명종 2) 호조정랑·헌납 등을 거쳐 뒤에 부수찬·교리·공조참판 등을 역임하였다. 그 뒤 팔계군(八溪君)에 습봉(襲封)되었으며, 1567년 한성부판윤으로 진향사(進香使)가 되어 명나라에 다녀와 육조의 판서를 역임하고 우찬성으로 사직하였다. 저서로는 《항재집》이 있다.

108) 계해정난(癸亥靖難) : 1623년 계해년에 일어난 인조반정을 말한다. 이서(李曙)·이귀(李貴) 등 서인 일파가 광해군 및 집권당인 대북파를 몰아내고 능양군(綾陽君, 뒤의 인조) 종(倧)을 왕으로 세웠다.

109) 김동철(金東哲)의 옥사 : 김동익(金東翼)·김동철 형제와 강원도 횡성의 정무중(鄭武重) 등이 꾸민 역모 사건. 《정조실록》에 따르면 이 옥사는 정조 11년(1787)에 발생한 것으로 되어 있으며, 관련 내용이 동년 6월 14일(경술)조에 보인다. 다만 실록에는 김동철의 '哲'이 '喆'로 되어 있다. 김동철 등은 무석국(無石國)이라는 섬에서 정희량(鄭希亮)의 손자 정함

〔강원도 횡성에 거주〕 등 여러 명이 이에 연루되었다. 이때 연흥부원군의 후손인 판서 김재찬(金載瓚)[110]이 강원감사로 있었는데, 이 옥사를 살펴보니〔상국(相國) 이시수(李時秀)[111]는 안핵사(按覈使)가 되었다.[112]〕 죄인 가운데에 억울한 자가 있어 많은 이들의 억울함을 풀어주었다. 사람들은 이를 두고 보응(報應)의 이치라고 여겼다.

132. 翰林薦

國朝最重翰林之選. 古者新薦, 必焚香祝天. 誓文之末曰: "擧非其人, 天其殛之." 壬辰之難, 史官人乏. 奇自獻在行朝, 止薦一人, 而其人名望未著. 乃以權詞告于天曰: "因亂乏人, 不得已備薦." 噫! 奇公過矣. 苟非其人, 勿之可也. 此豈有德者之言? 奇公, 癸亥之禍, 寃矣. 然其性

(鄭鹹)이 6월 11일에 육지로 나와 난을 일으키면 팔도에서 일시에 호응할 것이라고 하면서 역모를 추진하였다. 발각되어 모두 체포되었는데, 당시 강원 감사로 있던 김재찬은 주동자를 중심으로 처벌하고 단순 가담자는 풀어주었다.

110) 김재찬(金載瓚) : 1746~1827. 조선후기의 문신. 본관은 연안(延安), 자는 국보(國寶), 호는 해석(海石). 아버지는 영의정 익(熤). 1774년(영조 50)에 정시문과에 급제하였으며 규장각 직각·이조참의·대사성 등을 거쳐 홍문관 제학·대사헌·형조판서·이조판서·예조판서 등을 역임하였다. 1807년 우의정에 임명되었으며 좌의정을 거쳐 1809년 영의정에 올랐다. 저서로는 《해석집》·《해석일기》가 있다.

111) 이시수(李時秀) : 1745~1821. 조선후기의 문신. 본관은 연안(延安), 자는 치가(稚可), 호는 급건(及健). 아버지는 좌의정 복원(福源). 1773년(영조 49) 증광문과에 급제하였으며 병조·이조·호조의 판서를 역임하고, 순조대에 우의정이 되었다가 다시 영의정에 올랐다. 1804년(순조 4)에 정순황후가 재차 수렴청정하려 할 때는 대의를 위하여 이를 끝까지 반대하였다.

112) 상국 이시수……되었다 : 《정조실록》에 따르면, 당시 우승지 이시수는 찰리사(察理使)가 되어 김재찬과 함께 이 사건을 조사하였다.

氣, 有足見者.

○余於史館, 見《翰林先生錄》. 在國初黃喜·金問二公, 首膺是任. 至英廟初, 黃景源·金相福末題名. 盖自是後, 英廟命革薦爲圈, 別自錄名. 黃·金兩翰林, 卽國初兩公之後也, 不亦異哉! 世以《翰林錄》謂之'黃金兩釗', 以是也.

132. 한림(翰林)[113]을 추천하는 일

우리 조정에서는 한림(翰林)을 선발하는 것을 가장 중요한 일로 여겼다. 예전에 새로 한림을 천거할 때면 반드시 향을 피워 하늘에 아뢰었다. 하늘에 맹서하는 글의 끝에는, "마땅한 이를 천거하지 않았다면, 하늘이 천거한 이를 벌주소서."라고 하였다.

임진년(1592, 선조 25)의 난리가 있었을 때 사관(史官)[114]에 사람이 부족했다. 기자헌(奇自獻)[115]이 행조(行朝)[116]에 있으면서 겨우 한 명

113) 한림(翰林) : 넓게는 예문관(藝文館)에 딸린 봉교(奉敎)·대교(待敎)·검열(檢閱)을 통칭하며 좁게는 이 가운데 검열을 지칭하는데, 여기서는 검열을 지칭하는 말로 쓰였다. 모두 4인으로서 예문관의 봉교 2인, 대교 2인과 함께 팔한림(八翰林)으로 불리었으며 춘추관의 기사관을 겸하였다. 문과 출신들 중에서 《통감》·《좌전》 및 기타 여러 역사서의 구술시험을 거쳐 선발되었으며, 항상 왕의 측근에서 사실(史實)을 기록하고 왕명을 대필하는 등 권좌에 가까이 있었다. 비록 하급관직이었으나 조선시대의 대표적인 청요직(淸要職)으로 선망을 받았다.

114) 사관(史官) : 사초(史草)를 맡아 기록하는 벼슬로서 한림(翰林)을 말한다.

115) 기자헌(奇自獻) : 1567~1624. 조선중기의 문신. 본관은 행주(幸州), 초명은 자정(自靖), 자는 사정(士靖), 호는 만전(晩全). 1590년 증광문과에 급제하였으며, 이듬해 사가독서(賜暇讀書)하고 검열(檢閱)이 되었다. 이후 병조·이조좌랑을 거쳐 정언·집의·홍문관부교리·좌승지 등을 역임하였다. 1623년 인조반정 때 김류(金瑬)·이귀(李貴) 등이 모의 가담을 요청했으나 신하로서 왕을 폐할 수 없다고 거절하였다. 반정 후에 인조가 신하를 등용할 때 불렀으나 가지 않았는데, 이로 인해 역모죄로 서울로 압송되다가 중도에 처형당했다.

을 천거하였으나 그 사람은 명망이 있던 자가 아니었다. 그래서 임기응변하는 말로 하늘에 아뢰기를, "전란 때문에 사람이 부족한 상황이라 어쩔 수 없이 이 사람을 천거합니다."라고 하였다.[117)]

아! 기공(奇公)은 지나쳤도다. 만약 마땅한 이가 아니었다면 천거하지 않았어야 했다. 이것이 어찌 덕 있는 이가 할 말이란 말인가? 기공이 계해년(1623)에 당한 화[118)]는 억울한 것이었다. 그러나 그의 성정과 기품은 충분히 알 만하다.

내가 사관(史館)에 있을 때[119)] 《한림선생록(翰林先生錄)》[120)]을 보았다. 국초에 황희(黃喜)[121)]와 김문(金問)[122)] 두 분이 이 자리를 처음으로 맡았다. 영조 초에 이르러서는 황경원(黃景源)[123)]과 김상복(金

---

116) 행조(行朝): 임시로 파견되는 조정(朝廷). 본문에서는 전란 중에 피난을 떠난 왕의 행차를 가리킨다.

117) 우리 조정에서는……하였다 : 이와 비슷한 내용이 이수광(李睟光)의 《지봉유설(芝峯類說)·관직부(官職部)》에도 보인다.

118) 계해년에 당한 화 : 계해년은 인조반정이 일어난 1623년이다. 기자헌은 인조반정에 가담하지 않아 이듬해 역모죄로 몰려 처형 당했다.

119) 내가……있을 때 : 정약용은 1790년(정조 14)에 사관의 자리에 있었다.

120) 한림선생록 : 어떤 책인지는 자세히 상고할 수 없으나, 조선 초부터 당시까지의 역대 한림의 명단을 수록한 책으로 추정된다.

121) 황희(黃喜) : 1363~1452. 조선초기의 문신. 본관은 장수(長水), 초명은 수로(壽老), 자는 구부(懼夫), 호는 방촌(厖村). 1389년에 문과에 급제하였으며 성균관학록·공조판서·판한성부사 등을 역임하였다. 세종 말기에 궁중 안에 설치된 내불당(內佛堂)을 두고 일어난 세종과 유학자 중신 간의 마찰을 중화시키는 등 왕을 보좌하여 태평성대를 이룩하는 데 기여하였다. 조선왕조를 통하여 가장 명망 있는 재상으로 칭송되었다.

122) 김문(金問) : 1373~1393. 조선초기의 문신. 본관은 광산. 1392년 문과에 급제하여 예문관 검열(藝文館檢閱)이 되었다. 이듬해 병이 나서 21세의 젊은 나이에 죽었다.

123) 황경원(黃景源) : 1709~1787. 조선후기의 문신. 본관은 장수(長水), 자는 대경(大卿), 호는 강한(江漢). 1740년(영조 16) 문과에 급제하였으며 검열·좌랑 등을 지내고, 응교·대사성·대사헌 등을 거쳐 형조·예조·공조·

相福)[124]이 그 끝에 이름을 올렸다. 이 이후로는 영조께서 명령하여 천거의 방식을 권점(圈點)으로 바꿔 별도로 명단을 기록하게 하였다.[125] 황경원과 김상복 두 사람은 곧 국초의 황희와 김문 공의 후손이니, 정말 기이하지 않는가! 세상에서 《한림록(翰林錄)》을 두고 '황씨와 김씨 두 가문의 보물[黃金兩釦]'이라 일컫는 것은 이런 이유에서이다.

133. 門蔭宰相

唐李德裕·權德輿, 皆以門蔭至宰相, 其不敢倖取科第, 可知. 國朝沈青城德符之子溫孫澮·黃翼成喜之子守身, 亦以蔭仕至宰相, 亦此意也. 宋太宗時, 李昉爲相, 子宗諤擧進士, 以父在中書, 罷之. 仁宗時, 韓億爲參政, 子維以進士奏名, 不肯試大庭, 竟以蔭入官. 至秦檜秉國, 子熺·孫塤皆竊科第, 可占國祚之隆替也. 大抵人才之生, 自來無類. 艸野

이조의 판서를 역임하였다. 예학(禮學)에 정통하고 고문(古文)에도 뛰어나 춘추대의(春秋大義)를 자임하여 〈남명서(南明書)〉를 편찬하고 〈명조배신전(明朝陪臣傳)〉을 지었다. 저서에 《강한집》이 있다.

124) 김상복(金相福) : 1714~1782. 조선후기의 문신. 본관은 광산(光山), 자는 중수(仲受), 호는 직하(稷下)·자연(自然). 1740년(영조 16) 알성문과에 급제하였으며 곧 한림에 천거되어 문장으로 이름이 났다. 삼사를 두루 거치고 이조·호조·예조·병조의 참의를 거쳐 1760년에는 예문관제학·이조판서에 임명되었고, 호조판서·예조판서·한성판윤·홍문관제학을 지냈다. 1763년 우의정에 임명되었고, 1772년에 영의정까지 올랐다. 저서로 《통색문답(通塞問答)》이 전한다

125) 이 이후로는……하였다 : 영조 이전까지 한림은 전·현직 사관들이 만장일치로 신임을 추천하는 회천(回薦) 방식이었으나 영조가 권점(圈點) 방식을 시행하였다. 이와 관련된 자료로는 규장각에 《한림관각회권(翰林館閣會圈)》(필사본 3책, 奎9734)이 전하는데, 이는 1776년(영조 52)부터 1893년(고종 30)까지 행해진 한림관각회권과 한림본관회권(翰林本館會圈) 도합 77회의 권점 기록을 예문관에서 정리한 것이다.

之士, 未必皆賢; 宰相之子, 亦未必皆賢. 然爵祿不令世專, 則人人自修矣; 艱難躬親閱歷, 則民隱自著矣. ○ 萬曆十三年, 刑部主事饒伸疏論科弊, 有曰: "唐之達奚珣[126], 取楊國忠二子, 宋湯思退, 取秦檜之子若孫."

133. 문음(門蔭)[127] 출신의 재상들

당나라의 이덕유(李德裕)[128]와 권덕여(權德輿)[129]는 문음(門蔭)으로 출사하여 재상의 지위에까지 올랐으니, 그들이 감히 요행으로 과거 급제를 취하려 하지 않았음을 알 수 있다. 우리 조정의 청성(青城) 심덕부(沈德符)[130]의 아들 심온(沈溫)[131]과 손자 심회(沈澮)[132], 익성

---

126) 珣 : 底本에는 "詢"으로 되어 있다. 《舊唐書》에 근거하여 수정하였다.

127) 문음(門蔭) : 과거를 보지 않고 부조(父祖)의 공으로 관리로 등용됨을 말한다. 음서(蔭敍)·음사(蔭仕)·남행(南行)이라고도 한다.

128) 이덕유(李德裕) : 787~849. 중국 당나라 때의 재상. 권 1 주 186) 참조.

129) 권덕여(權德輿) : 759~818. 중국 당나라 문신. 자는 재지(載之). 정원(貞元) 말에 예부시랑이 되어 세 번 과거의 시관을 맡아서 이름 있는 선비를 많이 선발했다고 한다.

130) 심덕부(沈德符) : 1328~1401. 고려 말 조선초기의 문신. 본관은 청송, 자는 득지(得之), 호는 노당(蘆堂)·허당(虛堂). 고려 충숙왕 복위년 말에 음직으로 사온직장동정(司醞直長同正)에 출사하여, 고려 말 정치제도의 개혁과 왜구토벌에 업적을 남겼다. 조선 개국 후 1394년에는 신도궁궐조성도감(新都宮闕造成都監)의 판사가 되어 한양의 궁실과 종묘를 세우는 일을 총괄하였다. 일곱 명의 아들이 있었는데 다섯째 아들 심온(沈溫)은 세종의 국구(國舅)가 되었으며, 여섯째 아들 심종(沈淙)은 태조의 부마가 되어 거족으로 성장하는 기틀이 마련되었다.

131) 심온(沈溫) : ?~1418. 조선초기의 문신. 본관은 청송, 자는 중옥(仲玉). 세종의 장인이며, 개국공신 청성백(青城伯) 심덕부(沈德符)의 아들. 고려 때 문과에 급제하였으며 조선 개국에 참여하여 간관의 직무를 맡아보았다. 1408년 딸이 충녕대군(忠寧大君, 후의 세종)의 비가 되면서 왕실과 인척관계를 맺고 벼슬도 높아졌다. 이조판서·공조판서를 역임하고 세종으로 즉위하자 국구(國舅)로서 영의정이 되었다.

132) 심회(沈澮) : 1418~1493. 조선초기의 문신. 본관은 청송, 자는 청보(淸甫).

공(翼成公) 황희(黃喜)[133]의 아들 황수신(黃守身)[134]도 음사(蔭仕)로 재상의 지위에까지 올랐으니, 또한 이와 같은 뜻이다.

송나라 태종 때 이방(李昉)[135]이 재상이었는데, 그의 아들 이종악(李宗諤)[136]이 진사 시험에 합격했으나 그의 아버지가 중서성(中書省)에 있다고 하여 파방(罷榜)했다. 인종 때 한억(韓億)[137]이 참정(參政)이었는데, 그의 아들 한유(韓維)[138]가 진사에 합격[139]하였으나, 대

아버지는 영의정 심온(沈溫). 문종이 즉위한 뒤 음직으로 돈령부주부에 등용되었으며 1466년 좌의정이 되고 이듬해 영의정이 되었다. 그 뒤 성종의 신임을 받아 국가의 대소정사에 참여하였다. 1504년 갑자사화 때 연산군의 모친인 윤비(尹妃)의 폐출사건에 동조하였다는 죄로 관직이 추탈되고 부관참시를 당하였으나 뒤에 신원되었다.

133) 황희(黃喜) : 1363~1452. 조선초기의 문신. 권3 주 121) 참조.

134) 황수신(黃守身) ; 1407~1467. 조선초기의 문신. 본관은 장수, 자는 수효(秀孝), 호는 나부(懦夫). 세종조의 명재상 황희의 아들. 문음으로 종부시직장·사헌부감찰 등을 역임하였다. 1446년 국초 이래로 문과 출신이 아니면 제수되지 못한 도승지에 발탁되었으며 1467년 영의정에 올랐다. 세조의 명을 받아 《법화경》·《묘법연화경》의 언해를 주관하였다.

135) 이방(李昉) : 925~996. 중국 송나라의 문신. 자는 명원(明遠). 후주(後周) 때 출사하여 한림학사를 지냈고, 송초에 중서사인(中書舍人)을 역임하였다. 여러 차례 과거시험을 주관하였으며 태종의 명으로 12명과 함께 《태평광기》를 수찬하였다.

136) 이종악(李宗諤) : 965~1013. 중국 송나라의 문신. 자는 창무(昌武). 이방(李昉)의 아들. 태종 단공(端拱) 2년(989)에 진사시에 합격하였다. 진종(眞宗) 즉위 후 기거사인(起居舍人)에 임명되었고 《태조실록》 중수(重修)에 참여하였다.

137) 한억(韓億) : 972~1044. 중국 송나라의 문신. 자는 종위(宗魏). 진종 함평(咸平) 5년에 진사시에 합격하였으며 진종조에는 재상 왕단(王旦)의 사위라는 것 때문에 피혐하여 수차례 외관(外官)을 맡았다. 인종(仁宗) 초기에 원외랑 겸 시어사로서 여러 일을 담당했는데, 법을 집행할 때 현귀(顯貴)한 이를 피하지 않았다고 한다.

138) 한유(韓維) : 1017~1098. 중국 송나라의 문신. 자는 지국(持國). 아버지가 보정(輔政)이라 진사 시험을 보지 않고, 아버지가 죽을 때까지 벼슬길

과(大科)는 치려하지 않아 마침내 음관(蔭官)으로 벼슬길에 나섰다. 그런데 진회(秦檜)[140]가 국정을 잡게 되자 그의 아들 진희(榛熺)[141]와 손자 진훈(榛塤)[142]이 모두 과거 급제를 훔쳤으니, 이로써 국운의 성쇠를 점칠 수 있다.

대개 인재가 태어나는 것은 본래 정해진 부류가 없다. 초야의 선비라고 해서 반드시 다 어진 것은 아니고, 재상의 아들이라고 해서 또 반드시 다 어진 것은 아니다. 그러나 작록(爵祿, 관작과 녹봉)을 대대로 전유(專有)하지 못하게 하면 사람마다 스스로 노력할 것이요, 어려움을 몸소 겪어보면 백성의 고통을 알게 될 것이다.

○ 만력 13년(1585)[143]에 형부주사 요신(饒伸)[144]이 과거의 폐단을

에 나아가지 않았다. 후에 천거되어 신종(神宗) 즉위 후 용도각직학사(龍圖閣直學士)에 제수되었다.

139) 진사에 합격 : 원문의 '주명(奏名)'은 과거시험 때 예부에서 앞으로 선발하려는 진사의 명단을 작성해서 황제가 심의하도록 바치는 것을 말한다.

140) 진회(秦檜) : 1090~1155. 중국 남송 초기의 정치가. 자는 회지(會之). 1115년 진사시에 합격. 남침을 거듭하는 금군(金軍)에 대처하기 위해 중국을 남북으로 나누어 영유하기로 금과 합의하고 금나라에 대하여 신하의 예를 취하고 세폐(歲幣)를 바쳤다. 1131년 이후 24년간 재상직에 있었다.

141) 진희(秦熺) : ?~1161. 중국 남송의 문신. 자는 백양(伯陽). 진회(秦檜)의 아들. 본래 진회 처형의 아들인데 후사로 입적되었다. 고종 소흥(紹興) 12년에 진사시에 합격하였다.

142) 진훈(秦塤) : 1137~? 중국 남송의 문신. 자는 백화(伯和). 진희(秦熺)의 아들이며, 진회(秦檜)의 손자. 고종 소흥 24년에 진사시에서 합격하였다.

143) 만력 13년 : 《명사(明史)·선거지(選擧志)》에는 만력 16년의 일로 되어 있다. 정약용의 착오로 보인다. 한편 이수광은 《지봉유설》에서 명나라 왕세정(王世貞)의 《엄주별집(弇州別集)》(권84, 과시(科試) 4)을 전거로 들며, 만력 13년 형부주사 요신의 상소를 인용해두었다. (《芝峯類說·官職部·科目》) 그런데 왕세정의 《엄주별집》에는 만력 13년이라고 하지 않았다. 정약용이 이수광의 《지봉유설》의 내용을 참고하면서 오류가 발생

논한 상소에서 "당나라의 달해순(達奚珣)[145]이 양국충(楊國忠)[146]의 두 아들을 합격시켰고, 송나라의 탕사퇴(湯思退)[147]가 진회(榛檜)의 아들과 손자를 합격시켰다."고 했다.

134. 栗谷請許通

改嫁子孫, 勿叙東西班之法, 始於成廟朝. 庶孽被錮[148], 始於太宗朝, 因右代言徐選之言, 遂爲法. 世稱庶孽之被錮, 因改嫁子孫勿許正職之令云者, 益未攷也. 使宋而有此法, 則韓魏公范文正, 俱老措大止矣, 不

한 것으로 추정된다.

144) 요신(饒伸) : 중국 명나라의 문신. 자는 억지(抑之). 1583년(만력 11) 진사시에 합격. 1588년(만력 16) 황홍헌(黃洪憲)이 순천(順天) 향시(鄕試)를 담당했는데 부정한 행위가 많았다. 예부낭중 고계(高桂)가 그 일을 적발해냈는데 도리어 녹봉을 빼앗겼다. 이에 요신이 항소하여 쟁론했다가 옥에 갇히고 관직을 삭탈당했다. 그러나 곧 남경공부주사(南京工部主事)로 기용되었다.

145) 달해순(達奚珣) : ?~758. 중국 당나라의 문신. 현종(玄宗) 개원(開元) 5년에 문사 겸우과(文史兼優科)에 합격하였다. 천보(天寶) 2~5년까지 예부시랑으로서 4년 연속 과거 시험을 주관하였다. 안녹산의 반군이 장안을 공격하여 함락한 후 항복했다가, 숙종(肅宗) 지덕(至德) 2년 당군이 수복한 후 사로잡혀서 참살되었다.

146) 양국충(楊國忠) : ?~756 중국 당나라 중기의 재상. 본명은 쇠(釗). 측천무후(則天武后)의 총신인 장이지(張易之)의 사위. 양귀비의 친척으로 등용되어 현종에게 중용되었다. 뇌물로 인사를 문란케 하고 백성으로부터 재물을 수탈하는 등 실정을 계속하여 안사의 난이 일어나자 사천으로 도주 중 살해되었다.

147) 양사퇴(湯思退) : ?~1164. 중국 송나라의 문신. 자는 진지(進之). 고종 소흥 15년 박학굉사과(博學宏詞科)에 합격하여 비서성 정자(秘書省正字)에 제수되었다. 진회(秦檜)에게 붙어서 높은 벼슬에 올랐다.

148) 錮 : 底本에는 "痼"로 되어 있다. 《芝峯類說·君道部·法禁》에 근거하여 수정하였다.

可惜乎? 萬曆癸未, 栗谷判兵曹, 因邊患建言, 庶孼納粟者許通赴擧. 議者以爲不可, 至於參劾. 或謂栗谷無適子, 只有妾子, 故挾私而建此議, 此又小腹之度也. 栗谷據禮守法, 不取昆弟之子以爲後, 其心已公矣. 顧欲使妾子赴擧而爲此論哉? 芝峯曰: "壬辰亂後, 庶孼不待許通, 而赴科登仕者多."

134. 율곡(栗谷) 이이(李珥)[149]가 서얼의 허통(許通)[150]을 건의함

개가한 여자의 자손을 동·서반(곧 문·무반)에 서용하지 않는 법은 성종 때에 시작되었다. 서얼에 금고법(禁錮法)을 적용하는 것은 태종 때에 시작되었는데, 우대언(右代言, 곧 우승지) 서선(徐選)[151]이 제기하여 마침내 법으로 삼았다.[152] 서얼에게 금고법을 적용하는 것이 개가한 여자의 자손을 정직(正職)[153]에 허용하지 말라는 법령에 따른 것이라고 세인들이 말하는데 이는 더욱 근거가 없다. 가령 송나라에 이 법이 있었다면 한위공(韓魏公)[154]과 범문정(范文正)[155]이 모

---

149) 이이(李珥) : 1536~1584. 조선중기의 문신. 권2 주 132) 참조.

150) 허통(許通) : 조선시대 서얼(庶孼)들에게 금고법(禁錮法)을 풀어 과거에 응시하도록 허락한 제도. 조선전기에는 양반의 자손이라도 첩의 소생은 관직에 나갈 수 없게 하였다. 그 뒤 1592년(선조 25) 임진왜란이 일어나자 서얼허통책이 일시적으로 실시되었으며, 조선후기에는 확대되어 특히 정조 연간에는 서얼의 관직 진출이 활발하였다.

151) 서선(徐選) : 1367~1433. 조선초기의 문신. 본관은 이천(利川), 자는 대숙(大叔)·언부(彦夫), 호 해화당(海華堂). 1393년(태조 2) 문과에 급제하였으며 의정부사인(議政府舍人)을 거쳐 형조의랑·장령 등을 역임하였다. 이후로 우사간(右司諫)·부평도호부사(富平都護府使)를 지냈으며, 1415년(태종 15) 서얼(庶孼)의 차별대우를 주장했고, 1417년 충청도도관찰사가 되었다. 세종 조에는 한성판윤·경상도관찰사·좌군도총제(左軍都摠制) 등을 지냈다.

152) 서얼에……삼았다 : 관련 내용이 《태종실록》 15년(1415) 6월 25일조에 보인다.

153) 정직(正職) : 문·무 양반만이 하는 벼슬. 실직(實職)과 같은 말.

두 늙은 선비로 그쳤을 것이니 아깝지 않은가?[156]

만력 계미년(1583, 선조 16)에 율곡 이이가 병조판서로 있을 때 변방의 환난으로 인해 서얼 중에서 곡식을 바친 자는 과거에 응시할 수 있도록 허락할 것을 건의하였다.[157] 그러나 의논하는 사람들은 불가하다고 하며 율곡을 탄핵하기에 이르렀다. 혹자는 율곡이 적자는 없고 첩자만 있어 사정(私情)을 가지고 이 의견을 세운 것이라고 하였는데, 이 또한 속 좁은 자의 견해이다. 율곡은 예에 근거하여 법을 지켜 형제의 아들을 취해 후사로 삼지 않았으니, 그 마음이 이미 공정하였다. 생각건대 자기 첩의 아들로 하여금 과거에 응시하게 하기 위하여 이 논의를 했겠는가?

지봉(芝峯) 이수광(李睟光)[158]이 말하기를 "임진왜란 후에 서얼 중

---

154) 한위공(韓魏公) : 중국 송나라의 명재상 한기(韓琦, 1008~1075)를 가리킨다. 위국공(魏國公)에 봉해졌으므로 한위공이라 불리었다. 자는 치규(稚圭). 어머니는 청주(青州) 관비(官婢)였음. 지주안무사(知州按撫使)로서 사천(四川)의 기민(飢民) 190만 명을 구제하고, 이어 서하(西夏)의 침입을 격퇴함으로써, 30살에 이미 문무에 명성을 떨쳐 추밀부사(樞密副使)가 되었다. 1058년에는 재상에 올라 약 10년간 국정에 참여하였다.

155) 범문정(范文正) : 중국 송나라의 명신 범중엄(范仲淹, 989~1052)을 가리킨다. 문정은 그의 시호. 자는 희문(希文). 어머니가 개가하여 계부(繼父)의 성인 주(朱)씨를 사용하다가 한림의 벼슬에 올라 표문(表文)을 올려 본성을 되찾았다. 구양수(歐陽修)·한기(韓琦) 등과 함께 여이간(呂夷簡) 일파를 비난하였으며, 자기들 스스로 군자의 붕당(朋黨)이라고 자칭하여 경력당의(慶曆黨議)를 불러일으켰다. 1038년에 서하(西夏)의 침입을 막은 공으로 추밀부사(樞密副使)가 되고, 이어 참지정사(參知政事, 부재상에 해당)로 올랐다.

156) 송나라에……아깝지 않은가 : 정약용은 〈통색의(通塞議)〉·〈서얼론(庶孼論)〉 등에서도 한위공과 범문정을 거론하며 서얼의 허통을 주장하였다.

157) 이이가……건의하였다 : 이 부분은 이수광의 《지봉유설》 권3, 〈군도부(君道部)〉, '법금(法禁)'조를 참조하여 기술한 것으로 보인다. 참고로 관련 내용이 《연려실기술(燃藜室記述)》별집 권12, 〈서얼피고(庶孼被錮)〉에도 보인다.

에 허통(許通)을 기다리지 않고 과거에 응시하여 벼슬에 오른 사람이 많았다."고 하였다.

135. 芝峯亦憂奴婢

奴婢之法, 在古至嚴. 芝峯曰: "壬辰難後, 或以軍功, 或以納粟, 輒許免賤. 冒僞滋多, 以至登科頂玉者比比. 蔑視士族, 陵侮其主, 至有叛弑之變, 後日之慮, 有不可言."【芝說止此.】嘗見《高麗史》, 忠烈王時, 元世祖勅廣奴婢從良之法. 王再三哀懇, 乞因舊俗, 其意以爲此法一罷, 國必亡滅. 至我英宗辛亥, 始行從母役之法, 而國中奴婢已減其半, 貴族日以凋敝, 而百姓皆亂民矣. 畢竟紀綱衰, 而血脈不行, 其亡可立而待矣.

135. 지봉(芝峯) 이수광(李睟光) 또한 노비의 문제를 걱정함

노비법은 옛날에 대단히 엄격하였다. 지봉(芝峯) 이수광(李睟光)은 다음과 같이 말했다.

"임진란 이후에 군공(軍功)을 세우거나 납속(納粟)[159]을 하면 곧 면천(免賤)을 허가해 주었다. 이로 인해 거짓된 방법으로 면천한 자가 계속 늘어났으며, 과거에 급제하여 높은 벼슬에 오른 자까지 많

---

158) 이수광(李睟光) : 1563~1628. 조선중기의 문신. 본관은 전주, 자는 윤경(潤卿), 호는 지봉(芝峰). 1585년(선조 18) 별시문과에 급제하고, 임진왜란 때 북도선유어사(北道宣諭御史)가 되어 함경도 지방에서 큰 공을 세웠다. 1613년(광해군 5) 이이첨(李爾瞻)이 대옥(大獄)을 일으켜 인목대비를 폐모하자 관직을 버리고 두문불출하였다. 1623년 인조반정으로 재등용되어 도승지·대사간이 되었고, 이후 이조참판·이조판서 등을 지냈다. 저서에 《지봉집》·《지봉유설》 등이 있다.

159) 납속(納粟) : 납속지법(納粟之法). 국가에 곡식을 바치는 서얼 등에게 사회적 신분상의 제약을 해제해 주거나, 국가 비상시에 곡식을 바친 사람에게 일정한 자격 또는 직위를 부여하는 법을 말한다.

이 생겨났다. 사족(士族)을 멸시하고 제 주인을 능멸하였으며, 심지어 반역이나 시해의 변란까지 일으켰으니, 훗날의 우환거리를 이루 다 말할 수 없다."【지봉의 말[160]은 여기까지이다.】《고려사》를 본 적이 있었는데, 충렬왕 때에 원나라 세조가 노비를 양민으로 풀어주라는 칙령을 내렸다. 이때 충렬왕은 재삼 애절하게 간청하여 종래의 법으로 돌려줄 것을 요구하였는데, 이 법이 한 번 깨지면 나라가 반드시 멸망할 것으로 생각했기 때문이다.[161]

본조의 영조 신해년(1731, 영조 7)에 이르러서 처음으로 종모역법(從母役法)[162]을 시행하였다. 그러나 이때는 나라에 노비가 이미 반으로 줄어들었고 귀족들은 날로 세력을 잃었으며 백성들은 모두 난민(亂民)이었다. 필경 기강이 쇠해지고 혈맥이 통하지 않게 되었으니, 나라가 망함을 서서 기다릴 정도였다.

136. 芝峯軍說

李芝峯曰: "我國平時, 中外軍額, 十八萬零, 通計戶保, 亡慮五十萬. 自

---

160) 지봉의 말 : 관련 내용이 《지봉유설》 권3, 〈군도부(君道部)〉, '범금(法禁)'조에 보인다.

161) 고려사를…… 때문이다 : 본 기사는 《고려사》 권31, 〈세가〉 제31, 충렬왕 4, 충렬왕 경자 26년(1300) 10월 정유조에 보인다.

162) 종모역법(從母役法) : 노비종모법(奴婢從母法). 노비 소생의 자녀 신분을 모계(母系)에 따라 결정하도록 하는 법. 《경국대전》에서 법제화되었으나, 조선후기에 들어 신분제가 해이해지면서 양인의 여자 중에 노비의 처가 되는 경우가 허다하게 발생하였다. 1669년(현종 10) 당시 서인(西人) 집권층은 양역인구의 증가책으로 이 경우의 소생자녀에게 종모법을 적용해 종량(從良)시켰다. 반면 반대파 남인은 노비와 주인간의 분쟁을 이유로 반대하였다. 이후 서인과 남인의 정권이 교체될 때마다 종량과 환천(還賤)이 번복되다가 1731년(영조 7)에는 종모법으로 확정되었다.

經倭變, 見存僅六萬, 至於京外哨軍, 不下數萬, 而元軍及公私賤, 並入編伍, 實數亦少, 緩急難恃." 又曰: "唐太宗時, 高惠眞以十五萬衆捍句麗. 以瓜分之地, 而軍衆如此, 今三韓一統, 而當國者每患無兵, 豈是理也哉?"【芝說止】 按此說猶以緩急爲憂可見. 此時, 新經兵革, 民猶知軍役之爲兵額也. 今承平旣久, 民不知兵, 貴族日滋, 苦毒徧及. 民之知之, 唯米錢布之是應耳, 尙知爲緩急乎? 余在海西, 於兵馬使席上, 盛言軍役之不便而戶布口錢之爲良, 兵馬使曰: "若如此, 緩急柰何?" 余曰: "試有難, 自禁衛營招八道禁衛保, 其有至者乎?"

136. 지봉(芝峯) 이수광(李睟光)의 군설(軍說)

지봉(芝峯) 이수광(李睟光)은 다음과 같이 말하였다.

"우리나라는 평상시 중앙과 지방의 병력이 18만여 명이며, 호보(戶保)[163]를 합하여 계산하면 무려 50만 명이었다. 임진왜란을 겪은 뒤로는 현재 남은 병력이 겨우 6만 명밖에 안 된다. 서울과 지방의 초병(哨兵)은 수만 명은 되지만 정규군과 관노비·사노비를 아울러 대오에 편입시키더라도 실제 수는 역시 적으니 위급할 때에 의지하기 어렵다."

또 말하였다.

"당나라 태종 때 고구려 장수 고혜진(高惠眞)[164]은 15만의 군사로 당나라 군대를 막았다. 오이가 쪼개지듯 분할된 영토에서도 군사가

---

163) 호보(戶保) : 정병(正兵)·정군(正軍)으로 근무하는 호수와 그에 딸린 보인(保人). 보인은 호솔(戶率)·솔정(率丁)·봉족(奉足)이라고도 하는데, 보병·기병·포병 등의 병종에 따라 보인의 수가 다르게 지급되었다.

164) 고혜진(高惠眞) : 고구려의 장수. 당나라 태종이 30만 대군을 이끌고 고구려를 침입하여 안시성(安市城)을 포위하자, 고구려에서는 남부욕살(南部褥薩)인 고혜진과 북부욕살인 고연수(高延壽)에게 말갈병을 포함한 15만의 군사를 주어 방어하게 하였다. 그러나 당태종의 계략에 빠져 대패, 두 사람은 3만 6800명을 이끌고 자진 항복하였다.

이처럼 많았거늘, 지금 삼한(三韓)이 통일되어 있는데도 나라 일을 맡은 사람들은 매번 군사가 없음을 근심하니, 어찌 이러한 이치가 있단 말인가?"【지봉의 말[165]은 여기까지이다.】

이 말을 살펴보건대, 여전히 위급한 때를 걱정하고 있음을 알 수 있다. 이때는 막 전란을 겪은 터라 백성들은 여전히 군역(軍役)이 군대의 인원수가 됨을 알고 있었다. 지금 태평한 시절이 오래됨에 따라 백성들은 전쟁을 알지 못하는데, 귀족이 날로 늘어나 군역의 고통이 백성들에게만 편중되고 있다. 그리하여 백성들이 아는 것이라곤 오직 미(米)·전(錢)·포(布)로 대응하는 것뿐이니, 이래서야 위급함을 알겠는가?

내가 황해도에 있을 때[166], 병마사와 함께 한 자리에서 군역의 불편함과 호포(戶布)·구전(口錢)의 좋은 점에 대해 열변을 토해내니, 병마사가 말하기를, "이와 같이 하면 위급할 땐 어찌한단 말이오?"라고 하였다. 이에 나는 다음과 같이 말했다. "난리가 났다고 가정하고 금위영(禁衛營)[167]에서 팔도의 금위보(禁衛保)[168]를 부르면, 오는 자가 있겠습니까?"

---

165) 지봉의 말 : 관련 내용이 《지봉유설》 권3, 〈병정부(兵政部)〉, '병제(兵制)' 조에 보인다.

166) 내가……있을 때 : 정약용은 1798년(정조 22) 4월 황해도 곡산부사로 나갔는데, 이때를 말하는 듯하다.

167) 금위영(禁衛營) : 조선후기 오군영(五軍營) 가운데 하나로, 국왕 호위와 수도 방어를 위해 중앙에 설치되었던 군영.

168) 금위보(禁衛保) : 금위영에 소속된 보인(保人). 금위영은 당초 국가 재정으로 운영되던 훈련도감을 줄여 국가 재정을 확충하고 수도에 대한 방위력을 확보할 목적으로 설치되었다. 그러나 점차 잡다한 병종과 원역 등이 늘어남에 따라 재정이 부족하게 되었고, 이를 충당할 보수(保數)가 9만 명에 달하는 등 보인(保人)에 대한 부담이 가중되었다.

137. 李策本於范疏

李萬頃孟休對策曰: "《禮》十九爲長殤, 以其未成人也. 今以十五爲丁, 傷天理矣." 此本晉范甯疏語. 余昔奉命暗行, 至一村舍, 見二兒在房中, 問無役否. 媼曰: "大兒五歲, 騎兵已數年, 小兒三歲, 新隷官軍官[169]矣." 噫! 亦甚矣. 晉以十六爲全丁, 十二爲半丁, 故范疏云然.

137. 이맹휴(李孟休)의 대책(對策)은 범영(范甯)의 소(疏)에 근본함

만경(萬頃) 현령을 지낸 이맹휴(李孟休)[170]는 대책(對策)에서 이르기를 "《예기》에 19세에 죽는 것을 장상(長殤)[171]이라고 한 것은 아직 성인(成人)이 아니기 때문입니다. 지금 15세로 장정(壯丁)을 삼는 것은 천리(天理)를 손상시키는 것입니다."라고 하였다. 이것은 본래 진(晉)나라 범영(范甯)의 소(疏)[172]에서 나온 말이다.

내가 전에 어명을 받들어 암행[173]을 하다가 한 마을의 집에 이르러 두 아이가 방 안에 있는 것을 보고 군역이 없는지의 여부를 물었다. 어미가 말하기를, "큰 아이는 다섯 살인데 기병(騎兵)이 된지 벌

---

169) 官 : 문맥상 衍字인 듯함.

170) 이맹휴(李孟休) : 1713~1751. 조선후기의 문신 겸 학자. 본관은 여주, 자는 순수(醇叟), 호는 두산(杜山). 이익(李瀷)의 외아들. 1742년 왕세자 입학을 기념하여 영조가 친히 양역(良役) 등 5조목의 책문(策問)으로 시험한 문과에 장원으로 급제하였다. 관직은 한성부 주부·예조정랑·만경현령 등을 역임하였다. 20세 전에 예학(禮學)의 원전을 탐구하여《창대원류(蒼臺源流)》를 저술하였다.

171) 장상(長殤) : 고대 상례(喪禮)에서 16세~19세에 죽는 것을 이르는 말.

172) 진(晉)나라 범영(范甯)의 소(疏) : 범영은 중국 진(晉)나라 사람으로 자는 무자(武子). 예장 태수를 지내면서 학교 제도를 고쳐 1천여 명의 인재를 양성하였다.《춘추곡량전(春秋穀梁傳)》 등 많은 주석서를 저술하였다. 범영의 소는《진서(晉書)·범영전(范甯傳)》에 보인다.

173) 내가……암행 : 정약용은 1794년(정조 18) 11월 암행어사가 되어 경기도 적성·마전 등지를 암행하였다.

써 수년이 되었고, 작은 아이는 세 살인데 이제 막 관군에 예속되었습니다."라고 하였다.

아! 너무 심하다. 진나라는 16세로 전정(全丁)을 삼고, 12세로 반정(半丁)을 삼았기 때문에, 범영은 상소에서 위와 같이 말했던 것이다.

138. 本生父稱伯父叔父【本生家追贈】

伊川濮王議, 謂濮王宜稱皇伯. 今人謂此例始於伊川, 殆不然也. 李昉爲宰相上言: "臣叔父超, 故任工部郎中·集賢殿學士, 叔母謝氏, 故陳留郡君[174], 是臣本生父母. 臣不報罔極之恩, 爲名教罪人. 今郊祀覃恩, 望與追榮." 太宗皇帝嘉之, 淳化四年, 詔贈超爲太子太傅, 謝氏鄭國太夫人.【見晉陽王椋《燕翼貽謀錄》】若歐陽修叔父贈郎中·王曾叔父宗元贈工部員外郎·叔母嚴氏贈懷仁縣太君【亦見貽謀錄】, 是又特恩, 非本生父母也. 《明武宗實錄》云: "正德十二年, 贈沐崑所生父都指揮使誠, 爲都督. 崑請以所加秩太子太傅移贈. 兵部議, 崑爲人後, 所加秩不可移及其父, 但誠沒於王事, 宜如例加贈二級. 詔如例."

138. 본가의 친아버지를 백부나 숙부라고 부르다[175]【본생가에 대한 추증】

이천(伊川) 정이(程頤)[176]는 복왕(濮王)[177]에 대한 의론에서 복왕

---

174) 君 : 底本에는 "臣"으로 되어 있다. 《與猶堂全書·喪禮四箋》 및 《燕翼詒謀錄》에 근거하여 수정하였다.

175) 본가의……부르다 : 관련 내용이 《여유당전서》예집(禮集) 제12권, 〈상례사전(喪禮四箋)〉권12, 상기별(喪期別)8, '출후이십칠(出後二十七)'조에 보인다.

176) 정이(程頤) : 1033~1107. 중국 북송(北宋) 중기의 유학자. 자는 정숙(正叔), 호는 이천(伊川). 형 정호(程顥)와 함께 주돈이에게 배웠고 형과 아울러 '이정자(二程子)'라 불리며 정주학(程朱學)의 창시자로 알려졌다. 정이

을 '황백(皇伯)'이라 칭하는 것이 마땅하다고 했다. 그래서 지금 사람들은 이러한 관례가 이천에게서 시작되었다고 하는데 전혀 그렇지 않다.

이방(李昉)[178]은 재상이 되어 다음과 같이 상주하였다.

"신의 숙부 '초(超)'는 생전에 공부 낭중 및 집현전 학사를 지냈고, 숙모 사씨(謝氏)는 생전에 진류군군(陳留郡君)이었는데, 그 두 분은 신의 본가 친부모님들입니다. 신은 그분들의 망극한 은혜를 갚지 못하여 명교죄인(名教罪人)[179]이 되었습니다. 지금 천지에 교사(郊祀)를 지내고 황은을 널리 펼치시는 이 때, 신의 부모님을 추영(追榮)[180]해 주시기를 바라옵니다."

태종황제께서 이를 가상히 여겨, 순화(淳化) 4년(993) 이초(李超)를 추증하여 태자태부로 삼고, 사씨를 정국태부인으로 삼으라는 조칙을 내렸다.【진양(晉陽) 왕영(王栐)의 《연익이모록(燕翼詒謀錄)》[181]에 보인다.】

의 복왕에 대한 의론은 《이정전서(二程全書)》 권6, 〈대팽중승논복왕칭친소(代彭中丞論濮王稱親疏)〉에 보인다.

177) 복왕(濮王) : 중국 송나라의 조윤양(趙允讓, 995~1059)을 가리킨다. 북송 영종(英宗)의 생부로서, 아들에 의해 복왕으로 추존되었다. 복안의왕(濮安懿王)을 숭봉(崇奉)하여 사당에 모시는 과정에서 '황백(皇伯)'이라 칭하느냐 '황고(皇考)'라 칭하느냐에 대하여 조정에 많은 이론이 있었다. 이때 사마광(司馬光)은 "남의 뒤를 이어 왕이 되면 사친(私親)을 돌아봐서는 안 된다." 하면서 마땅히 황백(皇伯)으로 칭하여야 된다고 주장하였고, 구양수(歐陽修)는 "이는 부자간의 윤상(倫常)을 잃은 일이고 전례에도 찾아볼 수 없으므로 마땅히 황고(皇考)로 칭하여야 된다."고 주장하였다.《宋史·濮王列傳》

178) 이방(李昉) : 925~996. 중국 송나라의 문신. 권3 주 135) 참조.

179) 명교죄인(名教罪人) : 도덕적으로 용서받지 못할 대역 죄인을 의미한다. 명교(名教)는 사람이 마땅히 지켜야 할 가르침으로 유교를 달리 일컫는 말로도 쓰인다.

180) 추영(追榮) : 종2품 이상 벼슬아치의 부·조·증조에게 관위(官位)를 내리는 것. 추증(追贈).

구양수의 숙부가 낭중으로 추증된 일, 왕증(王曾)[182]의 숙부 종원(宗元)이 공부 원외랑으로 추증되고 숙모 엄씨는 회인현 태군으로 추증된 일 같은 것【역시《연익이모록》에 보인다.】 또한 특별한 은혜이니, 그들은 본가의 부모가 아니었다.

명나라《무종실록(武宗實錄)》에 다음과 같은 기록이 있다.

"정덕(正德) 12년(1517)에 목곤(沐崑)[183]의 생부인 도지휘사(都指揮使) 목성(沐誠)을 추증하여 도독(都督)으로 삼았다. 목곤은 자신이 태자태부(太子太傅)로 가질(加秩)된 것에 의거하여 생부를 더 높게 추증해 줄 것을 요청하였다. 병부에서 의론하기를, 목곤은 다른 사람의 후사로 들어갔기 때문에 가질된 것에 따라 생부의 관작을 옮겨 줄 수는 없으나, 목성이 나랏일을 하다 죽었기 때문에 관례에 따라 품계를 두 등급을 올려주어야 한다고 하였다. 조서는 관례에 따랐다."[184]

---

181) 왕영(王林)의 연익이모록(燕翼詒謀錄) : 왕영은 중국 송나라 학자이며, 《연익이모록》은 건륭(建隆, 960~963) 연간에서 가우(嘉祐, 1056~1063) 연간까지의 흥혁(興革)과 득실을 126조로 나누어 상세히 기술한 책이다.

182) 왕증(王曾) : 중국 송나라의 문신. 청주(靑州) 익도(益都) 출신. 자는 효선(孝先). 진종(眞宗) 함평(咸平) 5년(1002) 진사제일(進士第一)로 합격하고, 이부시랑·참지정사(參知政事) 등을 역임했다. 인종 초에 중서시랑과 동중서문하평장사(同中書門下平章事)에 올랐으나, 유태후 친인척의 발호를 억제하다가 청주지주로 쫓겨났다. 경우(景祐) 원년(1034) 추밀사가 되고, 이듬해 재상에 올라 기국공(沂國公)에 봉해졌다. 저서에《왕문정공필록(王文正公筆錄)》이 있다.

183) 목곤(沐崑) : 1482~1519. 중국 명나라의 문신. 풍양부(風陽府) 정원(定遠) 사람. 자는 원중(元中), 호는 옥강(玉崗). 생부는 목성(沐誠)인데, 족숙(族叔)인 목종(沐琮)에게 아들이 없어 그의 후사를 이었다. 관직은 태자태부(太子太傅)에 이르렀으며, 시호는 장양(莊襄)이다.

184) 정덕 12년……따랐다 : 관련 내용이 청나라 서건학(徐乾學)의《독례통고(讀禮通考)》권5, 〈상기(喪期)〉5에도 보인다.

139. 樊翁詩派【已下詩話】

樊翁詩脈, 蓋自湖洲·東州, 承以松谷, 而希菴·菊圃·吳藥山, 其親受者也. 樊翁亦盛推松谷, 爲非諸子所能及.

139. 번옹시파(樊翁詩派)【이하는 시화(詩話)】

번옹(樊翁) 채제공(蔡濟恭)은 호주(湖洲) 채유후(蔡裕後)[185]와 동주(東州) 이민구(李敏求)[186]로부터 송곡(松谷) 이서우(李瑞雨)[187]로 내려온 시맥을 이어받았으며, 희암(希菴) 채팽윤(蔡彭胤)[188], 국포(菊圃)

---

185) 채유후(蔡裕後) : 1599~1660. 조선중기의 문신. 본관은 평강, 자는 백창(伯昌), 호는 호주(湖洲). 1636년 병자호란 때 집의로서 왕을 호종, 김류 등의 강화 천도 주장을 반대하며 주화론(主和論)에 섰다. 효종이 즉위한 뒤 대제학으로서 《인조실록》·《선조개수실록》 편찬에 참여하였으며, 1660년(현종 1) 이조판서를 지냈다. 저서에 《호주집》이 있다.

186) 이민구(李敏求) : 1589~1670. 조선중기의 문신. 본관 전주, 자는 자시(子時), 호는 동주(東洲)·관해(觀海). 지봉 이수광의 아들. 1626년 대사간을 거쳐 이듬해 정묘호란 때 병조참판으로 세자를 모시고 남으로 피난했다. 1636년 병자호란 때 강도검찰부사로서 남한산성에서 왕을 모시지 못하여, 이후 아산에 귀양 가고 1643년 영변(寧邊)에 이배(移配)된 후 1649년 풀려났다. 저서에 《동주집》이 있다.

187) 이서우(李瑞雨) : 1633~1709. 조선중기의 문신. 본관은 우계(羽溪), 자는 윤보(潤甫), 호는 송곡(松谷). 당색으로는 대북 계열의 집안에서 태어났으나, 1675년(숙종 1) 문장에 재주가 있다 하여 허목(許穆)의 추천을 받아 정언이 되었다. 1680년 경신환국 때 서인의 공격을 받아 유배당하였으나 1689년의 기사환국으로 남인이 정권을 잡자 병조참의로 등용되었다. 그 뒤 김수항 등 서인을 공격하였으며, 인현왕후 축출 때 승지로 있으면서 숙종의 뜻을 받들었다. 1694년 갑술환국이 일어나자 삭출 당하였다가 1697년에 풀려났다.

188) 채팽윤(蔡彭胤) : 1669~1731. 조선후기의 문신. 본관은 평강, 자는 중기(仲耆), 호는 희암(希菴)·은와(恩窩). 채제공의 종조부. 1689년 증광문과에 급제하였으며 숙종 연간에 시명(詩名)을 날렸다. 1694년 정언이 되어 홍문록(弘文錄)에 올랐으나, 이이·성혼의 문묘출향(文廟黜享)을 주장한 이현령(李玄齡)의 상소에 참여하였다 하여 삭제되었다. 1724년 영조 즉

강박(姜樸)[189], 약산(藥山) 오광운(吳光運)[190]은 번옹이 직접 전수받은 시인들이다.[191] 번옹은 역시 송곡을 대단히 추앙하여 여러 사람들이 도달할 수 있는 수준이 아니라고 하였다.

140. 樊翁詩

樊翁兒時, 諸公令賦老松. 公有詩曰: "能成屈曲當前障, 不禁升騰向上心." 時吳藥山亟稱之, 知其必大做. 樊翁以翰林游金剛山, 其〈歇惺樓〉詩曰: "無數飛騰渾欲怒, 有時尖碎不勝孤." 人以下句爲妨子姓. 大抵公詩全觀氣象, 務爲雄渾·頓挫之語. 其論他人詩亦然, 悽楚激切之音並在所黜. 樊翁嘗從大人往比安還. 由鳥嶺至忠州, 乘舟到驪江. 有詩曰: "青天轉共鷗波闊, 向日虛爲鳥道愁." 中年樊翁, 自洪州因事就拿, 而時有誣捏者, 或爲公危之. 大人知事公默然不答, 但徐誦此詩, 人知其畢竟無事. 樊翁晩年, 屛逐江郊, 値春漲, 有詩曰: "消融萬壑全冬雪, 生動三湖一夜波." 及戊申入閣, 人以爲此詩有轉禍爲福之象. 樊翁壬子冬, 因尹永僖事謫長湍, 在村舍. 有詩曰: "雪霽峯巒增突兀, 天寒星斗倍精

위 후 도승지·대사간을 거쳐 예문관제학·병조참판·동지의금부사·부제학 등을 역임하였다. 저서로는 《희암집》이 있다.

189) 강박(姜樸) : 1690~1742. 조선후기의 문신. 본관은 진주, 자는 자순(子淳), 호는 국포(菊圃). 1715년(숙종 41) 식년문과에 급제하여 홍문관 정자(正字)가 되었다. 이후 수찬·부교리를 거쳐 정미환국 때 소론이 집권하자 등용되어 통정대부까지 올랐다. 저서에 《국포집》이 있다.

190) 오광운(吳光運) : 1689~1745. 조선후기의 문신. 권2 주 17) 참조.

191) 번옹……시인들이다 : 남인의 시맥에 대해서는 《여유당전서》 시문집 권14, 〈화앵첩발(畵櫻帖跋)〉에 채제공의 말로 인용되어 있다.("樊翁還余以帖而語之曰: '吾黨詩脈, 自湖洲〔蔡裕後〕·東州〔李敏求〕以來, 唯松谷〔李瑞雨〕得其宗, 而松谷之詩, 工緻少遠致. 燕超齋〔吳尙濂〕, 松門之顏子; 希菴〔蔡彭胤〕, 松門之曾子. 嗣此唯藥山〔吳光運〕·菊圃〔姜樸〕得其傳. 若吾〔吾, 樊翁自道.〕有不及夢瑞〔李艮翁獻慶〕·法正〔丁海左〕, 然後進無所託. 子其勉之!'")

光." 此詩轉入天聽. 後於水原旬製, 以此發御題. 時老少黨諸儒之作, 無不贊歎頌美, 比之於韓·歐·范·馬之倫.

140. 번옹 채제공의 시

번옹(樊翁) 채제공(蔡濟恭)이 어렸을 때 어른들이 노송(老松)을 두고 시를 지어보라고 한 일이 있었다. 번옹은 다음과 같은 시를 지었다.

구불구불하여 담 앞을 가로막으니	能成屈曲當前障
솟구쳐 높이 뻗어나가려는 마음 금할 수 없어라[192]	不禁升騰向上心

당시에 약산(藥山) 오광운(吳光運, 1689~1745)은 자주 이 시를 칭찬하며, 채제공이 반드시 크게 될 인물임을 알았다.

번옹이 한림으로 있을 때 금강산으로 유람을 갔다가, 다음과 같은 〈헐성루(歇惺樓)〉시를 지었다.

무수히 날아오르는 봉우리들은 모두 성난듯한데	無數飛騰渾欲怒
때로는 작고 자잘한 것들 외로움을 이기지 못하네[193]	有時尖碎不勝孤

---

192) 구불구불……없어라 : 《번암집》 권3, 〈약산댁에서 국포 어른께서 푸른 솔이 가로막은 것을 제재로 시를 지으라고 하시어 그 자리에서 지어 올리다[藥山宅菊圃令丈(姜公樸), 以靑松障命題呼韻, 卽席草呈]〉의 일부이다.(翠黛連窓窈作林, 小風吹雨一庭陰. 縱成屈曲當前障, 不忘升騰向上心. 闤闠敎遮煙色遠, 枝柯偸豁月光侵. 幽禽認是屛間畵, 怪底時時送好音.) 《혼돈록》과는 글자출입이 있다. 해좌(海左) 정범조(丁範祖)가 지은 번옹의 신도비명에 따르면, 이 시는 번옹이 18세 때에 지은 것이다. 당시 약산과 국포는 이 시를 보고 대단히 칭찬하면서 번옹이 큰 인재가 될 것임을 알았다고 한다. 《海左集·領議政謚文肅蔡公神道碑銘幷序》

193) 무수히……못하네 : 《번암집》 권5, 〈헐성루(歇惺樓)〉의 일부이다.(高樓一嘯攬蓬壺, 天備看山別作區. 無數飛騰渾欲怒, 有時尖碎不勝孤. 夕陽到頂光難定, 淺雪粘鬟態各殊. 香縷蒲團吟弄穩, 謝公登陟笑全愚.) 이 시는 1749년

사람들은 아랫 구를 두고 후손들에게 좋지 않을 것이라 생각하였다.

대체로 번옹은 시에서 전적으로 기상을 중시해서 웅혼(雄渾)하고 돈좌(頓挫)한 시어를 짓는 데 힘썼다. 번옹이 다른 이들의 시를 논할 때도 마찬가지여서 처량하거나 격렬한 말은 모두 배격하였다.

한번은 번옹이 아버지를 따라 비안(比安, 경북 의성군 비안면)에 갔다가 돌아오는 길이었다. 조령(鳥嶺)을 넘어 충주(忠州)에 도착한 뒤에 배를 타고 여강(驪江)에 이르러 다음과 같은 시를 지었다.

푸른 하늘 도리어 갈매기 노는 물가와 어울려 넓은데	靑天轉共鷗波闊
전날엔 부질없이 새 나는 길 시름겨워했네[194]	向日虛爲鳥道愁

중년에 번옹은 홍주(洪州)에서 어떤 일로 인해 서울로 압송되었다. 당시 무고하고 날조하는 사람이 있어서 어떤 사람이 번옹이 위태롭게 되겠다고 걱정을 하였다. 그러나 아버지 지사공(知事公)[195]은

(영조 25) 30세에 지은 것이다. 채제공은 한 해전인 1748년 특명으로 한림소시(翰林召試)에 나아가 수석하였으며, 이 해에 오대산 사고(史庫)의 폭쇄(曝曬, 책을 햇볕과 바람에 쐬어 말리는 것. '포쇄'는 틀린 발음임)를 다녀오면서 금강산을 유람하였다. 헐성루는 금강산의 정양사(正陽寺)에 있던 누각으로, 금강산의 봉우리를 한눈에 조망할 수 있는 곳으로 유명하였다.

194) 푸른 하늘은……시름겨워했네 : 《번암집》 권8, 〈주중(舟中)〉의 일부이다.(捨却鳴騶放小舟, 琴臺雲木杳回頭. 靑天轉共鷗波濶, 向日虛爲鳥道愁. 景昃人烟多在溆, 春寒渚柳未藏樓. 恭陪栗里歸田輿, 且學張融盡室浮.) 이 시는 1755년(영조 31) 36세에 지은 것이다. 비안(比安)은 지금의 경상북도 의성군 비안면이다.

195) 지사공(知事公) : 조선후기의 문신 채응일(蔡膺一, 1686~1756)을 가리킨다. 채제공의 아버지로, 채제공의 관직이 높아져 지중추부사를 제수 받았다.

묵묵히 아무 대답도 하지 않고, 단지 이 시를 천천히 외는 것이었다. 이에 사람들은 결국 번옹이 무사할 것임을 알았다.

번옹이 만년에 한강 교외로 쫓겨나 있었는데,[196] 마침 봄물이 불어난 것을 보고 다음과 같은 시를 지었다.

온 골짝에 녹아 흐르는 삼동(三冬)의 눈	消融萬壑全冬雪
삼호(三湖)에 생동하는 한 밤의 물결[197]	生動三湖一夜波

무신년(1788, 정조 12)에 번옹이 조정에 들어가게 되었는데,[198] 사람들은 이 시에 전화위복(轉禍爲福)의 상(象, 조짐)이 있다고 하였다.

번옹은 임자년(1792, 정조 16) 겨울에 윤영희(尹永僖)[199]의 사건으로 인하여 장단(長湍)으로 유배되었는데[200], 시골집에 머물면서 다음

196) 한강……있었는데 : 1780년(정조 4) 8월, 대사간 조시위(趙時偉)가 상소하여 채제공이 홍국영과 화응(和應)한 악역(惡逆)이라고 공격하였다. 이에 채제공은 노량의 삼호(三湖)에 은거하였다.

197) 온 골짝에……물결 : 《번암집》 권16, 〈춘우연소빙진수생흔연부지(春雨連宵氷盡水生欣然賦之)〉의 일부이다.(花嶺蒼蒼雨氣多, 隨風容易濕庭柯. 消融萬壑全冬雪, 生動三湖一夜波. 白鳥影涵明鏡立, 青魚船入暮雲和. 今朝試覓春消息, 嫩艾纖楊共一坡.)

198) 무신년에……되었는데 : 채제공은 1788년(69세) 2월에 우의정에 제수되었다.

199) 윤영희(尹永僖) : 1761~? 조선후기의 문신. 본관은 파평. 1786년 별시문과에 급제하였으며 1787년 초계문신에 뽑혀 홍문관부교리에 임명되었다. 1791년 시관으로 참여한 조흘강(照訖講)에서 역적의 자손 신기현(申驥顯)을 통과시켰다 하여 탄핵을 받아 하옥되었으나 정조의 특별 비호로 풀려났다. 삼사와 성균관제생들의 탄핵이 계속되었으나 채제공(蔡濟恭) 역시 그를 비호하였다. 1792년 정언으로 서용되었으나, 채제공 등 남인들이 탄핵을 받으면서 투옥되었다. 그러나 정조의 배려로 무죄로 석방되었으며, 1794년 정언·부교리 등에 임명되었다.

200) 임자년……유배되었는데 : 채제공은 1792년(73세) 10월, 역적 신기현(申驥

과 같은 시를 지었다.

눈 개이자 봉우리 더욱 우뚝하고	雪霽峯巒增突兀
날씨 차가워져 별들은 더욱 빛을 발하네[201]	天寒星斗倍精光

이 시는 임금의 귀에 흘러들어갔다. 훗날 수원(水原)에서 실시한 순제(旬製)[202]에서 정조는 이 시구를 어제(御題)로 냈다. 당시 노론과 소론의 여러 사람들이 지은 글도 모두 찬탄하고 찬미하며 한유(韓愈)·구양수(歐陽修)·범중엄(范仲淹)·사마광(司馬光)의 무리에 견주었다.

141. 海左詩

海左云: "樊翁於詩, 全觀氣象. 故於吾詩, 特取一二句曰'秋肥在掌熊蟠窟, 老氣生翎鶻入雲', 有深居山野, 老益騫騰之象. '看花紫陌春停轂, 留客紅氍夜賭棊', 有太平宰相之象. '畫角滿空生郡國, 紅旌掩月入樓

顯)의 아들을 조흘강(照訖講)에 합격시킨 윤영희(尹永僖)를 두둔한 일로 판중추 박종악(朴宗岳)의 소척(疏斥)을 받고 해서의 풍천(豐川)으로 부처되었다. 이후 장단(長湍)으로 옮겨졌다가 곧 사면되어 판중추부사가 되었다.

201) 눈 개이자……발하네 : 《번암집》 권17, 〈승월보정시야심규내숙(乘月步庭是夜沈逵來宿)〉의 일부이다.(綿裘掩背杖扶身, 起向庭除强一巡. 雪霽峯如增突兀, 夜寒星欲倍精神. 淳風幸不慳新屋, 厚意時能來故人. 聞說長安薪價貴, 土房暄暖獨爲春.【峯如一作峯巒, 星欲一作星斗】) 이 시의 원주(原注)에서 "계축년(1793)에 임금께서 이 시의 두 구를 가지고 시제로 내어 화성에서 선비들을 두 차례 시험 보았다.[癸丑, 上以此二句, 分兩次命題, 試士華城]"라 하였다.

202) 순제(旬製) : 임금이 신하들의 시문을 시험하기 위해 열흘마다 치르던 시험.

臺', 有歷敭清顯之象. 至如'惡歲山崩川水渴, 畏途人少虎狼多', '凶年盜賊無論性, 近世經綸不在官'等作, 未嘗見稱云."

141. 해좌(海左) 정범조(丁範祖)[203]의 시

해좌(海左) 정범조(丁範祖)는 다음과 같이 말하였다.

번옹 채제공은 시에 있어서 전적으로 기상을 중시하였다. 나의 시에 대해서도 다만 한두 구만을 취하여 다음과 같이 평가하였다.

가을 맞아 발바닥 살이 오른 곰은 굴속에 웅크리고　秋肥在掌熊蟠窟
노익장 날개에 받은 송골매는 구름으로 날아오르네[204]　老氣生翎鶻入雲

이 구절에 대해 번옹은 깊은 산야에 은거하여 늙을수록 더욱 굳세고 기세등등한 기상이 있다고 하였다.

봄날 자줏빛 길에서 꽃 보느라 수레 멈추고　看花紫陌春停轂
붉은 융단에 객 머물게 하여 내기 바둑 두네[205]　留客紅氍夜賭棊

이 구절에 대해 번옹은 태평 시절 재상의 기상이 있다고 하였다.

화각 소리 하늘에 가득하여 고을에서 울리고　畫角滿空生郡國

203) 정범조(丁範祖) : 1723~1801. 조선후기의 문신. 권2 주 68) 참조.
204) 가을 맞아……날아오르네 : 《해좌집》 권10, 〈추회(秋懷)〉의 일부이다.(陝勢江流漭不分, 白頭吟望近斜曛. 秋肥在掌熊蟠窟, 老氣生翎鶻入雲. 感激可能當歲暮, 蕭條直欲去人羣. 蘆花洲上孤舟夢, 猶自時時覲聖君.)
205) 봄날……바둑 두네 : 《해좌집》 권13, 〈봉화번엄상공춘사운(奉和樊嚴相公春詞韻)〉의 일부이다.(殘年一宦賦歸遲, 恩重還忘氣力衰. 象闕齊呼南極壽, 衢樽沉醉太平時. 看花紫陌春停轂, 留客紅氍夜賭棋. 近日稀呈移疾疏, 此生猶得報毫絲.)

붉은 깃발 달을 받으며 누대로 들어가네[206] 紅旗拖月入樓臺

이 구절에 대해 번옹은 청현직을 두루 역임한 기상이 있다고 하였다.

그러나 다음과 같은 구절에 대해서는 한 번도 칭찬을 받지 못했다.

흉년이 들어 산이 무너지고 냇물이 마르니 惡歲山崩川水渴
길 무서워 인적 드물고 범과 이리만 우글거리네 畏途人少虎狼多

흉년이라 도적들에게 본성을 따질 수 없으니 凶年盜賊無論性
요즘에 세상을 구제할 이는 관직에 있지 않구나[207] 近世經綸不在官

142. 象毛赤

徐判書有寧爲海伯時, 巡路, 題詩客舍曰: "丹麟驛馬象毛赤, 黃鳳軍牢雀羽青."【青丹·麒麟, 驛名; 黃州·鳳山, 邑名.】 人稱對偶之精. 呂進士春永, 今春作〈無花詩〉曰: "可憐鳥柳皆鰥寡", 此尤不佳.

142. 상모가 붉고

판서 서유녕(徐有寧)[208]이 황해도 관찰사로 있을 때 순찰하는 도

206) 화각소리……들어가네 : 《해좌집》 권12, 〈복문차가행광릉 의참호반 향경사 도중구호(伏聞車駕幸光陵擬參扈班向京師途中口呼)〉의 일부이다.(高秋乘傳漢陽迴, 楓樹東連大陸開. 畫角滿空生郡國, 紅旗拖月入樓臺. 山川近甸祥雲盪, 物候行廚旅雁來. 明日戎裝陪鳳輦, 將臣還幸作鄒枚.)

207) 흉년이……않구나 : 이 시구들은 《해좌집》에 보이지 않는다.

208) 서유녕(徐有寧) : 1733~1789. 조선후기의 문신. 본관은 대구, 자는 치오(致五). 영조 42년(1766) 정시문과에 급제하였으며, 교리·장령·도승지·대사간 등을 거쳐 1777년 황해도 관찰사를 역임하였다. 1779년 대사헌,

중 객사(客舍)에 다음과 같은 시구를 썼다.

청단·기린의 역마는 상모[209]가 붉고 丹麟驛馬象毛赤
황주·봉산의 군뢰[210]는 공작의 깃이 푸르네 黃鳳軍牢雀羽青
【청단(靑丹)과 기린(麒麟)은 역의 이름이고, 황주(黃州)와 봉산(鳳山)은 읍의 이름이다.】

사람들은 대우(對偶)의 정교함을 칭찬하였다. 진사 여춘영(呂春永)[211]이 금년 봄에 지은 〈무화시(無花詩)〉에 "가련하게도 새와 버들이 모두 홀아비와 과부가 되었네.[可憐鳥柳皆鰥寡]"라 하였는데, 이것은 더욱 좋지 못하다.

1782년 함경도 관찰사, 1784년 지돈녕부사를 거쳐 공조·형조·예조 판서를 역임하고, 1786년 한성부 판윤·우참찬 등을 지냈다.

209) 상모(象毛) : 새의 날개로 군복·말안장·투구 등을 꾸미는 것. 조선시대에서는 새의 날개에 여러 빛깔로 물을 들여서 전립 위에 달기도 하고 말 재갈에 꾸미기도 하였음. 《星湖僿說·萬物門》

210) 군뢰(軍牢) : 조선 시대에 군대에서 죄인을 다루는 일을 맡아보던 병졸. 군뢰가 군장(軍裝)을 할 때에 쓰던 갓은 붉은 전(氈)으로 만들었는데, 앞이마에는 주석으로 만든 '용(勇)'자를 붙이고 증자(鏳子, 전립 따위의 위에 꼭지처럼 만들어 달던 꾸밈새)에는 청전우(靑轉羽)라고 하는 공작 날개를 달았다.

211) 여춘영(呂春永) : 1734~1812. 조선후기의 문신. 본관은 함양, 자는 경인(景仁), 호는 헌적(軒適). 여선장(呂善長)의 아들. 문과를 치르지 않고 시인으로 활동하였다. 저서에 《헌적집》(필사본 5권 2책)이 전한다.(규장각 소장: 奎 12450-v.1-2) 한편 여춘영의 아들 여동근(呂東根)과 여동식(呂東植)은 모두 문과에 급제하였으며 문재가 뛰어났다. 이들은 정약용과 교분을 맺었으며 왕래가 잦았다. 안대회, 〈18세기의 노비 시인 정초부〉, 《역사비평》, 2011, 367~370면 참조.

143. 宋體

申承旨光洙詩曰: "白鳥烟中失, 靑山水底多." 其爲詩, 力追盛唐, 詆排宋體. 李鳳煥嘗以詩嘲之曰: "無爾過高排宋體, 偶然爲客出韓山." 盖謂出自僻鄕, 不知詩品也.

143. 송시체(宋詩體)

승지 신광수(申光洙)[212]의 시에 다음과 같은 구절이 있다.

흰 새는 안개 속으로 사라지고	白鳥烟中失
푸른 산은 강물 밑에 많아라[213]	靑山水底多

신광수는 시를 지을 때에 성당(盛唐)의 시를 힘써 추종하였고, 송시체(宋詩體)를 배격하였다. 이봉환(李鳳煥)[214]이 일찍이 시를 지어

---

212) 신광수(申光洙) : 1712~1775. 조선후기의 문인. 권2 주 44) 참조.

213) 흰 새는……많아라 : 《석북집》 권5, 〈소강(溯江)〉의 일부이다.(蒼然脩渚望, 日暮榜人歌. 白鳥烟中失, 靑山【一作峯】水底多. 撑篙防狼石, 連笮犯高蘿. 滃鬱龍門色, 明朝欲雨何.) 강준흠(姜浚欽, 1768~1833)의 《삼명시화(三溟詩話)》에는 이 시에 대한 채제공의 평이 실려 있다. 채제공은 이 시구를 듣고서 "이 어른은 고과(考課)에서 하등(下等)에 놓일 것이다." 라고 말하였다. 옆에 사람이 왜 그런가 하고 물으니 "이 두 구는 모두 허(虛)하고 실(實)이 없다. 그래서 이것으로 알 수 있는 것이다."라고 대답하였다. 그해 겨울 고과에서 과연 아래 등급에 놓였다. 강준흠 지음, 민족문학사연구소 한문분과 옮김, 《삼명시화》, 소명출판, 2006, 383면.

214) 이봉환(李鳳煥) : ?~1770. 조선후기의 문신. 본관은 전주, 자는 성장(聖章), 호는 우념재(雨念齋). 서얼 출신으로 영조 연간에 사마시에 합격하였으며, 영의정 홍봉한(洪鳳漢)의 천거로 관직에 나아가 양지현감(陽智縣監)을 역임하였다. 시인으로 명성이 높았으며 시체가 독특하여 '초림체(椒林體)'라 불렸다. 1770년(영조 46) 경인옥(庚寅獄)에 연루되어 고문을 받던 중 옥사하였다. 시집으로 《우념재시초》(한중연 장서각 소장)가 전한다.

그를 조롱하였다.

그대여 송시를 지나치게 배척하지 말게나　　無爾過高排宋體
한산[215]에서 나와 우연히 객이 된 것일 뿐이니　　偶然爲客出韓山

대개 신광수가 궁벽한 시골 출신이라 시의 품격을 알지 못한다고 조롱한 것이다.

144. 吃語體[216]

蘇東坡作吃語體. 然中國見·溪·羣, 分爲三聲. 我國語音, 亦分三聲, 而文字則合爲一聲, 吃語更易也. 嘉慶丙辰夏, 余在明禮坊, 蔡邇叔要作雜體諸詩, 余作吃語體曰: "僑居京國久, 奇傑見羣公. 客去枯琴挂, 禽歸古澗空. 舊交皆結契, 佳句豈求工. 旗鼓誇勍建, 孤軍敢建功."

144. 흘어체(吃語體)[217]

---

215) 한산(韓山) : 지금의 충청남도 서천군에 속한 고을 이름. 신광수는 한산 출신이다.

216) 吃語體 : 저본에는 이 144조 '吃語體'부터 153조 '回文'까지 삭제되어 있다. 다산 스스로 삭제한 것으로 보이나 시에 관한 다산 사유의 과정을 살필 수 있는 귀한 자료이므로 되 살렸다.

217) 흘어체(吃語體) : 일종의 시체(詩體)로, 글자는 흘구령(吃口令)과 같이 배치한다. 흘구령은 일종의 언어유희로 자음과 모음이 비슷한 글자를 반복 배치하여 발음하기 어렵게 해놓고, 상대방으로 하여금 잘못 발음하게 벌을 주는 놀이를 말한다. 흘어체는 중국 송나라의 소동파가 처음 지은 것으로 알려져 있는데, 소동파는 초성이 'ㄱ'으로 발음되는 글자만 나열하여 시를 완성하였다.(江干高居堅關局, 耕犍躬駕角掛經. 孤航繫舸菰茭隔, 笳鼓過軍鷄狗驚. 解襟顧景各箕踞, 擊劍高歌幾擧觥. 荊笄供膾愧攪聒, 乾鍋更戛甘瓜羹.《詩人玉屑》卷2)

소동파는 흘어체(吃語體)를 지었다. 그런데 중국에서 '견(見)'·'계(溪)'·'군(羣)'은 세 가지 소리로 구분되고 우리나라의 음운에서도 세 가지 소리로 구분되지만[218], 우리나라에서의 한자는 합하여 한 음절로 발음하기 때문에 흘어체를 짓기가 더욱 쉽다.

가경(嘉慶) 병진년(1791, 정조 15) 여름에 내가 명례방(明禮坊, 지금의 명동)에 있을 때, 채이숙(蔡邇叔)[219]이 잡체시 몇 편을 지어달라고 요구하여 나는 흘어체로 다음과 같은 시를 지었다.

도성에 기거한 지 오래되어	僑居京國久
걸출한 분들 여럿 만났네	奇傑見羣公
객이 떠나가니 마른 가야금 벽에 걸려있고	客去枯琴挂
새가 돌아가니 옛 골짜기 텅 비었네	禽歸古澗空
오랜 벗들 모두 사이좋게 지내니	舊交皆結契
아름다운 시구 어찌 교묘해지길 구하랴	佳句豈求工
기를 펄럭이고 북을 울려 강건함을 과시하니	旗鼓誇勍健
원군없는 군대로도 감히 공을 세우리라	孤軍敢建功

---

218) 중국에서……구분되지만 : 정약용의 《소학주관(小學珠串)》에 보면, "見溪羣疑, 謂之牙音."이라 하고 그 소주(小注)에 "겨 켸 큐 이"이라 하였다. 곧 '見·溪·羣·疑'의 발음이 서로 다르다는 것을 말한다.

219) 채이숙(蔡邇叔) : 조선후기 문신 채홍원(蔡弘遠, 1762~?)을 가리킨다. 이숙은 그의 자. 본관은 평강. 생부는 채민공(蔡敏恭)인데, 채제공(蔡濟恭)에게 입양되었다. 1792년(정조 16) 식년문과에 급제하였으며 홍문관 정자·이조참의·승정원 승지 등을 지냈다. 1801년(순조 1) 정순왕후(貞純王后)의 시파(時派)에 대한 탄압으로 말미암아 파직되고 이듬해 온성으로 유배되었다. 1805년 귀양이 풀려 부호군에 임용되었으나, 이후의 행적은 알 수 없다. 정약용과는 죽란시사(竹蘭詩社)를 결성하여 교유하였다.

145. 口字體

其口字體曰: "園逼敧嵒逈, 臺臨古磵鳴. 謳歌唯問俗, 詞藻豈沽名. 倚樹吟蟬過, 彈碁語燕驚. 避囂常磊落, 奇句向誰評."

145. 구자체(口字體)[220]

구자체로 지은 시는 다음과 같다.

동산은 우뚝 솟아 기운 바위에 가깝고	園逼敧嵒逈
누대는 물소리 울리는 오랜 시내에 임해 있네	臺臨古磵鳴
노래 부름은 오직 풍속을 알아보려는 것이니	謳歌唯問俗
글재주를 부려 어찌 명예를 구하랴	詞藻豈沽名
나무에 기대니 울던 매미 날아가고	倚樹吟蟬過
바둑알 놓는 소리에 지저귀던 제비 놀라네	彈碁語燕驚
시끄러운 세상 피하여 늘 활달한데	避囂常磊落
기이한 시구는 누구에게 평가 받을까	奇句向誰評

146. 五雜組體

蔡邇叔作五雜組體曰: "五雜組, 霞滿天. 往復還, 津頭船. 不獲已, 醉時眠." 余和之曰: "五雜組, 鳳舒翼. 往復還, 機梭織. 不獲已, 頭欲白." 余至康津, 又得五首錄于下.【此五首, 寄內詩也.】

五雜組, 春艸霏. 往復還, 朝日暉. 不得已, 客思歸.

五雜組, 雄雉飛. 往復還, 候鴈歸. 不得已, 朝攬衣.

五雜組, 穉子襦. 往復還, 傳書奴. 不得已, 女望夫.

---

220) 구자체(口字體) : 자세한 것은 알 수 없으나, 정약용이 지은 시로 볼 때 '口(입 구)'자가 들어간 글자만을 가지고 지은 시체를 말하는 것으로 보인다.

五雜組, 枕刺鳳. 往復還, 天涯夢. 不得已, 孩兒弄.
五雜組, 阿世文. 往復還, 趨時人. 不得已, 醉時嗔.

146. 오잡조체(五雜組體)[221]

채이숙(蔡邇叔)이 오잡조체로 시를 지었는데 다음과 같다.

오색 빛 어우러진	五雜組
노을이 하늘에 가득하네	霞滿天
갔다 다시 돌아오는	往復還
나루터의 배	津頭船
어쩔 수 없구나	不獲已
취해서 때로 잠드네	醉時眠

내가 이에 화답하여 지었다.

오색 빛 어우러진	五雜組
봉황이 날개를 펴네	鳳舒翼
갔다 다시 돌아오는	往復還
베틀의 북	機梭織
어쩔 수 없구나	不獲已
머리칼은 하얗게 세네	頭欲白

221) 오잡조체(五雜組體) : 고악부의 하나로 '오잡조(五雜組)'라고도 한다. 3언 6구로 되어 있는데 첫 번째 구에 '오잡조(五雜組)'라고 쓴 데서 그 명칭이 유래했다. 악부 본래 시는 다음과 같다. "五雜組, 岡頭草. 往復還, 車馬道. 不獲已, 人將老." 1구의 '五雜組', 3구의 '往復還', 5구의 '不獲已(또는 不得已)'가 반복되어 운율을 살리는 한편, 이 자체로도 의미를 가지고 있다. 최창대·유득공·이유원 등의 문집에서 오잡조체가 보인다.

내가 강진에 도착해 다시 다섯 수를 지었는데, 아래와 같이 기록해 둔다.【이 다섯 수는 아내에게 부친 시이다.[222]】

오색 빛 어우러진	五雜組
봄날의 풀 무성하네	春艸霏
갔다 다시 돌아오는	往復還
아침의 빛나는 햇살	朝日暉
어쩔 수 없구나	不得已
나그네 고향 가고픈 마음	客思歸

오색 빛 어우러진	五雜組
장끼가 날아오르네	雄雉飛
갔다 다시 돌아오는	往復還
소식 전하는 기러기	候鴈歸
어쩔 수 없구나	不得已
아침부터 옷을 걸치네	朝攬衣

오색 빛 어우러진	五雜組
어린 아이의 저고리	穉子襦
갔다 다시 돌아오는	往復還
편지 전하는 종	傳書奴
어쩔 수 없구나	不得已
아내는 남편을 그리워하네	女望夫

오색 빛 어우러진	五雜組

222) 이 다섯 수는……시이다 : 아내에게 보낸 시 5편 중 2·3·5수는《여유당전서》시문집 권4에도 수록되어 있다.

봉황을 수놓은 베개	枕刺鳳
갔다 다시 돌아오는	往復還
먼 곳의 임 그리는 꿈	天涯夢
어쩔 수 없구나	不得已
어린 아이의 장난	孩兒弄

오색 빛	五雜組
세상에 아부하는 글	阿世文
갔다 다시 돌아오는	往復還
시속에 영합하는 사람들	趨時人
어쩔 수 없구나	不得已
취했을 때 성내 꾸짖노라	醉時嗔

147. 兩頭纖纖體

丙辰夏所作曰: "兩頭纖纖將軍符, 半白半黑太極圖, 腷腷膊膊林墮烏, 磊磊落落雹如壺." 到康津, 又作六首曰: "兩頭纖纖別時月, 半白半黑愁中髮, 腷腷膊膊肝膈裂." "兩頭纖纖腰帶長, 半白半黑鵲羽張, 腷腷膊膊栗爆香." "兩頭纖纖機中梭, 半白半黑雪中鴉, 腷腷膊膊風打花." "兩頭纖纖門前灣, 半白半黑墨畫山, 腷腷膊膊裂帛紈." "兩頭纖纖池中鯽, 半白半黑雲間月, 腷腷膊膊繅車聳." "兩頭纖纖一年氣, 半白半黑世間事, 腷腷膊膊熱客志."

147. 양두섬섬체(兩頭纖纖體)[223]

---

223) 양두섬섬체(兩頭纖纖體) : 잡체시(雜體詩)의 일종. 고악부에 무명씨의 시가 있는데, 첫 구에 "兩頭纖纖"이란 말을 붙인 데서 명칭이 유래하였다. 후대 사람들이 이 시체를 모방하여 짓다보니, 시체의 하나가 되었

병진년(1796, 정조 20) 여름에 지은 시이다.

양 끝이 가늘고 가는 장군의 부절　兩頭纖纖將軍符
반은 희고 반은 검은 태극도　半白半黑太極圖
까악까악 숲에 내려앉는 까마귀　腷腷膊膊林墮烏
후두두둑 쏟아지는 호리병만한 우박　磊磊落落雹如壺

강진에 도착하여 또 여섯 수[224]를 지었다.

양 끝이 가느다란 이별할 때의 달　兩頭纖纖別時月
반은 희고 반은 검은 시름 속의 머리털　半白半黑愁中髮
쫘악쫘악 찢어지는 가슴　腷腷膊膊肝膈裂

양 끝이 가느다란 길다란 허리띠　兩頭纖纖腰帶長
반은 희고 반은 검은 까치의 펼친 날개　半白半黑鵲羽張
툭툭 터지는 불속의 향기로운 밤알　腷腷膊膊栗爆香

양 끝이 가느다란 베틀 속의 북　兩頭纖纖機中梭
반은 희고 반은 검은 눈 속의 갈까마귀　半白半黑雪中鴉
살랑살랑 꽃을 흔드는 바람　腷腷膊膊風打花

양 끝이 가느다란 문 앞의 물굽이　兩頭纖纖門前灣

다. 이 시체는 '兩頭纖纖' 외에도 '半白半黑', '腷腷膊膊', '磊磊落落' 등의 의태어나 의성어를 시구의 앞에 붙인다. 최창대, 이덕무, 박제가, 김조순, 이학규의 문집에서 양두섬섬체가 보인다.

224) 여섯 수 : 여섯 수중에 《여유당전서》 시문집 제4권, 〈양두섬섬(兩頭纖纖)【寄妻子】〉에 1·4·6수가 수록되어 있다. 다만 제1수의 3구 마지막 3자가 "魚笱發"로 되어 있다.

반은 희고 반은 검은 수묵화의 산　半白半黑墨畵山
찌익찌익 찢어지는 비단　腷腷膊膊裂帛紈

머리와 꼬리 양 끝이 뾰족한 못 속의 붕어　兩頭纖纖池中鯽
반은 희고 반은 검은 구름 사이의 달　半白半黑雲間月
삐걱삐걱 물레의 비녀장　腷腷膊膊繅車轄

양 끝이 가느다란 한 해의 기운　兩頭纖纖一年氣
반은 희고 반은 검은 세상의 일　半白半黑世間事
콩닥콩닥 관직을 구하는 객의 마음　腷腷膊膊熱客志

148. 建除體

丙辰夏, 又作建除體曰: "建杓南轉日中天, 除却衣巾臥石邊. 滿院花香添薄醉, 平林霞氣對孤眠. 定巢自恨鄰湫隘, 執熱常懷濯水泉. 破壁迎風垂柳外, 危樓待月老槐前. 成雲不見蛟龍運, 收雨空瞻螮蝀懸. 開府參軍誰得似, 閉門深處作詩仙."

148. 건제체(建除體)[225]

병진년(1796) 여름에 다시 건제체(建除體)를 지었다.

---

225) 건제체(建除體) : 잡체시의 일종으로 중국 남조(南朝) 송(宋) 나라의 시인 포조(鮑照)가 처음 지었다. 옛날에 술수가들은 천문(天文)의 십이진(十二辰) 자(子)·축(丑)·인(寅)·묘(卯)·진(辰)·사(巳)·오(午)·미(未)·신(申)·유(酉)·술(戌)·해(亥)를, 인사상(人事上)의 건(建)·제(除)·만(滿)·평(平)·정(定)·집(執)·파(破)·위(危)·성(成)·수(收)·개(開)·폐(閉)에 대응시켜 길흉화복(吉凶禍福)을 점쳤다. 포조가 24구의 시를 지으면서 1구의 첫 글자에 '건(建)', 2구에 '제(除)' 등의 글자를 차례로 놓았던 데서 유래하였다.

북두성 자루 남쪽을 향하고[226] 해가 중천에 뜨니	建杓南轉日中天
옷과 두건 벗어던지고 바위 옆에 눕노라	除却衣巾臥石邊
뜰 가득한 꽃향기에 옅은 취기 더하고	滿院花香添薄醉
숲 속 노을 기운 마주한 채 홀로 잠든다	平林霞氣對孤眠
보금자리 정할 때엔 이웃보다 낮고 좁음 한스럽고	定巢自恨鄰湫隘
뜨거운 것 잡을 때면 찬 물에 담글 일 늘 생각나네	執熱常懷濯水泉
수양버들 바깥 무너진 담에서 바람을 맞이하고	破壁迎風垂柳外
늙은 홰나무 앞 높은 누각에서 달을 기다리네	危樓待月老槐前
구름은 피어나도 교룡은 보이지 않는데	成雲不見蛟龍運
비 갠 뒤 무지개만 부질없이 바라본다	收雨空瞻蝃蝀懸
유개부와 포참군[227]을 누가 닮을 수 있을까	開府參軍誰得似
문 닫고 그윽한 곳에 들어앉아 시선이 되어야지	閉門深處作詩仙

149. 藥名體

其藥名體曰: "浪跡浮萍自任情, 斗南星彩照王京. 詩如李杜冲融結, 文與歐蘇合沓爭. 撲地榆陰移枕簟, 滿天花氣鬪軒楹. 木瓜擬受瓊琚報, 續斷郵筒屢遣伻." ○ "殘蟬退響鶻呼羣, 鬱鬱金盤暑氣薰. 霧捲九天雄赤日, 波蒸七澤瀉紅雲. 陰陰晩木香微動, 歷歷晴川練遠分. 秋至會當歸帆挂, 應甘艸野老耕耘." ○ 又代人作曰: "回首靑山藥艸滋, 白頭翁

226) 북두성의……향하고 : '표건(杓建)'이라는 말이 있는데, 이는 북두성의 자루 부분이 가리키는 방향으로 사시(四時)나 절기를 확정하는 것을 말한다. 자루가 남쪽을 향하는 것은 여름을 뜻한다.

227) 유개부(庾開府)와 포참군(鮑參軍) : 개부의동삼사(開府儀同三司) 벼슬을 지낸 유신(庾信)과 참군(參軍) 벼슬을 지낸 포조(鮑照)를 가리킨다. 두보(杜甫)는 〈춘일억이백(春日憶李白)〉이라는 시에서 이백을 두고 "청신함은 유개부의 시와 같고, 준일함은 포참군의 시와 같네.[淸新庾開府, 俊逸鮑參軍]"라 하였다.

不世情宜. 聽蟬退暑眠松檻, 伐木通豁週竹籬. 小竈烟沈香茗熟, 斷溪苔滑石橋危. 斜陽聞笛牽牛子, 滿地楡陰坐拄頤."

149. 약명체(藥名體)[228]

약명체로 지은 시는 다음과 같다.

떠도는 부평초처럼 뜻 가는 대로 맡기노니	浪跡浮萍自任情
북두성 남쪽[229]으로 별빛이 왕성을 비추네	斗南星彩照王京
시에는 이백 두보처럼 온화한 기운이 서려있고	詩如李杜冲融結
문장은 구양수 소동파와 함께 겨룬다네	文與歐蘇合沓爭
땅에 깔린 느릅나무 그늘 잠자리로 들어오고	撲地楡陰移枕簟
온 하늘의 꽃기운에 대청마루 열리네	滿天花氣闢軒楹
모과를 주고 경거(瓊琚)를 받고자 하여[230]	木瓜擬受瓊琚報
잇달아 편지 써서 하인 시켜 자주 올리네	續斷郵筒屢遣伻

매미 소리 잦아드니 까치가 무리를 부르고	殘蟬退響鵲呼羣

---

228) 약명체(藥名體) : 매 구에 약 이름을 하나씩 넣어 지는 시체를 말한다. 박상, 정홍명, 남용익, 이의현, 채팽윤 등의 문집에도 보인다. 정약용이 지은 시에 쓰인 약 이름은 다음과 같다. 제1수: 부평(浮萍), 남성(南星), 두충(杜冲), 소합(蘇合), 지유(地楡), 천화(天花), 모과(木瓜), 속단(續斷). 제2수: 선퇴(蟬退), 울금(鬱金), 천웅(天雄), 택사(澤瀉), 목향(木香), 천련(川練), 당귀(當歸), 감초(甘艸). 제3수: 산약(山藥), 백두옹(白頭翁), 선퇴(蟬退), 목통(木通), 침향(沈香), 활석(滑石), 견우자(牽牛子), 지유(地楡).

229) 북두성 남쪽[斗南] : 북두성(北斗星)은 하늘의 북쪽에 있으므로 북두의 남쪽이란 천하를 말한다.

230) 모과를……하여 : 남이 모과와 같은 사소한 선물을 준 것에 대한 답례로, 소중한 경거(瓊琚)를 보낸다는 뜻이다. 경거는 아름다운 옥을 말한다. 《시경·목과(木瓜)》에 "나에게 모과를 던져 주기에, 경거로 보답하였네.[投我以木瓜, 報之以瓊琚.]"라는 구절이 있다.

이글거리는 태양에 더위가 찌는 듯하네	鬱鬱金盤暑氣薰
안개 걷힌 높은 하늘로 붉은 해가 우뚝하니	霧捲九天雄赤日
끓는 듯한 칠택[231]에 붉은 구름 쏟아내네	波蒸七澤瀉紅雲
어둑한 저물녘 나무는 은은히 향기를 퍼뜨리고	陰陰晩木香微動
또렷한 맑은 시내는 멀리 비단 펼쳐놓네	歷歷晴川練遠分
가을 되면 마땅히 고향으로 돌아가는 배 띄워	秋至會當歸帆挂
기꺼이 초야에서 농사지으며 늙어가리라	應甘艸野老耕耘

또 다른 사람을 대신하여 지었다.

고개 돌려보니 청산엔 약초가 무성하고	回首靑山藥艸滋
머리 센 늙은이 세상 물정 마뜩하지 않아	白頭翁不世情宜
더위 피해 솔난간에서 매미소리 들으며 자노니	聽蟬退暑眠松檻
나무 베어 시내로 길 내고 대 울타리 둘렀네	伐木通谿週竹籬
작은 부뚜막에 연기 자욱하니 향차를 달이고	小竈烟沈香茗熟
벼랑 밑 시내 이끼 미끄러워 돌다리 위태롭네	斷溪苔滑石橋危
석양 속에 들리는 목동의 피리소리	斜陽聞笛牽牛子
땅에 가득한 느릅나무 그늘에 턱 괴고 앉았네	滿地楡陰坐拄頤

150. 人名體

其人名體曰: "蕭蕭何處白蘋洲, 波靜風徐樂事優. 老石奮雲天半直, 大江充壑月中流. 園收早李尋幽徑, 簾近垂楊敞小樓. 蹇衛靑門誰與去, 山樵水汲黯生愁."【右西漢】

231) 칠택(七澤) : 중국 초나라의 일곱 연못을 말하는데, 보통 악양(岳陽)의 삼강(三江)과 운몽택(雲夢澤)을 가리킨다. 여기서는 안개가 걷히자 호수의 물결에 햇빛이 찬란하게 넘실대는 광경을 표현한 것이다.

○又曰: "朝來簾幙射朱暉, 陸續蟬吟動竹扉. 欲學阮劉寬志趣, 敢思伊呂布光輝. 泉飛石竇融淸液, 雲捲山樓望翠微. 匹馬援琴何所待, 澤梁鴻鴈早秋飛."【右東漢】

150. 인명체(人名體)[232]

인명(人名)을 넣어 지은 시는 다음과 같다.

고요한 어느 곳이 하얗게 마름꽃 핀 물가인가　蕭蕭何處白蘋洲
물결 잔잔 바람 솔솔 즐거운 일 많아라　波靜風徐樂事優
오래된 바위는 구름 뚫고 중천에 우뚝 솟았고　老石奮雲天半直
큰 강은 골짜기 채우고 달빛 속에 흘러가네　大江充壑月中流
오솔길 찾아들어 과수원에서 햇자두 따고　園收早李尋幽徑
작은 누각은 탁 트이어 주렴이 수양버들에 가깝네　簾近垂楊敞小樓
절룩거리는 당나귀 타고 뉘와 동문을 벗어날까　蹇衛靑門誰與去
나무하고 물 길으려니 남몰래 근심이 일어나네　山樵水汲黯生愁

【서한(西漢)의 인물[233]】

○ 또 다음과 같이 지었다.

아침이 되자 주렴에 햇살이 쏟아지고　朝來簾幙射朱暉
언덕에 쉼 없는 매미소리 대 사립문 흔들어대네　陸續蟬吟動竹扉
완적과 유령[234]의 느긋한 지취 배우고자 할뿐　欲學阮劉寬志趣

232) 인명체(人名體) : 자세한 것은 알 수 없으나, 정약용이 지은 시로 보아 매구마다 사람의 이름을 넣은 지은 시를 말하는 것으로 보인다. 장유, 남용익 등의 문집에도 보인다.

233) 서한의 인물 : 위 시에 등장하는 인명은 소하(蕭何), 서락(徐樂), 석분(石奮), 왕충(江充), 이심(李尋), 양창(楊敞), 위청(衛靑), 급암(汲黯)이다.

이윤과 여상[235]의 빛나는 공적 감히 생각하리오	敢思伊呂布光輝
샘물 솟구치는 바위틈에는 맑은 물이 나오고	泉飛石竇融淸液
구름 걷힌 산의 누각에서 푸른 산 빛 바라보네	雲捲山樓望翠微
필마 타고 거문고 뜯으며 무얼 기다리는가?	匹馬援琴何所待
택량(澤梁)[236]의 기러기가 초가을에 날아오네	澤梁鴻鴈早秋飛

【동한(東漢)의 인물[237]】

151. 郡名體

其郡名體曰: "晝永平郊艸色暄, 釣舟閒繫綠楊根. 花陰竹影開三徑, 山抱川廻作一村. 雲積城頭瞻魏闕, 路通津口接仙源. 桑麻田裏都無事, 河朔寧辭倒十樽."【右京畿】

○又曰: "炎霧長連碧海邊, 坡平山色拂征鞭. 歸程未信川原阻, 鄕里應安岳牧宣. 漢瑞興謠獜角出, 周文化俗兎罝賢. 旅遊十載寧無苦, 酒瓮津津倒別筵."

---

234) 완적(阮籍)과 유령(劉伶) : 죽림칠현으로 일컬어졌던 인물들이다. 죽림칠현은 중국 위(魏)·진(晉)의 정권교체기에 부패한 정치권력에는 등을 돌리고 죽림에 모여 거문고와 술을 즐기며 청담(淸談)으로 세월을 보낸 7명의 명사를 말한다.

235) 이윤(伊尹)과 여상(呂尙) : 이윤은 탕왕(湯王)을 도와 하(夏)나라의 걸(桀)을 멸하고 은(殷)나라를 세우는 데에 큰 공을 세웠다. 여상은 곧 강태공(姜太公)으로 주나라 무왕(武王)을 도와 은나라의 주(紂)를 몰아내고 주나라를 세우는 데 큰 공을 세웠다.

236) 택량(澤梁) : 못에 설치한 어량(魚梁)이다. 물살을 돌 따위로 가로막고 물이 한 곳으로 흐르게 하여 통발이나 살 따위를 놓아 고기를 잡았다.

237) 동한의 인물 : 위 시에 등장하는 인명은 주휘(朱暉), 육적(陸績), 유관(劉寬), 여포(呂布), 두융(竇融), 누망(樓望), 마원(馬援), 양홍(梁鴻)이다.

151. 군명체(郡名體)[238]

고을 이름을 넣어 지은 시는 다음과 같다.

날이 길어지니 너른 교외에는 풀빛이 따사롭고	晝永平郊艸色暄
낚싯배는 일없이 초록 버드나무 뿌리에 매어 있네	釣舟閒繫綠楊根
꽃 그늘 대 그림자 새로 세 갈래 길[239]을 따라가니	花陰竹影開三徑
산이 두르고 내가 휘감는 곳에 마을 하나가 있네	山抱川廻作一村
구름 쌓인 성 머리에서 대궐[240]을 바라보고	雲積城頭瞻魏闕
길은 나루터와 통하여 선원[241]과 닿아 있네	路通津口接仙源
뽕밭 삼밭에는 도무지 할 일이 없으니	桑麻田裏都無事
하삭(河朔)에서 술 실컷 마시는 것[242] 어찌 마다하랴	河朔寧辭倒十樽

【경기의 지명[243]】

---

238) 군명체(郡名體) : 매구마다 고을 이름을 넣어서 지은 시를 말하는 것으로 보인다.

239) 세 갈래 길[三徑] : 은자(隱者)의 뜰을 말한다. 중국 한나라 장후(蔣詡)가 병을 핑계로 고향에 은거하며, 정원에 송(松)·죽(竹)·국(菊)을 심은 작은 길 세 개를 내고 구중(求仲)·양중(羊仲)과 교유했다는 고사에서 온 말이다. 도연명(陶淵明)은 〈귀거래사(歸去來辭)〉에서 이 고사를 인용하여 "삼경은 황폐해졌어도, 솔과 국화는 그대로 남아 있네.[三徑就荒, 松菊猶存.]"라고 하였다.

240) 궁궐 : 원문의 '위궐(魏闕)'은 궁문 밖 양쪽에 있는 누관으로 궁궐을 가리킨다.

241) 선원(仙源) : 도교에서 말하는 신선 세계. 구체적으로는 중국 진나라 도연명(陶淵明)이 〈도화원기(桃花源記)〉에서 그린 이상향을 말한다.

242) 하삭(河朔)에서……마시는 것 : 하삭음(河朔飮). 더위를 피해 술을 마시며 즐겁게 노는 것을 말한다. 하삭은 황하 이북 지방을 말하는데, 후한 말에 유송(劉松)이 원소(袁紹)의 자제들과 함께 하삭에서 삼복더위에 밤낮으로 술을 마셨다는 고사에서 유래하였다.

243) 경기의 지명 : 위 시에 등장하는 고을 이름은 영평(永平), 양근(楊根, 지금의 양평과 양근), 음죽(陰竹, 지금의 이천), 포천(抱川), 적성(積城, 지

또 다음과 같은 시를 지었다.[244)]

더운 기운 푸른 바닷가에 길게 이어졌고	炎霧長連碧海邊
구릉의 산색은 말 채찍질을 재촉하네	坡平山色拂征鞭
돌아갈 기약이 없음은 산천이 막혀서요	歸程未信川原阻
고향이 편안함은 수령[245)]이 잘 다스려서라네	鄕里應安岳牧宣
한의 상서로움은 동요에서 일어나 종실이 번성하고[246)]	漢瑞興謠獜角出
주 문왕의 교화로 재야에서 현자가 나왔다네[247)]	周文化俗兎罝賢
나그네 생활 십 년에 어찌 고생이 없으랴	旅遊十載寧無苦
동이에 술 가득하니 이별 자리에서 술잔을 기울이네	酒甕津津倒別筵

152. 離合體

余始至康津, 戱爲離合藏頭詩體. 〈詠月〉云: "風來雨去作淸宵, 月色婆娑上柳腰. 要見玉輪眠忽起, 已登銀浦首頻翹. 羽聲過屋棲鴉集, 木影

금의 파주), 통진(通津, 지금의 김포), 마전(麻田), 삭녕(朔寧)이다.

244) 또 다음과……지었다 : 아래의 시에 등장하는 고을 이름은 장련(長連), 평산(平山), 신천(信川), 안악(安岳), 서흥(瑞興), 문화(文化), 재녕(載寧), 옹진(甕津, 곧 瓮津)인데, 모두 황해도의 고을 이름이다.

245) 수령 : 원문의 '악목(岳牧)'은 요순(堯舜) 때의 사악(四岳)과 십이목(十二牧)의 약칭으로, 한 지역의 장관(長官)의 뜻으로도 쓰인다.

246) 한의……번성하고 : 한나라 왕업이 일어날 조짐이 동요를 동해 느러났다는 뜻이다. 인각(獜角)은 왕실과 제후의 번성함을 말하는데, 《시경·인지지(麟之趾)》에 "기린의 뿔이여, 인후한 공족이로다[麟之角, 振振公族.]"에서 유래한 말이다.

247) 주 문왕의……나왔다네 : 원문의 '토저(兎罝)'는 토끼를 잡는 그물을 말하는데, 또한 《시경》 〈주남(周南)〉의 편명이기도 하다. 이 시는 문왕(文王)의 후비의 덕화(德化)로 현자가 많음을 노래한 시로, 재야의 현인을 뜻하는 말로 쓰인다.

交庭宿鵲搖. 正憶綠牕無寐地, 也應含淚念蓬飄."

152. 이합체(離合體)[248]

내가 막 강진에 도착했을 때 장난삼아 이합장두시체(離合藏頭詩體)를 지었는데, 〈영월(詠月)〉은 다음과 같다.

바람 불고 비 개어 맑은 밤이 되니	風來雨去作淸宵
너울너울 달빛이 버들 허리에 오르네	月色婆娑上柳腰
달을 보려고 문든 잠에서 깨니	要見玉輪眠忽起
달은 이미 은하수로 올라 자주 머리를 들어보네	已登銀浦首頻翹
지붕 위 푸드득 소리는 까마귀떼 모여드는 소리요	羽聲過屋棲鴉集
뜰에 뒤엉킨 나무 그림자는 까치가 흔든 것이라네	木影交庭宿鵲搖
마침 생각하니 규방의 잠 못 이루는 곳에서	正憶綠牕無寐地
응당 눈물 머금고 떠도는 신세 근심하겠지	也應含淚念蓬飄

153. 回文

又爲回文體曰: "中田暮色艸綿綿, 杖策復吟小塢前. 風動竹時醒薄酒, 日窺簾處起初眠. 匆匆客夢雙蝴舞, 杳杳家書一鴈傳. 窮海瘴鄕思轉輾, 東牕綠柳帶霏烟[249]."

---

248) 이합체(離合體) : 이합체와 장두체를 아울러 이합장두시체(離合藏頭體)라 한다. 일반적으로 이합체는 글자를 따로 떼어 다시 합쳤을 때 하나의 글자를 이루는 시를 의미하고, 장두체는 말 그대로 머리를 감춘 것으로 매 구 첫 글자를 그 앞 구 끝 글자의 일부로 사용하는 것을 말한다. 정약용이 말한 '이합장두체시'는 '장두체'를 의미하는 것으로 보이며, 따라서 '이합'이란 말은 단순히 '합쳐져 있던 것을 떼어낸다.'는 의미로 사용된 듯하다. 정약용이 지은 시를 예로 들어 보면 1구의 마지막 글자인 '소(宵)'의 일부인 '월(月)'을 2구의 첫 글자로 사용하였다.

153. 회문체(回文體)[250]

또 회문체(回文體)로 지은 시는 다음과 같다.

〈내리읽기〉

中田暮色艸綿綿　저물녘 밭 가운데 풀이 무성한데
杖策復吟小塢前　지팡이 짚고 작은 언덕 앞에서 다시 시를 읊네
風動竹時醒薄酒　바람이 대나무 흔들 때 취기에서 깨어나고
日窺簾處起初眠　햇살 주렴사이로 들어오는 곳에서 잠을 깨네
匆匆客夢雙蝴舞　어수선한 나그네 꿈에 짝지은 나비 춤추고
杳杳家書一鴈傳　아득한 고향집 편지 한 마리 기러기가 전해주네
窮海瘴鄉思轉輾　궁벽한 남쪽 바다 마을에서 그리움에 뒤척이는데
東牕綠柳帶霏烟　동쪽 창문 푸른 버드나무엔 안개가 자욱하네

〈치읽기〉

烟霏帶柳綠牕東　안개 낀 버드나무 동쪽 창가에 푸른데
輾轉思鄉瘴海窮　궁벽한 남쪽 바다에서 고향 생각에 뒤척이네
傳鴈一書家杳杳　기러기가 전해주는 편지 한 통 고향 집은 아득하고
舞蝴雙夢客匆匆　쌍쌍으로 춤추는 나비 꿈에 나그네 마음 어수선하네
眠初起處簾窺日　자다가 막 일어난 곳에서 주렴 사이로 해를 엿보고
酒薄醒時竹動風　취기에서 깬 때에 대나무가 바람에 흔들리네
前塢小吟復策杖　앞 언덕에서 잠시 읊조리다 다시 지팡이 짚고 가는데
綿綿艸色暮田中　무성한 풀빛은 저물녘 밭 가운데 있구나

---

249) 霏烟 : 底本에 “烟霏”로 되어 있다. 韻字에 근거하여 수정하였다.

250) 회문체(回文體) : 마지막 구 마지막 글자로부터 거꾸로 읽어도 뜻이 통하고 평측(平仄)과 운(韻)이 맞는 시를 말한다.

154. 金井詩讖

余於甲寅八月五日夜, 與南皐同坐竹欄賦詩. 有一詩曰: "金井寒烟鎖碧梧, 轆轤聲斷度啼烏. 偏知日沒星生際, 銷得黃昏一刻殊." 南皐稱其警切. 越明年乙卯秋, 余謫金井, 驛樓前果有碧梧一株. 而謫居以來, 唯黃昏一刻最, 苦意忽忽有悟, 疑世間萬事, 總有前定. 遂感作一首, 以和前詩曰: "秋風吹入碧梧枝, 金井欄頭日暮時. 暫就驛樓成薄醉, 一彎新月度簾遲."

154. 금정시참(金井詩讖)

나는 갑인년(1794, 정조 18) 8월 5일 밤에 남고(南皐)[251]와 함께 죽란(竹欄)[252]에 앉아서 시 한 수 지었다. 시는 다음과 같다.

가을 날 우물[253] 차가운 안개 벽오동을 감싸고	金井寒烟鎖碧梧
두레박 소리 끊기자 까마귀 울며 지난다	轆轤聲斷度啼烏
다만 알겠거니 날 저물고 별이 뜰 즈음	偏知日沒星生際
황혼의 짧은 시간 사그러져 다함을	銷得黃昏一刻殊

남고는 대단히 빼어난 시라고 칭탄하였다.

그 이듬해 을묘년(1795) 가을에 나는 금정(金井)으로 좌천되어 갔는데[254], 금정역 누각 앞에 과연 벽오동 한 그루가 있었다. 그리고

251) 남고(南皐) : 조선후기의 문신 윤지범(尹持範, 1752~1846)을 가리킨다. 권2 주 117) 참조.

252) 죽란(竹欄) : 정약용이 살던 서울 집을 말한다. 정약용은 서울 명례방에 살 때, 마당 한쪽에 화단을 만들고 대나무 울타리[竹欄]를 둘렀기에 이런 이름을 붙였다. 이곳에서 종종 시회를 가졌는데, 이를 '죽란시사(竹欄詩社)'라 불렀다.

253) 가을 날 우물 : 원문은 '금정(金井)'인데, 금(金)은 오행에서 가을에 해당하기 때문에 '가을 날 우물'로 번역하였다.

좌천되어 이곳에 온 뒤로 유독 황혼 무렵의 시각이 가장 괴로웠다. 문득 세상만사에는 모두 미리 정해진 길이 있는 게 아닌가 하는 생각이 들었다. 마침내 감회가 있어 시 한 수 지어 예전 시에 화답하였다.

가을바람이 벽오동 가지에 불어오니	秋風吹入碧梧枝
금정역 난간가에 해 저무는 때로다	金井欄頭日暮時
잠시 역루에 올라 술 한 잔 하노라니	暫就驛樓成薄醉
막 뜬 초승달이 더디 주렴을 지나가네	一彎新月度簾遲

155. 童謠[255)]

我國童謠, 言多鄙俚, 無以傳後. 余嘗取其一二, 飜譯成文, 居然可觀. 其桂樹謠曰: "風莫吹, 桂樹葉凋零. 歲月莫輕逝, 父母漸高齡." ○其驅雀謠曰: "上平雀下平雀, 天池古坡綠頭雀. 汝家裏今㕑子落, 麾歟麾歟勿來啄." ○其剝栗謠曰: "一升栗置皮閣, 烏頭鼠兒盡剝蝕, 遺下一顆朽. 皮也獻父, 膜也獻母. 我與爾肉也食."

155. 동요(童謠)

우리나라의 동요는 말이 대부분 촌스럽기 때문에 후세에 전할 것이 없다. 내 한번은 동요 중에서 한두 편을 취하여 번역하여 글로 만들었는데 뜻밖에도 볼 만하였다.

계수나무 노래[桂樹謠]는 이러하다.

---

254) 금정으로……갔는데 : 금정은 충청도 서부 지역을 연결하는 역로로, 지금의 충남 청양군 남양면 금정리에 해당한다. 정약용은 1795년(정조 19) 7월, 조선에 몰래 입국한 주문모(周文謨) 신부 사건에 연루되어 충청도 금정 찰방(金井察訪)으로 좌천되었다.

255) 童謠 : 저본에는 다산이 한 것으로 보이는 삭제 표시가 있다.

바람아 부지 마라	風莫吹
계수나무 잎 떨어질라	桂樹葉凋零
세월아 가지 마라	歲月莫輕逝
우리 부모 늙으실라	父母漸高齡

참새를 쫓는 노래[驅雀謠]는 이러하다.

위쪽 참새 아래쪽 참새	上平雀下平雀
천지 가 묵은 비탈에 녹두새야	天池古坡綠頭雀
너의 집에 지금 두레박 떨어진다	汝家裏今戽子落
훠이훠이 우리 나락 쪼지 마라	麾欶麾欶勿來啄

밤 까는 노래[剝栗謠]는 이러하다.

밤 한 되를 시렁에 두었더니	一升栗置庋閣
새까만 생쥐 놈이 다 까먹고	烏頭鼠兒盡剝蝕
썩은 밤 알 하나 남겨놓았네	遺下一顆朽
껍질은 아버지 드리고	皮也獻父
속껍질은 어머니 드리고	膜也獻母
알맹이는 나랑 너랑 먹자구나	我與爾肉也食

156. 玉連環[256)]

余與南皐對雨, 爲玉連環體曰: “平郊烟雨細, 田隴晩來晴. 靑艸麥花昡, 玄蟬著樹鳴. 烏含山菓大, 人倚水樓明. 月滿天應霽, 齊來對畵枰.”

---

256) 玉連環 : 저본에는 다산이 한 것으로 보이는 삭제 표시가 있다.

156. 옥련환체(玉連環體)[257]

남고(南皐)와 함께 비를 바라보다가 옥련환체로 시를 지었다.

들판에 안개비 흩뿌리더니	平郊烟雨細
밭두둑에 해 저물 즈음 맑게 개었다네	田隴晩來晴
풀과 꽃 어우러져 알록달록하고	靑艸交花眩
검은 매미는 나무에 달라붙어 우네	玄蟬著樹鳴
새는 커다란 산과실을 입에 물었고	鳥含山菓大
사람은 달 밝은 물가 누각에 기대었네	人倚水樓明
보름달 뜨면 하늘이 응당 맑게 갤 터이니	月滿天應霽
함께 마주 앉아 바둑 한판 두어 보세나	齊來對畵枰

157. 池閣詩

余於谷山池閣, 次晦翁韻云: "池面和風小檻開, 泳鱗游翼共徘徊, 使君於此勤涵養, 徐應公堂萬物來." 李監司義駿謂余曰: "'涵養'處下'勤'字不得. 苟使涵養太勤, 非勿忘勿助長之意, 以'須'字易之." 其言甚好, 余從之.

157. 못가 누각에서 지은 시

내가 곡산(谷山)[258]의 못가 누각에서 회옹(晦翁)[259]의 시에 차운하

257) 옥련환체(玉連環體) : 옥련환은 본래 여러 개의 옥을 연결시켜 만든 고리이다. 옥련환체는 여러 개의 옥이 연결되어 있는 것처럼, 앞 구 혹은 앞 시의 마지막 글자 가운데 일부를 그 다음 구 혹은 다음 시의 첫 글자로 하는 시이다. 고리처럼 연결되어 있다고 해서 옥련환체라 하고, 또 다음 구의 첫 글자가 앞 구의 맨 끝에 감춰져 있다고 하여 장두체(藏頭體)라고도 한다.

258) 내가 곡산(谷山) : 정약용은 1797년(정조 21)에 윤6월 황해도 곡산부사

였는데 다음과 같다

못엔 따슨 바람 불고 작은 난간 활짝 열려	池面和風小檻開
헤엄치는 물고기 날아다니는 새 함께 오가네	泳鱗游翼共徘徊
사또가 이곳에서 부지런히 함양한다면	使君於此勤涵養
서서히 공당(公堂)에 만물이 찾아오리	徐應公堂萬物來

감사 이의준(李義駿)[260]이 나에게 이렇게 말하였다.

"'함양(涵養)'이라는 말 앞에 '근(勤)' 자를 두는 것은 좋지 않네. 만약 함양을 지나치게 부지런히 한다면, 잊지도 말고 조장하지 말라는 뜻[261]에 어긋나네. '수(須)' 자로 바꾸는 것이 좋겠네."

그 말씀이 매우 훌륭하여 나는 그대로 따랐다.

(谷山府使)로 가서 1799년(정조 23)까지 약2년 간 봉직하였다. 부임 이듬해에 정약용은 연못을 파고 정자를 세웠다고 한다.

259) 회옹(晦翁) : 중국 남송의 성리학자인 주희(朱熹)를 가리킨다. 회옹은 그의 호. 정약용이 차운한 주희의 시는 〈관서유감(觀書有感)〉의 첫째 수이다.("半畝方塘一鑑開, 天光雲影共徘徊. 問渠那得淸如許, 爲有源頭活水來.")

260) 이의준(李義駿) : 1738~1798. 조선후기의 문신. 본관은 전주, 자는 중명(仲命). 관직은 부교리·종성부사·대사간을 역임하였으며, 1798년(정조 22) 황해도관찰사로 재직 중 병사하여 당시 정조의 애도를 받았다. 저서로는 정조의 명을 받아 편수한《존주휘편(尊周彙編)》, 이가환과 함께 편집한《기전고(箕田攷)》 등이 있다.

261) 잊지도……말라는 뜻 : 호연지기를 기르는 함양 공부는 급하게 서둘러서는 안 되며, 차근차근 쌓아야 한다는 뜻이다.《맹자·공손추 상》에 "반드시 호연지를 기름에 종사하되 미리 기필치 말아서, 마음으로 잊지도 말고 조장하지도 말아야 한다.[必有事焉而勿正, 心勿忘, 勿助長也.]"라 하였다.

158. 澀體

權霞溪【名愈, 官大提學.】文多變易, 地名官名, 多不可考, 世稱澀體. 唐徐彦伯, 亦有此病, 以龍門爲虯戶, 以金谷爲銑溪, 以芻狗爲卉犬, 以竹馬爲篠驂, 以風牛爲飇犢. 後進效之, 名曰澀體.

○樊翁嘗語余曰: "霞溪囊中有小帖子, 人莫得見. 盖抄取《漢書》中古文僻字竝其箋釋, 藏之. 每作人家文字, 一篇用數字, 經用者, 句去之後, 用他字.

158. 삽체(澀體)[262]

권하계(權霞溪)[263]【이름은 유(愈)이고 관직은 대제학에 이르렀다.】는 글을 지을 때 글자를 바꾸어 쓰는 경우가 많아, 글에 나오는 지명과 관명을 상고할 수 없는 것이 허다하였다. 세상 사람들은 이를 '삽체'라고 불렀다.

당나라 서언백(徐彦伯)[264]도 이러한 병통이 있었는데, '용문(龍門)'을 '규호(虯戶)'라 하고, '금곡(金谷)'을 '선계(銑溪)'라 하고, '추구(芻狗)'[265]를 '훼견(卉犬)'이라 하고, '죽마(竹馬)'를 '소참(篠驂)'이라 하고,

---

262) 삽체(澀體) : 해독하기 어려운 어휘나 문장을 사용한 까다로운 문체를 말한다.

263) 권하계(權霞溪) : 조선후기의 문신 권유(權愈, 1633~1704)를 가리킨다. 하계는 그의 호. 본관은 안동, 자는 퇴보(退甫). 1665년(현종 6) 별시문과에 급제하였으며 1689년(숙종 15) 기사환국으로 남인이 집권하자, 대사간·예문관대제학 등 요직을 역임하였다. 경연지사(經筵知事)에 올랐으나, 1694년 갑술환국으로 서인이 정권을 장악하자 유배되었다가 1697년에 풀려나온 후 등용되지 못하였다.

264) 서언백(徐彦伯) : 중국 당나라 초기의 문인 서홍(徐洪)을 가리킨다. 언백은 그의 자. 관직은 포주 사병참군(蒲州司兵參軍)과 공부시랑(工部侍郎)을 역임했고, 태자빈객(太子賓客)으로 있다가 죽었다. 시문에 뛰어나 하동삼절(河東三絶)로 칭해졌다. 삽체와 관련된 서언백의 일화는《고금사문유취(古今事文類聚)》, '삽체(澀體)'조에 보인다.

'풍우(風牛)[266]'를 '표독(飃犢)'이라 하였다. 후진들이 이를 본받으며 '삽체'라고 이름 붙였다.

○ 번옹 채제공이 한번은 나에게 다음과 같이 말하였다.

"하계(霞溪)의 주머니 속에는 작은 첩자(帖子)가 들어 있는데, 아무에게도 보여주지 않는다네. 그것은《한서(漢書)》가운데의 고문벽자와 아울러 이를 풀이한 것을 베껴서 숨겨둔 것이라네. 남들의 부탁을 받아 글을 지을 때마다 글 한 편에 몇 글자를 써 먹는데, 이미 사용한 글자는 지워버린 뒤에 다른 글자를 썼다고 하네."

159. 贈李詩

余贈李學官詩曰"庭中植杖峯巒定", 言正己而物正也. "花下移樽筆硯隨", 言勢成而物自從也. 時稱佳句, 今全篇見逸.【樊翁在露梁時, 余獻詩曰"碁但傍觀無勝敗, 杖唯閑立或徘徊", 此亦見逸.】

159. 이학관(李學官)[267]에게 준 시

내가 이 학관에게 준 시에 "마당에 지팡이 짚고 똑바로 서니 산봉우리 안정을 찾는구나.[庭中植杖峯巒定]"라고 한 것은 자신을 바로하면 사물이 바르게 됨을 말한 것이다. "꽃 아래서 술잔을 돌리니 붓과

---

265) 추구(芻狗) : 제사에 한 번 쓰고 버리는 풀로 만든 강아지를 말한다.
266) 풍우(風牛) : 발정 난 말이나 소를 말한다.
267) 이학관(李學官) : 정약용이 지은〈이정년학관견방(李廷年學官見訪)〉(시문집 권4) 및 정범조가 지은〈증이학관정년(贈李學官廷年)〉(《해좌집》권14), 강준흠이 지은〈수이학관정년(詶李學官廷年)〉(《삼명시집》2편) 등을 볼 때, 이정년(李廷年)을 가리키는 것인 듯하다. 이정년은 본관은 전주이며, 이헌경(李獻慶, 1719~1791)의 측실 소생의 서자이다. 이헌경의 행장에 이정년이 학관을 지냈다고 되어 있다. 그 외 자세한 행적은 상고할 수 없다.

벼루가 따라오네.[花下移樽筆硯隨]"라고 한 것은 형세가 이루어지면 외물이 절로 따라옴을 말한 것이다. 당시에 좋은 구절이라 칭찬을 받았는데, 지금 전편은 잃어버렸다.【번옹이 노량진에 있을 때[268] 내가 올린 시에, "바둑은 옆에서 구경만 하니 승패는 상관없고, 지팡이는 오직 한가로이 서 있다가 이따금 배회하네.[碁但傍觀無勝敗, 杖唯閑立或徘徊]"라고 하였는데, 이 또한 전편은 잃어버렸다.】

160. 惠寰輓詩

惠寰居士爲人作輓詩曰: "萬古有一疑案, 未知死何如生. 君欲親往以決, 飄然棄世獨行."

160. 혜환(惠寰) 이용휴(李用休)[269]의 만시(輓詩)

혜환거사(惠寰居士)가 어떤 사람을 위해 다음과 같은 만시(輓詩)를 지었다.

만고에 해결 못한 의문 하나 있으니	萬古有一疑案
죽음이 삶과 비교해 어떤 것인지 모르는 것[270]	未知死何如生

268) 번옹이……있을 때: 1780년(정조 4) 8월, 대사간 조시위(趙時偉)가 상소하여 번옹 채제공이 홍국영(洪國榮)과 서로 화응(和應)한 악역(惡逆)이라고 공격하자, 번옹은 관직에서 물러나 노량의 삼호(三湖)에 은거하였다.

269) 이용휴(李用休) : 1708~1782. 조선후기의 문인. 본관은 여주. 자는 경명(景命), 호는 혜환(惠寰)으로, 성호 이익(李瀷)의 조카이다. 금대 이가환은 그의 아들이다. 가학을 바탕으로 문학 활동에 참여한 성호학파의 대표적 문인. 관직에 나아가지 않고 서울과 안산을 오가며 평생을 살았으며, 시문으로 이름이 나서 재야의 문형으로 불리었다. 저서에《혜환잡저》·《혜환시초》 등이 있다.

270) 죽음이……모르는 것 : 이 구절은《후한서·상장전(向長傳)》에 보인다. 상장은 "내가 이미 부귀는 빈천함보다 못하다는 것을 알았으나, 다만

그대는 몸소 가서 판결해보려고	君欲親往以決
훌쩍 세상 버리고 홀로 떠나갔구나[271]	飄然棄世獨行

161. 春蓮

杜詩, "沙上草閣柳新綠, 城邊野池蓮欲紅", 自是春景. 又如王安石詩, "柳葉鳴蜩綠暗, 荷花落日紅酣", 明是秋景.【秋有蜩】 而下句云"三十六陂春水", 不可曉也.

161. 봄의 연꽃

두보(杜甫)의 시에 "모래사장 가 초각(草閣)에 버드나무 신록이 드리웠고, 성곽 옆 들판 못엔 연꽃 붉게 피려하네.[沙上草閣柳新綠, 城邊野池蓮欲紅.]"[272]라는 구절이 있는데, 이는 절로 봄 경치이다.

또 왕안석(王安石)의 시에 "녹음 짙은 버들잎에 매미 울고, 연꽃은 석양에 붉게 취했네.[柳葉鳴蜩綠暗, 荷花落日紅酣]"[273]라는 구절이 있는데, 이는 분명히 가을 경치이다.【가을에 매미가 있다.】 그런데 이어지는 구절에서 "서른여섯 못에 봄물이로다[三十六陂春水]"이라 하였는데, 이는 이해할 수가 없다.

죽음이 삶에 비교해 어떤 것인지는 모르겠다.[吾已知富不如貧, 貴不如賤, 但未知死何如生耳.]"라 하였다.

271) 만고에……떠나갔구나 : 《혜환시집(惠寰詩集)》(개인소장본)에 〈실제(失題)〉라는 제목 하에 수록되어 있다.

272) 모래사장……피려하네 : 두보의 〈모춘(暮春)〉시의 일부이다. (臥病擁塞在峽中, 瀟湘洞庭虛暎空. 楚天不斷四時雨, 巫峽常吹千里風. 沙上草閣柳新闇, 城邊野池蓮欲紅. 暮春鴛鷺立洲渚, 挾子翻飛還一叢.)

273) 녹음……취했네 : 왕안석의 〈제서태궁벽(題西太一宮壁)〉 시의 일부이다. (柳葉鳴蜩綠暗, 荷花落日紅酣. 三十六陂煙水, 白頭想見江南.)

162. 七古韻格

七言古詩韻法, 平上去入, 必令相間, 以平承平, 以入承入, 違格也. 初唐或犯此忌, 蓋法律未備. 歌詞·短篇, 時有出入, 別是一法, 不可强學. 若通篇一韻者, 不在此限, 王漁洋論之甚詳.

○又平聲之韻, 其對眼不得用平聲.【如"三年笛裏關山月", '月'是仄聲, 故得對'風'字.】又有字字叶律如律詩者, 盧照鄰〈長安古意〉, 是也. 若二聯換韻, 或上聯奇語, 下聯作偶, 或兩聯竝作耦語. 又每新韻起句, 用前韻結句語起之.【如"啼花戱蝶千門側", 承前"一羣嬌鳥共啼花".】此是一格, 卽七絶之有一解二解, 乃此法也. 此體謂之絶句亦可.

○七古之句句押韻, 謂之柏梁臺體. 柏梁之詩, 本非七言, 乃上句四言, 下句三言. 其法如〈招魂〉之去'些'字者, 後世濫觴而爲七古. 然此體仍有多格, 通篇句數用奇數, 不得用偶數者, 嫌兩句成聯, 明此本四言一句·三言一句以成聯也.【東人以此法結句, 謂之脚句.】篇內不得將兩句作對語, 嫌亦同上意也.【七言二句, 便是四句, 四句不可作對.】一句之內, 上四字下三字, 各自成語, 方是古意.【如"秋風起浪"爲一語, "鳧鴈飛"又爲一語.】若七字連綴成語者, 非格也.【如"春水船如天上坐"】然東坡亦犯此忌, 如〈韓文公碑〉"天孫織出雲錦裳", 仍是七字成語, 則在後學不必泥古, 得倣東坡足矣.

161. 칠언고시의 율격(韻格)[274)]

칠언고시에서 운자를 놓는 법[韻法]은 평성·상성·거성·입성의 운자를 반드시 교대로 써야 한다. 따라서 평성을 평성으로 받고 입성을 입성으로 받는 것은 율격에서 어긋나는 것이다. 초당(初唐) 시기에는 간혹 이 율격을 범한 경우도 있는데, 대개 그때는 아직 법식이

---

274) 칠언고시의 율격 : 관련 내용이 《여유당전서》 시문집 권18, 〈우시이자가계(又示二子家誡)〉에도 보인다. 정약용의 칠언고시 율격에 대해서는 심경호, 〈정약용의 칠언고시 형식론〉, 《한국 한시의 이해》, 태학사, 2000, 131~150면 참고.

갖추어지지 않았기 때문이다. 가사(歌詞)나 단편(短篇)에서는 때로 이 법식과는 달라서 별도로 하나의 운법(韻法)이 되었으니, 억지로 배울 필요는 없다. 시 전체에 걸쳐 하나의 운만 쓰는 경우에는 이러한 제한을 받지 않으니, 이에 대해서는 왕어양(王漁洋)[275]이 상세하게 논하였다.[276]

○ 또 평성의 운자를 쓰면 그 짝이 되는 구에서는 평성을 쓸 수 없다.【예를 들면 "삼년 동안의 피리 소리 속엔 관산의 달이[三年笛裏關山月]"[277]라는 구에서 '월(月)'자는 측성이기 때문에, 그 짝이 되는 구에서 평성인 '풍(風)'자를 쓴 것이다.】

또 마치 율시처럼 글자마다 율격을 맞추는 것이 있는데, 노조린(盧照隣)[278]의 〈장안고의(長安古意)〉가 이런 경우이다. 두 개의 연에

---

275) 왕어양(王漁洋) : 중국 청나라의 문인 왕사정(王士禎, 1634~1711)을 가리킨다. 어양산인(漁洋山人)이 그의 호. 자는 이상(貽上), 또 다른 호는 완정(阮亭). 시호는 문간(文簡). 본명은 진(禛). 본명이 옹정제와 같아서 '사정(士正)'이라 고쳤는데, 건륭제가 다시 '사정(士禎)'이라는 이름을 하사하였다. 1658년 진사가 되었고 벼슬이 형부상서(刑部尙書)에 이르렀다. 청나라의 대표적인 시인으로 신운설(神韻說)을 주장하여 중국과 우리나라 시풍에 많은 영향을 주었다. 저서에 《대경당집(帶經堂集)》이 있다.

276) 왕어양이……논하였다 : 관련 내용이 옹방강(翁方綱)의 《소석범정저록(小石帆亭著錄)》에 수록된 〈왕문간고시평측론(王文簡古詩平仄論)〉에 보인다. 이 글에서 왕어양은 장편칠언의 평운도저(平韻到底)와 측운도저(仄韻到底) 형식에서 출구와 대구의 평측(平仄)에 대해 상세하게 규정하였다.

277) 3년 동안의……달이 : 두보가 지은 〈세병마(洗兵馬)〉의 일부이다. (三年笛裏關山月, 萬國兵前草木風.)

278) 노조린(盧照隣) : 중국 당나라 초기의 시인. 자는 승지(昇之), 호 유우자(幽憂子). 어려서부터 재질(才質)이 뛰어나 일찍부터 문명(文名)을 떨쳤으나, 20대 중반에 악질(惡疾)에 걸려 각지를 전전하며 투병생활을 계속하였으나 끝내 효험이 없자 물에 빠져 자살하였다. 왕발(王勃)·양형(楊炯)·낙빈왕(駱賓王)과 함께 초당사걸(初唐四傑)의 한 사람으로 꼽힌다.

서 운이 바뀌는 경우, 어떤 때는 위 연의 기어(奇語, 홀수 구)와 아래 연이 짝을 이루고, 어떤 때는 두 개의 연이 한꺼번에 대를 이루기도 한다.[279] 또 새로운 운으로 구를 시작할 때마다 앞의 운자가 쓰인 마지막 구절의 말을 써서 시작한다.【예를 들면 〈장안고의〉에서 "눈물 흘리는 꽃 장난치는 나비는 수많은 집들 곁에[啼花戲蝶千門側]"라는 구는 앞 연의 "한 무리의 어여쁜 새들은 모두 꽃을 향해 우네[一羣嬌鳥共啼花]"라는 구절을 이은 것이다.[280]】 이것이 하나의 격식이니, 즉 칠언절구에 있는 일해(一解)·이해(二解)[281]가 바로 이 법이다. 이런 시체(詩體)는 절구라고 하여도 무방하다.

○ 칠언 고시에서 구절마다 압운하는 것을 백량대체(柏梁臺體)[282]라고 한다. 백량대체의 시가 본래 칠언이었던 것은 아니며, 위구 네 글자와 아래 구 세 글자로 된 것이다. 〈초혼(招魂)〉에서 '사(些)'자를 빼버린 것과 같은데, 여기서부터 시작하여 후세에 칠언고시가 된 것

---

279) 두 개의……이루기도 한다 : 두 개의 연을 하나로 하여 환운(換韻)하는 것으로, 곧 4구마다 환운하는 것을 말하는 듯하다. 네 개의 구에서 혹 상련(1·2구)의 홀수 구와 하련(3·4구)의 짝수 구에 운을 놓거나, 혹은 두 개의 연 짝수 구에 모두 운을 놓는 방식을 말한다.

280) 장안고의에서……이은 것이다 : 〈장안고의〉는 7언 가행(七言歌行)인데, 해당 부분을 인용하면 다음과 같다. "…(前略)…百丈遊絲爭繞樹, 一群嬌鳥共啼花. 啼花戲蝶千門側, 碧樹銀臺萬種色.…(後略)…" "啼花戲蝶千門側" 구부터 평성 마(麻)운에서 입성 직(職)운으로 운자가 바뀐다. 앞의 구에서 '鳴花'로 끝맺었으므로 '鳴花'로 시작하였다. 한편 정약용은 아들에게 보낸 편지에서 〈장안고의〉는 글자마다 협률(協律)하고 네 구마다 각각 한 장(章)을 이루어 마치 절구와 같다고 하였다.

281) 일해(一解)·이해(二解) : 고악부에 1절(節)을 1해(解)라고 한다. 대개 네 구가 하나의 해(解)가 된다.

282) 백량대체(柏梁臺體) : 백량체(柏梁體). 칠언고시의 일종. 한 무제(漢武帝)가 원정(元鼎) 2년(기원전 115) 장안에 백량대(柏梁臺)를 완성하고는 여러 신하들을 모아놓고 시를 짓도록 했다. 무제를 이어 스물다섯 명의 신하들이 칠언 시구를 한 구절씩 돌아가며 읊었는데 매 구절 압운하였다. 후세 이런 방식의 칠언시를 '백량체'라 불렀다.

이다. 그러나 이 시체는 여전히 격식이 여러 가지이다. 시 전체의 구수를 홀수로 쓰고 짝수로 쓰지 못하는 것은 두 구가 한 연이 되는 것을 꺼려하기 때문이다. 이를 보면 이 시체가 본래는 네 자 한구와 세 자 한구로 하나의 연을 이루었음이 분명하다.【우리나라 사람들은 이 방법으로 구를 맺는 것을 '각구(脚句)'라고 한다.】

한 편 안에서 두 개의 구를 대구로 만들 수 없는데, 이를 꺼리는 것은 위와 같은 뜻이다.【칠언의 두 개의 구는 곧 네 개의 구인데, 네 개의 구로는 대를 맞출 수 없다.】 한 구 안에서도 앞의 네 글자와 뒤의 세 글자는 각각 말이 통하니 이것이 바로 고의(古意)이다.【예를 들면 "가을바람 물결을 일으키니[秋風起浪]"가 하나의 어절이 되고, "오리 기러기 날아오르네[鳧雁飛]"[283] 가 또 하나의 어절이 된다.】 일곱 글자를 죽 이어서 말을 만드는 것은 격식에 맞지 않는다.【예를 들면 "봄날 강에서 배를 타니 천상에 앉아 있는 듯[春水船如天上坐]"[284]과 같은 경우이다.】

하지만 소동파 또한 이 금기를 범했으니, 예를 들면 〈한문공비(韓文公碑)〉의 "직녀가 그를 위해 구름 비단 치마를 짜내다[天孫爲織雲錦裳][285]"와 같은 경우인데, 일곱 글자를 하나로 이어서 말이 통하게 한 것이다. 후학들은 굳이 고법(古法)에 구애될 필요는 없으니, 소동파를 따를 수 있다면 충분하다.

---

283) 가을바람……날아오르네 : 중국 당나라 초기의 문인 왕발(王勃)이 지은 〈채련곡(採蓮曲)〉의 한 구절이다.("採蓮歸, 綠水芙蓉衣. 秋風起浪, 鳧雁飛. …(後略)…")

284) 봄날 강에서……있는 듯 : 두보가 지은 〈소한식주중작(小寒食舟中作)〉의 한 구절이다.("佳人强飮食猶寒, 隱几蕭條戴鶡冠. 春水船如天上坐, 老年花似霧中看.")

285) 직녀가……치마 : 소식이 지은 〈조주한문공묘비(潮州韓文公廟碑)〉 명사(銘詞)의 한 구절이다.("公昔騎龍白雲鄕, 手抉雲漢分天章. 天孫爲織雲錦裳, 飄然乘風來帝旁.")

163. 圃隱泣僧詩

麗季有僧贈鄭圃隱詩曰"江南萬里野花發, 何處春風不好山", 蓋勸其去也. 圃翁泣曰: "嗚呼! 其晩矣." 吳參判光運崧陽書院詩曰"何山僧勸看花去", 蓋用此事.

163. 포은(圃隱) 정몽주(鄭夢周)[286]가 중이 준 시를 보고 눈물을 흘리다

고려 말엽에 어떤 중이 포은 정몽주에게 준 시에 "강남 만리에 들꽃 피었으니, 봄바람 부는 어느 곳인들 좋은 산이 없으랴.[江南萬里野花發, 何處春風不好山.]"라는 구절이 있었다. 이것은 포은에게 떠나갈 것을 권한 것이다. 포은은 이 구절을 보고 눈물을 흘리며, "슬프도다! 이제는 늦었구나."라고 하였다.[287]

참판 오광운(吳光運)[288]이 숭양서원(崧陽書院)에 붙인 시[289]에서 "어느 산 중이 꽃구경 가라고 권했던가[何山僧勸看花去]"라고 하였는데, 대개 이 일을 고사로 사용한 것이다.

---

286) 정몽주(鄭夢周) : 1337~1392. 고려후기의 문신. 본관은 연일(延日), 자는 달가(達可). 호는 포은(圃隱). 초명 몽란(夢蘭)·몽룡(夢龍). 1360년(공민왕 9) 문과에 급제하였으며 예문검열(藝文檢閱)·위위시승(衛尉寺丞) 등을 거쳐 전공판서(典工判書)·진현관제학(進賢館提學)·예의판서(禮儀判書) 등을 역임하였다. 1389년(창왕 1) 예문관대제학·문하찬성사가 되어 이성계와 함께 공양왕을 옹립하였는데, 이성계를 추대하려는 데에 반대하다가 1392년 선죽교에서 이방원의 부하 조영규(趙英珪) 등에게 격살되었다. 저서에 《포은집》이 있다.

287) 고려 말엽에……라고 하였다 : 관련 내용이 서거정의 《동인시화(東人詩話)》에 보인다.

288) 오광운(吳光運) : 1689~1745. 조선후기의 문신. 권2 주 17) 참조.

289) 숭양서원(崧陽書院) : 경기도 개성에 있는 정몽주의 집터에 세운 서원으로 정몽주를 봉안하였다. 오광운이 지었다는 시는 오광운 문집인 《약산만고》에는 보이지 않는다.

164. 唐太宗傷目

李牧隱〈貞觀行〉曰"那知玄花落白羽", 謂征句麗時, 被箭傷眼也. 芝峯曰: "此事雖不載諸史. 牧隱遊學元朝, 必詳聞其事, 而有此詩也."

164. 당 태종이 눈을 다친 일[290)]

목은(牧隱) 이색(李穡)[291)]의 〈정관행(貞觀行)〉에 "어찌 알았으리오, 백우전(白羽箭) 화살에 눈을 잃을 줄을[那知玄花落白羽]"[292)]이라는 구절이 있다. 이는 당 태종이 고구려에 쳐들어 왔을 때 화살을 맞아 눈을 다친 일을 말한 것이다.

지봉(芝峯) 이수광(李睟光)은 다음과 같이 말했다.

"이 일은 비록 정사(正史)에는 실려 있지 않지만, 목은은 원나라에 유학을 하여 필시 그 일에 대해 상세히 들었기에 이러한 시를 지은 것이다."

---

290) 당태종이 눈을 다친 일 : 이와 관련된 기록이 안정복(安鼎福)의 《동사강목(東史綱目)》, 이익(李瀷)의 《성호사설(星湖僿說)》, 박지원(朴趾源)의 《열하일기(熱河日記)》, 이덕무(李德懋)의 《청장관전서(靑莊館全書)》 등 여러 문헌에서 보인다. 이들 문헌에서는 모두 이 일이 중국의 사서에는 실려 있지 않고 이색의 시를 통해서만 상고가 가능하다는 사실을 거론하였다.

291) 이색(李穡) : 1328~1396. 고려 후기의 문신·학자·문인. 본관은 한산. 자는 영숙(穎叔), 호는 목은(牧隱). 1348년(충목왕 4) 원나라에 가서 국자감(國子監)의 생원이 되어 성리학을 연구하였다. 이후 1354년 원나라 제과(制科)의 회시(會試)에 1등, 전시(殿試)에 2등으로 합격해 원나라에서 응봉한림문자 승사랑 동지제고 겸국사원편수관(應奉翰林文字承事郎同知制誥兼國史院編修官)을 지냈다. 저서에 《목은집》이 있다.

292) 어찌……줄을 : 《목은시고》 권2, 〈정관음유림관작(貞觀吟楡林關作)〉(7언고시)의 한 구절이다. 해당구절을 들어 보면 다음과 같다. "謂是囊中一物耳, 那知玄花落白羽."

165. 踏水車謠

張來儀《靜居集·踏水車謠》曰: "苗頭出水青悠悠, 只恐飄零隨水流, 不辭踏車朝復暮, 但願皇天雨卽休." "共君努力莫下車, 雨聲若止車聲息." 可見中國水車之用, 不唯灌焦, 抑以洩潦也. 力農如此, 安得不殷富也?

165. 수차 밟기 노래

장내의(張來儀)[293]의 《정거집(靜居集)》에 실려 있는 〈수차 밟기 노래[踏水車謠]〉[294]에 다음과 같은 구절이 있다.

모가 물 위로 나와 푸르름 아득히 펼쳐졌는데	苗頭出水青悠悠
뿌리가 떨어져 나와 물결에 휩쓸릴까 걱정스럽네	只恐飄零隨水流
아침저녁으로 수차 밟는 것 마다하지 않노니	不辭踏車朝復暮
원하는 것은 하늘에서 비가 곧 멈추는 것뿐	但願皇天雨卽休
그대들은 힘쓰며 수차에서 내려오지 마오	共君努力莫下車
빗소리 그치면 수차 소리도 멎으리	雨聲若止車聲息

이 시를 보면 중국에서는 수차를 가뭄에 물을 댈 때뿐 아니라, 홍수에 물을 뺄 때도 사용하고 있음을 알 수 있다. 이처럼 힘을 다해

293) 장내의(張來儀) : 중국 원말명초의 문인 장우(張羽, 1333~1385)를 가리킨다. 내의는 그의 자. 명나라 초기 현량(賢良)에 천거되었으나 관직에 나가지 않았다. 홍무(洪武) 4년(1371), 남경으로 불려와 정대(廷對, 임금이 친히 뽑는 과거)에서 황제에게 칭찬받아, 대상시승 겸 한림원동장문연각사(太常寺丞兼翰林院同掌文淵閣事)로 발탁되었다. 어떤 사건으로 영남으로 귀양 가다가 중도에 소환되었는데, 형벌을 면하지 못할 줄 알고 물에 빠져 죽었다. 저서에 《정거집(靜居集)》이 있다.

294) 수차 밟기 노래[踏水車謠] : 본래 7언 장편고시인데, 정약용은 일부 구절을 발췌하여 인용하였다.

농사를 지으니, 어찌 부유하지 않을 수 있겠는가?

166. 班枝花曲

汪廣洋〈班枝花曲〉曰: "班枝花, 光爗爗, 照耀交州二三月", "翠苞半坼漸吐綿, 雪花塡滿行人道. 越娃携筐爭採綿, 禾綿盈筐勝萬錢. 搓取瓊簪膩如繭, 絲成冰縷細如烟", "停梭掩袂那得眠, 吉貝相將下機杼". 交州地瘴, 風土絶殊, 此花或不宜於北方歟? 如其不然, 木棉之外, 尙多佳綿也. 西蜀橦樹, 亦有綿花, 恨不移來以厚民用也.

166. 반지화곡(班枝花曲)

왕광양(汪廣洋)[295]의 〈반지화곡(班枝花曲)〉[296]에 다음과 같은 구절이 있다.

반지화 꽃이 반짝반짝 빛나니	班枝花光爗爗
2·3월이면 교주(交州)[297]가 환히 빛나겠네	照耀交州二三月

---

295) 왕광양(汪廣洋) : ?~1379. 중국 명나라 초기의 문인. 자는 조종(朝宗). 주원장의 초빙을 받아 원수부영사(元帥府令史)가 되고 그 후 여러 관직을 역임하였다. 홍무 3년(1370)에 중서성 승상이 되었으나 얼마 안 되어 양헌(楊憲)의 무고를 받고 해남으로 좌천되었다. 홍무 10년 우승상(右丞相)에 제수되었으나, 홍무 12년에 호유용(胡惟庸)이 유기(劉基)를 독살한 일에 연루되어 해남도로 귀양 가던 도중에 사약을 받고 죽었다. 저서로 《왕우승집(汪右丞集)》이 있다.

296) 반지화곡(班枝花曲) : 반지화는 목면화(木棉花)를 말한다. 〈반지화곡〉은 왕광양의 《봉지음고(鳳池吟稿)》 권2에 수록되어 있는데, 정약용은 몇 구절을 발췌하여 인용하였다.

297) 교주(交州) : 지금의 베트남 중북부와 중국 광서(廣西) 지역 일부에 해당된다. 당나라 때에 안남도호부(安南都護府)가 있었던 곳이다.

녹색 깍지 반쯤 벌어지면 점차 솜 토해 내니	翠苞半坼漸吐綿
눈 꽃 같은 솜이 길을 가득 메우네	雪花塡滿行人道
월나라 아가씨들 광주리 들고 너도나도 솜을 따는데	越娃携筐爭採綿
면화 가득한 광주리 만 전도 넘는다네	禾綿盈筐勝萬錢
경옥 비녀로 솜을 타니 누에고치처럼 미끄럽고	搓取瓊簪膩如繭
얼음 가닥 같은 실은 연기처럼 가늘구나	絲成冰縷細如烟

북을 멈추고 소매를 들어 올리니 언제 잠을 잘 건가	停梭掩袂那得眠
면포[吉貝]를 가지고서 베틀에서 내려오네	吉貝相將下機杼

교주 지역은 장기(瘴氣)가 풍토가 여타 지역과 아주 다르니, 반지화는 혹 북방의 기후에는 맞지 않은 것인가? 만약 그렇지 않다면, 목면 외에도 좋은 면화가 여전히 많았을 것이다. 서촉(西蜀)의 동수(橦樹)[298]라는 나무에도 목화가 달린다는데, 이런 것들을 우리나라로 옮겨 와서 민생을 넉넉하게 하지 못하는 것이 한스럽다.

167. 祈順詩

在昔水路朝京之時, 使臣於咸從·豊川·靈光等地開洋, 至登·萊州, 或浙江下陸. 故三邑皆有妓樂, 以迎餞使行也. 皇明詔使祈順詩曰: "海州鄰甕津, 宋使嘗經此. 東侔逢麗人, 舟楫能指示. 來從芝岡島, 風便兩日耳." 芝岡, 今不知所在, 而言兩日, 則其近可知. 芝峯曰: "宋以前, 中國商船, 絡繹往來. 至明, 以倭患, 海禁甚嚴, 始不相通." 余在海西, 聞今椒島之際, 商船漁船, 潛來者甚多, 自淄東得便風, 一日可到云, 蓋甚近也.

298) 동수(橦樹) : 오동목(梧桐木)이라 하는 것으로, 일종의 다년생 목면화이다.

167. 기순(祈順)[299]의 시

옛날 바닷길로 중국에 사신 갈 때[300] 사신은 함종(咸從, 평남 강서군 함종면), 풍천(豊川, 황해도 풍천군), 영광(靈光, 전남 영광) 등지에서 배를 타고 바다로 나가 중국의 등주(登州)와 내주(萊州, 모두 산동성 소재 고을)로 가거나 혹은 절강(浙江)에 상륙하였다. 그래서 이 세 고을에는 모두 기생과 악공을 두어 사신을 영접하거나 전송하였다. 명나라의 사신 기순(祁順)의 다음과 같은 시가 있다.

해주는 옹진과 이웃한 곳이라	海州鄰甕津
송나라 사신들 이곳을 경유했다지	宋使嘗經此
동모에서 고려 사람을 만났는데	東牟逢麗人
배를 자유자재로 몰아	舟楫能指示
지강도에서 출발하여	來從芝岡島
순풍을 타고 이틀만에 도착했다지	風便兩日耳

---

299) 기순(祈順) : 1434~1497. 기순(祁順)의 오기이다. 기순은 중국 명나라 문인으로, 자는 치화(致和), 호는 손천(巽川). 천순(天順) 4년(1460) 진사가 되어 병부주사(兵部主事)에 임명되었고 낭중(郎中)으로 승진하였으며 관직은 강서좌포정사(江西左布政使)에 이르렀다. 저서에 《손천집》이 있다. 성화(成化) 12년(1476)에 조선에 사신으로 다녀갔는데, 관련 기록이 《성종실록》 7년(1476) 2월 5일(기묘)조에 보인다. 이때 원접사(遠接使)는 서거정(徐居正)이었다.

300) 바닷길로……갈 때 : 관련 기록이 《송사(宋史)》 권487, 〈고려전(高麗傳)〉에 보인다. 송(宋) 순화(淳化) 4년(993), 고려 성종 12년 2월에 송나라가 비서 승 직사관(祕書丞直史館) 진정(陳靖)과 비서 승 유식(劉式)을 고려에 사신으로 파견하였다. 진정 등이 사신으로 갈 때 동모(東牟, 山東省蓬萊縣 소재)에서 출발하였는데 고려 사신 백사유(白思柔)가 탄 배와 고려의 수공(水工)을 만나 그 배를 얻어 탔다. 곧 길을 떠나 지강도(芝岡島)로부터 순풍을 만나 바다에서 이틀 밤을 지내고 황해도 옹진 어귀에 닿아 상륙하였다고 한다. 기순의 시는 이를 근거로 지은 것이다.

지강도가 지금 어딘지 모르겠으나 이틀 걸린다고 한 것으로 보아 매우 가까운 곳임을 알 수 있다.

지봉(芝峯) 이수광(李晬光)은 다음과 같이 말했다.

"송나라 이전에는 중국의 상선들이 잇달아 왕래하였다. 명나라에 이르러 왜구의 폐해 때문에 해상의 통금이 매우 엄중해져서 그때부터 왕래가 끊어지게 되었다.[301]"

내가 해서(海西, 황해도)에 있을 때[302] 들으니, 요즘 초도(椒島)[303] 근처에 중국의 상선과 어선들이 몰래 왕래하는 경우가 매우 많은데, 치동(淄東, 중국 산동성에 있는 지명)에서 순풍을 타고 하루면 도달할 수 있다고 하니, 아마 매우 가까운 거리인 듯하다.

168. 重試詩

重試自唐有之, 唐褚載〈賀趙觀重文[304]試及第〉詩曰: "一枝仙桂兩回春, 始覺文章可[305]致身." 我朝每丙年, 設文武重試. 武科自唐武后時有之.

168. 중시(重試)[306]에 관한 시

301) 송나라 이전에는……되었다 : 관련 기록이 《지봉유설》 권2, 〈제국부(諸國部)〉 '도로(道路)'조에 보인다.

302) 내가……때 : 정약용은 1797년(정조 21)에 윤6월에 황해도 곡산부사(谷山府使)로 가서 1799년(정조 23)까지 약 2년 간 봉직하였다.

303) 초도(椒島) : 황해도 풍천군에 소속된 섬이다.

304) 文 : 底本에는 없다. 《全唐詩·賀趙觀文重試及第》에 근거하여 보충하였다.

305) 可 : 底本에는 "有"로 되어 있다. 《全唐詩·賀趙觀文重試及第》에 근거하여 수정하였다.

306) 중시(重試) : 당하관(堂下官)을 위하여 둔 과거시험으로, 10년에 한 번씩 실시하였으며 이 시험에 합격한 사람은 당상(堂上) 정3품의 품계로 올려주었다.

중시는 당나라 때부터 있었는데, 당나라 저재(褚載)[307]의 〈조관문(趙觀文)[308]이 중시에 급제함을 축하하다[賀趙觀重試及第]〉란 시에 다음과 같은 구절이 있다.

선계 한 가지를 꺾는데 봄이 두 번 지나니 一枝仙桂兩回春
비로소 문장으로 출세한 줄을 알겠네[309] 始覺文章可致身

우리나라는 병년(丙年)마다 문·무과 중시를 시행하고 있다.[310] 중시 무과는 당나라 측천무후(則天武后) 때부터 있었다.

169. 三日五匹

〈孔雀詩〉"三日斷五匹, 大人苦嫌遲", 婦女往往不信, 爲其太神速也. 然有不必疑者, 古尺·周尺等尺, 比今布帛尺甚短. 今尺一尺, 大約爲古尺之三尺數寸, 即五匹之帛, 在今不過爲六十餘尺. 蘭芝女紅, 可謂勤敏, 而神速則未也. 何疑焉?【古尺, 二十尺爲一匹.】

---

307) 저재(褚載) : 중국 당나라 말기의 문인으로 자는 후지(厚之). 건녕(乾寧) 2년(895)에 진사에 합격하였다.

308) 조관문(趙觀文) : 저재와 함께 당나라 건녕(乾寧) 2년(895)에 진사에 합격하였다. 그리고 이듬해 중시에 급제하였으나 벼슬은 시강(侍講)에 그쳤다.

309) 선계……알겠네 : 저재가 지은 〈하조관문중시급제(賀趙觀文重試及第)〉의 일부이다.("一枝仙桂兩回春, 始覺文章可致身. 已把色絲要上第, 又將彩筆冠羣倫. 龍泉再淬方知利, 火浣重燒轉更新. 今日街頭看御榜, 大能榮耀苦心人.") 선계(仙桂)는 달 속에 있는 계수나무로 과거에 급제한 것을 비유함. 조관문은 895년 초시에 급제한 후, 이듬해 중시에 급제하였기 때문에 봄이 두 번 지났다고 한 것이다.

310) 중시는 … 있다 : 관련 내용이 《지봉유설》 권4, 〈관직부(官職部)〉, '과목(科目)'조에 보인다.

169. 사흘에 비단 다섯 필 짜기

〈공작시(孔雀詩)〉[311]에, "사흘에 비단 다섯 필을 짜도, 시어머니는 느리다고 미워하시네.[三日斷五匹, 大人苦嫌遲.]"라는 구절이 있다. 부녀자들은 이를 종종 믿지 않으니, 비단 짜는 속도가 너무 빠르기 때문이다.

그러나 의심할 필요가 없으니, 고척(古尺)·주척(周尺) 등의 자는 오늘날 베나 비단을 재는 자에 비하여 매우 짧았기 때문이다. 지금의 자 1척은 대략 고척의 3척 몇촌(寸)이니, 다섯 필의 비단은 지금으로 보면 60여 척에 지나지 않는다. 난지(蘭芝)의 길쌈 솜씨는 부지런하고 민첩하였다고는 할 수 있으나, 엄청나게 빨랐다고 하기에는 부족하다. 무어 의심할 것이 있겠는가?【고척으로 20척이 1필이 된다.】

170. 崔明谷詩

崔相國錫鼎〈論泰西乾象〉詩曰: "乾文屛子出新模, 赤道中分兩幅圖. 南極漸低如指掌, 六規常現若連珠. 儀參渾髀資相發, 宿換參觜驗不誣. 也識歐巴精曆數, 這般天學古應無." 其〈論泰西坤輿〉詩曰: "坤德元來體直方, 地球新說刱西洋. 民均戴履無高下, 景異炎凉有短長. 六合聖人存不議, 九州裨海較難詳. 茫茫宇宙彌千界, 健步何由問亥章."【此肅宗壬辰, 在東郊時作.】

---

311) 공작시(孔雀詩) : 중국 육조시대에 지어진 장편서사시 〈공작동남비(孔雀東南飛)〉를 말한다. 내용은 고부간의 불화로 빚어지는 가정비극을 다룬 것이다. 하급관리인 초중경(焦仲卿)의 아내 유난지(劉蘭芝)는 시어머니의 구박을 받다가 끝내 시집에서 쫓겨났다. 친정에 돌아오자 오빠는 난지를 어떤 태수에게 시집보내려 하였다. 난지는 남편과의 약속을 지키기 위해 연못에 빠져 죽었고, 이 소식을 들은 남편도 자기 집 마당에 있는 나무의 동남으로 뻗은 가지에 목매어 죽었다.

170. 명곡(明谷) 최석정(崔錫鼎)[312]의 시

상국(相國) 최석정(崔錫鼎)의 〈서양의 천문에 대해 논하다[論泰西乾象]〉[313]라는 시는 다음과 같다.

천문도를 그린 병풍 새로운 모양이니	乾文屛子出新模
적도에서 가운데가 나뉜 두 폭의 그림이라	赤道中分兩幅圖
남극은 점점 낮아져 손바닥 같고	南極漸低如指掌
여섯 원은 늘 드러나 구슬을 꿰어 놓은 듯하네	六規常現若連珠
법식은 혼비[314]를 참작하여 기본 바탕 서로 계발하고	儀參渾髀資相發
별자리는 삼성과 자성[315]을 바꿨는데 징험하니 어긋나지 않네	宿換參觜驗不誣
서양이 역법에 참으로 정밀함을 알겠거니	也識歐巴精曆數
이런 천문학은 예전엔 없었으리라	這般天學古應無

〈서양의 지리에 대해 논하다[論泰西坤輿]〉[316]라는 시는 다음과 같다.

땅의 덕은 본래 반듯하고 네모난 것을 본받는데	坤德元來體直方

312) 최석정(崔錫鼎) : 1646~1715. 조선후기 문신. 권3 주 93) 참조.

313) 서양의 천문에 대해 논하다[論泰西乾象] : 《명곡집》 권6에 수록되어 전한다.

314) 혼비 : 혼천의(渾天儀)와 주비산경(周髀算經)과 같은 중국 고대의 자연과학 지식을 가리킨다. 주비산경(周髀算經)은 중국 최고(最古)의 천문서로, 주공(周公)이 대부(大夫) 상고(商高)에게서 전수받은 책이라고 전해진다. 그러나 남송(南宋) 때인 1213년(가정 6) 판본이 현전하는 가장 이른 시기의 것이다.

315) 삼성과 자성 : 중국의 전통 천문학에서 말하는 28수(宿)에 들어 있는 별자리. 삼성은 삼태성을 인도하며, 자성은 오리온자리의 머리 부분이다.

316) 서양의 지리에 대해 논하다[論泰西坤輿] : 《명곡집》 권6에 수록되어 전한다.

땅이 둥글다는 새로운 학설은 서양에서 처음 나왔지	地球新說刱西洋
백성들 모두 하늘을 이고 땅을 밟음에 고하가 없는데	民均戴履無高下
햇빛은 추울 때와 더울 때가 달라 길고 짧음이 있네	景異炎凉有短長
천지사방은 성인도 그대로 두고 의론하지 않았으니	六合聖人存不議
구주를 둘러싼 비해[317]는 자세히 헤아리기 어렵다네	九州裨海較難詳
아득한 우주에는 천계가 펼쳐져 있는데	茫茫宇宙彌千界
무슨 까닭에 걸음이 빠른 수해와 태장[318]에게 물으랴	健步何由問亥章

〔이 시는 숙종 임진년(1712, 숙종 38) 동교(東郊)에 있을 때 지은 것이다.[319]〕

171. 岳武穆詩

《芝峯類說》載岳武穆詩曰: "馬蹀閼氏血, 旗梟可汗頭." 汗作仄聲可疑, 恐是後人贋作也. 其全篇務爲雄渾悲壯, 然中國之詩, 雄渾悲壯者, 不可以聲色求之, 每從低下處, 振動出來, 自然成象. 東人之詩, 未及下手, 先欲掀天動地, 所以呟聲扎韻, 浮虛廓落, 味之淄澠易辨. 惜乎! 以芝峯之老眼, 不辨此詩之爲贋. 嗚呼! 其易欺也.

171. 악무목(岳武穆)[320]의 시

317) 비해 : 구주(九州) 곧 중국 밖에서 구주를 둘러싸고 있는 바다를 말한다.《史記·孟子荀卿列傳》

318) 수해와 태장 : 잘 달리기로 이름이 났던 우임금의 신하들이다. 그들은 우임금의 명령을 받고 각각 동극(東極)에서 시극(西極)까지의 거리를 재보았다고 한다.《淮南子·墬形訓》

319) 이 시는……지은 것이다 : 최석정의 시는《명곡집》권6의 '청교록(靑郊錄)'에 수록되어 있는데, 문집의 원주를 보면 이들 시는 1710년(숙종 36) 대간의 탄핵을 받고 동교(東郊)에서 지낼 때 지은 것이다. 최석정은 이듬해 사면되어 판중추에 임명되었다. 1712년이라 한 것은 정약용의 착오인 듯하다.

320) 악무목(岳武穆) : 중국 송나라 장수 악비(岳飛, 1103~1141)를 가리킨다.

《지봉유설》에 다음과 같은 악무목(岳武穆)의 시가 실려 있다.[321]

말발굽 연지[322]의 피를 밟고	馬蹀閼氏血
깃대에는 가한[323]의 머리를 매달았네.	旗梟可汗頭.

이 시에서 '한(汗)'은 측성의 글자로 평측이 맞지 않아 이상하니, 아마도 후인의 위작으로 보인다.[324] 시는 전편에서 웅혼하고 비장하기를 힘썼으나, 중국의 시에서 웅혼·비장한 것은 소리와 색으로 얻으려 하지 않고 매양 차분한 분위기에서 진동이 일어나서 저절로 형상을 이룬다.

우리나라 사람들은 시를 짓기도 전에 먼저 하늘과 땅을 뒤흔들고자 하여 요란하고 들뜬 소리를 내어 부허하고 공활하니 음미해 보면

무목은 그의 시호. 자는 붕거(鵬擧). 악비는 북송이 망하자 무한(武漢)·양양(襄陽)을 거점으로 호북(湖北) 일대를 영유하는 대군벌(大軍閥)이 되었으며, 금나라 군대의 침공을 회하(淮河)·진령(秦嶺) 선상에서 저지하는 전공을 올렸다. 그러나 재상 진회(秦檜)가 금나라와 화평론(和平論)을 주장하며 악비를 견제하였다. 마침내 악비는 무고한 누명을 쓰고 투옥된 뒤 39세의 나이에 살해되었다. 저서에 《악충무왕집(岳忠武王集)》이 있다.

321) 지봉유설에……실려 있다 : 관련 내용이 《지봉유설》 권12, 〈문장부〉5, '송시(宋詩)'조에 보인다.

322) 연지 : 발음은 연지(臙脂)이며 흉노 왕 선우(單于)의 왕비에 대한 호칭이다.

323) 가한 : 흉노의 왕 선우(單于)에 대한 호칭이다.

324) 이 시에서……보인다 : 두 구절의 평측을 따져보면, 馬(측)蹀(측)閼(평)氏(평)血(측), 旗(평)梟(평)可(측)汗(평)頭(평)이다. 즉 출구가 '측측평평측'이므로 대구는 '평평측측평'이 되어야 한다. 그러나 '可汗'의 '汗'은 측성이 아니라 평성이므로 평측에 어긋난다. 이 때문에 정약용은 후인의 위작이 아닐까 의심한다는 것이다. '한(汗)'자는 '땀', '땀을 흘리다'의 뜻으로 쓰면 거성이지만, '가한(可汗)'의 '한(汗)'으로 쓰면 평성이다.

치수(淄水)와 승수(澠水)[325] 처럼 쉽게 구별할 수 있다.

애석하다! 지봉과 같은 노숙한 안목으로도 이 시가 위작이라는 것을 판별하지 못하였구나. 아아! 이렇게도 쉽게 속일 수 있단 말인가.

325) 치수(淄水)와 승수(澠水) : 치수와 승수는 중국 산동성에 있는 강 이름으로, 두 강의 물맛이 천양지차로 달라 쉽게 구별할 수 있었다고 한다. 하남성의 강 이름인 '澠水'는 '민수'라 발음한다.

권4 언어 문자言語文字

172. 東風

我邦西風氣潤, 東風氣燥, 唯嶺東【古濊地】反是. 人謂風度海至者, 氣潤; 踰山至者, 氣燥. 故中國之言, 以東風爲解凍, 西風爲肅殺, 以中國東際海而西皆山也. 然《詩》云: "習習谷風【東風也】, 以陰以雨." 我邦亦東風吹雨, 是則同矣. 鬐鄕風氣, 又與嶺東大同, 而以北風爲雨徵. 此與漢陽相反.【漢陽以南風爲雨徵】 其解凍, 亦以南風, 是則同矣. 蓋四方風氣, 各自不同, 其繇有二. 海一太陽一, 海潤而太陽煖. 以此推之, 則風之理可得也.

172. 동풍

우리나라는 서풍이 습하고 동풍은 건조한데, 오직 영동 지방【옛 예(濊) 지방】만은 이와 반대이다. 사람들은 바람이 바다를 건너오면 습하고, 산맥을 넘어오면 건조하다고 한다. 그래서 중국에서 동풍은 얼었던 것을 녹아서 풀리게 하고[1], 서풍은 냉랭하고 소슬하다[2]는 말이 있는데, 이는 중국이 동쪽은 바다와 접해 있고 서쪽은 모두 산이기 때문이다. 그런데 《시경》에 "온화하게 불어오는 골바람【동풍】에, 흐려지고 비 내리네."[3]라고 하였는데, 우리나라 역시 동풍은 비를 몰고

---

1) 동풍은…… 하고 : 《예기·월령(月令)》에 "동풍에 얼음이 풀리고 겨울잠 자던 벌레들 깨어난다.[東風解凍, 蟄蟲始振]"라 하였다.

2) 서풍은……소슬하다 : 서풍은 보통 가을바람을 말한다. 구양수의 〈추성부(秋聲賦)〉에 보면, 가을은 오행으로 금(金)에 해당되고 항상 냉랭하고 소슬한 것[肅殺]을 마음으로 삼는다고 하였다.

3) 온화하게……내리네 : 《시경·곡풍(谷風)》에 나오는 구절이다.

오니, 이는 중국의 경우와 같다.

기향(鬐鄕)[4] 땅의 바람은 또한 영동 지방과 거의 같은데, 북풍을 비가 올 징조로 여긴다. 이는 한양과는 반대이다.【한양에서는 남풍이 비가 올 징조이다.】 얼었던 것을 녹여 풀리게 하는 것 역시 남풍이니, 이는 한양의 경우와 같다. 대개 바람은 방향에 따라 기운이 각기 다른데, 여기에는 두 가지 이유가 있다. 하나는 바다이고 다른 하나는 태양이니 바다는 물기가 많고 태양은 따뜻하기 때문이다. 이것으로 추론하면 바람의 이치를 알 수 있을 것이다.

173. 畠畓

日本水田多而旱田少, 故水田曰田, 旱田曰畠. 我邦旱田多而水田少, 故旱田曰田, 水田曰畓. 我之北方, 粟米多而稻米少, 故粟米曰米, 稻米曰大米. 南方稻米多而粟米少, 故稻米曰米, 粟米曰小米.

173. 전답(畠畓)[5]

일본은 무논[水田]이 많고 마른 밭[旱田]이 적기 때문에, 무논을 '전(田)'이라 하고 마른 밭을 '전(畠)'이라 한다.[6] 우리나라는 마른 밭이

---

4) 기향(鬐鄕) : 경상북도 장기현(長鬐縣, 지금의 포항)을 가리킨다. 정약용은 40세인 1801년(순조 1) 신유옥사 때 형님인 정약종의 책롱사건(册籠事件)에 연루되어 조사를 받고 관련이 없음이 밝혀졌음에도 2월에 장기현으로 유배되었다. 그러다가 10월에 황사영(黃嗣永)의 백서(帛書) 사건에 연루되어 서울로 압송되었다가 다시 전남 강진현(康津縣)으로 이배(移配)되었다.

5) 전답(畠畓) : 이덕무의 《청장관전서》 권57, 〈앙엽기(盎葉記)〉4, '답전(畓畠)'조에 관련 내용이 보인다. 이덕무는 '답(畓)'자는 우리나라 사람이 처음 만들 글자이며, '전(畠)'자는 세속에서 일본에서 처음 만든 글자라 한다고 하였다.

6) 일본은……한다 : 성호 이익은 《성호사설》 권12, 〈인사문(人事門)〉, '전·

많고 무논이 적기 때문에, 마른 밭을 '전(田)'이라 하고 무논을 '답(畓)'이라 한다.

우리나라 북방은 좁쌀[粟米]이 많이 나고 입쌀[稻米]이 적게 나기 때문에, 좁쌀을 '미(米)'라 하고 입쌀을 '대미(大米)'라 한다. 남방은 입쌀이 많고 좁쌀이 적기 때문에, 입쌀을 '미(米)'라 하고 좁쌀을 '소미(小米)'라 한다.

174. 禊

禊者, 潔也. 鄭俗於上巳, 采蘭芷, 祓除不祥謂之禊.《漢·禮儀志》: "上巳, 官民皆潔於東流水上, 洗去宿垢." 潔, 祭名也. 今俗醵錢殖利謂之稧. 稧本無字, 晋俗好禊, 王羲之蘭亭修禊是也.〈蘭亭帖〉禊或從禾, 因以傳譌也. 今醵錢之禊, 當作契. 契, 約也, 合也, 正合爲名.

174. 계(禊)[7]

'계(禊)'는 '깨끗하게 하다[潔]'는 뜻이다. 정(鄭)나라 풍속에 삼짇날[上巳日]에 난초와 지초를 캐어서 상서롭지 못한 것을 푸닥거리하여 없앴는데, 이를 일러 '계(禊)'라고 하였다.[8]《후한서·예의지(禮儀志)》에 이르기를, "삼짇날에 관원과 백성들이 모두 동쪽으로 흐르는 물가에서 몸을 깨끗하게 씻으니[潔], 묵은 때를 씻어 없애는 것이다."라고 하였는데, 결(潔)은 제사의 이름이다.

지금 풍속에는 돈을 갹출해서 이자를 늘리는 것을 '계(稧)'라고 한

지·산·장·탕(田地山場蕩)'조에서 "일본에서는 무논을 전(畠)이라 하고, 마른 밭을 전(田)이라 한다."고 하였다. 정약용은 이와 반대인 것이다.

7) 계(禊) : 관련 내용이《아언각비(雅言覺非)》권3, '계(稧)'조에 보인다.

8) 정나라……하였다 : 관련 내용이 중국 남송의 정초(鄭樵)가 편찬한《통지(通志)》권43,〈불계(祓禊)〉에 보인다.

다. '계(稧)'는 본래 없던 글자였는데, 진(晋)나라 풍속이 계(禊) 제사를 좋아하였고 왕희지(王羲之)[9]가 난정(蘭亭)에서 '계제사를 닦은 것[修禊]'이 바로 이것이다. 《난정첩(蘭亭帖)》중에 '계(禊)'자가 간혹 '화(禾)'자를 편방으로 삼은 것이 있으니, 이로 인하여 잘못 전해지게 되었다. 지금 돈을 갹출하는 것을 뜻하는 '계(禊)'는 마땅히 '계(契)'라고 써야 한다. '계(契)'는 '약속하다'·'들어맞다'의 뜻이니, '딱 맞아 떨어진다'는 것에서 명칭을 삼은 것이다.

175. 綽楔

《說文》: "楔, 櫼也." 《爾雅 · 釋宮》 "棖謂之楔." 註 : "門兩旁木[10]." 後世, 孝烈旌門, 稱爲綽楔. 吳鼎芳〈唐嘉會妻詩〉, "煌煌樹綽楔, 巍巍建靈祠." 綽與靈對, 楔與祠對, 綽盖是寬大之意. 東俗誤作棹楔, 漸認爲連文. 製詞命者, 遂與俎豆·苾芬等作對語, 則謬甚矣. 棹與櫂同, 所以撥水進船者, 於門閭何干?

175. 작설(綽楔)[11]

《설문해자(說文解字)》에 "설(楔)은 쐐기[櫼]이다."라고 하였다. 《이

---

9) 왕희지(王羲之) : 중국 동진(東晉)의 서예가. 우군장군(右軍將軍)의 벼슬을 하였으므로 세상 사람들이 왕우군이라고도 불렀다. 해서(楷書)·행서(行書)·초서(草書)의 각 서체를 완성함으로써 예술로서의 서예의 지위를 확립하였다. 왕희지는 353년(영화 9) 늦봄에 회계의 난정(蘭亭)에서 명사 41인과 함께 불길한 재앙을 막는 계(禊) 제사를 열었다. 이때 지은 시는 《난정첩(蘭亭帖)》으로 만들어졌는데, 왕희지는 여기에 서문을 썼다.

10) 木 : 底本에는 "木栱"로 되어 있다. 《爾雅·釋宮》에 근거하여 "栱"을 삭제하였다.

11) 작설(綽楔) : 효자(孝子)나 의사(義士) 등을 정표하기 위하여 문 옆에 세운 붉은 문. 관련 내용이 《아언각비(雅言覺非)》 권3, '작설(綽楔)'조에 보인다.

아(爾雅) · 석궁(釋宮)》에 "문설주[棖]를 일러 설(楔)이라 한다."라고 하였고, 그 주(註)에 "문 양쪽에 문을 걸기 위해 세운 나무이다."라고 하였다. 후세에 효자나 열녀를 기리기 위해 세운 정문(旌門)을 '작설(綽楔)'이라 불렀다.

오정방(吳鼎芳)[12]의 시 〈당가회처(唐嘉會妻)〉에 "번쩍번쩍 빛나는 작설(綽楔, 넓은 문설주)을 세우고, 우뚝 솟은 신령한 사당 세웠네.[煌煌樹綽楔, 巍巍建靈祠.][13]"라고 하였다. '작(綽)'은 '영(靈)'과 대를 이루고 '설(楔)'은 '사(祠)'와 대를 이루니, 여기서 작(綽)은 대개 넓고 크다[寬大]는 뜻이다. 우리나라에서는 '도설(棹楔)'로 잘못 써서 차츰 연문(連文, 이어진 말. 곧 단어)으로 생각하게 되었다. 그리하여 사명(詞命)을 짓는 자들이 마침내 '조두(俎豆)'·'필분(苾芬)[14]' 등과 같은 대어(對語)[15]로 사용하니 오류가 매우 심하다. '도(棹, 노)'는 '도(櫂, 노)'와 같은 것으로, 물을 치며 배를 모는 것이니 정려문과 무슨 상관이 있단 말인가?

---

12) 오정방(吳鼎芳) : 1582~1636. 중국 명나라 소주(蘇州) 오현(吳縣) 사람. 자는 응보(凝父). 시는 소한(蕭閑)하고 간원(簡遠)하여 출진(出塵)의 운치가 있었다. 나이 마흔에 머리를 깎고 중이 되어 이름을 '대향(大香)'으로 짓고 호를 암람(唵囕)이라 하였다.

13) 번쩍번쩍……세웠네 : 장편(長篇)인 오정방의 시 〈당가회처(唐嘉會妻)〉의 "煌煌樹綽楔, 巍巍建灵祠." 이하의 구절은 다음과 같다. "青山爲環抱, 綠樹爲連枝. 上有芙容花, 并蒂開奇姿. 下有鴛鴦鳥, 交頸聲和諧. 寄語後來者, 愛惜當自知. 湖水有時竭, 茲冢毋壞之."

14) 조두(俎豆)·필분(苾芬) : 조두(俎豆)에서 '조(俎)'는 날고기를 담고, '두(豆)'는 마른 고기나 일반 음식을 담았던 데서 각종 예기(禮器)를 두루 일컫는다. 필분(苾芬)은 향기롭다는 뜻으로 제물(祭物)의 향기를 말한다. 《시경 · 초자(楚茨)》에 "정결하고 향기로운 효손의 제사에, 신령이 그 음식을 달게 받았다.[苾芬孝祀 神嗜飮食.]"라 하였는데, 제사에 쓰이는 물품이란 뜻으로 쓰였다.

15) 대어(對語) : 숙어 중에서 초목(草木)·화조(花鳥)·산하(山河)·도리(桃李) 등과 같이 사물을 상대시킨 말.

176. 苫

崔致遠〈崇福寺碑〉云: "益丘壟餘二[16]百結, 酬稻穀合二千苫."【註云: "東俗以十五斗爲苫."】苫音蟾.

《大明一統志》〈朝鮮·山川〉條, 有"江華島·紫燕島·菩薩苫·紫雲苫·春草苫·苦苫苫·跪苫."【注云: "《圖經》, 小於嶼而有草木曰苫, 俱在全州南海中."】○宋, 徐兢, 《使高麗錄》曰: "白衣島亦曰白甲苫. 跪苫在白衣島之東北, 其山特大於衆苫. 春草苫又在跪苫之外. 是日午後過菩薩苫. 五日丙戌過苦苫苫.【麗俗謂刺蝟毛爲苦苫. 此山林木茂盛而不大, 正如蝟毛, 故以名之.】群山島之南, 一山特大謂之案苫. 洪州山又在紫雲苫之東. 鴉子苫亦名軋居苫." ○按東俗穀包曰苫, 島嶼亦曰苫. 然穀包之苫, 音蟾, 平聲, 島嶼之苫, 音閃, 去聲."

176. 섬(苫)[17]

최치원(崔致遠)의 〈숭복사비(崇福寺碑)〉에 이르기를, "구롱(丘隴, 왕릉)에 200여 결(結)을 보태었으며, 그 대가로 도합 2천 섬(苫)의 곡식을 보상하였다."라고 하였다.【그 주에 이르기를, "우리나라 풍속은 열다섯 말을 '섬(苫)'이라 한다."라고 하였다.】 섬(苫)은 음이 섬(蟾)이다.[18]

《대명일통지(大明一統志)》 '조선산천'조에는 강화도(江華島), 자연도(紫燕島), 보살섬(菩薩苫), 자운섬(紫雲苫), 춘초섬(春草苫), 고섬섬(苦苫苫), 궤섬(跪苫)이 나온다.【주에 이르기를, "《고려도경(高麗圖經)》에서는 서(嶼)보다 작으면서 초목이 있는 곳을 섬(苫)이라고 하는데[19], 위의 섬은 모두 전주

16) 二 : 대숭복사지(大崇福寺址)에서 발굴된 비편(碑片)에는 '壹'로 되어 있다. 하지만 이 구절을 인용한 조선후기의 기록들에는 모두 '二'로 되어 있다. 여기서도 원문을 그대로 따른다.

17) 섬(苫) : 관련 내용이 《아언각비(雅言覺非)》 권3, '섬(苫)'조에 보인다.

18) 최치원의……섬이다 : 이덕무는 《청장관전서》 권68, 〈한죽당섭필 상(寒竹堂涉筆上)〉, '섬(苫)'조에서 섬(苫)은 공석(空石)의 의미로 음이 본래 섬(蟾)인데, 우리나라에서 이 글자를 점(占)으로 잘못 읽는 것을 지적하였다.

(全州) 남쪽의 바다 가운데에 있다."라고 하였다.】

○ 송나라 서긍(徐兢)의 《사고려록(使高麗錄)》에서는 다음과 같은 기록이 있다.[20]

"백의도(白衣島)를 백갑섬(白甲苫)이라고도 부른다. 궤섬(跪苫)은 백의도의 동북쪽에 있는데, 산이 여러 섬보다 특히 크다. 춘초섬(春草苫) 또한 궤섬의 밖에 있다. 이날 오후에 보살섬(菩薩苫)을 지났다. 5일 병술에는 고섬섬(苦苫苫)을 지났다. 【고려의 민간에서는 고슴도치의 털을 고섬(苦苫)이라고 한다. 이 산은 나무가 무성하나 크지 않은 것이 고슴도치 털과 똑 같아서 이렇게 이름 붙였다.】 군산도(群山島)의 남쪽에 산 하나가 특히 큰데 안섬(案苫)이라고 부른다. 홍주산(洪州山)은 또 자운섬(紫雲苫)의 동쪽에 있다. 아자섬(鴉子苫)은 알거섬(軋居苫)이라고도 한다."

○살펴보건대 우리나라 습속에 쌀가마니를 '섬'이라고 하고, 도서(島嶼) 역시 '섬'이라고 한다. 그러나 쌀가마니의 뜻으로 쓰는 섬은 음이 '섬(蟾)'이고 평성이며, 도서라고 할 때의 '섬'은 음이 '섬(閃)'이고 거성이다.

177. 范雎

潘岳〈西征賦〉: "成七國之稱亂, 翻助逆而誅錯." 鼂錯之錯, 押于入聲. 杜詩 : "勢愜宗蕭相, 材非一范雎." 范雎之雎, 押于魚韻. 然錯之謂措,

---

19) 고려도경에서는……섬이라고 하는데 : 《고려도경》은 중국 송나라 휘종(徽宗)이 고려에 국신사(國信使)를 보낼 때 수행한 서긍(徐兢)이 송도에서 보고 들은 것을 그림을 곁들여서 기록한 책. 원제는 《선화봉사고려도경(宣和奉使高麗圖經)》이다. 300여 항목을 28개 문(門)으로 분류하고, 문장으로 설명하고 형상을 그릴 수 있는 것은 그림을 덧붙였다. 관련 내용은 《고려도경·해도(海道)》에 보인다.

20) 사고려록에서는……이름 붙였다 : 《사고려록》은 《고려도경》을 가리킨다. 관련 내용이 《고려도경》, '고섬섬(苦苫苫)'조에 보인다.

中國亦然, 雎之謂睢, 我邦獨狙. 故余於丙辰冬, 承命校《史記英選》, 特釐爲睢字.

177. 범저(范睢)

반악(潘岳)[21]의 〈서정부(西征賦)〉에 다음과 같은 구절이 있다.

일곱 나라가 거병하여 난을 일으키자 成七國之稱亂
도리어 역도를 도와 조착을 죽였네 翻助逆而誅錯

이 구절에서 조착(鼂錯)[22]의 '착'은 입성으로 압운한 것이다.[23]

---

21) 반악(潘岳) : 중국 서진(西晉)의 문인. 자는 안인(安仁). 진나라 무제때 저작랑(著作郞)·산기시랑(散騎侍郞)·급사황문시랑(給事黃門侍郞) 등을 역임했다. 조왕(趙王) 사마륜(司馬倫)이 정권을 장악하였을 때, 아버지의 옛 부하인 손수(孫秀)에게 모함당하여 일족과 함께 주살되었다. 저서에 《반악집》이 있다.

22) 조착(鼂錯) : 중국 전한의 정치가. 상앙(商鞅)·신불해(申不害)의 형명학(刑名學)을 연구하였고, 복생(伏生)에게 《상서(尙書)》를 배웠다. 경제(景帝) 때 어사대부가 되어 제후의 봉지를 삭감하도록 주청하였는데, 오초칠국(吳楚七國)이 그를 죽이겠다는 구실로 난을 일으켜 결국 참형을 당했다.

23) 반악의…압운한 것이다 : 이상 조착(鼂錯)에 대한 내용은 《아언각비(雅言覺非)》 권3, '조착(鼂錯)'조에 보인다. 본문에서 인용한 〈서정부〉의 전후 구절을 보면, "隕吳嗣於局下, 盖發怒於一博"과 "恨過聽而無討, 茲沮善而勸惡"으로 운자는 입성(入聲) 약운(藥韻)이다. '조(錯)'자는 입성(入聲) 약운(藥韻)인 '착'과 거성(去聲) 우운(遇韻)인 '조' 두 가지로 발음이 된다. 〈서정부〉에서는 '착'으로 읽어 압운을 한 것인데, 정약용이 지적하고 있듯이 중국과 우리나라에서 일반적으로 '조조(鼂錯)'라고 발음하였다. 《설문해자》에 의하면 '錯'은 '金涂' 즉 '금을 바르다', '금칠을 하다'를 본뜻으로 하는 글자이다. 본뜻 이외에 '섞이다', '어지러워지다' 등의 의미로 널리 쓰였으므로 '鼂錯'의 경우, 사람이름에 이런 글자를 쓸까하여 '두다'는 뜻인 조(措)로 읽은 것으로 보인다. '착'이 바른 발음이다.

두보의 시에 다음과 같은 구절이 있다.

위세는 소상국[蕭何]에 견줄만하고	勢愜宗蕭相
재주는 일개 범저(范雎) 정도가 아니라네[24]	材非一范雎

이 구절에서 범저(范雎)[25]의 '저(雎)'는 어운(魚韻)으로 압운한 것이다. 그러나 '착'을 '조'라 하는 것은 중국도 그렇게 하지만, '저(雎)'를 '수(雎)'라 하는 것은 우리나라만 버릇이 되어 있다. 그러므로 나는 병진년(1796, 정조 20) 겨울《사기영선》을 교수(校讎)하라는 명을 받았을 때에 특별히 '저(雎)'로 바로잡았다.[26]

178. 黏蟬

朴齊家〈別船山張翰林問陶歸四川〉詩曰: "蜀客題詩問碧雞, 行人駒[27]馬出黏蟬. 相思摠有回頭處, 江水東流日向西." 自注曰: "黏蟬之蟬音提. 漁洋誤押先韻, 今[28]正之."

178. 점제(黏蟬)[29]

24) 위세는……아니라네 : 두보의 〈추일형남송석수설명부사만고별 봉기설상서송덕서회비연지작, 삼십운(秋日荊南送石首薛明府辭滿告別, 奉寄薛尙書頌德敍懷斐然之作, 三十韻)〉의 일부이다.

25) 범저(范雎) : 중국 전국시대 위나라 사람. 장록(張祿)이라 성과 이름을 바꾸고 진(秦)나라로 가서 진 소왕(秦昭王)에게 원교근공책(遠交近攻策)을 권유하여 재상이 되었고 응후(應侯)에 봉해졌다.

26) 두보의……바로잡았다 : 이상 범저(范雎)에 대한 내용은《아언각비(雅言覺非)》권3, '범저(范雎)'조에 보인다.

27) 駒 :《貞蕤閣集》에는 "驅"로 되어 있다.

28) 今 :《貞蕤閣集》에는 "故今"으로 되어 있다.

29) 점제(黏蟬) : 열수(洌水)의 하구에 위치한 지역으로, 낙랑군(樂浪郡)의 속

박제가(朴齊家)[30]의 〈한림 선산(船山) 장문도(張問陶)[31]가 사천(四川)으로 돌아가는 것을 이별하며[別船山張翰林問陶歸四川]〉라는 시는 다음과 같다.

촉땅 나그네는 시 지으며 벽계(碧雞)[32] 찾아가고	蜀客題詩問碧雞
행인(行人)[33]은 망아지 타고 점제(黏蟬)를 벗어나네	行人駒馬出黏蟬
서로 그리워하여 계속 고개 돌려보는데	相思摠有回頭處
강물은 동으로 흘러가고 해는 서로 저물어가네	江水東流日向西

현(屬縣)이었던 곳. 그 위치에 대해서는 여러 가지 설이 있으나, 평안남도 용강군(龍岡郡) 어을동(於乙洞)에서 점제현비(黏蟬縣碑)가 발견되었으므로 이곳을 점제로 보는 설이 유력하다. 한편 여기에 인용되어 있는 박제가의 시와 자주(自注)는 《정유각집(貞蕤閣集)》 3, 〈증장선산귀사천(贈張船山歸四川)〉이란 제목으로 수록되어 전한다.

30) 박제가(朴齊家) : 1750~1805. 조선후기의 실학자. 본관은 밀양, 자는 차수(次修)·재선(在先)·수기(修其), 호는 초정(楚亭)·정유(貞蕤)·위항도인(葦杭道人). 승지 박평(朴坪)의 서자로 박지원(朴趾源)을 스승으로 따르며, 이덕무(李德懋)·유득공(柳得恭) 등과 교유하였다. 29세에(1778) 사은사로 파견된 채제공을 따라 연경에 가서 이조원(李調元)·반정균(潘庭筠) 등 청나라 학자들과 교류하였다. 이듬해 정조의 서얼허통(庶孼許通) 정책에 따라 규장각 검서관이 되었다. 저서에는 《정유각집(貞蕤閣集)》·《북학의(北學議)》 등이 있다.

31) 장문도(張問陶) : 1764~1814. 중국 청나라의 문인. 중국 사천(四川) 수녕(遂寧) 사람. 자는 중치(仲治), 호는 선산(船山)·노선(老船)·촉산노원(蜀山老猿). 건륭 55년(1790)에 진사가 되어 한림원검토(翰林院檢討)·도찰원어사(都察院御史)·이부낭중(吏部郎中) 등을 역임하였다. 그러나 가경(嘉慶) 연간의 정치 부패를 보고서 가경 16년(1811)에 사직하고, 이후 오월(吳越) 지방을 노닐다가 소주(蘇州) 호구(虎丘)에 정착하였다. 시서화에 능했으며, 저서에 《선산시초》가 있다.

32) 벽계(碧雞) : 지금의 중국 사천성(四川省) 서창시(西昌市)에 있는 산 이름.

33) 행인(行人) : 사자(使者)를 통칭하는 말로, 여기서는 박제가를 가리킨다.

자주(自注)에 이르기를, "'점제(黏蟬)'의 '제(蟬)[34)]'는 음이 '제(提)'이다. 어양(漁洋) 왕사진(王士禛)[35)]이 선운(先韻)으로 잘못 압운하였으므로 이제 바로잡는다."라고 하였다.

179. 儷律

唐宋儷文, 平側相間, 一如律詩, 如〈滕王閣序〉"星分翼軫, 地接衡廬"以下, 莫不中律. 其或四字二節爲一句, 則只於本節內成格, 如"家君作宰, 路出名區; 童子何知, 躬逢勝餞"是也. "無路請纓, 等終軍之弱冠; 有懷投筆, 慕宗慤之長風", 與八字句同例. 盖儷律交變之法, 全在於每節終字. 故於八字一句處, 不得不然. 宋詔制中, 或有不用此法者, 蘇軾〈安置呂惠卿制〉曰"始以帝堯之仁, 姑試伯鯀; 終爲孔子之聖, 不善宰予"是也. 卽朱子不以小藝自命, 然〈丁巳謝表〉云: "雖改過以修身, 無及桑榆之暮景; 然在家而憂國, 敢忘葵藿之初心", 守律仍嚴. 至高麗, 文人亦知此法. 金悌·朴寅亮飄至通州, 謝太守啓曰"望斗極而乘槎, 初離下國; 指桃源而迷路, 誤到仙鄕"【見王闢之《澠水燕談》】·李奎報〈自桂陽召還謝表〉曰"果陷風波之謗, 出司嵐瘴之鄕", 仍是此法. 至國朝, 儷律寢廢, 表奏之入燕者, 皆違律格, 彼必笑之. 近世惟李松谷【名瑞雨, 官提學.】, 明於儷律.

179. 변려문의 율격[36)]

---

34) 제(蟬) : '蟬'자는 평성 선운(先韻)과 제운(齊韻), 상성 선운(銑韻) 세 가지 발음이 있다. 위 시에서 운자는 '계(雞)·제(蟬)·서(西)'로, 평성 제운(齊韻)에 압운한 것이다.

35) 왕사진(王士禛) : 중국 청나라 시인 왕사정(王士禎, 1634~1711)을 가리킨다. 권3 주 275) 참조.

36) 변려문의 율격 : 관련 내용이 《아언각비(雅言覺非)》 권2, '여율(儷律)'조 및 《목민심서》 권8, 〈과예예전(課藝禮典)〉 제6조에 보인다.

당송 시대 변려문은 평성과 측성을 번갈아 썼으니, 마치 율시와 같았다. 예를 들어 〈등왕각서(滕王閣序)〉[37]에서, "별은 익수(翼宿)와 진수(軫宿)의 분야에 해당하고, 땅은 형산(衡山)과 여산(廬山)에 닿아 있네."[38]라는 구절 이하는 율격에 맞지 않는 것이 없다. 그 중에 혹 네 글자 두 절이 한 구를 이루기도 하였는데, 이런 경우는 단지 본절(本節) 안에서만 율격을 이루었다. 예를 들어 "아버지께서 읍재(邑宰)가 되시니 나는 길 떠나 명승지로 나서게 되었는데, 동자가 어찌 알았으랴, 이 몸이 훌륭한 전별연 만나게 될 줄을."[39]과 같은 것이 그것이다. "밧줄을 청할 길이 없으나 나이는 약관의 종군(終軍)[40]과 같고, 붓을 던져버릴 마음이 있어 큰 바람을 타려던 종각(宗慤)[41]을 사

---

37) 등왕각서(滕王閣序) : 중국 초당사걸(初唐四傑)로 꼽히는 왕발(王勃)이 지은 사륙변려문(四六騈儷文). 등왕각은 그 옛터가 지금의 중국 강서성(江西省) 남창시(南昌市)에 있다. 당나라 고종(高宗) 때인 676년 중양절(9월 9일)에 홍주도독 염공(閻公)이 등왕각에서 주연을 열고 손님들을 청했다. 마침 왕발이 아버지를 뵈러 가는 길에 이곳을 지나다가 연회에 참석하여 즉석에서 시와 서문을 지었다.

38) 별은……닿아 있네 : 두 구절의 평측을 따져보면, 星(평) 分(평) 翼(측) 진(측), 地(측) 接(측) 衡(평) 廬(평)으로, 평성과 측성을 번갈아 썼음을 알 수 있다. 원문은 다음과 같다. "星分翼軫, 地接衡廬."

39) 아버지께서……될 줄을 : 두 구절의 평측을 따져보면 家(평) 君(평) 作(측) 宰(측), 路(측) 出(측) 名(평) 區(평); 童(평) 子(측) 何(평) 知(측), 躬(평) 逢(평) 勝(평) 餞(평)으로, 이 경우 君(평)과 宰(측), 子(측)와 知(평)에서 평측을 번갈아 썼음을 알 수 있다. 원문은 다음과 같다. "家君作宰, 路出名區; 童子何知, 躬逢勝餞"

40) 종군(終軍) : 중국 한나라 무제 때의 문신. 18세로 박사제자(博士弟子)에 선발되었고, 20여 세에는 간의대부(諫議大夫)에 발탁되었다. 이 때 한나라에서 남월(南越)과 화친하기 위해 남월에 사신을 보내려고 하자, 종군이 천자에게 긴 밧줄을 내려주면 반드시 남월왕(南越王)을 묶어서 궐하(闕下)에 끌어오겠다며 사신 가기를 자청하였다. 《漢書·終軍傳》

41) 종각(宗慤) : 중국 남조(南朝) 송(宋)나라 좌위장군(左衛將軍). 종각(宗慤)은 소년 시절에 숙부 종병(宗炳)의 질문을 받고 자신의 뜻을 토로하면서

모하노라."[42]는 여덟 자가 한 구를 이루는 경우와 같은 법식이다. 대개 변려문에서 율(律)을 상호 교차하는 방법은 온전히 매 절의 마지막 글자에 달려있다. 그러므로 여덟 자가 한 구를 이루는 곳에서는 이렇게 하지 않을 수 없는 것이다.

송나라의 조제(詔制, 황제의 명령문) 중에는 혹 이 법식을 쓰지 않은 것이 있는데, 소식이 황제를 대신해 쓴 〈여혜경(呂惠卿)을 안치하라는 조제〉에서 "처음에는 요임금의 인(仁)으로 우선 백곤(伯鯀)을 시험했으나, 결국에는 공자의 성스러움으로도 재여(宰予)를 선하게 여기지 못했다."[43]라고 한 것이 그 예이다.

주자(朱子)의 경우 작은 기예[小藝, 곧 글짓기]에 자허(自許)하지 않았으나, 〈정사년 사례하며 올린 표문〉에서, "비록 잘못을 고쳐 몸을 닦는다 해도 뽕나무와 느릅나무에 걸린 저녁 햇빛에는 미칠 수 없거늘, 집에 있으면서도 나라를 걱정하니 감히 폐하를 향한 처음의 마음을 잊을 수 있겠습니까?"[44] 라고 하였으니, 율격을 지킴이 참으

"장풍을 타고서 만 리의 파도를 휘젓고 싶다.[願乘長風破萬里浪]"라고 하였다 한다. 《宋書·宗慤傳》

42) 밧줄을……사모하노라 : 두 구절의 평측을 따져보면, 等(측) 終(측) 軍(평)之弱(측) 冠(측); 有懷投筆, 慕(측) 宗(평) 慤(측)之長(평) 風(평)으로, 軍(평)과 冠(측), 慤(측)과 風(평)에서 평측을 번갈아 쓰고 있음을 알 수 있다. 원문은 다음과 같다. "無路請纓, 等終軍之弱冠. 有懷投筆, 慕宗慤之長風."

43) 소식이……못했다 : 소식이 지은 표문의 원제는 〈여혜경책수건녕군절도부사본주안치부득첨서공사(呂惠卿責授建寧軍節度副使本州安置不得簽書公事)이며, 해당 부분의 원문은 다음과 같다. "始以帝堯之聰, 姑試伯鯀. 終焉孔子之聖, 不善宰予."

44) 주자의……있겠습니까 : 주자가 지은 표문의 원제는 〈낙직파궁사사표(落職罷宮祠謝表)〉이며, 해당 구절의 평측을 따져보면 "雖補(측)過(측)以修(평)身(평), 無及桑(평)榆(평)之暮(측)景(측). 然在(측)家(평)而憂(평)國(측), 未忘(측)葵(평)藿(측)之初(평)心(심)"으로, 평측을 번갈아 썼음을 알 수 있다.

로 엄격했던 것이다.

고려에서도 문인들 역시 이러한 법식을 알고 있었다. 김제(金第)[45]·박인량(朴寅亮)[46]이 풍랑을 만나 바다에 표류하다 중국 통주(通州)에 도착하여 태수에게 사례하며 올린 계문(啓文)에, "북두성 바라보며 뗏목에 올라 처음 우리나라 떠났고, 무릉도원 가리키다 길을 잃어 신선의 나라에 잘못 들어왔군요."【왕벽지(王闢之)의 《민수연담록(澠水燕談錄)》에 보인다.[47]】 라고 한 것과 이규보가 〈계양(桂陽)으로부터 소환되고 나서 사례하며 올린 표문〉에 "과연 풍랑 같은 비방에 빠져 장기(瘴氣) 가득한 고을로 나아가 다스리니."[48]라고 한 것이 바로 이러한

---

45) 김제(金第) : 《고려사·열전》 박인량(朴寅亮) 조에 의하면 김제(金第)는 김근(金覲)의 오기임에 분명하다. "三十四年, 與戶部尙書柳洪, 奉使如宋. 至浙江, 遇颶風, 幾覆舟. 及至宋, 計所貢方物失亡殆半, 帝勅王勿問王, 乃釋洪等. 有金覲者亦在是行. 宋人見寅亮及覲所著尺牘表狀題詠, 稱嘆不置, 至刊二人詩文, 號小華集."

46) 박인량(朴寅亮) : 고려 전기의 문신. 1080년(문종 34)에 사은사로 송나라에 갔는데, 절강(浙江)에 이르러 태풍을 만나 대부분의 방물(方物)을 잃어버렸다. 후에 귀국하여 이 문제로 죄를 받을 뻔하였다.

47) 왕벽지……보인다 : 왕벽지(王闢之)는 중국 송나라 철종(哲宗) 때의 학자로, 자는 성도(聖塗). 관련 내용이 《면수연담록(澠水燕談錄)》 〈잡록(雜錄)〉에 보이는데, 해당 부분 원문의 평측을 따져보면, "望(평)斗(측)極(측)而乘(평)槎(평), 初(평)離(평)下(측)國(측); 指(측)桃(평)源(평)而迷(평)路(측), 誤(측)到(측)仙(평)鄕(평)으로 極(측)과 槎(평), 離(평)와 國(측), 源(평)과 路()측, 到(측)와 鄕(평)에서 평측을 번갈아 썼음을 알 수 있다. 또한 望(평)과 指(측)도 평측을 교환하였다. 이 부분은 《지봉유설》 권8, 〈문장부〉, '동문(東文)'조에도 인용되어 있다.

48) 이규보가……다스리니 : 이규보가 지은 표문의 원제는 〈사예부낭중기거주지제고표(謝禮部郎中起居注知制誥表)〉이다. 두 구절의 평측을 살펴보면, 果(측)陷(측)風(평)波(평)之謗(측), 出(측)司(평)嵐(평)瘴(측)之鄕(평)으로, 陷(측)과 波(평), 司 (평)과 瘴(측)에서 평측을 번갈아 썼음을 알 수 있다. 또한 謗(측)과 鄕(평)도 평측을 교환하였다. 해당 부분의 원문은 다음과 같다. "果陷風波之謗, 出司嵐瘴之鄕."

법식이다.

조선에 이르러서는 변려문의 율격을 쓰지 않게 되어 중국에 보내는 표문(表文)과 주문(奏文)이 모두 율격을 어기게 되었으니, 저들은 필시 우리를 비웃을 것이다. 근래는 오직 이송곡(李松谷)【이름은 서우(瑞雨)[49], 벼슬은 제학(提學)에 이름】만이 변려문의 율격에 밝았다.

180. 破日

高士奇曰: "俗以初五·十四·二十三爲月忌. 蓋三日, 乃河圖數之中宮五數耳. 五爲君象, 故民庶不敢用."【高說止此】 東俗以此爲破日, 更謬. 中國惟民庶不敢用, 我邦凡行幸殿座, 皆不用是日, 又無義也.

180. 파일(破日)[50]

고사기(高士奇)[51]가 다음과 같이 말했다.

"민간에서 초5일·14일·23일을 '월기(月忌)[52]'라고 한다. 이 세 날은 하도(河圖)[53] 수에서 중궁(中宮) 오수(五數)에 해당한다. 오(五)는 임

---

49) 이서우(李瑞雨) : 1633~1709. 조선중기의 문신. 권3 주 187) 참조.

50) 파일(破日) : 음력으로 매월 초5일·14일·23일을 이르는 말로, '삼패일(三敗日)'이라고도 한다. 이 날은 큰일을 하지 않고 외출이나 여행을 꺼렸다. 관련 내용이 《아언각비(雅言覺非)》 권3, '파일(破日)'조에 보인다.

51) 고사기(高士奇) : 1645~1703. 중국 청나라 서예가 겸 문신. 절강(浙江) 전당(錢塘) 사람. 자는 담인(澹人), 호는 강촌(江村). 서예에 능하여 강희제에게 선발되었으며 한림원시강(翰林院侍講)·일강기거주관(日講起居注官)을 역임하였다. 이후 시독학사(侍讀學士)로 승진하여 《대청일통지(大淸一統志)》 편집의 부총재관이 되었다. 저서로 《좌전기사본말(左傳紀事本末)》·《춘추지명고략(春秋地名考略)》·《청음당전집(淸吟堂全集)》 등이 있다.

52) 월기(月忌) : 매달 피해야 하는 기일(忌日)을 가리킨다. 옛날 풍속에 음력 매월 5일·14일·23일은 존귀한 별자리인 중궁(中宮)에 해당되는 날이기에 매사를 삼가서 피했다고 한다.

금의 상(象)이기 때문에, 백성들이 감히 쓸 수 없다."〔고사기의 설은 여기까지이다.〕

우리나라의 풍속에서는 이것을 '파일(破日)'이라고 하는데, 이는 더욱 잘못된 것이다. 중국에서는 오직 백성들만이 이 날을 쓰지 않으나, 우리나라에서는 임금이 행차하거나 침소에 들 때에는 모두 이 날을 쓰지 않으니, 또한 정도에 맞지 않는다.

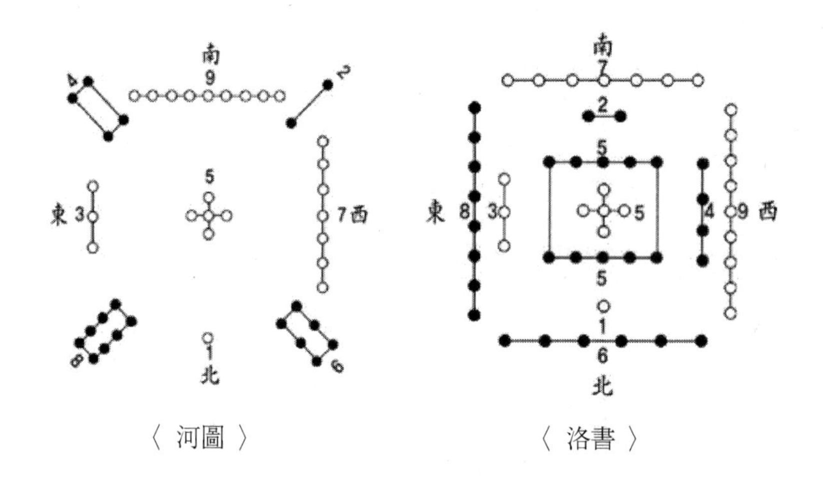

〈 河圖 〉 〈 洛書 〉

181. 朱提

《漢書·食貨志》 "朱提銀重八兩爲一流", 諸葛亮云"漢嘉金·朱提銀, 採之不足以自食", 是也. 朱提音殊時. 韓昌黎寄崔立之詩曰: "文書自傳道, 不仗史筆垂. 我有雙飮盞, 其銀得朱提." 提屬支韻明甚. 一東儒詩, 押之齊韻, 誤矣. 〈地理志〉: "朱提縣名, 屬犍爲郡. 有朱提山, 出銀綱."

53) 하도(河圖) : 중국 고대 전설 상의 제왕인 복희(伏羲)가 황하(黃河)에서 얻었다는 그림으로, 이것에 의거하여 복희는 역(易)의 팔괘(八卦)를 만들었다고 한다.

181. 수시(朱提)[54]

《한서(漢書)·식화지(食貨志)》에는 "수시(朱提) 지방의 은(銀)은 무게 8량(兩)이 1류(流[55])이다."[56]라는 말이 있다. 제갈량(諸葛亮)이 "한가(漢嘉)의 금과 수시(朱提)의 은을 캐도 먹고 살기에 어렵습니다."[57]라 한 것이 바로 이것이다. '수시(朱提)'는 '수시(殊時)'라고 읽는다. 한유(韓愈)가 최입지(崔立之)에게 보낸 시에 다음과 같은 구절이 있다.

지은 글이 절로 도를 전하니	文書自傳道
사관의 붓에 기대 전할 필요 없다네	不仗史筆垂
나에게 한 쌍의 술잔 있으니	我有雙飮盞
수시에서 난 은으로 만든 것이라네[58]	其銀得朱提

이로 보면 시(提)가 지운(支韻)에 속한다는 것은 분명하다.

우리나라의 어떤 선비의 시에 시(提)를 제운(齊韻)으로 압운하였는데 이는 잘못된 것이다. 《한서·지리지(地理志)》에 이르기를, "수

---

54) 수시(朱提) : 중국 운남성(雲南省) 소통현(昭通縣)을 말하는데, 이곳에서 백은(白銀)이 많이 생산되었으므로 은을 대칭하는 말로 쓰인다.

55) 류(流) : 중국 전한의 정치가 왕망(王莽)이 신(新)을 세웠을 때 은의 무게를 세는 단위로 사용하였다. 무게 8량(兩)이 1류(流)가 됨.

56) 수시은은……1류이다 : 《한서·식화지》에, "수시은(朱提銀)은 무게 8량이 1류인데, 값어치는 1580전(錢)에 달한다.[朱提銀重八兩爲一流, 直一千五百八十.]"라 하였다. 안사고(顔師古)의 주에 "수시(朱提)는 현(縣)의 이름으로, 건위군(犍爲郡)에 속하며 좋은 은이 산출된다. 주(朱)의 음은 수(殊)이며, 제(提)의 음은 시[上支反]이다.[師古曰: 朱提縣名, 屬犍爲, 出善銀. 朱音殊, 提音上支反.]"라 하였다.

57) 한가의……어렵습니다 : 제갈량의 말은 《후한서·군국지(郡國志)》의 주에 보인다.

58) 한유가……것이라네 : 한유가 지은 시의 원제는 〈기최이십육입지(寄崔二十六立之)〉이며, 본문은 그 중 일부이다.

시(朱提)는 현(縣)의 이름으로 건위군(犍爲郡)에 속한다. 수시산(朱提山)이 있는데 은강(銀綱)이 난다."[59]라고 하였다.

182. 風月

金安國〈贈江原都事詩〉曰"永郎風月三千首, 無竭煙雲一萬峯", 蓋本歐陽永叔〈贈王介甫〉云"翰林風月三千首, 吏部文章二百年". 又金時劉內翰著〈鷓鴣天詞〉云"翰林風月三千首, 寄與吳姬忍淚看", 詩之謂風月, 蓋久矣. 未知何意《老學菴筆記》記呂居仁詩云: "好詩正似佳風月, 解賞能知已不凡." 此詩在我邦, 卽爲疊牀語. 好詩之與佳風月, 旣非二物, 安得相似?

182. 풍월(風月)[60]

김안국(金安國)[61]이 강원 도사 권겸(權㻩)[62]에게 준 시에 "영랑호

59) 수시는……산출된다 : 《한서·지리지》에 "건위군(犍爲郡)에는 109,419호(戶)가 있고, 인구는 489,486명이다.[犍爲郡, 戶十萬九千四百一十九, 口四十八萬九千四百八十六.]"라고 되어 있고, 《후한서·군국지(郡國志)》에는, "건위(犍爲)는 속국(屬國)이다. 7,938호(戶)가 있고, 인구는 37,187명이다. 수시산(朱提山)에서는 은과 동이 산출된다.[犍爲屬國. 戶七千九百三十八, 口三萬七千一百八十七. 朱提山出銀銅.]"라고 되어 있다.

60) 풍월(風月) : 보통 청풍명월(淸風明月)과 같은 아름다운 자연을 의미하는데, '풍월을 읊는다.'와 같은 용례에서도 알 수 있듯 시가(詩歌)를 지칭하는 말로도 쓰인다. 관련 내용이 《아언각비(雅言覺非)》 권2, '풍월(風月)' 조에 보인다.

61) 김안국(金安國) : 1478~1543. 조선전기의 문신 겸 학자. 본관은 의성, 자는 국경(國卿), 호는 모재(慕齋). 김굉필(金宏弼)의 문인. 1503년 별시문과, 1507년 문과중시에 급제하였으며, 부교리·지평·대사간·공조판서 등을 역임하였다. 1519년 기묘사화 때 파직되어 경기도 이천에 내려가 후진을 양성하다가, 1537년 재등용되어 이후 예조판서·대사헌·병조판서·대제학 등의 요직을 두루 거쳤다. 저서에 《모재집》이 있다.

(永郎湖)를 읊은 시[風月] 삼천 수, 금강산의 안개 낀 일만 봉[永郎風月三千首, 無竭煙雲一萬峯.][63]"이라 하였다. 이는 구양수가 왕안석에게 준 시에서, "한림의 시[風月] 삼천 수, 이부(吏部)의 문장 이백 년[翰林風月三千首, 吏部文章二百年.][64]"이라 한 구절을 따른 것이다. 또 금나라 때 내한(內翰) 유저(劉著)[65]가 〈자고천사(鷓鴣天詞)〉에서 "한림의 시[風月] 삼천 수, 오희(吳姬)에게 부치니 눈물 참고 보네[翰林風月三千首, 寄與吳姬忍淚看][66]"라고 하였다. 이처럼 시를 '풍월(風月)'이라 부른 것이 오래되었다.

그런데 송나라 육유(陸游)[67]의 《노학암필기(老學菴筆記)》에 여거인(呂居仁)[68]이 지은 시구가 기록되어 있는데, "좋은 시는 바로 아름

---

62) 권겸(權謙) : 조선전기의 문신. 본관은 안동. 1519년(중종 14) 별시에 급제하였으며 김해부사·성균관사성 등을 역임하였다.

63) 영랑호를……이천 봉 : 《모재집》 권7에 〈증강원권도사겸군형(贈江原權都事謙君瑩)〉이란 제목으로 전한다.(扶桑初日射天東, 縹緲蓬萊落眼中, 塵海幾飜來邃古, 鵾鵬時化擊層空, 永郎風月三千首, 無竭煙雲一萬峯, 倘遇安期煩寄語, 人間虛老泛槎翁.)

64) 한림의……이백 년 : 《문충집(文忠集)》 권57에 〈증왕개보(贈王介甫)〉란 제목으로 전한다.(翰林風月三千首, 吏部文章二百年, 老去自憐心尙在, 後來誰與子爭先, 朱門歌舞爭新態, 綠綺塵埃試拂絃, 常恨聞名不相識, 相逢罇酒盍留連.)

65) 유저(劉著) : 중국 금나라 문인. 자는 붕남(鵬南). 남송 선정(宣政) 말에 진사시에 합격하였으며, 금나라에 들어서 금관한림수찬(金官翰林修撰)·흔주자사(忻州刺史) 등을 역임하였다.

66) 한림의 시……참고 보네 : 금나라 원호문(元好問)이 편집한 《중주악부(中州樂府)》에 전한다.(星點點月團團, 倒流河漢入杯盤, 翰林風月三千首, 寄與吳姬忍淚看.)

67) 육유(陸游) : 1125~1210. 중국 남송의 시인. 자는 무관(務觀), 호는 방옹(放翁). 약 50년간에 1만 수에 달하는 시를 남겨 중국 역사 상 최다작의 시인으로 꼽힌다. 강렬한 서정을 부흥시킨 점이 최대의 특색이라 할 수 있다. 저서에 《검남시고(劍南詩稿)》가 있다.

68) 여본중(呂本中) : 1048~1145. 중국 송나라의 시인. 자는 거인(居仁), 호는

다운 풍월(風月)과 비슷하니, 잘 감상할 줄 알면 이미 범상치 않은 것이네[好詩正似佳風月, 解賞能知已不凡.]"라고 하였다. 여기서 '풍월'은 무슨 뜻인지 모르겠다. 이 시는 우리나라에서는 곧 상위에 또 상을 놓은 중복된 말이 된다. 좋은 시와 아름다운 풍월이 이미 다른 것이 아닌데, 어찌 비슷할 수 있겠는가?

183. 化翁

古人有稱天公·化工, 而未有稱化翁者. 我人習用化翁. 年前有一士赴燕, 與華士筆譚, 稱化翁. 華士未曉云: "化翁是甚麽?" 其人始悟, 慙而收之.

183. 화옹(化翁)[69]

옛 사람들이 '천공(天公)'·'화공(化工)'이라고 일컬은 경우는 있어도 '화옹(化翁)'이라고 일컬은 경우는 없었다. 그런데 우리나라 사람들은 습관적으로 화옹이라는 말을 쓴다. 몇 해 전에 어떤 선비가 연경(燕京)에 가서 중국 선비와 필담을 나누던 중에 화옹이라는 말을 썼다. 중국 선비가 이해하지 못하고 "화옹이 무엇이요?"라고 물었다. 그 사람은 비로소 잘못을 깨닫고 부끄러워하면서 자신의 말을 거두어 들였다.

자미(紫微). 증조부 여공저(呂公著)가 재상을 지낸 덕으로 승무랑(承務郎)이 되고 뒤에 벼슬이 중서사인(中書舍人)에 이르렀다. 후에 진회(秦檜)에게 미움을 받아 파직되었다. 저서로 《동몽훈(童蒙訓)》·《동래시집(東萊詩集)》·《자미시화(紫微詩話)》 등이 있다.

69) 화옹(化翁) : 자연의 조화를 의인화하여 일컫는 말. 천공(天公)·화공(化工)과 같은 의미로 쓰임. 정약용은 화옹이라는 말은 우리나라에서만 사용한다고 하였는데, 실제로 《한어대사전(漢語大詞典)》에 '화옹'이란 단어는 등재되어 있지 않다. 관련 내용이 《아언각비(雅言覺非)》 권2, '화옹(化翁)'조에 보인다.

184. 烏喇

星湖先生, 以烏喇城爲五國城, 蓋以烏與五音相近. 方言謂國爲辣阿, 而喇亦音辣, 烏喇者, 五國也.

184. 오라(烏喇)

성호(星湖) 이익(李瀷) 선생은 '오라성(烏喇城)'을 '오국성(五國城)'이라 하였는데[70], 대개 '烏(오)'와 '五(오)'의 음이 서로 비슷하기 때문이다. 우리나라에서는 '國(국)'을 '날아(辣阿, 곧 나라)'라고 하는데, '喇(라)' 또한 발음이 '辣(랄)'이니 '오라(烏喇)'는 오국(五國)이다.[71]

185. 雞口

王崇簡《冬夜箋記》曰: "雞口牛後, 古本乃雞尸牛後.《國策音義》曰: '尸, 雞中之主, 牛後, 牛子也.' 俗寫誤耳."【文止此.】 古語皆叶韻, 口與後叶, 雞尸未必非誤.

---

70) 성호……하였는데 : 관련 내용이《성호사설》제2권,〈천지문(天地門)〉, '오국성(五國城)'조에 보인다. "금(金) 나라는 여진의 흑수부(黑水部)로 우리나라의 북도와 가장 가깝다. 송(宋) 나라의 황제가 잡혀 와서 오국성(五國城)에 구금되었으니 반드시 우리 국경과 서로 가까웠을 것이다. 흑수부 지역에서 가장 깊고 들어가기 어려운 곳은 오랄성(烏喇城)이다. 오(烏)와 오(五)는 우리 음으로 비슷하니 '오국'은 아마도 '오랄'의 잘못인 듯하다. 대개 이족 지역에서는 사람 이름을 부를 때 발음에 따르고, 한자를 따르지 않기 때문이다." 오국성은 현재 중국 길림성(吉林省) 동북부 의란임강(依蘭臨江)의 부근에 있는 성 이름. 북송(北宋)의 흠종(欽宗)은 아버지 휘종(徽宗)과 함께 오국성으로 끌려와 생을 마쳤다.

71) 오라(烏喇)는 오국(五國)이다 :《여유당전서》,〈문헌비고간오(文獻備考刊誤)〉, '여지고(輿地考)'조에 "내가 보건대 오국성은 지금의 오라성이다. 자세한 것은 나의《한야지언(寒夜枝言)》에 보인다.[案五國城, 今烏喇城也. 詳見余寒夜枝言.]"라는 기록이 보인다.《한야지언》은 이곳에 유일하게 보이는데, 정약용이 쓴 필기류의 저작이었을 것으로 추정된다.

185. 계구(雞口)

왕숭간(王崇簡)[72]의 《동야전기(冬夜箋記)》[73]에 다음과 같은 말이 있다.

"'계구우후(雞口牛後)'[74]가 옛 책에는 '계시우후(雞尸牛後)'로 되어 있다. 《국책음의(國策音義)》[75]에 '시(尸)는 닭 무리 중의 주인이고, 우후(牛後)는 소의 새끼이다.'라 하였다. 그러하니 세속에서 시(尸)를 구(口)로 쓰는 것은 잘못된 것이다.'"[76]【글은 여기까지이다.】

고어는 모두 운이 맞는데 구(口)와 후(後)는 운이 맞으니,[77] 계시(雞尸)가 반드시 옳다고는 할 수 없다.

186. 洞簫

俗以五孔笛爲洞簫, 然簫者參差也. 正以諸管比簇, 其形參差也. 故《風俗通》曰: "舜作簫, 其形參差."《博雅》云: "簫大者, 二十三管無底, 小

72) 왕숭간(王崇簡) : 중국 명말청초의 문인. 자는 경재(敬哉)·경재(敬齋). 명나라 숭정(崇禎) 16년(1634)에 진사에 급제하였다. 저서에 《청상당시집(青箱堂詩集)》이 있다.

73) 동야전기(冬夜箋記) : 왕숭간(王崇簡)이 강희(康熙) 연간에 편찬한 책. 내용은 수필이나 찰기(札記)인데, 선유(先儒)의 말이 많이 실려 있다. 그러나 들은 이야기를 토대로 써내려간 것이어서 출전이 자세하지 않거나 정확하지 않은 곳이 많다.

74) 계구우후(雞口牛後) : 닭의 입이 될지언정 소의 항문이 되지 말라는 뜻.

75) 국책음의(國策音義) : 중국 후한의 연독(延篤)이 찬한 《전국책음의(戰國策音義)》를 말한다.

76) 계구우후……것이다 : 이와 관련된 내용이 《안씨가훈(顔氏家訓)》에도 보인다.("太史公記曰: '寧爲雞口, 無爲牛後.' 此是刪《戰國策》耳. 按延篤《戰國策音義》曰: '尸, 雞中之主, 從, 牛子.' 然則口當爲尸, 後當爲從, 俗寫誤也.")

77) 구(口)자와……운이 맞으니 : 구(口)와 후(後)는 모두 상성 유운(有韻)에 속하는 글자이다. '계시(鷄尸)'라고 하면 운이 맞지 않는다. 관련 내용이 《이담속찬(耳談續纂)》, '중언(中諺)'조에 보인다.

者十六管有底."《漢書·元帝紀》'洞簫'注, 如淳曰: "洞簫, 簫之無底者."俗以洞簫爲簫之別種, 如琴之與奚琴, 究何嘗然? 卽裁竹爲笛, 蛙吹墟里之間者, 不敢比擬於東坡之客矣.

186. 퉁소(洞簫)[78]

세속에서는 구멍이 다섯 개 있는 피리[笛]를 퉁소(洞簫)라고 하는데, 소(簫)는 본래 모양이 들쭉날쭉하다. 대롱 여러 개가 열 지어 있기 때문에, 그 모양이 들쭉날쭉한 것이다. 그러므로 《풍속통(風俗通)》[79]에 이르기를, "순(舜)이 소(簫)를 만들었는데, 그 모양이 들쭉날쭉하다."라고 하였다. 《박아(博雅)》[80]에 이르기를, "소(簫) 중에 큰 것은 대롱이 스물세 개에 밑이 뚫려 있으며, 작은 것은 열여섯 개에 밑이 막혀 있다."라고 하였다. 《한서(漢書)·원제기(元帝紀)》의 '퉁소'에 대한 주석에서 여순(如淳)[81]이 이르기를, "퉁소는 소 중에 밑이 뚫려 있는 것이다."라고 하였다.

세속에서는 퉁소를 소와 다른 종류로 보아, 퉁소와 소를 마치 금(琴)과 해금(奚琴)의 관계처럼 여기나 어찌 그렇겠는가? 대나무를 잘라 피리를 만들어 촌락에서 개구리 울음 같은 소리를 내는 사람은, 감히 소동파(蘇東坡)와 함께 노닐던 나그네[82]에 견줄 수 없는 것이다.

---

78) 퉁소(洞簫) : 관련 내용이 《아언각비(雅言覺非)》 권2, '퉁소(洞簫)'조에 보인다.

79) 풍속통(風俗通) : 중국 후한 말기의 학자 응소(應劭)가 편찬한 것으로 풍속의 잘못된 점을 논한 책이다.

80) 박아(博雅) : 《광아(廣雅)》의 별칭. 수나라 양제(煬帝)의 이름인 양광(楊廣)을 피휘하여 '박아'라 한 것이다.

81) 여순(如淳) : 중국 삼국시대 위(魏)나라의 학자로 《한서(漢書)》에 주석을 달았다.

82) 소동파와……나그네 : 소동파의 〈적벽부(赤壁賦)〉에 등장하는, 소동파와 함께 노닐며 퉁소를 불었던 나그네를 말한다.("客有吹洞簫者, 倚歌而和之. 其聲鳥鳥然, 如怨如慕, 如泣如訴.")

187. 罘罳

罘罳, 屛也. 《漢書》'疏屛'注可按. 又"東闕桴思災", 桴思, 復思也. 劉熙《釋名》云: "人臣將入請事, 於此復思也." 高士奇云: "今之照墻似也. 今人以殿榱雀綱爲罘罳, 甚爲無據." 段成式亦言之.

187. 부시(罘罳)

부시(罘罳)는 병풍이다. 《한서》의 '소병(疏屛)[83)]'에 관한 주에서 살필 수 있다. 또 "동궐의 부시(桴思)에 화재가 났다."[84)]라고 했는데, '부시(桴思)'는 '다시 생각하다'라는 의미이다. 유희(劉熙)의 《석명(釋名)》[85)]에 이르기를, "신하들이 장차 궁궐에 들어가 일을 청할 때, 여기에서 다시 생각한다."라고 하였다. 고사기(高士奇)[86)]가 말하기를, "오늘날의 조장(照墻)[87)]과 비슷하다. 요즘 사람들은 전각의 서까래에

---

83) 소병(疏屛) : 고대 종묘에 두었던 나무로 된 병풍으로 나무에 구름이나 동물 따위를 아로새겨 장식하였다. 그런데 《한서》에는 '소병(疏屛)'이란 말이 보이지 않는다. 다만 《예기(禮記)·명당위(明堂位)》에 "소병(疏屛)은 천자의 묘식(廟飾)이다.[疏屛, 天子之廟飾也]"라고 하였는데, 한나라 정현(鄭玄)의 주에 "병(屛)은 나무를 이름이니, 지금의 부시(桴思)이다.[屛謂之樹, 今桴思也]"라는 말이 보인다.

84) 한서의……났다 : 관련 내용이 《한서·문제기(文帝紀)》에 보인다. "부시(桴思)"는 곧 "부시(罘罳)"로 문밖에 설치해 둔 병풍을 말한다. "부(桴)"는 "부(罘)"와 통용된다.

85) 석명(釋名) : 중국 후한 말기 유희(劉熙)가 지은 책. 같은 음을 가진 말로 어원을 설명하였다. 내용에 따라 석천(釋天)·석지(釋地)·석산(釋山)부터 석질병(釋疾病)·석상제(釋喪制)까지 27편으로 구성되어 있다. 분류방법은 《이아(爾雅)》와 같은데, 소리가 비슷한 말은 의미에도 많은 관련이 있다는 '성훈(聲訓)'의 입장에서 해설한 점이 특색이다. 청나라 왕선겸(王先謙)의 《석명소증(釋名疏證)》은 이 책의 훌륭한 연구서로 꼽힌다.

86) 고사기(高士奇) : 1645~1703. 중국 청나라 서예가 겸 문신. 권4 주 51) 참조.

87) 조장(照墻) : 옛날 밖에서 대문 안이 들여다보이지 않도록 대문을 가린 벽. 조벽(照壁)이라고도 함.

쳐놓은 참새그물을 부시라고 하는데 매우 근거가 없다."라고 하였다. 단성식(段成式)[88] 또한 이렇게 말했다.

188. 千金

古用黃金, 秦以一溢爲一金, 漢以一斤爲一金, 則千金者, 金千斤; 萬金者, 金萬斤. 故露臺百金, 爲中人十家之產也. 今錢千兩謂之千金, 萬兩謂之萬金, 則錢十兩, 何得爲一家之產?

188. 천금(千金)[89]

옛날에는 황금(黃金)을 사용하여, 진(秦)나라에서는 황금 1일(溢, 무게의 단위)을 1금(金)이라 하고, 한(漢)나라에서는 1근을 1금(金)이라고 하였으니, 천금은 금 천 근이고 만 금은 금 만 근이다. 그러므로 노대(露臺)를 짓는 비용 백금(百金)은 보통 사람의 열 집 재산이 되는 것이다.[90]라고 한 것이다. 지금은 전(錢) 천 냥을 천금이라고 하고 만 냥을 만금이라고 하는데, 전(錢) 10냥이 어찌 한 집의 재산이 될 수 있겠는가?

---

88) 단성식(段成式) : ?~863. 중국 당나라 때의 학자. 자는 가고(柯古). 박학(博學)이라는 영예를 안고 연구에 정진하여, 비각(秘閣)의 책을 모두 읽었다고 전한다. 상서랑·강주자사(江州刺史) 등을 역임하였다. 저서에 《유양잡조(酉陽雜俎)》가 있다. 부시와 관련된 내용은 《유양잡조(酉陽雜俎)》 속집 권4에 보인다. (士林間多呼殿榱桷護雀網爲罘罳, 其淺誤也.)

89) 천금(千金) : 관련 내용이 《아언각비(雅言覺非)》 권1, '천금(千金)'조에 보인다.

90) 노대를……것이다 : 노대(露臺)는 옛날 천자의 관상소(觀象所)를 말한다. 관련 내용이 《한서·문제기(文帝紀)》에 보인다.(嘗欲作露臺, 召匠計之, 直百金. 上曰: "百金, 中人十家之產也.")

189. 居士[91]

比丘謂之居士,【居作去聲讀】 稱號太雅. 金昌翕號三淵居士. 世稱三淵隱於比丘, 故自稱居士, 此殆誣也. 然比丘之稱居士, 莫知其始. 近見王世貞〈宛委餘編〉錄佛書譯言曰: "比丘, 乞士也, 上乞法下乞食也." 始知居士卽乞士之譌傳者. 我音入聲, 華音每去終聲, 則乞當音居也.

189. 거사(居士)[92]

비구(比丘, 남자 승려)를 '거사(居士)'라고 하는데,【거(居)는 거성으로 읽어야 한다.】 칭호가 너무 고아하다. 김창흡(金昌翕)[93]은 호가 삼연거사(三淵居士)이다. 세상 사람들은 삼연이 비구들 속에 숨어 살았기 때문에 스스로 거사로 칭했다고 하는데, 이것은 아마도 근거 없는 소리일 것이다. 그러나 비구를 거사라고 칭한 것이 언제부터 시작되었는지 모르겠다.

근래 왕세정(王世貞)의 〈완위여편(宛委餘編)〉에 불서(佛書)의 번역어를 기록해 놓은 것을 보니, "비구는 걸사이니, 위로는 법을 구하고 아래로는 끼니를 구한다."라고 하였다. 이에 비로소 거사는 걸사가 와전된 것임을 알았다. 우리나라에서 입성(入聲)[94]으로 발음되는 글자는 중국에서는 매양 종성을 없애니, 중국에서 '걸'은 당연히 '거'로 발음되는 것이다.

---

91) 거사(居士) : 저본에는 다산이 한 것으로 보이는 삭제 표시가 있다.

92) 거사(居士) : 본래 불교 용어로 출가하지 않고 집에서 불도를 수행하는 남자를 이르는 말이다. 처사(處士)처럼 벼슬을 하지 않고 향리에 사는 선비를 지칭하는 말로도 쓰였다. 관련 내용이 《아언각비(雅言覺非)》 권3, '걸사(乞士)'조에 보인다.

93) 김창흡(金昌翕) : 1653~1722. 조선후기의 문인 겸 학자. 권2 주 194) 참조.

94) 입성(入聲) : 한자음 사성(四聲, 平·上·去·入)의 하나로 짧고 빨리 닫는 소리. 《훈민정음》 등에서 종성, 곧 받침이 'ㄱ·ㅂ·ㄹ·ㅅ·ㄷ' 등인 것은 모두 입성이라 하였다. '걸(乞)' 역시 받침이 'ㄹ'로 입성자인데, 현대 중국어에서 'qǐ'로 읽듯이 중국에서는 종성이 없이 발음된다.

190. 精舍

佛經, 佛所居竹林曰精舍.《釋迦譜》曰: "息心所棲, 故曰精舍." 故[95]漢明帝立精舍, 以處攝摩騰, 卽白馬寺. 晉武帝奉佛法, 立精舍於殿內, 引諸沙門居之. 又《魏書·馮熙傳》: "熙信佛法, 出家財, 建佛圖精舍七十二處."《水經注》曰: "晉沙門竺曇, 建精舍于散原山南."【此佛家精舍】〈江表傳〉: "于[96]吉立精舍, 燒香讀道書, 製符水." 又謝承《後漢書》: "趙昱·周磐·張奐, 皆立精舍爲道場."【此道家精舍】然包咸·劉淑立精舍, 講授五經.【後漢書】魏武築譙東精舍, 欲秋夏讀書, 朱子有武夷精舍.【此儒家精舍】王世貞曰: "儒·道·釋俱有精舍, 而但不宜在俗地." 今闤闠嘈雜之室, 皆扁曰精舍, 非也.

190. 정사(精舍)[97]

불경에 부처가 살던 죽림(竹林)을 정사(精舍)라고 하였다.[98]《석가보(釋迦譜)》[99]에 이르기를 "식심(息心)[100]이 거처하는 곳이기 때문에

---

95) 故 :《雅言覺非·精舍》에는 "昔"으로 되어 있다.

96) 于 : 저本 및《雅言覺非·精舍》에는 "千"으로 되어 있다.《三國志·孫策傳》注引《江表傳》에 근거하여 수정하였다.

97) 정사(精舍) : 관련 내용이《아언각비(雅言覺非)》권3, '정사(精舍)'조에 보인다.

98) 죽림정사(竹林精舍) : 고대 인도 최초의 사원으로서 부처가 설법한 곳이다. 고대 중인도 마가다왕국 수도인 왕사성(王舍城) 교외에 있었다. 가란타장자(迦蘭陀長者)가 자신이 소유하고 있던 죽림원을 바치자 그 곳에 빔비사라왕이 지었다고 한다.

99) 석가보(釋迦譜) : 중국 양(梁)나라 때 사람 승우(僧祐, 435~518)가 편찬한 석가모니의 전기. 이를 참고하여 조선초기에 김수온(金守溫, 1410~1481)이《증수석가보(增修釋迦譜)》를 편찬했는데, 이《증수석가보(增修釋迦譜)》를 수양대군이 우리말로 옮긴 것이《석보상절(釋譜詳節)》이다.

100) 식심(息心) : 불교 용어로 출가하여 삭발하고 불법을 깨닫기 위해 수행하는 자를 말한다. 사문(沙門)과 같은 말이다.

정사라고 한다."라고 하였다. 옛날 한(漢)나라 명제(明帝)[101]는 정사를 지어 섭마등(攝摩騰)[102]을 살게 했으니, 바로 백마사(白馬寺)[103]이다. 진(晉)나라 무제(武帝)[104]는 불법(佛法)을 신봉하여 궁전 안에 정사를 세우고 여러 사문(沙門)들을 불러들여 거기에 살게 했다. 또 《위서(魏書)·풍희전(馮熙傳)》에 이르기를, "풍희(馮熙)[105]는 불교를 믿어서 가재(家財)를 바쳐 불도정사(佛圖精舍)[106] 72곳을 지었다."라고 하였다. 《수경주(水經注)》[107]에 이르기를 "진(晉)나라의 사문 축담(竺

---

101) 한 명제(漢明帝) : 중국 후한의 제2대 황제 유장(劉莊). 재위 57~75. 훗날 낙양(洛陽)에 백마사(白馬寺)를 세웠다.

102) 섭마등(攝摩騰) : 중인도 출신의 승려. 가섭마등(迦葉摩騰)이라고도 한다. 후한 영평(永平) 10년(67)에 축법란(竺法蘭)과 함께 한나라 낙양에 왔다. 명제가 낙양에 백마사를 지어 그들을 머물게 하였다. 축법란과 함께 《사십이장경(四十二章經)》을 번역했으니, 이것이 바로 중국 역경(譯經)의 시초이다.

103) 백마사(白馬寺) : 중국 낙양 동쪽에 있는 중국 최초의 불교사원. 68년에 세운 절이라고 한다. 전설에 의하면 한나라 명제가 잠을 자는데 부처와 같은 형상의 황금으로 된 물체가 꿈에 나타났다. 이에 두 사람의 사자를 서역에 파견하니, 얼마 후 그들이 인도의 고승 두 사람과 함께 불경을 흰 말에 싣고 돌아와서 이 절을 짓고 백마사(白馬寺)라고 했다고 한다. 현재 이 절의 산문(山門) 양 쪽에는 당시 인도에서 온 두 고승 섭마등과 축법란의 묘가 있다.

104) 진 무제(晉武帝) : 사마염(司馬炎). 위(魏)나라 원제(元帝)에게 강요하여 왕위를 물려받아 낙양에 도읍을 정하고 나라 이름을 진(晉)이라고 했다. 이때 불교가 번창하여 많은 사찰이 세워졌다.

105) 풍희(馮熙) : 중국 후위(後魏) 때의 신도(信都) 사람. 자는 진창(晉昌). 문명태후(文明太后)의 오빠. 낙주자사(洛州刺史)로 나가 높은 산과 수려한 언덕에 절과 불탑을 많이 세웠다. 창려왕(昌黎王)에 봉해졌다.

106) 불도정사(佛圖精舍) : 불도(佛圖)는 본래 붓다[佛陀]의 음역어로 불상을 가리키고 또한 불탑이나 불교 사원을 의미한다. 부도(浮屠)·부도(浮圖)와 같은 말이다.

107) 수경주(水經注) : 중국 북위(北魏) 때의 학자 역도원(酈道元)이 저술한 중국의 하천지(河川誌). 하천의 계통, 유역의 연혁·도읍·경승·전설 등

曇)[108]이 산원산(散原山)의 남쪽에 정사를 세웠다."라고 했다.【이상은 불가의 정사이다.】

〈강표전(江表傳)〉에 이르기를 "우길(于吉)[109]은 정사를 세우고 향을 피워 도가(道家)의 책을 읽고 부수(符水)[110]를 만들었다."라고 하였다. 또한 사승(謝承)[111]의 《후한서(後漢書)》에 이르기를, "조욱(趙昱)[112]·주반(周磐)[113]·장환(張奐)[114]은 모두 정사를 세우고 도장(道場)을 만들었다."라고 하였다.【이상은 도가의 정사이다.】

그런데 포함(包咸)[115]과 유숙(劉淑)[116]은 정사를 세워 오경(五經)

을 기술하였다. 원래 《수경(水經)》이란 저작이 있어서, 여기에다 주(注)를 붙인 것이다.

108) 축담(竺曇) : 중국 진나라 때의 승려. 축담마라찰(竺曇摩羅刹)·축법호(竺法護)로도 일컬어졌음. 그의 선조는 월지국(月支國) 사람이며 대대로 돈황군(敦煌郡)에서 살았다. 8세에 출가하였으며, 진나라 무제 때 스승을 따라 서역에 가서 여러 나라를 다니며 36개국의 말을 배웠다고 한다. 《현겁경(賢劫經)》·《정법화경(正法華經)》 등을 번역했다.

109) 우길(于吉) : 중국 삼국시대 오(吳)나라 낭야(琅邪) 사람. 《태평청령서(太平淸領書)》를 지었다고 하며, 태평도(太平道)를 창시했다.

110) 부수(符水) : 병을 고치기 위하여 부적을 태운 재를 물에 탄 것으로, 무당이나 도가에서 쓰는 말.

111) 사승(謝承) : 중국 삼국시대 오(吳)나라 산음(山陰) 사람. 자는 위평(偉平). 사승이 찬했다고 하는 《후한서》는 일서(逸書)로서 그 일부만이 여러 곳에 인용되어 남아 있다. 남북조시대 남조 송(宋)의 범엽(范曄)이 편찬한 기전체 사서인 《후한서》와는 다른 책이다.

112) 조욱(趙昱) : 중국 후한 낭야(琅邪) 사람. 자는 원달(元達). 광릉태수(廣陵太守)를 지냈다.

113) 주반(周磐) : 중국 후한 안성(安成) 사람. 자는 견백(堅伯).

114) 장환(張奐) : 중국 후한 주천(酒泉) 사람. 자는 연명(然明). 흉노중랑장(匈奴中郎將)을 지내고 대사농(大司農)이 되었다.

115) 포함(包咸) : 중국 후한 회계(會稽) 사람. 자는 자량(子良). 그의 《논어》에 대한 주석이 하안(何晏)의 《논어집해(論語集解)》에 남아 있다.

116) 유숙(劉淑) : 중국 후한 하간(河間) 낙성(樂成) 사람. 자는 중승(仲承).

을 강의하며 가르쳤다.【후한서(後漢書)】 위(魏)나라 무제(武帝)는 초동정사(譙東精舍)를 지어 가을과 여름에 책을 읽으려 했고, 주자(朱子)에게는 무이정사(武夷精舍)가 있었다.【이상은 유가의 정사이다.】

왕세정(王世貞)이 말하기를 "유가·도가·석가는 모두 정사가 있는데, 다만 속인(俗人)들이 사는 지역에 정사를 두는 것은 옳지 않다."[117]라고 하였다. 지금 저자 거리의 시끄러운 곳에 있는 집에서도 모두 편액을 걸어 정사라고 한 것은 잘못된 것이다.

191. 先馬

《韓非子》云: "越句踐爲吳王洗馬."【《淮南子》云: "爲吳兵先馬走."】《荀子》云: "天子出門, 諸侯先馬."《漢書·百官表》: "太子大傅少傅, 屬官有先馬.【張晏云: "先馬員十六人. 先或作洗.】" 洗音銑. ○顧亭林曰: "洗音銑, 馬前引導之人"【太史公牛馬走. 或曰牛當作先.】

191. 선마(先馬)[118]

《한비자(韓非子)》에 이르기를 "월(越)나라 구천(句踐)이 오(吳)나라 왕을 위해 앞에서 말을 끌었다.[洗馬][119]"라고 하였다.【《회남자(淮南子)》

---

117) 유가……옳지 않다 : 관련 내용이 《엄주사부고(弇州四部稿)·완위여편(宛委餘編)》에 보인다.(蓋精舍不惟釋門, 儒與道士俱可用, 但不宜用俗地耳.)

118) 선마(先馬) : 말을 앞에서 끌며 길을 인도하는 사람을 말한다. '선마(洗馬)'라고도 쓰는데, 우리나라에서는 이를 보통 '세마'로 읽었다. 정약용은 단어의 용례와 의미에 근거하여 '세마'가 아닌 '선마'로 읽어야 함을 지적한 것이다. 관련 내용이 《아언각비(雅言覺非)》 권3, '선마(洗馬)'조에 보인다.

119) 월나라……말을 끌었다 : 관련 내용이 《한비자(韓非子)·유로(喩老)》에 보인다.

에 이르기를 "구천이 오나라 군대를 위해 앞에서 말을 끌고 달려갔다.[先馬][120)]"라고 하였다.】《순자(荀子)》에 이르기를 "천자가 문을 나서면, 제후가 앞에서 말을 끈다.[先馬][121)]"라고 하였다. 《한서(漢書)·백관표(百官表)》에 이르기를, "태자의 태부(大傅)와 소부(少傅)에 소속된 종으로 선마(先馬)가 있다.【장안(張晏)이 말하기를 "선마(先馬)는 인원이 16명이다. '선(先)'이 어떤 곳에는 '선(洗)'으로 되어 있다.】[122)]"라고 하였다. 따라서 '선(洗)'의 음은 '선(銑)'이다.

○ 고정림(顧亭林)[123)]이 말하기를 "선마(洗馬)라는 것은 말을 앞에서 끌고 길을 인도하는 사람이다.[124)]"라고 하였다.【태사공은 자신을 "태사공우마주(太史公牛馬走)"라고 하였다.[125)] 어떤 사람은 말하기를 "'우(牛)'는 당연히 '선(先)'으로 써야 한다."고 하였다.】

---

120) 오나라……달려갔다 : 관련 내용이 《회남자(淮南子)·도응훈(道應訓)》에 보인다.

121) 천자가……말을 끈다 : 관련 내용이 《순자(荀子)·정론편(正論篇)》에 보인다.

122) 태자의……되어 있다 : 관련 내용이 《한서·백관공경표(百官公卿表)》에 보인다.

123) 고정림(顧亭林) : 중국 명말청초의 사상가 고염무(顧炎武, 1613~1682)를 가리킨다. 정림은 그의 호. 고염무는 경세치용(經世致用)의 실학에 뜻을 두었으며, 그의 실증적(實證的) 학풍은 청조의 고증학 형성에 큰 영향을 끼쳤다. 저서에 《일지록(日知錄)》·《천하군국이병서(天下郡國利病書)》 등이 있다.

124) 선마라는……사람이다 : 관련 내용이 《일지록》 권24, '선마(洗馬)'조에 보인다. 정약용은 고염무의 견해에 동의한 것이다.

125) 태사공은……라고 하였다 : 사마천은 〈상임소경서(上任少卿書)〉(《문선(文選)》에 수록)의 첫머리에서 자신을 "태사공우마주(太史公牛馬走)"라고 칭하였다.("太史公牛馬走司馬遷, 再拜言少卿足下.) 여기서 태사공은 사마천의 아버지 사마담(司馬談)을 가리키며, 주(走)는 노복의 뜻이다. 곧 사마천은 자신을 '아버지의 우마를 앞에서 끄는 종'이라고 겸칭(謙稱)한 것이다.

192. 馬上逢寒食

"馬上逢寒食", 今人第知有宋之問絶句而已.【高棅《品彙》仍是律詩】 沈佺期詩曰: "馬上逢寒食, 春來不見餳."【見《佩文韻府》】《全唐詩》沈集作"嶺外無寒食", 注曰"無一作逢".

192. 말 위에서 한식을 맞이하다

"말 위에서 한식을 맞이하네[馬上逢寒食]"라는 구절을 지금 사람들은 송지문(宋之問)[126]이 지은 절구에만 있는 것으로 안다.【고병(高棅)[127]의 《당시품휘(唐詩品彙)》에는 율시로 나온다.[128]】 심전기(沈佺期)[129]의 시에 "말 위에서 한식을 맞이하니, 봄이 와도 당죽(餳粥)을 맛보지 못하네.[馬上逢寒食, 春來不見餳.]"라 하였다.【《패문운부(佩文韻府)》에 보인다.】 《전당시(全唐詩)》의 심전기 시집에 "영외(嶺外)에는 한식이 없네[嶺外無寒食]"[130]라는 구절이 나오는데, 그 주에 "'무(無)'가 어떤 판본에는

---

126) 송지문(宋之問) : 중국 초당(初唐)의 궁정 시인. 자는 연청(延淸), 산서성(山西省) 분양(汾陽) 출신. 오언시(五言詩)에 훌륭한 재능이 있었는데, 율시체(律詩體) 정비에 진력해 심전기(沈佺期)·두심언(杜審言) 등과 더불어 초당 후반의 문단에서 율시 유행의 선구로 공이 컸다. 저서에 《송지문집(宋之問集)》이 있다.

127) 고병(高棅) : 1350~1413. 중국 명나라 초기의 시인. 자는 언회(彥恢), 호는 만사(漫士). 벼슬은 한림원 대조(待詔)·전적(典籍)을 지냈다. 당시(唐詩)를 초(初)·성(盛)·중(中)·만(晩)의 4기로 분류한 것으로 유명하다. 저서에 《소대집(嘯臺集)》·《수천청기집(水天淸氣集)》이 있으며, 편서에 《당시품휘(唐詩品彙)》·《당시정성(唐詩正聲)》 등이 있다.

128) 고병의……나온다 : 〈초도황매임강역(初到黃梅臨江驛)〉이란 율시의 한 구절로 나온다.(馬上逢寒食, 途中屬暮春. 可憐江浦望, 不見洛陽人. 北極懷明主, 南溟作逐臣. 故園腸斷處, 日夜柳條新.)

129) 심전기(沈佺期) : 중국 초당(初唐)의 궁정 시인. 자는 운경(雲卿), 하남성(河南省) 상주(相州) 내황(內黃) 출신. 송지문과 함께 '심송(沈宋)'이라 병칭되고, 초당사걸(初唐四傑)의 뒤를 계승하여 율시의 운율을 완성시킨 시인이다. 시풍은 청려(淸麗)하였고, 특히 7언율시에 뛰어났다.

'봉(逢)'으로 되어 있다."라고 하였다.

193. 臧獲

臧獲, 奴婢也.《揚子方言》曰: "荊·淮·海·岱之間, 罵奴曰臧, 罵婢曰獲. 燕之北郊, 男而壻婢謂之臧, 女而婦奴謂之獲." 然《漢書·司馬遷傳》'臧獲'注,【應劭引《方言》】 晉灼曰"敗敵所被虜獲爲奴隷者", 師古非之. 又《通俗文》曰: "古本無奴婢, 卽犯事者或原之. 臧者, 被臧罪沒入爲官奴婢; 獲者[131], 逃亡獲得爲奴婢." 故顧況作〈哀囝〉云: "囝生南方, 閩吏得之. 乃絶其陽, 爲臧爲獲." 朱翌曰: "【著《猗覺寮雜記》】既云絶陽, 又云爲獲. 是陰陽不分, 男女不辨也." 今俗註傳, 以農所謂之臧獲, 轉作庄穫, 其鹵莽如此.

193. 장획(臧獲)[132]

장획(臧獲)은 노비이다.《양자방언(揚子方言)》[133]에 다음과 같은 기록이 있다.

"형(荊)·회수(淮水)·발해(渤海)·대산(岱山) 등의 지역에서는 사내종을 천하게 일컬어 '장(臧)'이라 하고 계집종을 '획(獲)'이라 한다. 연(燕) 땅 북쪽 교외에서는 계집종에게 장가든 남자를 '장(臧)'이라고 하고, 여자로서 사내종에게 시집간 자를 '획(獲)'이라고 한다."

---

130) 영외에……없네 : 〈영표봉한식(嶺表逢寒食)【驩州風土不作寒食】〉이란 시의 한 구절이다.(嶺外無寒食, 春來不見餳. 洛中新甲子, 何日是清明. 花柳爭朝發, 軒車滿路迎. 帝鄉遙可念, 腸斷報親情.)

131) 獲者 : 奎章閣本에는 없다.《通俗文》에 근거하여 보충하였다.

132) 장획(臧獲) : 관련 내용이《아언각비》권3, '장획(臧獲)'조에 보인다.

133) 양자방언(揚子方言) : 중국 한나라 양웅(揚雄)이 찬한 책으로《방언》이라고도 함. 양웅이 당시 각 지역에서 조회(朝會)하러 오는 사자(使者)들의 방언을 모아 수록한 것으로 총 11만 900여 자의 방언이 들어 있다.

그러나 《한서(漢書)·사마천전(司馬遷傳)》에 나오는 '장획(臧獲)'이라는 글자에 관한 주석에서【응소(應劭)[134]가 《방언》에서 인용하였다.】 진작(晉灼)[135]이 말하기를 "적에게 패해서 포로로 잡혀 노예가 된 자"라고 하였다. 그런데 안사고(顏師古)[136]는 잘못된 풀이라고 하였다.

또 《통속문(通俗文)》[137]에 이르기를, "옛날에는 본래 노비가 없었다. 죄를 지은 자가 혹 그 기원인지도 모른다. 장(臧)은 뇌물죄로 재산을 몰수당하고 관노비가 된 자이고, 획(獲)은 도망하다 잡혀 노비가 된 자이다."라고 하였다. 그러므로 고황(顧況)[138]이 지은 〈애민(哀閩)〉에 이르기를, "내 아들은 남방에서 태어났는데, 민(閩)땅 아전이 데려갔네. 곧 거세하여, 장(臧)이 되고 획(獲)이 되었네."[139]라고 하였다. 주익(朱翌)이 이르기를,【《의각료잡기(猗覺寮雜記)》[140]를 저술하였다.】 "거

134) 응소(應劭) : 중국 후한 여남(汝南) 사람. 자는 중원(仲遠). 박학다식하여 한관예의고사(漢官禮儀故事)와 조정 제도(朝廷制度) 등에 관한 저술을 남겼으며 《풍속통(風俗通)》을 지었다. 《풍속통》은 물류(物類)와 명호(名號)를 분변한 책으로 《풍속통의(風俗通義)》라고도 한다. 황패(皇覇), 정실(正失), 건례(愆禮), 과예(過譽), 십반(十反), 성음(聲音), 궁통(窮通), 사전(祀典), 괴신(怪神), 산택(山澤)으로 조목을 나누어 서술하였다.

135) 진작(晉灼) : 중국 진(晉)나라 하남(河南) 사람. 상서랑(尙書郎)을 지냈으며 《한서음의(漢書音義)》를 지었다.

136) 안사고(顏師古) : 중국 당나라 말기의 학자로 《한서(漢書)》의 주석을 달았다. 앞의 권1 주 235) 참조.

137) 통속문(通俗文) : 중국 한나라의 복건(服虔)이 찬한 책.

138) 고황(顧況) : 중국 당나라 덕종(德宗) 때의 시인. 자는 포옹(逋翁), 호는 화양진일(華陽眞逸). 시·서·화에 모두 능했다. 저서에 《화평(畵評)》·《화양집(華陽集)》이 있다.

139) 내 아들은……되었네 : 〈자애민야(囝哀閩也)〉의 일부이다. (囝生閩方, 閩吏得之. 乃絶其陽, 爲臧爲獲. 致金滿屋, 爲髡爲鉗. 如視草木, 天道無知. 我罹其毒, 神道無知. 彼受其福, 郎罷別囝. 吾悔生汝, 及汝旣生. 人勸不擧, 不從人言. 果獲是苦, 囝別郎罷. 心摧血下, 隔地絶天. 及至黃泉, 不得在郎罷前.)

140) 의각료잡기(猗覺寮雜記) : 중국 송나라 주익(朱翌)이 찬한 책. 상하 2

세했다고 이미 말하고서는 또 획(獲)이 되었다고 말하였다. 이것은 음양을 나누지 않고 남녀를 구분하지 않은 것이다."라고 하였다.

지금 세속에서는 잘못 전해져 농소(農所)[141]를 장획(臧獲)이라고 하고, 또 글자를 바꾸어 장확(庄穫)이라고도 쓰니, 참으로 이처럼 어설프다.

194. 鹵簿

陳蝶菴曰: "法駕出, 例以鹵水洒道, 取其不驟乾, 足以淸塵. 簿則儀仗之籍也. 儀仗未出, 鹵爲之始. 以其始事也, 故曰鹵簿."《石林燕語》曰: "鹵簿之名, 始見於蔡邕《獨斷》. 唐人謂'鹵, 櫓也, 甲楯之別名. 凡兵衛以甲楯居外爲前導, 捍蔽其先後, 皆著之簿籍, 故曰鹵簿.' 因擧南朝御史中丞·建康令, 皆有鹵簿, 爲君臣通稱."【杜氏《通典》有〈羣官鹵簿〉. ○《南史·顔延之傳》》: "嘗乘羸牛車, 逢子竣鹵簿." ○王僧孺幼隨其母至市, 遇中丞鹵簿, 驅迫溝中.】

194. 노부(鹵簿)[142]

진접암(陳蝶菴)은 다음과 같이 말했다.

"법가(法駕, 왕의 수레)가 행차할 때에는 규례대로 노수(鹵水, 소

권으로 되어 있는데, 상권은 시화(詩話), 하권은 잡론(雜論)으로 구성되어 있다.

141) 농수(農所) : 고려·조선 때에 세력가들이나 절에서 사사로이 가지던 아주 큰 농지.

142) 노부(鹵簿) : 국왕이 행차할 때 의장을 갖춘 행렬을 말함. 관련 내용이 이규경(李圭景)의 《오주연문장전산고(五洲衍文長箋散稿)》〈인사편(人事篇)·치도류(治道類)·의장(儀仗)〉, 〈가로황토부로경필변증설(駕路黃土簿鹵警蹕辨證說)〉에도 보인다. 한편 조선시대의 노부의 법식은 정도전(鄭道傳)의 〈조선경국전 하(朝鮮經國典下)·공전(工典)〉(《삼봉집(三峰集)》 권14) '노부(鹵簿)'조에 나와 있다.

금물)를 길에 뿌리는데 빨리 마르지 않아서 먼지를 가라앉힐 수 있는 점을 취한 것이다. 부(簿)는 의장에 관한 장부이다. 의장이 출발하기 전에 노수를 뿌리는 것이 행차의 시작이 된다. 그것이 행차의 시작이 되기 때문에 '노부(鹵簿)'라고 한 것이다."

《석림연어(石林燕語)》[143]에 다음과 같은 기록이 보인다.

"노부(鹵簿)라는 명칭은 채옹(蔡邕)의 《독단(獨斷)》[144]에 처음 보인다. 당나라 사람들은 '노(鹵)를 노(櫓)라 하였으니 방패의 별칭이다. 호위군사는 바깥쪽에 있는 방패를 길잡이로 삼아 앞뒤를 막았는데 모두 장부에 기록하였다. 그래서 '노부'라고 한 것이다.' 남조 때 어사중승(御史中丞)과 건강령(建康令)에게도 모두 노부가 있었던 것에 의거해 보면, 노부는 임금과 신하 모두에게 일반적으로 쓰인 명칭이었던 것이다."

【두씨(杜氏)의 《통전(通典)》[145]에는 〈군관노부(羣官鹵簿)〉조가 있다. ○ 《남사(南史)·안연지전(顔延之傳)》에 이르기를, "일찍이 야윈 소가 끄는 수레를 탔다가 자준(子竣)의 노부와 마주쳤다."라고 하였다. ○ 왕승유(王僧孺)는 어렸을 때 그 어머니를 따라 시장에 갔다가, 중승의 노부를 마주쳐 도랑으로 내몰렸다.[146]】

---

143) 석림연어(石林燕語) : 중국 남송의 섭몽득(葉夢得)이 찬한 책으로, 조장국전(朝章國典)을 비롯하여 관제(官制)의 과목이 자세하다.

144) 채옹(蔡邕)의 독단(獨斷) : 채옹은 중국 후한의 학자·문인·서예가. 자는 백개(伯喈). 189년 동탁(董卓)에게 발탁되어 시어사(侍御史)·시중(侍中)에서 좌중랑장(左中郎將)까지 승급하였으나 동탁이 벌을 받고 죽음을 당한 후 투옥되어 옥중에서 사망하였다. 《독단》은 조정의 제도와 칭호에 대하여 기록한 책이다.

145) 두씨(杜氏)의 통전(通典) : 두씨는 중국 당나라 문신 겸 학자 두우(杜佑, 735~812)를 말함. 두우는 덕종·순종·헌종 등 3제에 걸쳐 재상을 지냈다. 《통전》은 상고로부터 당나라 현종(玄宗)까지 역대의 제도를 9부분으로 분류하여 수록한 역사서로서 제도사 연구에서 중요한 저작으로 꼽힌다.

146) 석림연어에……내몰렸다 : 이 부분은 고염무(顧炎武)의 《일지록(日知錄)》 권24, '인신칭만세(人臣稱萬歲)'조를 그대로 전재해 놓은 것으로 보

195. 城雉

《春秋左氏》說“雉, 長三丈, 高一丈”, 《公羊傳》云“五板爲堵, 五堵爲雉”, 孔穎達云“五堵而爲雉”, 則堵長六尺. 故《詩箋》云“雉長三丈, 【板廣二尺, 長六尺.】 五板爲堵”, 則堵之高一丈, 若其長則板與堵, 皆六尺也.【見〈檀弓〉“馬鬣封”之疏】 陸氏《埤雅》謂: “雉飛, 崇不過丈, 長不過三丈.” ○王世貞〈宛委餘編〉曰: “雉性妒壟, 設疆飛, 不越分域, 一界之內, 以一雉爲長.”

195. 성치(城雉)[147]

《좌전(左傳)》의 두예(杜預) 주(注)에 “1치(雉)는 길이가 3장(丈)이고 높이가 1장(丈)이다.”[148]라고 하였고, 《공양전(公羊傳)》에는 “5판(板)이 1도(堵)가 되고, 5도(堵)가 1치(雉)가 된다.”라고 하였으며, 공영달(孔穎達)은 “5도는 1치가 된다.”[149]라고 하였으니, 1도는 길이가 6척(尺)이다. 그러므로 《시전(詩箋)》[150]에 이르기를, “1치는 길이가 3장이고,【판(板)은 넓이가 2척이고 길이가 6척이다.】 5판(板)은 1도(堵)이다.”라고 하였으니, 도(堵)의 높이는 1장(丈)이며, 그 길이를 따져보면 판(板)과 도(堵)는 모두 6척이다.【《예기·단궁(檀弓)》의 ‘마렵봉(馬鬣封)’에 대한 소(疏)에 보인다.】

육씨(陸氏)의 《비아(埤雅)》[151]에 이르기를 “꿩이 날아다닐 때에는

인다.

147) 성치(城雉) : 관련 내용이 《여유당전서》, 〈성설(城說)〉 및 〈상례사선(喪禮四箋)〉 권7, 상구정(喪具訂) 6의 ‘분봉(墳封)’에 대한 주석 등에도 보인다.

148) 두예의……1장이다 : 관련 내용이 《좌전》 은공(隱公) 원년의 “祭仲曰: ‘都城過百雉, 國之害也.’”에 대한 두예의 주에 보인다.

149) 5도는 치가 된다 : 관련 내용이 《모시주소(毛詩注疏)》 〈홍안(鴻鴈)〉의 소(疏)에 보인다.

150) 시전(詩箋) : 《모시(毛詩)》에 대한 정현(鄭玄)의 전(箋)을 말한다. 〈소아(小雅)·홍안(鴻鴈)〉의 “鴻鴈于飛, 集于中澤”에 대한 것이다.

151) 육씨(陸氏)의 비아(埤雅) : 육씨는 중국 북송 문신이자 학자인 육전(陸

위로는 1장(丈)을 넘지 않고, 나는 거리는 3장(丈)을 넘지 않는다."라고 하였다. ○왕세정(王世貞)의 〈완위여편(宛委餘編)〉에 이르기를 "꿩의 성질은 언덕을 샘한다. 하지만 설령 힘껏 날더라도 일정한 영역을 넘지 않으므로 일정한 경계를 한 치로서 길이의 단위로 삼은 것이다."라고 하였다.

196. 監察

中國之有十三監察, 以有十三省也.【本胡元之制】 我邦八道, 且不令監察句管外方, 其置十三, 無義也. 中國之有流三千里,【《大明律》】 以幅員之廣也. 我邦疆域, 自京至邊極, 不過二千里, 置三千里之名, 無義. 若海南·東萊之人, 謫慶興·慶源, 則眞是三千里也.

196. 감찰(監察)[152]

중국에서 열세 명의 감찰을 둔 것은, 열세 개의 성(省)이 있기 때문이다.【이는 원나라 제도에 근거한 것이다.】 우리나라는 팔도(八道)가 있고, 또 감찰로 하여금 지방을 맡아 다스리게 하지 않으니, 열세 명을

佃, 1042~1102)을 말한다. 《비아》는 전한(前漢)의 《이아(爾雅)》를 계승한 문자학 저술이다. 육전은 신종(神宗) 희녕(熙寧) 3년(1070) 진사(進士)가 되었으며 중서사인(中書舍人)·급사중(給事中)을 거쳐 철종(哲宗) 초에 이부시랑(吏部侍郎)이 되어 《중종실록(中宗實錄)》 편찬에 참여하였다. 휘종(徽宗)이 즉위한 뒤 예부시랑(禮部侍郎)·이부상서(吏部尙書) 등을 거쳐 좌승(左丞)에 올랐다. 왕안석(王安石)에게 수학하여 학문적 영향을 받았지만, 신법(新法)에 대해서는 찬성하지 않았다.

152) 감찰(監察) : 조선시대 사헌부에 두었던 정6품 관직으로 정원은 13명이다. 전중어사(殿中御史)라 하여, 1392년(태조 1)에 20명을 두었다가, 1401년(태종 1)에 25명으로 늘렸으나, 세조 이후에는 그 수를 줄여 문관 3명, 무관 5명, 음관 5명, 총 13명으로 하였다. 모든 면을 감찰하여 기강을 세우고 풍속을 바로잡는 일을 맡아보았다.

두는 것은 무의미하다.

중국에 삼천 리 밖으로 귀양 보내는 법이 있는 것은,【《대명률(大明律)》】 영토가 넓기 때문이다. 우리나라의 국토는 서울에서 변방 끝까지 이천 리에 불과하니, 삼천리란 이름을 두는 것은 무의미하다. 만약 해남이나 동래 사람이 경흥이나 경원으로 귀양 간다면 삼천리가 맞다.

197. 舍音

莊客之謂舍音, 田畦之謂夜味. 準以方言, 當云"末音·裵味", 而'舍'與'夜'於義於音, 俱無當也. 肅廟庚申十月, 召對玉堂官, 領中樞府事宋時烈同入. 講《西銘》, 至"大臣, 宗子之家相", 時烈曰: "家相, 如俗稱舍音也." 此載《國朝寶鑑》, 則舍音已不刋矣.

197. 사음(舍音)[153]

장객(莊客, 소작관리인)을 일러 사음(舍音)이라 하고, 전휴(田畦, 밭이랑)를 일러 야미(夜味)[154]라고 한다. 방언(方言)에 의거하면 마땅히 마름[末音]과 배미(裵味)라고 해야 하니, '사(舍)'와 '야(夜)'는 뜻으로 보나 소리로 보나 모두 적합하지 않다.

숙종(肅宗) 경신년(1680) 10월에 임금이 옥당관(玉堂官)[155]을 불러 면대하였는데, 영중추부사(領中樞府事) 송시열(宋時烈)도 함께 입시

153) 사음(舍音) : '마름'의 이두 표기. 마름은 지주의 위임을 받아 소작지와 소작인을 관리하던 사람.

154) 야미(夜味) : '배미'의 이두 표기. 배미는 논이나 밭 따위의 넓이를 나타내는 단위.

155) 옥당관(玉堂官) : 홍문관 부제학(副提學) 이하 교리(校理)·부교리(副校理)·수찬(修撰)·부수찬(副修撰) 등을 통틀어 일컫는 말.

하였다. 〈서명(西銘)〉[156]을 강론하다가 "대신(大臣)은 종가(宗家) 맏아들의 가상(家相)[157]이다."라는 부분에 이르러, 송시열이 말하기를, "가상이란 세속에서 일컫는 사음(舍音)과 같습니다."라고 하였다. 이는《국조보감(國朝寶鑑)》[158]에 실려 있으니, 사음은 이미 고칠 수 없는 것이 되어 버렸다.

198. 丁科

嘗見高麗科榜, 無甲科而有丁科. 今案《舊唐書·玄宗紀》, 開元九年, 勅曰: "近無甲科, 朕將存其上第." 杜氏《通典》云: "明經雖有甲乙丙丁四科, 進士有甲乙二科. 自武德以來, 明經唯有丙丁第, 進士唯乙科而已." 蓋其試規嚴重, 不中式者, 不苟選也. 卽高麗之法, 蓋亦唐制也.

198. 정과(丁科)

고려의 과방(科榜)[159]을 본 적이 있었는데, 갑과(甲科)[160]는 없고

---

156) 서명(西銘) : 중국 송(宋)나라의 성리학자 장재(張載, 1020~1077)가 서재(書齋)의 서쪽 창에 걸어놓은 명(銘). 원명은 〈정완(訂頑)〉이었는데, 정이(程頤, 1033~1107)의 건의를 받아들여 '서명'으로 고쳤다. 주희(朱熹)가 주석을 붙이자 후대 학자들이 이에 주목하여 〈서명〉에 대한 많은 주해서가 나오게 되었다.

157) 가상(家相) : 경대부(卿大夫)의 집에서 집안일을 관리하던 사람.

158) 국조보감(國朝寶鑑) : 조선 역대 국왕의 치적 중에서 모범이 될 만한 사실을 수록한 편년체의 역사책. 이 책을 최초로 구상한 것은 조선초기 세종 때인데, 1782년(정조 6)에 이르러 68권 19책으로 완성하였다.

159) 과방(科榜) : 과거(科擧)의 방목(榜目), 곧 과거에 급제한 사람의 명단. 방은 표찰(標札)로 급제자의 이름을 적은 표찰을 제시하기 때문에 방이라 함.

160) 갑과(甲科) : 조선시대 과거 성적에 따라 나누는 세 등급의 하나. 과거에 급제한 사람을 갑·을·병 3과로 구분하여 갑과 3인, 을과 7인, 병과 23인, 도합 33인을 합격 정원으로 하였음.

정과(丁科)가 있었다. 지금 살펴보니 《구당서(舊唐書)·현종본기(玄宗本紀)》 개원(開元) 9년의 칙령에 "근래 갑과가 없는데, 짐이 장차 상제(上第, 1등)를 두겠노라.[161)]"라고 하였다.

두씨(杜氏)의 《통전(通典)》에 다음과 같이 기록되어 있다.

"명경과(明經科)에는 비록 갑·을·병·정 4과가 있지만, 진사과(進士科)에는 갑·을 2과가 있다. 무덕(武德)[162)] 연간 이래로 명경과에는 오직 병과와 정과 시험만 있었고, 진사과에는 을과 시험만 있을 뿐이다.[163)]"

대개 과거시험의 규율이 엄중하여 기준에 맞지 않는 자를 구차하게 선발하지 않았던 것이다. 그러하니 고려의 법은 아마도 또한 당나라 제도를 따랐던 듯하다.

199. 模稜

蘇味道爲相, 處事不欲明白, 但摸稜持兩端, 時人謂之蘇摸稜. 《朝野僉載》曰: "味道爲相, 或問燮和之道, 無答, 但以手摸牀稜. 故曰蘇摸稜" 或曰: "稜四方木, 摸之可左可右." 愚意摸稜·鶻突等, 皆當時方言, 可以意會, 不可以字釋.

---

161) 근래 갑과가……두겠노라 : 관련 내용이 《구당서》 권8, 〈현종본기〉 개원(開元) 9년 4월 갑술(甲戌)조에 보인다. 개원은 당 현종의 연호. 713~741년. 개원 9년은 721년임.

162) 무덕(武德) : 당 고조(高祖)의 연호. 618~626년.

163) 명경과에는……뿐이다 : 관련 내용이 《통전》 권15, 〈선조(選擧)〉3, '역대제하(歷代制下)'의 '대당(大唐)'조에 보인다. 다만 《통전》에는 "무덕 연간 이래로 명경과에는 오직 정과 시험만 있었다.[自武德以來, 明經惟有丁第.]"로 되어 있는데, 정약용은 "병과와 정과"라 하였다. 한편 고염무(顧炎武)는 《일지록(日知錄)》 권16의 〈갑과(甲科)〉에서 《구당서》와 함께 《통전》을 인용하면서 "명경과에는 오직 병과와 정과가 있었다.[明經惟有丙丁第.]"라 하였다. 정약용은 《일지록》을 참고한 듯하다.

199. 모릉(模稜)[164]

소미도(蘇味道)[165]는 재상으로 있을 때 일 처리를 분명히 하려 하지 않고, 다만 양 끝 모서리를 더듬듯이 양다리를 걸쳤으므로 당시 사람들이 '소모릉(蘇模稜)'이라고 하였다. 《조야첨재(朝野僉載)》[166]에 이르기를, "소미도가 재상으로 있을 때 어떤 사람이 재상으로서의 마땅한 도리를 물었으나 대답하지 않고 다만 손으로 침상 모서리를 만질 뿐이었다. 그러므로 '소모릉'이라 한 것이다."라 하였다. 혹자는 "릉(稜, 모서리)은 사방이 각진 나무로,[167] 만질 때 왼쪽과 오른쪽 양쪽을 한 번에 만질 수 있다."라 하였다.

내 생각에 '모릉(摸稜)'·'홀돌(鶻突)'[168] 등은 모두 당시의 방언으로, 뜻으로 이해해야지 글자로 풀이해서는 안 된다.

---

164) 모릉(模稜) : 일을 결정하는데 있어 가부(可否)를 짓지 않고 태도를 명확하게 하지 않는 것을 말한다.

165) 소미도(蘇味道) : 중국 초당(初唐) 때의 정치가 겸 문학가. 어려서부터 이교(李嶠)와 함께 문사로 이름을 나란히 하여 '소리(蘇李)'라 불렸다. 벼슬길에 나아간 이후에는 측천무후 때의 정치적 환경으로 인하여 늘 일처리 할 때 분명하지 않은 태도를 취하였기 때문에 '소모릉(蘇模稜)'이라 불렸다.

166) 조야첨재(朝野僉載) : 중국 당나라 장작(張鷟, 658~730)이 편찬한 책으로, 수(隋)와 당(唐) 양대(兩代)에 걸친 조야(朝野)의 이문(異聞)을 기록했으며, 측천무후 시대 조정 인물에 대한 고사가 많다. 《신당서(新唐書)·예문지(藝文志)》, 《송사(宋史)·예문지(藝文志)》에서는 모두 20권이라 했으나 이미 일실되었다. 현존 6권본과 1권본은 모두 후인(後人)이 《태평광기(太平廣記)》에 인용된 문장을 가려 뽑아 집록한 것이다.

167) 사방이 각진 나무 : 《광운(廣韻)》에서는 '능(楞)'자를 사방이 각진 나무[四方木]로 풀이하였다.

168) 홀돌(鶻突) : '모릉(摸稜)'과 마찬가지로 분명하지 않고 모호하다는 뜻이다. 중국어에서는 '호도(糊塗)'와 발음이 같다.

200. 開阡陌

商君廢井田, 開阡陌.《史》注曰: "南北曰阡, 東西曰陌." 開田界道, 使不相干, 此謂商君始開阡陌之制也. 然〈蔡澤傳〉曰: "商君破壞井田, 決裂阡陌." 此又謂商君破阡陌之制, 而阡陌本亦井田之法也. 朱子曰: "阡陌便是井田, 如遂上有涂便是陌, 洫上有道便是阡. 今商君却破開了, 不要整齊. 這開字非開創之開." 朱子又以〈蔡澤傳〉爲是也.

200. 개천맥(開阡陌)[169]

《사기》에 상앙(商鞅)이 정전(井田)을 폐하고 천맥(阡陌)을 '개'하였다[開阡陌]는 내용이 있다. 사마정(司馬貞)의 주석에 이르기를, "남북을 천(阡)이라 하고 동서를 맥(陌)이라 한다."라고 하였다.[170] 밭을 일굴 때 길을 경계로 삼아 서로 침범하지 않도록 한 것인데, 이를 두고 상앙이 천맥의 제도를 처음으로 열었다고 한 것이다.

그러나 《사기·채택전(蔡澤傳)》에 이르기를, "상앙이 정전을 파괴하고 천맥을 헐어 없앴다."라고 하였다. 이것은 또 상앙이 천맥을 없앴다는 말이니, 천맥은 또한 본래 정전법인 것이다.

주자(朱子)는 다음과 같이 말했다.

"천맥이 바로 정전이니, 이를테면 수(遂) 위에 도랑이 있는 것이 맥(陌)이고, 혁(洫) 위에 길이 있는 것이 천(阡)이다. 지금 상앙이 도리어 천맥을 없애버렸으니, 땅에 따라서 정제함을 원하지 않았던 것이다. '개천맥(開阡陌)'의 '개(開)'는 '개창(開創)'의 '개(開)'가 아니다."[171]

---

169) 개천맥(開阡陌) : 관련 내용이 《여유당전서》 정법집(政法集) 권5, 〈경세유표(經世遺表)〉 권6, 〈지관수제(地官修制)·전제(田制)4〉의 '사기진본기(史記秦本紀)'조에 보인다.

170) 남북을…맥이라 한다 : 관련 내용이 《사기·진본기(秦本紀)》의 '개천백(開阡陌)'에 대한 사마정의 주석에 보인다.(《索隱》曰: '《風俗通》云: 南北曰阡, 東西曰陌.')

171) 천맥이……아니다 : 주자의 말은 《주자어류(朱子語類)》 권134, 〈역대(歷

주자 또한 〈채택전〉이 옳다고 본 것이다.

201. 冬至寒食

節氣, 不以朔望爲準. 然古以十一月十五日子夜半爲冬至. 故邵康節詩曰"冬至子之半, 天心無改移", 則有然者矣. 忌日, 不以節氣爲準. 然晉人以淸明前三日, 爲介子推亡日而爲之寒食, 則有然者矣.

201. 동지(冬至)와 한식(寒食)

절기는 삭망(朔望, 초하루와 보름)을 기준으로 삼지 않는다. 그러나 옛날에는 11월 15일의 자시(子時) 한밤중을 동지라 하였다. 그래서 소강절(邵康節)[172]의 시에 "동짓날 자시 한밤중, 천심은 움직임이 없네.[冬至子之半, 天心無改移.]"[173]라고 한 것이니 이런 일이 있었던 것이다.

기일(忌日)은 절기를 기준으로 삼지 않는다. 그러나 진(晉)나라 사람들은 청명(淸明) 3일 전을 개자추(介子推)[174]가 죽은 날이라 하여

代)〉1에 보인다.

172) 소강절(邵康節) : 중국 북송의 학자 소옹(邵雍, 1011~1077)을 가리킨다. 강절은 그의 시호. 자는 요부(堯夫), 호는 안락선생(安樂先生). 인종(仁宗) 가우(嘉祐) 연간(1056~1063)에는 장작감주부(將作監主簿)로 추대 받았으나 사양하고 일생을 낙양에 은거하여 학문을 연구하였다. 주자는 주염계·정명도·정이천과 함께 소옹을 도학의 중심인물로 간주하였다. 역학에 조예가 깊었으며 《황국경세서(皇極經世書)》를 저술하였다.

173) 동짓날……움직임이 없네 : 〈동지음(冬至吟)〉의 일부이다.(冬至子之半, 天心無改移. 一陽初起處, 萬物未生時. 玄酒味方淡, 太音聲正希. 此言如不信, 更請問庖犧.)

174) 개자추(介子推) : 중국 춘추시대 진(晉)나라 사람. 진 문공(晉文公)을 따라 망명하여 19년 동안 온갖 충성을 바쳤었다. 진 문공이 임금이 된 뒤에 개자추는 어머니를 업고 면산(緜山)으로 들어가 은거하였다. 뒤에

한식(寒食)이라 하였으니 이런 일이 있었던 것이다.

202. 露布

露布者, 捷書也, 露板不封, 布諸視聽也.【見《文心雕龍》】後魏以來, 書之於帛, 建於漆竿. 《初學記》曰: "《春秋佐期》曰: '武露布, 文露沈.'" 宋均云: "甘露見其國, 布散者, 人尙武." 此露布之始也. 後唐明宗,【李嗣源】克劉仁恭, 書記王緘, 不知故事, 以捷書, 書之於布, 謂之露布, 史家譏之.

202. 노포(露布)[175]

노포(露布)란 전쟁의 승리를 알리는 문서[捷書]인데, 판자를 밖으로 노출시키고 봉하지 않아서 누구나 보고 들을 수 있도록 한 것이다.【《문심조룡(文心雕龍)》[176]에 보인다.】 후위(後魏)이래로 첩서(捷書)는 비단에 글을 써서 옻칠한 장대에 걸어서 세워 두었다.

《초학기(初學記)》[177]에는 "《춘추좌조기(春秋佐助期)》[178]에 이르기

문공은 개자추의 공로를 보상해 주기 위해 면산까지 갔으나 개자추는 나오지 않았다. 문공은 산에 불을 질러 나오게 했으나, 개자추는 끝까지 나오지 않고 불에 타 죽었다. 이에 문공이 크게 슬퍼하여 산 아래 사당을 지어 제사를 지내게 하고 그가 불에 타 죽은 날에는 불을 피워 음식을 익히지 말고 미리 만들어 놓은 찬 음식을 먹게 하였으니 이날이 바로 한식(寒食)이다.

175) 노포(露布) : 봉함하지 않은 문서 또는 군사문서를 이름.

176) 문심조룡 : 중국 육조시대(六朝時代) 양(梁)나라의 유협(劉勰)이 찬한 문학비평서이다. 노포와 관련된 내용은 《문심조룡》 권4, 〈격이(檄移)〉에 보인다.

177) 초학기(初學記) : 중국 당나라 서견(徐堅) 등이 편찬한 유서(類書). 고금의 시문을 전거로 하여, 23부 313항목(項目)으로 분류·배열하였다.

178) 춘추좌조기(春秋佐助期) : 《춘추》에 대한 위서(緯書) 중 하나로 중국 한나라 말기에 편찬된 것이다.

를 '무로(武露)는 흩어져있고, 문로(文露)는 엉겨 있다.'"라고 하였다. 송균(宋均)의 주(注)에서는 "단 이슬[甘露][179]을 통해 그 나라의 상황을 볼 수 있으니, 단 이슬이 흩어져 있으면 그 나라 사람들이 무(武)를 숭상하는 것이다."라고 하였다. 이것이 노포의 시작이다.

후당(後唐) 명종(明宗)[이사원(李嗣源)]이 유인공(劉仁恭)[180]을 물리쳤을 때, 서기(書記) 왕함(王緘)[181]은 노포의 고사를 알지 못하고 첩서(捷書)를 베에 쓰고서 노포라고 하였으니[182], 사가(史家)들이 그를 비웃었다.

203. 銜

銜, 官階也. 俗作啣, 或作嗛, 或作嘀, 或作啣, 並無所據. 嘗於玉堂直房, 見一學士陳疏辭職, 一條冰銜之銜, 書吏誤書作嘀. 學士曰: "這是馬籍也, 汝辱我?" 大喝之, 令改作啣, 書吏赧然有愧色. 何愧焉?

203. 함(銜)[183]

179) 단 이슬[甘露] : 옛날에 천하가 태평하면 하늘이 상서(祥瑞)로 내리는 것이라 하였음.

180) 유인공(劉仁恭) : 중국 당말(唐末) 오대(五代) 때 심주(深州) 낙수(樂壽) 사람. 아들 유수광(劉守光)은 건화(乾化) 초에 연(燕)을 세우고 스스로 연제(燕帝)라고 칭하였다. 3년 후 이존욱(李存勖, 후당 1대 왕. 장종(莊宗))이 주덕위(周德威)를 보내어 공격하자 포로로 잡혔으며 태원(太原)에서 죽었다.

181) 왕함(王緘) : 본래 유인공(劉仁恭)의 밑에서 일했는데, 후에 후당 장종(곧 이존욱)을 따랐다.

182) 후당 명종……하였으니 : 관련 내용이 《자치통감》 권269, 〈후양기(後梁紀)〉4에 보인다. 다만 유인공(劉仁恭)을 물리친 사람은 후당 명종 이사원이 아니라, 후당 1대 왕 장종 이존욱(李存勖)이었다.

183) 함(銜) : 일반적으로 말의 재갈이나 관원의 등급·직함을 뜻한다. 관련

함(銜)은 관리의 등급이다. 세속에서는 '함(衔)·함(啣)'·'함(噉)'·'함(喞)'으로 쓰기도 하는데, 모두 근거가 없다. 한번은 옥당(玉堂, 홍문관)에서 숙직할 때 어떤 학사가 사직 상소 올리는 것을 보았는데, 서리가 '일조빙함(一條冰銜)'[184]의 '함(銜)'을 '함(噉)'으로 잘못 썼다. 학사가 말하기를, "이것은 말 재갈인데, 네가 나를 욕보이는 것이냐?"라고 하면서 큰소리로 꾸짖고는 '함(喞)'으로 고쳐 쓰도록 하니, 서리가 얼굴이 벌게지며 부끄러워하였다. 어째서 부끄러워한단 말인가?

204. 背

嘗於四仙閣, 與三僚射韻. 遇詠梅詩, 與面字爲對, 當是腮字. 有一學士慧甚, 顧於文鈍甚, 終未射之. 同坐者偶以手拊其背, 遂認以暗號, 書背字出之, 使人大慚, 此其慧之過也.

204. 배(背)

한번은 사선각(四仙閣)[185]에서 세 명의 동료와 함께 운자 맞추기[射韻[186]]를 하였다. 영매시(詠梅詩)로 운자 맞추기를 하는데, '얼굴 면(面)'자와 대가 되는 글자는 당연히 '뺨 시(腮)'자였다. 그런데 어떤 학사(學士)가 매우 총명하였지만, 문장에는 몹시 둔해서 끝내 맞추지 못하고 있었다. 같이 앉아 있던 사람이 우연히 손으로 그의 등을 쓰

내용이 《아언각비(雅言覺非)》 권2, '함(銜)'조에 보인다.

184) 일조빙함(一條冰銜) : 일조빙(一條冰)은 한림으로 있으면서 다른 여러 청직(淸職)을 겸하는 것을 말한다.

185) 사선각(四仙閣) : 승정원(承政院)의 주서실(注書室)을 말한다. 정약용은 28세(1789)에 문과에 합격하였는데, 그 해 6월에 가주서(假注書)가 되었다.

186) 운자 맞추기[射韻] : 본래 어떤 운자(韻字)를 제시해 가며, 그 운자가 든 시구를 암송하는 놀이를 말한다. 그런데 본문에서 정약용이 말한 바 '사운'은 일반적인 의미와 차이가 있는 듯하다.

다듬자 마침내 암호인 줄로 알고 '배(背)'자를 써 냈다. 이로 인해 사람들을 크게 부끄럽게 했으니, 이는 그의 총명함이 지나친 것이다.

205. 鐥

外郡以酒五杯謂之一鐥.【俗名, 大也.】 鐥無可據,【《字彙》無鐥字】 而俗稱兼盥器·酒器. 苟以是也, 易以匜字無妨, 匜, 盥器也, 酒器也.

205. 선(鐥)[187]

지방의 고을에서 술 5잔을 1선(鐥)이라 한다.【세속에서는 '대야(大也)'라고 부른다.】 선(鐥)자는 근거로 삼을 만한 것이 없는데【《자휘(字彙)》에는 '선(鐥)'자가 없다.[188]】 세속에서는 세숫대야[盥器]와 술 주전자[酒器]을 겸칭하는 말로 사용한다. 만약 이것이 맞는다면, '선(鐥)'자를 '이(匜)'자로 바꿔도 무방할 것이니, '이(匜)'자는 세숫대야와 술 주전자를 뜻하기 때문이다.

206. 篩[189]

篩, 竹名, 大可爲船. 簁所以除麤取細, 亦作籭. 今俗以篩爲除麤之器,

---

187) 선(鐥) : 우리나라에서만 쓰이는 한자로 술·기름 따위를 담는 작은 접시 모양의 쇠 그릇을 말한다. 관련 내용이 《아언각비(雅言覺非)》 권3, '선(鐥)'조에 보인다. 한편 이덕무(李德懋)의 《청장관전서(青莊館全書)》 권55, 〈앙엽기(盎葉記)〉2 및 성해응(成海應)의 《연경재전집(研經齋全集)》 외집 권59, 〈난실담총(蘭室譚叢)〉에도 '선(鐥)'자와 관련된 내용이 보인다.

188) 자휘(字彙)에는……없다 : 《자휘》는 중국 명나라 매응조(梅膺祚)가 찬한 자전(字典). '선(鐥)'자는 요(遼)의 승(僧) 행균(行均)이 찬한 《용감수감(龍龕手鑑)》 권1 한 군데 나온다. 현재 '선(鐥)'자는 《한어대사전(漢語大詞典)》에 등록되어 있으나, '낫'이라는 뜻만 수록되어 있다.

189) 篩 : 저본에는 다산이 한 것으로 보이는 삭제 표시가 있다.

誤矣.

206. 사(篩)

'사(篩)'는 대 이름으로, 크기가 배를 만들 수 있을 정도이다. '사(簁, 체)'는 굵은 것을 걸러내어 미세한 것을 취하는 도구로, '사(籭, 체)'로 쓰기도 한다. 지금 세속에서는 '사(篩)'를 굵은 것을 걸러내는 기구로 여기고 있으니, 이는 잘못된 것이다.[190)]

207. 桃李

趙簡子謂陽虎曰"植桃李者, 夏得休息, 秋得其食.【周正也.】植蒺藜者, 夏不得休息, 秋得其刺", 以喩得人須取名實俱美也. "天下桃李, 盡在公門"者, 蓋本此語. 若"桃李不言, 下自成蹊", 則引喩不同矣.

207. 도리(桃李)

조간자(趙簡子)가 양호(陽虎)에게 다음과 같이 말하였다.

"복숭아나무[桃]와 자두나무[李]를 심은 자는 여름에는 그늘에서 휴식할 수 있고 가을에는 그 열매를 얻네.【여기서 여름과 가을은 주(周)나라 정월을 기준으로 본 것이다.】 질려(蒺藜)를 심은 자는 여름에는 그늘에서 휴식할 수 없고 가을에는 그 가시를 얻네."[191)]

이는 사람을 얻을 때는 명성과 실질이 모두 갖추어진 자를 취해야함을 비유한 것이다. "천하의 도리(桃李)가 모두 공의 문하에 있

---

190) 지금……것이다 : '사(篩)'에는 대 이름 뿐 아니라 '굵은 것을 걸러내는 체'의 뜻도 있다. 정약용은 이러한 사실을 알지 못했던 것으로 보인다.

191) 조간자(趙簡子)가……얻네 : 관련 내용이 유향(劉向), 《설원(說苑)》 권6, 〈복은(復恩)〉에 보인다. 조간자는 중국 춘추시대 진(晉)나라의 대부(大夫) 조앙(趙鞅)을 가리킨다.

다."[192]라고 한 것은 이 말에 근원을 두고 있는 듯하다. "도리(桃李)는 말하지 않아도 그 아래 절로 샛길이 생긴다."[193]라고 한 경우는 그 비유가 같지 않다.

208. 督郵

潁川太守黃霸謂"許丞, 廉吏也, 重聽何傷", 不聽督郵之言. 督郵者, 擿人過尤之職也. 郵與尤通, 卽郵罰之郵也. 今以驛丞謂之督郵, 則是以郵爲置郵之郵也. 文字其可妄用哉?

208. 독우(督郵)[194]

영천 태수 황패(黃霸)[195]는 '허씨 성을 가진 승리(丞吏, 장관을 보좌하는 관리)는 청렴한 관리이니, 귀먹은 것이 무슨 허물이겠는가?'라 생각하고는 독우(督郵)의 말을 듣지 않았다.[196] 독우는 남의 잘못

---

192) 천하의……문하에 있다 : 관련 내용이 《자치통감》 권207, 〈측천순성화후하(則天順聖皇后下)〉에 보인다.

193) 도리는……생긴다 : 이 말은 《사기·이장군열전(李將軍列傳)》에 나오는 속담이다. 도리(桃李)는 본래 말을 하지 못하지만, 꽃과 열매가 있기 때문에 사람들이 자연스레 찾아와 나무 아래에 저절로 샛길이 생긴다는 말이다. 정약용은 《이담속찬(耳談續纂)》, '중언(中諺, 중국 속담)'조에서 이 말을 "자신에게 실질적인 훌륭함이 있으면 남이 알아주기를 구하지 않더라도 남이 절로 와서 구한다.[我有實美, 不求知而物自來求也.]"라고 풀이하였다.

194) 독우(督郵) : 중국 한(漢)나라 때에 각 지방 군수를 보좌하던 이속(吏屬)으로 군마다 2~5명 정도 배치되어 지방의 풍속과 법률 위반 사항 등을 조사 감찰하는 임무를 맡았다. 관련 내용이 《아언각비(雅言覺非)》 권1, '독우(督郵)'조에 보인다.

195) 황패(黃霸) : 중국 전한의 문신. 공수(龔遂)와 함께 순리(循吏)로 손꼽혀 '공황(龔黃)'이라 일컬어졌으며, 한나라의 목민관 가운데 으뜸으로 추앙받았다. 권3 주 58) 참조.

을 들추어내는 벼슬이다. '우(郵)'와 '우(尤)'는 서로 통하니, 바로 '우죄(郵罰, 죄를 물어 벌을 줌)'의 우(郵)이다. 요즘은 역승(驛丞)[197]을 두고 독우라고 하는데, 이것은 우(郵)를 '치우(置郵, 편지를 전하는 역참)'의 우(郵)로 본 것이다. 문자를 어찌 함부로 쓸 수 있겠는가?

209. 辱

辱, 恥也, 屈也, 屬受者身上, 非屬我邊事也. 我國方言, 以醜罵爲辱, 讀書每以方言見解, 此大誤也. "我見相如, 必辱之"者, 言必使相如屈辱而令可恥也. 又辱, 僇也. 如白起三戰而辱王之先人, 是僇辱之謂也. 白起豈口發醜話, 以罵楚王; 廉頗亦豈肯口發醜話, 以罵相如哉? 辱者, 榮之反. 將榮字意理解, 便可曉也.

209. 욕(辱)[198]

욕(辱)은 '부끄럽다, 굴복하다'의 뜻으로, 상대방의 신상에 해당하는 것이지, 자신의 신변에 해당하는 것이 아니다. 우리나라 말에 추한 말로 꾸짖는 것을 '욕'이라고 하는데, 글을 읽을 때에 매번 이런 뜻으로 해석하는 것은 크게 잘못된 것이다. "내가 인상여(藺相如)를 만나면, 반드시 그를 굴욕스럽게 할 것이다.[我見相如, 必辱之.]"[199]

---

196) 영천태수……않았다 : 관련 내용이 《한서·순리전(循吏傳)·황패전(黃霸傳)》에 보인다. 독우가 허씨 성을 가진 승리를 쫓아내려고 그가 늙어서 귀가 먹었다고 하였다. 그러자 황패는 그가 청렴한 관리이니 귀먹은 것은 상관없다고 하였다.

197) 역승(驛丞) : 조선시대에 각도의 역참(驛站) 일을 맡아보던 종6품의 외관직으로, 곧 찰방(察訪)을 말한다.

198) 욕(辱) : 관련 내용이 《아언각비》 권2, '욕(辱)'조에 보인다.

199) 내가 인상여를……욕할 것이다 : 관련 내용이 《사기·염파인상여열전(廉頗藺相如列傳)》에 보인다.

라는 것은 반드시 인상여로 하여금 굴욕스럽게 하고 부끄럽게 하겠다는 뜻이다.

또 욕(辱)은 '욕보이다'의 뜻도 있다. 예를 들면 "백기(白起)가 세 번째 싸움에서 초왕(楚王)의 선조를 욕보였다.[白起三戰而辱王之先人]'[200]라는 구절에서 '욕'은 '욕보이다'를 뜻한다.

백기가 어찌 입으로 추한 말을 하여 초왕을 욕하였겠으며, 염파(廉頗)가 어찌 입으로 추한 말을 하여 인상여를 욕했겠는가? '욕(辱)'이라는 것은 '영(榮, 영화)'과 반대되는 뜻이다. '영(榮)'과 반대되는 의미로 '욕(辱)'을 풀이하면, 곧 분명히 이해할 수 있다.

210. 鰈

我國稱鰈域. 今日詳見鰈魚, 其兩目俱在左偏. 左則鱗黑而中突, 右則白質而平碾. 左如他魚之脊而實無脊梁, 右如他魚之腹而又無穀道. 脊有鰭而下亦有鰭, 鰭實環身. 頷下之鰭, 左右皆有之, 亦左黑而右白. 行則以左爲上, 口勢如他魚而左黑右白. 其云比目者, 誤也. 如果比目而行, 必有以右爲上, 右黑而左白, 兩目俱在右偏者也. 然而無之, 其云比目者, 妄也. 方言, 大者曰廣魚, 小者曰加子味.

210. 접(鰈)

우리나라를 접역(鰈域)[201]이라 부른다. 이제 접어(鰈魚)를 자세히 살펴보니, 두 눈이 모두 왼쪽에 몰려 있다. 왼쪽은 비늘이 검으며 가운데가 솟았고, 오른쪽은 흰 바탕으로 평평하다. 왼쪽은 다른 고기

---

200) 백기가……욕하였다 : 관련 내용이 《사기·평원군우경열전(平原君虞卿列傳)》에 보인다.

201) 접역(鰈域) : 우리나라의 별칭. 접(鰈)은 광어(廣魚)를 말하는데, 우리나라 근해에서 이 물고기가 많이 잡히므로 이런 명칭이 붙게 되었다.

처럼 등성마루는 있으나 실제 등골뼈는 없고, 오른쪽은 다른 고기처럼 배는 있으나 또 항문은 없다. 등마루에 지느러미가 있고 아래에는 역시 지느러미가 있는데, 지느러미가 실로 몸을 두르고 있다. 턱 밑의 지느러미는 좌우에 모두 있는데, 역시 왼쪽은 검고 오른쪽은 희다. 헤엄쳐 갈 때는 왼쪽을 위로 향하며, 입 모양은 다른 고기와 같은데 왼쪽은 검고 오른쪽은 희다.

이것을 비목어(比目魚)[202]라고 이르는 것은 잘못된 것이다. 비목어는 헤엄칠 때 반드시 오른쪽을 위로 향하며, 오른쪽은 검고 왼쪽은 희고 두 눈은 모두 오른쪽에 몰려 있다. 그런데도 무시하고 비목어라고 이르는 것은 잘못된 것이다. 우리나라에서는 큰 것을 '광어(廣魚)', 작은 것을 '가자미(加子味)'라고 한다.[203]

211. 世室

世室, 明堂之別名. 夏曰世室, 商曰重屋, 周曰明堂. 國朝以預定不祧爲入世室. 世室之義, 人多不明, 俗以爲世世不祧之室, 誤矣. 世室者, 宗祀也. "周公宗祀文王於明堂", 是乃今之入世室也.

211. 세실(世室)[204]

---

202) 비목어(比目魚) : 광어·가자미 등 넙치과에 속하는 물고기를 통칭하는 말이다. 《이아(爾雅)·석문(釋地)》에 "동방에는 비목어가 있는데, 눈이 나란하지 않으면 헤엄치지 못하니 그 이름을 '접(鰈)'이라 한다.[東方有比目魚焉, 不比不行, 其名謂之鰈.]"고 하였다.

203) 우리나라에서는……한다 : 정약용은 《아언각비(雅言覺非)》 권3, '면어鮸魚'조에서 접어를 광어라 하였으며 작은 것은 가자미라 한다고 하였다.

204) 세실(世室) : 역대 제왕의 위패를 모셔두는 종묘의 신실(神室)을 말한다. 관련 내용이 《여유당전서》, 〈춘추고징(春秋考徵)2·묘제(廟制)2〉, '태실옥

세실(世室)은 명당(明堂)의 다른 이름이다. 하(夏)나라에서는 세실(世室), 상(商)나라에서는 중옥(重屋), 주(周)나라에서는 명당(明堂)이라고 불렀다.[205] 우리나라에서는 조천(祧遷)[206]하지 않을 왕의 신주(神主)를 미리 정하는 것을 세실에 모신다고 한다. 세실의 뜻을 사람들이 대부분 잘 알지 못하여 세속에서 대대로 조천(祧遷)하지 않는 사당을 세실이라고 하는데 이는 잘못 되었다. 세실이라는 것은 종사(宗祀, 조종을 제사지냄)하는 곳이다. "주공(周公)이 명당(明堂)에서 문왕(文王)을 종사하였다."[207]는 것이 바로 오늘날의 세실에 모신다는 말이다.

212. 卽眞

卽眞者, 以權領假攝, 而眞授厥職之謂也. 故諸葛亮表, 楊洪權領蜀郡, 遂使卽眞. 今以爲帝王踐阼之意, 非矣.

212. 즉진(卽眞)[208]

즉진(卽眞)이란 것은 임시로 직책을 맡아 대행하고 있다가 정식으로 임명되는 것을 말한다. 그러므로 제갈량(諸葛亮)이 상주하여 양홍

괴(太室屋壞)'조에 보인다.

205) 하나라에서는……불렀다 : 관련 내용이 《예기(禮記)·명당위(明堂位)》 공영달(孔穎達)의 주석에 보인다. (明堂者, 天子大廟, 所以祭祀. 夏后氏世室, 殷人重屋, 周人明堂, 饗功養老, 教學選士, 皆在其中.)

206) 조천(祧遷) : 세대가 먼 조상의 신주를 조묘(祧廟)로 옮겨 모심. 또는 종묘(宗廟)의 위패를 딴 사당으로 옮기는 일을 말한다.

207) 주공이……종사하였다 : 관련 내용이 《효경(孝經)·성치(聖治)》에 보인다.(昔者, 周公郊祀后稷以配天, 宗祀文王於明堂以配上帝.)

208) 즉진(卽眞) : 임시로 맡은 대리 직책에서 정식으로 그 자리에 취임하는 것을 말한다.

(楊洪)으로 하여금 촉군(蜀郡)을 임시로 맡게 하였다가, 마침내 정식으로 촉군 태수에 임명하게 했다.[209] 지금 즉진을 제왕이 왕위에 오르다.[踐阼[210]라는 뜻으로 보는 것은 잘못된 것이다.

213. 傍若無人

傍若無人有三. 荊軻與高漸離, 歌於燕市, 傍若無人; 王猛與桓溫, 談於關中, 傍若無人; 李白與孔巢父, 遊於竹溪, 傍若無人.

213. 방약무인(傍若無人)

방약무인(傍若無人)의 출처는 세 가지가 있다.

첫째 형가(荊軻)가 고점리(高漸離)와 함께 연(燕)나라 저자에서 노래 부를 때 옆에 아무도 없는 것처럼 했다는 것[211], 둘째 왕맹(王猛)이 환온(桓溫)과 관중(關中)에서 담론할 때 옆에 아무도 없는 것처럼 했다는 것,[212] 셋째 이백(李白)이 공소보(孔巢父)와 함께 죽계(竹溪)에서 노닐 때 옆에 아무도 없는 것처럼 했다는 것[213]이다.

---

209) 제갈량이……임명하게 했다 : 관련 내용이 《삼국지(三國志)·촉지(蜀志)》에 보인다.(亮於是表洪領蜀郡太守, 衆事皆辦, 遂使卽眞.) 양홍(楊洪)은 자가 계휴(季休)이며 무양인(武陽人)이다.

210) 천조(踐阼) : 조계(阼階) 위에 오른다는 뜻으로, 인하여 왕위에 오르는 것을 말한다. 옛날에 묘침당(廟寢堂) 앞에는 두 개의 계단이 있었는데 주계(主階)는 동편에 있으며 이를 조계(阼階)라 불렀다. 조계의 위가 주위(主位)가 된다.

211) 형가가……했다는 것 : 관련 내용이 《사기·자객열전(刺客列傳)》에 보인다.

212) 왕맹이……했다는 것 : 관련 내용이 《진서(晉書)·재기(載記)》에 보인다. 전진(前秦)의 왕맹(王猛)이 소년 시절에 대장군 환온(桓溫)을 알현할 때, 한편으로는 담론(談論)을 유창하게 하면서도 또 다른 한편으로는 이를 문질러 잡으면서 방약무인(傍若無人)한 태도를 취했다고 한다.

214. 羊胛日出

骨利幹之國, 意在北極之下.《周髀經》曰: "北極之下, 有朝生夕死之草." 此地蓋以一年爲一晝夜, 春分後秋分前爲晝, 秋分後春分前爲夜. 若春秋分之時, 日當長明, 但見其自東而南而西而北而東, 循環周流於地平之上矣. 若違二分, 太陽未免暫爲地角所掩. 此所謂煮羊胛, 適熟, 日已復出也.

214. 양갑일출(羊胛日出)[214)]

골리간(骨利幹)이라는 나라는 북극 아래 있을 것으로 생각된다.《주비경(周髀經)》[215)]에 이르기를, "북극 아래에는 아침에 돋아나서 저녁에 죽는 풀이 있다."라고 하였다. 이 땅에서는 대개 1년이 하루 밤낮이 되니, 춘분 이후 추분까지가 낮이 되고, 추분 이후 춘분까지가 밤이 된다. 춘분과 추분에는 해가 밤낮으로 계속 비춰서, 단지 해가 동쪽에서 남쪽, 서쪽, 북쪽을 거쳐 다시 동쪽으로 지평선 위를 순환하며 도는 것만 보인다. 춘분과 추분을 지나면 태양은 잠시 땅에 가려짐을 면하지 못하게 된다. 이것이 이른바 "양의 어깨뼈를 삶아 적당하게 익을 무렵이면 해는 이미 다시 떠오른다."고 하는 말이다.

---

213) 이백이……했다는 것 : 관련 내용이《구당서·이백열전(李白列傳)》에 보인다. 다만 방약무인과 관련된 일화는 죽계(竹溪)에서 노닐 때가 아니라, 금릉에 있던 시어사(侍御史) 최종지(崔宗之)와 함께 달밤에 배타고 경치를 즐기는 장면에서 나온다. 정약용이 착오를 한 듯하다.

214) 양갑일출(羊胛日出) : 양갑(羊胛)은 양의 어깨뼈로, 양갑일출은 "양의 어깨뼈를 삶아 적당하게 익을 무렵이면 해는 이미 다시 떠오른다."는 말이다. 이 말은《신당서(新唐書)·회골전 하(回鶻傳下)·골리간(骨利干)》에 나온다. 이와 관련된 내용이《여유당전서》, 시문집 권11, 〈온성론(穩城論)〉에도 보인다.

215) 주비경(周髀經) : 주비산경(周髀算經)이라고도 한다. 중국 최고(最古)의 천문서로, 주공(周公)이 대부(大夫) 상고(商高)에게서 전수받은 책이라고 전해진다.

215. 宿趼

趼者, 足皮起也. 通作繭【亦作𧞤】. 又趼者, 足骨也. 乃東人上疏及表箋, 以官爵之再踐·舊跡謂之宿趼, 徧考《三倉》, 無此詁訓. 唯杜甫《八哀詩·哀蘇源明》曰: "晨趨閶闔內, 足蹋宿昔趼", 此亦足繭之謂, 而東人誤用之也.

215. 숙견(宿趼)[216]

'견(趼)'이란 발에 생기는 굳은 살이다. '견(繭)'자와 통용해 쓴다. 【'견(𧞤)'이라고도 쓴다.】 또 견(趼)이란 발의 뼈이다. 우리나라 사람들의 상소(上疏)와 표전(表箋)에서는 같은 관작에 두 번 부임하는 것이나 지나온 관작의 행적을 일러 '숙견(宿趼)'이라 한다. 그런데 《삼창(三倉)》[217]을 두루 살펴보아도 이러한 풀이는 없다. 다만 두보의 팔애시(八哀詩) 중에서 〈소원명(蘇源明)을 애도함〉에 "새벽에 창합문 안으로 달려가나니, 지난날의 굳은살 박인 발로 밟는다네.[晨趨閶闔內, 足蹋宿昔趼.]"[218]라 하였다. 이 또한 굳은살을 말한 것이니, 우리나라 사람들이 '견(趼)'자를 잘못 사용한 것이다.

216. 牖

牖, 《說文》: "穿壁以木爲交窻也." 故云在牆曰牖, 在屋曰窻. "昨日土墻, 今朝竹牖"之詩, 正以牖與墻, 有相涉處. 馬永卿云: "昔邵康節所居有甕牖. 甕牖者, 以敗甕口, 安於室之東西, 用赤白紙糊之, 象日月也."

---

216) 숙견(宿趼) : 관련 내용이 《아언각비(雅言覺非)》 권3, '견(趼)'조에 보인다.

217) 삼창(三倉) : 중국 한(漢)나라 때에 편찬되었던 사전으로 창힐편(蒼頡篇)·원력편(爰歷篇)·박학편(博學篇)의 3편으로 이루어졌다. 여기서는 자서(字書)를 통칭하는 말로 사용되었다.

218) 새벽에……밟는다네 : 이 시의 원제는 〈고비서소감무공소공원명(故秘書少監武功蘇公源明)〉이다.

今人訓兒爲門閾, 非矣.

216. 유(牖)

'유(牖)'자에 대해서《설문해자(說文解字)》에 이르기를, "벽을 뚫고 나무를 얽어 만든 창이다."[219]라고 하였다. 그러므로 담벽에 있는 것을 유(牖)라 하고, 집에 있는 것을 창(牕)이라 하는 것이다. "어제 낮에는 흙으로 만든 담벽을 마주하여 섰는데, 오늘 아침에는 대나무로 얽어 만든 창[牖]이 해를 향해 열렸네.[昨日土墻當面立, 今朝竹牖向陽開]"[220]라는 시구는 바로 유(牖)와 장(墻)이 서로 관계가 있기 때문이다.

마영경(馬永卿)[221]은 다음과 같이 말했다.

"옛날 소강절(邵康節)[222]이 사는 곳에 옹유(甕牖)가 있었다. 옹유란 깨진 옹기 주둥이로 방의 동쪽과 서쪽에 붙이고 붉은색과 흰 색의 종이로 바른 것이니, 해와 달을 형상한 것이다."[223]

오늘날 사람들이 아이들을 가르칠 때 이를 두고 문역(門閾, 문지방)이라 하는데, 이는 잘못된 것이다.

---

219) 벽을……창이라 한다 : 관련 내용이《설문해자》권10, '유(牖)'조에 보인다.

220) 어제……유(牖)라네 : 주희(朱熹)의〈차범석부제경복승개창운(次范碩夫題景福僧開窓韻)〉이란 시의 일부이다.(昨日土墻當面立, 今朝竹牖向陽開. 此心若道無通塞, 明暗何緣有去來.)

221) 마영경(馬永卿) : 중국 송나라 양주(揚州) 사람. 자는 대년(大年). 혹은 이름이 대년(大年), 자가 영경(永卿)이라고도 한다. 유안세(劉安世)의 제자. 저서에《난진자(嬾眞子)》가 있다.

222) 소강절(邵康節) : 중국 북송의 학자 소옹(邵雍, 1011~1077)을 가리킨다. 강절은 그의 시호. 권4 주 172) 참조.

223) 옛날……형상한 것이다 : 관련 내용이 마영경(馬永卿)의《난진자(嬾眞子)》권3에 나온다.

217. 磬

磬, 樂石也. 然今僧院皆以小鍾爲磬, 不可知也. 《齊書·百官志》“太祖造鐵磬”, 李頎詩曰“墜葉和金磬”, 《雲仙雜記》有“靑銅磬”, 中國固有金磬矣. 意者, 僧家有之, 而其制則必兩股相比矣. 以鍾爲磬, 則不可. 【宋祁《筆記》云: “今浮屠持銅鉢, 亦名磬.”】

217. 경(磬)[224)]

경(磬)은 악기로 쓰이는 돌이다. 그런데 지금 절에서는 모두 작은 종을 경이라 하니, 그 근거를 알 수 없다.

《제서(齊書)·백관지(百官志)》에 “태조가 철경(鐵磬)을 만들었다.”라 하였고, 이기(李頎)의 시에 “잎 지는 소리 금경(金磬)과 어울리네.”[225)] 라 하였으며, 《운선잡기(雲仙雜記)》[226)]에 ‘청동경(靑銅磬)’이란 말이 있으니, 중국에는 본래 쇠로 만든 경이 있었던 것이다. 아마도 불가에 이것이 있었던 것 같은데, 그 제도는 필시 두 다리의 길이가 서로 같았을 것이다. 따라서 종을 경이라 하는 것은 옳지 않다. 【송기(宋祁)[227)]의 《필기(筆記)》에 이르기를 “지금 중들이 동발(銅鉢)[228)]을 가지고 다니는데,

---

224) 경(磬) : 관련 내용이 《아언각비(雅言覺非)》 권2, ‘경(磬)’조에 보인다.

225) 잎지는……어울리네 : 이기의 〈성선각송배적입경(聖善閣送裴迪入京)〉의 일부이다.(雪華滿高閣, 苔色上枃闌. 藥草空堦靜, 梧桐返照寒. 淸吟可愈疾, 携手暫同歡. 墜葉和金磬, 饑烏鳴露盤. 伊流惜東別, 灞水向西看. 舊託含香署, 雲霄何足難.)

226) 운선잡기(雲仙雜記) : 중국 당나라 풍지(馮贄)가 편찬한 것으로, 고금의 일사(逸事)를 두루 수록한 책이다.

227) 송기(宋祁) : 중국 북송 때의 문신. 자는 자경(子京)이며, 벼슬은 공부상서(工部尙書)·한림학사승지(翰林學士承旨) 등을 역임하였다. 시호는 경문(景文)이다. 구양수와 함께 《신당서》를 편찬하였으며, 저서에 시문집인 《송경문집》을 비롯하여 《출휘소집(出麾小集)》·《익부방물약기(益部方物略記)》·《필기(筆記)》 등이 있다.

228) 동발(銅鉢) : 불교에서 수행할 때 치는 구리방울.

또한 경이라 부른다."라 하였다.】

218. 缶瑟

村夫子授兒, 訓缶爲杖鼓, 訓瑟爲琵琶, 無以解蒙. 園·苑·囿三字, 皆訓東山, 翁·叟·鷺, 皆訓祖父, 姑·婆·媼, 皆訓祖母, 若此類不可不正.

218. 부(缶)와 슬(瑟)[229)]

시골 선생이 아이들을 가르칠 때에 부(缶)를 장고(杖鼓, 장구)라 풀이하고 슬(瑟)을 비파(琵琶)라고 풀이하는데, 아이들에게 이해시킬 수 없다. 원(園)·원(苑)·유(囿) 세 글자를 모두 동산(東山)이라 풀이하고, 옹(翁)·수(叟)·로(鷺)를 모두 할애비라고 풀이하며[230)], 고(姑)·파(婆)·온(媼)을 모두 할미라고 풀이하는데, 이와 같은 부류들은 바로잡지 않을 수 없다.

219. 杜撰

古人用"杜撰"二字, 莫曉其義. 嘗見沈作喆《寓簡》云: "漢田何善《易》. 何以諸田徙杜陵, 號杜田生. 今之俚諺謂白撰無所本者, 爲杜田. 或曰杜園者, 語轉而然. 當時譏何之易學無所師承也."

---

229) 부(缶)와 슬(瑟) : 관련 내용이 《아언각비(雅言覺非)》 권2, '부(缶)'조 및 '슬(瑟)'조에 보인다. 정약용은 부(缶, 장군·질장구)는 흙으로 만든 그릇으로 술이나 장을 담는데 쓰이며, 이를 장고(杖鼓, 장구)로 풀이하는 것은 잘못이라 하였다. 또 슬(瑟)은 거문고(琴) 따위를 가리키는 것으로, 말 위에서 타는 현악기인 비파(琵琶)와는 다른 것이라 하였다.

230) 할애비라고 풀이하며 : 당시에 오늘날의 '해오라기(鷺)'를 '하야로비'라 읽었던 듯하다.

219. 두찬(杜撰)[231]

옛사람이 사용한 '두찬(杜撰)'이라는 두 글자는 그 의미를 정확히 알 수가 없다. 일찍이 심작철(沈作喆)[232]이 지은《우간(寓簡)》에 다음과 같은 기록을 본 적이 있다.

"한나라 전하(田何)[233]는《주역》에 능통하였다. 전하는 제전(諸田)[234]으로서 두릉(杜陵)에 옮겨 살았기 때문에 두전생(杜田生)이라 불리었다. 오늘날 속어에 자기 맘대로 지어내어 근거가 없는 것을 두전(杜田)이라 한다. 혹 두원(杜園)이라고도 하는데 두전이라는 말이 변해서 그렇게 된 것이다. 이는 당시 사람들이 전하의 역학(易學)에 사승(師承)이 없음을 기롱한 것이다."

---

231) 두찬(杜撰) : 일반적으로 전거나 출처가 확실하지 못한 저술을 말하는데, 이 단어의 전거가 확실하지 않다. 송(宋)나라 왕무(王楙)의《야객총서(野客叢書)》에는 두찬이란 말의 유래에 대해 다음과 같이 언급하였다. "송나라 두묵(杜默)이 시를 짓는데 율(律)에 맞지 않는 것이 많았기 때문에 두찬이라 하였다. 이후로 무엇이든 격에 맞지 않거나 근거가 부족한 것을 두찬이라 쓰게 되었다. 그런데 내가 보기에 '두(杜)'라는 자는 두전(杜田)·두원(杜園)의 예에서처럼 옛부터 나쁘다든가 덜 좋다는 뜻으로 사용되었다. 그래서 집에서 빚은 맛없는 술을 두주(杜酒)라고 하는데, 임시 대용품이나 엉터리라는 의미가 들어있는 것이다."

232) 심작철(沈作喆) : 중국 송나라 호주(湖州) 귀안(歸安) 사람. 자는 명원(明遠), 호는 우산(寓山). 고종(高宗) 소흥(紹興) 5년 진사(進士)에 합격하였으며, 저서에《우간(寓簡)》이 있다.

233) 전하(田何) : 중국 전한 제(齊)의 치천(淄川) 사람. 자는 자장(子莊)·자장(子裝), 호는 두전생(杜田生).《주역》에 조예가 깊어 한 혜제(漢惠帝)가 직접 집에 찾아가 수업을 받았다고 하며, 당대의 이름난 학자 왕동(王同)과 정관(丁寬), 복생(服生) 등이 모두 그의 제자였다.

234) 제전(諸田) : 제(齊) 나라의 근간이던 '전씨(田氏) 가문' 또는 '전씨 가문의 사람'을 가리킨다.

220. 郎當

俗稱郎當, 未詳其義. 嘗考王灼《碧雞漫志》云: "明皇宿上亭, 雨中聞牛鐸聲, 悵然而起, 問黃幡綽: '鈴作何語?' 曰: '謂陛下特郎當.' 特郎當, 俗稱不整治也. 明皇一笑, 遂作〈雨淋鈴曲〉." 黃蓋借雨聲, 而解俗語然, 郎當之義, 可知也.

220. 낭당(郎當)

세속에서 말하는 '낭당(郎當)'은 그 의미가 자세하지 않다.[235] 일찍이 왕작(王灼)의 《벽계만지(碧雞漫志)》[236]를 살펴보았는데, 다음과 같이 되어 있었다.

"명황(明皇)이 상정(上亭)에서 묵을 적에 빗소리 사이로 딸랑딸랑 소방울[牛鐸] 소리가 들렸다. 마음이 울적하여 일어나 황번작(黃幡綽)[237]에게 묻기를, '소방울이 무슨 말을 하는가?' 하니, 답하기를 '폐하께서 특낭당(特郎當)[238]하다고 합니다.'라 하였다. 특낭당은 속칭 정치(整治)하지 못함을 말한다. 명황이 한바탕 웃고는 드디어 〈우림령곡(雨淋鈴曲)〉을 지었다."

황번작은 빗속의 소방울 소리를 빌려 속어로 풀이한 듯하니, 이를 통해 낭당의 뜻을 알 수가 있다.

---

235) 낭당은……자세하지 않다 : 명(明)나라 주모위(朱謀㙔)가 찬술한 《변아(駢雅)》 권4, 〈석기(釋器)〉에서 "낭당(琅璫)은 방울[鐸]이다."라고 하였다. 이덕무는 낭당을 '악착'의 뜻으로 보았으며, 조선왕조실록에는 '낭당(郎當)'이 여러 차례 나오는데, '난처하다. 군색하다. 잔달다. 어정쩡하다. 흐리멍덩하다.' 등의 뜻으로 쓰였다.

236) 왕작(王灼)의 벽계만지(碧雞漫志) : 왕작은 중국 남송의 수녕(遂寧) 사람으로 자는 회숙(晦叔). 《벽계만지》는 당송(唐宋) 시대의 가사(歌詞)와 악곡(樂曲)의 원류(源流)를 평론하고 고증한 책.

237) 황번작(黃幡綽) : 당 현종 때의 악공(樂工)이자 이원제자(梨園弟子)이다.

238) 특낭당(特郎當) : 용모가 가지런하지 못하거나 바람이 산만하게 부르는 것을 형용하는 말. 이 말은 우리말의 "덩그렁" 정도가 될 것이다.

221. 毛施布

《元史·耽羅列傳》, "其貢賦, 歲進毛施布百匹." 方言謂苧爲毛施. 其云毛施布者, 意卽苧布也. 今濟州無異樣織布之產, 可知也.

221. 모시포(毛施布)

《원사(元史)·탐라열전(耽羅列傳)》에 이르기를 "공물은 해마다 모시포 백 필을 바친다.[239)]"라고 하였다. 우리나라 말에 '저(苧)'를 '모시'라고 한다. 《원사》에서 '모시포'라고 한 것은 저포(苧布)를 말하는 것 같다. 지금 제주에는 따로 생산되는 면직물이 없으니, 모시포가 바로 저포임을 알 수 있다.

222. 睦氏

睦氏, 在我邦爲顯望, 而中國蔑稱焉. 唯李百藥《北齊書·文苑列傳》, 有"睦豫, 字道閑, 趙郡高邑人. 父寂, 梁北平太守. 道閑弱冠擧秀才, 歷官奉車都尉·散騎常侍, 隋開皇中, 卒於洛州司馬. 豫宗人仲讓, 天保時尙書左丞", 則亦崇顯矣. 王圻《文獻通考·氏族考》屋韻, 亦載睦氏. ○ 崔暹子達拏, 年十三, 昇高座開講, 趙郡睦仲讓陽屈之. 暹喜躍, 奏爲司徒中郎. 鄴下爲之語曰: "講義兩行, 得中郎."

222. 목씨(睦氏)

목씨는 우리나라에서 명망을 날리지만, 중국에서는 드러난 성씨가 아니다. 오직 이백약(李百藥)의 《북제서(北齊書)·문원열전(文苑列傳)》에 다음과 같은 기록이 보인다.

"목예(睦豫)는 자가 도한(道閑)이고 조군(趙郡) 고읍(高邑) 사람이

---

239) 공물은……바친다 : 관련 내용이 안정복(安鼎福)의 《동사강목(東史綱目)》 권15하, 공민왕 23년 조에도 보인다.

다. 아버지 목적(睦寂)은 양나라 때 북평 태수를 지냈다. 목도한은 약관에 수재(秀才)[240]로 천거되어 봉거도위(奉車都尉)와 산기상시(散騎常侍)를 역임하였고, 수나라 개황 연간(581~600)에 낙주사마(洛州司馬)로 세상을 떠났다. 목예의 친족 목중양(睦仲讓)은 천보 연간(550~559)에 상서좌승을 지냈다."

이로 보면 목씨는 또한 현달한 집안이었다. 왕기(王圻)의 《속문헌통고·씨족고》 옥운(屋韻)에도 목씨가 실려 있다.

○ 최섬(崔暹)의 아들 달나(達拏)가 열세 살 때 높은 강단에 올라 강론을 하였는데, 조군의 목중양이 겉으로 탄복하는 체했다. 최섬이 뛸 듯이 기뻐하며 황제에게 아뢰어 목중양을 사도중랑(司徒中郎)으로 삼았다. 업중(鄴中)에서는 이 일을 두고 이르기를, "강의 두 줄로 중랑을 얻었구나"라 하였다.[241]

223. 潮汐泉

丁巳夏, 余守谷山. 秋以推官赴遂安郡, 未及郡三十里, 有蔥嶺院. 院, 古鎭也, 兼有倉庾. 自院西距二弓許, 有潮汐泉, 自石竇出. 時方午, 潮水盛, 初出可容小舠. 問之老人, 蓋一日三潮, 夏冽冬溫云.

223. 조석천(潮汐泉)

정사년(1797, 정조 21) 여름에 내가 곡산(谷山)[242]의 수령으로 있었

---

240) 수재(秀才) : 원래는 재능이 빼어난 사람을 가리키는 말이었으나, 한(漢)나라 이래로 인재를 추천하는 항목 중 하나가 되었음. 당나라 때는 과거시험의 한 과목이었다가 곧 폐지되었고, 이후로는 과거에 응시하는 사람을 모두 '수재'라고 불렀다.

241) 최섬(崔暹)의……하였다 : 관련 내용이 《북제서》 권30, 〈최섬전(崔暹傳)〉에 부기된 최섬의 아들 최달나(崔達拏)조에 보인다.

242) 곡산(谷山) : 곡산은 황해도의 동북단에 있는 군. 정약용은 1797년(정조

다. 가을에 추관(推官)[243]으로 수안군(遂安郡)[244]에 갔는데, 군청에 30리 못 미친 곳에 총령원(蔥嶺院)이 있었다. 총령원은 옛 진영(鎭營)으로 아울러 창고도 있었다.

총령원에서 서쪽으로 2궁(弓)[245] 쯤 떨어진 곳에 조석천(潮汐泉)이 있었는데, 물이 바위구멍으로부터 솟아나왔다. 마침 오시(午時)여서 물이 가득 차 있었는데 처음 솟아나올 때에는 쪽배를 띄울 정도로 많았다. 노인에게 물어 보니, 대체로 하루에 세 번 물이 솟아나오는데, 여름에는 차고 겨울에는 따뜻하다고 하였다.

224. 砲丸鳴沸

李德懋〈紅衣將軍傳〉曰"賊砲如碗, 落於水中, 鳴沸移時", 此未可曉. 夫銃丸穿物, 以火力, 非以燒透. 火之煅物, 須有時刻. 火發丸出, 旣無時刻, 安得燒熱? 則鳴沸之說, 於理未安.

224. 포탄이 소리를 내며 끓어오르다

이덕무(李德懋)[246]의 〈홍의장군전(紅衣將軍傳)〉에 이르기를 "사발

---

21) 윤6월에 곡산부사로 가서 1799년(정조 23)까지 약2년 간 봉직하였다.

243) 추관(推官) : 추국(推鞫)할 때에 신문하던 벼슬아치.

244) 수안군(遂安郡) : 황해도 동북부에 위치한 군.

245) 궁(弓) : 사대(射臺)로부터 과녁까지의 거리를 1궁(弓)이라고 함. 대략 5척, 6척, 8척으로 일정하지 않다.

246) 이덕무(李德懋) : 1741~1793 조선 후기의 실학자. 본관은 전주(全州), 자는 무관(懋官), 호는 형암(炯庵)·아정(雅亭)·청장관(靑莊館)·영처(嬰處). 박학다식하고 문명(文名)이 있었으나 서자였기 때문에 크게 등용되지 못하였다. 약관에 박제가(朴齊家)·유득공(柳得恭)·이서구(李書九)와 함께 《건연집(巾衍集)》이라는 사가시집(四家詩集)을 내어 문명을 떨쳤다. 특히 박지원(朴趾源)·홍대용(洪大容) 등의 북학파실학자들과 깊이 교유하여 많은 영향을 받았다. 저서에 《청장관전서(靑莊館全書)》가 있다.

같이 생긴 적의 포탄이 물속에 떨어지더니, 한동안 소리를 내며 끓어올랐다."[247]라 하였는데, 이 말은 이해할 수 없다.

대개 탄환이 물건을 뚫는 것은 화력에 의한 것이지, 불로 태워서 뚫는 것은 아니다. 불이 물건을 달굴 때에는 시간이 필요하다. 불을 붙여 탄환이 발사되면 이미 시간이 없는데, 어떻게 불태울 수 있겠는가? 그렇다면 "소리를 내며 끓어올랐다"는 말은 이치상 온당하지 못하다.

225. 公兄

高句麗官名, 有小兄·大兄. 今以首吏爲公兄, 蓋其遺也.

225. 공형(公兄)

고구려의 관직 이름 중에 소형(小兄)과 대형(大兄)[248]이 있다. 오늘날 아전의 우두머리를 공형(公兄)이라 하는 것은 아마도 그 유풍(遺風)인 듯하다.

226. 烏囉

《鷄林類事》記我國方言云: "來曰烏囉, 去曰匿家入囉, 客至曰孫烏囉, 凡呼取物, 皆曰都囉." 此數語, 與今俗翕翕符合, 甚可奇也. 湖南·嶺南, 凡呼取物, 皆云都囉.

---

247) 사발……끓어올랐다 : 관련 내용이 《아정유고(雅亭遺稿)》 권3, 〈홍의장군전〉에 보인다.

248) 소형(小兄)과 대형(大兄) : 소형은 고구려의 후기 14개 관등 중 제11관등이다. 대형은 열 두 관등 가운데의 하나이다.

226. 오라(烏囉)

《계림유사(鷄林類事)》[249)]에 우리나라의 말을 다음과 같이 기록한 것이 있다.

"'오다[來]'를 '오라[烏囉]'라고 하고, '가다[去]'를 '니거지라[匿家入囉]'라고 하며, '손님이 오다[客至]'를 '손오라[孫烏囉]'라고 하고, '무릇 물건을 가져오라 부르는 것[凡呼取物]'을 모두 '도라[都囉]'라고 하였다."

이 몇 개의 말은 지금의 속언과 딱 들어맞으니 매우 신기하다. 지금도 호남과 영남에서 무릇 물건을 가져오라 부를 때에는 모두 '도라[都囉]'라고 한다.

227. 頻婆

頻婆, 俗名砂果, 卽柰也. 其花爲茉莉花, 茉莉有毒, 能殺人.《明史·烈女傳》, 楊希閔妻汪氏, 求累百朵, 夜五鼓煎飮, 天明死.

227. 빈파(頻婆)[250)]

빈파(頻婆)는 속칭 사과이니, 곧 능금이다. 그 꽃은 말리화(茉莉花)인데, 말리화는 사람을 죽일 수 있을 정도의 독이 있다.《명사(明史)·열녀전(烈女傳)》에 양희민(楊希閔)의 처 왕씨(汪氏)가 말리화 수백 송

249) 계림유사(鷄林類事) : 고려에 사신으로 왔던 중국 송나라 손목(孫穆)이 지은 것으로, 고려 시대의 풍습, 제도, 언어 따위가 기록되어 있다. 특히 당시의 고려어 356단어를 한자로 적어 놓아 국어사 연구에 귀중한 자료로 활용되고 있다.

250) 빈파(頻婆) : 사과의 이칭으로 산스크리트어 bimba를 음사한 것이다.《목민심서》 권7, 〈호전육조(戶典六條)〉, '권농(勸農)'조에 "임금은 빈파이다.[林禽, 頻婆.]"라 하였고, 그 주에 "우리말로 사과라 한다.[方言曰沙果]"라 하였다.

이를 구해 놓고는 오경(五更, 새벽 3~5시)에 끓여 마셨다가 동틀 무렵에 죽었다는 기록[251)]이 있다.

228. 服喪三十六月

余妻兄洪元浩多病, 遭父喪, 旣祥, 又心喪一朞曰: "三年之喪, 三十六月而畢." 人皆謂病. 然王崇簡【康熙間人】《冬夜箋》曰: "世有執喪三十六個月者."【《讀禮通考》亦多有論辨】

228. 복상(服喪) 36개월

나의 손위처남 홍원호(洪元浩)는 병이 많은 사람인데 부친상을 당하여 대상(大祥)[252)]을 지낸 다음 또 심상(心喪)[253)] 1년을 지내고서 말하기를, "삼년상은 36개월을 지내야 끝나는 것이다."라고 하였다. 사람들이 모두 마땅찮게 여겼다.

그러나 왕숭간(王崇簡)【강희 연간 사람이다.】의 《동야전기(冬夜箋記)》[254)]에 이르기를 "세속에는 36개월 동안 복상하는 사람이 있다."라고 하였다.【《독례통고(讀禮通考)》[255)]에도 이와 관련한 논변이 많이 실려 있다.】

---

251) 명사(明史)……기록 : 관련 내용이 명사(明史)》 권301, 〈열녀전(烈女傳)·왕열부(汪烈婦)〉에 보인다.

252) 대상(大祥) : 사망한 날로부터 만 2년이 되는 두 번째 기일(忌日)에 지내는 상례(喪禮)의 한 절차. 대상을 지내고 나면 상복을 벗으며, 대체로 삼년상을 마친 것으로 본다.

253) 심상(心喪) : 상복을 입지 않지만 상중에 있는 것과 마찬가지로 처신하여 말과 행동을 조심하는 것을 말한다.

254) 동야전기(冬夜箋記) : 중국 명말청초의 문인 왕숭간(王崇簡)이 편찬한 책. 내용은 수필이나 찰기(札記)인데, 선유(先儒)의 말이 많이 실려 있다. 권4 주 73) 참조.

255) 독례통고(讀禮通考) : 중국 청나라 서건학(徐乾學)이 찬한 것, 역대의 상례(喪禮)에 대하여 상기(喪期), 상복(喪服), 상의절(喪儀節), 상구(喪具),

229. 彗孛

宋犖《筠廊偶筆》曰: "寧陵白日隕星, 形類硯磚而粗, 彷彿太學石鼓. 隕時聲如雷, 入地數尺, 掘出猶熱甚, 不能取也." 西人言: "土氣入火, 帶煉而成石, 通紅放光, 是爲彗孛." 今云隕地猶熱, 則西言有理.

229. 혜패(彗孛)[256]

송낙(宋犖)[257]의 《균랑우필(筠廊偶筆)》에 다음과 같은 기록이 있다. "대낮에 영릉(寧陵)에 별이 떨어졌는데 모양이 벼루나 벽돌과 비슷하나 거친 것이 태학의 석고(石鼓)[258]와 흡사했다. 떨어질 때 우레와 같은 소리가 났고, 땅속으로 몇 자나 들어갔는데 파냈을 때도 여전히 뜨거워서 취할 수가 없었다."

서양 사람들이 말하기를 "토기(土氣)가 불에 들어가 달구어져 돌이 되는데 온통 붉으며 빛을 뿜는다. 이것이 혜패(彗孛)이다."라고 하였다. 지금 땅에 떨어지고도 여전히 뜨겁다고 하니, 서양 사람들의 말에 일리가 있다.

장고(葬考), 변체(變體), 상제(喪制), 묘제(廟制) 8류(類)로 나누어 기술하였다.

256) 혜패(彗孛) : 곧 혜성. 긴 꼬리를 끌고 긴 타원이나 포물선에 가까운 궤도를 그리며 태양계를 운행하는 별. 우리말로는 살별이라고 하는데 옛사람들은 이 별이 나타나면 재앙이나 전쟁이 발생할 것으로 생각하였다.

257) 송낙(宋犖) : 1635~1714. 청나라 문신. 자는 목중(牧仲), 호는 만당(漫堂)·서피(西陂). 관직은 이부상서에 이르렀으며, 왕사진(王士禛)과 함께 시명을 나란히 하였다. 저서에 《면진산인집(綿津山人集)》이 있다.

258) 석고(石鼓) : 북 모양으로 된 10개의 석조 유품으로, 돌 표면에 진대(秦代)의 전서(篆書)에 가까운 문자가 새겨져 있었다. 원래 섬서성(陝西省) 부풍현(扶風縣) 서북쪽에 있던 것을 당나라 때 봉상부(鳳翔府) 공자묘(孔子廟)로 옮겨 왔다가 다시 북경(北京)의 국자감(國子監)으로 이전했다고 한다.

230. 窩

窩, 穴居也. 邵康節名其居曰安樂窩. 自是范成大有懶窩, 潘仲德有冬窩, 吳澄有息窩詩, 劉彬有菜窩.【誠意伯宗姪】 東人別號, 窩居其半. 朴次修云: "以窩作錄, 時事可知."

230. 와(窩)

와(窩)는 움집이다. 소강절(邵康節)[259]이 자신의 거처를 안락와(安樂窩)라고 이름 하였다. 이로부터 범성대(范成大)[260]에게는 나와(懶窩)가 있고, 반중덕(潘仲德)에게는 동와(冬窩)[261]가 있고, 오징(吳澄)[262]에게는 식와(息窩)를 읊은 시가 있고, 유빈(劉彬)에게는 '채와(菜窩)'가 있었다.【유빈은 성의백(誠意伯) 유기(劉基)[263]의 종질】

---

259) 소강절(邵康節) : 중국 북송의 학자 소옹(邵雍, 1011~1077)을 가리킨다. 강절은 그의 시호. 권4 주 172) 참조.

260) 범성대(范成大) : 1126~1193. 중국 남송(南宋)의 정치가·시인. 자는 치능(致能), 호는 석호거사(石湖居士). 시인으로서는 남송 4대가의 한 사람으로, 청신(清新)한 시풍으로 전원의 풍경을 읊은 시가 유명하다. 저서에 《석호거사시집》·《석호사》가 있다.

261) 반중덕(潘仲德)의 동와(冬窩) : 반중덕은 중국 원나라 제남(濟南) 사람으로, 자신의 거처를 동와(冬窩)라 이름 짓고 글을 읽었다. 후에 조정에 천거되어 태사(太史)를 역임하였다. 원각(袁桷)은 그를 위해 〈동와부(冬窩賦)〉를 지었다.(《청용거사집(淸容居士集)》 권1)

262) 오징(吳澄) : 1249~1333. 중국 원나라 경학자. 자는 유청(幼清), 초려선생(草廬先生)이라 불리었다. 저서에 문집인 《오문정집(吳文正集)》을 비롯하여 《역찬언(易纂言)》·《의례일경전(儀禮逸經傳)》·《예기찬언(禮記纂言)》·《춘추찬언(春秋纂言)》 등이 있다. 오징의 식와시(息窩詩)는 《오문정집》 권95에 수록되어 있는 〈차운식와도인(次韻息窩道人)〉을 가리키는 것인 듯하다.

263) 유기(劉基) : 1311~1375. 중국 원말명초의 문신. 자는 백온(伯溫). 주원장(朱元璋)을 보좌하여 명의 건국에 참여하였으며 후에 성의백(誠意伯)에 봉해졌다.

우리나라 사람의 별호 가운데 '와(窩)'자를 쓴 것이 그 절반을 차지한다. 박차수(朴次修)[264]가 이르기를, "와(窩)자로 기록한 것을 보면, 당시의 사정을 알 수 있다."라고 하였다.

231. 欸乃

欸乃, 音奧靄. 《冷齋夜話》洪駒父曰: "柳子厚'欸靄一聲山水綠', 欸音奧, 而世俗乃分'欸乃'爲二字, 誤矣." 案古詩皆作欸乃. 欸乃二字, 有音無義, 不必拘也.

231. 애내(欸乃)[265]

애내(欸乃)의 바른 음은 오애(奧靄)이다. 《냉재야화(冷齋夜話)》[266]에 홍구보(洪駒父)[267]의 다음과 같은 말이 기록되어 있다.

"유자후(柳子厚)[268]의 '어영차, 한 소리에 산수가 다 푸르러지네[欸

---

264) 박차수(朴次修) : 조선후기의 실학자 박제가(朴齊家, 1750~1805)를 가리킨다. 차수는 그의 자. 앞의 권4 주 30) 참조.

265) 애내(欸乃) : 의성어. 배의 노를 저을 때 나는 소리, 또는 배에서 노를 저으면서 부르는 노래를 말한다.

266) 냉재야화(冷齋夜話) : 중국 북송의 승려 시인 혜홍(惠洪, 1071~1128)이 찬한 책. 혜홍의 속성은 유(喩)이고, 자는 각범(覺范).

267) 홍구보(洪駒父) : 중국 송나라의 문신 홍추(洪芻)를 가리킨다. 구보는 그의 자. 소성(紹聖) 원년(1094)에 진사가 되었고, 숭녕(崇寧) 3년(1104)에 원우당적(元佑黨籍)에 들었으며, 정강(靖康) 연간(1126~1127) 중에 간의대부가 되었다. 금나라 군대가 쳐들어오자 절의를 잃어 파면되었으며 사문도(沙門島)에 유배 가 죽었다.

268) 유자후(柳子厚) : 중국 당나라 문인 유종원(柳宗元, 773~819)을 가리킨다. 자후는 그의 자. 하동(河東) 출신으로 유하동(柳河東)으로 불렸으며, 유주자사(柳州刺史)를 지냈으므로 유유주(柳柳州)라고도 불렀다. 한유(韓愈)와 함께 당나라 때 고문운동(古文運動)을 창도했다. 저서에 《유하동집(柳河東集)》이 있다.

靄一聲山水綠]'[269]에서 애(欸)는 음이 오(奧)인데 세속 사람들이 곧 애내(欸乃)로 나누어 두 글자로 만들었으니 잘못이다."

그러나 내가 살펴보건대 고시(古詩)에는 모두 '애내(欸乃)'로 되어 있다. '애내(欸乃)' 두 글자는 음은 있고 뜻은 없으니 구애될 필요가 없다.

232. 市井

《風俗通》言: "人至市有鬻賣者, 當於井上沈濯, 令香潔, 然後到市." 恐未必然. 或曰: "古者, 九百畝爲井田, 因井爲市故云." 然又有鄉井·閭井之說, 則以其居近共井而飮也. 豈在邑稱市, 在野稱井歟?

232. 시정(市井)[270]

시정(市井)의 유래에 대해 《풍속통(風俗通)》[271]에서 이르기를, "저자에 가서 팔 물건이 있는 사람은 우물가에 가서 팔 물건을 깨끗이 씻어 향기롭게 한 뒤에 저자에 간다."고 하였다. 그런데 반드시 그렇지는 않은 듯하다.

어떤 사람은 말하기를 "옛날에는 900무(畝)로 정전(井田)을 만들었는데, 우물을 중심으로 저자를 만들었기 때문에 시정(市井)이라고 이른다."라고 하였다. 그러나 또 향정(鄕井)이나 여정(閭井)이라는 말도

---

269) 어영차……푸르러지네 : 유종원의 〈어옹(漁翁)〉의 일부이다.(漁翁夜傍西巖宿, 曉汲淸湘燃楚竹. 烟銷日出不見人, 欸乃一聲山水綠. 廻看天際下中流, 巖上無心雲相逐.)

270) 시정(市井) : 저자 또는 인가가 모인 곳을 말한다. 본문은 왕세정(王世貞)의 《엄주사부고》 권159, 〈완위여편(宛委餘編)〉4, '시(市)'와 내용이 일치한다.

271) 풍속통(風俗通) : 중국 한나라 응소(應劭)가 찬한 것으로, 《풍속통의(風俗通義)》라고도 한다. 권4 주 79) 참조.

있으니, 공동우물에 가까이 거처하면서 그 물을 마시기 때문이다. 어찌 고을에 있는 것을 시(市)라고 하고 교외에 있는 것을 정(井)이라고 하였겠는가?

233. 沔川烏玉

沔川崇學山崇學寺傍, 產烏玉, 剛溫膩潤. 以之製器, 無不奇妙, 圖章環佩, 各有名趣. 寺僧祕之, 郡人莫知其處. 有郡守權某鉤得之, 採取數十斗, 後復隱之. 李友周臣得一顆, 磨作網巾環. ○長鬐雷綠山, 產綠玉, 亦殊奇絶.

233. 면천(沔川)의 오옥(烏玉)

면천군(沔川郡)[272]의 숭학산(崇學山) 숭학사(崇學寺) 옆에 오옥(烏玉)이 나는데, 그 옥은 강하고 따뜻하며 매끄럽고 윤택이 난다. 이것으로 기물을 만들면 모두 기묘하며, 도장(圖章)과 패옥(佩玉)으로 만들면 각기 멋이 있었다. 절의 승려가 이러한 사실을 숨겨 고을 사람 누구도 그 장소를 알지 못하였다. 군수 권 아무개가 그곳을 찾아내어 오옥(烏玉) 수십 말을 채취하였는데, 나중에 다시 이를 숨겼다. 나의 벗 이주신(李周臣)[273]이 한 알을 얻어 갈아서 망건의 옥고리를 만들었다.

---

272) 면천군(沔川郡) : 충청남도 당진군 면천면 일대의 옛 행정 구역으로, 1914년 당진군에 통합되었음.

273) 이주신(李周臣) : 조선후기의 문신 이유수(李儒修, 1758~?)를 가리킨다. 주신은 그의 자. 본관은 함평(咸平), 거주지는 면천(沔川)이다. 정조 7년(1783) 문과에 급제하였다. 정약용과 채홍원(蔡弘遠)이 주도한 죽란시사(竹欄詩社)에 참여하였다. 《여유당전서》의 〈죽란시사첩서(竹欄詩社帖序)〉와 〈죽란화목기(竹欄花木記)〉에는 이름의 '주(周)'가 '주(舟)'로 되어 있다.

○ 장기현(長鬐縣, 지금의 경북 포항)의 뇌록산(雷綠山, 지금의 뇌성산)에 녹옥(綠玉)이 나는데 또한 매우 기묘하다.

234. 銀鑛玉璞

《麗史·五行志》, 顯宗十三年, 溟州上言, 銀鑛出旌善縣. 二十年, 聞喜縣出水精玉璞四萬餘枚.

234. 은광(銀鑛)과 옥박(玉璞)

《고려사(高麗史)·오행지(五行志)》에 현종(顯宗) 13년 명주(溟州, 지금의 강릉)에서 글을 올리기를 은광이 정선현(旌善縣)에서 나왔다고 하였다.[274] 현종 20년에 문희현(聞喜縣, 지금의 문경)에서 수정과 옥박(玉璞) 4만여 매(枚)가 나왔다고 하였다.[275]

235. 奉安黃丹

廣州雲吉山西池爲奉安斗尾. 李德懋〈峽舟記〉云: "奉安驛產黃丹, 元時置官採之. 燔青瓦, 合此爲藥, 則瓦色明瑩." ○按黃丹卽鉛丹. 李時珍云: "用鉛一斤, 雜以硫黃. 硝石, 鎔化爲之, 非山產之物也." 李說可疑. 《高麗史》云: "忠烈王三年五月壬辰, 遣僧六然于江華, 燔琉璃瓦. 其法多用黃丹, 乃取廣州義安土, 燒作之, 品色愈於南商所賣者."

---

274) 고려사·오행지에……하였다 : 관련 내용이 《고려사》의 〈오행지〉에는 보이지 않으며, 〈세가〉 현종 임술 13년(1022) 5월 을해조에 보인다. 정약용의 착오인 듯하다.

275) 현종 20년에……하였다 : 관련 내용이 《고려사·세가》 현종 12년(1021) 병신조에 보인다.

235. 봉안(奉安)의 황단(黃丹)

광주(廣州) 운길산(雲吉山)이 서쪽으로 비스듬히 뻗은 곳이 봉안(奉安)의 두미(斗尾)[276]이다. 이덕무(李德懋)의 〈협주기(峽舟記)〉에 이르기를 "봉안역(奉安驛)에 황단(黃丹)이 나는데, 원나라 때는 관원을 두어 채굴하였다. 청기와를 구울 때 이 황단을 섞어 유약을 만들면, 기와 빛깔이 반질반질 빛난다."라고 하였다.

○내가 보건대 황단(黃丹)은 곧 연단(鉛丹)이다. 이시진(李時珍)[277]이 이르기를, "납[鉛] 1근에 유황(硫黃)을 섞고 초석(硝石)을 녹여서 만드는데, 이는 산에서 생산되는 물건이 아니다."라 하였다. 이시진의 설은 믿을 만하지 못하다.

《고려사》에 다음과 같은 기록이 있다.

"충렬왕(忠烈王) 3년 5월 임진일에 중 육연(六然)을 강화도에 파견하여 유리기와를 구워 내게 하였다. 이 제조 방법이 황단(黃丹)을 많이 쓰게 되는 까닭에, 광주(廣州) 의안(義安)의 흙을 가져다가 구워서 만들었는데, 그 품질이나 색채가 남상(南商, 중국 남방의 상인)들이 파는 것보다도 우수하였다."[278]

---

276) 두미(斗尾) : 두미천(斗尾遷) 즉 두미벼리를 말한다. 지금의 경기도 광주시 동부읍(東部邑) 배알미리(拜謁尾里)와 남양주시 와부읍(臥阜邑) 사이의 도미나루[度迷津, 斗迷津] 북쪽 언덕에 있었던 벼랑길이다. 이덕무의 《아정유고》 권3 〈협주기〉에 "두미(斗湄)는 흑수(黑水)라고도 부르는데, 양쪽 산골짜기가 우뚝 솟았고 돌은 모두 검은색이며 울퉁불퉁하고 뾰족뾰족하여 사납게 깨물고자 하는 듯하였다.[斗湄一名黑水, 兩峽陡起, 石皆純黛, 齟齬怒兀, 獰然欲齧]"라는 기록이 보인다.

277) 이시진(李時珍) : 1518~1593. 중국 명나라 말기의 박물학자·약학자. 의학서 《본초강목(本草綱目)》을 저술하였다. 연단(鉛丹)과 관련된 내용은 《본초강목》 〈금석(金石)〉1, '연단(鉛丹)'조에 보인다.

278) 고려사……우수하였다 : 관련 내용이 《고려사》 제28권, 〈세가〉 제28, 충렬왕 3년(1277) 5월 임진조에 보인다.

236. 側室子

漢文帝詔南越王曰: "朕高皇帝側室子." 今俗以妾子爲側室子. 然按〈內則〉: "公庶子生, 就側室. 三月之末, 其母沐浴朝服, 見於君. 庶人無側室者, 夫出居羣室." 此漢文所以自稱也. 古者王公·大夫接子之禮, 或見於外寢, 或見於內寢, 或見於側室, 側室者, 寢室之名. 〈檀弓〉曰"有殯, 聞遠兄弟之喪, 哭于側室"是也. 今人以妻爲正室, 妾爲側室. 然〈內則〉曰"妻將生子, 及月辰, 居側室", 卽妻亦可謂之側室矣. 況庶人無側室, 安得輒謂之側室子? 【《左傳》云: "卿置側室, 大夫有貳宗." 此又以次子異宮者爲側室.】

236. 측실자(側室子)

한 문제(漢文帝)가 남월왕(南越王)[279]에게 내린 조칙에 이르기를, "짐은 고조(高祖) 황제의 측실자이다."[280]라고 하였다. 지금 풍속에 첩의 자식을 측실자라고 한다.

그러나 《예기(禮記)·내칙(內則)》을 살펴보면, 다음과 같이 되어 있다.

"공(公)의 서자(庶子)[281]가 태어날 때에는 측실에 나아가 낳게 한

---

279) 남월왕(南越王) : 중국 한나라 때에 황제(皇帝)로 자칭한 남월왕(南越王) 조타(趙佗)를 말한다. 그가 진나라 남해군(南海郡) 위(尉)로 있었기 때문에 위타라고 칭하였다.

280) 한 문제가……측실자이다 : 문제는 제5대 황제로, 이름은 항(恒), 묘호는 태종(太宗)이며 시호는 효문황제(孝文皇帝)이다. 고조의 넷째 아들이며 어머니는 효문태후 박씨이다. 즉위 전 대(代)나라 왕이었으며, 여태후의 죽음과 함께 형제들에 의해 황제로 추대되었다. 아들 경제(景帝)와 함께 유교를 통치 철학으로 확립하고, 경제를 안정시켜 문경지치(文景之治)를 이룩하였다.

281) 서자(庶子) : 보통 첩의 몸에서 난 아들을 지칭하는 말로 알고 있는데, 본래는 적자(嫡子) 이외의 여러 아들을 통칭하는 말이다. 여기서는 후자의 뜻으로 사용되었다.

다. 태어난 지 3개월이 다 되어갈 무렵에 그 어머니가 목욕하고 예복을 입고 임금을 뵙는다. 측실이 없는 서민의 경우, 남편은 곁방[羣室]에 나가서 거처한다."

이것이 한 문제가 '측실자'라고 자칭한 까닭이다.

옛날에 왕공(王公)과 대부(大夫)가 자식을 접견하는 예는 외침(外寢)에서 보기도 하고 내침(內寢)에서 보기도 하고 측실에서 보기도 하였으니, 측실은 침실의 명칭이다. 《예기·단궁 하(檀弓下)》에 이르기를 "빈소를 모시고 있을 적에 존수가 먼 형제가 상을 당했다는 소식을 들으면 측실에서 곡한다."고 한 것이 바로 이것이다.

지금 사람들은 처(妻)를 정실(正室)이라 하고 첩(妾)을 측실이라고 한다. 그런데 〈내칙〉에 이르기를 "처가 장차 자식을 낳을 때 해산날이 가까워 오면 측실에 거처한다."라고 하였으니, 처를 또한 측실이라고 이를 수도 있는 것이다. 더구나 서민들은 측실이 없는데, 어찌 걸핏하면 측실자라고 이를 수 있겠는가? 【《좌전(左傳)》에 이르기를, "경(卿)은 측실을 두고 대부(大夫)는 이종(貳宗)을 둔다."[282]라고 하였다. 이는 또 차자(次子)로서 분가해서 사는 자를 측실이라고 한 것이다.】

237. 齋宿

享官齋宿謂之淸齋一宿·二宿. 然〈祭統〉曰: "宮宰宿夫人, 散齊·致齋." 〈禮器〉曰: "七日戒, 三日宿." 戒, 愼也; 散, 齊也; 宿, 守也; 致, 齊也. 殆非夜宿之意.

---

282) 경은……이종을 둔다 : 관련 내용이 《좌전》 환공(桓公) 2년조에 보인다. 이종(貳宗)은 중국 고대의 관직명으로 대부의 아우가 맡았다. 두예의 주에 적자(嫡子)를 소종(小宗)이라 하고, 차자(次子)를 이종(貳宗)이라 하였다.

237. 재숙(齋宿)[283]

향관(享官, 제관(祭官))이 재숙(齋宿)하는 것을 '청재일숙(淸齋一宿)'·'청재이숙(淸齋二宿)'이라고 한다. 그러나 《예기·제통(祭統)》에 이르기를 "궁재(宮宰)가 부인에게 재계를 알리면 부인 또한 산재(散齋)[284]와 치재(致齊)[285]를 한다."고 하였다. 〈예기(禮器)〉에 이르기를 "7일 동안 경계하고 3일 동안 재계한다."고 하였다. 계(戒)는 삼감〔愼〕이고 산(散)은 재계이고 숙(宿)은 지킴〔守〕이고 치(致)는 재계이니, 아마 '야숙(夜宿)'의 뜻은 아닐 것이다.

238. 同姓不婚

堯舜乃祖免之親, 而二女釐降, 同姓未嘗不昏.《大傳》曰: "繫之以姓而不別, 雖百世而昏姻不通者, 周道然也." 殷夏以上, 其與婚姻可知也. 高麗國王, 多娶同姓. 然漢惠娶魯元之女, 與娶同姓, 奚擇焉? 宣廟命儒臣, 博考前史, 唯唐昭宗時, 李茂貞尙公主. 然茂貞本姓宋, 賜姓李, 不可云同姓也. 魯昭公取吳姬,《春秋》諱其姓, 曰吳孟子, 其嚴矣. 東人如金李大姓, 但其本貫不同, 則同姓爲昏, 大非禮也.

238. 동성끼리는 혼인하지 않는다

요임금과 순임금은 단문(袒免)의 친족[286]이었는데도 요임금의 두

---

283) 재숙(齋宿) : 보통 재계하고 재소(齋所)에서 밤을 지냄을 말한다. 관련 내용이《아언각비(雅言覺非)》권3, '재숙(齋宿)'조에 보인다.

284) 산재(散齋) : 제사 지내기 전 7일 동안 행하는 재계.

285) 치재(致齊) : 제관(祭官)이 입제 날부터 파제 다음 날까지 사흘 동안 행하는 재계.

286) 요임금과……친족 : 단문(袒免)은 오복(五服)보다 가벼운 상복(喪服)으로 웃옷의 오른쪽 소매를 벗고 머리에 사각건을 쓰는 복제이다. 전통시대에는 어떤 등급의 상복을 입는가 하는 것으로 친속관계를 나타냈는데,

딸이 순임금에게 시집갔으니 동성 간에 혼인한 적이 없었던 것은 아니다. 《예기(禮記)·대전(大傳)》에 이르기를 "같은 성으로 묶어 두고 따로 소종(小宗)으로 구분하지 않는다면, 비록 백대 이후라 할지라도 혼인하지 않았으니 주나라 도가 그러했다."라 하였다. 따라서 은나라와 하나라 이전에는 동성 간에 서로 혼인했음을 알 수 있다. 고려 국왕은 동성 중에서 아내를 맞은 경우가 많았다.[287] 그러나 한나라 혜제(惠帝)가 노원공주(魯元公主)의 딸을 아내로 맞았는데[288], 이는 동성을 아내로 맞이한 것과 무슨 상관이 있겠는가?

선조(宣祖)께서 유신들에게 명하여 전대의 역사를 널리 상고하게 하였는데,[289] 동성 간의 혼인은 오직 당나라 소종(昭宗) 때 이무정(李

단문의 친속이란 상복을 입을 정도로 가까운 친척관계가 아니지만 같은 족인(族人)을 말한다. 요임금과 순임금은 모두 전욱(顓頊)의 후손으로, 순임금의 아버지인 고수(瞽瞍)의 증조가 요임금과 종형제였다고 한다. 이는《사기(史記)·오제본기(五帝本紀)》에 근거한 설로 우리나라에서는 성호(星湖) 이익(李瀷)이나 정조도 이렇게 이해하고 있었으며, 이것이 주나라 이전에는 5대가 지나면 동성 간에도 혼인을 했다는 보는 근거가 되었다.《성호사설》 권15, 동성혼(同姓婚)조 및《홍재전서》 권77, 〈경사강의(經史講義)·맹자(孟子)〉 참조. 그런데 정약용은《맹자요의(孟子要義)》〈만장(萬章)〉 제5, '萬章問舜往于田, 號泣于旻天章'에서 요임금과 순임금이 동성이라는 설에 이의를 제기하면서 요임금의 성은 이기씨(伊耆氏)이고 순임금의 성은 요씨(姚氏)라는 주장을 폈다.

287) 고려……많았다 : 고려 왕들의 혼인은 친족 간에 이루어진 예가 많다. 예를 들면 정종(定宗)은 자신의 장공주(長公主)를 아우 소(昭)에게 시집보냈으며, 광종(光宗)은 자매에게 장가가 왕후를 삼았다. 이에 대해서는《성호사설》 권18, '고려동성혼'조 참조.

288) 한나라……맞았으니 : 혜제가 즉위하자 여후를 높여 태후로 삼으니, 태후가 황제의 누이인 노원공주의 딸로 황후를 삼았다.《漢書·高后紀》혜제의 경우 고종사촌과 결혼한 것이지만, 동성과의 결혼은 아니다.

289) 선조(宣祖)께서……하였는데 : 이식의《택당별집》 권16, 〈가계(家戒)〉에 동성혼과 관련된 선조의 일화가 보인다. 선조가 이씨(李氏) 성을 가진 모 재상의 딸을 택하려고 하였다가, 조정에서 모두 불가(不可)하다고

茂貞)[290]이 공주에게 장가간 일뿐이었다. 그러나 무정(茂貞)은 본래 송씨(宋氏)였는데 이씨(李氏) 성을 하사받은 것이니, 동성 간의 혼인이라고 말할 수 없다. 춘추 시대 노나라 소공(昭公)이 오나라 공주인 희씨(姬氏)를 아내로 맞이했는데, 《춘추》에서 그 성을 숨겨 오맹자(吳孟子)라고 하였으니[291] 그 법도가 준엄하였다. 우리나라의 대성(大姓)인 김씨나 이씨의 경우 단지 본관(本貫)만 같지 않으면 동성 간에도 혼인을 하니, 이는 예에 매우 맞지 않은 것이다.

239. 以帛裏布

國朝朝袍, 夏用苧布, 每紬帛爲裏, 作裌衣. 先朝末年, 禁用紬帛, 命仍以苧布爲裏. 朝臣但知爲儉德, 而不知其好禮之聖意也. 按《禮·玉藻》曰"以帛裏布, 非禮也", 注曰: "外服是布, 則不可用帛爲中衣以裏之, 謂不相稱也. 皮弁服·朝服·玄端服是麻衣, 皆十五升布." 凡裏各如其服, 始知聖意端在遵禮也. 苧, 東人謂之牡枲, 《元史》稱'毛施布'是也.

239. 비단으로 모시옷의 안감을 대다

우리나라 조복(朝服)[292]은 여름엔 저포(苧布)를 사용하되, 항상 비

건의하자 그만둔 적이 있었다고 한다.

290) 이무정(李茂貞) : 856~924. 중국 당나라 말기의 권신. 본명은 송문통(宋文通), 자는 정신(正臣). 황소의 난을 진압하여 신책군지휘사가 되었으며, 희종(僖宗)을 호종한 공으로 이씨 성을 하사받았다.

291) 춘추 시대……하였으니 : 춘추 시대 공실 여자의 호칭은 국성(國姓)을 뒤에 붙인다. 오나라와 노나라는 같은 희성(姬姓)이므로 오나라 여자는 오희(吳姬)라고 했어야 하는데, 이를 숨기고 '자(子)'를 붙여서 마치 송나라 여자인 것처럼 꾸민 것이다. 관련 내용이 《좌전》 애공(哀公) 12년과 《논어·술이(述而)》에 실려 있다.

292) 조복(朝服) : 관원이 조정에 나아가 하례할 때에 입던 예복. 붉은빛의 비단으로 만들며, 소매가 넓고 깃이 곧다.

단으로 안감을 대어 겹옷을 만들었다. 선조(先朝, 곧 정조) 말년에 비단을 쓰지 말고, 저포로 안감을 만들도록 명하셨다.[293] 그런데 조정의 신하들은 단지 임금의 검소한 덕만을 알 뿐, 그것이 예를 좋아하는 성상의 뜻임을 알지 못했다.

《예기·옥조(玉藻)》를 살펴보면 "비단으로 포의 안감을 대는 것은 예가 아니다."라고 하였고, 그 주에 이르기를 "겉옷을 포로 하였으면 비단으로 속옷을 만들어 안감으로 삼아서는 안 되니, 서로 걸맞지 않음을 말한 것이다. 피변복(皮弁服)[294], 조복, 현단복(玄端服)[295]은 마의(麻衣, 深衣)이니, 모두 십오승포(十五升布)로 만든다."라고 하였다.

무릇 안감은 각기 그 겉옷과 같은 소재로 해야 하는 것이니, 성상의 뜻은 바로 예를 따르는 데 있었다는 것을 이제야 알겠다. 저(苧)를 우리나라에서는 '모시(牡枲)'라고 부르는데, 《원사(元史)》에서 '모시포(毛施布)'라고 한 것[296]이 이것이다.

240. 位版書行

中國從祀學宮者, 木版之背, 書其行實, 此美制也. 書之, 固未必得實, 然苟諛詞飾僞, 以書其背, 神如有知, 能不忸怩? 七十子之中, 行跡之不

293) 선조 말년에……명하셨다 : 정조 21년(1797)의 일이다. 관련 내용이 《홍재전서》 권169, 〈일득록(日得錄)〉9, '정사(政事)'조에 보인다.

294) 피변복(皮弁服) : 고대에 천자가 조회를 보거나 제후가 곡삭(告朔)할 때 입던 옷으로 흰 비단으로 만든다. 호의(縞衣)라고도 부른다.

295) 현단복(玄端服) : 고대의 일종의 흑색(黑色) 예복(禮服)이다. 제사 지낼 때 천자, 제후, 사대부가 입는다. 천자는 편안히 지낼 때에도 입는다.

296) 원사(元史)에서……칭한 것 : 《원사·탐라열전》에 제주산 모시포를 매년 백 필씩 원나라에 공물로 바쳤다는 기록이 나온다. 이와 관련하여 《혼론록》 권4, 221조 〈모시포(毛施布)〉 참조.

見經傳者甚多, 未知何所書也.

240. 위판(位版)에 행실을 쓰다.

중국에서는 학궁(學宮)에 배향(配享)되는 인물의 신주(神主) 목판 뒤에 그 행실을 적는데, 이것은 좋은 제도이다. 적는 내용이 본래 전부 사실인 것만은 아닐 것이다. 그러나 만일 아부하는 말로써 거짓으로 꾸며 신주 뒤에 적는다면, 귀신이 지각이 있다면 부끄럽지 않겠는가? 공자의 70제자 중에는 경전에 행적이 드러나지 않는 자들도 매우 많은데, 이들에 대해서는 무엇을 적었는지 모르겠다.[297]

241. 秋夕

秋夕之義, 人多不曉.【世以八月十五日爲秋夕.】 秋夕者謂秋分之夕, 以其行夕月之禮, 故謂秋夕也. 蔡邕《獨斷》曰: “春分朝日于東門之外, 秋分夕月于西門之外.” 秋夕者, 秋分也. 古曆, 建節于朔日, 建中于望日. 故邵子詩曰: “冬至子之半.”【盖以十五日子夜半爲冬至中.】 若準今法, 則未必子之半爲冬至也. 〈祭義〉曰: “祭日於東, 祭月於西.” 〈祭法〉曰: “王宮祭日, 夜明祭月.” 〈玉藻〉曰: “朝日於東門之外.” 〈禮器〉曰: “爲朝夕必放日月.” 〈典瑞〉云: “鎭圭以朝日.” 盖以月之始生, 生於西而在夕. 故古以八月十五之夕行此禮, 遂得此名.

---

297) 공자의……모르겠다 : 중국에서는 한나라 이후 유교가 국교가 되고 공자의 지위가 높아짐에 따라 공자묘(孔子廟, 곧 문묘(文廟))를 전국 각지에 세워 공자를 위시하여 공자 제자들의 위패를 모셨다. 우리나라에서도 문묘의 대성전(大成殿)에는 공자를 비롯하여 안자(顔子)·증자(曾子)·자사(子思)·맹자(孟子) 등 5성(聖), 공자 제자 10철(哲), 송조육현(宋朝六賢)의 위패를 모셨고, 양무(兩廡)에는 공자의 70제자를 위시한 한·중 양국의 현인(賢人) 111위를 배향하였다.

241. 추석(秋夕)

추석이란 말의 뜻을 대부분 사람들은 제대로 알지 못한다.【세속에서는 8월 15일을 추석이라 한다.】 추석이란 추분(秋分)의 저녁을 말하니, 제왕이 저녁에 달을 맞이하는 의식을 행하기 때문에 추석이라고 부른 것이다.

채옹(蔡邕)[298]의 《독단(獨斷)》에 이르기를, "춘분 아침에 동문 밖에서 해를 맞이하고, 추분 저녁에 서문 밖에서 달을 맞이한다."고 하였다. 추석이란 추분이다. 옛 책력에서는 네 개의 절(節)은 초하루를 기준으로 하고, 네 개의 중(中)은 보름을 기준으로 하였다.[299] 그러므로 소자(邵子, 소옹을 높여 이른 말)의 시에 이르기를 "동지는 자시(子時)의 중간"[300]이라고 한 것이다.【대개 15일 밤 자시의 중간(밤 12시)을 동지의 중간으로 본다.】 지금의 역법에 의거해 보면 자시의 중간이 반드시 동지가 되는 것은 아니다.

《예기·제의(祭義)》에 이르기를 "동쪽에서 해를 제사하고, 서쪽에서 달을 제사한다."라고 하였다. 〈제법(祭法)〉에서는 "왕궁에서 해를 제사하고, 야명(夜明, 달을 제사하는 제단의 이름)에서 달을 제사한

---

298) 채옹(蔡邕) : 중국 후한의 학자·문인·서예가.

299) 네 개의……하였다 : 정약용이 참고한 고력(古曆)이 어떤 것인지 분명하지는 않다. 대체로 24절기 중 사립(四立, 곧 입춘, 입하, 입추, 입동)은 절(節)이라 하여, 모두 초하루[朔日]를 기준으로 삼고, 이지(二至, 곧 동지와 하지)와 이분(二分, 춘분과 추분)은 중(中)이라 하여 모두 보름[望日]을 기준으로 삼는다.

300) 동지는 자시의 중간 : 원문은 "冬至子之半"인데, 이는 소옹이 지은 〈복괘시(復卦詩)〉의 첫 구절이다.(冬至子之半, 天心無改移. 一陽初動處, 萬物未生時. 玄酒味方淡, 大音聲正希. 此言如不信, 更請問包羲.) 소옹은 갑자년(甲子年) 자월(子月) 갑자일(甲子日) 자시(子時)의 반, 즉 11월 초하루 12시 이후가 동지(冬至)라고 가정하여 역법을 추산하였다. 그런데 본문의 원주에서 "대개 15일 밤 자시의 중간(밤 12시)을 동지의 중간으로 본다."라고 한 것은 어떤 계산에 의한 것인지 알 수 없다.

다."라고 하였다. 또 〈옥조(玉藻)〉에서는 "동문 밖에서 해를 맞이한다."라고 하였다. 〈예기(禮器)〉에서는 "조석(朝夕)의 예를 행함에 반드시 해와 달을 따른다."라고 하였다. 《주례(周禮)·〈전서(典瑞)〉》에 이르기를 "진규(鎭圭)를 잡고 해를 맞이한다.[301]"라고 하였다. 대개 달이 처음 떠오를 때 서쪽에서 나오고 저녁 때 나온다. 그렇기 때문에 옛날에 8월 15일 저녁에 이러한 의식을 행했으며, 마침내 추석이란 이름을 얻게 된 것이다.

242. 六部尙書

古六部尙書, 今六房承旨也. 今之承政院, 卽古尙書省也. 以此言之, 曾經吏房承旨者, 是經吏部尙書也; 曾經禮房承旨者, 是經禮部尙書也. 今人以判書爲尙書, 大謬矣. ○〈秋官〉朝士之職, "凡有責者, 有判書以治則聽."【鄭云: "半分而合, 書判爲辨."】 國朝六曹判書之判, 取決斷之義, 與此不同.

242. 육부(六部)의 상서(尙書)[302]

옛날 육부 상서(六部尙書)는 지금의 육방 승지(六房承旨)이다. 지금의 승정원이 바로 예전의 상서성인 것이다. 이런 식으로 말하자면 이방 승지를 역임한 자는 바로 이부 상서를 역임한 것이며, 예방 승

301) 진규를……맞이한다 : 전서(典瑞)는《주례·춘관》에 나오는 직책으로 옥서(玉瑞)와 옥기(玉器)를 관장한다. 진규(鎭圭)는 천자가 의전 때 잡는 옥으로 만든 기물로서 크기는 1척 2촌쯤 되는데, 천하 사방을 안정시킨다는 의미를 담아 진규라고 부른다.

302) 육부(六部)의 상서(尙書) : 상서가 중국에 관명으로 보이는 것은 전국시대부터이나 정식 관제로서 설치된 것은 한(漢)나라 때부터이다. 수·당 시기에는 상서성을 이호예병형공(吏戶禮兵刑工)의 육부로 나누어 중앙의 주요 관서가 되었는데 그 장관을 상서라고 하였다.

지를 역임한 자는 바로 예방 상서를 역임한 것이니, 요즘 사람들이 판서(判書)를 상서(尙書)라고 하는 것은 크게 잘못된 것이다.

《주례(周禮)·추관(秋官)》 조사(朝士)의 직(職)에 "무릇 빚이 있는 자가 판서(判書, 계약서)가 있어 송사할 경우에는 심리해준다."라고 하였다.【정현(鄭玄)[303]의 주에 판서에 대해 "판(判)은 반으로 나누었다가 합친다는 의미이니, 판(判)을 써서 분별하는 것이다."라고 하였다.】 우리나라에서 육조 판서라고 할 때의 판(判)은 결단의 의미를 취한 것이니 이 경우와는 다르다.

243. 濟州無佛寺

佛法殆遍敷天, 獨我濟州, 無寺刹僧尼, 甚可異也. 然昔我太宗六年, 成祖皇帝, 遣太監黃儼, 迎銅佛于濟州, 太宗不拜之, 史册美之, 則濟州故有佛矣. 有而今無, 尤可異也. 或云: "欲人民之蕃息, 故禁之."

243. 제주(濟州)에는 사찰이 없다

불교가 천하에 두루 퍼진 듯한데, 유독 우리 제주도에만 사찰과 승려가 없으니 참으로 이상하다. 그러나 예전 우리 태종(太宗) 6년에 명나라 성조황제(成祖皇帝)께서 태감(太監) 황엄(黃儼)을 보내 제주에서 동불(銅佛)을 가져오도록 한 일이 있었다.[304] 이때 태종은 이 불상에 절을 하지 않아 역사책에서 이를 찬미하였으니, 제주도에 원래

303) 정현(鄭玄) : 중국 후한 말기의 경학자. 자는 강성(康成). 시종 재야학자로 지냈으며 고학(古學)과 경학의 시조로 깊은 존경을 받았다. 《주역》·《모시(毛詩)》·《주례(周禮)》·《의례(儀禮)》·《예기》·《논어》·《효경》 등 경서에 주석을 붙였다.

304) 태종……있었다 : 관련 내용이 《태종실록》 6년(1406) 4월 19일조, 4월 20일조, 5월 25일조, 7월 18일조에 보인다.

는 불교가 있었던 것이다. 있었다가 지금은 없어졌으니 더욱 이상하다. 혹자는 말하기를 "백성이 많아지기를 바라서 금지시켰다."라고 하였다.

244. 歸之天子

〈喜雨亭記〉云: "太守不有, 歸之天子, 天子不有, 歸之太空." 〈祭義〉曰: "諸侯有善, 歸諸天子, 天子有善, 讓德於天." 古人文字, 皆有所本如此.

244. '천자에게 돌리다[歸之天子]'의 전거

소식(蘇軾)의 〈희우정기(喜雨亭記)〉에 이르기를 "태수가 공을 차지하지 않고 천자에게 돌리니, 천자도 이를 차지하지 않고 하늘에 돌렸다."라 하였다. 그런데 《예기·제의(祭儀)》에 이르기를, "제후에게 선이 있으면 천자에게 돌리고, 천자에게 선이 있으면 하늘에 덕을 양보한다."라고 하였다. 이렇듯 고인의 문자에는 모두 전거가 있다.

245. 墨卿司戒

朱子〈敬齋箴〉結之曰: "墨卿司戒, 敢告靈臺." 其本出周太史辛甲虞人之箴,【《左傳》襄四年.】 結之曰: "獸臣司原, 敢告僕夫." 又揚子雲〈百官箴〉曰: "牧臣司徐, 敢告僕夫."【此徐州牧箴】 張蘊古〈大寶箴〉結之曰: "諍臣司直, 敢告前疑." 文詞之貴有所本如此.

245. '묵경(墨卿)이 경계함을 맡았기에 감히 영대(靈臺)에 고한다[墨卿司戒, 敢告靈臺]'의 전거

주자(朱子)는 〈경재잠(敬齋箴)〉을 끝맺으면서 "묵경(墨卿)이 경계함을 맡았기에 감히 영대(靈臺)에 고한다.[305]"라고 하였다. 이것은 본래 주(周)나라 태사인 신갑(辛甲)이 짓게 한 우인(虞人)의 잠[306]에서 나온 것이니,【좌전 양공 4년】 글을 끝맺으면서, "수신(獸臣)이 산림을 맡았기에 감히 복부(僕夫)에게 고합니다.[307]"라고 하였다.

또 양자운(揚子雲)[308]의 〈백관잠(百官箴)〉에 이르기를 "목신(牧臣)이 서주(徐州)를 맡아 감히 복부에게 고합니다."【이것은 서주목(徐州牧)의 잠[309]이다.】라고 하였다. 장온고(張蘊古)[310]는 〈대보잠(大寶箴)〉에서 끝맺기를 "간쟁하는 신하가 올곧음을 맡았기에 감히 전의(前疑)에게 고합니다.[311]"라고 하였다. 문장에서는 이처럼 전거가 있는 것을 중요하게 여긴다.

---

305) 묵경이……고한다 : 묵경(墨卿)은 먹[墨]을 의인화하여 부르는 말이고, 영대(靈臺)는 마음을 가리킨다.

306) 주나라……잠(箴) : 《좌전》 양공(襄公) 4년에 의하면, 주(周) 무왕(武王)의 태사(太史)인 신갑(辛甲)이 백관들에게 왕의 허물을 경계하는 글을 짓도록 하였는데 그 가운데 우인(虞人)이 지은 잠을 말한다.

307) 수신이……고합니다 : 수신(獸臣)은 우인(虞人)이 본인 스스로를 지칭한 말이다. 우인은 산림(山林)과 소택(沼澤)을 관할하는 관원이다. 복부(僕夫)는 신하들의 주장(奏章)을 접수하는 일을 맡은 사람인데, 감히 임금에게 직접 고한다고 할 수 없어 복부에게 고한다고 한 것이다.

308) 양자운(揚子雲) : 중국 전한 말의 학자 겸 문인인 양웅(揚雄). 자운은 그의 자. 권2 주 205) 참조.

309) 서주목의 잠 : 《양자운집》 권 6에 보인다.

310) 장온고(張蘊古) : 중국 당나라 태종 때의 문신. 태종 즉위 초에 〈대보잠(大寶箴)〉을 지어서 황제에게 바쳐, 천자의 자리가 막중한 것이며 그 자리를 지키는 일은 매우 어려운 일임을 규계(規誡)하였다.(대보(大寶)는 천자의 자리를 말함) 태종은 크게 기뻐하여 비단 3백 필을 하사하고, 장온고를 대리시승(大理寺丞)에 임명하였다.

311) 간쟁하는……고합니다 : 임금에게는 전후좌우에서 보필하는 신하가 있었는데, 전의(前疑)는 앞쪽에서 모시는 관원을 말한다. 복부와 마찬가지로 감히 임금에게 직접 고한다고 할 수 없어 전의에게 고한다고 한 것이다.

246. 浮名

〈表記〉云"君子恥名之浮於行", 名浮於行謂之浮名. 後世詩人, 勦竊幻用, 漸失本旨.【浮名之浮, 與浮言·浮世之浮, 不同】

246. 과장된 명성

《예기·표기(表記)》에 이르기를, "군자는 명성이 행실보다 과장되는 것을 부끄러워한다." 라고 하였으니, 명성이 행실보다 과장되는 것을 '부명(浮名)'이라 하는 것이다. 그런데 후대에 시인들이 제멋대로 가져다가 모호하게 써서 점차 본뜻을 잃게 되었다.【'부명(浮名)'의 '부(浮)'는 '부언(浮言)'·'부세(浮世)'의 '부(浮)'와는 다르다.[312)]】

247. 佃夫輸租

蘇老泉〈衡論〉: "有田者一人, 而耕者十人. 是以田主日累其半, 以至于富彊, 耕者日食其半, 以至于窮餓而無告." 又曰: "富彊之民輸租, 彼以其半而供縣官之稅, 不若周之民以其全力而供其上之稅也." ○以此文觀之, 則宋制亦田主輸租, 不令佃夫而供稅也.

247. 소작농이 세금을 납부하다[313)]

소노천(蘇老泉)[314)]은 〈형론(衡論)〉[315)]에 다음과 같이 말했다.

---

312) 부명(浮名)의……다르다 : 부명(浮名)의 부(浮)는 초과하다, 많다 의 뜻이며, 부언(浮言)·부세(浮世)의 부(浮)는 공허하다의 뜻이다.

313) 소작농이……납부하다 : 관련 내용이 《여유당전서》 시문집 권9, 〈의엄금호남제읍전부수조지속차자(擬嚴禁湖南諸邑佃夫輸租之俗箚子)〉에도 보인다. 이 글은 잘못된 호남의 소작료 풍속을 논한 차자(箚子)이다.

314) 소노천(蘇老泉) : 중국 송나라의 문인 소순(蘇洵, 1009~1066)을 가리킨다. 노천은 그의 호. 자는 명윤(明允). 소식(蘇軾)과 소철(蘇轍)의 아버지. 가우(嘉祐) 원년(1056)에 과거에 응시한 소식과 소철을 데리고 상경하였다

"땅을 소유한 자는 한 사람인데 경작하는 자는 열 사람이다. 이 때문에 땅주인은 날마다 경작자가 거둔 수확의 절반씩을 쌓아서 부강해지고, 경작자는 날마다 그 나머지 절반으로 생활하여 곤궁하고 굶주려도 호소할 데 없는 지경에 이른다."

또 다음과 같이 말했다.

"부강한 백성도 세금을 내는데, 그들은 절반의 수입 중에서 1/10을 고을 관원에게 세금으로 낸다. 이는 주나라 백성이 전력을 다해 지은 것 전부에서 1/10을 윗사람에게 세금으로 냈던 것만 못하다."

○ 이 글을 통해서 보면 송나라 제도 역시 땅주인이 세금을 냈지, 소작농에게 세금을 내게 하지는 않았던 것이다.

248. 左史右史

張蘊古〈大寶箴〉云: "左言右事, 出警入蹕." 今人亦云: "左史記言", 大謬也. 〈玉藻〉曰: "左史記動, 右史記言." ○按〈說卦〉方位, 震東兌西, 而震爲足, 其象行動也; 兌爲口, 其象言語也. 此所以左史記動, 右史記言也. 張蘊古謬換二字.

248. 좌사(左史)와 우사(右史)

장온고(張蘊古)의 〈대보잠(大寶箴)〉[316]에 이르기를 "왼쪽에서 말을

가, 〈권서(權書)〉·〈형론(衡論)〉 등 22편의 문장을 구양수(歐陽修)에게 인정받으면서부터 유명해졌다. 정치와 역사에 관한 평론을 많이 썼으며, 아들 소식·소철과 함께 삼소(三蘇)로 불렸다. 저서에 《가우집(嘉祐集)》이 있다.

315) 형론(衡論) : 원려(遠慮)·어장(御將)·임상(任相)·중원(重遠)·양재(養才)·광사(廣士)·신법(申法)·의법(議法)·병제(兵制)·전제(田制) 등 모두 10편으로 구성되어 있는데, 본문의 구절은 〈전제(田制)〉편의 내용이다.

316) 장온고(張蘊古) : 중국 당나라 태종 때의 신하. 권4 주 310) 참조.

기록하고, 오른쪽에서 일을 기록하며, 나가면 경계하고 들어오면 벽제(辟除)[317]한다."라 하였다. 요즘 사람들도 "좌사는 말을 기록한다."고 하는데, 이는 크게 잘못된 것이다.

《예기·옥조(玉藻)》에 이르기를, "좌사(左史)는 행동을 기록하고, 우사(右史)는 말을 기록한다."고 하였다. ○〈설괘〉의 방위를 살펴보면 진(震)은 동방이고 태(兌)는 서방이며, 진은 발이 되니 행동을 상징하고 태는 입이 되니 언어를 상징한다.[318] 이것이 좌사가 행동을 기록하고 우사가 말을 기록하는 이유이다. 장온고는 '좌(左)'자와 '우(右)'자를 바꾸는 오류를 범한 것이다.

249. 中文尙書

陸石菴《會語支言》曰: "《易》曰'八卦而小成',《孟子》'孔子之謂集大成', 而不知有中成之說. 蓋伏羲之《易》爲小成, 神農之《易》爲中成, 黃帝之《易》爲大成也." 毛大可云: "《尙書》有古文·今文, 而不知有中文.《後漢書》有《中文尙書》. 又嘗輯《通韻》, 見《廣韻》, 平聲有上平·下平, 而金時韓道昭作《五音集韻》, 又有中平. 同年尤悔庵入史館, 作〈外國竹枝詞〉, 註西洋歐羅巴國, 有小學, 有大學, 有中學."

249. 중문상서(中文尙書)

육석암(陸石菴)[319]의 《회어지언(會語支言)》에 다음과 같은 말이

317) 벽제(辟除) : 지위가 높은 사람이 지나갈 때, 잡인의 통행을 통제하던 일을 말한다.

318) 설괘의……상징한다 : 《주역·설괘전》에 8괘를 설명하면서 방위상으로 진(震)-동(東), 태(兌)-서(西), 이(離)-남(南), 감(坎)-북(北), 건(乾)-서북(西北), 곤(坤)-서남(西南), 간(艮)-동북(東北), 손(巽)-동남(東南)이라 하였다. 또 신체상으로 건(乾)-머리[首], 곤(坤)-배[腹], 진(震)-발[足], 손(巽)-넓적다리[股], 감(坎)-귀[耳], 이(離)-눈[目], 간(艮)-손[手], 태(兌)-입[口]이라 하였다.

있다.

"《역》에 '팔괘에서 소성(小成)하였다.[320)]'라 하였고 《맹자》에 '공자를 두고 집대성(集大成)이라 한다.[321)]'라 하였다. 하지만 '중성(中成)'이라는 말이 있는지는 모르겠다. 대개 복희의 《역》을 소성(小成), 신농의 《역》을 중성(中成), 황제의 역을 대성(大成)이라 했을 것이다."

모대가(毛大可)[322)]가 다음과 같이 말했다.

"《상서》에 고문(古文)으로 된 《상서》와 금문(今文)으로 된 《상서》는 있으나 중문(中文)으로 된 《상서》가 있는지는 모르겠다. 그런데 《후한서》에 《중문상서》가 나온다.[323)] 또 일찍이 내가 《고금통운(古今通韻)》을 편찬하면서 《광운(廣韻)》을 보았더니 평성에 상평성과 하평성이 있었는데 금나라 때 한도소(韓道昭)[324)]가 지은 《오음집운(五音集韻)》에는 중평성도 있었다. 동년(同年)인 우회암(尤悔庵)[325)]이

---

319) 육석암(陸石菴) : 중국 청나라의 학자 육명오(陸鳴鼇)을 가리킨다. 석암은 그의 호. 인화(仁和) 사람. 하양현(河陽縣)과 지현(知縣)에서 벼슬살이를 했다.

320) 팔괘에서 소성하였다 : 《주역·계사전 상(繫辭傳上)》에 나온다.

321) 공자를……한자 : 《맹자·만장 하(萬章下)》에 나온다.

322) 모대가(毛大可) : 중국 청나라의 학자 모기령(毛奇齡, 1623~1716)을 가리킨다. 대가(大可)는 그의 자. 호는 서하(西河). 1679년 박학홍사과(博學鴻詞科)에 응시하였으며, 한림원 검토(翰林院檢討)에 임명되어 《명사(明史)》 편찬에 참여하였다. 고증학(考證學)을 좋아하여, 경학(經學)·역사·지리 등에 관한 많은 저술을 남겼다. 주요 저서에 주자(朱子)를 비판한 《사서개착(四書改錯)》, 염약거(閻若璩)의 《고문상서소증(古文尙書疏證)》을 반박한 《고문상서원사(古文尙書寃詞)》 등이 있다. 또한 운서로 《고금통운(古今通韻)》·《고금정운(古今定韻)》을 편찬하였다.

323) 후한서에……나온다 : 관련 내용이 《후한서》 권87, 〈유도전(劉陶傳)〉에 보인다.

324) 한도소(韓道昭) : 중국 금나라 때의 학자. 자는 백휘(伯暉). 진정(眞定) 송수(松水) 사람. 한효언(韓孝彦)과 함께 《오음편해(五音篇海)》라는 운서(韻書)를 편찬하였다.

사관에 들어가 〈외국죽지사(外國竹枝詞)〉를 지었는데, 서양 구라파 나라들에는 소학(小學), 대학(大學), 중학(中學)이 있다고 주를 달았다."[326]

---

325) 우회암(尤悔庵) : 중국 청나라 때의 문인 우동(尤侗, 1618~1704)을 가리킨다. 회암은 그의 호. 또 다른 호는 간재(艮齋)·서당노인(西堂老人). 자는 동인(同人)·전성(展成). 모기령과 같은 해인 1679년 박학홍사과(博學鴻詞科)에 뽑혔다. 이 때문에 같은 해 과거급제라는 의미의 동년(同年)이라 한 것이다. 한림원 검토(翰林院檢討)가 되었고 《명사(明史)》 편찬에 참여하였다. 저서에 시문집 《우서당문집(尤書堂文集)》을 비롯하여, 전기(傳奇) 《균천락(鈞天樂)》과 잡극 《독이소(讀離騷)》·《조비파(弔琵琶)》 등이 있다.

326) 상서에……주를 달았다 : 관련 내용은 모기령의 《사서잉언(四書賸言)》 권1에 보인다. 앞 단락 육석암의 《외어지언》 역시 모기령의 이 글에 그대로 인용되어 있다. 결국 본문의 내용은 정약용이 모기령의 것을 그대로 전재한 것으로 보인다.